歸有光全集

歸有光

有光爲古文，元本經術，
好太史公書，得其神理。
時王世貞主盟文壇，
有光力相觝排，
目爲妄庸巨子。
世貞大憾，
其後亦心折有光，
爲之讚。

明史文苑傳

歸有光。字熙甫。崑山人。九歲能屬文。弱冠。盡通五經三史諸書。師事同邑魏校。嘉靖十九年。舉鄉試。八上春官。不第。徙居嘉定安亭江上。讀書談道。學徒常數百人。稱爲震川先生。四十四年。始成進士。授長興知縣。用古教化爲治。每聽訟。引婦女兒童案前。刺刺作吳語。斷訖遣去。不具獄。大吏令不便。輒寢閣不行。有所擊斷。直行己意。大吏多惡之。調順德通判。專轄馬政。明世進士爲令。無遷倅者。名爲遷。實重抑之也。隆慶四年。大學士高拱。趙貞吉。雅知有光。引爲南京太僕丞。留掌內閣制勅房。修世宗實錄。卒官。

有光爲古文。元本經術。好太史公書。得其神理。時王世貞主盟文壇。有光力相觝排。目爲妄庸巨子。世貞大憾。其後亦心折有光。爲之讚曰。千載有公。繼韓歐陽。余豈異趨。久而自傷。其推重如此。有光少子子慕。字季思。舉萬曆十九年鄉試。再被放。卽屛居江村。與無錫高攀龍最善。其歿也。巡按御史祁彪佳請於朝。贈翰林待詔。有光制舉義。湛深經術。卓然成大家。後德清胡友信與齊名。世並稱歸胡。友信字成之。隆慶二年進士。授順德知縣。歲賦率奸胥攬輸。稍以所入啗長吏。謂之月錢。友信與民約。歲爲三限。多寡皆自輸。不取贏。閭里無安費而公賦以充。海寇竊發。官軍往討。民間驛騷。部內烏洲大洲賊所巢穴。諸惡少爲賊耳目。友信悉勾得之。捕誅其魁。餘黨解散。鄉立四應社。一鄉有警。三鄉鼓而援之。不援者罪同賊。賊不敢發。歲大凶。民饑死無敢爲惡者。初。友信慮民輕法。治以嚴。後令行禁止。更爲寬大。或旬日不笞一人。其治縣如家。弊修墮舉。學校城池。咸爲更新。督課邑子弟。敎化興起。卒官。士民立祠奉祀。友信博通經史。學有根柢。明代舉子業最擅名者。前則王鏊唐順之。後則震川思泉。思泉友信別號也。

序一

震川先生文集。流傳海內。百有餘年。識文藝者。皆知珍藏之。先大夫舊藏兩集。一集二十卷。一集三十二卷。寇燹失去。余從陳百史相君。見其所點閱二十卷。博爲搜求。二集復存余架上矣。二十卷者。乃先生從弟道傳所刻。三十二卷。先生之嗣君子祜子寧所刻也。有無參互。或疑有雜譌于其間。且聞先生遺文尚多。余曩與其裔孫雪菴。同事禮部。雪菴以重刻道傳集相貽。既而余年友刑部公裔與之子孝儀。公車來都下。惠以裔與新刻之集。覽其跋語。乃偕先生孫文休。與其子元公。編輯正集三十卷。別集十卷。餘集存之家塾。而是集仍止二十卷。或尚未盡刻。未可謂全集也。余夙向往先生之文。今老矣。雖不能讀。竊思得覽其大全。間與汪戶部苕文。計孝廉甫草論及而愸如也。亡何。董黃洲正位令崑山。乃屬其訪求先生遺文于元公。徧彙諸刻。勒成全集。亦官其地者所應爲。不獨爲藝林美譚。黃洲唯唯而別。嗟乎。先生之文。自歿時卽流傳至今。王文肅公稱引于當年。吳梅村諸前輩。昌明于後。非若昌黎之文。歷久遠遇永叔而始顯也。矧先生賢子孫。比肩接踵。咸能裒輯遺文。傳之遐邇。因歎海內文人。如晉江王遵巖。平涼趙浚谷。皆有遺集。晉江之集。尚有存者。平涼則未之槩見。頻與官其地者言之。平涼則馬學使之駛。先獲我心。爲之修輯。晉江雖再屬衡文使者。尚未見有馬君其人也。夫士大夫官遊所至。誠訪前賢之遺文。不致散亡磨滅。有如所謂草木榮華之飄風。鳥獸好音之過耳者。亦華國之瑞事也。黃洲乃能識余言。從元公謀集已刻未刻本彙爲四十卷。而一時士大夫官其地者。間助剞劂之資。遂居然爲先生全書。黃洲之志行。殆非俗吏也已。是則可感也。元公寓書。命序于余。先生之文。照耀今古。何待于序。況余豈能序先生之文者哉。聊述與黃洲之語。以復元公。元公其有以諒余矣。

康熙癸丑仲夏宛平王崇簡題

序一

古來文章家代不乏人。要必以卓然絕出。能轉移風氣爲上。唐之中葉稱韓子。而與韓子同時者。有柳子厚。李習之。宋時稱歐陽子。而先歐陽爲古文者有穆伯長。尹師魯輩。然言起八代之衰者。必曰昌黎。變楊劉之習者。必曰廬陵。則以其學之深。力之大也。明三百年。文章之派不一。嘉靖中有唐荆川王遵岩歸震川三先生。起而振之。而論者又必以震川爲最。豈非以其學之深。力之大歟。余自少知誦法震川先生之制舉業。長而得讀其古文辭。信乎卓然絕出。能轉移風氣者也。自承乏崑山。敬哉王夫子以重梓先生集爲囑。會從先生之曾孫莊元公氏。得其未刻遺集。簿書之暇。時一披覽。殆所謂縣圃積玉。無非夜光。殊惜舊刻之多遺珠也。元公因出家所藏抄本。彙稡已刻未刻。總計四十卷。欲授之梓人而貧無力。謀之于余。余遂首捐俸爲刻數卷。同寅吳無錫伯成。趙嘉定雪嵊及遠近士大夫聞風繼之。協助成事。元公又以舊刻多烏焉魚魯之訛。勘訂累年。悉已是正。較之舊本。頓爾改觀。誠快事也。余讀先生之易圖論洪範傳。知其經學深邃。于馬政志三途並用諸議。知其世務通達。而濬吳淞江三吳水利諸書。今方行其說。殆東南數百年之利。至其自述令長興時以德化民。又漢代之循良也。今國家偃武修文。廣厲士子以通經學古。而科目之士。亦將學而後入政。則是集行世。其亦昌明文運。造就人才之一助乎。元公以序見屬。末學何能贊一辭。顧以夙仰先生。既欣覩全集之流播海內。加惠後學。而元公亦工詩古文。能世其家學。又喜先生之有後也。故不辭而爲之書。

康熙癸丑仲春文林郎知崑山縣事上谷後學董正位題

序二

歸子元恭。刻其曾大父太僕公集。未就若干卷而卒。余偕諸君子及其從子安蜀續成之。計四十卷。初太僕集一刻於吾崑山。一刻於常熟。二本不無異同。亦多紕繆。元恭懼久而失傳也。乃取家藏抄本較。讎次第之。編定四十卷。然後譌者以訂。缺者以完。好古者得以取正焉。夫文章之遞變。非一世之積也。宋之推經術者。惟曾南豐氏。然以較於程朱之旨不侔矣。南渡後諸儒之說盛行。於是學者莫不擬之而後言。隨其所見之分量淺深大小以發之於文。則莫不有所合。自南宋歷元以及於明之初年。其所稱大儒之文皆是也。然至其風格。薾萎益頹而爲老生學究之習。若是者。雖大儒不免也。負才者。思有以易之而不得其說。則不難一切抹摋理學之緒言。反而求之秦漢以上。虛氣浮響。雜然並作。至欲遠駕於古之作者。夫天下豈有離理而可以爲文者哉。故文之病而幾至於亡者。亦相習而相矯以然也。太僕少得傳於魏莊渠先生之門。授經安亭之上。其言深以時之講道標榜者爲非。至所論文。則獨推太史公爲不可及。嘗自謂得其神於二千餘年之上。而與世之摹擬形似者異趣。故余謂文至太僕。始稱復古。非太僕而言文者。明中葉之病於剽竊者也。由明初以溯之宋元以前之文。其不爲剽竊而猶未盡乎文之極致者。時代壓之。風格薾萎者是也。欲知太僕之文。必合前後作者而觀之。則文章之變盡此矣。太僕久困公車。屏居絕跡。淹綜百代。始成一家之言。其曾孫元恭。負盛才。既窮且老。日抱其遺書而號于同人。醵金而刻之。垂竣身沒。不見其成。此予之歎夫文之難如此。其傳之難又如此。後之讀者。宜如何其愛惜之也。

康熙十四年乙卯春三月同里後學徐乾學謹序。

序四

往余爲好震川先生之文。與先生之孫昌世。訪求遺集。參讀是正。始有成編。昌世子莊遊於吾門。謂余少知其先學。摳衣咨請。歲必再三至。既而與其從叔比部君謀。重鋟先先全集。而比部君以讎勘之役屬余。余老而歸佛。舊學蕪廢。輟禪誦之功。紬繹累日。條次其篇目。洮汰其繁殽。排纘整齊。都爲一集。既竣簡。喟然而嘆曰。余服膺先生之書。不爲不專且久。喪亂廢業。忽忽又二十年。乃今始旋其面目。曠然知先生所以爲文之宗要。豈不幸哉。先生鑽研六經。含茹雒閩之學。而追溯其元本。謂秦火已後。儒者專門名家。確有指授。古聖賢之蘊奧。未必久晦於漢唐而乍闢於有宋。儒林道學。分爲兩科。儒林未可以蓋道學。新安未可以蓋金谿永嘉。而姚江亦未可以蓋新安。眞知獨信。側出於千載之下。而未嘗標榜爲名高也。少年應舉。筆放墨飽。一洗熟爛。人驚其頡頏眉山。不知其汪洋跌蕩。得之莊周者爲多。壯而其學大成。每爲文章。一以古人爲繩尺。蓋柳子厚之論。所謂旁推交通以爲之文者。其他可知也。參之孟荀以暢其支。參之穀梁以厲其氣。參之太史以著其潔。其暢也其厲也其潔也。學者舉不能知。而先生獨深知而自得之。鈎摘蒐獮。與古人參會於毫芒杪忽之間。旋觀裨販剽賊掇拾塗澤之流。如秦越人診病。洞見藏府之癥結。辭而闢之。劈肌中理。無所遯隱。以毦氉舉子。羈窮單隻。提三錢雞毛筆。當熏灼四戰之衝。馴至霜降水落。草枯靡萎。而其爲之渠帥者。卒以吁嗟歎伏而自悔其降心之不蚤。嗚呼。此豈徒然也哉。先生以幾庶體貳之才。好學深思。跋邪觝僞。刊削荼敗。障斯文之末流。輇材小生。謏聞目學。易其文從字順。妄謂可以幾及。家龍門而戶昌黎。其譌謬滋甚。先生嘗序沔人陳文燭之文。諷其好學史記。知美矉而不知矉之所以美。學先生之學者。無爲沔人之知美矉則幾矣。先生儒者。曾盡讀五千四十八卷之經藏。精求第一義諦。至欲盡廢其書而悼亡禮懺。篤信因果。恍然悟珠宮貝闕生天之處。則其識見。蓋韓歐所未逮者。緒言具在。余非敢援儒而入墨也。余少壯汨沒俗學。中年從嘉定二三宿儒遊。郵傳先生之講論。幡然易轍。稍知向方。先生實導其前路。啓禎之交。海內望祀先生。如五緯在天。芒寒色正。其端亦自余發之。今又承比部君之命。論次斯集。得以懷鉛握槧。效微勞於簡牘。有深幸焉。日月逾邁。老將智而耄及。無以昌明先生淑艾之教。譬諸螢火熠燿。欲流照於須彌之頂。亦自愧其微末已矣。而比部君大雅不羣。能表章其家學。南豐之瓣香不遠。求而有託。斯可喜也。歲在庚子五月晦日。虞山年家後學錢謙益再拜謹序。

先太僕震川公集。最初閩中有刻。既而公之子伯景仲敉。刻於崑山。先伯祖泰巖刻於常熟。閩本地遠不傳。崑山常熟本。互有異同。然公之遺編剩簡。尚餘十之八九。牧齋先生與公之孫文休。旁求廣采。得公藏本。幾倍於刻本。先生手自校勘。珍如祕書。無何。絳雲之災。盡燬於火。賴文休副本存。余從元恭得而錄之。念文章顯晦有數。恐遂湮沒無聞。爲請於先生。求壽諸梓。而先生以刻本位置多訛。意象尙隔。乃爲合併而次第之。得正集三十卷。別集十卷。餘集存之家塾。未能悉出也。蓋嘗論之。不讀史漢。不知左國之所以爲文也。不讀韓歐。不知史漢之所以爲文也。今繇公之文。可以知韓歐。繇先生之選。可以知公之文。異哉。海內之士。從事於古之文章者。必自此而求之矣。然而公豈求工於文而已哉。其學術則辯易圖之宗旨。究禹疇之法象。與夫作史之志。議禮之言。有以啓先儒所未發。其經濟則條水衡之事宜。悉太僕之掌故。以及用人之方。禦倭之議。有以裨當世所宜行。闡貞孝之事。則奮袂攘臂。不欲令弱質俠骨。受誣於豪強。修族姓之譜。則齎咨涕洟。必欲使遠祖近宗。盡歸於敦睦。他如贈送慶賀之文。弔祭悲哀之作。靡不折衷於法度。歸本於端良。不以浮詞諛人。不以綺語加物。則公之修辭立誠。蓋可知矣。讀是集者。因公之文。以得公之爲人。斯先生所以教我子孫。不替先型之至意。而亦所以嘉惠後學之盛心哉。

庚子長至日。從孫起先拜手敬識。

出版說明

當明代文壇擬古主義之浪潮高漲時，歸有光和唐順之等獨排衆議，主張「變秦漢之文爲唐宋之文」，不獨爲明代散文之改進，開闢一條大道，而且爲淸代之桐城派奠下穩固之基礎。歸氏年甫弱冠，卽盡通五經及三史，尤以研究史記最有心得，彼所評註之五色批史記，甚爲後世學者所嘉許。歸氏之宦海生涯，不大得意，所以得萃其畢生精力於研究古文辭，而成爲明代一大古文家。彼之作品，沖淡雋逸，不事藻飾，因爲得力於史記，所以寫身邊瑣事與家庭細節都帶有濃厚之感情，及眞摯動人之感。如先妣事略，以極平凡、極瑣碎之家庭細事，以彼善於敍事之筆法，寫來委婉有致，娓娓動人，極盡文筆之鋪敘和剪裁之妙；如項脊軒志以白描之手法，寫出心中沉痛之懷念，與覩物思人之無限低徊；而寒花葬志在寥寥百餘字中，又描寫得風趣橫生，和家庭之溫暖，都歷歷如在眼前，使人看過之後，印象深不可泯。此種高深之筆法，均足以構成歸氏在明代古文家之崇高地位，且爲淸代桐城派諸子，鋪下大道，故其流風餘韻，歷二百餘年而不滅也。

凡例一

謙益白。荒邨僻遠。伏承親枉玉趾。命較讎震川先生文集。不敢以荒落爲辭。尋繹舊學。排纘累日。乃告成事。酬應文字。間有率易冗長者。僭以臆見汰四分之一。披金揀沙。務求完美。以一生師承在茲。亶欲效攻玉之勤於遺編也。編次大意。略序梗概。以求正於法眼。或召元恭詳審商榷。如有未當。不妨改正。

編次之法。略倣韓柳蘇三集。古今文體不一。亦不盡拘。先生覃精經學。不傍宋人門戶。如易圖論。洪範傳是也。故以經解爲首。次序論議說。皆議論之文也。韓集總屬雜著。今依各集略爲區別。凡四卷。　次贈送序壽序凡六卷。贈送序考論學術吏治。皆非苟作。壽序古人所無。先生爲之。則皆古文也。舊本別置外集。今仍次贈序。　次記三卷。舊有紀行諸篇。今取陸放翁范石湖例入別集。　次墓誌銘墓表碑碣行狀傳譜世家凡十二卷。誌墓之文。本朝弘正後靡濫極矣。先生立法閫嚴。一稟於古。移步換形。尺水興波。直追昌黎。不閡其餘也。今所汰去者十不得一。他文不爾。　次銘頌贊一卷。祭文哀誄一卷。書三卷。以上諸文。汰者四分之一。亦有存其半者。　歐蘇集是二公手定。外制奏議別爲一集。今集中纔數篇。故居別集之首。而策問附焉。　次宋史論贊一卷。先生有志重修宋史。存論贊以見其志。　歐蘇集俱別載小簡。古人取次削牘不經意之文。神情謦咳。彷彿具焉。故錄爲二卷。寒暄駢偶之詞不載。紀行一卷次之。　次馬政志一卷。先生邢州入賀時。留纂修寺志。故有此作。既有關於國故。其文則自謂倣史記六書也。取昌黎順宗實錄例。系之別集。　公移吏牘。各有格式。委悉情事。雅俗通曉。乃爲合作。非老於文筆者不能爲。亦不能知也。錄而存之。略爲一卷。水利賦役禦倭諸書議。散在集中。可以參考。　唐人編李杜詩。以　爲別集。比與著述。從其所重也。今取其意。錄古今詩一卷。　先生爲舉子。即以論策擅場。今所存者。場屋帖括及科舉程式之文。然其議論忼爽。行文曲折。蓋二蘇秦晁降格而爲之也。今取二蘇應制集例。錄論策一卷。

右編次震川先生文集三十卷。別集十卷。餘集不分卷。約三百餘篇。先生於詞章。刊落皮膚。獨存真實。雖其率率應酬。或質而少文。或放而近易。有識者精求之。可以窺見先生擺脫流俗。信心師古之大致。余以管見僭有去取。蓋猶未能免俗。規規然以時世心眼測量前喆。有餘愧焉。輟簡之餘。慨然三歎。幷識之以訊於智者。庚子五月二十八日謙益白。

凡例一一

一選定　此集舊嘗三刻。復古堂本。止分上下卷。不備可知。崑山本文三百五十餘篇。常熟本篇數略少。而崑刻所無者殆半。未刻藏本又二百餘首。合巳刻未刻諸本。總選得五百九十餘首。而尺牘古今詩在外。合計四十卷。莊續又增八十有餘首。今自尺牘二卷。詩一卷外。總計文六百有五首。悉付諸梓人。其外二百餘首。則名爲餘集而藏於家。

一編次　家藏舊本集三十卷。首經解。末書。又別集十卷。首制辭。末論策。今大槩因之。獨以爲古人文集。書多在前。不當置之末卷。今移置書三卷于贈送序之前。而以祭文爲末卷。又論策據蘇文忠集。編在策問之前。今移置于別集之首。策問次之。文選諸書。詩在文前。今以府君所專攻者文也。詩不過餘與及之。篇章亦不多。故從柳子厚集之例。以詩居末。

一正誤　他書刻本之誤。不過字畫略差。或偶脫一二字耳。惟此書舊刻之誤。不可勝擧。約有四端。有因聲音近似者。有因草稿模糊者。有因葉數顚倒者。有因妄加刪改者。如尙書徐晞之爲熙。少傅夏言之爲賢。儒者錢德洪之爲宏。此因聲音近似而誤者也。如富貴淫佚。隕命亡國。本漢書成語。乃倒置錯出。以致上下不屬。文義難通。此因草稿模糊而誤者也。至水利策一篇。遂顚倒四百餘字。向來選家坊本皆襲舛而不覺。此因板心數目。顚倒而誤者也。凡此皆因失於較訂。以致傳寫之譌。至妄加刪改。則崑山常熟二本尤甚。今皆據家藏抄本正之。其抄本亦誤者。則考古書。據文義以正之。較勘數四。頗爲精詳。間有疑者闕之。譌謬既正。似可不言。但以舊刻行世已久。恐觀者見其參差。反致疑於新刻。不得不明言其故也。

一删重　隆慶元年。浙江鄉試時。府君任長興方踰年。以貲淺故。不得爲同考試官。僅入外簾。然夙負高望。主考推重。五策問俱委作。并屬作對策。後遂刻爲程策。惟第五道主考頗加删改。府君與門人尺牘。以爲竄入鄙語。故今集中對策。止存前四道。崑山舊本。因止刻策問。故首載前四策問。今旣并對策俱刻。不必又重見。故去之。又吳純甫行狀墓表二首。大略皆同。今存行狀而廢墓表。西王母圖序二首。大同小異。今存前作而廢後作。送周御史序。一作頌而略改。今存序而廢頌。若題同而文絕不同。截然爲二首者。如送王子敬之任序之類。則兩存之。

一履歷　凡古人文集。必載本傳。以見其人之生平。府君之學術文章。宜入儒林文苑。以未有國史。缺於無徵。今但取前輩諸公誌銘墓表行狀傳贊序跋。凡有關於府君之文集者。附錄一卷於後。庶幾讀府君之文者。開卷而如見其人云。

曾孫莊識

謹按恆軒先叔父府君所作凡例。屢經竄改而未有所定。玠於刻工處見抄本凡八則。而中多可商。思欲删逸之而未敢也。會往虞山。謁從叔孝儀。孝儀叔出先叔凡例一册。內止五則。云得之於錢子繡林。蓋錢子於黃州董夫子署中攜歸。此爲先叔最後改本無疑。而家中特遺其稿。因大喜過望。亟以付諸梓。康熙乙卯孟春望後一日。元孫玠謹識。

目錄

卷一 經解

卷二 序

卷三　論．議．說

卷四　雜文

卷五 題跋

卷六 書

卷十 贈送序

卷十一　贈送序

卷十二　壽序

卷十四　壽序

卷十五　記

卷十六 記

卷十七 記

卷十八 墓誌銘

卷十九 墓誌銘

卷二十二 權厝誌 生誌 壙誌

卷二十三 墓表

卷二十四 碑碣

卷二十五 行狀

卷二十六 傳

卷二十七 傳

卷二十八 譜 世家

卷二十九 銘 頌 贊

卷二十 祭文 哀誄

別集卷一 應制論

別集卷二 應制策

別集卷三 制誥 奏疏 策問

別集卷四 志

別集卷五 宋史論贊

別集卷六 紀行

別集卷七 小簡

別集卷八 小簡

附錄

歸震川全集

卷一　經解

易圖論上

易圖非伏羲之書也。此邵子之學也。昔者庖羲氏之王天下也。仰則觀象于天。俯則觀法於地。觀鳥獸之文。與地之宜。於是始作八卦。以通神明之德。以類萬物之情。蓋以八卦盡天地萬物之理。宇宙之間。洪纖巨細。往來升降。生死消息之故。悉著之於象矣。後之人苟以一說求之。無所不通。故雖陰陽小數納甲飛伏。坎離塡補。卜數隻偶之類。人人盡自以爲易。而要之皆可以易言也。吾嘗論之。以爲易不離乎象數。而象數之變。至於不可窮。然而有正焉。有變焉。卦之所明白而較著者爲正。旁推而衍之者爲變。卦之所明白而較著者。此聖者之作也。執其無端以冒乎天下。旁推而衍之。是明者之述也。由其一方以達於聖人。伏羲之作。止於八卦。因重之如是而已矣。初無一定之法。亦無一定之書。而剛柔之上下。陰陽之變態極矣。夏爲連山。商爲歸藏。周爲周易。經別之卦。其數皆同。雖三代異名。而伏羲之易。卽連山而在連山。卽歸藏而在歸藏。卽周易而在周易。未嘗別有所謂伏羲之易也。後之求之者。卽其散見於周易之六十四卦者是已。今世所謂圖學者。以此爲周之易而非伏羲之易。別出橫圖於前。又左右分析之以象天氣。謂之圜圖。於其中交加八宮。以象地類。謂之方圖。夫易之於天氣地類蓋詳矣。奚俟夫圖而後見也。且謂其必出於伏羲。旣規橫以爲圜。又塡圜以爲方。前列六十四於橫圖。後列一百二十八於圜圖。太古無言之敎。何如是之紛紛耶。諸經遭秦火之厄。易獨以卜筮存。漢儒傳授甚明。雖於大義無所發越。而保殘守缺。惟恐散失。不應此圖交疊環布。遠出姬孔之前。乃棄而不論。而獨流落於方士之家。此豈可據以爲信乎。大傳曰。神無方。易無體。夫卦散於六十四。可圜可方。一入於圜方之形。必有曲而不該者。故散圖以爲卦而卦全。

紐卦以爲圖而卦局。邵子以步算之法。衍爲皇極經世之書。有分杪直事之術。其自謂先天之學固以此。要其旨不叛於聖人。然不可以爲作易之本。故曰推而衍之者變也。此邵子之學也。

易圖論下

或曰。自孔子贊易。今世所傳易大傳者。雖不必盡出於孔氏。而豈無一二微言於其間。子之不信夫易圖。以爲邵子之學則然矣。而邵子之所據者。大傳之文也。不曰易有太極。太極生兩儀。兩儀生四象。四象生八卦乎。此其所謂橫圖者也。又不曰天地定位。山澤通氣。雷風相薄。水火不相射乎。此其所謂伏羲卦位者也。又不曰帝出乎震。齊乎巽。相見乎離。致役乎坤。說言乎兌。戰乎乾。勞乎坎。成言乎艮乎。此其所謂文王卦位者也。曰。此非大傳之意也。邵子謂之云耳。夫易之法。自一而兩。兩而四。四而八。其相生之序則然也。八卦之象。莫著於八物。而天地也。山澤也。雷風也。水火也。是八者。不求爲偶而不能不爲偶者也。帝之出入。傳固已詳之矣。以八卦配四時。夫以爲四時焉則東南西北。緊是焉定。非文王易置之而有此位也。蓋說卦廣論易之象數。自三才以至於八物四時。人身之衆體。與天地間之萬物。何所不取。所謂推而衍之者也。此孰辯其爲伏羲文王之別哉。雖圖與傳無乖剌。然必因傳而爲此圖。不當謂傳爲圖說也。且邵子謂先天之旨在卦氣。傳何爲舍而曰天地定位。後天之旨在八用。傳何爲舍而曰帝出乎震。傳言卦爻象變詳矣。而未嘗一言及於圖。所可指以爲近似者。又不過如此。自漢以來。說易者今雖不多見。然王弼韓康伯之書尚在。其解前所稱諸章。無有以圖爲說者。蓋以圖說易自邵子始。吾怪夫儒者不敢以文王之易爲伏羲之易。而乃以伏羲之易爲邵子之易也。不可以不論。

易圖論後

或曰。子以易圖爲非伏羲之舊。固已明矣。若夫河以通乾出天苞。洛以流坤出地符。所謂河圖洛書可廢耶。蓋宋儒朱子之說甚詳。揭中五之要。明主客君臣之位。順五行生剋之序。辨體用常變之殊。合卦範兼通之妙。縱橫曲直。無不相值。可謂精矣。曰。此愚所以恐其說之過於精也。夫事有出於聖人而在學者有不必精求者。河圖洛書是也。聖人聰明睿智。德通於天。符瑞之生。出於世之所創見。而奇偶法象之妙。足以爲作易之本理。亦有然者。然曰河圖洛書。聖人則之者。此大傳之所有也。通乾流坤。天苞地符之文。五行生成。戴九履一之數。非大傳之所有也。以彼之名。合此之迹。以此之迹。符彼之名。不與大易同行。不藏於博士學官。而千載之下。山人野士。持盈尺之書。而曰古之圖書者如是。此其付受。固已沉淪詭祕。而爲學者之所疑矣。雖其說自以爲無所不通。然此理在人。仁者知者。皆能見之。龍虎之經。金石草木之卜。軌䇲占算之術。隨其所自爲說而亦無不合。豈必皆聖人之爲之乎。大傳曰。包犧氏之王天下也。仰則觀象於天。俯則觀法於地。夫天地之間。何往非圖而何物非書也哉。揭圖而示之曰。孰爲上下。孰爲左右。孰爲乾兌離震。孰爲巽坎艮坤。天之告人也何其瀆。因其上下以爲上下。因其左右以爲左右。因其乾兌離震以爲乾兌離震。因其巽坎艮坤以爲巽坎艮坤。聖人之效天也何其拘。且彼所謂效變化則垂象者。毫而析之。又何所當也。使二圖者果在如今所傳。然其所謂精蘊者。聖人固已取而歸之易矣。求圖書之說於易可也。子產曰。天道遠。人道邇。天者。聖人之所獨得。而人者。聖人之所以告人者也。告人以天。人則駭而惑。告人以人。人則樂而從。故聖人之作易。凡所謂深微悠忽之理。舉皆推之於庸言庸行之間。而卦爻之象。吉凶悔吝之詞。不亦深切而著明也哉。聖人見轉蓬而造車。觀鳥跡而製字。世之人求爲車之說與夫書之義則有矣。而必轉蓬鳥跡之求。愚未見其然也。孔子贊易。刪連山歸藏而取周易。始於乾而終於未濟。則圖書之列。粲然者莫是過矣。今夫治之所貴者範。而用者不求範而求器也。耕之所資者耒。而食者不求耒而求粟也。有圖書而後有易。有易則無圖書可也。故論語河不出圖。與鳳鳥同瑞而已。顧命河圖在東序。與兌弓和矢同寶而已。是故圖書不可以精。精於易者。精於圖書者也。惟其不知其不可精而欲精之。是以測度摹擬。無所不至。故有九宮之法。有八分井文之畫。有坎離交流之卦。與夫孔安國。歆。向。揚雄。班固。劉牧。魏華父。朱子發。張文饒諸儒之論。或九或十。或合或分。紛紛不定。亦何足辯也。舊刻直云宋儒朱子之說詳矣無揭中五之要以下四十餘字今從抄本補入又何物非書也哉之下常熟刻本有賣兎之書未必起于兎觀魚之樂未必出于魚十八字按後段有造車

製字之喻又有治範耕耒之喻此復有魚兔之說似設喻太多疑常熟刻是初本而崑山刻删去者是定本今從崑本會孫莊識

大衍解

大衍者。何也。所以求卦也。卦必衍之而後成也。衍法因蓍而起。蓍之半。故爲五十也。其衍以四十八進退離合成陰陽老少之畫。與其初掛之一亦不盡五十。故用四十九也。衍之變。自分二而定也。其掛其揲其扐。所以衍之也。等之四十八而已矣。分而掛。掛而揲。揲而歸奇。乃所以不齊也。歸奇者何也。四十九之策。若得老陽之九。除初掛必有十二之餘。若得少陰之八。必有十六之餘。若得少陽之七。必有二十之餘。若得老陰之六。必有二十四之餘。其所餘之數。不揲而歸之扐者。此所謂治數之法。舉其要也。九具於揲。則三奇見於餘。六具於揲。則三偶見於餘。七具於揲。則二偶一奇見於餘。八具於揲。則二奇一偶見於餘。不必反觀其在揲之數而已舉其要。此所以爲營之終也。其曰乾之策。二百一十有六。坤之策。百四十有四。二篇之策。萬有一千五百二十何也。此揲之以四之數也。掛扐雖舉其要。而七八九六之數。仍以在揲之策爲正。掛扐十二。無當於太陽之九。而揲四之三十六則九也。掛扐十六。無當於少陰之八。而揲四之三十二則八也。掛扐二十無當於少陽之七。而揲四之二十八則七也。至於太陰之六。雖其數相當。而以前三者爲比。亦必揲數之二十四而爲六也。故七八九六者。自揲之以四而取也。陽道盈而主進。太陽進之極而數最多。極則退矣。故爲少陰之三十二。陰道乏而主退。太陰退之極而數最少。極則進矣。故爲少陽之二十八。若掛扐之策。因過揲而見者也。故陽本進而反見其退。而數之少至于十二。陰本退而反見其進。而數之多至于二十四。此曆家逆行之術也。故曰揲之以四以象四時。又曰當期之日。而歸奇以象閏也。閏也者。時與日之餘也。

洪範傳

洪範之書起於禹。而箕子傳之。聖人神明斯道。垂治世之大法。此必天佑於冥冥之中而有以啓其衷者。故箕子以爲傳之禹。而禹得之天。漢儒說經多用緯候之書。遂以爲天實有以畀禹。故以洛書爲九疇者。孔安國之說。以初一至六極六十五字爲洛書者。二劉之說。以戴九履一爲洛書者。關朗之說。關朗之說。儒者用之。箕子所言錫禹洪範九疇。何嘗言其出於洛書。禹所第不過言天人之大法。有此九章。從一而數之至於九。特其條目之數。五行何取於一。而福極何取於九也。就如儒者說洛書之數。縱橫變化。其理甚妙。禹顧不用而姑取自一至九之名。其亦必不然矣。夫易之道甚明。而儒者以河圖亂之。洪範之義甚明。而儒者以洛書亂之。其始起於緯書而晚出於養生之家。非聖人語常而不語怪之旨也。洪範之書。以天道治人。聖人先天而天弗違。後天而奉天時。不過行所無事。少有私智於其間。即鯀之汨陳其五行也。讀洪範者。當知天人渾合一理。吾之所爲。即天之道。天之變化昭彰。皆吾之所爲。宇宙之間。充滿辟塞。莫非是氣。而後知儒者位天地育萬物之功。初不在吾性之外。天陰隲下民。天錫禹洪範九疇。與五紀之天。稽疑之天。庶徵之天。五福六極之天。其天一也。九疇並陳。若無統紀。而義實聯絡通貫。皇極居中。而以前四疇會爲皇極。後四疇皆皇極之所出。五行天道之常。敬之於五事。所以修己。厚之於八政。所以治人。叶之於五紀。所以欽天。皇極之道。盡之於是。而後以五事施八政。而時用其鼓舞之權。則謂之三德。謀及乃心。卿士。庶人。而命龜諏筮。則謂之稽疑。察肅乂哲謀聖之應。則謂之庶徵。以皇極斂福則有福而無極。前四疇責之於己。治天下之根本要會。後四疇取之於外。治天下之枝葉緒餘。箕子於皇極而言五福。於庶徵而言五事。此其可見之端也。敬農協建乂明念嚮威。各以一字該一疇之義。下文不過敍其目而演之。要無出此九字之中矣。敬者。一心之主宰。敬則五事之則見。而爲肅爲乂爲哲爲謀爲聖。不敬則五事之則失。而爲狂爲僭爲豫爲急爲蒙。敬之用非在外也。得其恭從明聰睿之則而已。八政者。所以厚民也。爲之飲食。爲之貨賄。爲之祭報。爲之居室。爲之交好。所以厚之也。至於斬伐咸劉。陳於原野。肆之朝市。亦所以厚之也。期於胥匡以生而已矣。人主不達乎厚用之意。則建官立政。漫無可據。此官方之所以錯亂也。五紀者。以歲之數協月之數。以月之數協日之數。以日月之數協星辰之數。以歲日月星辰之數。協曆之數。治曆明時。隨時占候。期於協而已矣。建用皇極者。

天於兆庶之中。獨命皇以治之。則皇之一身。固斯世之取則。既爲斯世之所取則。不可無道以觀示之。而所謂道者。又皆斯世之所同然。特彼拘於氣稟。狃於習尙。遂不知所以自立。而皇亦不必屑屑焉求治於天下。而惟自盡其所同然者。以立於此而風動之。則天下靡然知所嚮方矣。建者立於此而則於彼之謂也。乂用三德者。正直剛柔。弛張變化。當正直而正直。當剛而剛。當柔而柔。視物之所宜。而無取必於其間。此乂用之道也。稽疑者。有所疑而不明。故稽以明之。事之明者。無待於稽。事之疑者。聖人亦不能不取決於神。汝則有大疑。而卿士庶民。羣言並興。將誰適從。此卜筮之建。聖人所以齋戒以神明其德者也。人之於天。其精氣相感。捷若影響。況人主爲天地之心。一念之善。喜見於天而和氣應之。一念之惡。譴見於天而沴氣應之。故欲觀己之善惡。當觀天之所以爲應者以驗之。雨暘燠寒風之時。則知其爲肅乂哲謀聖之應。雨暘燠寒風之恆。則知其爲狂僭豫急蒙之應。驗之爲言。如孝子事親。日候其顏色以爲憂喜。此人主事天之誠也。嚮用五福。嚮之而惟恐民之不得平壽富康寧。攸好德考終命之福。威用六極。畏之而惟恐民之或罹於凶短折疾憂貧惡弱之極。世之人主。知棄極取福矣。孰能嚮而威之。堯舜在上。比屋可封。民無凶荒天札者。此嚮威之實也。潤下。炎上。曲直。從革。稼穡。聖人察五行之性如此。鹹苦酸辛甘。聖人察五行之變化。而無所不在如此。聖人之治天下。不過因其下而爲之下。因其上而爲之上。因其從革曲直。爲之從。革曲直。因其稼穡而爲之稼穡。是以天不失時。地不失利。物不失性。以五事則敬。以五紀則協。以皇極則建。以三德則乂。明於稽疑。則有吉而無凶。驗於庶徵。則得雨暘燠寒風之時。嚮於五福。則有壽富康寧攸好德考終命之應。八疇言用而五行不言用。直言其爲五行者如此。而聖人之用可見矣。禹貢一篇。不過水曰潤下之一語。而箕子以爲彝倫之攸敍者此也。人在天地之間。有此身。卽有貌言視聽思之五事。貌之體本恭。而可以作肅。言之體本從。而可以作乂。視之體本明。而可以作哲。聽之體本聰。而可以作謀。思之體本睿。而可以作聖。故五事之言恭從明聰睿者。猶水之言潤下也。此所謂有物必有則。形色天性也。能敬用此五事。則聰明睿知由此而出。篤恭而天下平矣。所謂皇極雖兼總八疇。而其綱又在乎五事之一疇也。八政唐虞則屬之九官。禹則有六府三事。周家則謂之六典。即此八政離合不同。治內之政六。而司寇最後。治外之政二。而師居末。蓋食之居之教之如是而後麗於刑。則刑之可以無憾。邦交之禮不失。撫字之恩常洽。如是而不順則侵伐不爲黷。此順施之序。五紀雖五。總之實曆數之一紀。此亦王者之政。不序於八政之中。所以尊天。蓋人主繼天以子兆民。俯察民情而爲之政。仰觀天運而爲之紀。以此與八政相對。故不列於八政之中。堯命四子。舜在璿璣玉衡以齊七政。虞夏之間。羲和之職最重。故胤征以傲擾天紀誓師。周官歸之保章氏。後世益輕。太史公以爲近乎卜祝之間也。皇極一疇言錫福何也。富壽安逸。人主所欲致之於民而不能得之於天。惟其使民作善而期於回天地之氣。此其錫福之徵者也。福者。天下之所共欲。顧昏迷於行。不知所則效。顚倒悖謬以自取戾。人君建極以示之。使知所則效而爲善。以日圖致福之道。是乃聚斂衆福以敷錫於民也。庶民得于觀感之間。皆於汝之極。保守不敢失墜。以應汝而錫汝保極矣。凡天下之無有淫朋比德者。皆皇之化也。夫皇之化斯民。惟是立之則以示之。使之順治於不識不知之中。而無假於聲色之末。此皇建其極之本旨。然而鼓舞振作長育成就之功。亦時行於其間。於以扶掖引誘以發其攸好德之心。于其有爲有猷有守者。則愛念之而不忘。不協于極而不罹于咎者。亦受之而康而色而不拒。所以發其攸好德之心。民曰予攸好德。則錫之福。而知歸于極矣。虐煢獨而畏高明。政之不平。而人心之所由以不服。皆起於此。皇極之君。必無虐煢獨而畏高明。又于其有能者。與之以官。使羞其行。展其材猷以昌吾之國。又能厚其祿。使之好于而家。亦所以發其攸好德之心。蓋人而無攸好德之心，則雖欲錫之福而彼不受。徒爲汝之咎矣。攸好德者。人之良心動而歸極之機也。人主作成一世之人。在於發其攸好德之心而已。攸好德之福錫。而五福皆錫也。曰。皇建其有極。斂時五福。明以建極。爲錫福之本。曰予攸好德。明以攸好德爲五福之綱。遵道遵路。即可以見蕩蕩平平之體。言皇極之化。大普於世。利用出入。莫非是道之昭著也。皇極之道。其所以致民之化如此。是皆天之理。天之訓。而人主無絲毫智力於其間。知所謂蕩蕩平平正直者。則知所謂帝之訓矣。凡厥庶民。是訓是行。天子之光。如日月之照被。日近日親而日尊也。近天子之光。萬物熙熙之景象也。歸極之民蓋如此。平康之世。以正直治之。強梗之世。以剛治之。和柔之世。以柔治之。隨世而爲輕重。易之所以有小過大過也。然一代之習尙多從人主性之所近。高明者多於用剛。沈潛者多於用柔。此治體之所以不純。故在矯而克之強。弗友燮友。稱其物之所感。此剛克柔克也。高明沈潛。制其性之所偏。亦剛克柔克也。威福玉食之柄。不移於下。則正直剛柔之權在於上矣。古者尊天而重神。不敢自信而待於卜筮以取決。而至誠無私之德。常與神明通。是以鬼神應之。各極其理之所至而無毫髮之爽。故卜筮必可信。而禹以爲治天下之一疇。擇建立卜筮人而命之卜筮。蓋其重也如此。卜之體色墨拆。有雨霽蒙驛克之五兆占之。變化往來。有貞悔之二體。於其差忒不齊之中。而衍之以觀其從違。金縢卜三龜。大誥朕卜幷吉。士喪禮卜葬。卜者三人。古者卜筮皆用三人。蓋吾之所甚嚴而信之者。僅取衷於一人。時或不能與神明會。故詳以求之。龜從筮從。筮卜筮兼舉。而龜筮協從。大事先筮而後卜。晉侯得阪泉之兆。趙鞅遇水適火。又筮之是也。又有獨用之者。卜稽如台。夢協朕卜。卜河朔黎水。予得吉卜。卜筮不相襲是也。龜筮共違於人。雖於卿士庶民有不恤。夫旣謂之大疑。則固有人所不及知而天知之者。蓍龜之理微矣。雨暘燠寒風者。天地慘舒之氣。而繫于人主視聽言貌之間。蓋天人相感之機。有不可誣者。故箕子以意類明之。五者來備。各以其敍。所謂時也。極備極無。所謂恆也。雨暘燠寒風之時不同。其爲休之徵同也。故以五事之修類屬之。以爲其當如是而已矣。求其所以肅之必爲雨。乂之必爲暘。哲之必爲燠。謀之必爲寒。聖之必爲風者。不可得也。雨暘燠寒風之恆不同。其爲咎之徵同也。故以五事之不修類屬之。以爲其當如是而已矣。求其所以狂之必爲雨。僭之必爲暘。豫之必爲燠。急之必爲寒。蒙之必爲風者。亦不可得也。漢儒不原箕子之意。規規然務離而析之。所以流爲災異之學。庶徵以天道人事相推較。故又借歲月日星。爲王與卿士師尹庶民之喻。蓋旁衍及之。非本疇之正傳。歲以統月。月以統日。歲與日月。運行不息而成生物之功。王以統卿士。卿士統師尹。王與卿士師尹。勤職不懈而致天下之治。積日成月。散月于日而月不見。積月成歲。散歲于月而歲不見。君臣上下小大繁簡之致見矣。歲月日時無易者。王卿士師尹不失其職。此百穀之所以成。乂之所以明。俊民之所以章。家之所以平康。而爲治之徵也。日月歲時旣易者。王卿士師尹失其職。此百穀之所以不成。乂之所以昏。俊民之所以微。家之所以不寧。而爲亂之徵也。治與亂。存乎其職之失與不失而已矣。王卿士師尹以職言。庶民之可言者情也。如星有好風好雨。有所好者。庶民之情也。庶民不能自致。則固卿士師尹之責耳。日月之行而有冬夏。月之從星而有風雨。上之舉動。繫乎民之休戚者如此也。月入箕則多風。離畢則多雨。宿軫則雨。宿井則風。風雨以其氣相感。故謂星之有好風好雨也。福極天之所命者。而人主制其權。故養之而可以使之壽。厚之而可以使之富。節其力而可以使之康寧。教之而可以使之攸好德。不傷之而可以使之考終命。然有養之厚之節之教之不傷之所不能及者。故必有潛移默奪於冥冥之中。此所以爲位育之極功。而居九疇之終也。

昔王荊公曾文定公皆有洪範傳。其論精美。遠出二劉二孔之上。然予以爲先儒之說。亦時有不可廢者。因頗折衷之。復爲此傳。若皇極言予攸好德。卽五福之攸好德。而所謂錫福者。錫此而已。箕子丁寧反覆之意。最爲深切。古今注家未之及也。不敢自謂有得箕子之心於千載之下。然世之君子。因文求義。必於予言有取焉矣。

尙書敍錄

余少讀尙書。卽疑今文古文之說。後見吳文正公敍錄。忻然以爲有當於心。揭曼石稱其綱明目張。如禹之治水。信矣。自是數訪其書。未得也。己亥之歲。讀書於鄧尉山中。頗得深究書之文義。益信吳公所著。爲不刊之典。因念聖人之書。存者年代久遠。多爲諸儒所亂。其可賴以別其眞僞。惟其文辭格制之不同。後之人雖悉力模擬。終無以得其萬一之似。學者由其辭。可以達於聖人而不惑於異說。今伏生書與孔壁所傳。其辭之不同。固不待於別白而可知。昔班固志藝文。有尙書二十九篇。古經十六卷。古經。漢世之僞書。別於經。不以相混。蓋當時儒者之慎重如此。而唐之諸臣。不能深考。猥以晚晉雜亂之書。定爲義疏。而漢魏專門之學。遂以廢絕。夫書之厄已至矣。伏生掇拾於流亡之餘。以篤老之年。廑廑垂如綫之緖于其女子之口。千萬世之下。因是可以稍見唐虞三代之遺。而可不知所愛惜哉。朱子蓋有所不安。而未及是正。吳公實有以成之。而今列于學官者。旣有著令。薦紳先生。莫知廣石渠白虎之異義。學者蹈常習故。漫不復有所尋省。以數百年雜亂之書。表章於一代大儒之手。而世亦莫能以尊信之。可歎也已。余未見吳公書。乃依髣其意。釐爲今文如左。而存其敍錄於前。以俟他日得公書參考焉。

考定武成

惟一月壬辰旁死魄。越翼日癸巳。王朝步自周。於征伐商。王若曰。嗚呼。羣后。惟先王建邦啓土。公劉克篤前烈。至於太王。肇基王迹。王季其勤王家。我文考文王。克成厥勳。誕膺天命。以撫方夏。大邦畏其力。小邦懷其德。惟九年。大統未集。予小子其承厥志。底商之罪。告於皇天后土。所過名山大川。曰。惟有道曾孫周王發。將有大正於商。今商王受無道。暴殄天物。害虐蒸民。爲天下逋逃主。萃淵藪。予小子既獲仁人。敢祇承上帝。以遏亂略。華夏蠻貊。罔不率俾。恭天成命。肆予東征。綏厥士女。惟其士女。匪厥玄黃。昭我周王。天休震動。用附我大邑周。惟爾有神。尙克相予。以濟兆民。無作神羞。既戊午。師渡孟津。癸亥。陳於商郊。俟天休命。甲子昧爽。受率其旅若林。會於牧野。罔有敵於我師。前徒倒戈。攻於後以北。血流漂杵。一戎衣。天下大定。乃反商政。政由舊。釋箕子囚。封比干墓。式商容閭。散鹿臺之財。發鉅橋之粟。大賚於四海。而萬姓悅服。厥四月哉生明。王來自商。至於豐。乃偃武修文。歸馬於華山之陽。放牛於桃林之野。示天下弗服。丁未。祀於周廟。邦甸侯衛。駿奔走。執豆籩。越三日庚戌。柴望。大告武成。既生魄。庶邦冢君。暨百工。受命於周。列爵惟五。分土惟三。建官惟賢。位事惟能。重民五教。惟食喪祭。惇信明義。崇德報功。垂拱而天下治。

余所考定如此。只移得厥四月以下一段。文勢既順。亦無闕文矣。汪玉卿嘗疑甲子失序。蓋先儒以漢志推此年。置閏在二月。故四月有丁未庚戌。本無可疑也。

孝經敍錄

孝經一篇十八章。河間顏芝所藏。芝子貞出之。孝經古孔氏一篇。二十二章。孔氏壁中所藏。魯三老獻之。漢世傳孝經。有長孫氏。江氏。后氏。翼氏四家。而古文絕無師授。至劉向校定幷除。卒以十八章爲定。魏晉以後。王肅。韋昭。

謝萬。徐整之徒。注者無慮百家。莫有言古文者。蓋古文幷於十八章。而孔氏之別出者。廢已久矣。隋劉炫始自離析增衍。以合二十二章之數。著稽疑一篇。當時遂以爲孔傳復出。而儒者固已譁然。謂炫自作。炫又僞造連山魯史等百卷。則炫之書。又可信哉。故嘗以古文孝經。與古文尙書。俱自孔氏。而廢與隱見於漢隋之際。其迹略同。而其可疑一也。晉穆帝永和十一年。及孝武太元元年。再聚羣臣。共論經義。荀昶撰進孝經諸說。以鄭氏爲宗。其後陸澄謂爲非元所注。唐開元七年。詔羣臣集議。史官劉子元。遂請行孔廢鄭。夫子元以爲非鄭之注可矣。因欲以廢經而用劉炫之古文。豈不過哉。當是時。儒者盡非子元。天子卒自注定。從十八章。仍八分御札。勒於石碑。世謂之石臺孝經。宋咸平中。詔邢昺。杜鎬等。依以爲講義。而司馬温公指解。猶尊用古文。其意詆今文。爲他國疏遠之僞書。蓋見新羅。日本之別序。而近忘京兆之石臺也。元吳文正公。始斥古文之僞。因朱子刊誤。多所更定。今予一從石本。獨其章名。乃梁博士皇偘之所標。非漢時之所傳。故悉去之。予又著其說曰。大哉。孝之道。非聖人莫之知也。昔孔子嘗不對或人之問禘矣。其言明王之以孝治天下。至于刑四海。事天地。言大而理約。豈非極萬殊一本之義。意其所以告曾子者如此哉。雖然。其書非孔氏之舊也。宋元大儒。固卓然獨見於千載之下。以破諸儒之惑矣。然其所去者是矣。而所存者。又未必純乎孔氏之舊也。則莫若俱存之。自秦火之後。諸儒區區掇拾。而文藝之全者尠矣。非孔子復生。莫之能復也。今世所存。如孝經。家語。大小戴之記。要以爲有聖人之微言。故莫若俱存之。而待學者之自擇也。皇偘見梁書舊刻作皇甫偘誤也

荀子序錄 荀子非經也今以無所附麗姑從前人所選本編入經解後

荀子三十二篇。唐大理評事楊倞。常移易其篇第。而今篇中亦多有失倫次者。余欲重加釐整。而憚于紛更。第別其章條。或句。爲之斷長短。皆有意焉。而時有舛謬。取韓子削其不合者。附于聖人之籍之意。與其他脫文衍字。並爲識別。讀者可以一覽而知也。當戰國時。諸子紛紛著書。惑亂天下。荀卿獨能明仲尼之道。與孟子並馳。顧其爲書者之體。務富于文辭。引物連類。蔓衍夸多。故其間不能無疵。至其精造。則孟子不能過也。自揚雄韓愈皆推尊

之。以配孟子。迨宋儒頗加詆黜。今世遂不復知有荀氏矣。悲夫。學者之于古人之書。能不惑于流俗。而求自得于心者蓋少也。

卷二　序

項思堯文集序

永嘉項思堯與余遇京師。出所爲詩文若干卷。使余序之。思堯懷奇未試。而志于古之文。其爲書可傳誦也。蓋今世之所謂文者。難言矣。未始爲古人之學。而苟得一二妄庸人爲之巨子。爭附和之以詆排前人。韓文公云。李杜文章在。光燄萬丈長。不知羣兒愚。那用故謗傷。蚍蜉撼大樹。可笑不自量。文章至于宋元諸名家。其力足以追數千載之上而與之頡頏。而世直以蚍蜉撼之。可悲也。無乃一二妄庸人爲之巨子以倡道之歟。思堯之文。固無俟于余言。顧今之爲思堯者少。而知思堯者尤少。余謂文章天地之元氣。得之者。其氣直與天地同流。雖彼其權。足以榮辱毀譽其人。而不能以與于吾文章之事。而爲文章者。亦不能自制其榮辱毀譽之權于己。兩者背戾而不一也久矣。故人知之。過于吾所自知者。不能自得也。己知之。過于人之所知。其爲自得也。方且追古人于數千載之上。太音之聲。何期于折楊皇華之一笑。吾與思堯言自得之道如此。思堯果以爲然。其造于古也必遠矣。

玉巖先生文集序

玉巖先生文集。故刑部右侍郎周公所著。公諱廣。字充之。別自號玉巖。崑山太倉人。太倉後建州。故今爲州人。公舉弘治乙丑進士。歷莆田吉水二縣令。以治行爲天下第一。徵試浙江道監察御史。屢兩月。上疏諫武宗皇帝。佞幸疾之。欲寘之死。而上不之罪也。故得無下詔獄。貶懷遠驛丞。而佞幸者怒未已。使人遮道刺公。公僞爲頭陀。持波嗢囉以行乞四百餘里。乃免。武定侯郭勛鎮嶺南。承望風旨。僞以白金試公。公拒不受。一日。攝公閉府門。箠擊之幾死。行省官惕息莫敢救。御史有言而解。久之。遷建昌令。再貶竹寨驛丞。會武宗晏駕。今上即位。詔舉遺逸。公復爲御史。尋遷江西按察司僉事。歷九江兵備副使。江西提學副使。福建按察使巡撫。江西右僉都御史。陞南京刑部右侍郎。公自起廢不十年。至九卿。不可謂不遇。而遂不幸以死。不能究其用也。然天下稱武宗之世。能以直諫顯者。自公之外。不過數人耳。天子中興。思建萬世之業。則正色而立於朝廷如公者。豈可一日而無哉。故嘗以謂士之忠言讜論。足以匡皇極而扶世道。使之著於廟廊。澤被生民。世誦其詞而傳之。宜矣。若夫詆訐叫號。不見省采。徒爲一時之空言。似不足以煩紀載。而學士猶傳道之不絕。豈不以天下之欲生也久矣。有其言。足以轉亂爲治。利安元元。雖不見之施行。而實天啓其人。使昭一世之公道。後之人。猶搤腕拊掌。幸其時能用其言。而不至於壞也。國家累洽休明。迨敬皇之世。百姓安生樂業。有富庶之效。武宗承緒。不改其舊。則生民何幸。而金貂左右倿幸倡優之笑。縱橫亂政。而上常御豹房。輕騎婧出。六宮愁怨。未有繼嗣之慶。胡僧挾左道以梵呪弭賊。則樊並蘇令嘯聚之禍。蔓衍無窮。淮南濟北覬覦之謀。乘間而發。是時元老大臣。特從容勸上蚤朝而已。亦未敢端言之也。公奮不顧身。指切時事。而尤惓惓以欲法堯舜。當法孝宗爲言。使公言獲用。天下蒼生。豈不受其福哉。此予所以讀公之疏。於本朝否泰升降之際。未嘗不三復而歎息也。公好性理之學。與魏恭簡公相善。故諸子皆及恭簡之門。而居官政績。多可紀語。具其門人陸光祿鼇所述行狀中。公歿十餘年。太倉兵備副使南昌魏侯良貴。爲公江右所造士。登堂拜公像。求遺稿。捐俸刻之。公之子士淹。士洵。以序見屬。因著公平生大節。而論之如此云。

山齋先生文集序

今天子卽位十年間。吾崑山之仕於朝者。遍列九卿侍從。幾與大省比。刑部尚書周康僖公。與其子大理寺丞于岐。同時在位。而永嘉張文忠公方秉國。公父子皆以失張公意。先後罷去。居閒以詩文自娛。康僖公年八十餘。而大理僅餘六十以終。前歲。公次子太僕丞。以貞菴漫稿見屬爲序。至是大理孫廷望。還自太學。復請序其祖之文。余及侍康僖公。又辱大理知愛。不可以辭。嘗讀武宗毅皇帝遺事。時寧藩不軌。臨安胡永清爲按察司副使。奏事中陰折之。而主府交通近倖。必致胡公死地。禁繫連年。而給事中御史章連上。大臣亦擁護之。故遼左之謫。姑以慰謝驕王。卒賴朝廷清論。而一時薰天之勢。迄不能致胡公於死。方永嘉用事。御史禡恩上書。歷詆大臣。永嘉與吏部汪尙書。尤惡其指切。欲傳致之死。會皇子生。將放赦。故事。諸司各條事款。上之公卿。平議其可行者。書之詔中。而大理條款。獨有以爲禡御史地。永嘉與吏部怒。大理遂去官。而禡御史亦得不死。嗟乎。直臣端士。世不可一日無。設不幸陷於罪戮。旁觀者不出力以爭之。則囚纍孤臣。糜死無日矣。余每論此。未嘗不流涕歎息也。大理精於法律。或疑其文深。然論議未嘗不引大體。易州上巨盜二人。一人瘐死。一人病。此兩人皆死。則所誣引皆不能白。乃餔藥之。其後獲眞盜。而誣引者皆出。夷人耶擠松犯邊。獲其兄子耶尙加禿。坐以親屬相容隱律。減死論。以懷遠夷。薦都督馬永任邊將。尙書以有前詔。永不許起用。欲奏請曰。若奏不可。其人終不用矣。卒薦之。朝論翕然稱服。惠安伯提督團營。尋有旨以豐城侯佐之。豐城以侯當先伯奏。改勑下兵部議曰。侯先伯者。常也。若上所命。則公以下。宜皆不敢抗。其在朝可稱紀者如此。余嘗謂士大夫不可不知文。能知文而後能知學古。故上焉者。能識性命之情。其次亦能達於治亂之跡。以通當世之故。而可以施於爲政。顧徒以科舉剿竊之學以應世務。常至於不能措手。若大理所謂有用者。非有得於古文乎。予故述其行事大略。以俟後之君子。讀其文而求論其世者。凡爲文若干卷。曰山齋者。其自號也。

雍里先生文集序

雍里先生。少爲南都吏曹。歷官兩司。職務清簡。惟以詩文自娛。平居言若不能出口。或以不知時務疑之。及考其涖官所至。必以經世爲心。殆非碌碌者。嗟夫。天下之俗。其敝久矣。士大夫以媕婀雷同。無所可否爲識時達變。其間稍自激勵。欲舉其職事。世共訾笑之。則先生之見。謂不知時務也固宜。予讀其應詔陳言。所論天下事。是時天子厲志中興之治。中官鎭守。歷世相承不可除之害。竟從罷去。昔人所謂文帝之於賈生。所陳略見施行矣。當強仕之年。進位牧伯。爲外臺之極品。亦不爲不遇。而遂投劾以歸。家居十餘年。閉門讀書。恂恂如儒生。考求六經孔孟之旨。潛心大業。凡所著述。多儒先之所未究。至自謂甫弱冠入仕。不能講明實學。區區徒取魏晉詩人之餘。摹擬鍛鍊以爲工。少年精力。耗於無用之地。深自追悔。往往見於文字中。不一而足。暇日。以其所爲文。名之曰㤕贅錄。予得而論序之。以爲文者。道之所形也。道形而爲文。其言適與道稱。謂之曰其旨遠。其辭文。曲而中。肆而隱。是雖累千萬言。皆非所謂出乎形。而多方駢枝於五臟之情者也。故文非聖人之所能廢也。雖然。孔子曰。天下有道。則行有枝葉。天下無道。則言有枝葉。夫道勝則文不期少而自少。道不勝。則文不期多而自多。溢於文。非道之贅哉。於是以知先生之所以日進者。吾不能測矣。錄凡若干卷。自舉進士。至謝事家居之作皆在焉。然存者。不能什一。猶自以爲㤕贅云。

五嶽山人前集序

余與玉叔。別三年矣。讀其文益奇。余固鄙野。不能得古人萬分之一。然不喜爲今世之文。性獨好史記。勉而爲文。不史記若也。玉叔好史記。其文卽史記若也。信夫。人之才力。有不可強者。夫西子病心而矉其里。其里之醜人。亦捧心而矉其里。其里之富人見之。堅閉門而不出。貧人見之。挈妻子去之而走。余固里之醜人耳。若有如西子者。而爲西子之矉。顧不益美也耶。故曰。知美矉而不知矉之所以美。夫知史記之所以爲史記。則能史記矣。故曰嗚合與天地爲合。其合緡緡。甚矣文之難言也。每與玉叔抵掌而談。相視而笑。今見其燁燁爾。洋洋爾。纚纚爾。别之三年。而其文之富如此。能史記若也。荆楚自昔多文人。左氏之傳。荀卿之論。屈子之騷。莊周之篇。皆楚人也。試讀之。未有不史記若也。玉叔生于楚。其才豈異于古耶。先是以其稿留余者。逾月。似以余爲知者而命之題其後。昔韓退之才兼衆體。故敍樊紹述則如樊紹述。敍柳子厚則如柳子厚。余不能如玉叔也。況史記耶。夫苟能如玉叔。則亦里之捧心者也。

戴楚望集序

世宗皇帝。自郢入繼大統。戴楚望以王家從來。授錦衣衞千戶。其後稍遷至衞僉事。嘗典詔獄。當是時。廷臣以言事忤旨鞫繫者。先後十數人。楚望親視食飲湯藥衣被。常保護之。故少瘐死者。其後往往更赦得出。如永豐聶文蔚。以兵書被繫。楚望更從受書獄中。以故中朝士大夫。籍籍稱其賢。嘉靖四十四年。予中第居京師。楚望數見過。示以所爲詩。其論欲遠追漢魏。以近代不足爲。予益異之。予既調官浙西。遂與楚望別。隆慶二年春。朝京師。楚望之子樞。裒其平生所爲文百卷。謁予爲序。蓋楚望之於道勤矣。始。楚望先識增城湛元明。是時年甚少。已有志於求道。既而師事泰和歐陽崇一。聶文蔚。至如安成鄒謙之。吉水羅達夫。未嘗識面。而以書相答問。及其所交親者。則毗陵唐以德。太平周順之。富平楊子修。並一時海內有道高名之士。予讀其所往來書。大抵從陽明之學。至於往復論難。必期於自得。非苟爲名者。噫。道之難言久矣。有如前楚望所爲師友。皆以卓然自立於世。而楚望更與往來上下其議論。則楚望之所自立者可知矣。予之初識之。特謂其典詔獄。爲國家保護善人。以爲武臣之慕義者也。及稍與之親。觀其論詩。欲上追古作者。又以爲學士大夫之好文者也。蓋不知楚望之於道如此。昔魏舒爲將軍鍾毓長史。毓每與參佐射。舒常爲畫籌。一日。令舒備偶。毓初不知其善射。而舒容止閑雅。發無不中。毓歎曰。吾之不足以盡君才。如此射矣。楚望之初。不以語予者。豈其不欲以自見歟。抑何予之知之之晚耶。抑以予之不及於此歟。予與諸公生同時。間亦頗相聞。顧平日不知所以自信。嘗誦易曰。神而明之。存乎其人。默而成之。不言而信。存乎德行。老子曰。多言數窮。不如守中。故黯黯以居。未敢列於當世儒者之林。以親就而求正之。又怪孟子與荀卿同時。而終身不相遇。及是而楚望之所與遊。一時零謝盡矣。此予之所以爲恨。而羨楚望之獲交於諸公間也。因讀其集。慨然太息而歸之。富平楊子修忠介公爵也常熟本作楊用修誤

戴楚望後詩集序

戴楚望居環衛。好讀書。不類鶡冠者。尤喜論易尚書風雅頌。皆究其旨。故其爲詩。不規摹世俗而獨出於胸臆。經生學士。往往爲科舉之學之所浸漬。殆不能及也。今天子初年。郊邱九廟明堂諸所更大禮。楚望日執戟持橐殿陛下。以所見播爲歌詩。昔太史公留滯周南。以天子建漢家之封。而己不得與從事以爲恨。而楚望可謂遭遇矣。楚望嘗掌詔獄。當是時。諸臣以言事忤旨。及他詿誤繫獄者。力保全之。予讀其九哀。蓋不肯迎承時意。至與權臣

相失。幾陷不測。其存心如此。噫。善人國之紀也。楚望汲汲爲國保全善類。其後當有興者乎。予謂楚望之詩。國史當有采焉。讀之三復嘆息。因序而歸之。跋附後

先皇帝修代來功。楚望得官錦衣。與楚望等比者。極人臣之寵。楚望澹然不以爲意。且以直道。時與之忤。錦衣勳衛。皆金張許史之遊。而楚望閉門讀書。入其室蕭然。此尤不可及者。序中略之。因題其卷末云。

沈次谷先生詩序

余少不自量。有用世之志。而垂老猶困於閭里。益不喜與世人交。而人亦不復見過。獨沈次谷先生。數數過予。必以其所爲詩見示。而商確其可否。先生今年七十有八。耳目聰明。筋力強健。時獨行道中。人至山麓水涯。及佛老之宮。往往見之。蓋先生同時人多凋謝。興之所寄。徒獨往耳。無與俱也。一日。先生手自編平生所作。凡若干卷。俾余序其首。夫詩之道。豈易言哉。孔子論樂。必放鄭衛之聲。今世乃惟追章琢句。摸擬剽竊。淫哇浮豔之爲工。而不知其所爲敝一生以爲之。徒爲孔子之所放而已。今先生率口而言。多民俗歌謠。憫時憂世之語。蓋大雅君子之所不廢者。文中子謂諸侯不貢詩。天子不採風。樂官不達雅。國史不明變。斯已久矣。詩可以不續乎。蓋三百篇之後。未嘗無詩也。不然。則古今人情無不同。而獨於詩有異乎。夫詩者。出於情而已矣。次谷知詩者。敢幷以是質之。而其巖處高尚之志。世路艱危之跡。見于其自序者詳矣。故不論。

草庭詩序

廬陵康君彛。字才難。來游吳中。士大夫皆樂與之交。將還。爲歌詩贈之。而以草庭爲題。凡爲詩若干首。請余爲之序。草庭者。君居家精舍名也。君家在西昌郭外。臨大江。日閉戶讀書其中。用周子庭前草不除之語。以名其室。蓋周子得孔孟之心於千載之下。卽此庭草不除。與己意同而已。莊子曰。儵魚出游從容。是魚樂也。惠子曰。子非魚。安知魚之樂。莊子曰。子非我。安知我之不知魚之樂。人與萬物一體。其生生之意同。故昆蟲未蟄。不以火田。不麛不卵。不殺胎。不殀夭。不覆巢。此心也。賁若草木。此心也。天下雷行。物與無妄。先王以茂對時育萬物。同此生生之

意而已。知此。則知所謂鳶飛魚躍。與必有事焉而勿正之義同。而程子再見周茂叔。吟風弄月以歸。有吾與點也之趣。豈謂濠上之游。以莊子非魚。而不知魚之樂也哉。周子家道州。二程子從受學焉。即今江西之南安。其後象山草廬相望而出。俱在大江之西。而廬陵自歐陽公以來。文章節義。尤稱獨盛。謂其皆無得於斯道。不可也。今數年來。海內學者絕響。而江右一二君子。猶能抱獨守殘。振音于空谷之中。當世學淪喪。而巋然有存者。君生其鄉。豈謂無所聞哉。何君本徽實君之弟子。而與余有太學之舊。尤數稱君行誼。超然世俗利欲之外。余故爲序所以爲草庭之意。而其爲詩者。蓋不必論也。

經序錄序 代

予昔承乏汴藩。因識宗室西亭公。修學好古。有河間大雅之風。嘗得唐李鼎祚周易集傳。槧版行於世。又爲諸經序錄。凡爲經之傳註訓詁者。皆載其序之文。使世之學者。不得見其書而讀其序。固已知其所以爲書之意。庶以廣其見聞。而不安於孤陋。寔嘉惠後學之盛心也。昔孔子修述先王之經。以教其門人。傳之世世不絕。遭秦燔書。漢儒存亡繼絕。不遺餘力。自此六藝稍稍備具。太常之所總領。凡十四博士。而古文尚書。毛詩。穀梁。左氏春秋。雖不立學官。猶推高第爲講郎給事近署。而天子時會羣儒。都講親制臨決。所以網羅遺軼。博存衆家。其意遠矣。沿至末流。旋復放失。則鄭王之易。自出費氏。而賈逵馬鄭。爲古文尚書之學。孔氏之傳最後出。三禮獨存鄭註。春秋。公穀浸微。傳詩者毛詩鄭箋而已。唐貞觀間。始命諸儒粹章句爲義疏。定爲一是。於是前世儒者僅存之書。皆不復傳。如李氏易解。後人僅於此見古人傳註之一二。至啖助以己意說春秋。史氏極詆其穿鑿。蓋唐人崇進士之科。而經學幾廢。故楊綰。鄭餘慶。鄭覃之徒。欲拯其弊而未能也。宋儒始以其自得之見。求聖人之心於千載之下。然雖有成書。而多所未盡。賴後人因其端以推演之。而淳祐之詔。其書已大行於世。勝國遂用以取士。本朝因之。而學校科舉之格。不免有唐世義疏之弊。非漢人弘博之規。學士大夫循常守故。陷於孤陋而不自知也。予自屏居山林。得以徧讀諸經。竊以意之所見。常以與今之傳註異者。至如理象之殊。而圖書大衍用九用六之論。未能定也。古今文之別。而豫章晚出之書。未能釐也。三百篇之全。而桑間濮上之淫音。未能黜也。襃貶實錄之淆亂。而氏族名字日月地名之未能明也。郊邱混而五天帝。昆侖神州之一。而始祖之祭。不及羣廟也。洪範以後。金縢召洛二誥之疎脫。非朱子之遺命也。開慶師門之傳。非鄭氏之奧義也。紹興進講之書。非三傳之專學也。則王柏。金履祥。吳澄。黃澤。趙汸。卓越之見。豈可以其異而廢之乎。歐陽子曰。六經非一世之書。其將與天地無終極而存也。以無終極視千歲。於其間頃刻耳。則予之待於後者無窮也。嗟夫。士之欲待於無窮者。其不拘牽於一世之說明矣。道遠不能與西亭公訂正其疑義。而序其略如此云。

史論序

西漢以來。世變多故。典籍浩繁。學者窮年不能究。宋世號稱文盛。當時能讀史者。獨劉道原。而司馬文正公嘗言。自修通鑑成。惟王勝之一讀。他人讀未終卷。已思睡矣。今科舉之學。日趨簡便。當世相嗤笑。以通經學古。爲時文之蠹。而史學益廢不講矣。遺石先生。自少耽嗜史籍。倣古論贊之體。爲書若干萬言。而先生尤自珍秘。不肯輕以示人。往歲司教黃岡時。時與客泛舟赤壁之下。舟中常持史論數卷。會督學使者將至。先生浮江出百里迎之。舟至青山磯。風波大作。船幾覆。但問從者。史論在否。與司馬公所稱孫之翰事絕類。之翰之書。得公與歐蘇二公而後大顯於世。先生自三五載籍。迄於宋亡。綿絡千載。非止有唐一代之事。東坡所謂暗與人意合者。世必有知之矣。有光爲童子時。以姻家子弟。獲侍几杖。先生一見。以天下士期之。俛仰二十餘載。濩落無成。恐遂沒沒。有負先生之教。而先生之門人。往往至大官。方在黃岡。一時藩臬出西陵。執弟子禮。拜先生於學宮。諸生歎異之。而今閩省右轄秦君鼇。尤篤師門之義。每欲表章是書而未及也。先生語予曰。子爲序吾書。然勿有所稱述。第言其人平生無他好。獨好讀書。老而不倦也。予受命唯唯。退而謹書之。

卓行錄序

昔古聖人之治天下。既先之以道德。猶懼民之不協於中。而爲之禮以防之。上之賞罰注措。凡治民之事。無一不歸於禮。極而至於用刑。亦曰制百姓於刑之中而已。孔子以布衣承帝王之統。不得行於天下。退與其門人修德講學。始以仁爲敎。然至于其高第弟子與當世之名卿大夫。其於仁。孔子若皆未之輕許。而其告顏淵以克己復禮爲仁。則孔子之論。未始有出於禮者也。但古之聖人。以禮敎天下。使君子小人皆至焉。若孔子之於其學者。獨敎其爲君子之事。以治其心術之微。固禮之精者而已矣。然孔子終亦不以深望於人。故曰。不得中行之士而與之。必也狂狷乎。中行者。其所至。宜及於仁。而於狂狷之士。孔子蓋未之深絕也。故於逸民之徒。莫不次第而論列之。至其孫子思作中庸。其爲論甚精而其法尤嚴。使世之賢者。稍不合於中皆爲聖人之所棄。而鄉愿之徒。反得竊其近似以惑亂於世。孟子知其弊之如此。故推明孔子之志。而於鄉愿尤深絕之。由此言之至於後世。苟不得乎中行。雖太過之行。豈非君子之所貴哉。若狐不偕。務光。伯夷。叔齊。箕子。胥餘。紀他。申徒狄。寧與世之寡廉鮮恥者。一概而論也。自司馬遷。班固而下。至范曄而有獨行之名。第取其俶詭異常之事。而不爲科條。唐書卓行之外。又別有孝友傳。大氐史家之裁制不同。所以扶翊綱常。警世勵俗。則一而已矣。國家有天下二百年。金匱石室之藏。不布於人間。亦時時散見於文章碑志及稗官之家。休寧程汝玉雅志著述。頗爲剽摘而彙別之。凡爲書若干卷。名之曰卓行錄。雖不盡出於中行。要之不悖於孔子之志。故爲序之云爾。

汊口志序

越山西南高而下傾于海。故天目于浙江之山最高。然厘與新安之平地等。自浙望之。新安蓋出萬山之上云。故新安山郡也。州邑鄉聚。皆依山爲塢。而山惟黃山爲大。大鄣山次之。秦初置鄣郡以此。諸水自浙嶺漸溪至率口。與率山之水會。北與練溪合。爲新安江。過嚴陵灘。入于錢塘。而汊川之水。亦會于率口。汊川者。合瑯璜之水。流岐陽山之下。兩水相交謂之汊。蓋其口山圍水繞。林木茂密。故居人成聚焉。唐廣明之亂。都使程沄集衆爲保。嘗於其外。子孫遂居之。新安之程。蔓衍諸邑。皆祖梁忠壯公。而都使實始居汊口。其顯者。爲宋端明殿學士珌。而若庸師事饒仲元。其後吳幼淸程鉅夫。皆出其門。學者稱之爲徽菴先生。其他名德。代有其人。程君元成汝玉。都使之後也。故爲汶口志。志其方物地俗與邱陵墳墓。汶玉之所存。可謂厚矣。蓋君子之不忘乎鄉。而後能及于天下也。噫。今名都大邑。尙猶恨紀載之軼。汶口一鄉。汶玉之能爲其山水增重也如此。則文獻之于世。其可少乎哉。

正俗編序

龔君世美。余之畏友。卓然自立者也。先輩吳三泉先生。嘗品題人物。不輕許可。獨愛敬君。嘗手錄其舉業文字示門人曰。諸君焉能及此。龔君亦慕先生行高。嘗介先生友沈世叔請師之。先生駭然曰。龔君。吾願爲之執鞭而不可得。是何言耶。既見。延之上坐。定爲賓友而退。一時名士若李中丞廉甫。常冀龔君一晤。莫能得。龔君偶過之。至馳柬報同列曰。龔君過我矣。其見重若此。歲庚戌。余自春官下第歸。龔君以海潮歌見慰。余嘆異之。其辭壯偉。直追太白廬山行。余豈能及哉。頃余自長興改順德。龔君以文送之。則敍事去太史公不遠矣。余謂今秀才如龔君絕少。往來者皆聞余言不誣也。茲余從事中祕。龔君寓書。勉余以聖賢事業。頗自嗟其不遇。因示余以所作大事衍詩。四禮議。居家四箴。屬余序。余覽之。蓋皆風敎所關。乃余有官者之責。龔君獨惓惓焉。余復奚辭。夫知龔君莫若余。是作也。人能知之。人不知者。余能言之。略述龔君夙昔而爲之序。

平和李氏家規序

漳之南靖李氏。自分南靖置平和。今爲平和人。以居西山故。閩人稱爲西山李氏。代爲名族。其先有西山居士。實始起家。五世而至封文林郞。太常典簿。寧波敎授。名世浩字碩遠者。其族益大。至是。居士於世當祧。文林君。不忍。乃以義創爲始祖之廟。君從晉江蔡介夫先生受學。敦行古道。爲義田以贍族。又倣浦江鄭氏。吳興嚴氏。作李氏家規六十九條。可謂有志者矣。余因論君之爲家規。蓋本於不忍祧其始祖之心。既爲始祖立廟。則不得不立宗子。立宗子則不得不爲法以合族而糾宗。夫義之所出。不可已者。古者宗以族得民。蓋天子所以治天下。豈本於是。以能長世而不亂。宗法廢而天下爲無本矣。而儒者或以爲秦漢以來無世卿。而大宗之法不可復立。獨可以立小宗。余以爲不然。無小宗是有枝葉而無榦也。有小宗而無大宗。是有榦而無根也。夫禮失而求之野。宗子之法。雖不出于格令。而苟非格令之所禁。士大夫家聞李氏之風。相率倣而行之。庶幾有復古之漸矣。文林君之子文餘。嘉靖四十四年進士。居京師。間以其書示余。而爲序之如此。

華亭蔡氏新譜序

古者諸侯世國。大夫世家。故氏族之傳不亂。子孫皆能知其所自始。迨周之季。諸侯相侵暴。國亡族散。已不可稽考。漢司馬子長搜集遺文古書。僅見五帝系牒尙書集世紀。其後如官譜氏族篇。稍稍間出。迨九品中正之法行。而氏族始重。迄五季之亂。譜牒復散。然自魏以來。故家大族。蓋數百年傳系不絕。可謂盛矣。士大夫崇本厚始之道。猶爲不遠於古也。今世譜學尤廢。雖當世大官。或三四世子孫不知書。迷其所出。往往有之。以譜之亡也。孰知故家大族。實有與國相維持者。繫風俗世道之隆汙。所不可不重也。況孝子仁人。木本水源之思乎。華亭蔡用卿。始爲其族之新譜。蓋不欲遠引。而自其身追而上之。至於六世。而其始二世。則名字已不能詳。然君絕不肯有所附會。曰自吾所知者而已。蓋其慎如此。予嘗論後世族姓雖多淆亂。然自其本始。猶當存其十之六七。蔡之先出於周文王。而蔡叔度。武王之同母弟。以武庚之亂。遷其子胡於政行。率德馴善。周公擧以爲魯卿士。復封之蔡。尙書蔡仲之命是也。今蔡州有上蔡城。其後平侯。徙今新蔡。昭侯徙州來。今壽州也。後二十六年。滅於楚。然自澤義以後。往往爲將相名賢。史不絕書。用卿雖斷自其六世。推其爲譜之意。亦烏可不知其得姓之所自耶。用卿登隆慶二年進士。爲魏郡司理。而予適在邢時相見。以譜序見命。余故頗採尙書史記之文。以著其得姓之所自。而新譜之族之大。則自用卿始矣。

龍游翁氏宗譜序

傳曰。古聖人之治天下。反古復始。不忘其所由生。上治祖禰。下治子孫。旁治昆弟。合族而食。序以昭穆。別之以禮義。尊尊親親。長長。男女有別。親親故尊祖。尊祖故敬宗。敬宗故收族。收族故宗廟嚴。故聖王之治天下。非特以自私也。以此推之。自王公以逮于庶人。故宗法明而禮俗成。權度量衡。文章服色。正朔徽號。器械衣服。由此而出。三代之衰。廢古亡本。人自爲生。渙然靡所統紀。而天下更大亂。經大兵而後定。當此之時。人如鳥驚魚散。豈知夫鄉里族屬之所繫哉。然魏晉而降。區區綜核百氏。以門第官人。雖卑姓雜譜。皆藏于有司。而譜牒特盛。迄于李唐。猶相崇重。五季衰亂。蕩然無復有存者矣。雖然。古之聖王。以親親也。親親而宗法立。宗法立而譜系自明。非獨以譜也。譜之盛也。魏晉之失也。至於譜亦不存。而學士大夫莫知其所自。而仁人孝子之心。茫乎無所寄。豈不重可歎哉。翁氏。居太末。相傳自隋始遷。子孫蔓衍。縣之杜山塢。岑堂菴南村。往往而是。其居杜山者。曰文欽。能追考其十八世以上。曰學士君。學士而下六世。有官號妃姓墓地。而不著其諱。七世而下。始有諱。十五世始書兄弟。又一世。昭穆詳焉。文欽既以爲圖。出以示予。予觀之。而歎世之君子。莫能以爲也。爲序而歸之。

浙江鄉試錄後序

元年秋。當天下鄉試之期。浙有司遵令式以從事。御史某監臨之。竣事之日。於是以士之姓名。與其文爲錄。而考試官某實序之。某當序其後。仰惟聖天子承統建極。體元居正。庶務維新。天下之士。喁喁鄉風。彈冠振衣。願立于朝。以際休明之運。此千載一時也。夫天地之氣。茂隆鬱積。薰爲泰和。蓋非倉卒所能致然者。嘗讀詩。觀於成康之際。周家極盛之會也。成王之初即阼。其詩曰。訪予落止。率時昭考。於乎悠哉。朕未有艾。將予就之。繼猶判渙。時成王方當嬛嬛在疚之時。而求望於賢才切矣。當是時。文武純佑。秉德尙迪。有祿之元老猶在也。而一時俊髦。已濟濟咸造在庭矣。故其詩曰。思皇多士。生此王國。王國克生。維周之楨。蓋人材之生。以扶世運。實天也。天將衍成周太平有道之長。對越駿奔走之士。已預生於豐鎬詒燕之日。而以待成王。若有期會然者。故其詩曰。鳳凰于飛。翽翽其羽。亦集爰止。藹藹王多吉士。維君子使。媚于天子。此天之所以扶翊興運。而人材之應期而出。夫豈偶然哉。國家有天下二百年。學校以養之。選舉以進之。高爵以崇之。厚祿以優之。所以待士。如此其至也。而其氣之鬱積茂隆。至於今而止者。適會天子建元之日。方又敦召遺老。褒奬直言。思邏多士。開寬裕之路。以延天下之俊英。則海內之士。感會風雲。魚鱗輻輳。有莫知其所以然者。蓋才無世而不生。亦無世而不用。乘其時。遭其會。而後爲奇耳。夫浙古會稽鄞郡。當天下十五之一耳。而士如此其盛也。合天下同是日而十五舉者。皆如此其盛也。合是十五舉以貢於天子之庭。所謂萬邦黎獻。共惟帝臣。惟帝時舉。於乎休哉。敬因春秋正始之義。爲聖天子得賢之頌云。

太僕寺誌序代

嘉靖十七年戊戌。臣某爲禮科給事中。恭遇冊天尊祖大慶。昧死奏言。先帝請赦還大禮大獄諸放廢臣。及黜逺邪佞諸事。先帝方以孝治天下。惡前議禮者。且謂道士。祖宗郊廟用之。以臣言不讎。謫徙之邊。迨至末年。詔吏部召臣還。會龍馭上賓。聖天子即位。臣起爲南京通政司參議。陞順天府丞。尋陞大理寺少卿。又進太僕寺卿。臣既拜恩視事。欲正官常定卿丞職分。條民之利病。又以寺無掌故。疏陳數十事。上輒報可。是歲。自河北逾大江之南。民遭水沴。臣稍以便宜寬其誅。見馬遺財足。民無失職。臣省中無事。獲與二三僚佐。發故藏篇籍。少有存者。方爲搜訪。僅成草創。蹈襲吏牘。雜俗猥併。非所以成一家言。存故事而已。臣嘗讀尚書。觀周武王偃武修文。華山之陽。馬牧遍野。倒載干戈。苞以虎皮。示天下不復用兵也。老子曰。天下有道。却走馬以糞。臣竊惟陛下嗣萬年無疆之曆。運際中興。二三年來。嶺海陸梁。妖氛曠息。薄伐獫狁。至於太原。陛下盛德大福。非臣下之所及。臣又讀尚書。穆王命伯冏爲大正。正于羣僕侍御之臣。懋乃后德。交修不逮。慎簡乃僚。無以巧言令色。便僻側媚。其惟吉士。又曰。僕臣正。厥后克正。僕臣諛。厥后自聖。臣三復斯言。自念夙興夜寐。兢兢于有司之事。無以翊聖德於萬一。有負陛下之寵祿。臣不勝大懼。

西王母圖序

新安鮑艮珊客于吳。將歸壽其母。作西王母之圖。而謁予問瑤池之事。予觀山海經。汲冢竹書。穆天子傳。稱西王母之事。信奇矣。秦始皇東遊海上。禮祀名山大川及八神。求蓬萊方丈瀛洲三神山。傳其物禽獸盡白。而黃金銀爲宮闕。然終身不得至。但望之如雲而已。漢武帝諸方士。言神仙若將可得。欣然庶幾遇之。穆王身極西土。至崑崙之邱。以觀春山之瑶。乃秦皇漢武之所不能得者。宜其樂之忘歸。造父何用盜驪騄耳之駟。馳歸以求區區之徐偃王。穆王豈非所謂耄耶。列子曰。穆王觴瑶池乃觀日之所入。一日行萬里。王乃歎曰。嗚呼。予一人不足于德而諧于樂。後世其追數吾過乎。穆王蓋有悔心矣。然又曰。穆王幾神人哉。能窮當世之樂。猶百年乃殂。後世以爲登遐焉。傳云。天子西征。宿于黃鼠之山。至于西王母之邦。執圭璧。好獻錦組。西王母再拜受之。觴瑶池之上。遂驅升于弇山。乃紀丌跡于石而樹之槐。眉曰西王母之山。山海經曰。玉山西王母山也。在流沙之西。而博望侯使大夏。窮河源。不覩所謂崑崙者。此殆如武陵桃源。近在人世而迷者也。武帝內傳云。帝齋承華殿中。有青鳥從東方來集殿前。上問東方朔。朔曰。此西王母欲來也。頃之。西王母乘紫雲輦駕五色龍上殿。自設精饌。以柈盛桃。帝食之甘美。夫武帝見西王母于甘泉柏梁蜚簾桂館間。視穆王之車轍馬跡。周行天下。不又逸耶。豈公孫卿所謂事如迂誕。積以歲年。乃可致耶。然史云。候伺神人。入海求蓬萊。終無有驗。則又何也。史又云。時去時來。其風肅然。豈神靈怪異有無之間。固難言也。莊生有言。夫道在太極之先而不爲高。在六極之下而不爲深。先天地生而不爲久。長于上古而不爲老。西王母得之。坐乎少廣。莫知其始。莫知其終。子其歸而求之西王母。其在子之黃山之間耶。今天子治明庭。修黃帝之道。西王母方遍現中土。人人見之。穆滿秦漢之事。其不足道矣。此文從常熟刻本崑山刻另是一篇乃爲王元美兄弟作者中間同而始末異有云余嘗序西王母其說如此即謂此文也又云時人未能喻其旨蓋嘉靖間陶邵諸方士並進上頗惑于神仙故太僕府君借題立論觀者忽之故云未喻其旨也末引法華經云妙光法師豈異人哉我身是也又云我見燈明佛本光瑞如此豈必求佛與西王母于崑崙之山生天之處哉按儒者之文忌用佛書故從常熟本會孫莊識

陟臺圖詠序

南陽宋侯。繇進士出宰崑山。自以少服其考衡州君。及母夫人之訓。不及見其顯榮。負終天之憾。有感於陟岵之詩。扁其居曰陟臺。三年政成。被召。門人陳九德爲陟臺圖詠一卷。江以南諸山。凡侯足跡之所至。悉爲寄其登陟

之意。夫陟岵。孝子行役而念其親也。方其上下岡屺。徘徊瞻跂。追切之情可想。然采薇之詩曰。今我來思。雨雪霏霏。是一歲而歸也。東山之詩曰。自我不見。於今三年。是三年而歸也。蓋孝子之役。有時而歸。其陟有時而止矣。今侯之歸有時。而其父母之歸者無時。無時而歸。無時而不陟也。奚獨於江之南哉。九德蓋道其所見云爾。昔者。三代之世。有民社之寄。必取夫孝友令德之人。以能慈祥豈弟。不肯虐用其民而務生全之。是以其政不嚴而化。其效可以興禮樂。繇出之有其本也。侯宰劇縣。能以簡靖爲治。事事求便於民。吳中吏民稱之不容口。人謂侯之才力。度越於人。而不知其本。不外于此。卷中多郡中名士。繪畫之工。比興之美。極一時之盛。昔人廢蓼莪之篇。九德著陟臺之事。其於尊師重誼。推廣孝思於無窮。一也。予故序之。且以示崑之吏民。使知侯所以爲政之本如此云。

彩衣春讌圖序

吳粵于三代。不在五服之內。春秋于吳猶夷之。最後秦取楚。吳始內屬。及略取陸梁皆以爲郡縣。然一日有事。杜橫浦陽山湟谿之關。即與中國隔絕。及漢兵下匯離牂牁之水。然後五嶺以南。遂爲天子之邦。至今千有餘歲。會稽南海。其文物常勝于河雒。齊。魯古稱冀爲中州。蓋天地之氣有所鍾。即爲中州。則知今吳粵之盛。不可泥古而論也。余數見番禺之士。往往秀穎。古所謂中州不能過。一日。胥會京師。嘗竊歎四方萬里之外。彈冠結綬于朝。國家威靈。軼于三代矣。南海鄭祖欽昊與。余同榜進士。同試吏大司空。其貌冲然。有德君子也。自始興張文獻公。余襄公。皆嶺海之產。至今朝邱文莊公相繼。屹然爲名臣。吾于同榜中。嘗私目之。庶幾有復紹前哲而起者。蓋于祖欽望之。一日。祖欽道其尊君養新翁居家樂志。有書史之娛。有山海之觀。有荔枝洲。花塢。昌華。芳春。園林之勝。因慨然起萬里衡陽之感。又自計明年。當得州縣。便道歸。可以過家上壽也。余又歎當周之盛時。士有驅馳王事。不得見其父母。如陟岵之詩者矣。今番禺去京師萬里。祖欽一旦思其親。可以計日而逝。則士之生于今時者。又何幸也。會有爲祖欽繪綵衣春讌圖者。因爲序之云。

綸寵延光圖序

灩湖金先生。以進士出宰華容。已而自鄉入爲太僕丞。稍遷繕部員外郎。先生恂恂儒雅。所至官。不求爲聲而人自以不可及。嘉靖四十四年。余舉進士京師。始識先生於太僕。又明年。爲隆慶二年。余自吳興入覲。還見先生於清源之官署。先是其大夫以天子新即位。施恩近臣。得贈太僕。如其子之官。而太夫人封爲安人。先生喜不自勝。因頗道其家世之詳。俾予序之。以爲子孫之榮。余俛默不敢答。蓋自以天子加恩臣下。而近侍獨沾恩澤。州縣之官。顧不得與焉。人子爲親之心。有足傷者。會是年建儲詔下。先大夫又再贈爲繕部。亦如先生之官。而太夫人爲宜人。則雖以余之仕宦不遂。而亦被曠蕩之恩。因念先生所以見屬者。欲爲序之。適有邢州之役。於是復見先生於清源。出其所爲綸寵延光圖者。士大夫歌而詠之。且成鉅袠矣。先生在太僕爲京朝官。於例得贈封爲易。然爲京朝官者。常以不待滿遷去。或不得封。而先生之始受勅命也。以登極詔。不二年而受誥命也。以建儲詔。故先大夫與太夫人。二年中再受贈封云。於是先生之喜倍於前。余遂敢爲之序者。蓋以向隅之人。亦與於滿堂之笑。是以樂爲先生道之。先生廬江之六人。咎繇之後。封國於此。然有咎繇冢在焉。意必其始所生之地。故其後以封。自唐虞以來。上下數千年。豈無異人生其間而不著。英王輔漢摧楚而不終。自後寥寥矣。今先生崛起。始知六之有人。而先大夫之潛德。亦因之有聞於世。他日垂名竹帛。又不但爲今之圖而已也。

王梅芳時義序

余與東萊王梅芳相知二十年。乙丑之歲。同舉進士。見之於內庭。執手道生平甚懽。雖在京師塵囂中。時時過從。坐語不覺移晷。梅芳論人之命運。窮達蚤晚。皆有定數。惟其所以自立者。不可以少有所失。其語亦人之所能道。而言之獨有旨。他人言之。不能如梅芳也。以是益信其爲君子。間出其所爲時義若干首見示。梅芳初發解。山東爲第一人。及試南宮。即此文也。乃數詘有司。至是方舉進士。梅芳之文。則一而已矣。而其命運之窮達早晚。所謂定數者信然。夫人之所遇。非可前知。特以其至此若有定然。而謂之數云爾。曰。數則有可推。夫其不可知。則適然而已。雖梅芳之云數。又未有以盡之。梅芳試政天曹。而予爲令鄭東。方受命過鄉郡。而江陵周相聖。時在長洲。亦同年相好。將梓梅芳之文以傳。余固知梅芳之深者。因爲序之。

水利書序

夏書曰。淮海惟揚州。彭蠡既瀦。陽鳥攸居。三江既入。震澤底定。周禮。東南曰揚州。其山鎮曰會稽。其澤藪曰具區。其川三江。其浸五湖。世言震澤具區。今太湖也。五湖在太湖之間。而吳淞江爲三江之一。其說如此。然不可不考也。漢司馬遷作河渠書。班固志溝洫。於東南之水略矣。自唐而後。漕輓仰給天下經費所出。宜有經營疏鑿利害之論。前史軼之。宋元以來。始有言水事者。然多命官遣吏。苟且集事。奏復之文。濫引途說。非較然之見。今取其顓學二三家著于篇。

尙書別解序

嘉靖辛卯。余自南都下第歸。閉門掃軌。朋舊少過。家無閑室。晝居于內。日抱小女兒以嬉。兒欲睡或乳于母。即讀尙書。兒亦愛弄書。見書輒以指循行。口作聲若甚解者。故余讀常不廢時。有所見。用著于錄。意到即筆不得留。昔人所謂兔起鶻落時也。無暇爲文章。留之箱筥。以備溫故。章分句析。有古之諸家在。不敢以比擬。號曰別解。余嘗謂觀書若畫工之有畫耳。目口鼻大小肥瘠。無不似者。而人見之不以爲似也。其必有得其形而不得其神者矣。余之讀書也。不敢謂得其神。乃有意于以神求之云。

都水稿序

余在都水散堂後。即還寓舍。稍欲閉門讀書。顧人事往還不暇。嘗恐遂至汨沒。會得長興令。忻然有山水之思。臨行。檢所爲文稿。以塵坌叢沓之中。率爾酬應。多有可醜。顧又有不忍棄者。先是宮傅司空公命曾郎中取去一卷。今輯爲四卷。其爲人持去不存者尙多。名之曰都水稿。以識一時所從事云。

會文序

經義百篇。予與諸友辛卯應試時會作也。以今觀之。純駁不一。然場屋取舍。又不在是也。後四年。偶見於文叔之館。有足以發予之慨嘆者。時之論文。率以遇不遇加銖兩焉。每得一篇。先問其名。乃徐而讀之。呫呫然曰。有司信不誣耶。其得固然耶。其失者。誠有以取之耶。雖辯者不能詰也。若斯會之編。諸友之文在焉。有中第者。有爲顯官者。有爲諸生者。有甚不肖如予者。而不爲區別名字。觀者於是可以平心矣。項脊生書。

羣居課試錄序

乙未之歲。余讀書于陳氏之圃。圃中花木交茂。開門見山。去廛市僅百步。超然有物外之趣。從余遊者十餘人。陳氏之子壻在焉。悉年少英傑。可畏人也。每環坐聽講。春風動幃。二鶴交舞于庭。童冠濟濟。魯城沂水之樂。得之几席之間矣。諸生間以誦讀之暇。執筆請試。求如主司較藝之法。余謂考較。非古也。昔人所謂起爭端者也。雖然。吾觀諸子之貌。恂恂然務以相下。其必不至於色喜而怨勝己也。於是定爲旬試法。試畢。錄其言之雅馴者。蓋勸勉之意。寓于其間。且以稽其前後消長之不一。廣諸君相師相友之風云耳。間有雄才陵轢而不束於格。亦予錄之所不棄也。

夏懷竹字說序增入

生而無名。君子以爲狄道。有名有字矣。又有號者。俗之靡也。號至近世始盛。山谿水石。遍于閭巷。然使其無誇詡之心。有警勉之意。亦非君子之所鄙。夏煥章甫之號懷竹也。吾有取焉。先太常墨跡妙天下。尤工于竹。章甫允懷于茲。托之以自見。可謂知本矣。予既爲說以勉之。而沒其實。非所以盡勸掖之道。因復以予所以知章甫者冠于篇。曰。吾邑宦家子弟。皆知自貴重喜爲容。在稠人中不問可知。章甫爲人滑稽。與伶人伍。衣裳偏倚。步履邪施。忽去忽來。見者咸輕之。章甫于予祖母爲從孫。于予室人爲姑舅之子。內外皆兄弟。室人歸寧時。疾殆。東還入帷轎中。倉卒不可測。章甫親爲扶轎徐徐行。面無人色。予先驅回顧爲之隕涕。章甫又棄其家。留予視湯藥。終夜不寐者二旬。室人既沒。匍匐營喪事者踰月。予畸窮困頓。爲世所棄。死喪之戚。煢煢無倚。青燈孤影。獨章甫款語其旁。章甫篤于義如此。人固不易知也。昔太史公自以身不得志。于古豪人俠士。周人之急。解人之難。未嘗不發憤慨慕而極言之。況予親得之章甫。此烏得而無言也。

卷二　論議說

天子諸侯無冠禮論

儀禮有士冠禮。無天子諸侯冠禮。非逸也。記曰。無大夫冠禮。而有其昏禮。古者五十而後爵。何大夫冠禮之有。公侯之有冠禮。夏之末造也。天子之元子猶士也。天下無生而貴者也。繼世以立諸侯。象賢也。明天子諸侯大夫之無冠禮也。冠者。將責爲人子。爲人弟。爲人臣。爲人少之禮。故冠必有主人。孤子則父兄戒宿。蓋父兄以成人之禮責子弟也。天子爲元子之時。以士禮冠。所謂有父在則禮然也。設不幸君終。世子未冠。則冕而踐阼。斯爲踐阼之禮而已矣。已奉宗祧。君臨天下。將又責之爲人子。爲人弟。爲人臣。爲人少之禮乎。家語稱孔子答孟懿子之問。吾取焉。曰。古者王世子雖幼。其即位則尊爲人君。人君治成人之事者。何冠之有。曰。諸侯之冠異天子與。曰。君薨而世子主喪。是亦冠也已。人君無所殊也。諸侯之有冠禮也。夏之末造也。此孔子之遺言也。益以祝雍頌公冠之篇焉則誣矣。公冠曰。公冠。自爲主。迎賓揖。升自阼。立于席。既醴降自阼。饗之以三獻之禮。無介無樂。皆元端。其酬幣朱錦采四馬。其慶也。天子擬焉。曰。自爲主。曰。賓降阼。嫌尊矣。夫非爲人子。爲人弟。爲人臣。爲人少之禮也。且禮自上達。而曰天子擬冠。何也。此非孔氏之言也。周衰。先王之禮不具傳者。既失其本。但知其略。而欲求之於詳。而不知禮之失在於略。而又患於求詳之過。公冠。又曰。公冠四加玄冕。左傳季武子曰。君冠必以祼享之禮行之。以金石之樂節之。以先君之祧處之。玉藻曰。始冠。緇布冠。自諸侯下達。冠而敝之可也。玄冠朱組纓。天子之冠也。緇布冠繢緌。諸侯之冠也。蓋務爲天下諸侯士庶之別。而不知先王制冠禮之義。所以同之於士庶者也。

公子有宗道論

大傳曰。有小宗而無大宗者。有大宗而無小宗者。有無宗亦莫之宗者。公子是也。公子有宗道。公子之公。爲其士大夫之庶者。宗其士大夫之嫡者。公子之宗道也。夫公子者。別子爲祖者也。何以爲宗。曰。公子非宗也。不爲宗而宗之道出焉耳。公子之大宗者。公也。己自別於正體。無大宗矣。雖其子爲繼別之宗。猶繼禰也。迨五世當遷。而後不遷之宗。於是乎出。未及五世。猶小宗也。所以謂之小宗而無大宗也。公子雖無大宗。而不可謂之非大宗之祖。雖爲大宗之祖。而未及乎繼禰之子。所以謂之有大宗而無小宗也。公子一人焉而已。無大宗。是有無宗也。無小宗。是亦莫之宗也。故曰。公子非宗也。非宗。故謂之別子。別子故爲之祖。爲之祖。故公子之公。爲其士大夫之庶者。宗其士大夫之嫡者而宗之。道於是乎出。先王之立宗。大抵因別子之嫡庶而已。二世之庶宗。其繼禰者之嫡。三世之庶宗。其繼祖者之嫡。四世之庶宗。其繼曾祖者之嫡。五世之庶宗。其繼高祖者之嫡。而爲小宗之道出矣。六世之庶宗其繼別者之嫡。而爲大宗之道出矣。小宗四。大宗一。幷而爲五宗。而其變至於無窮。皆自於公子。故曰。不爲宗而宗之道出焉也。鄭氏曰。公子不得宗君。君命嫡昆弟爲之宗。使之宗之。所宗者嫡。則如大宗。死爲之齊衰九月。其母則小君也。爲其妻齊衰三月。無嫡而宗庶。則如小宗。死爲之大功九月。其母妻無服。公子唯己而已。則無所宗。亦莫之宗。是公子有此三事也。鄭以此爲公子之宗道。則非別子爲祖之義矣。夫宗有散有合。族人不得以戚戚君。於是乎散。故號別子者以之。別子爲祖。繼別爲宗。繼禰爲小宗。於是乎合。故號爲小宗者以之。先王之道。由祖而宗。猶木之由本而爲枝也。得其祖。則兄弟相宗。而宗之法行。不得其祖。則兄弟不相宗。而別子之義起。今使公子自相宗。夫公子不得祖先君矣。宗於何生。且非先君之正體。皆庶也。而鄭又爲嫡庶之說過矣。別子者。宗之始也。不可以亂。故先王正其始。正其始者。正其別也。魯之三桓。鄭之七穆。古之遺制也。鈔本故號爲小宗者以之爲字之上有爲宗二字

貞女論

女未嫁人而或爲其夫死。又有終身不改適者。非禮也。夫女子未有以身許人之道也。未嫁而爲其夫死。且不改適者。是以身許人也。男女不相知名。婚姻之禮。父母主之。父母不在。伯父世母主之。無伯父世母。族之長者主之。

男女無自相昏姻之禮。所以厚別而重廉恥之防也。女子在室。唯其父母爲之許聘於人也。而已無所與。純乎女道而已矣。六禮既備。壻親御授綏。母送之門。共牢合巹而後爲夫婦。苟一禮不備。壻不親迎。無父母之命。女不自往也。猶爲奔而已。女未嫁而爲其夫死。且不改適。是六禮不具。壻不親迎。無父母之命而奔者也。非禮也。陰陽配偶。天地之大義也。天下未有生而無偶者。終身不適。是乖陰陽之氣而傷天地之和也。曾子問曰。昏禮既納幣。有吉日。壻之父母死。則如之何。孔子曰。壻已葬。致命女氏曰。某之子。有父母之喪。不得嗣爲兄弟。使某致命。女氏許諾而弗敢嫁也。弗敢嫁而許諾。固其可以嫁也。壻免喪。女之父母使人請壻。弗取而後嫁之。禮也。夫壻有三年之喪。免喪而弗取。則嫁之也。曾子曰。女未廟見而死。則如之何。孔子曰。不遷於祖。不祔於皇姑。不杖。不菲。不次。歸葬於女子氏之黨。示未成婦也。未成婦。則不繫於夫也。先王之禮。豈爲其薄哉。幼從父兄。嫁從夫。從夫則一聽於夫。而父母之服爲之降。從父則一聽於父。而義不及於夫。蓋既嫁而後夫婦之道成。聘則父母之事而已。女子固不自知其身之爲誰屬也。有廉恥之防焉。以此言之。女未嫁而不改適。爲其夫死者之無謂也。或曰。以勵世可也。夫先王之禮。不足以勵世。必是而後可以勵世也乎。

譜例論

世之爲譜學者。稱歐陽氏。蘇氏。予攷二家之書。小異而大同。蓋其法。使族人各爲譜而各詳其宗。夫人各詳其宗。則譜大備而可以至於無窮。此其善也。而蘇氏又曰。古者惟天子之子。與始爲大夫者。而後可以爲大宗。其餘則否。獨小宗之法。猶可施於天下。故爲族譜。皆從小宗而虛其大宗之法。而予之爲說異于是。夫古者。有大宗而後有小宗。如木之有本而後有枝葉。繼禰者。繼祖者。繼曾祖者。繼高祖者。世世變也。而爲大宗者不變。是以祖遷於上。宗易於下。而不至於散者。大宗以維之也。故曰。大宗以收族也。苟大宗廢。則小宗之法。亦無所恃以能獨施於天下。予又以爲譜者。載其族之世次名諱而已。其所不可知者。無如之何。其所可知者。無不載也。去使世次名諱之既詳。則不必縣定以爲宗法。而宗法存焉耳。故歐陽氏。蘇氏。以有法治無法。吾以無法寓有法。是吾譜之所以

異也

水利論

吳地庳下。水之所都。爲民利害尤劇。治之者。皆莫得其源委。禹之故迹。其廢久矣。吳東北邊境。環以江海。中瀦太湖。自湖州諸溪。從天目山西北。宣州諸山谿水所奔注。而從吳江過甫里。經華亭青龍江以入海。蓋太湖之廣。三萬六千頃。入海之道。獨有一路。所謂吳淞江者。顧江自湖口距海不遠。有潮泥填淤反土之患。湖田膏腴。往往爲民所圍占。而與水爭尺寸之利。所以淞江日隘。昔人不循其本。沿流逐末。取目前之小快。別鑿港浦以求一時之利。而松江之勢日失。所以沿至今日。僅與支流無辨。或至指大于股。海口遂至湮塞。此豈非治水之過與。蓋宋揚州刺史王濬。以松江滬瀆壅噎不利。欲從武康紵谿爲渠滄直達於海。穿鑿之端。自此始。夫以江之湮塞。宜從其湮塞者而治之。不此之務。而別求他道。所以治之愈力。而失之愈遠也。太倉公爲人治疾。所診期決死生。而或有不驗者。以爲不當飲藥針灸。而飲藥針灸。則先期而死。後之治水者。與其飲藥針灸何以異。孟子曰。天下之言性也。則故而已矣。故者。以利爲本。禹之行水。行其所無事也。欲圖天下之大功。而不知行其所無事。其害有不可勝言者。嗟夫。近世之論。徒區區于三十六浦間。或有及于松江。亦不過疏導目前壅滯。如浚蟠龍白鶴匯之類。未見能曠然脩禹之跡者。宜興單鍔著書。爲蘇子瞻所稱。然欲脩五堰。開夾苧干瀆。以截西來之水。使不入太湖。殊不知揚州藪澤。天所以瀦東南之水也。今以人力遏之。夫水爲民之害。亦爲民之利。就使太湖乾枯。于民豈爲利哉。太史公稱河菑衍溢。害中國也尤甚。唯是爲務。禹治四海之水。而獨以河爲務。余以爲治吳之水。宜專力於松江。松江既治。則太湖之水東下。而餘水不勞餘力矣。或曰。禹貢。三江既入。震澤底定。吳地尙有婁江東江。與淞江爲三。震澤所以入海。非一江也。曰。張守節史記正義云。一江西南上太湖爲淞江。一江東南上至白蜆湖爲東江。一江東北下曰婁江。本言二水。皆松江之所分流。水經所謂長瀆歷河口。東則淞江出焉。江水奇分。謂之三江口者也。而非禹貢之三江。大抵說三江者不一。惟郭景純以爲岷江。浙江。松江爲近。蓋經特紀揚州之水。今之揚子江。

錢塘江。松江。並在揚州之境。書以告成功。而松江由震澤入海。經蓋未之及也。由此觀之。則松江獨承太湖之水。故古書江湖通謂之笠澤。要其源近。不可比儗揚子江。而深闊當與相雄長。范蠡云。吳之與越。三江環之。夫環吳越之境。非岷江。浙江。松江而何。則古三江並稱無疑。故治松江。則吳中必無白水之患。而從其旁鉤引以溉田。無不治之田矣。然治松江。必令闊深。水勢洪壯。與揚子江埒。而後可以言復禹之跡也。此文崑山常熟二本後半大異細觀之崑本爲優今從之

水利後論

單鍔以吳江堤橫截江流。而岸東江。尾茭蘆叢生。泥沙漲塞。欲開茭蘆之地。遷沙村之民。運去漲土。鑿堤岸千橋走水。而於下流開白蜆安亭江。使湖水由華亭青龍入海。雖知松江之要。而不識禹貢之三江。其所建白。猶未卓然。所以欲截西水。壅太湖之上流也。蘇軾有言。欲松江不塞。必盡徙吳江一縣之民。此論殆非鍔之所及。今不鐫去堤岸而直爲千橋。亦守常之論耳。崇寧二年。宗正丞徐確提舉常平。考禹貢三江之說。以爲太湖東注松江。正在下流。請自封家渡古江開淘至大通浦。直徹海口。當時惟確欲復古道。然確爲三江之說。今亦不可得而考。元泰定二年。都水監任仁發開江自黃浦口至新洋江。江面財闊十五丈。仁發稱古者江狹處。猶廣二里。然二里卽江之湮已久矣。自宋元嘉中。滬瀆已壅噎至此。何啻千年。郟氏云。吳松古道。可敵千浦。又江旁縱浦。郟氏自言小時。猶見其闊二十五丈。則江之廣可知。故古江蟠屈如龍形。蓋江自太湖來源不遠。面勢既廣。若徑直則又易泄。而湖水不能蓄聚。所以迂迴其途。使如今江之淺狹。何用蟠屈如此。余家安亭。在松江上。求所謂安亭江者。了不可見。而江南有大盈浦。北有顧浦。土人亦有三江口之稱。江口有渡。問之百歲老人云。往時南北渡。一日往來僅一二迴。可知古江之廣也。本朝都御史崔恭鑿新道自大盈浦東至吳淞江。巡檢司又自新涇西南蒲匯塘入江。自曹家河直鑿平地至新場江。面廣十四丈。夫以郟氏所見之浦。尙有二十五丈。而都水所開江面。財及當時之浦。至本朝之開江。迺十四丈。則興工造事。以今方古。日就卑微。安能復見禹當時之江哉。漢賈讓論治河。欲北徙

冀州之民當水衝者。決黎陽遮害亭。放河北入海。當敗壞城郭田廬冢墓以萬數。以爲大禹治水。山陵當路者毀之。隨斷天地之性。此乃人功所造。何足言也。若惜區區瀕沙。茭蘆之地。雖歲歲開浦。而支本不正。水縱橫行。今自嘉靖以來。歲多旱而少水。愚民以爲自今不復見白水之患。余嘗聞正德五年。秋雨七日夜。吳中遂成巨浸。設使如漢建始閒霖雨三十日。將如之何。天災流行。國家代有。一遇水潦。吾民必有魚鼈之憂矣。或曰。今獨開一江。則其餘溪港。當盡廢耶。曰。禹決九川。距四海。浚畎澮。距川。江流既正。則隨其所在。可鉤引以溉田畝。且江流浩大。其勢不能不漫溢。如今之小江。尚有勦娘江分四五里而合者。則夫奇分而旁出。古婁江東江之跡。或當自見。且如劉家港。元時海運。千艘所聚。至今爲入海大道。而上海之黃浦。勢尤洶湧。豈能廢之。但本支尊大。則支庶莫不得所矣。

三途並用議

有光爲都水司試吏。太子太傅司空公。以章奏課諸進士。承命作三途並用議。

議曰。所謂三途者。進士也。科貢也。吏員也。國初用人。有徵聘。有經明行修。有人材。有賢良方正。有才識兼人。有楷書。有童子諸科。其後率多罷廢。承平以來。專用進士科貢吏員。是三者初未嘗廢。而議者欲新天下之吏治。於科貢吏員之中。稍加不次之擢。故有三途並用之說。其實前此未嘗不並用也。愚以爲朝廷欲收用人之實效。於科貢吏員所宜加之意者。當先清其源。蓋清其源而後其末流可治也。今進士之與科貢。皆出學校。皆用試經義論策。試進士不中。入國子爲舉人。監生試舉人不中。循年資而貢之。入國子爲歲貢監生。非若漢世賢良孝廉對策。與博士弟子。判然爲二。其實一途而已。然進士升於禮部爲高選。舉人之下第與歲貢。國家亦不輕以待之。故使之學於太學。以觀其成。苟成矣。雖任以進士之官可也。今成均教養之法不具。獨令以資歷待選而已。非復如古之舍法。此其科貢之源不清也。吏員之在古。本與士大夫無別異。迨後流品既分。遂爲異物。士人不復肯詘辱於此。故本朝資格。吏員崇者。止於七品。多用爲掾幕監當筦庫之職。非保薦不得爲州郡。則吏道本不可與儒者並。

然其始皆自藩憲衛府州縣所署置。猶有前代辟舉之遺法。而今則自始爲吏。先責其輸納。自提控以下至於吏典。但以所輸之貲。第其出身之等差。此吏員之源未清也。夫欲使舉貢之得人。在於修太學之法。而科貢可用矣。欲使掾幕監當管庫之得人。在於遵辟舉之舊。而掾幕監當筦庫可用矣。然吏者。止可以循資。如祖宗之制。非得與科貢並也。愚於科貢猶有說焉。會試有甲乙榜。蓋乙榜卽亦舉人之中式者。特限於欽定之制額故次之。乙榜授以教職。其實與進士無異。今特以敗卷置乙榜。而與乞恩者概與教職。則教官之選輕矣。歲貢本以州縣之俊。如往年所謂選貢者。今不本洪武舊制。而專累日月。則歲貢無少俊者。可施以成均之教矣。愚又怪夫今之未有以清其源。而壅其源者。又不止也。自納粟。買馬。空運。納級。之例日開。吏道雜而多端。官方所以日繆也。而科貢吏員。皆繇此而妨闕矣。故欲振飭吏治。莫若清其源而無壅之。凡此皆於格例之中。修其廢壞耳。於此二者。其源既清。於格例已復其常。而於其間關其卓異。加不次之擢。蓋天下奇俊之士少。而中庸之士多。王者之道。先爲其法以就天下中庸之士。而精神運用。獨可於奇俊之士。加於其法之外。而不爲法之所限。此其所以能鼓舞一世之人材也。或曰。子謂吏道不得與儒並。先朝如尚書徐晞。知府況鍾。皆至顯用者。何也。曰。此又不可以吏之途論也。蓋先朝用人。時取之常格之外。宋景濂一代文章之宗。楊士奇三朝輔相之首。皆以布衣特起。乃遂掌帝制。典機密。豈蹭蹬於循途者。蓋自古中世。猶未嘗不事旁招俊乂。博採聲望。側席幽人。思遲多士。今百餘年寥寥未之見。而專以資格進敍。今亦頗苦其膠束伏隘而未能曠然也。是以思爲三途並用之說。愚以爲非大破因循之論。考國家之故事。追三代兩漢之高踪。以振作鼓舞一世之人材。恐不足以剗累世之宿弊。而收用人之實効也。謹議。

按徐晞正統七年爲兵部尚書以吏起家在任四年舊刻誤作徐熙今依國史正之

馬政議

竊惟古之馬。唯養於官。而其養之於民者。官初無所與。司馬法。甸出長轂牛馬。及所謂萬乘千乘百乘。此皆寓兵於農。有事則賦調。而官不與知也。惟其養於官者。如周禮校人牧圉之屬。與月令所載。其養之之法備盡。此則官之所自養也。夫周之時。既養馬矣。而民之馬。官有不與。是以民各自以其力。養己之馬而無所不盡其心。故有事徵發。而車與馬無不辦也。漢之苑馬。即校人之王馬。而民間私牧。官無所與。而皆得以自孳息。故街巷有馬。而橋姚以致馬千匹。逮武帝伐夷馬少。而始有假毋歸息之令。亦兵興一切之制。非久用也。秦漢以來。唐馬最盛。皆天子所自置監牧。其擾不及於民。而馬之盛如此。我國家苑馬之設。即其遺意。然又於兩京畿河南山東編戶養馬。乃又兼宋人保甲之法。蓋不獨養於官而又養於民也。今監牧之馬。未見蕃息。民間牧養。又日以耗。且以今畿郡之養馬言之。夫馬既繫於官。而民以爲非民之所有。官既委於民。而官以爲非官之所專。馬烏得而不敝。自其立法之初。已知其弊。必至於今日也。且天下有治人無治法。苟能如其舊。而得人以求實効。亦未嘗不可以藉其用也。今保馬既不可變。而於其間。又不能守其舊。往往數爲紛更。循其末流而不究其本始。愈變而愈敝。必至于不可復爲而後已。此今日天下之事皆然。而非獨馬政也。嘗攷洪武初制。令有司提調孳牧。江南十一戶。共養馬一匹。江北五戶。共養馬一匹。以丁多之家爲馬頭。專養一馬。餘令津貼以備倒失買補。每二歲納駒一匹。又立羣頭羣長。設官鑄印。與守令分民而治。有牧馬草場。又免其糧草之半。每加優卹。使有司能責實而行之。常使民得養馬之利。則馬亦何憂於不蕃也。今顧不能修其舊。而徒以法之敝而亟變之。則天下安得有善法。夫令民養馬。國家之意。本欲得馬而已。而有所謂本色折色。何爲也。責民以養馬。而又責其輸銀。如此。則取其銀可矣。而又何以馬爲。於是民不以養馬爲意。而以輸銀爲急矣。牧地本與民養馬也。而徵其子粒。又有加增子粒。如此。則遂併之田稅而已。而又何以責之馬戶。於是民不以養馬爲意。而以輸子粒爲急矣。養馬者。課其駒可也。不用其駒而使之買俵。於是民不以養馬爲意。而以買俵爲急矣。夫折色之議。本因江南應天太平等處。非產馬之地。變而通之。雖易銀可也。遂移之於河北。今又變賣種馬而徵其草料。原今變者之意。專欲責民之輸銀。而非責民之養馬也。官既無事於養馬。而獨規目前之利。民復恣爲姦僞。而爲利己之圖。有駒不報。而敢於欺隱。不肯以駒備用。而獨顧以銀買俵。至或戕其孕字。絕其游牝。上下交征利。以相欺而已。衞文秉心塞淵。致騋牝之三千。魯僖以思無邪。

致馬之斯徂。夫官民一於爲利以相欺。何望於馬之蕃息乎。今之議者。又方日出新意。以變賣馬之半爲未盡。因以盡賣種馬。而惟以折色徵解。略不思祖宗立法之深意。可爲太息也。夫河北之人驍健。良馬冀之所産。昔人所以謂此地王不得無以王。霸不得無以霸者也。今舉冀之良産盡棄之。一旦國家有事。西邊之馬。可得以爲畿內用乎。古語曰。變而不如前。易而多所敗者。亦不可不復也。今欲講明馬政。必盡復洪武永樂之舊。江南折色可也。畿輔河南山東之折色不可也。草場之舊額可清也。子粒不可徵也。官吏之侵漁可黜可懲也。而管馬官羣長獸醫。不可省也。行馬復之令。使民得寬其力。民知養馬之利。則雖官馬。亦以爲己馬矣。又修金牌之制。通關互市。益得好馬別賦之民。以爲種馬。而有司加督視之。洪武永樂之舊。猶可復也。蓋修茶馬而渥洼之産至矣。弛車地而坰牧之息繁矣。卹編戶。恣芻牧。而烏倮橋姚之富臻矣。故曰。車騎天下之武備也。其所以壯神京。防後患者。豈淺淺哉。抑古之相衞邢洺。皆有馬監。即皆今之畿輔地也。如使盡覈官民所耕佃牧馬草場盡出之。與夫羣不墾者。皆立埄堆以爲監牧之地。而盡歸於苑馬。宋人戶馬保馬之法。雖罷之可也。何必規規然沿其末流。而日事紛更乎。

禦倭議

日本在百濟新羅東南大海中。依山島以居。當會稽東。與儋耳相近。而都於邪摩堆。所謂邪馬臺也。古未通中國。漢建武時。始遣使朝貢。前世未嘗犯邊。自前元於四明通互市。遂因之鈔掠居人。而國初爲寇始甚。然自宣德以後。金線島之捷。亦復無有至者矣。今日啓戎召釁。實自中國姦民。冒禁闌出。失於防閑事。今已往追悔無及。但國家威靈所及。薄海內外。罔不臣貢。而蕞爾小夷。敢肆馮陵。魏正始中。宣武於東堂引見高麗使者。以夫餘涉羅之貢不至。宣武曰。高麗世荷上將。專制海外。九夷黠虜。實得征之。方貢之愆。責在連率。故高麗世有都督。遼海征東將軍。領東夷中郎將之號。今世朝鮮國雖無專征之任。而形勢實能制之。況其王素號恭順。倭奴侵犯。宜可以此責之。不然。必興兵直擣其國都。繫纍其王。始足以伸中國之威。如前世慕容皝。陳稜。李勣。蘇定方。未嘗不得志於海外。而元人五龍之敗。此由將帥之失。使中國世世以此創艾。而甘受其侮。非愚之所知也。顧今日財賦兵力。未易及此。獨可爲自守之計。所謂自守者。愚以爲祖宗之制。沿海自山東。淮。浙。閩。廣。衞所繹絡。能復舊伍。則兵不煩徵調而足。而都司備倭指揮。俟其來。於海中截殺之。則官不必多置。提督總兵而具奈何不思復祖宗之舊。而直爲此紛紛也。所謂必於海中截殺之者。賊在海中。舟船火器。皆不能敵我也。又多飢乏。惟是上岸。則不可禦矣。不禦之於外海。而禦之於內海。不禦之於海。而禦之於海口。不禦之於海口。而禦之於陸。不禦之於陸。則嬰城而已。此其所出愈下也。宜責成將領。嚴立條格。敗賊於海者爲上功。能把截海口。不使登岸。亦以功論。賊從某港得入者。把港之官。必殺無赦。其有司閉城。坐視四郊之民。肝腦塗地者。同失守城池論。庶人知效死。而倭不能犯矣。

備倭事略

倭寇犯境。百姓被殺死者幾千人。流離遷徙。所在村落。爲之一空。迄今踰月。其勢益横。州縣屢屢嬰城自保。浸淫延蔓。東南列郡。大有可慮。即今賊在嘉定。有司深關固閉。任其殺掠。已非仁者之用心矣。其意止欲保全倉庫城池。以免罪責。不知四郊既空。便有剝膚之勢。賊氣益盛。資糧益饒。并力而來。孤懸一城。勢不獨存。此其於全軀保妻子之計。亦未爲得也。見今賊徒出沒羅店。劉家行。江灣。月浦等地方。其路道皆可逆知。欲乞密切差兵設伏。相機截殺。彼狃於數勝。謂我不能軍。往來如入無人之地。出其不意。可以得志。古之用兵。惟恐敵之不驕不貪。法曰。卑而驕之。又曰。利而誘之。今賊正犯兵家之忌。可襲而取也。訪得吳淞所一軍。素號精悍。倭賊憚之。呼爲白頭蟲。去歲。宗百戶馮百戶見倭船近城。倉卒與敵。爲其所殺。有司不加矜恤。反歸罪於二人。自後人以爲戒。又城壁崩圮。半落海中。且累年不給軍糧。士皆飢疲。往往乞食道路。遂致新城失陷。翻爲賊巢。嘉定上海之勢。日以孤危。今乞召新城失事指揮。令收還散卒。許以贖罪。要以厚賞。俾於賊所入嘉定。及往南翔等要路阻隘之處。長鎗勁弩。設伏以待之。又新城敗散之餘。所存約二百餘人。人數寡少。乞募沿海大姓。沈。濮。蔡。嚴。黃。陸等家。素能禦賊。及被其毒害者。并合爲一。專爲伏兵。及往來遊擊。賊自不敢近太倉。嘉定。松江矣。且因新城之軍。俟便襲擊。城可復襲而有也。法曰。善守者。守其所不攻。又曰。使敵人不得至者。害之也。今所謂守城者。徒守於城之內。而不知守於城之外。惴惴然如在圍城之中。賊未至而已先自困矣。畏首畏尾。身其餘幾。故唇亡而齒寒。魯酒薄而邯鄲圍。夫蘇州之守。不在於婁門而在於崑山太倉。太倉之守。不在於太倉而在於劉家港。此易知也。今賊掠羅店等處已盡。必及南翔。賊據南翔。奪民船以入吳淞江。一日可至葑門。卽蘇州危矣。南過唐行。則松江危矣。今聞又至太倉穿山等處。卽常熟危矣。故欲害之。使不得至。所以爲守也。然所謂設伏爲奇兵。又時出正兵相爲表裏而後可也。又嘉定近海。爲內地保障。其縣令恇怯不知兵。乞委任百姓所信向。如任同知董知縣。武指揮等。協力主決兵事。知縣備辦糧食。不得從中沮撓。倘有疎虞。卽蘇松二郡不可保矣。又攷得白茆。舊有白茆寨。劉家港舊有劉家港寨。青浦舊有青浦寨。此皆前朝撥置軍士備倭之所。蓋以春夏巡哨。秋冬還衞。又白茆。吳塘。茜涇。劉家港。甘市。等處。各有煙墩。烽火相接。以此見往時備倭之跡。今疎闊如此。欲以一城自固。不可得也。又訪得賊中海島夷洲。真正倭種。不過百數。其內地亡命之徒固多。而亦往往有被劫掠。不能自拔者。近日賊搶婁塘。羅店等處。驅率居民挑包。其守包之人。與吾民私語。言是某府州縣人。被賊脅從。未嘗不思鄉里。但已剃髮。從其衣號。與賊無異。欲自逃去。反爲州縣所殺。以此只得依違。苟延性命。愚望官府設法招徠。明以丹青生活之信。務在孤弱其黨。賊勢不久自當解散。此古人制夷遏盜之長策也。又聞民間不見官府出軍。以爲當俟請旨。須大軍之至。竊見祖宗於山東。淮。浙。閩。廣。沿海設立衞所。鎭戍連絡。每年風候。調發舟師出海。後又設都指揮一員。統領諸衞。專以備倭爲名。今倭賊憑陵。所在莫之誰何。但見官司紛紛抽點壯丁。及原役民快。皆素不教練之民。驅之殺賊。以致一人見殺。千人自潰。徒長賊氣。使海外蠻夷聞之。皆有輕中國之心。非祖宗設立沿海軍衞之意也。當事者拘礙文法。動以擅調官軍爲解。竊伏讀大明律擅調官軍一款。其暴兵卒至欲來攻襲。事有警急。及程途遙遠者。並聽從便。火速調撥軍馬。乘機勦捕。若寇賊滋蔓。應合會捕者。鄰近衞所。雖非所屬。亦得調發策應。若不卽調遣會合。或不卽申報上司。及鄰近衞所。不卽發兵策應者。與擅調官軍罪同。此各衞得自調撥策應之明文也。今賊殺害人民。搖動畿輔。蘇松內地城門。經月不開。百姓喁喁。各衞擁兵深居。賊在近郊。不發一矢。忍以百萬生靈餌賊。幸其自退。豈可得哉。夫以沿海之衞。自足備禦。今獨民兵支吾。玩愒養寇。及其必不可已。然後請旨動調大軍。夫以民兵則氣力孱弱。以大軍則事體隆重。是虛設沿海數百萬之兵也。況大軍之至。吾民饜飽豺狼之腹已久矣。賊聞天兵旣下。倏忽遁去。雖貔貅百萬。悵望空波。徒使百姓騷然而已。乞蚤爲裁處。遵照大明律軍政。調撥策應。庶殄滅有期。不煩朝廷動調大軍。實地方生靈之幸。

三江圖敍說

古今論三江者。班固。韋昭。桑欽之說近之。但固以蕪湖東至陽羨入海。昭分錢塘江。浦陽江爲二。桑欽謂南江自牛渚上桐水過安吉歷長瀆。爲不習地勢。程大昌辨之詳矣。然孔安國。蘇軾所論。亦未必然也。今從郭璞以岷江。淞江。浙江。爲三江。蓋自揚州斜轉東南。揚子江。吳淞江。錢塘江。三處入海。而皆以江名。其爲三江無疑。但淞江湮塞細弱。無復江之形勢。世遂忽之而不論耳。宋淳熙中。直學邊實脩崑山志。言大海自西沺分南北。由斜轉而西朱陳沙。謂之揚子江口。由徘徊頭而北黃魚垛。謂之吳松江口。浮子門而上。謂之錢塘江口。三江旣入。禹蹟無改。此今日之所目見。諸儒胸臆之說。不足道也。

淞江下三江圖敍說

史記正義曰。在蘇州東南三十里。名三江口。一江西南上七十里至太湖。名曰淞江。古笠澤江。一江東南上七十里白蜆湖。名曰上江。亦曰東江。一江東北下二百餘里入海。名曰下江。亦曰婁江。其分處號三江口。顧夷吳地記。淞江東北行七十里。得三江口。庾仲初注揚都賦。太湖東注爲淞江。七十里有水口。流東北入海爲婁江。東南入海爲東江。蓋淞江之有婁江東江。如岷江之中江北江九江。其實一江耳。昔賢以此解淞江下之三江口。非以爲禹貢之三江也。吳郡續志云。淞江受太湖。一自長橋流入同里犂湖。瀼由白蜆江入薛澱湖。一自甘泉橋。由淞江尾東華澤湖。自急水港至白蜆江。入澱湖而注之海。以正義吳地記求其所在。則淞江北行七十里分流者。當在今崑山之境。說者徒欲尋求二江。而不知由淞江細弱。所以奇分之水。遂不可見。續郡志云。崑山塘自婁門歷崑山以達于海。以劉家港爲婁江。意亦附會也。

二石說

樂者仁之聲。而生氣之發也。孔子稱韶盡美矣。又盡善也。在齊聞韶。則學之三月不知肉味。考之尙書。自堯克明峻德。至舜重華協於帝。四岳九官十二牧。各率其職。至於蠻夷率服。若予上下草木鳥獸。至仁之澤。洋洋乎被動植矣。故曰。虞賓在位。羣后德讓。又曰。庶尹允諧。曰。鳥獸蹌蹌。鳳凰來儀。又曰。百獸率舞。此唐虞太和之景象。在於宇宙之間。而特形於樂耳。傳曰。夔始制樂。以賞諸侯。呂氏春秋曰。堯命夔擊石。以象上帝玉磬之音。以舞百獸。擊石拊石。夔之所能也。百獸率舞。非夔之所能也。此唐虞之際。仁治之極也。顏子學於孔子。三月不違仁。而未至於化。孔子告之以爲邦。而曰樂則韶舞。豈驟語以唐虞之極哉。亦教之禮樂之事。使其行夏之時。乘殷之輅。服周之冕。而歌有虞氏之風。淫聲亂色。無以奸其間。是所謂非禮勿視聽言動。而爲仁之用達矣。雖然。由其道而舞百獸儀鳳凰。豈遠也哉。冉求欲富國足民。而以禮樂俟君子。孔子所以告顏子。即冉求所以俟君子也。欲富國足民而無俟於禮樂。其敝必至於聚斂。子游能以絃歌試於區區之武城。可謂聖人之徒矣。自秦以來。長人者無意於教化之事。非一世也。江夏呂侯爲青浦令。政成而民頌之。侯名調音。字宗夔。又自號二石。請予爲二石之說。予故推本尙書論語之義。以達侯之志焉。

張雄字說

張雄既冠。請字於余。余辱爲賓。不可以辭。則字之曰子谿。聞之老子云。知其雄。守其雌。爲天下谿。常德不離。復歸於嬰兒。此言人有勝人之德。而操之以不敢勝人之心。德處天下之上。而禮居天下之下。若谿之能受。而水歸之也。不失其常德。而復歸於嬰兒。人己之勝心不生。則致柔之極矣。人居天地之間。其才智稍異於人。常有加於愚不肖之心。其才智彌大。其加彌甚。故愚不肖常至於不勝而求反之。天下之爭。始於愚不肖之不勝。是以古之君子。有高天下之才智。而退然不敢以有所加。而天下卒莫之勝。則其致柔之極也。然則雄必能守其雌。是謂天下之谿。不能守雌。不能爲天下谿。不足以稱雄於天下。

陳伯生字說

海虞陳生之名曰寅。未知所以尊其名也。問言於余。余字之曰伯生。而爲之論天地生人之始。蓋混混然也。既而天開於子。子者滋也。氣於此而始滋也。地闢於丑。丑之言紐也。言氣之始固也。人生於寅。寅者。言萬物之生螾螾然也。然則寅者。人生之時也。故謂之寅。則生氣莫盛焉。三代異尙。而孔子以夏時告顏子。所以治天下之道。世之君子。以爲孔子之意。在於改正朔而已。而不知其有取於生之道也。顏子退而得其旨。故不數數於爲天下。而請事斯語。至於三月不違仁焉。是乃所以服膺孔子。所謂行夏之時也。吾人相與並生於天地之間。所以知樂其羣。而有禮義慈讓之心者夫。亦有此生理而已。或曰。寅者。敬畏也。夙夜惟寅。直哉惟清。舜之所以命伯夷也。嚴恭寅畏。天命自度。周公所以稱中宗也。夫孰知夫寅者。生道也。心生故能直清。能自檢於天命。嗚呼。世之君子。不知人生於寅之旨。而徒曰敬畏者。鮮不至於助忘而失其本。余故以伯生爲寅之字。此乃舜典與無逸之本旨也。悟者必以予言爲然矣。

守耕說

嘉定唐虞伯。與予一再晤。然心獨嘉愛其爲人。吾友潘子實。李浩卿。皆虞伯之友也。二君數爲予言虞伯。予因二君。蓋知虞伯也。虞伯之舅曰沈翁。以誠長者見稱鄉里。力耕六十年矣。未有子。得虞伯爲其女夫。予因虞伯。蓋知翁也。翁名其居之室曰守耕。虞伯因二君使予爲說。予曰。耕稼之事。古之大聖大賢。當其未遇。不憚躬爲之。至孔子乃不復以此教人。蓋嘗拒樊遲之請。而又曰耕也。餒在其中矣。謂孔子不耕乎。而釣而弋而獵較。則孔子未嘗不耕也。孔子以爲如適其時。不憚躬爲之矣。然可以爲君子之時。而不可以爲君子之學。君子之學不耕。將以治其耕者。故耕者得常事於耕。而不耕者亦無害於不耕。夫其不耕。非晏然逸己而已也。今天下之事。舉歸於名。獨耕者其寶存耳。其餘皆晏然逸己而已也。志乎古者。爲耕者之寶耶。爲不耕者之名耶。作守耕說。

東隅說

東海之際。謂之東隅。西海之際。謂之西隅。南海之際。謂之南隅。北海之際。謂之北隅。中央之際。謂之中隅。人知四海之際謂之隅。庸詎知中央之謂隅也。知中央之爲隅。庸詎知四海之隅。不謂之中耶。子適於其東。而號曰東隅。庸詎知三海之際。不有與我相角者。從三海之際而觀之。而號曰東隅。去三海之際而觀之。庸詎知我爲東隅者。故東隅者。適然者也。方物之生。各有所適。蜀人奚必知越。越人奚必知燕哉。今子處乎東者也。循是以西。天不加圓。地不加方。循是而又東。天不加墮。地不加傾。弭節乎暘谷之地。總轡乎扶桑之墟。仰角宿之旦。啓曜靈之藏。遊遨乎春宮。泛觀乎溟渤。夷然隱几而噓。倚梧而吟者也。故東隅者。適然者也。適然。則幾乎道矣。

懷竹說

夏太常風流雅韻。寄於楮墨閒。意之所至。揮洒所及。有不自知。雖爲好事者所珍襲。然不足以爲太常重。蓋太常非命於竹者也。適也。而其子孫懷之者。非囿於竹者也。情也。君子之於其先。雖涕唾遺物。莫不可珍。而悽愴惕怵。有不能自已者。然予有進於是焉。子孫之身。卽祖宗之身也。竹猶懷之。而況其身乎。凡人作事無法。泿言苟行。此心漫然。任其所之。皆由於無所懷之故。如所懷也。則竦息顧慮。擇地而蹈。將不能以一日自安。況曰吾祖宗之身乎。被髮跣袒而號於市。人謂之狂。俄而纓冠振履。揖讓進退。人卽以爲儒者。在乎懷與不懷之閒也。爲太常子孫者。必愼而言。顧而行。深自貴籍。若持重寶焉。惟恐失之。斯善懷矣。苟徒出於一時感動。俄而忘之。注意於殘楮敗墨閒。而失其所以重。非君子所謂孝思也。予祖母實太常之孫女。玄孫煥與予爲表弟。以懷竹自命。予故勗之如此云。

朱欽甫字說

朱欽甫名邦奇。以其字弗協也。欲更之。歸子曰。古之有名。别稱而已。不必其美也。其有字也。爲卑者設也。諱名而已。不必其協也。必美以協之者。非古也。雖然。有教焉。君子不廢也。子之字。足以為教。而徵諸其名。何謂弗協乎。蓋欽者。天下之事之所以成也。此心少不出於欽。而橫潰恣肆。將隳敗而不可舉。而精神意慮之所遺者多矣。是以號為天下之奇材者。知其無以易乎欽。而欽者。所以用奇者也。驊騮之馬。覊靮鞭策而馳騁乎千里之途。楩梓豫章。參天之木。必就規矩而充乎棟梁之用。若必泛駕。必銜橛。必擁腫屈曲以為奇者。非奇也。君子之道。智足以高天下而不輕用其智。勇足以懾天下而不輕用其勇。有絕世之姿。而常不敢有先乎庸人之心。故其智勇奮而天下莫能當。若必狂走叫號。挾其所貴而希心於跅弛之士。以為奇者。非奇也。昔者。帝堯之時。天下之英才。並庸於朝。於是僉舉治水者。莫能出鯀焉。夫英賢之聚也。治水之大任也。而莫能舍鯀也。則鯀者。天下之奇材而弗欽焉。其與庸無幾。兵之詭變。君子惡之。然吾讀孫子之書。多警畏之辭。而以處女用脫兔。孫子之為奇者。無出於是。欽父可以類觀矣。胡可更也。吾嘗聞其崖略於洛閩諸君子。欽甫不以予言為迂。當為欽父終日陳之。

周時化字說

周永寧時化。居婁門。年甚少。即舍所學。遊于諸侯王。故趙王賢而好書。時化挾書以往。王頗優遇之。既而之大梁。今鎮平王中尉西亭公。尤賢而好書。故時化歲時往來大梁。一日過余。求為其字之說。古者。冠而字。賓為之辭。禮也。時化冠久矣。而其名與字。又無當也。然古之命名。不必皆有其義。字而賓贈之。雖不當冠之時。可也。昔漢東平王上疏。求諸子及太史公書。大將軍王鳳以為太史公書。有戰國縱橫權譎之謀。漢初謀臣奇策。天官災異。地形阨塞。皆不宜在諸侯王。議者多稱鳳策。而不知王求書而不予。何漢示之不廣也。國家太平二百年。王子雖無事任。而禁網闊略。故得時購四方之書。廣廈細旃。從容論道。豈非天子之賜。而國家永寧之效歟。而時化亦得以其時。彈鋏而遊於侯王之門。蓋比于天地之陶鈞。而蟲魚皆獲自遂其生。此其所以自喻者。其在此也。

莊氏二子字說

莊氏有二子。其伯曰文美。予字之曰德實。其仲曰文華。予字之曰德誠。且告之曰文太美則飾。太華則浮。浮飾相與。敝之極也。今之時則然矣。夫智而用私。不如愚而用公。巧不如拙。辨不如訥。富不如貧。貴不如賤。欲文之美。莫若德之實。欲文之華。莫若德之誠。以文爲文。莫若以質爲文。質之所爲生。文者無盡也。一日節縮。十日而贏。衣不鮮好。可以常服。食不甘珍。可以常飧。故曰。賁無色也。賁爲無色。非無色而後賁也。吳在東南隅。古之僻壤。泰伯仲雍之至也。予始怪之。而後知聖人之用心也。彼以聖賢之德。神明之冑。目覩中原文物之盛。祕而弗施。乃和于俗。若入裸國而顧解其衣。以其民含朴而不可以漓之也。洎通上國。始失其故。奔潰放逸。莫之能止。文愈勝。僞愈滋。俗愈漓矣。聞之長老言。洪武間。民不粱肉。閭閻無文采。女至笄而不飾。市不居異貨。宴客者不兼味。室無高垣。茅舍鄰比。強不暴弱。不及二百年。其存者有幾也。予少之時。所聞所見。今又不知其幾變也。大抵始於城市。而後及於郊外。始於衣冠之家。而後及於城市。人之有欲。何所底止。相誇相勝。莫知其已。負販之徒。道而遇華衣者。則目睨視。嘖嘖歎不已。東鄰之子食美食。西鄰之子從其母而啼。婚姻聘好。酒食宴召。送往迎來。不問家之有無。曰吾懼爲人笑也。文之敝至于是乎。非獨吾吳。天下猶是也。莊氏居吾里中。獨以朴素自好。務本力業。供役于縣。爲王家良民。德實自樹立門戶。而德誠贅王氏。皆以敦厚。爲人所信愛。此殆流風末俗。所浸灌而未及者。其可不深自愛惜。以即其所謂實而勿事於飾。求其所謂誠而勿事於浮。禮失而求之野。吾猶有望也。

二子字說

予昔遊吳郡之西山。西山並太湖。其山曰光福。而仲子生於家。故以福孫名之。其後三年。季子生於安亭。而予在崑山之宣化里。故名曰安孫。於是福孫且冠娶。予因爾雅之義。字福孫以子祜。字安孫以子寧。念昔與其母共處顛危困厄之中。室家懽聚之日蓋少。非有昔人之勤勞天下。而弗能子其子也。以是志之。蓋出於其母之意云。今母亡久矣。二子能不自傷。而思所以立身行道。求無媿於所生哉。抑此偶與古之羊叔子。管幼安之名同。二公生於晉魏之世。高風大節。邈不可及。使孔子稱之。亦必以爲夷惠之傳。夫士期以自修其身。至於富貴。非所能必。幼安之隱。叔子之仕。予難以擬其後。若其淵雅高尙。以道素自居。則士誠不可一日而無此。不然。要爲流俗之人。苟得爵祿功名顯於世。亦鄙夫也。

卷四　雜文

書安南事

安南自黎利立國之後。世修職貢。正德十一年。安南王黎賙。爲其下陳暠所弒。國人立其兄子譓。陳暠逃據諒山。累年討平之。嘉靖元年。莫登庸立譓弟懬而專有其國。會天子新即位。詔賜外夷使者至龍州界。移告諒山衞。無所答。知其國內亂。未達而返。其後登庸媾殺黎懬。立己子登瀛。僭號改元。而黎譓死清源府。國人奉其子寧爲世孫。十五年。天子以皇子生。諭少傅言。頒詔高麗安南。時安南不賓貢者。二十一年。兩廣大臣。歲歲牒問。未得其要領。天子慨然欲發兵誅之。而雲南人亦奏安南人武嚴威犯邊。於是少傅言。言天子繼天立極。君主華夷。安南負固爲逆。久不來庭。無所逃於天討。太宗皇帝之兵。初分兩道而入。蓋安南地域。東起廣東之欽州。迤西歷廣西之左江。至臨安之元江爲界。而廣西龍州所必由之道。憑祥州則其要害也。西則由臨安經蒙自縣河底之蓮花灘。至其東都。四五日程耳。大司馬九伐之法。賊賢害民則罰。負固不服則侵。放弒其君則殘。蠢茲有苗。實負三罪。上干天討。自速滅亡。聲罪正名。可傳檄而定矣。明年。黎寧臣鄭惟僚。潛走京師。奏言登庸逆亂之故。乞正天討。譯問惟僚。言往者憑祥州關隘梗阻。海東長慶。高平。安平。歸化。安西。沿邊州峒土官。以非安南故。所往來不爲假道。惟僚挾宗圖奏章入商舶中。隨風飄至占城。餘二年。始得來見天子。議者以朝廷方欲興師。而使者忽至。恐有詐。請遣人到邊牒驗之。而置惟僚錦衣衞密室中。惟僚奏去國日久。不知國內存亡。牒問恐泄事機。賊將生計。曠日彌月。是絕世孫之望。阻國人之心。而顯惟僚不爲國之罪也。逆徒文書。多於憑祥上下凍龍州。昔惟僚帥師攻諒山。使黃公顯迎朱埴。朱埴者。故國王所遣告急使也。可問憑祥州人。某年月。果有諒山衞官黃公顯。將兵會上官李珠攻上琴行廬社。以水牛黃牛謝李珠可驗。鄭惟僚黎氏臣也。天子於是再下廷臣議。決攻討之計。少傅言貴溪

夏文愍公也崑山刻本誤作賢考當時無其人今正之

書郭義官事

郭義官曰和者。有田在會昌瑞金之間。翁一日之田所。經山中。見虎當道。策馬避之。從他徑行。虎輒隨翁。馴擾不去。翁留妾守田舍。率一歲中數至。翁還城。虎送之江上。入山而去。比將至。虎復來。家人呼爲小豹。每見虎來。其妾喜曰。小豹來。主且至。速爲具飯。語未畢。翁已在門矣。至則隨翁帖帖寢處。冬寒。臥翁足上。以覆煖之。竟翁去。復入山。如是以爲常。翁初以肉飼之。稍稍與米飯。故會昌人言郭義官飯虎。鎭守官聞欲見之。虎至庭。咆哮庭中。人盡仆。翁亟將虎去。後數十年。虎暴死。翁亦尋卒。嘉靖癸丑。翁孫惠爲崑山主簿。爲予言此。又言歲大旱。禱雨不應。衆強翁書表焚之。有神憑童子。怒曰。今歲不應有雨。奈何令郭義官來。今則不得不雨。頃之。澍雨大降。然翁平日爲人。誠朴無異術也。予嘗論之。以爲物之驚者莫如虎。而變化莫如龍。古之人。嘗有以豢之。而佛老之書。所稱異物多奇怪。學者以爲誕妄不道。然予以爲人與人同類。其相戾有不勝其異者。至其理之極。雖夷狄禽獸。無所不同。子思曰。喜怒哀樂之未發。謂之中。發而皆中節。謂之和。致中和。天地位焉。萬物育焉。學者疑之。郭義官事要不可知。嗚呼。惟其不可知。而後可以極其理之所至也。

書張貞女死事

張貞女父張燿。嘉定曹巷人也。嫁汪客之子。客者嘉興人。僑居安亭。其妻汪嫗。多與人私。客老矣。又嗜酒。日昏醉無所省。諸惡少往往相攜入嫗家飲酒。及客子娶婦。惡少皆在其室內。治果殽爲歡宴。嫗令婦出徧拜之。貞女不肯。稍稍見姑所爲私。語夫曰。某某者。何人也。夫曰。是吾父好友。通家往來久矣。貞女曰。好友迺作何事。若長大。若母如此。不媿死耶。一日。嫗與惡少同浴。呼婦提湯。見男子驚走。遂歸母家。哭數日。人莫得其故。其母強叩之。具以實告。居久之。嫗陽爲好言謝貞女。貞女至。則百端淩辱之。貞女時時泣語其夫。令謝諸惡少。復乘閒從容勸客曰。舅亦宜少飲酒。客父子終不省。反以語嫗。輒致搒掠。惡少中有胡巖。最桀黠。羣黨皆卑下之。從其指使。一日。巖衆言曰。汪嫗且老。吾等不過利其財。且多飲酒耳。新娘子誠大佳。吾已竊處其姑。其婦寧能走上天乎。遂入與嫗曰。小新婦介介不可人意。得與胡郎共寢。即懽然一家。吾等快意行樂。誰復言之者。嫗亦以爲然。謀遣其子入縣書獄。嫗嘗令貞女織帨。欲以遺所私奴。貞女曰。奴耳。吾豈爲奴織帨耶。嫗益惡之。胡巖者四人。登樓縱飲。因共呼貞女飲酒。貞女不應。巖從後攫其金梭。貞女詈且泣。還之。貞女折梭擲地。嫗以己梭與之。又折其梭。遂罷去。頃之。嫗方浴。巖來共浴。浴已。嫗曰。今日與新婦宿。巖入犯貞女。貞女大呼曰。殺人殺人。以杵擊巖。巖怒走出。貞女入房。自投於地。哭聲竟夜不絕。明日。氣息僅屬。至薄暮。少蘇。號泣欲死。巖與嫗恐事泄。縶諸床足。守之。明日召諸惡少。酣飲二鼓。共縛貞女。椎斧交下。貞女痛苦宛轉曰。何不以刃刺我。令速死。一人乃前刺其頸。一人刺其脅。又椓其陰。共舉尸欲焚之。尸重不可舉。乃縱火焚其室。鄰里之救火者。以足蹴其尸。見赫然死人。因共驚報。諸惡少皆潛走。一人私謂人曰。吾以鐵椎椎婦者數四。猶不肯死。人之難死如此。貞女死時。年十九耳。嘉靖二十三年五月十六日也。官逮小女奴。及諸惡少鞫之。女奴歷指曰。是某者縛吾姊。某以椎擊。某以刃刺。嫗罵惡少曰。吾何負於汝。汝謂姑殺婦無罪。今何如。嫗尋死於獄。貞女爲人淑婉。奉姑甚謹。雖遭毒虐。未嘗有怨言。及與之爲非。獨亢然蹈白刃而不悔。可不謂賢哉。夫以羣賊行汚閨闥之間。言之則重得罪。不言則爲隱忍。抑其處此。尤有難者矣。自爲婦至死踰一年。而處汪氏僅五月。或者疑其不蚤死。嗟乎。死亦豈易哉。嘉定故有烈婦祠。貞女未死前三日。祠旁人皆聞空中鼓樂聲。祠中火炎炎。從柱中出。人以爲貞女死事之徵。予來安亭。因見此事。嘆其以童年妙齡。自立如此。凜然毛骨爲竦。因反覆較勘。著其始末。以備史氏之採擇。按梭常熟本作梳竊謂金梭必是織帨之梭非櫛髮之梳也當以聲相近而訛耳

張貞女獄事

初。胡巖父子謀殺貞女。傭奴王秀。故嘗與嫗通。後已謝去。巖以金餌之。呼與俱來。本欲焚尸以滅跡。又欲誣貞女與王秀私而自殺。其造意爲此兩端。蓋今豪家殺人。多篡取其尸焚之。官司以其無跡。輒置不問。故殺人往往焚

尸。爲吏者不可不知也。火起。人來救之。巖裸身著草履。其衣爲血所濺。卒無衣易也。人或謂胡郎。事如是。奈何。巖疾視曰。若謂有何事耶。亟令汪客詣縣。且如所以誣貞女者。會汪客醉臥縣門外。而貞女父張耀。已先入告之矣。耀弱人。其婦翁已得巖金。教耀獨告朱旻。及典史來驗。巖尙揚揚在外。爲賂驗者。貞女喉下刀孔容二指。尙有血沫噴湧。仵人裂其頸。謾曰無傷者。盡去其衣。膚青腫。寸斷如畫紋。脅及下體。皆刀傷血流。市人盡呼寃。或奮擊仵人。縣令亦知仵人受賂。然但薄責而已。一日。令晝寢。夢金甲神人兩膊流血。持刀前曰。殺人者。胡鐸胡巖也。不速成此獄。當刺汝心。令驚起問左右。知有胡巖。巖父胡堂。令因謂堂鐸聲近訛也。逮女奴鞫之。遂收巖等。先是嫗貲千金。悉寄巖家。巖以是益得行金求解。時有張副使罷官家居。與丁憂邱評事兩人。時時入縣。縣令問此兩人。張顧邱曰。老法司謂何。邱曰。殺一女子而償四五人。難以申監司也。蓋令多新進。不諳法律。又獄上御史。常慮見駁。損傷聲譽。故以惑之。令果問計。兩人教令以雇工人奸家長妻。律坐王秀足矣。以故事益解。巖等皆頌繫。方俟十五日再驗貞女。遂釋巖等。會令至學。諸生告以大義。令方慚悔。回縣。趣召巖等。巖等自謂得釋。兩人亦坐縣治前候獄定。即持金回也。令忽縛巖等。以朱墨塗面。迎至安亭。且遣人祭慰貞女。兩人相顧。變色遁去。安亭市中。無不鼓舞稱快。時吳中大旱。四月至于六月不雨。及是大雨如注。巖復賂守卒。斃嫗于獄。欲以絕口。且盡匿其金。令亦疑巖所爲。然但薄責守卒而已。先是貞女之死。數有神怪。至是暴嫗尸于市。汪客夜持棺欲竊斂之。鬼數百。羣逐汪客去。令猶以兩人言。欲出爲從者。會女奴指周綸。實以椎擊貞女。鞫問數四。不易辭。令無如之何。獨貸朱旻。旻是夜實共殺者。不獨于戶外竊聽而已。獄已具。兩人猶馳赤日中。泊舟所居數里外。竟日相謀。邱曰。我至大理。此獄必反。張對人稱巖。猶曰胡公。其無人心如此。貞女之外祖曰金炳。炳父楷。成化乙未南宮進士第二人。爲涪州知州以卒。貞女死時。炳家近。先往。見其尸。得金。遂不復言及。母黨之親。多得其金。雖張耀亦色動。其族有言而止。

予論貞女事已詳。又著其獄事以志世變。即此一事。其反覆何所不至。獨恃猶有天道也。嘉靖二十七年七月書。

貞婦辨

張貞婦之事。邑宰訊鞫之詳。傳爰之當。昭昭揭日月于天下矣。或疑貞婦之未得爲烈也。曰。其遜于母氏也。胡不自絕而來歸也。曰。義不能絕于夫也。有妻道焉。遂志而亂倫。非順也。曰。其來歸也。胡不即死。曰。未得所以處死也。有婦道焉。潔身以明汙。非孝也。然而守禮不犯。皭然于泥滓之中。故以淫姑之悍虐。羣兇之窺闞。五閱月而退其狂狡也。曰。其犯之也。安保其不汙也。曰。童女之口。不可滅也。精貫日月。誠感天地。故庶婦一呼。桀夫披靡。水不能濡。火不能爇。蓋天地鬼神。亦有以相之。不可以常理論者。夫事有先後。迹有顯闇。要之至于死而明矣。屈子之沉湘。賈生猶病其懷此故都。文山縶于幽燕。王炎午生祭之以文。彼賢者猶不相知如是哉。雖然。所見異辭。所聞異辭。所傳聞異辭。貞婦之事。今日所目見者也。謂不得爲烈者。東土數萬口。無此言也。彼爲賊地者之言也。嗚呼。綱常與天地終始。而彼一人之喙。欲沉埋貞婦曠世之節。解脫羣兇滔天之罪。吾不知其何心也。作貞婦辨。

書里涇張氏妾事

嘉靖三十四年冬。倭賊退屯海上。予得間返安亭故廬。時寇氛尚未息。而三四年來。吳中之士女。被戮辱者多矣。亦往往有女子之義烈者。予方欲咨訪論著之而未及也。去安亭二十里近夏駕浦地名里涇。有婦張氏。其夫死。夫之弟。攘其田廬。逼嫁之。婦遁逃兄所。夫弟偵其兄出。劫以如所許陸氏者爲婦。婦即絕食。陸氏婦女老嫗。日與居說之。不答。十月晦。竟縊死。予嘗讀漢史稱荀采事。采爲陰瑜妻。十九而寡。父更許妻同郡郭奕。父僞病篤召女扶抱。載之至郭氏。女命張四燈。與奕相見。因勅左右辦浴。入室掩戶。以粉書扉云。尸還陰。陰字未成而縊。今婦之死於陸氏。與采同。然采高陽天下名族。荀慈明之女。知書學問。爲是易也。田里之婦。區區不失其志。難矣哉。命也。婦不死於賊，邂逅迫脅。與遇倭者何以異。婦之夫弟。歸其屍。葬於故夫之旁。以成還陰之志。予友廣平尹張德芳。書來告予。予問之里涇人。良然。遂書之。

言解

言惡乎宜。曰。宜于用。不宜於無用。言之接物。與喜怒哀樂均也。當平所接之物。是言之道也。終日而談鬼。人謂之無用矣。以其不切於己也。終日而談道。人謂之有用矣。以其切於己也。夫以切于己。而終日談之。而不當于所接之物。則與談鬼者何異。孔子曰。庸言之謹。非謂謹其所不可言。雖可言而謹耳。道之在人。若耳目口鼻。見之者不問。有之者不言。使人終日而言吾耳若何。吾目若何。吾口與鼻若何。則人以爲狂謬矣。實有耳目口鼻者。不待言也。飢者言食而飽者不言。寒者言衣而煖者不言。昔者宰我子貢習聞夫子之教。而能爲彷彿近似之論。其言非不依于道。而當時擬之以爲言語之科。夫學者之學。舍德行而有言語之名。爲宰我子貢者。亦可恥矣。曾子曰。唯。顏子如愚。二子不爲無實之言。而卒以至於聖人之道。孔子曰。予欲無言。聖人之重言也如是。聖人非以言爲重者也。四時行。百物生。聖人之道也。

解惑

嘉靖己未。會闈事畢。予至是凡七試。復不第。或言翰林諸學士素憐之。方入試。欲得之甚。索卷不得。皆歎然失望。蓋卷格于簾外不入也。或又言君名在天下。雖嶺海窮徼。語及者莫不斂袵。獨其鄉人必加詆毀。自未入試。已有毀之者矣。旣不第。簾外之人。又摘其文毀之。聞者皆爲之不平。予曰。不然。有舉之而吾得焉。是舉之者勝也。而擠之者不勝也。有擠之而吾失焉。是擠之者勝也。而舉之者不勝也。有譽之而吾得焉。是譽之者是也。而毀之者非也。有毀之而吾失焉。是毀之者是也。譽之者非也。彼其人若非。且不勝矣。而又何足與辨乎。彼其人旣是且勝矣。而又何可與較乎。夫莫之爲而爲者。天也。莫之致而至者。命也。人不得而舉與擠也。不得而譽與毀也。是有天命焉。實未嘗舉也。未嘗擠也。未嘗譽也。未嘗毀也。昔年張文隱公爲學士主考。是時內江趙孟靜考易房。趙又爲公門生。相戒欲得予甚而不得。後文隱公自內閣復出主考。屬吏部主事長洲章楙實云。君爲其鄉人。必能識其文。而章亦自詭必得。然又不得。當是時。簾外誰擠之耶。子路被愬於公伯寮。孔子曰。道之將行也與。命也。道之將廢也與。命也。孟子沮于臧倉。而曰。吾之不遇魯侯。天也。故曰。有天命焉。晉樂廣嘗與客飲酒。客見盃中有蛇。惡之。歸而疾作。時河南聽事壁上。有畫漆角弓作蛇形。廣以盃中蛇。卽角影也。復置酒問客。所見如前。廣因告所以。而客疾遂愈。今或者之言。皆盃中之蛇類也。作解惑。

道難

當周之時。去先王未遠。孔子聘於列國。志欲行道。晨門。荷蕢。沮溺。丈人之徒。皆譏之。孔子不以爲然。而道竟不可行。其與學者論政。未嘗不歸於道。如答仲弓子張之問仁。皆言政也。諸子有志于治國。而春風沂水之趣。終不及曾點。故孔子舍三子而與點者。以此。子游爲武城宰。以禮樂爲教。至論君子小人。皆以學道爲主。則孔氏之門。雖所施有大小。其與孔子之治天下一也。自管仲申商之徒。以其術用於世。其規畫皆足以爲治。然皆倍于道。故莫不有功効。而禍流于後世。後世言治者。皆知尊孔氏。黜百家。而見之行事。顧出於申商之下。天下當積世弛廢之餘。一旦欲振起之。而無所主持。如庸醫求治瘵。雜劑亂投。欲如申商一切之術。已不可得矣。永年蔡先生之守蘇州。其志汲汲于爲道。務在節用愛人。倣周官州黨族閭屬民讀法之政。而時進學者。與之語道。吳故大郡。先生獨常從容于吏治之外。有春風沂水之趣。然習俗安於其故。或竊有異議。先生稍不自安於心。即悠然長往。學者與小民之慕愛。如失父母。而余門人沈孝。年已及艾。有原憲之貧。先生獨喜其論經有師法。時延進存問。以二千石之重。念及蓬蓽之士。其留意境內之人才若此。余爲令吳興。竊拜先生之下風。不敢以今世之吏自處。而鄧析之徒。爲謗日甚。先生之門。時亦有傳其言者。唯先生不然。曰。歸君以大道治縣。汝輩何以述此言。予曾不能如先生之所許。然同心之言。未可以爲世人道也。余官邢州。去永年百里。先生還家久。始知之。因造其廬。留飲食共語。略不以官爵爲意。獨言及爲守事。不覺悵然。以不克盡其志也。時風雪滿庭。送予出門。約明春共遊太行。余以入賀留京。尋有滁州之命。欲還。過永年與先生別。作道難以爲贈。

懼讒三首

班孟堅爲蒯通傳贊云。書放四罪。詩歌靑蠅。春秋以來。禍敗多矣。昔子翬謀桓而魯隱危。欒書構郤而晉厲弑。豎牛奔仲叔孫卒。郈伯毀季昭公逐。費忌納女楚建走。宰嚭譖胥夫差喪。李園進妹春申斃。上官訴屈懷王執。趙高敗斯二世。縊伊戾坎盟宋痤死。江充造蠱太子殺。息夫作姦東平誅。皆自小覆大。繇疏陷親。可不懼哉。自漢以來。其如此類覆邦家者何限。然小人之害君子。而國與身亦受其禍。故史得而載之。若人有陷人於不知之中。如射工沙虱。使人與國家受其陰禍。而世莫能言之。已又逃其人刑天譴。此尤可痛也。

唐史載盧絢嚴挺之。皆爲明皇所屬意。李林甫竟以計去之。使明皇若初不知此兩人者。至於人主之所不及知者。林甫能容之進乎。德宗時。李希烈反。欲遣使而難其人。盧杞薦顏真卿三朝舊臣。忠直剛決。名重海內。人所信服。遂陷魯公竟爲希烈所殺。小人之於君子。鄉上之所惡。則毀以害之。鄉上之所善。則譽以害之。杞之於魯公是也。人主非至明。安得不墮其計哉。詩曰。爲鬼爲蜮。則不可得。有靦面目。視人罔極。君子不幸與之遇。能自全者鮮矣。

韓文公爲人坦直。計無所致惡於人。爲國子博士。相國鄭公賜之坐。索其所爲詩書。即有讒於相國者。又有讒於李翰林者。語曰。女無美惡。入宮見妒。士無賢不肖。入朝見嫉。君子之致惡於小人。豈有知其所以然哉。文公作釋言以自解。既自云不懼。而何爲作此文。累數百言。以此見文公懼讒之深也。

甌喻

人有置甌道旁。傾側墮地。甌已敗。其人方去之。適有持甌者過。其人亟拘執之曰。爾何故敗我甌。因奪其甌。而以敗甌與之。市人多右先敗甌者。持甌者竟不能直而去。噫。敗甌者向不見人則去矣。持甌者不幸值之。乃以其全甌。易其不全甌。以其不全甌。易其全甌。事之變如此。而彼市人。亦失其本心也哉。

性不移說

人之性有本惡者。荀子之論。特一偏耳。未可盡非也。小人於事之可以爲善者。亦必不肯爲。於可以從厚者。亦必出於薄。故凡與人處。無非害人之事。如虎豹毒蛇。必噬必螫。實其性然耳。孔子曰。唯上智與下愚不移。聖人之言。萬世無弊者也。易曰。小人革面。小人僅可使之革面。已爲道化之極。若欲使之豹變。堯舜亦不能也。

重交一首贈汝寧太守徐君

昔博昌任彥升。好擢獎士類。士大夫多被其汲引。當時有任君之號。及卒。諸子流離。生平知舊。莫有收卹之者。平原劉孝標。泫然悲之。乃著廣絕交論。余以爲孝標特激于一時之見耳。此蓋自古以來。人情之常。無足怪者。今世取士之制。主司以一日之知。終身定門生之分。而諸省解試。類以御史監臨。主司之權。遂移于簾外。往往州縣官皆得閱卷。其所取士。亦謂之門生。太倉陸虞部子如。昔在嚴郡。有事淅闈。所得士三人。其二人則汝寧太守長興徐子。與岳州守餘姚金某也。虞部既沒。二子嗚陽。嗚鑾。頗不能自振。汝寧前奉使吳中。尋訪其家。厚加存卹。今年虞部故時第宅。爲人所侵。汝寧書抵岳州。復爲書展轉訟理。卒得其直。劉子所謂牟舌下車之泣。郈成分宅之惠。于今見之。天下知篤門生分義者多矣。然不能不以形勢爲厚薄。其于二十年不忘于既沒之後者。蓋未之見也。二子念無以報。其從父兄明謨。爲求余文以爲贈。夫汝寧敦行古道。其于爲義。不啻毫毛。何足復稱述于其側。雖然。客有謂信陵君物有不可忘。有不可不忘。人有德于公子。公子不可忘也。公子有德于人。願公子忘之也。吾知汝寧之能忘。而二子烏能已于不可忘哉。作重交一首。

卷五　題跋

跋仲尼七十子像

仲尼之門人。其賢者多矣。而世稱七十子。而太史公取弟子籍出古文者。爲列傳。然與家語小異。荀卿稱仲尼。子弓子弓最高第弟子。然莫詳也。漢文翁石室圖。仲尼弟子。別有林放。蘧伯玉。申棖。申黨。史記所不載。宋思陵摹石臨安有御贊。及尚書左僕射同中書門下平章事秦檜記。此卷蓋從臨安石本傳摹。雖年代久遠。而典刑具存。彷彿見洙泗之間。斷斷如也。韓子云。惜乎吾不及其時揖讓其間。撫卷太息者久之。

題洪武京城圖志後

右京城圖志一卷。洪武間奉勅纂修。故鄉貢進士吳中英家藏。辛卯之歲。有光赴試京闈。中英以見示。今二十有九年矣。偶閱元御史臺所纂金陵志。念今市朝改易。無復六朝江左之舊。因從吳氏再借此本觀之。信分裂偏安之跡。與混一全盛之規撫迥別如此。自永樂移鼎。儒臣附會。以為高皇帝無再世之計也。嘗伏讀御製閱江樓記云。自禹之後。四方之形勢有過中原而不都。蓋天地生人。氣運循環而未周。朕當天地循環之初氣。創基於此。非古之金陵。亦非六朝之建業也。道里之均。萬邦之貢。順水而趨。公私不乏。利亦久矣。夫帝王所為。與天地應。高皇帝之論。蓋度越千古。真有所謂配皇天。毖祀上下。自時中乂之意。愚生自謂獨能竊知之。與世俗所論建都者不同。因特著於此。

跋高麗圖經後

自燕薊淪於契丹。宋與高麗。常由登州通使。熙寧七年。又改道明州。自此明越困耗。朝廷館餼。賜予三節官吏。人舟之費。無慮數萬。故蘇文忠公常以為言。欲罷之。而崇宣之際。迺再使焉。兢充上節官。為此書獻之。又明年。而青城之禍作矣。可勝嘆哉。夫高麗與遼接壤。其勢不得不奉其正朔而尊事之。而略於待宋。於時中國之體亦卑矣。永祐不知喪敗之已迫。區區猶事遠夷。至建炎以後。事勢益異。乃欲從三韓結雞林。以奪二帝之駕。其為迂謬。真可笑也。臨安去四明僅隔一浙水。常惴惴有不測之虞。遂謝却其使。迄於宋亡。觀兢之書。頗欲尊崇中國。而予獨以歎宋之不競也。

跋禹貢論後

禹貢論五十二篇。得之魏莊簡公。而亡友吳純甫家藏有禹貢圖。皆淳熙辛丑泉州舊刻也。泰之此書。世稱其精博。然予以為山川土地。非身所履。終無以得其真。太史公言張騫窮河源。烏睹所謂崐崙者。元世祖至元十七年。使驛治運河。土番朵甘思西鄙星宿海。所謂河源者。始得其真。如泰之所辨。鳥鼠同穴。數百言以為二山。而吾郡都太僕。常親至其山。見鳥鼠來同穴。乃知宇宙間無所不有。不可以臆斷也。

題興都志後

興都志工部尚書顧璘奉進。聖旨以體例不合。皇考妣聖蹟。有國史實錄備載。寶藏金匱。有不當贅書者。太倉潘德元爲承天府同知。以志抄本見示。云此志後復進呈。上以手撥去。禮部遂不敢刊行。按志止宜載陵邸殿宇。獻皇事不當續書。既得旨復不能改。宜見却也。獻皇在國。尚書孫交甚見親禮。宮中有所思食物。輒令中使於孫尚書家索之。交宅並陽春臺。卽以臺偏地與之。仍爲築垣扉通交第。後上卽位。有中人言陽春臺地。爲孫尚書家所占。上曰。此皇考予之。朕何敢奪。上之篤孝如此。交成化辛丑進士。正德中吏部右侍郎。忤劉瑾。改南京。瑾誅。進南京吏部尚書。尋召入戶部。賜玉帶麒麟服免歸。嘉靖初。召還。復謝病歸。加太子太保。進階光祿大夫柱國。謚恭僖。贈少保。蓋以舊恩也。交有女。獻皇欲聘爲世子妃。交言王下交我誠厚。然吾女不欲納王宮。固謝之。獻皇頗不樂。後亟求引去。交蓋以此自嫌其女。遂不復嫁人而卒。然上終始厚待之也。潘君所聞如此。

先君云。外祖太常卿夏公。與孫交尚書有舊。正德時。外祖家人至京師。孫夫人自呼入問死生及家事。爲之出涕。以此知前輩交情之厚。偶因潘别駕談及孫尚書事。思先君之言。并記之。按二公不同時疑有誤

跋唐石臺道德經

右唐元宗注老子道德經。開元二十三年。用道門威儀司馬秀言。令天下應修官齋等州。皆於一大觀立石臺刊勒。邢州故有龍興觀。開元二十七年。刺史李質立石摹勒如制。至宋端拱初。觀臺已廢沒。知州軍事何纘。始修復之。鐫記於臺左方。余至邢州。龍興觀已廢。僅存半畝之宮。先有尼居之。前太守徐衍祚改爲社學。而石臺尚存。隱於屋後。人少知之者。千年之物。莫知愛惜。計亦不能久矣。

跋佛頂尊勝陀羅尼經幢

右佛頂尊勝陀羅尼經幢在邢州開元寺。唐高宗淳化二年。始自葱嶺而來。此經能滅衆惡業。廣利羣生。及翻譯始末。經序詳之。幢在西廡下。其西面剝落。故書字與立石之年月。皆不可知。計必此經初入中國未久。寺建於開

元。當是開元書也。

跋大佛頂隨永尊勝陀羅尼經幢

余既得佛頂尊勝陀羅尼經於開元寺。又於寺後院見此幢。題曰大佛頂隨永尊勝陀羅尼經之幢。前有序而此無序。前曰罽賓沙門佛陀波利。奉詔譯。此曰特進試鴻臚卿開府儀同三司蕭國公。食邑二千戶。贈司空。謚大辯。正廣智大興善寺三藏沙門。不空奉詔譯。翻譯俱在永淳間。而有此不同。略見序文。此幢梁乾化五年葬僧大德而建。按梁太祖乾化元年六月被弒。再歲而末帝誅友珪自立。復稱乾化三年。四年。唐莊宗取燕。勢益強。會趙王鎔南寇邢州。楊師厚救之。軍於漳水之東。次年。莊宗入魏。梁晉夾河之戰方始。邢州未能一日安枕。而閻寶等尚能及此。蓋自晉宋以來。至於五季。佛教日盛。故雖兵戈俶擾之際。其崇奉不一日廢也。今天下承平。而民間佛事乃益衰。由此言之。非必儒者能辟而闢之。蓋其興廢亦有數也。

跋廣平宋文貞公碑大曆七年

右廣平宋文貞公碑。顏魯公書。在今沙河縣之東北。康陵丁丑之年。太末方思道爲沙河令。碑已斷沒。出之土中。鎔二百斤鐵。貫而續之。今方公所爲修復封樹。皆無存矣。惟此碑屹立於風霜烈日之中。恐亦不能久也。歐陽文忠公以謂魯公真蹟。今世在者。得其零落之餘。猶足以爲寶。今此碑剝蝕猶少。況以廣平之重。使歐公得之。其爲珍賞。當倍他書矣。

跋帝堯碑大德元年

右堯帝碑。元翰林學士江淮等處宣撫副使。充國信使郝經撰。世傳堯始封於唐。即今唐山縣。亦無所據。而漢之唐縣。又在定之新樂。蓋古地名稱唐者不一。而帝王世紀云。堯都平陽。於詩爲唐國。則非邢之唐山矣。寰宇記云。邢州堯山縣有宣霧山。一曰虛無山。城冢記云。堯登此山。以望洪水而訪賢人。則初非封國於此。寰宇志又云。納于大麓。大麓在昭慶。即今之鉅鹿。酈道元水經注。堯將禪舜。納之大麓之野。烈風雷雨不迷。乃致以昭華之玉女。

縣鉅鹿取名焉。鉅鹿唐山。今皆在邢州之境。因以是名唐而祀堯。亦不可知。郝伯常獨詳堯所生。與其封之地。而此廟之建於邢者未之及。豈非闕於所不知也哉。伯常文章節義。當時比之東坡。先友吳純甫家有陵川集。今亦不存矣。余愛重其文。故特錄之云。

跋商中宗廟碑開寶七年

右商中宗廟碑。宋左拾遺梁周翰奉詔撰。翰林待詔司徒儼奉詔書。在今內黃亳城鎮有中宗陵焉。朝廷歲遣大臣祀之。按商自成湯至太戊。皆居西亳。今河南偃師也。太戊子仲丁。始遷隞。而河亶甲乃居相。故相有殷城。即今內黃也。而子祖乙又遷於邢。則殷諸帝獨河亶甲在內黃。疑崩而葬此。而中宗自居偃師。後世特誤以河亶甲爲太戊耳。梁元褒周廣順二年進士。爲虞城主簿。宋初宰相范魯公。王文康公。以其聞人。不當佐外邑。引以爲祕書郎直史館。後歷翰林學士。工部侍郎。世稱其文。能變五代之習。與高錫。柳開。范杲齊名。至嘉祐治平。古文之盛。實胚胎於此云。

題太僕寺誌後

懷東顧先生。先帝時給事內庭。以言事忤旨。安置保安。蓋擯棄者二十餘年。性好讀書。未嘗廢卷。今天子即位。召還。一歲中。超遷至太僕卿。諸所建白。每上輒報可。而寺無掌故。乃以編葺之任。屬之新建王君。先生亦手自蒐輯。幾成矣。有光時爲吏邢州。適典廄牧。而其官實爲太僕屬。先生雅故親知。不以公禮格也。會入京賀萬壽。事畢。先生與王君檄。留止郊外。以其稿見示。因爲校定十數事。而改官之命適下。遂悉以其書還寺。有光方與校太僕誌。而尋得官太僕。若非偶然者。雖然。有光向在邢。馬官也。尙不知馬。今爲太僕。繫銜而已。又烏能知馬事哉。書凡先生與諸僚寀之功。而王君之勤也。既梓成。先生使來告。令書姓名於其末云。

讀金陀粹編

自宰相監脩國史。史官之失職久矣。以鄂國之勳勞志節。檜爲誣史欲揜天下之耳目。蓋海內爲之銜寃者三十年。始得此編而昭雪。其後元史臣亦採此以爲傳。珂非獨爲岳氏之孝子慈孫矣。嗚呼。世人稍有毫毛輕重。人情卽隨以異。甘心附會。無所不至。賊檜矯天之勢。万俟卨之徒。何足罪哉。何足罪哉。

讀王祥傳

王祥爲後母所虐害。祥弟覽。後母之子也。迺擁護其兄。無所不至。祥覽俱稱純孝。而覽後奕世。子孫才賢。興于江左。天之所以報之者遠矣。

題金石錄後

余少見此書于吳純甫家。至是始從友人周思仁借抄。復借葉文莊公家藏本校之。觀李易安所稱。其一生辛勤之力。頃刻雲散。可以爲後世藏書之戒。然予生平無他好。獨好書。以爲適吾性焉耳。不能爲後日計也。文莊公書無慮萬卷。至今且百年。獨無恙。繙閱之餘。手跡宛然。爲之敬嘆云。嘉靖三十八年十月既望題。

題隸釋後

丙辰歲。予在南宮。見關陝之士。問前歲地震。云往往數百里崩陷。華山亦忽低小。秦雍之間。碑石多摧碎。圓如鵝卵。殆不可曉。夫去古益遠。古碑存者。無什一矣。況天地陵谷之異乎。然則歐陽公趙德夫洪景伯所錄。恐今不可復見也。因鈔洪氏隸釋。附記於此。

跋何博士論後

右何博士備論二十八篇。今缺二篇。而苻秦論頗有脫誤。又編寫失次。未得善本校之。宋世士大夫憤於功之不競。而喜論兵如此。熙寧間。徐僖蕭注熊本。沈起之徒用之而輒敗。天子尋以爲悔。元符政和開邊之議復起。馴致國亡。嗚呼。兵豈易言哉。

題仕履重光冊

昔唐尚書左丞孔戣國子司業楊巨源。皆以七十去官。韓文公於孔公。深歎其賢於人。其送楊少外序。比之廣受二子。至想見其去時。城外送者。道邊觀者。蓋愛慕之至。以爲不可及。而歐陽公思潁之志。未嘗一日少忘。每有蹉跎之嘆。自謂日漸短。心漸迫。有志於強健之時。未遂於衰老之後。其意亦可悲矣。吾崌天方張先生。與石川先生父子。皆乞身於方艾之年。恩詔有品服之褒。廷臣有列剡之薦。康強壽考。放迹名山。豈非古今之所難得者與。是卷備載二先生致政始末。而海內名卿。題識尤多。若前大司寇簪溪顧公。大司空南坦劉公。方與石翁爲湖南社會。志同道合。其稱許之固宜。若大冢宰咸寧王公以下。皆八座卿少之列。方翺翔天衢而褒美之。尤不一而足。嗟乎。士大夫官朝廷。常貴乎有高世遠舉之志。而後能不爲爵祿之所羈縻。此諸公所以或出或處之不同。莫非所謂同心之言而有味者也。

題星槎勝覽

余家有星槎勝覽。辭多鄙蕪。上海陸子淵學士家刻。說海中有其書。而加刪潤。然余性好聚書。獨以爲當時所記雖不文。亦不失真。存之以待班固范曄之徒爲之可也。凡書類是者。予皆不憚讎校。卷帙垢壞。必命童子重寫。蓋余之篤好于書如此。己未中秋日。

題瀛涯勝覽

余友周孺允家多藏書。予嘗從求星槎集。以校家本。孺允并以此書見示。蓋二人同時入番。可以相參考。亦時有古記之所不載者。昔文文山自北海渡揚子江。便誦東坡茲遊奇絕冠平生之句。入亂礁洋。青翠萬疊。不可名狀。今海南際天萬里。其日月風雲山水之殊異。惜無以極其恢詭之辭也。已未潮生日書。

題文太史書後

次谷寶藏衡山真蹟六十年。幾失而復得之。爲之甚喜。以此見衡老之重于時。而次谷之好尚。可愛敬也。然衡老所稱顧仲瑛輩。疑非其類。真愚遊館閣諸公間。與之倡和。乃一時公卿之雅致。而金粟道人。其高風殆不可及。如張翥。楊維禎。柯九思。李孝光諸名賢。豈江南豪右之所可籠致也哉。衡老蓋率爾酬應之作。二事本不可以相比也。

題張幼于哀文太史卷

文太史既歿。幼于哀其平日所與尺牘。摹之石上。太史尊宿。幼于年輩。遠不相及。而往復勤懇如素交。吳中自來先後輩相接引類如此。故文學淵源。遠有承傳。非他郡之所能及也。嗟乎。士固樂于有所爲。若夫曠世獨立。仰以追思千載之前。俯以望未來之後世。其亦可慨也夫。

題弘玄先生贊後

宏元先生。姓秦氏。名雲。字起和。予姨母之夫也。婁縣治吳淞江北。而先妣家在江南。姊娣同嫁縣城中。往來尤親。先妣早棄予。少不復能記憶。先生追道舊事。問之家君。始知其詳。爲之流涕。家君與先生。今年皆七十有六。姨母長一年。今皆康健。而先妣之歿。四十七年矣。因書先生傳贊。不勝悲感。亦秦風渭陽之志也。

書沈母貞節傳後

笠江先生爲沈母貞節傳。言其孝慈貞淑。女則備矣。余同年友徐子羽。與沈氏爲姻家。爲予言母生平。未嘗跛倚。不妄言笑。其事姑也。以姑愛放生。遇凡禽鳥爲人所得。必買而縱之。架食以飼飛鳥。飛鳥恆滿於其前。母輒彷效其姑。故其庭中飛鳥。常依人不去也。長子曰就。問學縣中。次子曰新。兼治生產。兄弟更衣而出。共器而食。四十餘年。不聞有間言。子羽之言如此。賢母之懿德。益章章矣。子羽又言沈氏遇仙人呂洞賓者蓋三世。余以是知仙人之在天地間。常乘雲氣。千歲而不化也。沈氏無求於仙而仙者即之。其世德積善之所感。有以哉。傳所有不論。論其遺事云。母姓蔡氏。上海沈露之妻。年二十六而寡。年五十。有司奏旌其門。時嘉靖三十八年。

書家廬巢燕卷後

石川張大夫在秋官時。祁州公年既老矣。疏于朝。乞歸養。得請。于是日侍公于家。怡怡嬉嬉。不忘孺子之慕。居久之。公卒。大夫用遺命。葬諸邑南橫塘之原。廬於墓次。有乳燕之祥。學士先生高其行。紀述歌咏之者累卷。此贈言之所以錄也。按古廬居之制。在中門之外。寢苫枕塊。既虞卒哭柱楣翦屏。芐翦不納。蓋終始不越于殯宮而已矣。故儒者之論。以廬墓爲禮之過。然予以爲天下之禮。始于人情。人情之所至。皆可以爲禮。孝子不忍死其親。徘徊顧戀于松楸狐兔之間而不能歸。此可以觀其情之至。而禮之所本。若夫宮檀堊室寢牀之數。由之以起焉耳。昔者。聖人之爲喪禮。而取諸大過。嗟夫。天下之事。苟至于過。皆不可以爲禮。而獨于愛親之心。則不可以紀極。故聖人以其過者爲禮。蓋所以用其情也。大夫蹈禮以致佳祥之集。而孚遠近之譽。茲豈偶然哉。予自爲童子時。受知于公。所以憐愛之者甚至。德音在耳。俛仰今昔。爲之流涕。時欲撫公遺事。有所論述而未果。于大夫之孝行。深有所感。竊不自揆。序諸末簡云。若夫宮檀以下十六字常熟刻本刪去今依鈔本補之

跋唐道虔答友人問疾書

承尊翰下問。適入夢中。有失酬答。僕之賤恙。雖與衆異。他人病瘧多氣亂。僕茲病瘧。神轉清。寒熱作而藻思傳。不足復爲兄談矣。就枕之後。一念感慨。心雄萬夫。應制之撰述。面君之議論。原祖宗之綱紀。究廟社之安危。廷諍千言。具有條理。乃遂蕩清宿惡。扶植天常。明揚幽沉。剔抉淫蠹。事已就緒。謝政東歸。素願大慰。則夜已過分。以此疾不知當屬何門。而治之當用何藥也。投以神明之劑。止其思慮之淫。恐非庸常可與。故僕未敢試無妄之藥也。承兄愛厚。輒述病原。覩畢便擲還小僕。勿令世人知有此怪症也。余友唐道虔。以歲貢待選京師。病痁。因友人來問疾。答之如此。道虔既歿。其家得之篋中。噫。士之有所負而不獲施。使之至於淫溺爲病如此。可總也夫。而道虔竟以是卒。其可悲也夫。

跋小學古事

余少時初入學。見里師必以小學古事爲訓。時方五六歲。先生爲講蘇子瞻對其母太夫人。及許平仲難師之語。竦然知慕之。自科舉之習日敝。以記誦時文爲速化之術。士雖登朝著。有不知王祥。孟宗。張巡。許遠。爲何人者。吾里沈次谷先生。憫俗之日薄。因演小學古事爲歌詩。頗雜以方俗語。使閭巷婦女童稚。皆能知之。古之教者。家有

塾。黨有庠。術有序。國有學。民在家。朝夕出入于里門。恆受教于塾之師。里中之有道德。仕而歸老者爲之師。次谷雖不仕。亦何愧於古之所謂可以爲塾師者耶。

題王氏舊譜後

王氏之族。元末有諱夢聲者。自分水來。爲崑山州儒學正。遂居州之東鄉。今州爲縣。而東鄉隸太倉州。太倉之王。于今多在仕籍。亦既顯矣。夢聲以來。其世次可得而詳也。予姊丈汝康。在海東解官還。乃有人自越遺王氏舊譜一卷。予閱之。率牽合聯綴。其爲贋本無疑也。魏公大名莘人。而岐公自成都華陰徙于舒。左丞之出潤州丹陽。而魯齋先生世居烏傷。皆遠不相及。而乃合成一圖。晉公三子。魏公其仲也。今魏公獨有其弟旭。所謂兄子衞尉寺丞睦。皆沒不見。旭之子天章閣待制子野。魏公長子司封之從弟。而以爲其子。岐公之曾大父名求。而以爲名鼎。其季父光祿卿罕。從兄禮部侍郎琪。皆知名。而亦不著。此在史傳碑誌。班班可考者。舛戾如此。又獨取四公像勳宋史之文。以爲傳而託之名公。其他多可笑。不足辨也。予妻家王氏。其譜亦出太原。自魏公十四世孫⿰山麗官平江。始爲吳人。葉文莊公所爲次其世爲南戴王氏者。有譜一卷。皆虞伯生。歐陽元功。張伯雨之手書。甲寅之歲。爲倭夷掠去。然其家板本尚存。差有證據。吾姊丈有志前世之譜。爲當別加詢訪可也。葉文莊公最爲好古。然僅得其五世而蒐輯加詳焉。公歿後。其弟又訪于松江之族。復推而上之。其難如此。蓋自唐譜學之廢。而故家大族迷其先世者多矣。可勝嘆哉。

題立嗣辨後

錫命無子。而同父弟宜亦未有子。故以同祖兄寵之子能白爲子。時寵有三子。故以能白與錫命子之。其理順矣。追後宜生三子。而寵子皆歿。議者謂能白當還寵。而宜子當後錫命。錫命是以爲此辨。以爲等之兄弟之子。而二十餘年螟蠃式穀之恩。不忍更也。不忍更者情也。情之所在卽禮也。昔諸葛亮取兄瑾子喬爲子。及亮有子瞻。而恪被誅無嗣。亮遣喬還嗣。瑾祀錫命。今尙無子與亮異。而寵未嘗無子而無孫。獨可使能白之子嗣之。庶乎無憾也已。

跋程論後

鄉先達王文恪公。教子弟作論策。以蘇氏爲法。近時學者。止取墨卷及書坊間所刻。猥雜莫辨。惟事剽竊而已。余今所選小錄論。及墨卷可以爲式者。然嫌于偏闕。惟取近科會試錄。及鄉試墨卷。不過數十篇。學者如能讀蘇氏之文。兼取此以爲近格。亦不俟乎他求矣。

跋程策後

右鄉試程策。今茲編類。頗亦有所刪削。蓋國家典章。廟堂謀議。及當世施行之務。亦或可考于斯。起自壬午至癸卯。中間缺軼者十之二三。此後亦未及續編也。

卷六　書

上徐閣老書

四月十四日。進士歸有光。謹再拜獻書少師相公閣下。有光幸生明公之鄉。相望不過百里。自少已知嚮仰。而無由得一接其聲光。庚子之歲。舉於南都。而所試之文。乃得達於左右。顧稱賞之不置。時有獲侍而與聞之者。輒相告以爲幸矣。予之見知於當世之鉅公長者如此。自後數試於禮部。遇明公之親知。未嘗不傳道其語以爲寵。有光之試。又輒不利。退而歸耕於野。以爲古之人。有生同世而不相知者矣。有知之而異世者矣。不知者恨其同世。知之者恨其異世。今獲與明公同世而又知之。而明公方在日月之際。有光之蹇拙蔽翳。無復自振。以爲今已矣。無以望明公之門矣。是同世而有異世之感也。往歲海虞瞿內翰見訪。以爲予之不遇。不足憂。即徐公當國。子之進有日矣。今幸而適明公之當國。又幸隨多士之末。而自獲舉以來。幾又二月。不一望明公之輝光。此有光之所以食不甘味。寢不成寐者也。有光嘗讀易。觀消長變更之際。雖聖人不能無懼。而漢唐宋之君子。每履其際。其氣不能不動。其色不能不形。而天下不能無驚以疑。蓋以少不順而激爲大變者有之矣。今明公處之晏然。而風俗世道爲之潛易。如寒暑雨暘之至。而人不覺。此古之大臣之所難也。又嘗讀史。見漢文帝疎賈誼之少。而問揭唐之老。光武下揭衍之賦。而隆桓榮之經。兩漢風俗治體。超軼後代。實在於此。今明公於科舉之際。稍示意嚮。而海內枯槁之士。已于于焉樂觀明公之化矣。於此之時。稍有蘊抱。誰不欲爭自濯磨以自致於明公。不肯汲汲而已也。況有光被知于數十年之前者乎。今茲輒有干於閽人者。獨以數十年之知而不一見於明公。明公以數十年之知其人。而不見其一來。其亦不能無怪也。昔曾舍人鞏上范資政書云。士之願附於門下者多矣。使鞏不自別於其間。固非鞏之志。亦閤下之所賤也。有光素慕鞏者。故不量其不能如鞏。而欲學鞏之自別焉。平生頗有所撰述。去家時不及哀彙成編。橐中得雜稿十九首。謹以爲贄。明公試覽其文。知其非求於世者也。干冒尊嚴。伏增惶恐。有光再拜。按漢書公孫弘傳宏爲丞相開東閣以延賢人顏師古注閣小門也正門避掾史出入特開小門以接士故後世之士上書于尊官稱閤下又唐有宰相入閤故事詳見五代史嘗見宋板韓文韓公上書皆作閤下無閣下也此集崑山本皆作閤下而常熟刻誤作閣下當是但知闔閣之義而不解有開閤入閤之事遂妄改耳又稱諱處常熟本皆實塡諱而崑山本皆作某字今按古人文集皆稱名故從常熟本塡諱曾孫莊識

上瞿侍郎書

有光少年時試白下。始識閤下。深相慕愛。及先後舉於有司。閤下一日奮飛九天之上。顧猶不忘布素。見其潦倒。常所隱惻。往張文隱公爲考官。閤下與同事。榜出而有光落第。見公於邸第。公忽忽不樂。對客曰。吾爲國得士三百人不自喜。而以失一士爲恨。又謂有光曰。吾閱天下士多矣。如子者。可謂入水不濡。入火不爇者也。在館閣中。子之鄉。惟瞿太史深知之。成都趙孟靜知之。公再爲考官再見之。其言亦如是。又曰。吾不能得子。二君者。終必能得子矣。文隱公歿。有光年往歲徂。仕進之心落然。然猶不敢自廢罷。徒以文隱公垂歿惓惓之望。亦恃在朝如閤下相知者。有所嚮往耳。間得奉顏色。閤下所以接引而加隱惻者尤甚。前歲始獲第。適閤下賜告還鄉。孤旅之迹。

煢煢無依。隨調爲吏吳興。夏初入覲。還。幸遇閤下於京口。所以道生平。慰藉益勤。吳興西古鄣南屬。在山水窮僻。龍蛇虎豹之與處。黽勉二載。拊循孤窮。以不負孔子之訓。諸姦豪大猾不便者。亟騰謗議。當道憐之。未加黜譴。然羽翼摧殘。形神慘沮。方圓所以自解而去。因見閤下加獎拔之語。以爲士固伸於知己。自此意氣復生。方將刷飾於塵垢之中。奮拔於泥塗之內。振迅於阨塞之區。躍然如即拜下風。侍君子。覽盛德之輝光。爾者除書忽下。觖然失望。顧己長貧賤。今備朝籍爲六品官。豈求逾分。然竊測當道者意嚮。蓋薄示之謫譴。而往時讒搆之說益行矣。計此時除書之下。閤下甫到京。席未及暖。國家之議。未有所及。進賢退不肖之志未行也。夫君命無所逃。然朝廷之命官。亦量其才器之所任。士君子處世。亦自度其力分之所堪。而今以爲治縣之不能。而使之佐郡。非其任也。自知夫治縣之不能。而冒以佐郡。非所堪也。苟而赴之。其爲自欺而欺君甚矣。天子新即位。天下之士。起廢者數十人。皆出於膏肓沉沒之中。赫然光顯。有光自顧垂髮。荷先朝教養之恩。貢于成均。薦于京兆。無歲不與計偕。望天就日之誠。白首而不摧挫。先皇帝末年始收之。顧今同舉進士者。大半超拔。而有光在諸進士之中。復不得比數。以是知其命之有所限。而才之無用也。夫以閤下之知己。而有光不獲自伸。則無可望者矣。易曰。君子見幾而作。不俟終日。士之出處進退。遲速有幾。自非知幾之君子。徘徊疑顧之間。其受中傷多矣。以閤下之知未及舉。而小人讒搆之說亟行。知君子之道莫勝也。其機械且復藏於冥冥之中。未知所究。安敢望榮進之途哉。夫志士去國。不毀其名。荀卿。屈原。賈生。董仲舒之徒。去其國而猶全其名如此。四子者。生於今之世猶難矣。所以復敢瀆於閤下者。非復有望於榮進。亦欲使之得全其後世之名而已。夫能愛惜天下之人材。不得進而成就之。使致其功。抑使退而成就之。使不失其名。此爲閤下知己之大賜也。今已具疏請告。以爲小官之去就。亦當有禮。不宜黯默以受讒人之搆陷也。又在縣時。獲保舉者二。應建儲詔得恩封。欲求勅命。願一言主者。使先人蒙恩地下。人子之志願畢矣。無任懇戀之至不宣。有光再拜。

上萬侍郎書

居京師。荷蒙垂盼。念三十餘年故知。殊不以地望逾絕而少變。而大臣好賢樂善。休休有容之度。非今世之所宜有也。有光是以亦不自嫌外。以成盛德高誼之名。令海內之人見之。有光晚得一第。受命出宰百里。才不逮志。動與時忤。然一念爲民。不敢自墮於冥冥之中。拊循勞徠。使鰥寡不失其職。發於誠然。鬼神所知。使在建武之世。宜有封侯爵賞之望。今被挫詘如此。良可憫惻。流言朋興。從而信之者十九。小民之情。何以能自達於朝廷。賴閣下桑梓連壤。所聞所見。獨深知而信之。時人以有光徒讀書無用。又老大不能與後來英俊馳騁。妄自測擬。不待問而自以爲甄別。已有定論矣。夫監郡之於有司之賢不肖。多從意度。又取信於所使咨訪之人。秪如不覩其人之面。望其影而定其長短妍醜。亦無當矣。如又加以私情愛憎。又如所謂流言者。使伯夷。申徒狄。復生於今。亦不免於世之塵垢。非餓死抱石。不能自明也。昨者大計羣吏。僅免下考。今已見謂不能爲吏。又使匍匐於州縣。使益困迫而失其所性。輾轉狼狽。不復能自振於羣毀之中。夫以朝廷愛惜人才。當使之無失其所。如有光垂老。不肯自摧挫以求進於天子之科目。至三十年而不退却。一旦得之。使之從百執事齒於下列。不敢望公孫丞相桓少傅。僅如馮都尉白首郎署。亦足以少答天下之士。彈冠振衣。願立於朝之志矣。今之時。獨貴少俊耳。漢李太尉嘗薦樊英等。以爲一日朝會。見諸侍中。並皆年少。無一宿儒大人。可以備顧問者。悵然爲時惜之。有光顧何敢自列於昔賢之所薦。而番番良士。膂力既愆。我尙有之。以爲國家用老成長厚之風。此亦當今公卿大臣之所宜留意者也。有光今已摧殘至此。夫士之所負者氣耳。於其氣之方盛。自以古人之功業不足爲。其稍歉。則猶欲比肩於今人。其又歉。則視今人已不可及矣。方其久詘於科試。得一第。爲州縣吏。已爲逾分。今則顧念養生之計。欲得郡文學。已復不可望。計已無聊。當引而去之。譬行舟於水。值風水之順快。可以一瀉千里。至於逆浪排天。篙櫓俱失。前進不止。未有不沒溺者也。不於此時求住泊之所。當何所之乎。茲復有瀆於閣下者。自以禽鳥猶愛其羽。修身潔行。白首爲小人所敗。如此人者。不徒欲窮其當世之祿位。而又欲窮其後世之名。故自托於閣下之知。得一言明白。則萬口不足以敗之。假令數百人見譽。而閣下未之許。不足喜也。假令數百人見毀。而閣下許之。不足惴也。故大人君子一言。天下後世以爲準。有光甘自放廢。得從荀卿屈原之後矣。今茲遣人北上爲請先人勅命。及上解官疏。并道所以輕於冒瀆。無任惶悚不宣。

上王都御史書

有光聞天下之人材。其爲君子小人。皆有一定之性。古之所謂知人者。非苟知之而已也。始知其如此。則其終身不能易也。伯樂之於馬。卞和之於玉。如令馬非絕塵。玉非連城。二人者必不顧。如令二人者顧之。而馬與玉。豈有變哉。馬與玉而有變。則天下亦不號爲伯樂卞和矣。故以爲人之賢不肖有定。而古之知人者。決於一見而終其身不易。彼有改節易操者。必其始非眞性。有矯而爲之者。特其號爲知人者之不至焉耳。孔子曰。舉爾所知。蓋謂已知之矣。則其舉之不疑也。故大臣之相其君。其平日常有意於天下之人材。一旦而任事權。而舉平日之所知。蓋優然而有餘。是以能佐國家。成光明之業。其聲名永與天地無窮。若夫取之於臨時。處極貴之地。而欲以遍知天下之人材。不能如其取於素之爲裕也。有光不材。不敢附於當世之賢者。念始初閣下爲縣時。相知最深。蓋不謂其不肖也。閣下清明直亮。少所許可。而獨於有光而加顧。自此閣下爲郡二千石。歷外省。及陞中丞。治河漕。濟州淮揚間。有光數往來京師。道所歷。閣下未嘗不垂顧念。閣下非有私於有光。以爲爲國家急於當世之人材如此。前歲得舉進士。閣下方召入爲司徒。時與諸進士旅見。閣下獨加禮異於尋常。今歲入覲。閣下府第深嚴。有光一再見。然不拒逆而進之。閣下不以綦貴輕天下之士。而猶惓惓於其素知者如此。有光自以諸生。文學不辦。治縣而事多泥古。與世乖忤。監郡及臺省大吏。無相知者。其考宜殿而獨免於過謫。則閣下之於有光。信乎如古人所謂的然昭晰。自斷於內而了於冥冥之中。此士之所以伸於知己者也。然不能不惴惴自懼。恐其有改節易操而有負於閣下者。有光之爲縣。不敢自附古人。然惟護持小民。而姦豪大猾。多所不便。遂騰謗議。顧今小民之情。不聞於上。故有光之受讒搆無已。夫今銓部之所取信者監郡。監郡之刺舉。未盡出於公與明。漢人有言。陛下以使者爲腹心。使者以從事爲耳目。尙書之平而決於百石之吏。此亦今世之弊也。且監郡所薦。舉無不極其譽美。語其治行。雖古之龔。黃。卓。魯。不能有加。然古之吏。皆積久而成。今並布衣諸生少年。遠者僅二載。何治之卓卓如此。夫果能如此。則其縣治矣。何遷代之後。其彫殘猶故也。如此。則考其舉刺。亦有狃於謾欺者矣。況監郡之外。復有采取流言。飛文一被口語。無自全者。閣下清德重望。彈壓百吏。凜然風裁。監郡者不敢爲欺謾。其刺舉必公與明。其讒說亦無自至于臺省。然唐虞之世。賢聖在朝。猶有讒說壬人。以周之盛。而寺人畏讒。則雖登明選公。舉世咸仰閣下贊翊聖朝之盛。而寧獨無有光前之所論者。念三十餘年。受知於閣下。今仕塗顛隕於鑠金毀骨之日至。閣下務委曲而全濟之。此所以有伯樂。卞和。之喻也。又念前世宰相。未嘗隔天下之士。世多譏韓退之上宰相書。然退之非重爵祿者。顧三代之盛。上下之交常通。而於吾君吾相。有可以情告者。如王介甫平生高介。天子之所不能屈。當其窮而上宰相之書。自言其勢之所宜憐者。不諱也。況有光以閣下之素知。若有所隱而不告。不又幾於有負於閣下哉。自古一士之不遇至微。而後之人。追論其世。乃以一士之故。而歸咎於當世之公卿大臣者多矣。今日之遷自於銓部。非閣下之所及知。第以爲縣既已無狀。復勉而佐郡。益違其性。而志氣衰沮。如敗軍之將。沒世不復欲從閣下。乞改一文學博士之官。以養老親。顧自初登第時。已有此意。恥於求乞而有所不敢。若至今日乃言之。似近於時窮勢迫。慕戀祿位而不知止。故敢以不肖之軀。求解而去。官雖微而出處進退宜明。是以竊有求於閣下。使知有光之仕宦。雖顛倒狼狽。未嘗有負於閣下平日之知。伏惟憐而哀之。使得全其身名以去。不墮落於讒人之口。不勝幸甚。瀆冒威尊。不任惶恐之至。此文崑山常熟二本大異以今觀之常熟本辭太峻崑刻當是定本今從之中一段抄本與常熟本同今附錄之有負于閣下者之下云昨在京師今萬宗伯同年鄉舉也萬公陽羨人與有光所治連界嘗竊問萬公曰公以我治縣何如萬公曰君治縣無他獨小民無不愛君耳有光謝曰得一言可以無愧萬公當世賢者非相欺也有此七十四字而有光之爲吏下不敢自附古人至途騰謗譏二十字卻無之蓋初本改本不同姑兩存之

上高閣老書

有光竊惟天下之事變不可測。而其勢之所趨。必有端而可見。古之所謂大臣者。必能默察其微。而制之於無迹。故天下常固而不傾。微不能制。制之於既形。事已然而後持之。猶可以力振而不至於亂。夫惟有天下之材與氣。足以運量一世。而不肯隨時委靡者爲能然。夫不制之於微者。非其不能也。方其時而任未及我也。迨其既形而及我。不能制之於其微。而制之於其形。則視其微者。爲力尤難。而後見君子之材與氣。夫如是。故天下之勢。方且將渙而復濟。其權方且四出。而有以收之。天下晏然。饗其治安。非古之大臣。何以能此。自古天下無二百年無事者。先皇帝厭代。新天子承統繼緒。四海之內。忻然望治。此世道升降之機也。若求其微而制之。則當在先皇帝之世矣。今不敢論其微而論其形。夫天下神器。不可失也。天子之大臣。能爲天子持其權。不使至於旁落。朝廷淸明。宮府一體。而後天下之事。使之左則左。使之右則右。惟吾之所爲。以求承平之理。若其權稍落而不收。則天下之事。無一可爲者矣。天子新卽位。進用二三大臣。而明公爲首。天下莫不翹跂以望明公。今日之所弛張錯注。而今天下之勢已形矣。天子端冕深宮。而以萬幾責成臣下。聖度曠然。有天道焉。而不宰之盛德。然其權恐有窺竊於其旁者。書曰。兢兢業業。一日二日萬幾。又曰。凜乎若朽索之馭六馬。此所望於明公。朝夕陳戒。於吾君者。明公一日釋位而去。天下愀然失望。以爲天下之勢。莫能爲天子持之也。且今天下之治體可知矣。世之說者。以爲三代各有所尙。而我國家之政尙嚴。蓋未有考其實者。太祖承勝國之後。其嚴有時而用。自永樂以後。大抵朝廷之政。日趨於寬。歷五聖至于孝宗。仁恩淪浹。號爲本朝極盛。武宗之時。宦倖盈朝。盜賊陸梁。强藩竊發。天下號稱多故。而元氣未索。則以國家百餘年。至我孝皇培養之深也。先皇帝威福自操。廷臣時有誅戮。而天下之治。未嘗不在於寬。今天子仁恕慈愛。天下莫不聞。而朝廷之政。反若急促而無聊。近衰世之風。此不可不憂也。夫祖宗之法。未有可以輕變者。宋至熙寧之世。承積弊之後。當宜改絃更張之日。神祖以英睿間世之資。銳然有爲。始用王荆公爲新法。而天下之士。羣起而爭之。君臣力行不顧。沿至紹聖以後之紛紛。而國勢遂不可爲。今日朝廷。遵守成憲。未嘗下一令。更一事。而使者所至。日求變法。遂至朝令夕改。國異家殊。凡祖宗均田賦役之政。著在令甲者。恐非其舊矣。宋之君臣。相與力排天下之議以求變法。以天子宰相之勢。終不能以力勝天下。而劫持以必行。今一使者。輒能改祖宗之法。行之一省。天下傳相慕効。國家典憲蕩然。生民惶惶。未有所定。且廷臣建言者。爭出一事。爲新奇可喜之論。鑽求刻覈。無所不至。公卿懼違其意。每輒下所司行之。大氐皆希合當世。以爲迫促之政。民何以堪之。嘉靖累數十年不赦。改元一赦。此天地解而雷雨作。曠世之恩也。有司拘牽文義。罪人不得赦者什五。免租之文虛被。而遣使旁午。誅求更甚於前。謂之理財而財愈乏。謂之治兵而兵愈耗。謂之馭吏而詼詭佞捷。姦諛嵬瑣者。爭先而爲謾欺。有廉察之虛名。而售排陷之險計。有薦舉之浮詞。而致結納之私情。有幹辦之小能。而行速化之謬巧。今天下之勢。既未有所持。而政之紛紛如此。一切歸於刻覈。而財匱兵弱吏弊。而夷狄窺伺。盜賊縱橫。率束手而無策。徒以支吾目前。爲不終月之計。故有光謂今天下之勢。不能制之於微。而制之於形。必有天下之材氣。負天下之重望如明公。而後能當之。今明公優游謝事。以坐觀天下之變。是豈天子所以首擢明公。與天下之所以望之之切乎。昔者嘗奉明公之教。謂讀易而深有得於消長進退之理。竊謂明公以此行于一身可也。若六十四卦天道之運。週環無窮。而乾復姤坤。一否一泰。一損一益。世道之升降在明公。不可辭也。有光仕進屯蹇。九試於禮部。晚爲明公所甄錄。而黽勉爲吏。以古人自期。不敢負明公之教。行之二載。湖山夷鬼之鄉。頗知信嚮。而動與時忤。排擠乘之。明公嘗語及往時與化守之被讒。至廷論以發小人之姦狀。今讒口方張。孤危之迹。無大人君子以爲之依。自分無所復用於世。已投劾而歸。欲以餘年。發明先聖之遺書。又面受明公論春秋之大旨。即當從事此書。稍加論述。俟有所成。重趼造門以求是正。惟明公不拒而進之。方遣人赴都。求請勑命。併上乞骸骨疏。特迂道候起居。輕瀆威重。無任隕越惶恐之至。

上趙閣老書

有光自少應舉。連蹇不遇。常恨生當太平之盛。徒抱無窮之志。而年往歲徂。煢然無所嚮往。時張文隱公知之。時時稱之於人。張公垂歿。以不能薦達爲恨。然有光嘗侍於公。聞公論當世之士。獨亟稱明公。謂不惟於文章絕出。他時爲國家建弘業者。終有賴焉。有光之鄉人在明公門下者。亦頗言鄙人姓名。爲明公之所垂記。雖以文隱公之故。然士固有相知者。則有不待付授言語相屬而相契合者矣。會明公忤時宰。屏居西蜀者十餘年。有光始獲舉進士。在京師。思明公而不可見。徒念岷峨之高。江水之長。悵然而歎。幸與明公生同時。而顧無由一見。以爲今世則已矣。徒若讀書而慕古人於百世之下。夫古之人往矣。而以爲能知我者何也。蓋以我之知之。而知古人之生於今。必能知我也。明公之知之。則且同時矣。而不得一見。猶若異世然。此有光之所歎恨也。既而爲吏越中。明公始復登朝。及入覲。以爲可以得見矣。而明公又以南遷。有光時尙在京師。一日。天子忽出手詔。還明公於朝。是時海內之士。試都下者四五千人。皆歎天子之明聖。能知人如此。明公能自結于天子之知如此。有光又私自喜。道之將行也。文隱公之知人不謬也。有光之羈窮得所依歸也。當是時。官程迫促。又不能迎拜明公於馬首。昨春自越還。遇瞿文懿公於鄉。言入朝時。與明公嘗以鄙人爲薦。有惑於流言者從中毀之。瞿公因言今世薦士之難。吾與趙公知子深矣。力足以薦士矣。尙格而不行。語畢。黯然不樂者久之。夫瞿公鄉里遊從之舊。耳目日相接。固宜其不能忘。明公在萬里之外。偶知於數十年之前。其不能忘而汲汲如此。求之於古。未有其比也。茲以入賀來。聞京師人皆道明公數相薦引之語。乃益自感傷。以爲百世之下。士之不遇。而聞明公之於有光如此。亦當有感慨而悲泣者矣。今以有光數十年之嚮慕。一旦得見。令人不復徒念岷峨之高。江水之長矣。此生幸甚。第以日月逾邁。若弗云來。自顧其中枵然。無可以爲世用者。而州郡之職。又非其所任。孔子曰。居則曰。不吾知也。如或知爾。則何以哉。有光於今日。益恐有負於明公之知。進退惶悸。伏惟明公有以處之。又竊謂君子之所以無求於世者有二。蓋不知我者。不當以求。既不知我矣。強求之。未有能知也。知求之而無益。故不求也。知我者不必以求。既知我矣。無待於求之。苟待於求之。則非知也。故不必求也。夫然。則明公已知之矣。今所以復有言者。以往年爲吏。差知自愛。亦自謂能使鰥寡孤獨。不失其所。顧不惟勞効不得上聞。而持衡之人。用三人之言。格天下之士。使士之有志不負朝廷爲生民計者。徒以不能詭隨趨附。橫被中傷。乃令晻藹歿世而不見。使後之欲爲循良者以爲戒。何以厚天下風俗。而逐漢代長者之風。此尤可痛也。人才之在世。有難言者。以小才而議大謀必厚嘗以邪人而縩莊士必重誣。如使賈誼。董仲舒。陸贄之徒。生於今之世。必不能與時文薄伎爭長矣。汲黯。鄭當時。之治郡。必以無能見罷矣。惡直醜正。羣飛刺天。屈子之直行而受謗。荀卿之大儒而逃讒。蕭望之之經師而拘持。必不免矣。巧捷者自進。長厚者自詘。膚淺者自升。崇竑者自晦。此卓犖奇偉之士。所以不見於世。而天下之所以憂乏才者以此。茲者。天子特以明公爲相。復改任銓部。詔旨皆從中出。天下想望丰采。士莫不鼓舞踴躍自矜奮。明公必有以把握天下之大機。與二三元老。經綸密勿。同心一德。凡所施爲注措。上以仰答聖天子之知。下以慰天下士大夫生民之望。若古之巫咸。傅說。回斡元化。昭揭日月。光輔中興。流聲名於史策。時者難得而易失。遭時際會。亦何容易。有光自度。已無用於世。而區區所見如此。略爲明公陳之。非爲一身之進退也。若身之進退。則在明公而已矣。若使狸搏牛。使虎捕鼠。固所不可。至謂憐其無用。姑使之荷一日之祿。如先王之世。所以處侏儒戚施聾瞽之人者。亦非有光之所安也。君子伸於知己而詘於不知己。是以冒瀆而忘其僭越焉。此文舊刻刪去五十餘字今從鈔本正之

卷七　書

上宋明府書

竊惟明府涖任以來。布以公平之政。杜請謁之私。此明府行古人之道也。有光豈敢以今世之人自處。然所以數數有瀆于左右者。聞之新宮災。子產三日哭。防墓不修。孔子泫然流涕。今先世之塋。爲姦民窟穴。樹木已盡斬刈。垣表已盡平夷。神道壅絕。祭享無塗。竁窆之旁。穿方殆遍。壙埌之表。灰埃蓬勃。幽靈憤恨。曾不及馬醫夏畦之鬼。有莫大之責。負不孝之名。不可一日自立于世。此所以食不甘味。臥不安寢者也。向者。幸垂明聽。勒令掃除。德意甚厚。奈盤據之徒。多是衙門老役。合併數家。設爲厚餌。誘買族人。以爲地主。雖有明限。安堵如故。此等之人。蔑人

子孫。據其墳墓。恬然如此。所以明府有施及泉壤之恩。而至今壅而未施也。律于發塚之條。如知情買賣器物磚石。薰狸平園之類。纖悉必具。先王豈以死者之故而病生者哉。蓋愛吾之親。故愛人之親也。敬吾之親。故敬人之親也。不如是。則孝子仁人之情。有所鬱而不遂。含忿積恨。復仇相殺之事。必多于天下矣。昔柳子厚在嶺外。獨謂先墓無主。晝夜哀號。懼毀傷松柏。芻牧不禁以成大戾。近世楊文貞公居京師。遣宗人子弟書。惟以墓木爲念。鄉先達司馬虞公每歸省未及到家。先造塚上。有光不肖。爲世所棄。幸守墳廬。而城闉之內。步武之間。坏土不保。非特樵牧之害。狐兔之傷而已。又念宗門零落。而諸父兄尚守殘經。服儒衣冠。三世之邱隴。坐視毀傷。曾不泚然。俛仰天地。亦何顏乎。惟明府哀念焉。

上方參政書

月日。鄉貢進士歸有光。再拜上書行省大人執事。恭惟執事以碩德崇望。特膺簡命。分司圻甸。蓋近世行省宰相之職。而於古則君陳畢公保釐之任也。古之君子。自其平居爲小官之時。以至於卿相。其身之所至。常必欲識天下之賢人才士。不必其職分之所當。而其心未嘗一日而忘也。三吳古稱人才之地。執事之來。蓋已數月。其亦可以知其人矣。而未聞焉。夫豈無其人。亦或時勢有所不暇于此也。有光讀書。學聖人之道有年矣。有司不以其不肖。貢於禮部。屢進而屢詘。然而天子之大臣。往往亦知其爲人。欲一見之而卒不敢見也。以爲士之所守者在是也。而天子之大臣。乃不以爲罪而亟稱之於人。則有光之所以自信者其又可知也。今自執事開府以來。不肖之跡。兩及門矣。執事亦察其有所爲耶。去歲鄉里惡少。妄引戶籍無端之辭以相鉤陷。當此之時。有光蓋以罪人見也。執事不以爲罪人。而使之揖讓于庭。以盡其所欲言。以此見古之大臣之度如此也。而有司者不察。以爲上官所受之詞如此。告者必直。被告者必負。方欲擠摭以入其罪。而無所得。則蔽之以逃竄之罪。誠以數十人之所告。無所當也。而上官之人。又不可以罪。則於其間。苟得一罪。以爲可以解而已矣。其於愛惜人才。培養士氣。未嘗念及也。反令無賴小人。得氣以去。善人喑啞如此。可爲太息矣。執事于獄詞之上。亦有所疑焉。而不欲變者。豈非以事體纖微。更爲回駁。非所以委任有司之意。此又古之大臣之度如此也。今者復有迫切之情。告於執事。伏惟少垂察焉。孟子曰。同室有鬬者。被髮纓冠而救之可也。鄉鄰有鬬者。雖閉戶可也。今非鄉鄰之疏而有同室之戚。重以孤寡煢然。氣勢無依。煢煢之慘。懸命晷刻。苟得一言以聞於明公之前。以救其垂絕之命。雖被戮辱。不敢以自諉也。然此亦今世之人苟可以自諉者也。明公可以知其無所爲矣。往者。夏忠靖公周文襄公之在吳也。入與天子唯諾於殿庭。出於小民從容問難。以求其瘼。如家人父子。而後天下之人知朝廷之近。而天子之親也。故曰。庶民近天子之光。又曰。天子作民父母。爲天下王。若二公。可謂大臣矣。今之有司。乃小民望之所謂如天如神明者也。由此言之。所謂大臣者。非明公而誰。天下無道。亂獄滋豐。貨賄多有。孔子作春秋。明一王法。莒牟夷邾庶其黑肱。區區竊土地爲穿窬之事。皆具文而直書之。誠以風俗世教之所係。雖微而不可忽也。匹夫匹婦。不獲自盡。明主罔與成厥功。有光今所陳。亦所以求盡匹夫匹婦之情。於明公之前而已矣。明公毋罪其瀆焉。

答唐虔伯書

有光啓虔伯足下。向日張氏女子事。因一時人心憤憤。竊恃知愛。輒移書相曉。欲望少伸匹婦之冤。僕愚且賤。平生未嘗敢與有司之政也。茲復承教。以所不及。顧愚何敢復言。但吾兄致疑於其間者。竊恐惑於先入之言。而未察於衆人之論。大率安亭數百戶。自七八十歲老翁。下至三尺童子。言烈婦之冤。有詳有略。其謂守義而死。一也。言諸兇之惡。有詳有略。其謂朋淫殺人。一也。至於當時下手惡少。主名自在明察之官。反覆參訊。可得其情實。況以十二歲女奴爲佐證。據以成獄。豈有冤者。夫四五兇人。挾淫姑以爲主。共殺一女子。如屠犬豕。往來蹤跡。口語籍籍。豈爲難察之獄。天道昭然。暗室屋漏。誰謂無人知之哉。所慮獄詞參錯。縱得逃死。亦恐非的然之見。僕以爲一吏胥之事耳。今天下斷獄。有不得其情者矣。未有不得于詞者也。情苟得矣。何患於詞之不定。諸兇因奸。強逼而殺。雖其始謀奸而非謀殺。其後實謀殺而不止謀奸。何謂非同謀。律有造意同謀之文。何謂非律意。天下之事。當一觀以曠然度外之見。若夫拘攣顧慮。牽於流俗之說。情可賞矣。而曰法不應賞。情可罰矣。而曰法不應罰。往往支離膠擾。節目日多。刑賞乖錯。徒為文具。人心世道。日趨于下。真可歎也。或又疑烈婦之死。以羣兇之威力。不能保其不汚。夫烈婦苟失節矣。必不至於死。誠死矣。一死自足以明之。今號為丈夫者。婞阿脂韋。小小利害。遂以瀾倒。區區婦女。抗志於羣汚之中。卒以死殉。然復云云。真所謂好議論。不樂成人之美如此。天地正氣。淪沒幾盡。僅僅見于婦女之間。吾輩宜培植之。使之昌大。不宜沮抑之。使之銷鑠。此等關係世道不淺。若使為善者。以幽微而不錄。為惡者。以便文自營脫禍。則天下之亂。何所極哉。前書倉卒頗有抵牾。今續上記事一首。稍為詳覈。此皆出于衆人之論。僕初無喜怒於其間。顧以為天下之公理如此耳。所望吾兄共成此鄉邦之美事。然亦顧其力之所及者。為之而已。草草不次。此文抄本與常熟本大異覺抄本勝今從之惟挾姪姑以為主卒以死殉此十字抄本所無今從常熟本

與李浩卿書

益舟還。備道諸公之義舉。欣慰欣慰。向日紛紛。只為元兇漏網。烈婦受誣。此千古之恨。以此發憤。更不思及其他。今諸公既如此旌揚。則此女當暴白於天下。誠大快也。僕與此里之人。忽見天清日明。更亦復有何事哉。僕與足下。數十年相知。未嘗不黯黯而居。默默而處。今日豈欲揭日月。求聲譽於海濱草野之中。惟記事一首。乃僕自以為必可傳者。少好史漢。未嘗遇可以發吾意者。獨此女差強人意。又耳聞目見。據而書之。稍得其實。但世人知文者絕少。要以示千百世之後耳。益舟云。虞伯亦疑此文。與獄詞不相合。此殊不可解。足下可取熟勘。豈有不合者。況史家自宜直筆。豈可窺時人向背。如是。則古無南史董狐矣。張燿前日已有印板。僕已囑其勿遽出。令收在益舟家。送去二冊。大率為相知者。不宜秘之。即如前兩書亦然。但亦望且勿示人。恐益為不知者所譏耳。昨已作書道此意。為即欲西還。恐不能即見足下。復為縷縷。本意只為烈婦。其餘皆是末節。僕雖遭人唾罵。亦不須復計也。為知己者。故不覺多言至此。

與嘉定諸友書

有光頓首諸公足下。僕爲奔車所傷。苦腰痛。久臥城中。比因亢旱。家人乏食。扶曳到安亭。見里中人爭言張烈婦事。驚惋累日。嗟乎。烈婦已矣。今日彰善癉惡。固有司之事。而發揚之以助有司之不及者。亦諸君子之責也。聞貴邑張侯。慨然欲正爲惡者之罪。且將申明旌別之典。衆庶欣欣有望。茲者。獄久不決。而檢驗之官屢出。竊恐元兇漏網。而烈婦之心迹。無以自明。僕之不佞。得托交於下風。夙欽諸公之高誼。以爲可以明白頌言之者。唯諸公而已。竊望於釋菜都講之餘。不恤一言。以申烈婦之冤。以救東南數千里之旱。唯諸公留意焉。而或者之論。以爲致人於生可也。致人於死。仁人之所不爲也。不思生者可念。則死者何辜。烈婦之死。極其慘酷。凡有人心者。皆欲臠而食之。元惡大憝。暴戾恣睢。據人之室。竊人之財。殺人之婦。此而不誅。則人將相食。國家之典法。亦爲無用矣。或又以爲賞罰有司之典。士不得而與焉。夫平常一政事。無所與可也。邑有大冤大獄。有司方垂公明之聽。而士懷隱默之心。則亦無貴於士矣。居今之世。耳目所及。可以忿疾者何限。顧非力之所及則已。僕以爲烈婦之事。諸公有可言之義。輒緣春秋之義以責諸公。又恐道遠諸公不能詳。敢述所聞云。

與殷徐陸三子書

此首本當入尺牘因與前三書是一事故遂附其後

頃造精廬。獲奉風旨。迫于晷刻。言別悵悵。承及貞女事。諸君子慨然有烈丈夫之風。愛莫助之。再奉記事一首。前所述頗疎略。當以此爲證。此皆得之衆論。無一語粧飾。但不知于史法何如耳。少時讀書。見古節義事。莫不慨然歎息。泣下沾襟。恨其異世不得同時。至於今者。著于耳目。乃更旁視遲疑。如不切己。豈捐軀之義。無取於當年。英烈之風。獨隆於往代耶。秋暑未得一面。餘惟自愛。

答俞質甫書

人至。得初一日所惠書。感激壯厲。三復泫然雪涕。嗟乎。質甫則既知之矣。豈待于千百世之後耶。僕自謂處下賤之地。如喑啞聾瞶。了無所知。與乃分之宜。昨偶發憤。一言不幸。遂有喜事之名。然實在于耳目之近。臨時感觸。出于意之所誠然而不能已者。僕又必欲得足下。發其幽光。施之論述。非特求繪藻之工。爲文章纚纚然觀美矜炫于世而已。顧其志意。有足深悲者。柏舟綠衣之篇。彼其人所處。以今日視之。尙爲人道之常。而作者爲之憂傷怨憤。反復嘆息。蓋深悼其不幸。而実其志意之不倫。聖人遂因而存之。以爲千百世之法。況今日之變。萬萬于此。故欲與足下顯其行事。使千百世之後。略知今世之人。亦有出于柏舟綠衣女子之上者。雖攸斁彝倫。反道敗德。恂愗煩寃。而天下之公理。猶在人心。不至泯滅澌盡。而天地之所以不至覆墜者。有此耳。詩曰。我躬不閱。遑恤我後。夫彼已甘就屠剔剖劃以遂其志。此豈有顧于後世之榮名者。要之。僕與足下之心。如此而已。如足下卒爲撝讓。僕何望焉。

與宣仲濟書

有光頓首。仲濟足下。自足下之寓吾崑山也。僕始得一見。以爲溫然君子。既而聞宣烈婦之事。益慨歎以爲此卽向所見宣生之姊也。及觀足下所撰述數百言。凜然如見其人。又喜烈婦之有弟可托以不朽也。僕向許作傳。因循未及論次。玆當遠役。須俟少暇爲之。夫烈婦之所自立者難矣。此理在天地間。昭昭耿耿。千萬年不滅。傳與不傳。此是吾輩事耳。如烈婦則何假於此。向與浩卿語及旌表。令人憤懣。使者徒知藉天子命作威福。寧復知紀綱風化爲何物。此亦非一日矣。然龍逄比干。當時亦何嘗旌表哉。人去草草。明當奉晤不一。

答顧伯剛書

有光頓首。伯剛足下。比承厚意。非言所能謝。更辱教誨。以順應之說。捧讀數過。深用歎服。論語之書。孔子與其門人論學者最詳。其答諸子之問仁。曰。非禮勿視。非禮勿聽。非禮勿言。非禮勿動。曰。其言也訒。出門如見大賓。使民如承大祭。己所不欲。勿施於人。皆自其用處言之。未嘗塊然獨守此心也。易大傳曰。易簡而天下之理得矣。人心本與天地爲一。三代以後。直爲不能易簡。不能與天地相似。日用動作。至於所以爲天下國家。往往增私長智。用計用數。無非吾性之贅疣。故其治也。非三代之治。而其亂也。其極至於三代之所未嘗有。來教推順應之說。而以禪授放伐言之。可謂發明無遺蘊矣。但以忠恕於一貫。有精粗之異。竊恐猶有所未安。所謂吾道一以貫之。孔子之所以爲一者。蓋特有所指。而未發其實。指忠恕而爲言也。曾子因門人未達。始復明言之。若言夫子之道。只是忠恕一件以貫之耳。無他道也。子貢問一言而可以終身行之者。其恕乎。恕所以終身行之。卽忠恕所以一以貫之也。豈可區別爲聖人之一貫。而謂之精。學者之忠恕而謂之粗哉。忠恕本無聖賢之別。而在學者工夫分界。自有生熟之殊。賢人所以近於聖人。聖人之所以與天爲一。卽此忠恕而已。子貢曰。我不欲人之加諸我也。我亦欲無加諸人。此子貢能服膺夫子之敎而行之。故夫子深喜之而曰。賜也。非爾所及也。先儒乃以爲非子貢所及。忠恕之事。苟子貢不能及。而何望於後之學者。道之在天下。易簡而已。聖人則從容自中乎道。學者則孳孳修復乎此。均之盡乎心而已。所謂充拓得去。天地變化草木蕃。其實一忠恕也。故一以貫之。而後可以終身行之。豈可斷截忠恕二字。顓獨以爲學者之事耶。承下問懇懇。倂以鄙見請質焉。有光白。

與潘子實書

有光頓首子實足下。頃到山中。登萬峯。得足下讀書處。徘徊悃悵。不能自歸。深山荒寂。無與晤言。意之所至。獨往獨來。思古之人而不得見。往往悲歌感慨。至于涕下。科舉之學。驅一世于利祿之中。而成一番人材。世道其敝已極。士方沒首濡溺于其間。無復知有人生當爲之事。榮辱得喪。纏綿縈繫。不可脫解。以至老死而不悟。足下獨卓然不惑。痛流俗之沉迷。勤勤懇懇。欲追古賢人志士之所爲。考論聖人之遺經。於千百載之下。以僕之無似。至屢論語累數百言。感發之餘。豈敢終自廢棄。又竊謂經學至宋而大明。今宋儒之書具在。而何明經者之少也。夫經非一世之書。亦非一人之見所能定。而學者固守沉溺而不化。甚者又好高自大。聽其言。汪洋恣肆。而實無所折衷。此今世之通患也。故欲明經者。不求聖人之心。而區區於言語之間。好同而尙異。則聖人之志。愈不可得而見矣。足下之高明。必有以警憒憒者。無惜敎我。幸甚。

示徐生書

徐生倬學于余四年矣。世學之卑。志在科舉。爲第一事。天下豪傑。方揚眉瞬目。羣然求止于是。生非爲科舉文。不以從予。予不爲科舉文。亦無由得生。然予之期于生者。世未之知也。今年正月。予遊金陵。生爲書數百言。汲汲乎恐其志之不遂。而憂予之去。而失所助也。予未有以答。及是。予將計偕北上。生愈不自聊。賴復爲書乞所以爲學者。夫聖人之道。其迹載于六經。其本具于吾心。本以主之。迹以徵之。燦然炳然。無庸言矣。心之蒙弗亟開。而假於格致之功。是故學以徵諸迹也。迹之著。莫六經若也。六經之言。何其簡而易也。不能平心以求之。而別求講說。別求功效。無怪乎言語之支。而蹊徑之旁出也。生其敏勵以翼志。靜默以養實。檢約以遠恥。凝神定氣於千載之上。六經之道。必有見乎其心矣。苟唯浮遈譁嘩。與庸同事。而口舌是恣。曰吾有以異于人。人則非獨生欺予。予亦欺生也。因書以勉生。且以貽二三子。

山舍示學者

有光踈魯寡聞。藝能無效。諸君不鄙。相從於此。竊以爲科舉之學。志於得而已矣。然亦無可必得之理。諸君皆禀父兄之命而來。有光固不敢別爲高遠以相駭眩。第今所學者。雖曰舉業。而所讀者。即聖人之書。所稱述者。即聖人之道。所推衍論綴者。即聖人之緒言。無非所以明修身。齊家。治國。平天下之事。而出于吾心之理。夫取吾心之理。而日夜陳說於吾前。獨能頑然無概於中乎。顧諸君相與悉心研究。毋事口耳剽竊。以吾心之理。而會書之意。以書之旨。而證吾心之理。則本原洞然。意趣融液。舉筆爲文。辭達義精。去有司之程度。亦不遠矣。近來一種俗學。習爲記誦套子。往往能取高第。淺中之徒。轉相放效。更以通經學古爲拙。則區區與諸君論此於荒山寂寞之濱。其不爲所嗤笑者幾希。然惟此學流傳。敗壞人材。其於世道。爲害不淺。夫終日呻吟。不知聖人之書爲何物。明言而公叛之。徒以爲攫取榮利之資。要之窮達有命。又不可必得。其得之者。亦不過酣豢富貴。蕩無廉恥之限。雖極顯榮。祇爲父母鄉里之羞。願與諸君深戒之也。舊刻入書類前人或移置別集尺牘中今按此葢榜示學者非書牘也然無所附麗以其旨與前二首相類姑仍舊

與陸太常書

前在京師。天下士待選吏部者幾千人。莫不相慶幸。以爲當今選用至公。請託不行。士以賕通者無道進。海內清平可望。以陸公之在銓曹也。及執事爲太常。尋以言罷。天下之士。莫不觖然失望。僕山野迂愚之人。居京師。不知造請。而吏部門第嚴扃。雖有敬仰之心。亦無繇而至焉。幸拜今命于內庭。始得望見。又得隨行于露寒鵷鵲之間。執事不鄙。爲道生平相知之素。及相汲引之意。言雖不行。而受執事之賜多矣。執事又過稱其文。有司馬子長之風。子長更數千年無人可及。亦無人能知之。僕少好其書。以爲獨有所悟。而怪近世數代之史。卑鄙凡猥。不足復自振。嘗有志規摹前人之述作。稍爲刪定。以成一家之言。而汩沒廢棄。今老矣。恐此事遂已也。瞻望咫尺。未遑詣見。歲忽云暮。感愴知己之言。特人申候。草草不盡。

與趙子舉書

丁未歲。龍老主考。吾兄在刑曹。得承款晤。至庚戌。吾兄以艱去。遂不復相見。龍老復主考。撤簾後。僕見之里第。時孫祭酒在坐。相與嘆息。臨送出門。有不能相舍之意。京師諸公。皆云龍老兩主試。不以予爲拙。而每以失予爲恨。此古人之所難矣。龍老云逝。以龍老之心爲心者。惟有吾兄而已。不自意闊闊如此。二十餘年來。如墮淵海。沉沒至底。平生倔強。亦無有望世人相憐之意。而不能忘情于兄者。思龍老不得見也。自別後。龍老既亡。以爲大戚。而妻子相繼夭歿。江上之居。尋遭倭奴剽掠。遂棄之荊棘中。薄田歲不收。重有輸粮之累。祖父土尙未即窆。而先人復以去年四月中沒。五內痛割。齋斬之不葬者。殆至五六。亦人世之所未有也。獨愛嗜古人書。今皆已荒廢。嘗于汴中得周易集解。因悟古人象數之學。微見其端。亦復不能究竟。近世多欲重修宋史。以爲其闕帙之多。夫苟辭事相當。理所宜多。何厭于多。僕于此書。頗見其當修者。以爲不在于此。有志數年。而書籍無從借考。紙筆亦未易措辦。恐此事亦遂茫然矣。玉城兄有滇南之行。道經貴陽。必獲相見。托此爲問。鄉里故舊。如玉城長者。亦不可多得。吾兄奉璽書殿此南服。有分陝之重。望譽日隆。不日當膺簡召。非鄙人之所敢贊述者。伏惟爲國自愛不宜。

答朱巡撫書

有光備員六吏。實荷曲成頃者。叨冒內補。繫銜冏寺。僚長牽率。以姓名通。方以僭越悚惕。蒙俯賜報答。茲又承手札。捧函不任感戢。今天下第一所患爭出意見。以求革弊而弊愈生。數年以來。士大夫殆成風俗。夫水澄之則清。撓之則濁。以撓求清。必無此理。明公以寬靜坐鎭之。此吳民之福也。下吏愚鄙。所以盡忠門下。且爲桑梓之計。不過如此。伏乞採納。幸甚。

上王中丞書

前歲自吳興還。即求解任。其爲疵賤淺鮮於進退。比數於當世士大夫。真如所謂江湖之雀。渤澥之鳥。曾何足以爲多少。豈宜辱聞於門下。然以明公之在位。欲使天下之士。皆得其所。有光又受生平之知。使若甘自錮於明時。不一言以受其汶汶。亦爲大愚。而有負於明公矣。顧前所爲書。言語纍鄙。不知忌諱。乃辱俯賜教答。不惟不加之按劍之疑。而復有抱玉之喻。捧函跪讀。不勝感歎。今世王公大人之于貧賤之士。與之相答應如響者少矣。於今世而復見古人。使有光之爲書者。亦遂不愧於古人。真足以爲有激於天下也。敬受誨言。勉自策勵。於五月內。已至邢治。頗詢訪其職司之所宜爲。則校牧之事。縣皆有令。以與民相親。而能知其疾苦。且今邢之馬政。頗便於民。而令實能辦之。郡不過以文移爲所由而已。郡若欲有事。反爲擾民。而徒委之縣。則無一事。而民與有司皆安之。此乃以無事爲事者也。因自喜其職之易稱。顧官舍迫隘。又無書齋。連日積土爲室。編蓬爲戶。度曲柳爲架。亦可庋書數千卷。庭中鞭笞不行。簿書稀簡。可以終日閉門。怡神養性。賴明公在位。使得苟祿免於罪戾以去爲幸甚。大因遣人受所得誥命。附此候謝。無任惶恐。

與曾省吾參政書

沈比部過浙。奉短啓。想已得達。不才爲縣無狀。付之天下公論。不敢因緣故知。以求蓋覆。有如公論不明。天下之責。亦有所歸。不肯擾擾置之胸中。而復向人哀鳴也。今猶有瀆聒左右者。向去縣時。縣學諸生保留。朱大順以爲首被斥。此尤可笑。陽司業出道州。太學生李償何蕃舉旛闕下。集諸生三百餘人乞留。如此。李償何蕃可盡斥耶。

王莽時。吳章得禍。弟子多更名他師。云敞獨自劾。歸殮葬之。莽最兇暴。猶以敞有義。擢爲諫大夫。今之爲暴者。何甚于莽。然彼非有仇于朱生。惟于鄙人加嫉惡之甚。故無所不至也。明公掌憲越中。豈容一夫濫冤。如令朱生還業。亦可使東海無大旱矣。若區區則惟所處之。詩云。伊誰云從。惟暴之云。暴公不敢斥也。伏惟諒察。

與林侍郎書

昨進造承款待過厚。忘其隆貴。而念三十年故人。極增感嘆。有光蓋有所欲言者。自以有塗汙之負。而不可以瀆高明之聽。因含嚅以退。還別以來。又自悔恨。士固有所托。苟以謂素知者而不告之急。非也。自爲縣奮勵。欲希古人喁喁之民。稍慰拊之。知嚮風矣。蓋不必以威刑氣勢臨之。從之者如此之易也。獨其異類。莫可剔擾。其在上者。旨意各殊。雖強與之懽。而若以膠合。終不可附麗。以故往往多謬。始知今世爲吏之難在此。昨得稍遷。何敢薄朝廷之官爵。而知其所繇來。有不善者。以故謹避之。方覺心閒而無事。可以自安于田里。而彼士之爲不善者蝟起。小民有尸祝之情。而有司起羅織之獄。姑以吏胥爲名。微文巧詆。實行排陷之計。昔韓潁川以循吏。而推校蕭長倩之放散官錢。吏被迫脅。以自誣服。馬季長儒者。爲梁冀書李子堅獄辭。則李公死有餘辜。今彼爰書。出于豪猾怨仇之手者。何所不至。故士欲以廉名。則以貪汙之。欲以仁名。則以殘敗之。信口而言。信手而書。幾無全者矣。使下得以誣其上。賢者爲不肖之噬嚙。人情風俗。以得勝爲雄高。而閭閻之情。無所自達。此可大懼也。古之聖賢。論出處之義。歸于自潔其身。有光何能黯黯以受此。莫公省中大官。于鄙人亦雅知之。更藉左右重言。庶幾其可信。非敢望營進而期于潔其身。此亦士之自處也。伏乞諒察。

卷八　書

奉熊分司水利集幷論今年水災事宜書

有光生長東南。祖父皆以讀書力田爲業。然未嘗窺究水利之學。聞永樂初。夏忠靖公治水于吳。朝廷賜以水利書。夏公之書。出於中秘。求之不可得見。獨於故家野老。搜訪得書數種。因晝閱之。閒探其議尤高者。彙爲一集。嘗見漢世國家有一事。必令公卿大臣。與博士議郎雜議。始元中。諸儒相論難鹽鐵。及宣帝時。桓寬推衍之至數萬言。而盛稱中山劉子。九江祝生之徒。欲以究成治亂。定一家之法。有光所取水利論。僅止一二。然以爲世所傳書。皆無逾於此者。郟大夫考古治田之跡。蓋浚畎澮。距川瀦防溝遂列澮之制。數千百年。其遺法猶可尋見如此。昔吳中嘗苦水。獨近年少雨多旱。故人不復知其爲害。而隄防一切廢壞不修。今年雨水。吳中之田。淹沒幾盡。不限城郭鄉村之民。皆有爲魚之患。若如郟氏所謂塘浦闊深。而堤岸高厚。水猶有大於此者。亦何足慮哉。當元豐變法。擾亂天下。而郟氏父子。荆舒所用之人。世因以廢其書。至其規畫之精。自謂范文正公所不能逮。非虛言也。單君鍔本毘陵人。故多論荆溪運河古跡地勢。蓄泄之法。其一溝一港。皆躬自相視。非苟然者。獨不明禹貢三江。未識松江之體勢。欲截西水入揚子江上流。工緒支離。未得要領。揚州藪澤曰具區。其川三江。蓋澤患其不瀦。而川患其不流也。今不專力於松江。而欲涸其源。是猶惡腹之脹。不求其通利。徒閉其口而奪之食。豈理也哉。近世華亭金生綱領之論。實爲卓越。然尋東江古道。於嫡庶之辨。終猶未明。誠以一江泄太湖之水。力全則勢壯。故水駛而常流。力分則勢弱。故水緩而易淤。此禹時之江。所以能使震澤底定。而後世之江。所以屢開而屢塞也。松江源本洪大。故別出而爲婁江東江。今江既細微。則東江之跡。滅沒不見。無足怪者。故當復松江之形勢。而不必求東江之古道也。周生勝國時以書干行省。及都水營田使司。皆不能行。其後僞吳得其書。開浚諸水。境內豐熟。迄張氏之世。略見功効。至論松江不必開。其乖謬之甚。有不足辨者。尋周生之論。要亦可謂之詭時達變。得其下策者矣。有光迂末之議。獨謂大開松江。復禹之跡。以爲少異於前說。然方今時勢。財力誠未可以及於此。伏惟執事。秉節海上。非特保鄣疆圉。且以生養吾東南之赤子。生民依怙之者切矣。邇者。風汛稍息。開疏瓦浦。五十餘年湮沒之河。一旦通流。連月水勢泛濫。凡瓦浦之南。相近二十餘里。水皆向北而流。百姓皆臨流嘆誦明公之功德。蓋下流多壅。水欲尋道而出。其勢如此。不得其道。則瀰漫橫暴而不制。以此見松江不可不開也。松江開。則自嘉定上海三百里內之水。皆東南向而流矣。頃二十年以來。松江日就枯涸。惟獨崑山之東。常熟之北。江海高仰之田。歲苦旱災。腹內之民。晏然不知。遂謂江之通塞。無關利害。今則旣見之矣。吳中久乏雨水。今雨水初至。若以運數言之。恐二三年不止。則仍歲不退之水。何以處之。當此之時。朝廷亦不得不開江也。天下之事。因循則無一事可爲。奮然爲之。亦未必難。明公於瓦浦。實親試之矣。且以倭寇未作之前。當時建議水利。動以工費無所於出爲解。然今十數年。遣將募兵。築城列戍。屯百萬之師於海上。事窮勢迫。有不得不然者。若使倭寇不作。當時有肯捐此數百萬以興水利者乎。若使三吳之民。盡爲魚鼈。三吳之田。盡化爲湖。則事窮勢迫。朝廷亦不得不開江矣。弘治四年五年大水。至六年。百姓饑疫死者。不可勝數。正德四年亦如此。今年之水。不減於正德四年。尙未及秋。民已嗷嗷矣。救荒之策。決不可緩。欲望蚤爲措置米穀。設法賑濟。或用前人之法。召募饑民。浚導松江。姑且略循近世之跡。開去兩岸茭蘆。自崑山慢水江迤東。至嘉定上海。使江水復由踰口入海。放今年渟瀦之流。備來年洊至之水。亦救時之策也。有光蹇拙。非有計慮足以禆當世。獨荷執事知愛。盡其區區之見。或有可備末議者。伏惟裁擇之。幸甚。

寄王太守書

昨承明府。論及水利。匆遽辭別。不及盡言。有光非能知水學者。然少嘗有意考求。見盧公武郡志。止抄錄事跡。略無綱要。今新志因之。而近來言水利者。不過祖述此耳。嘗訪求故家野老。得書數種。獨取郟氏二三家。斷以爲專門之學。遂彙錄成書。非能特有所見也。唯以三吳之水。瀦於太湖。太湖之水。泄於松江。古今之論。無易此者。故著論以暢前人之旨。嘗又讀禹貢注。三江者。訖無定論。惟郭景純及邊實之論爲是。故定以爲三江之圖。明府見諭。謂吳淞江與常熟縣無預。有光所論三吳之水。非爲常熟一縣之水也。江水自吳江。經由長洲。崑山。華亭。嘉定。上海之境。旁近之田。固藉其灌溉。要之吳淞江之所以爲利者。蓋不止此。獨以其直承太湖之水。以出之海耳。今常熟東北江海之邊。固皆高仰。中間與無錫。長洲。崑山。接壤之田。皆低窪多積水。此皆太湖東流不快之故。若吳淞江開濬。則常熟自無積水。然則吳淞江。豈當與許浦白茅並論耶。明府又謂揚子江錢塘江。何與於吳中水利。愚意特欲推明三江之說。蓋自來論吳中之水。必本禹貢三江既入之文。自孔安國以下。以中江北江爲據。既失之泥。班固。韋昭。桑欽。近似而不詳。故當從郭景純。唯三江之說明。然後吳中之水。可得而治也。經曰。三江既入。震澤底定。先儒亦言三江自入。震澤自定。文不相蒙。然吳淞一江之入。震澤底定。實係於此。經文簡略不詳耳。誠恐論者。不知此江之大。漫與諸浦無別。不辨原委。或泥張守節顧夷之論。止求太湖之三江。用力雖勞。反有支離湮汨之患也。但欲復禹之跡。誠駭物聽。即如宋郟亶時之丈尺。時力亦恐未及。而水勢積壅爲害。欲求明府先令所在。略據今日河影。開挑茭蘆。使自崑山夏駕口。至嘉定柵橋。尋入海之口。則江水有通流之漸矣。今春量撥賑饑之穀。召募饑民。或可即工。又旁江之民。積占茭蘆。皆以告佃爲名。所納斗升之稅。所占即百頃之江。兼之漲灘之稅。亦多吏胥隱沒。官司少獲其利。昔宋時圍田。皆有禁約。今奸民豪右。占江以遏水道。更經二三年。無吳淞江矣。若責所占之人。免追花利。止令隨在開挑。以復舊跡。則官不費而奸有所懲矣。有光二十年屏居江上。未嘗敢獻書當事者。異日呂公有意水利。然以平日非相知。不敢有所陳。前以分司舊識。因開瓦浦閘及。而明府親屈二千石之重。敦行古誼。虛懷下接。且惓惓以吾民之魚鱉爲憂。故特有言耳。然區區所望於明府。有大於此者。昔魏王召史起問漳水可以灌鄴田。子何不爲寡人爲之。史起曰。臣恐王之不能爲也。王曰。子誠能爲寡人爲之。寡人盡聽子矣。史起敬諾。言之於王。曰。臣爲之。民必大怨。臣大者死。其次乃籍臣。臣雖死籍。願王之使他人遂之也。王曰。諾。使之爲鄴令。史起因往爲之。鄴民大怨。欲籍史起。史起不敢出而避之。王乃使他人遂爲之。水已行。民大得其利。由此言之。與一世之功。不當恤流俗之譏也。區區之見。要以吳淞江必不可不開。即日渡江。違離節下。豈勝瞻戀。因還舡附此不宜。

遺王都御史書代

某屏居山野。不敢復自通於當世士大夫。雖承明公顧念。不遺衰棄。而亦不能少伸候謝之情。負罪何可言。茲輒不自量。以鄉里細民之情。冒有陳瀆。惟明公採擇焉。往歲漕卒與嘉定之民鬨。時巡院適在彼境。見其不直。頗加懲艾。遂至負恨。以單詞赴臺陳訴。其糧米不無糠粃之雜。而亦不盡然也。明公以軍國重計。不容有所縱貸。然猶顧恤民隱。不加深究。吳人莫不忻懽鼓舞。歎頌明公之德矣。邇者檄下。欲以嘉定縣糧。赴郡治交兌。民情頗有不便。譬之驕兒之於慈母。有不得其所欲。不能不號呼而隨之。此某之所以不自量而代為之言也。嘉定負海。去郡治二百里。所往來以潮汐為候。又經歷太倉。崑山。而後至此。法一行。民間又增轉搬折耗之苦。將來之弊。有不可勝言者。古者。天子地方千里。中之為都。輸將徭使。遠者不出五百里而至。諸侯地方百里。中之為都。輸將徭使。遠者不出五十里而至。考之禹貢。古之輸百里二百里。蓋所必計也。今江南為國家奉地。歲漕自所在水次。達於京師。三四千里。費無不出于民。雖假之漕卒。其實民輸之三四千里也。今又加之二百里。又比古之天子諸侯之輸矣。夫漕卒舊法。領兌於嘉定。彼以泛舟之便。無分毫之損也。而嘉定交兌於蘇州。復有雇船之役。增數倍之費矣。國初罷海運為轉運。其始直隸。蘇。松。常。浙江。杭。嘉。湖之糧。送至淮安。鎮江。廬鳳。淮揚之糧。送至徐州。徐州。山東。兗州之糧。送至濟寧。而以裏河船遞送至京師。此所謂轉運也。當時民以為不堪。故改定於淮安。瓜州水次。增加船腳耗米。對船貼兌。與軍領運。此所謂兌運也。民猶以為不堪。故又改定於本府州縣。附近水次交兌。而增加漕卒過江腳耗。自此民不復送至瓜淮。而漕卒自至所在州縣支運。此所謂長運也。國家立國。歷一百餘年。因革損益。務求以便民。蓋至於長運而其法始定。疑未可以輕改也。此法一動。恐後之議者。以蘇州不可復議瓜淮。瓜淮不可復議徐州濟寧。未知今日之民。可以堪此否也。夫以米石加兌五六斗。是以石五六斗而運一石也。況過江腳價。日增月益。不知其幾。而後乃以長運。代民之兌運。民之所以得晏然於境內。而使軍自至者。非能役之也。實增加耗之米雇之也。軍之所以不得不至者。實厚受其雇而為之役也。明公考求其故。必不肯容易改易於其間者矣。若夫糧米插和。及爭訟小節。明公稍加振飭所在。孰敢不奉令。況戶部每年奏差。主事監兌。奉有專勅。監兌能舉其職。則明公可以無問矣。亦不至啟長運為兌運之漸也。國家殫天下之力以養兵。一旦有事。兵者至於無所用。而獨驅民以戰。而天下之民竭蹶以奉天下之兵。不知其已也。是固有可痛者矣。漕卒虓暴賴所在有司與之牴牾。僅可少支。今明公意有所偏重。即異日之放縱。無所不至。有司承風。莫敢誰何。民猶以羊而禦狼也。瀕海州縣。自經倭奴剽掠之餘。十室九空。而加編海防。賦調日廣。至辛酉之水。吳中千里。皆爲巨浸。爲百年所未有之災。當時撫院不曾奏蠲。至今易銀征賠未已。鄉民離農畝。日在官府。聽候比較。晝夜捶楚。流血成溝。質鬻妻兒。投命貴室。廬舍折毀。蒿萊遍野。蓋有所不忍見者。明公甘棠之愛。在於吾民。今日領天下財賦。百姓嗷嗷。倚望於常格之外。加以曠蕩之恩。而嘉定之民。如以驕子得罪於慈母。可以少戒而不可以深懲之也。況兌運一事。所繫非淺。是以少效狂瞽之言。伏惟矜恕。幸甚。

論三區賦役水利書

有光再拜。謹致書明侯執事。竊承明侯以本縣十一十二十三保之田土荒萊。居民逃竄。歲逋日積。十數年來。官於茲土者。未嘗不深以爲憂。而不能爲吾民終歲之計。明侯慼然於此。下詢芻蕘。有光生長窮鄉。譚虎色變。安能默然而已。竊惟三區雖隷本縣。而連亘嘉定。迤東沿海之地。號爲岡身。田土高仰。物產瘠薄。不宜五穀。多種木棉。土人專事紡績。周文襄公巡撫之時。爲通融之法。令此三區。出官布若干疋。每疋准米一石。小民得以其布上納稅糧。官無科擾。民獲休息。至弘治之末。號稱殷富。正德間。始有以一人之言。而變易百年之法者。遂以官布分俵一縣。夫以三區之布。散之一縣。未見其利。而三區坐受其害。此民之所以困也。夫高阜之地。遠不如低窪之鄉。低鄉之民。雖遇大水。有魚鱉菱芡之利。長流採捕。可以度日。高鄉之民。一遇亢旱。彌望黃茅白葦而已。低鄉水退。次年以膏沃倍收。瘠土之民。艱難百倍也。前巡撫歐陽公。與太守王公。行牽耗之法。但於二保三保。低漥水鄉。特議輕減。而於十一十二十三保高阜旱區。却更增賦。前日五升之田。與概縣七八等保膏腴水田。均攤三斗三升五合。此蓋一時失於精細。而遂貽無窮之害。小民終歲勤苦。私家之收。或有不能及三斗者矣。田安得不荒。逋安得不積。此民之所以困也。吳淞江爲三州太湖出水之大道。水之經流也。江之南北岸二百五十里間。支流數百。引以灌溉。自頃水利不修。經河既湮。支流亦塞。然自長橋以東。上流之水猶駛。迨夏駕口至安亭。過嘉定青浦之境。中間不絕如綫。是以兩縣之田。與安亭連界者無不荒。以三區言之。吳淞既塞。故瓦浦徐公浦皆塞。瓦浦塞。則十一十二保之田不收。徐公浦塞。則十三保之田不收。重以五六年之旱。溝澮生塵。嗷嗷待盡而已。此民之所以困也。生愚妄爲執事者計之。其一曰。復官布之舊。乞查本縣先年案卷。官布之徵于三區。在於某年。其散於一縣。在於某年。祖宗之成法。文襄之舊稅。一旦可得而輕變。獨不可以復乎。今之賦役冊。凡縣之官布。皆爲白銀矣。獨不思上供之目爲白銀乎。猶爲官布乎。如猶以爲官布。則如之何其不可復也。古之善爲政者。必任其土之所宜以爲貢。文襄之意蓋如此。卽今常州府。有布四萬疋。彼無從得布也。必市之安亭。轉展折閱。公私交敝。有布之地不徵其布。而必責其銀。無布之地。不徵其銀而必責其布。責常州以代輸三區之銀。則常州得其便。責三區以代輸常州之布。則三區得其利。此在執事言於巡撫。一轉移之間也。其二曰。復稅額之舊。牽耗之法。係蘇州一郡之事。生愚未敢僭及。姑言今日之易行者。前王公已定耗法。均攤之田。三斗三升五合。歉薄之田。二斗二升。既而會計本縣薄田太多。而三十六萬之外。乃增餘積米數千。王公下有司再審。歉薄之田。均攤數千之米。此王公之意。欲利歸於下也。有司失於奉行。如三區者。終在覆盆之下。而所存餘積之米。遂不知所歸。欲乞查出前項餘積。作爲正糧。而減三區之額。復如其舊。此則無事紛更。而又有以究王公欲行而未遂之意矣。夫加賦至三斗。而民逋日積。實未嘗得三斗也。復舊至五升。而民以樂輸。是實得五升也。其於名實較然矣。既減新額。又於逃戶荒田。開豁存糧。照依開墾荒田事例。召募耕種。數年之間。又必有甦息之漸也。其三曰。修水利之法。吳淞江爲三吳水道之咽喉。此而不治。爲吾民之害。未有已也。先時言水利者。不知本原。苟徇目前。修一港一浦以塞責而已。必欲自源而委。非開吳淞江不可。開吳淞江。則崑山。嘉定。青浦之田皆可墾。議者不究其本。因見沿江種蘆葦之利。反從而規取其稅。自冉直浦索路港諸地。悉爲豪民之所占。向也私占而已。今取其稅。是教之塞江之道也。上流既壅。下流安得而不闕乎。生愚爲三區之田。而欲開吳淞江。似近於迂。然恐吳淞江不開。數年之後。不獨三區。而三州之民皆病也。若夫開瓦浦。溉十一十二保之田。開徐公浦。溉十三保之田。此足支持目前。下策也。生愚聞之。古之君子。爲生民之計。必不肯拘攣於世俗之末議。而決以敢爲之志。況此三區。本縣蕞爾之地。在明侯之宇下。得斗升之水。可以活矣。伏願行此三策。庶幾垂死而再甦之。其有德于吾民甚大。又今旱魃爲災。明侯昔日車馬所過。瀕河人跡所至之處。禾稼僅有存者。至於腹裏。無復青草。近經秋潦。往往千畝之田。枯苗數莖。隨水蕩漾而已。救荒之策。免租之議。此如拯溺救焚。尤不可緩者。又今三區。無復富戶。所充糧役。不及中人之產。賠賍之累。尤不忍言。乞念顛連無告之民。照弘治間例。及太守南岷王公新行事例。免其南北運庫子馬役解戶之類。此亦可以少紓目前之急也。唯明侯留意焉。

與傅體元書

昨見子敬寄來丁田文字。不論文之工拙。但依違兩可。主意不定。不曾說得向來本意。有負使者郡太守採訪之盛心。更望足下與子敬。從老吏根究利害作一議。借前箸籌之。或尚可濟。天下之事不在大。此法起于一二小夫淺見。街談巷語。顧九和在告。熟聞此言。後來入閣。銳意更變。覇州出其門下。特承迎之。主意原不好。吳民被其流毒二十年。今不攻其本。却從枝葉上說。殊不可曉。即如撥役時。必不能復使之出銀。今出銀便禁不得他撥役。祖宗以來。一百七十年。不見有司于撥役外增一役。如何議書冊。不過二十年。乃至增銀自七釐七毫至四分有奇。此亦易曉。原本實在變法。光甫如何却極口稱贊。他取于下。有漸而不偏。用于上。有經而不過。如此。又何容剔蟻耶。如此論新法。而反回護金陵也。吾等心知其害。承有司虛心訪問。又不端言。與小民同其喑啞。甚爲可歎。平生爲時文。不肯學黄口兒語。以致困窮。今垂老無用世之望已矣。諸公壯年。于天下事不可不隨事究心。庶他日立朝。爲有用之學也。

與王子敬書

寄來文字皆看過。但說丁田。開口便不是病源。只因王太守變亂。其勢必至有今日之弊。今皆說其法盡善。止爲後來行之不善。却是附和書冊。非當時與諸公原議。不若察院原來文書。反無偏主。便可依他。說松常鎮用舊法。如何民無他議惟此。何故紛紛。利害便見矣。不攻其本。止就末流上說甚。好笑。縱如新太守。復舊七釐八毫。不點差。只恐一二年後。點差增加。復如今日也。朱子嘗言論新法者。不爲不多。能識其本原。中其要害者甚少。宜介甫詆以爲俗也。論天下事。多類此。如何可哉。只是吾輩說不出。官是西北人。如何曉得。欲入城商議。爲往來不便。亦懶作文字。姑俟月盡相見議之。陶節婦傳。昨大風中爲作得。秉筆更似嚙冰雪也。藁在敬甫處。

論禦倭書代

某廢棄山林之日已久。天下之事。非分之所宜言者。顧自以世受國恩。身在江湖。不敢一日而忘魏闕之下。況今倭奴逆天悖暴。竇吾父兄子弟百年之仇恥。辱明公惓惓下問。一得之愚。敢不自竭。伏見天子哀憫元元。誕布德音。明公以股肱耳目之重臣。膺茲簡命。俾執玉帛。告祭東海之神。精誠昭格。百靈效順。龜鱉小醜。當知無遁逃之所矣。昔裴晉公李中丞。嘗受視師之命。不旋踵而元濟就擒。劉稹授首。克成淮。蔡。澤。潞。之功。況我聖朝之威靈。萬萬於有唐。而明公之所以自待者。豈自處裴李之下哉。固宜詳延博采。不遺於芻蕘之賤也。某不敢爲泛說以瀆明聽。姑就今日用兵之勢言之。自倭奴入寇。於今三年。虔劉我人民。淫汚我婦女。焚蕩我屋廬。有司嬰城而自保。軍衛莫之誰何。盻盻焉視彼重裝滿載。得氣而去。徒諉曰無兵猶可也。今各省之兵四集。無慮十萬。屯聚境上。區區殘息游魂。滅此而朝食可也。而至今相持。未見有必戰之計。老子曰。師之所處。荆棘生焉。故善者果而已矣。孫子曰。久暴師則國用不足。鈍兵挫銳。屈力殫財。則諸侯乘其敝而起。故兵聞拙速。未覩巧之久也。今若是不幾於鈍乎。豈老子之所謂果乎。議者謂此寇不宜與之戰。在坐而困之。此固一說也。然竭天下之精兵。散甲士於海上。曠日彌月而久不決。則所謂困者在我矣。是不可不察也。則今日之計。宜於速戰而已。然兵有分有合。徒厚集其衆於一。而不爲之列屯要害。廣布形勢。則賊之所出。必視吾無備之處而爲之走集。是宜觀地之要以擬其潰。吳越之地。瀕於大海。海口之可通者。數路而已。既不能把扼。而使之突入三江五湖之間。要害之可守者。數處而已。

又不能按據。而使之橫潰。則將何爲而可也。某以爲賊在川沙。兵之所向。能保其敗於東。不潰於西耶。攻其外。不潰于內耶。故太湖之口可屯也。三泖之口可屯也。吳淞江之中道可屯也。某嘗循行江上。問所謂滬瀆壘者。知昔人禦寇之遺跡。即如此壘。正在蘇松二府之中。賊得至此。則蘇州松江諸縣。無日不危也。故爲屯壘。不獨可以拒賊之入路。又可以爲州縣之聲援也。昨者。黄岡涇之捷。斬首之多。以前所未有。然賊復東出。則賊鋒雖挫於五湖之上。而蠻烟復接於九峯之閒矣。由此言之。分屯其可後乎。往賊攻州而府不救。攻縣而州不救。劫掠村落而縣不救。府如無州。州如無縣。縣如無村落。僅僅自保於一城之中。如與人鬬而束其手足。絶其黨而孤立。如之何能自存也。幸而此賊。在於抄掠而已。設有長驅之志。孰能禦之。是脣齒俱亡。首尾衡決矣。即使徒以保城爲功。而置百里生民於度外。爲人父母。何以爲心。況京畿千里之地。蕩然無藩籬之限。兵之失勢。莫甚於此。此其不可一也。凡王者之師。未有不分別其逆順。離散其黨與者。今閩浙亡命。與諸島之夷。固所必誅。若吾民所在。被其係累。而髡之以爲前行。以餌吾師。嘗聞我軍斬首虜二百餘。其閒止有一二爲眞賊者。則臨陣之際。豈可不辨其眞僞。明購賞格。開示丹青生活之信。古之用兵。能使賊爲吾用。而今驅之使爲賊。此其不可二也。聚天下之兵。而軍政不立。斷斬不行。鹵掠不禁。前者方陷陣。後者已奔佚。是民有百走退死之心。而無一前進生之計。且所謂營壘。行陣。閒諜。兵械。與夫分數。形名。虛實。奇正。之說。兵家之所常言。悉置而不講。此其不可三也。故今日之兵。在於決機而分屯以佐其勢。又當戒飭州縣之吏。不宜以閉塞城闉爲上策。百姓之逃歸者。不可逆以奸細而禁錮誅戮之。至於誅賞。軍令之大。今之所調。雜以夷獠。宜示中國之紀律。不可爲蠻夷所笑。如是而戰不勝。賊不滅者。未之有也。然今雖以殄滅爲期。而經略措置。非數十年不能安寧。且夷性貪狠。狃於鹵獲之利。雖有懲艾。不能保其不來。夫自正統以來。殆將百年。及今而發。如人之疾病。一旦發作。豈得遽止。故宜考求宣德。正統。之閒。前之所以侵盜而無已。後之所以頓息而不來。則有以知其故矣。永樂中。廣寧伯鎭守遼東。築城金線島之西北。夜見東南海島中火光。即知寇至。邀擊之。擒斬無遺。以是寇不敢入境。蓋彼懸度大海。經以旬月。非風候不行。又不能多齎糧餉。賊未到岸。往往饑罷。兵法無負於水而迎客。無迎水流。獨於禦倭。宜反而用之。必迎水逆擊。不使上岸。此必盡之術也。舍是則由外海而入內海。由海入港。由港入城郭。如今日必至之害矣。謂宜振飭祖宗之法。自廣。閩。浙。淮。以至遼東。修沿海列衛之政。則兵不必別調也。舉都司備倭之職。則將不必別選也。不然。而恃客兵。客兵不可久居。設使撤還。賊將復至。周旋不已。是兵無時而息也。而民亦殫矣。議者又謂宜開互市。弛通番之禁。此尤悖謬之甚者。百年之寇。無端而至。誰實召之。元人有言。古之聖王。務修其德。不貴遠物。今又往往遣使奉朝旨。飛船浮海。以與外夷互市。是利於遠物也。遠人何能格哉。此在永樂之時。嘗遣太監鄭和。一至海外。然或者已疑其非祖訓禁絕之旨矣。況亡命無籍之徒。違上所禁。不顧私出外境下海之律。買港求通。勾引外夷。釀成百年之禍。紛紜之論。乃不察其本。何異揚湯而止沸。某不知其何說也。唯嚴爲守備。隔海龍堆。截然夷夏之防。賊無所生其心矣。某身罹寇難。以與鄉邑父老熟計之。此言或有近於理。幸賜採擇而行之。

上總制書

竊惟我明有天下幾二百年。諸夷恭順。四邊寧謐。足稱盛治。惟倭夷時或猖狂。然其氣雖猛悍。性尙戇直。弓矢之外。別無利兵。中土頑民。固亦有爲之嚮導羽翼。而衣食好尙。大相殊絕。又北地苦寒。無物產不通貿易。故亦不過千百之什一耳。所以來去倏忽。無久安常住之想。而京師輦轂之下。聲勢甚重。防衛甚嚴。官屬衆而儲偫富。號令一而賞罰明。凡所猷爲。罔不如意。然猶不能不廑宵旰之憂。庚戌之事可鑒也。若今倭寇之變。則大有不然者。性驚而狡。兵巧而利。高皇謝絕朝貢。今上禁通市舶。慮至深遠矣。夫何官絕私通。交往習熟。向導羽翼。反數倍之。中原虛實。瞭在賊目。故敢於深入。自壬子歲三月。繹騷至今。蹂躪抵吳。直犯淮揚。燒劫奸淫。眇無忌憚。誠有國之大辱也。乃今因糧於墟落。藉兵於僨軍。築舍鑿河。略無去意。其鬪風效尤者。日增月益。警報洶洶。滋不可聞。而有司類皆庸懦。方其臨逼。即束手兢兢。幸其稍退。便高枕泄泄。豈惟無使之隻輪不返之意。雖欲驅之出境。不可得已。況兵燹之餘。繼以亢旱。歲計無賴。萬姓嗷嗷。顧又加以額外之徵。如備海防。供軍餉。修城池。置軍器。造戰船。繁役浩費。一切取之於民。議及官帑。輒有擅專之罪。然此亦適中有司之計。蓋官帑有限。而取之於民者無盡藏。得以恣其侵漁耳。夫東南賦稅半天下。民窮財盡。已非一日。今重以此擾。愈不堪命。故富者貧。而貧者死。其不死者。斂衣枵腹。橫被苛斂。皆曰與其守分而瘐死。孰若從寇而倖生。恆產恆心。相爲有無。無足怪者。若非頃者大爲蠲除。恐此輩不外。而倭即內而盜矣。未必皆斯民之過也。某頃以試事在留都。聞寇自蕪湖邐迤南下。直抵安德門。舉城鼎沸。某時亦不免周章。及詢之。不過逋寇五十餘人而已。不覺仰天浩歎。椎胸飲泣者久之。夫留都自府部科道而下。庸流冗員。姑置勿論。其雕轂華韉。錦衣肉食。平日自謂高出羣類。莫可仰視者。奚啻千人。乃亦寂無籌計。惟知塡關閉門。追夫守堞。與窮鄉下邑無異。自此之外。一切以爲迂談。以愚見言之。大內雖多重寶。終是遺宮。若孝陵。則我高皇帝體魄所藏。神靈所宁。萬一土城失守。少有侵蝕。百司庶府。將安用哉。況京軍除孝陵及江北諸衞。雖殘缺之後。尙有十二萬丁。而官舍軍餘數當倍之。既不使之出戰。又不使之守城。徒令市井貧民。裹糧登陴。一夫每日官給燒餅二枚。計費銀一百餘兩。每夜自備油燭七條。計費銀七百餘兩。典鬻供備。常從後罰。冤號之聲。溢于衢路。則平昔養軍。果爲何耶。及某淪落東歸。則聞此寇復竄吳界。凡諸有司。各雖統兵出境。實皆各自擁護。殊無互爲策應之意。間有奮勇前驅者。豈眞具有成算。非迫於嚴刑。則誘於重賞。而文武官屬。又皆在數里外。並未嘗有臨陣督戰者。故往往以孤懸取敗。卒亦不聞有不相赴援之誅。是進者死而退者生。前者苦而後者樂。號令之不一。賞罰之不明。承襲蒙蔽。一至於此。可不爲之痛心哉。議者咸謂窮寇致死。吳民柔脆。且不知兵。本難爲敵。嗚呼。有制之兵。無能之將。不可敗也。今將既不選。兵復不練。其于陣法奇正。懵然無知。而漫使之格鬭。是誠所謂驅羣羊而攻猛虎也。今日之責。惟君侯爲重。今日之權。亦惟君侯爲重。指顧之間。勇怯立異。呼吸之際。勝負頓殊。惟君侯其圖之。且東南財賦。出于農田。農田繫於水利。某嘗謬撰一書。及承湼州侍御。委纂圖攷。其源流利害。亦頗究竟。今以倭寇往來。乃於湖流入海之道。悉行堰壩。冀爲梗塞。殊不知此寇離海深入。原不甚賴舟楫。而青流既壅。渾潮日漲。水利不通。農田漸荒。外患雖除。內亂必作。有憂國憂民之深念者。恐不當若是之舉一而廢百也。伏惟君侯。德高望重。謀深慮淵。昔秉文衡。多士欽式。今本兵柄。萬師協心。恩敷如春。威行如秋。東南之民。如離水火而登衽席。脫仇讎而依父母。更生之望。端在今日。某本韋布諸生。不當冒越。第曩曾以文藝。濫辱獎與。今君侯專制武備。正某等先後疏附之時。矧目擊危變。身罹艱虞。黔廬赭山。剝膚傷骨。亦嘗冒風雨。蒙矢石。躬同行伍者。四十餘晝夜。頗能發縱。昔李白自謂雖長不滿七尺。而心雄萬夫。亦竊有焉。公怒私憤。義不容默。故壬子之秋。妄作備倭議。癸丑夏五。更作紀事實錄。不識忌諱。多所觸忤。冀以裨時政之萬一。有司間亦行之。而未能盡也。茲敢復綴所聞見。僭溷崇覽。伏惟君侯少霽按劍之威。亮其懃懇之衷。不計蕪陋之詞。得賜少垂察焉。則曷勝幸甚。按是書作于甲寅歲時府君以孝廉家居今云以試事在留都似是代人作者後又云撰水利書纂圖考作備倭議及韋布諸生不當冒越等語又似自署名者諸刻既不之及鈔本但稱某而不書名今姑從之

與沈養吾書

來書極荷相念之至。山妻在殯。便欲權厝。又大草率。以此遲疑累日。幸少平靜。而賊勢日橫。十一日。始攢于西園。方工未訖。前晚有沙船泊市中。市人皆驚恐。夜走不絕。天明始定。今亦惴惴然。如在邊塞。望候風塵。即為走計耳。宅內生聚。不下百口。一舉足。皆有流離之苦。不得不稍鎮定之。所論賊勢正如此。東南承平日久。吏無知兵者。若使知古方略。一太守縣令。能辦之矣。今嬰城自保。不發一矢。忍以百萬生靈餌賊。令賊得氣。將來蔓衍。未知其所極也。聞蔡操江奏倭寇不過三四十人。皆蘇松人欲反耳。徐閣老以闔門百口保無此事。又聞近日任少府。獲賊帥于蔡衙前。未知信否。有便更乞寄示。賊據新城。陷上海。今其意在南翔。專候若到南翔。即攜家行矣。匆匆殊不盡。東倉之勝。足以少創之。昨日焚燒上海略盡。其勢未已也。欽甫時相見否。幷為致意。

崑山縣倭寇始末書

倭寇之變。起自上年三月初旬。雖絡繹無虛日。亦惟騷動緣海。尚未敢深入。猶懼歸途之有梗也。乃今糾合既衆。嚮道既明。又知吾民不素習兵。不預備。遂眇無忌憚。今年四月初七日。警報直抵崑山。官民閧然。方填門塞關。為

城守之計。而都司梁鳳。適承撫按文檄。統處兵八百。來守茲土。士民倚爲長城。詎意其貪懦無狀。坐受宴犒。托言屯扎該境。遙爲聲援。竟爾招搖遠去。分兵四逸。半從鹽鐵。半從周市。沿途剽掠。吾民驚竄。自是要害無守。十三日午時。賊船五十餘隻。賊徒三千餘人。逕泊新洋江口。直犯東門。肆力攻圍。烟焰燭天。哭聲動地。其接踵而至者。又無慮二三四倍。夜則桅燈如列星。且則吹螺舉號。蜂附雲集。較之他處。猖獗尤甚。而梁鳳乃于十六日。自常熟復入郡城。若不與聞者。十七十八等日。賊遂造雲梯二十餘乘。攻擊東北二城。勢極危迫。賴官民悉力拒守。幸以不破。當夜鄉士大夫蠟書。募敢死士。縋城而下。自間道往。請救于代巡孫公。十九日。卽蒙復委梁鳳提兵應援。而梁鳳又復遷延六日。方至崑山縣西九里橋。索取軍需。聲言每名要銀五兩。乃始進兵。奈此時民窮斂急。本縣素乏羨餘。不能一時卒辦。意不相愜。復退屯兵眞義地方。偶與賊遇。勉強一戰。貪其輜重。反致大敗。火藥銃礮。半被鹵去。而遺落田野。爲村民俞辟等所埋藏者。又不可勝數。設使天不佑民。盡以藉寇。其聲勢又何如也。是日又復遁入郡城。誑言吾軍一至。賊徒盡散。民不被殺。屋不被燒。麥盡刈而苗盡栽矣。一時上官。咸謂信然。遂不復以崑山爲意。賊覘知援絕勢孤。二十四日。復以雲梯三十餘乘。攻東南東北二門。是時不獨燕尾劍稜勁鏃。加以佛郞鉛錫大銃。一時合發。城中辟易。危急十倍于前。不得不再行請救。而孫公惑于梁鳳先入之言。頗有難色。差官張國維。頓首號泣。具道梁鳳不才之狀。乃益以沂邳及山西兵三百餘人。本府義勇二百人。復遣梁鳳統之以行。其荅鄉士大夫書。則有兵雖可用。將官懦怯。某再三責以大義。而翁公則有促之不進。爲之奈何等語。愚意其使貪使過。責後效以蓋前愆。未可知也。時太倉陶指揮所募款兵適至。又命二守。督率併進。意在刻期勦滅。而梁鳳逗留如昔。自初七日受檄出師。越四日。尚駐維亭。本縣旣備糗糧。旋復臭腐。且動以將在軍。君命有所不受爲詞。雖張公亦莫得而詰何也。賊乘此間。又于初八日。聚衆四千餘人。雲梯無數。布列東西城下。百計衝突。傷害甚多。而官民拒守益力。殺死賊徒。數亦相當。至昏時。賊始稍退。復移屯城西林中。蓋富室佳園。惜不忍毁。故遂爲賊巢耳。次蚤。皆負門扇。接造飛梁。礮駕衝車。直逼城中。發掘甃石。鐵椎扣門。聲如雷震。百萬生靈。命在頃刻。而人心愈奮。爭出死力。用生芻松脂麻油。燒燬衝車。更從樓上穿板。灌注灰湯隧擊。殺其魁名二大王者。及戮賊數人。賊始退去。是時。闔城士女。搖動驚惶。縊溺而死者數人。引領援兵。復不見至。初十日夜分。生員龔旻相。徐倬。傅繼善。奮義冒死請兵。十一日黎明。遇梁帥于六市鋪西。距縣尚三十餘里。反覆哀懇。而梁鳳驕蹇有加。賴張公督促前進款兵。踴躍東向。氣雄志烈。不負狠名。梁帥徐徐既至。有司選地扎營。梁鳳仍稱該地四面阻水。不可遏敵。復退屯九里橋外。款兵孤懸。勢難野宿。姑納城中。待梁并進。府縣文牒祈請。再三方至。開門延入。欲加慰勞。巳先計縱沂兵逸去。爲媒孽之地矣。方議出攻。乃又妄申本縣。按兵不發。于是憲符嚴責。十五日。張二府督梁鳳。合兵大舉。本縣義勇導引款兵。直擣賊窟。血戰方酣。而諸兵遙望賊來。即麾奔潰。多自溺水。甲騎鎧仗。半爲賊有。款兵益進。殺傷賊徒二十餘人。而後援不繼。致有陣亡擠水之禍。于是更令逃軍。造爲厚款薄沂之謗。欺罔上官。致使是非不明。功過莫辨。假令有司誠有厚薄。亦不過視上官意向。而士卒得以厚薄爲去留。則將焉用彼帥哉。其失機誤軍之罪。恐不可推託于厚薄也。儀部王主政。不忍官民罹此荼毒。受此萋菲。挺身冒險。仗義執言。乃至暴沒。皆憤憤不平之所致也。人之云亡。邦國殄瘁。時事如此。可勝嘆哉。其原蓋始于當道。先有款兵防衛無錫。以厚其故人。而梁鳳亦不欲強顏再入崑境。各戾初心。遂相搆煽。殊不念崑山之與無錫。均爲朝廷根本之地。況上游土崩。下流瀾倒。又必然之勢也。豈宜有所偏重哉。是時我軍。雖未收全功。而款兵聲巳讋服賊膽。遂相引去。殺遺民。燒遺屋。數十里烟火不絕者。又四五日。以泄其餘憤。蓋自四月初七日至五月廿五日。孤城被圍。凡四十五日。臨城攻擊。大小三十餘戰。以不教之民。當日滋之寇。內無張巡許遠之略。外無蚍蜉蟻子之援。城之不陷。皆天也。其六門並攻。被殺男女。五百餘人。被燒房屋。二萬餘間。被發棺塚。計四十餘口。是皆就耳目之所睹記者言之。其各鄉村落。凡三百五十里境內房屋。十去八九。男婦十失五六。棺槨三四。有不可勝計而周知者。君門萬里。未能遽達。雖密邇當道。豈皆盡得其實哉。互相蒙蔽。以期遠罪。賊何幸而民何辜也。彼梁鳳若始能不離該境。則賊安敢遽爾深入。中能力戰不退。則賊豈敢直擣郡城。終能如期急難。則賊豈敢衝城鑿穴。貽崑山之禍者梁鳳也。乃又飾詞駕罪。欺天平。欺人乎。又有大可怪者。其款兵先登殺陣。其渰死者。皆緣邳處二兵。爭先奔潰。擠入洪流。性不善水。又甲重不能振拔。遂至胥溺。非汩水而被渰者。此情可矜。法所應恤。彼二兵正當正其望風奔潰之罪。以示懲勸。乃今與款兵一體加厚。何其顛倒之甚耶。嗚呼。處敗軍若此。良民無故被殺者。流血成川。積骸如山。又將何以待之哉。嘗考吾崑。自有國以來。未嘗被兵燹。有生聚而無教訓。故今遭此。皆錯愕相顧。束手無策。不得已爲堅壁清野之計。縱賊猖狂。莫之敢抗。其受禍亦獨慘于他處。今之急務。莫若廣濠塹。造月城。築弩臺。立營寨。集鄉兵。時訓練。鑄火器。備弓弩。積薪米。蓄油燭。其周迴近城林木。須斬去里許。以絕埋伏。塋塚有礙城隍者。宜量給地價。爲遷葬之費。而十家爲甲之法。尤所當嚴。其男子十五歲以下。凡成丁者。盡令編報。排門粉壁。每甲推長一人。稽其出入。若有面生可疑。雖係商賈。非累年土著。無父兄承傳者。亦須根究。庶使內賊不出。外賊不入。而奸宄之徒。無從造釁矣。至于撫疲民。蠲逋稅。勘荒田。尤時政之大端。而動支官銀。又便宜之要術。蓋事有常變。有輕重。處常則倉庫爲重。而武備爲輕。處變則軍旅爲重。而財用爲輕。況居官行法。自有大體。私罪不可有。公罪不可無。所謂公罪者。正今日動支官銀以濟時艱。而爲法受惡之類是也。況既上官文移。則操縱由己。雖不宜冗濫。又何必拘拘常格。而自取窘縮哉。且安富之道。周官所先。勸借可暫而不可常。可一而不可再。以有限之大戶。而欲應無窮之巨寇。吾不知所稅駕矣。凡此數事。果能斷自乃心。豫有成算。則用足兵強。形勢險固。人心堅勵。進可以攻。退可以守。賊來犯境。便當橫出四郊。與之一決。又何必填門塞關。懸懸外援之望。不獲其用而反受其害。如今日之冤憤哉。愚忝與守城。與賊來去之日相終始。目擊慘毒。所不忍言。姑記其始末。以備他日邑乘之紀錄。其他處置。略具備倭議中。有民社之寄者。尙其鑒此衷悃。毋以出位爲罪。幸甚幸甚。

卷九　贈送序

送吳純甫先生會試序

予爲童子時。則知有吳純甫先生。長而登先生之門。悅而忘其歸也。蓋世之所謂慷慨魁磊之士。吾必曰先生焉。先生精於學。邃於文。熟於事。少時爲縣大夫郡邑長者所推重。當道者往往歎息。期以大用。指日以望。既而摧抑頓挫者。幾三十年。先生自負瓌偉。不見施設。獨喜爲人言之。人無賢愚。見者傾倒。自少年學子。稍知向方者。必引而進之。士之有志者。亦皆歸先生。每從嘉林修竹間。紆衿方履。笑詠相隨。殆無虛日。時有質辨。剖析毫髮。議論蠭起。羣疑豁如。雲披雨霽。天清日明。其於天下之利害。生民之得失。常有隱憂於其間。天子中興。慨然有志於三代之治。詔書數下。所以修明千百年之廢典者不一事。悉先生之所嘗言者。故與先生遊者。皆去爲顯官。先生獨爲諸生。揖讓進退自若也。嘉靖辛卯。先生始發解。於是將上禮部。服王官有日矣。皆喜先生之遇。而又惜其晚也。然君子之論。不施於早晚之間。而施於遇不遇之際。不以徒遇之爲喜。而以得所遇之爲樂。予惟國家以科目收天下之士。名臣將相。接踵而興。豪傑之士。莫不自見於其間。而比年以來。士風漸以不振。夫卓然不爲流俗所移者。要不可謂無人也。自餘奔走富貴。行盡如馳。莫能爲朝廷出分毫之力。冠帶褎然。輿馬赫奕。自喻得意。內以侵漁其鄉里。外以芟夷其人民。一爲官守。日夜孜孜。惟恐囊橐之不厚。遷轉之不亟。交結承奉之不至。書問繁於吏牒。餽送急於官賦。拜謁勤於職守。其黨又相爲引重。曰彼名進士也。故雖舉然肆其恣睢之心。監察之吏。冠蓋相望。莫能問也。居無幾何。陞擢又至矣。其始羸然一書生耳。才釋褐而百物之資可立具。此何從而得之哉。亦獨不念朝廷取之者何如。用之者何如。爵祿寵錫之者何如也。豈其平居。無懇惻之意歟。將富貴之地。使人易眩失其守歟。世之所倚重者。盡賴此輩。而如是彌望。君子蓋以爲世道無窮之慮焉。初。先生與余論天下事。予未嘗不竦然。又默然有感也。以爲在位者。皆以此爲心。則天下可以無事。然而先生不遇也。今先生遇矣。得一人於千百之中。不可謂無獲也。障流波於奔潰之日。不可謂無力也。以其向所言者而從事焉。則猶饑渴而飲食之也。夫趨俗之士師師。持正之士諤諤。夫諤諤非幸也。然天下之事。彼不爲而此爲之。倡者一人。隨者十人。則固當有聲氣之同者。若是而相與持天下之勢。君子又以爲世道無窮之幸焉。故予謂先生。不謂之晚。而如先生。乃可謂之真遇也。

若彼碌碌者徒。雖褫裸而朱紫。日唯諾於殿廷。吾不謂之遇也。因書以爲別。按辛卯爲嘉靖十年府君時年二十有六耳文章議論已如此

送夾江張先生序

昔者。天下初定。士之一材一藝。咸思所以奮起樹立。以自見於世。而上之所以甄別進退。激揚風勵之者靡不至。天下之小官。其名嘗達於天子之庭。朝而爲善。夕以聞於朝。而旌擢之命加焉。夕而爲惡。朝以聞於朝。而誅削之令加焉。故懷不肖之心者。懼而不得逞。有一命之寄者。皆以自愛而不輕棄其身。夫是以能鼓舞變化一世之人材。而賢者恆自下僚崛起。卓然爲天下之望。蹋冗無能之徒。終身沉淪而不敢有分外之思。承平既久。士無賢不肖。率以資敍。交馳橫騖。布列天下之要位。以行其恣睢之意。窮閻之民。愁苦籲告。而扳援憑藉。巧文掩護。時得忠勤之褒。至於仁人志士。不幸偃蹇於卑服。竭力以行其所志。而蒙其恩者。交口贊頌。上之人猶掩耳弗聞。而獨以其意制輕重於其間。公論在於下而上弗知。有識之士。所以掩鬱喪氣而長歎也。吾師夾江張先生。司邑之教。寬和樂易。不設防畛。而介然之操。不爲勢利之所沮屈。周知士之所急。時以從容數語。洞析其情。而先生之愛士。與士之愛先生。不啻如家人父子。邑之人。自薦紳先生。下至於市井之童稚。皆知其賢。迺者有同州之命。莫不咨嗟歎息。爲之徧訪。士大夫之宦遊長安者。知其風土之不逮吾吳中。而以爲憂。又以爲先生之賢。宜得顯擢。使出於格例之外。而顧復奔走於常調。是所以益抱無涯之恨。而傷公論之未明也。夫天下之官。上自公卿。下至於州縣之吏。其等級不知有幾。而數之至於學官。此豈有意知其可否。而黜陟進退之者。然則又烏能知吾邑人之情之如此也哉。予爲弟子員。事先生於學官者四年。見先生再遭子壻之喪。孀女寡婦。年老撫抱幼孫。客居萬里之外。先生之官。又世之所謂窮苦寂寞而無聊者。而處之裕如。未嘗有慍色。則區區計較於毫毛之間者。非先生之情。獨予與邑人之情。不能已者如此也。

送李廉甫北上序

西川子與余同庚也。同業也。又相善也。今秋。予爲考官所黜。而西川子以易舉爲第三人。予蓋釋己之憂。而爲西川子之喜。雖然。西川子將仕矣。至京師。天子臨軒而策焉。廟堂賢公卿屬目以待焉。服官而執事焉。一言之善。一事之得。天下有被其福者。一言之否。一事之失。天下有被其禍者。國家聚天下俊乂。冠冕而祿食之。非以爲西川子榮也。西川子今又不若吾徒平日相與肆意後志。時有悖繆。口耳出入而已。有利害將不及於里閈也。予於是釋己之憂而爲西川子之憂。西川子淳謹和易。與之居。終日無忤。推其心。於忠君愛國油然也。而予惓惓之心。猶有不得已者。西川子既束裝矣。予病不能從祖道。則使人謂之曰。異日子得賜告而歸。予將以舊言驗之也。

送王汝康會試序

吳爲人材淵藪。文字之盛。甲於天下。其人恥爲他業。自髫齔以上。皆能誦習舉子。應主司之試。居庠校中。有白首不自已者。江以南。其俗盡然。每歲大比。棘圍之外林立。京兆裁以解額。雋者百三十五人耳。故雖方州大邑。恆不能三四數。至或連歲無舉者。有司以爲恥。若吾王子之家。乃歲占其一人。往年汝欽進士光州大夫。伯仲相繼。震耀於閭里。其疎屬不論也。斯亦奇矣。初。予與王子居留都下。賓朋環坐。王子每論及試事。輒言文而不言命。以爲是舉若探諸囊中。予頗怪訝其言。既而服其決也。吾知其進於禮部。亦若是焉耳。抑吾聞之。君子不須人以已然。而譽人以所當得。請言服官之道可乎。夫道之用。散於天下。人與己而已。人不知己。不足以行志。己不知人。不足以及物。徇人以通者。其失則流。固己以私者。其失則傲。故君子有忠恕之術。所以一人己。廣德意。事上澤下。而達其仁於天下也。自科舉之學興。而學與仕爲二事。故以得第爲士之終。而以服官爲學之始。士無賢不肖。由科目而進者。終其身可以無營。而顯榮可立望。士亦曰。吾事畢矣。故曰。士之終。佔畢之事。不可以涖官也。偶儷之詞。不可以臨民也。士之仕也。猶始入學也。故曰。學之始。夫是以不得於預養。而倉卒從其質之所近。其柔者。巽懦而不立。而剛者。又好愎而自用。佞者洪溷以自謀。而直者矯激而忘物。寬者廢弛而自縱。而嚴者淩誶盡察而無所容。如是而曰。古今之變。道之難行。夫豈其然乎。君子之仕。以任事必觀其勢。以達志必盡其情。以振法必歸於厚。其剛也似柔。其直也近佞。其嚴也。以爲寬也。若是。所謂忠恕之術。推而行之。無古今也。夫誦詩三百而可以授之政者。非徒以博物洽聞之故也。蓋涵濡於三百篇中。而其氣味與之相入。則和平之情見。而慈祥愷悌之政流矣。唐虞知人之目。教胄之方。思欲得而用之。皆取於是也。是以其氣長而其量宏。畀之以富貴。而吾亦有以受之矣。富貴之於人。其不至不能強。其至不能拒。故有以受之。吾見若百川之注大海而不盈也。王子與予有姻婭之親。予故不覺其言之複云。

送縣大夫楊侯序

大夫同安楊侯之宰崑山也。毀斥梵宇。創造書院。進有光等數十人於堂。時加訓迪。不以政繁爲解。衆方相與飭勵。翹然有思奮之心。而侯以徵書北上。於是諸生恍若有失。相顧慨歎而言曰。古之善爲政者。能合衆私以成其公。使爲民者。樂其教化之實。而士者慕其禮。衆能私之。故無不徧也。侯有愷悌之政。平夷靜息。民以順習。頃者。患稅籍之紊。豪猾緣以飛走。莫詰其端。侯爲之按畝出稅。搜剔伏匿。深爲百年之計。是侯有大賚於民也。而民相與私侯於田畝。侯以學校修廢舉墜。惟力所及。呈藝較課而上下之。無有所偏愛。是侯於諸生。無不至也。而諸生相與私侯於學宮。如吾數十人者之不肖。而侯不鄙夷。甄陶獎誘。深荷知己不倦之意。而吾數十人者。復相與私侯於書院。則侯之行也。獨不可以致其私於侯乎。有光曰。稱頌德美。非所以報知己也。欲以一方之故而滯賢者。非所以示廣也。愚願有陳於侯焉。天下之事。不知者不可以言。知之而不當其事者。不可以言。知之而又當其事。可以言矣。東南之民。何其憊也。以蕞爾之地。天下仰給焉。宜有以優恤而寬假之。使展其力。而後無窮之求。或可繼也。比者。仍歲荒歉。主計者。若捧水然。惴惴焉。懼有所滲漉。有司之奏報日至。而徵督日促。經二大赦。流離轉徙之民。日夕引領北望。求活於斗升之粟。而詔書文移。不過蠲遠年之逋。非奸民之所侵匿。則官府之所已徵者也。民何賴焉。東南地方。物產雖號殷盛。而耗屈已甚。非復曩昔。並海之區。惟賴水利蓄泄。而專官雖設。漫無所省。今民水旱。一仰於天。譬之植菓者。必有以栽培灌溉之。而後從而收其實。今則置之磽瘠之地。蔽其雨露。而牧之以牛半。蓋取之惟恐其不至。而殘之惟恐其不極。如之何其不困也。今民流而田畝荒蕪。處處有之。雖以侯之愛民。支左持右。然掣於前而肘於後。其不能如侯志者多矣。天子興致太平。制作禮樂。一宮之廢。動以萬計。有司奉意承命。未嘗告乏。而獨不肯分毫少捐以與民。爲千萬年根本之計。何也。昔吳公治平。爲天下第一。史無可見之事。而獨稱其薦賈誼者。夫誼以少年書生。混迹窮巷。吳公何以知之。至觀其論天下大計。乃知誼之言。必有以當吳公者。由此言之。使誼未用。則誼之策。吳公必能言之矣。愚以是私於侯可乎。衆曰然。遂書之。

送何氏二子序

自周至於今。二千年間。先王之教化不復見。賴孔氏之書存。學者世守以爲家法。得以治心養性。講明爲天下國家之具。而孔氏之書。更滅學破碎之餘。又不復可以得其全。其有足以意推而較然不惑者。不過什之三四而已。而儒者先後衍說。作爲傳註。有功於遺經爲甚大。然在千載之下。以一人一時之見。豈必其皆不詭於孔氏之舊。而無一言之悖者。世儒果於信傳。而不深惟經之本意。至於其不能必合者。則寧屈經以從傳。而不肯背傳以從經。規規爲守其一說。白首而不得其要者衆矣。間有不安於是。則又敢爲異論。務勝於前人。其言汪洋恣肆。亦或足以震動一世之人。蓋漢儒謂之講經。而今世謂之講道。夫能明於聖人之經。斯道明矣。道亦何容講哉。凡今世之人。多紛紛然異說者。皆起於講道也。予以爲聖人之言。簡易明白。去其求異之心。而不純以儒者之說閡之。必有庶幾於所謂什之三四者。南陵何氏二子。自蕪湖浮江而來。千里而從予。於荒野寂寞之濱。予常以是告之。二子未嘗不以予言爲然也。歲暮。辭予而去。惜二子亦方有事於進士之業。而未暇於予之所云。然二子要爲知予。而其志意非苟然者。昔揚子雲作太玄以示劉歆。歆號博極羣書。予獨怪其無一言論玄之是非。而直以後人覆瓿爲憂。顧於歆之意何如耳。後之人奚暇論耶。至雄之弟子侯芭。獨知好雄書。予非爲雄之學者。而士之知與不知。則千載同此慨也。

送宋知縣序

宣宗章皇帝時。蘇州守臣。以吳中賦重。抗疏爲民請命。一時雖未及大有恢張。以沛曠蕩之恩。而詔書裁減。德意甚美。時又專委重臣經地。物貢其法。至爲纖悉。此非樂爲是繁碎。亦因土之宜。順民之性。不得不然也。歲久弊滋。吏胥緣以爲姦。議者不深惟立法之意。務爲一切以求簡便。名曰未嘗紛更。而實大變祖宗之舊。衆從而和之。以爲真得變通之宜。而三吳之民。陰受其禍。已數年矣。稅籍日以亂。鉤校日以密。催科日以急。而逋負日以積。故爲吏吳中者。督賦爲尤難。宋侯之爲崑山也。寬不廢法。威不病民。承弊壞之餘。稅辦而民以和。而侯尤深言舊制之宜復。爲書白於大府。大府未能行也。於是侯以徵書北上。當爲天子近臣。得條上天下事。此可後乎。蓋國家仰給東南。以區區一隅。供天下財賦之半。至於今而力竭氣盡。已不勝其弊。又重之以紛更。譬如人衰老而服烏喙。其亦難以久矣。夫法之沿也。不可易變。法之變而不善也。不可不復。或謂紛更已定。懼再更之難。豈不大悖哉。崑山之東鄙。土瘠而民尤貧。均稅以來。困蹶益甚。歲復薦饑。侯加意撫恤。向之逃亡者。鵠形鳥面。爭出供役。而于侯之將行。莫不悲哀如失父母。哿矣富人。哀此煢獨。侯之德政。於是尤著。其父老以予之寓東鄙也。乞文以送之。惜予之不文。無以道父老之意。獨述其所聞見。以贊侯之行云。侯南陽人。時嘉靖二十四年八月也。

送郡太守歷下金侯考績敍代

吳郡爲太伯建國。秦置守而屬之會稽。迄漢中葉。人物財賦。甲於東南。唐以降。繁盛極矣。今爲王畿千里甸服之地。太守比古寰內諸侯。尤號尊重。星紀分野。環以大海。匯以具區。原田沃美。生物鬯遂。水陸之珍。包匭筐篚之貢。織縞茶紵空方之輸。三服官者不論也。一歲中漕挽委輸。至四百萬。鄉邑之秀。鳴珮執玉。接武天朝。四方之賓。奉符乘軺。絡繹于傳舍。名爲列郡。隱然一大藩云。是以任是職者。必天下之選。金公以濟南名儒。奮跡甲科。爲材御史。奉使持節。風行閩嶠。天子憂憫元元。思維股肱之郡。根本之寄。疇咨在庭。無踰於公。俾以臨治焉。歲在壬子。當報政之期。於時清風徐來。騑駕初發。州縣屬吏。相率祖道於都亭。某周覽閶闔之墟。緬懷前政。如韋應物。白居易之風猷。遠矣。國家稽古爲治。妙選良二千石。二百年來。鴻名大德。媲美前古。稱於父老之口。代不乏人。然當天下無事。休養滋殖。累世熙洽。吏治寬緩。節目疏略。雖賦役繁重。而蠲貸之政屢下。是以爲郡者。得優遊其間。慕倘前史循良之治。煦嫗覆育以達其慈愛之心。至於上計述職。得與文學法從。錫宴賦詩。而璽書屢下。用周漢增秩進律之典焉。今承平日久。吏治抏敝。疆埸靡寧。詔使旁午。責數年之逋負。於俗奢民貧。災殣彫瘵之餘。寬之則廢上之供。急之則傷民之命。自非識時通變之材。其於上下損益之際。未能調劑之不失其宜也。公於是時。鎮以寬靜。處以宏簡。不震不竦。能使上安而下服之。可謂難矣。某常有事郡中。望公進止。肅肅詩曰。敬慎威儀。維民之則。又曰。古訓是式。威儀是力。天子是若。明命使賦。公其有焉。自惟生長濟西。去歷不二百里。鄉里晚進。仰止德聞。非一日矣。今承乏爲吏。得與趨走之末。瞻望德容。每事依以爲師法。誠恐此行。用漢刺史入爲三公之例。留之臺省。則何以慰吾吏民之思哉。是以與諸屬吏。道其所以而書之以爲序。

送郡別駕王侯考績序

周官小宰。以聽官府之六計。弊郡吏之治。一曰廉善。二曰廉能。三曰廉敬。四曰廉正。五曰廉法。六曰廉辯。夫善能敬正法辯六者。於吏事可謂盡矣。而必以廉爲本。蓋非廉不足以弊郡吏之治。是故吏之廉者。非獨無傷於民財。而已推其所爲。無非利於民者也。吏之貪者。非直傷於民財而已。推其所爲。無非害於民者也。何也。廉吏之所出。不以己私與之。則盡廉讓之爲也。能徇人之情者也。雖偶有失焉。亦一二而已矣。貪吏之所出。必以己私與之則盡攘奪之爲也。不能徇人之情者也。雖偶有得焉。亦一二而已矣。孔子曰。天下有道。盜其先變乎。天下有道。則吏莫肯爲不廉。此孔子所以謂之先變者也。吳爲東南財賦之藪。歲漕之所入。常以一郡當天下之半。地大物阜。號爲殷富。往者倭夷。自外海轉入吳境。仍歲侵擾。天子震怒。數誅易撫臣。調天下兵屯海上。師出逾年無功。民旣苦侵暴。又有供億之擾。吏復乘時以爲姦利。蓋蠻夷之禍。固本吏治之所致。追軍發繁興。黠猾挐攫。利端無窮。則吳之子女玉帛。不獨填委于滄波浩渺之中。而亦潛輸于刀筆筐篋之間矣。自前歲檇李告捷。倭亦不復大至。稍稍向北海以去。民媮得暫息。然海防未撤。警報不止。倘未有息肩之日也。故嘗以爲欲夷狄之無侵害。在於使民得安其生。欲民之得安其生。在於吏治之良。求吏之良者無他。亦無總於寶貨而已。天子與二三大臣。重惟東南之寄。愼選牧守。得雲中溫侯。宣布詔條。振舉綱維。威愛並行。百姓喁喁。有太平之望。而廬陵王侯。實爲之佐。時屬邑長吏多缺。計到官以來。在郡之日少。而單車往來。遍歷所部。東自瀕海。旁緣大江。涉五湖之區。久者經年。近者數月。最久至于崑山。百姓以爲非能屈侯以百里之寄。乃復見漢世郡太守刺史行縣故事。而加親且久者也。侯爲人。清廉不擾。眞有卻金暮夜。飲貪泉而不易之操。是以百姓悅而安之。屈侯於縣。本非所望。而人情狃習。反若所當然者。則於其去也。其能不戚戚以悲乎。於是鄉進士有光等。餞於江之滸。以爲是不能忘者。民之情也。而摛辭以述侯之盛美。吾徒之職也。遂書以序其行。

送南京虎賁衛經歷鄭君之任序

國家更前代樞密之制。以五都督統天下兵。留守四十八衛。京軍分隸之。而錦衣等上十二衛。無所隸屬。爲環衛之師。天子之親軍也。虎賁蓋其一焉。虎賁氏自周有之。虎士八百人。掌先後王而趨以卒伍。守閑宮門。從遣徵事四方。以爲行衛。在漢則屬之光祿勳。與中壘屯騎步兵越騎長水胡騎射聲。爲八校尉。虎賁中郎將。插兩鶡尾。紗縠單衣。虎文錦袴。爲武衛之貴選。國家存其舊名。而職掌無所異。自永樂建都六宮。百官皆遷於北。然皇祖宮寢。官司留於南者如故。而兵衛亦無改焉。依阻長江。控引南北。祖宗之慮遠矣。承平二百年。不特諸曹職務清簡。而禁旅閑靜無事。其佐幕之官。日乘馬具名刺相過從。飲酒遊山而已。自頃海上之警。江淮之間。往往騷動。則留守百司。亦有不能一日晏然者。況環衛之重寄乎。臨安鄭君。初佐太湖縣。以能治劇。調吾崑山。崑山在海上。當衝。君選練民兵。教閱有法。涖事未幾。承檄造舟于閩越。歲始還。而京幕之檄又至。蓋以上官素知君。故遷轉之亟。縣人雖惜之。而不能留也。以君之才。往贊戎政。其必有以自見於有事之日者矣。抑定鼎之初。所置十二衛四十八衛。皆天下精兵。皇祖所以仆楚舉吳。廓清海甸。收閩越。取中原。拾宋掇秦。制趙拔燕者。乃今部伍殘闕。至無兵可補。其廢壞之由。與所以當修復之故。不可不思也。詩曰。豐水東注。維禹之績。四方攸同。皇王維辟。又曰。豐水有芑。

武王豈不仕。詒厥孫謀。以燕翼子。願君以為居保釐之任者告焉。

送太倉守熊侯之任光州

昔儂智高反嶺南。有衆萬餘人。所過如破竹。吏民皆望風走。天子以謂縣官素不設備。而責守吏不以空手捍賊。宜原其情。故一切輕其法。凡失守者。皆奪兩官。惟能任屬大將。使盡其材能之所宜。卒走智高。嶺南以平。國家太平日久。東南吳越之區。山川秀美。物產饒富。民老死不見兵革。吏以期會鞭笞集賦稅而已。不過三年。輒得京朝官以去。故天下士集於吏部。皆指以為樂土。一旦倭奴來海外。憑陵內地。則大江以南之州縣。無不騷動。吏非素備。嬰城自守。惴惴不能保。當是時。朝廷雖有命將。而吏以罪罷去者。時時有之。議者謂宜責守城之事於有土之職。而戰勝共武之服。有將帥在也。吏或失守。當如皇祐之詔。今熊侯守太倉。太倉東邊海上。賊入境即犯之。如是者三年而城不陷。宜在褒賞之科。而為使者所劾。落職為光州固始縣幕官。吳中士大夫。莫不歎惜之。昔嶺南之賊。敢於攻城。而今海島之賊。利於掠野。故城之能全者不難。而太倉之城為賊衝。其全為獨難。而侯之賢。尤著聞於人。侯為人。凝然有器度。雖倉卒擾攘之際。能從容以不亂。羽書狎至。而安閒自若。武夫悍卒。見之帖然。不敢出聲。此亦才氣有過人者。而州民之所恃以為安者也。天下無事。使者乘勢作威福。以升黜州縣之吏。唯其意之所之。而民之好惡莫恤也。若軍興之際。賞罰注措。一舉手搖足之間。而死生存亡。於是焉繫。而猶以私意行之。不知其何以為心。海上之役。于今三年。百萬之師。每戰輒衂。原野暴人之骨。川澤流人之血。東南之禍亦慘矣。由其道而不變。吾不知其所窮也。方賊之初至。有姦人為間。挾大吏以謀賺城。登高指顧。萬目所見。侯先其未發。使人擒之。大吏媿汗。開門夜走。若非侯破散其謀。賊必據太倉城。其禍當不止於今日矣。前年之秋。賊乘西風歸島嶼。餘黨數百人。為官軍所圍。假息南沙。或以為窮寇。宜開其一角。使者不從。檄侯與諸帥固守。迫歲暮。諸帥皆去。侯自度力不能獨支。亦解圍以歸。賊得乘船而逸。使者之所以劾侯。以此兩事。夫南沙之責。當有所分。若姦人為間。乃侯之所擒。而反謂侯薦其人於大吏。凡所刺舉。以好惡變亂失實類如此。於是侯將行。其素所獎拔士州學生張元蒙等來告。謂予素知侯。不可無一言。吾聞侯待罪虎丘寺。日以登臨爲樂。窮五湖之勝。已而受帥府之檄。使還州募兵。州人父老。前後歡呼。如見父母。而侯以罷官。臨其州之人。自以無媿色。予乃區區若爲之自疏者。蓋以爲吾東南無窮之慮。所不能不致其怨懟之辭。實亦州人之志也。

贈陽曲王公分守太倉序

陽曲王公。爲郡之三年。遷河南按察司副使。治兵毗陵。尋詔以常鎮舊幷蘇松。命公復還理所。於太倉。公職任師帥。以文學飾吏治。至是忽寄兵戎之任。而朝野無異議。若其素然者。常以謂人材之於世。其具有不同。苟以受命效職。不過文書獄訟食貨兵戎河渠之事。其治辦往往亦多可觀。然此特自秦以來。所謂吏事而已。古之所謂大任於天下。要以讀書學古識治務。知大體之爲先。有非俗吏之所能者。是以不屑於文書獄訟食貨兵戎河渠之事。而可以無所不通。公起進士。守河南某州。日與諸生講論文學。其佐大名亦然。三遷至吾郡。郡號人材淵藪。公獎進人士。孜孜不倦。當兵荒彫瘵之餘。能以寬靖無事而治。以此推之。將屯百萬之衆。可以知其不勞指麾而有餘裕矣。海內承平日久。一旦外夷內侮。豈武力之未競。所以治之之道未盡也。昔任延爲會稽都尉。聘請高行。待以師友之禮。遣功曹奉謁。修書記於龍邱先生。郡中士大夫爭往歸焉。後爲九真。武威所至。立校官。興儒學。而徼外蠻夷。保塞匈奴。種羌絕不敢出。儒者之於兵戎。豈異事哉。公以壯年名位日進。身爲大吏。而問學如諸生。此古大臣宰相之事也。有光無所用於世。未嘗敢交州郡。而公特加優禮。雖孤栖江海之間。自以得所嚮依。自公在郡。歲一再見。已如朝夕見之矣。其在毗陵。歲不一見。如旬日見之矣。常恐一旦遠去。而今返駕於吳。蓋枯槁沉溺之中。津津然如有生氣。以有光之於公如此。凡士之於公可知也。今歲禮部會試。及對大廷魁天下者。皆吳士。公長育作成之效。已見於此。而明堂棟梁之材。公所甄識。猶或有未盡出者。自此將乘運而起。爲國家社稷無窮之計。豈區區吏事之所能及哉。公提調所貢士王執法。以公之至太倉也。郡士大夫皆往爲賀。執法門下弟子。獨宜以文字贊述公之盛美。以有光有一日之長。又最知公者。推使言之而爲序云爾。

送吳郡別駕段侯之京序

自東南有倭夷之警。朝廷于額外增設官吏。無慮百數。今年撫院奏行裁省。悉送上部。別駕蒲州段侯。以海防至當行。時屬縣崑山缺。令侯方署其事。朞年。民便安之。而不忍于其去。吾鄉之進士二十有四人。按故事有贈行之文。不以有光無似。辱使序之。蓋天下之所須者才也。才不足以當其任。與之百里之地。躊躇焉常若無所措。其握持膠固。自以爲能有所執。而人者往往廢弛頽靡。而不自知其明與力。僅至於其小者。而敝蹇強戾。不勝其遝雎之習。民何以堪之。蓋孔子之門。論爲政詳矣。取其果與藝與達者。宜若非政之所先。然非是三者。莫能得平人情也。故嘗論牧民者。譬之操舟。使之張則張。使之翕則翕。以能得平風與水之情也。不然。未有不敗者也。侯有通敏之才。於賦籍兵瑣。一覽悉記。獄訟大小。無不立決。而取舍操縱。皆合於情。故自士大夫至閭閻之小民。咸便安之。侯嘗令嘉祥矣。又倅淮陰矣。能以治兗者治淮。以治淮者治吳。風土習俗。夫豈盡同。其達乎人情一也。故嘗論牧民者。譬之父母之生子。爲之擇乳母焉。其乳母或以他故去。而鄰母代爲之乳。猶乳母也。又復爲之別求乳母。則過矣。古之守令。有假有守有攝。然久之卽真也。郡丞常行縣事。亦何不可哉。而必選令。此亦法之過也。侯河東儒者。每至庠舍都講。諸生服其經學。而其門人。多貴顯於朝者。先是數年間。崑山令缺。栗侯永祿。任侯環。李侯敏德。王侯如瓚。皆以別駕來署縣。惟王侯泰和人。而三公皆上黨同縣。崑山之人。並稱其賢。侯今繼之。又賢也。今太守王公。以盛德年少在任。公陽曲人。而參佐以下。大抵皆出山西。一時之盛。非偶然者。蓋平陽蒲坂先王遺教。其君子有深思焉。豈非吾吳民之福哉。而繼侯署縣者。別駕周侯。又絳州人也。余固惜侯之去。喜崑山之人。又得侯同官同地者。夫晉之君子。其施於吾民者遠矣。

崑山本篇首刪去九十餘字今從常熟本又按兵瑣字出漢書丙吉傳使東曹按邊長吏瑣科條其人張晏曰瑣錄也謂考按兵吏籍也蘇子由文亦有考案邊瑣之語兵瑣謂兵籍也常熟本不得其解遂改作兵戎非是

送陽曲王公參政陝西序

陝西省治。故長安周。秦。漢。隋。唐。之所都。昔人稱其被山帶河。四塞以爲固。而自汧雍以東。至河華。膏壤沃野千里。雖三河天下之中。王者之所更居。然古今建都之形勝。無逾關中者。太祖高皇帝初定天下。嘗幸汴幸洛。將幸關陝。時以擴廓帖木兒李思齊張思道之亂。戎馬蹂踐。所過皆空城。千里無行跡。而金陵廟祏已定。遂爲帝都。亦其時與勢。不得不然也。永樂北遷。而萬世之業定矣。然以長安爲大省。建布政司。則前代行省之官。蓋周之師保萬民。寄任不輕也。司有使其貳爲參政。即前代之參知政事。宰相之亞也。拊循教化。數千里之地。非獨漢京兆馮翊扶風。之任也。今天子哀憫元元。作興吏治。未及三載考績之期。特行黜陟之典。於是陽曲王公以按察司副使。分司江南。遂晉是官。予素受教於公。輒附于古贈言之義。以贊公之行。蓋王者以六合爲家。其根本在生民。非必其行在。所當軫念也。長安浩穰。稱爲陸海。河山土地。無改於昔。今之蠹耗甚矣。豈非任岳牧者之責乎。昔鄭國渠白渠兩渠之饒。衣食京師億萬之口。至唐杜佑。以爲大曆初所溉田。比於漢減三萬八千頃。是時長安尚爲京師。而佑言已如此。誠如杜氏計復此兩渠。勸農置官。嚴修障塞。積穀繕兵。以收漢南之地。漢唐之盛。豈不庶幾哉。昔宋慶曆初。是時天下全盛。范文正公請城東京。議者以爲迂。其後乃思其言。先朝邱文莊公。亦以幽燕迫近夷狄。而漕河易壅。欲重山後之守。尋前元海運之法。今以關中百二之險。誠使膏壤千里。百姓殷富。而漢唐河渭之漕。故在於此。以爲國家之陪京。此萬世之慮也。公蚤貴而好學。方有志于經世。而其治吳。寬靖文雅。清廉慈愛。吏民歌思之。余不容以頌述。獨以迂愚之說。贊公仰答天子之寵遇云。

送童子鳴序

越中人多往來吾吳中。以鬻書爲業。曩時童子鳴從其先人遊昆山。尚少也。數年前。艤舟婁江。余過之。子鳴示余以其詩。已能出人。今年復來。吾友周維岳見余。爲念其先人相與之舊。謂子鳴旅泊蕭然。恨無以卹之者。已而子鳴以詩來。益清俊可誦。然子鳴依依於余。有問學之意。余尤念之。嘗見元人題其所刻之書云。自科舉廢而古書稍出。余蓋深歎其言。夫今世進士之業滋盛。士不復知有書矣。以不讀書而爲學。此子路之佞。而孔子之所惡。無怪乎其內不知修己之道。外不知臨人之術。紛紛然日競于榮利。以成流俗。而天下常有乏材之患也。子嗚於書。蓋歷能誦之。余以是益奇子嗚。夫典籍。天下之神物也。人日與之居。其性靈必有能自開發者。玉在山而草木潤。淵生珠而崖不枯。書之所聚。當有如金寶之氣。如卿雲輪囷。覆護其上。被其潤者不枯矣。莊渠先生嘗爲余言。廣東陳元誠。少未嘗識字。一日自感激。取四子書終日拜之。忽能識字。以此知書之神也。非書之能爲神也。古人雖亡。而其神者未嘗不存。今人雖去古之遠。而其神者未嘗不與之遇。此書之所以可貴也。雖然。今之學者。直以爲士梗已耳。子嗚嚮古之書。然且幾於不自振。今欲求古書之義。吾懼其愈窮也。歲暮將往錫山寓舍。還歸太末。書以贈之。

送狄承式青田教諭序

予與承式同舉於鄉。試於禮部。皆不第。而承式獨以祿養爲急。徘徊都下。送予出崇文門外。謂當得官浙中。因約余遊錢塘西湖。遠則在天台鴈蕩之間。欲爲東道主人。然又數不果。今年始得處之青田。青田在萬山中。足以讀書談道。優游自適。而浙東學者。近歲浸被陽明之敎。爲致良知之學。承式爲人。敦朴斂約不喜論說。而中有自得者。今爲人師。不容默默。亦將出其所有。以考論其同不同何如也。浙東道學之盛。蓋自宋之季世。何文定公得黃勉齋之傳。其後有王會之。金吉父。許益之。世稱爲婺之四先生。益之弟子爲黃晉卿。而宋景濂。王子充。皆出晉卿之門。高皇帝初定建康。青田劉文成公。實與景濂及麗水葉景淵。龍泉章三益。四人首先應聘而至。當是時。居禮賢館。日與密議。浙東儒者皆在。蓋國家興禮樂。定制度。建學養士。科舉之法。一出於宋儒。其淵源之所自如此。近歲以來。處之科第。至闔郡不見一人。或者遂目爲深山荒絕之區。而不知假令縣歲貢數十輩。豈盡謂之才賢得人耶。以區區二百年。有文成公爲帝者師。不可謂之乏人也矣。天下承平日久。士大夫不知兵。一旦邊圉有警。束手無策。徒望之勇猛強力之人。如此。則古所謂合射獻馘於學宮者。何事耶。文成以書生當方谷珍起海上。毅然建勦滅之策。佐石抹元帥。擒殄山寇。卒以保障鄉里。挈全城以歸興王之運。其文武大略。且未可以一鄉一國之士概之矣。承式入公之里。而與其子弟游。能無慨然有感矣乎。夫山川之氣。積二百年。當有發者。況以先王之道。六經孔孟之語訓迪之。將見括蒼之士。必有文武忠孝出而爲國家之用者矣。崑山本與抄本同。今從之。常熟刻小異。當是初本

送熊分司之任滇南序

嘉靖四十一年秋。熊公以河南按察司副使。太倉兵備。擢雲南布政司右參政。州學生張端復。其先大夫思南守。與公雅善。公嘗厚恤其家。且以受知于公久。以州人之懷公也。屬余爲贈行之序。夫官與民。利害相係久矣。其官制簡者。其民必靜。其官制繁者。其民必擾。而法嘗自簡而趨於繁。人情非好爲自用以訾毀前古。而必以己之所爲爲是。特出於因循變易。不覺日與古異趨。至其聞古之道。未嘗不慨慕而欲追復之也。漢置郡太守。其屬有都尉典兵。禁備盜賊。亦時省罷。併職太守。其後頗設刺史監之。或臨遣光祿大夫博士。循行天下。然不常有。而郡國寇盜。所遣大將亦絕少。今制州郡之上。命使日增。以故職司不能有所展。往往監臨無慮數人。皆不過代郡行事而已。江南爲畿輔。近年以來。復以省司來制內郡。非祖宗之舊。蓋權時之宜云。公初以進士守太倉。適有倭夷之寇。廷議以公寬仁直諒。遠邇畏愛。可當東南之寄。稍遷郡丞。遂以按察司臨制諸郡。議者以爲官制雖變古。而公以一人歷數官。皆民事兵馬之職。而終始不離太倉之境。如漢加魏尚爲雲中太守。龔舍爲泰山。祝良爲九真。而張喬爲交趾刺史之比。自公居官任職。島夷不再侵。瀕海清晏。此前代刺史郡守之明效也。於是公在吳十有二年。始有滇南之擢。吳民咨嗟。以不能復留爲恨。余意廟堂以公資望既高。姑藉此以爲召入內臺之地。即滇南不可久矣。抑今制。常以部院大臣。循行天下。吳民望公再駕。如往時周文襄。夏忠靖二公。吾知滇之民。不能與吾吳民爭公也。今天子二三大臣。維新庶政。必因民所宜。雖官制不必盡合於古。而如前日之任公者。可謂得古之遺意矣。滇南雖去京萬里。而公楚人也。自巴黔以西。無隔滇道者。今其地風土清淑。四時景候如春。而花草妍麗。中州無有。百姓安樂。葉榆西洱之間。無犬吠之警。直臥以治之而已矣。詩曰。君子來朝。何錫予之。雖無予之。路車乘

馬。又何予之元袞及黼。又曰。樂只君子。福祿膍之。優哉游哉。亦是戾矣。余日以望於公焉。舊刻刪篇首七十四字今從抄本補之

送計博士序

昔者。先王以道術教天下。自周之盛時。詩書禮樂以造士。蓋其來已久。而後孔子修而明之。所謂博學於文者。博此而已。博而約之以禮。所謂一以貫之者也。孔子平日教人以講學者。非能舍乎是而別求所謂道也。其弟子身通六藝者七十有二人。可謂彬彬乎其盛矣。孔子既沒。各以其所能。教諸侯之國。世主亦知崇尚之。蓋於是時。始有博士之官。遭秦滅學。其官猶不廢。漢得以因之。武帝表章六經。置五經博士。其後世加增廣。迄於東都。遂有十四博士。太常總領之。當其盛時。石渠白虎之會。天子親制臨決焉。蓋秦漢之際。六學殆幾於絕。然猶僅存而復著。天之於斯文。若有陰翊於其間。而國家運祚。亦賴之以維持。其所關係豈小哉。漢以後。數百年間。朝廷之官。世有變更。而唯博士獨常置。賈。馬。王。鄭。之學。大行於魏晉之後。而梁之皇甫侃。褚仲都。周之熊安生。沈重。陳之沈文阿。周宏正。張譏。隋之何妥。二劉。皆以博士名當世。至貞觀正義之行。則前代諸家不復兼存。而其說始歸于一。學者徒誦習之以希世。而唐之儒林衰矣。宋之大儒。始著書明孔孟之絕學。以輔翼遺經。至於今。頒之學官。定為取士之格。可謂道德一而風俗同矣。然自太學以至郡縣學。學者徒攻為應試之文。而無講誦之功。夫古今取士之途。未有如今之世。專為一科者也。苟徒以應試之文。而未能明其所以然。吾恐國家之於士。其用之者甚重。而養之教之者。猶未具也。夫苟習為應試之文。以徒以博一日之富貴。士之所以自為者亦輕矣。知其所以講誦。而求自得之。則雖孔子之教。不出乎此。夫天下學者。欲明道德性命之精微。亦未有舍六藝而可以空言講論者也。柳州計君之來教崑山。以寬仁化導學者。未一年。用高第入為國子博士。余歎計君之賢。庶乎有志於舉博士之職者。為序以贈之。

送蔣助教序

全州蔣先生教崑山六年。入爲國子助教。崑山之學者。四百餘人從兩先生祖道郭門外。而請予爲文序之。國家文治熙洽。宇內萬里。士無遐邇。皆通明六學。彬彬然出爲王國之用。故先生來自嶺表。司教圻甸。今又進陟天子之成均。以其教於一邑者。推之天下可知矣。古者十五入大學。學先聖禮樂。而知朝廷君臣之禮。其有秀異者。移鄉學于庠序。庠序之秀異者移國學於少學。諸侯歲貢少學之異者于天子。學于大學。曰造士。而後爵命焉。今州縣之貢舉。近古遞升之法矣。而太學之官屬。亦取郡邑博士之高第。夫豈亦因其意而爲之歟。三代教養之制。不可復詳。而遺書之存者。猶可以知其一二。自宋之大儒。以戴記所載大學篇。爲古大學教人之法。其說以古之明明德于天下者。必始於格物致知誠意正心修身齊家治國。而後天下平。其爲格致之論。條理甚析。而近世之說。乃又有不然者。夫學於太學而不知其所以爲教。則所以爲治國平天下者。果何道也。天下之士。方讙然以爭矣。至以前之所爲說者。以應有司之求。而以其所自爲說者。爲私門傳授之奧旨。而有司者無與焉。豈不悖於建學立官之意哉。今世貢舉之格。要以爲一定之說。徒習其辭而已。苟求其意。則六經聖人之言。有非一人之說所能定者矣。漢之儒者。號爲專門。至於都授大會。異同紛紛。務求其是。而不主一偏。故有石渠白虎之論。是乃所以一道德而同風俗也。天子憲天稽古。數十年來。郊丘宗廟明堂之禮。多所裁定。而車駕親御太學者再矣。而予獨疑今之六館之條格。猶牽於選愞之議。而月書季考。非所以作成天下之人材。以仰體天子所以崇化厲賢之意。而徒得猥瑣流俗之徒。習其辭者。以應有司之格焉。非所以興四方太平之原。制禮作樂。鎮撫四夷之具也。予太學弟子也。故於先生之行而私以質焉。

卷十　贈送序

送同年李觀甫之任江浦序

凡進士同年相善。而同門尤加善焉。同門者。主司分經考校。同爲一人之所取者。既於主司有師生之分誼。視他同年。會聚尤數。亦時以德業相攷。而知其志意之所極。如吾李君者。恂恂焉可以知其器識之遠大矣。於是受命爲江浦令。故事。同門外補。其留京及未選者。例當分撰文字以送之。而予得李君。夫爲文以送行者。必有芬芳之辭。余固拙者之尤。且不能爲世俗之語。而於情終不能自已。乃遂勉爲之。唯江浦爲京縣。然在大江以西。故時六合。隸於淮陽。高皇帝定鼎。特以六合分爲江浦。以爲兩縣而屬之京兆。蓋以畿輔重地。不當爲一衣帶水所隔。而凡爲其令與其民者。朝夕有事京兆。渡江以爲常。余嘗北上出龍江關渡。經行其縣。縣朴陋不類江以南。然自此而西北。行至滁州。涉清流關。爲建康要道。而神州赤縣。其地固不爲輕矣。獨以君之才。宜得望劇。顧屈就於此。蓋今選人之法。有與之難地以觀其才。亦有以其地之難。而擇才之優者以畀之。則今江浦之命以及君者。豈不謂荒萊之土之所當墾治歟。彫瘵之民之所當嫗拊歟。京輔之邑之所當封固歟。夫今天下所在。獨患民貧。而上不之䘏。財力大屈。而斂之不已。能知所以生之之道。與其取之之方。雖儉陋之邦。亦足以收富庶之効。如江浦者。尤宜休養生息之者也。當天下初定之時。嘗徙民屯種和州等田矣。又數賜民田租矣。其意未嘗不在壯畿輔以重根本也。顧今天下縣邑疲病。何獨江浦。即江以南。號爲天下膏腴。今亦近貧瘠矣。又將數年。殆不可爲。此今日守令者之責也。李君勉之。吾見三年報政。以治行徵爲天下最者。其在君矣。

送同年丁聘之之任平湖序

進士同榜者。其始數百人。常相聚。自春官進於冢宰。而後分送諸曹。各隨所隸以去。謂之辦事。今年賜第者三百九十有四人。既分曹。則余所同工部辦事者。四十有六人。而五人者選入史館。今夏首選凡若干人。皆得外補。夫同年而又同部。宜日相聚以觀其德業。然每晨入部。升堂祗揖而退。卒無所事事。而當選者亡何又各得官以去。是所謂同榜者。亦若率相值而已。此余於諸同年。未嘗不歎其相聚之難也。是選也。龍陽丁君。得嘉興之平湖。故事。同部送行。余次當爲序。故余道其於同年之情如此。嘉興本古會稽吳郡之地。唐時猶隸蘇州爲縣。其後乃割於吳。然風土民俗猶一也。余故吳人。敢以其所知者告之。凡今之選爲令吳中者。人之憂之。未嘗不以賦稅之難。

夫以天下財賦。悉在東南。欲其辦集誠難矣。田租之入。率數十倍於天下。然父子祖孫。二百年來。以爲當然。固無望其滅。而獨畏其日加也。歷三紀以來。民間未嘗放赦。而水旱之災。蠲貸之令亦少矣。又經島夷焚剽之後。海上之戍不撤。而加編海防。歲增月益。江淮以南。益騷然矣。軍府之乾沒。動數百萬。此皆生民之膏脂也。凡爲大吏。其勢與民日遠。一切以趣辦爲能。民之疾苦。非有關於其心也。若爲令者。則民皆吾之赤子。朝夕見之。亦何忍使之逮繫鞭笞。流離殭仆而不之䘏也。夫額供之數。固民之所樂輸者。其他水旱流冗。荒蕪姦蠹之所積逋。與今權宜一切之征求。謂宜有調停委曲於其間。此令宰之所宜留意者也。余歷觀前政。有不以催科爲事。而事亦未嘗不辦集。往往爲大官以去者。而其急於催科者。其功名反或不逮。然則獨以催科爲東南之吏告者。其流禍於生民多矣。傳曰。如保赤子。心誠求之。雖不中不遠矣。莊子論解牛曰。彼節者有閒。而刀刃無厚。以無厚入有閒。恢恢乎其於游刃有餘地矣。夫如是。天下事夫何憂其難。余固爲吾丁君告。亦幷以爲諸同年之吏於東南者告也。

送同年光子英之任真定序

余讀史觀項羽救趙。諸侯兵軍鉅鹿下者十餘壁。莫敢縱兵。諸將皆從壁上觀。楚戰士無不一以當十。楚兵呼聲動天。諸侯軍無不人人惴恐。韓信以兵數萬。東下井陘。建大將旗鼓。鼓行出井陘口。與趙大戰。破虜趙軍。斬成安君泜水上。楚威振天下。及漢破楚垓下。以得淮陰侯。而淮陰之功始此。皆在今真定之境。嘗欲一至觀其戰處而不可得。真定本古中山國。趙武靈王胡服騎射。以北略地。其事固已偉矣。典午之南。劉。石。慕容。苻秦繼起燕趙。而慕容道明。建國都於此。固亦一代之雄也。唐自大曆貞元以後。強藩不制。而成德一軍。尤爲驍悍。天下視河北若回鶻吐蕃然。蓋不爲王士者百年。宋因石晉失山後諸州。則真定遂與契丹爲境。其後金人陷兩河。二路尋亦不守。而國事不可爲矣。國家今爲畿輔重地。而太平二百年。議者以爲其悲歌慷慨之習已大變於古。而不知燕趙之人。出於其性然者。獨以朝廷威靈。有所俛首畏伏。而終不能以帖然也。蓋古所謂驕悍不可制者。其平時未嘗不俛首畏伏。及其一旦激於其所不可忍。而驍悍之性。乃得而見耳。夫以中山之地。爲古豪傑力戰之區。而姦雄竊據之所都。唐失河北。勢日陵夷。宋沒兩路。國遂南渡。況今翼衛神京。爲萬世帝王之業。比古京兆。馮翊。扶風之地。非得良有司拊循敎化。無以使之安土樂業。而壯國家之藩衛也。今使驛之所出。兵調之所加。坐派日增。民生蹙耗甚矣。而議者徒思重三關之戍守。煩邊徼之供億。謂燕趙之民荏弱。屏息而可怵者。亦未之思也。欒城韓山童之事。可以鑒矣。今制。推府佐郡治獄。然常爲監御史之所委寄。而監御史實能制一方之命。余以是爲光君告焉。君與余同年進士。今選爲眞定府推官者也。奧學通才。爲人聰明仁恕。犴獄之事。余無足以爲君贅矣。

送同年孟與時之任成都序

安定孟與時。與余同年進士。而以余年差長。常兄事之。余好古文辭。然不與世之爲古文者合。與時獨心推讓之。出於其意誠然也。與時以選爲成都推官。余亦爲令越中。將別。無以爲與時贈者。惟推府爲郡司理。儒者能道前世論刑之說詳矣。余讀尙書古文。欽哉欽哉。惟刑之卹哉。此今世所用孔氏書語也。而伏生今文。以卹爲謐。漢儒傳之。而太史公本紀云。惟刑之靜哉。靜卽謐也。自古論刑取其要。未有靜之一言爲至。此眞聖人之語。余以是爲與時告焉。余生吳中。獨以應試。經行齊。魯。燕。趙之郊。嘗慕遊西北。顧無緣而至。與時自安定往來長安中。又從太行山以來京師。今又官蜀中。行邛郲九折坂。覽劍閣石門之勝。豈不亦壯哉。昔王介甫初仕大名爲司理。而韓魏公爲守。嘗告以君年少當讀書。不宜專以吏事。而介甫實未嘗不讀書也。以此恨韓公爲不知己。而韓公之意則美矣。故余於與時。尤望於吏治之暇。無忘學古之功。孔子曰。居是邦也。事其大夫之賢者。友其士之仁者。往時張文隱公嘗爲余言。今時人材。惟趙孟靜在史館難得。嘉靖二十九年。虜騎薄都城。公卿會內廷。趙先生獨申大議。至廷罵阿黨。風節凜然。有汲長孺所不及者。京師人至今能道之。趙先生成都人也。余故爲文隱公所知。而趙先生以是亦知余。顧無緣一見之。士之相知。豈在於見不見哉。然余懷之久矣。而羨與時之獲見先生也。而又以喜與時之得師也。

送王子敬之任建寧序

余始五六歲。即知有紫陽先生。而能讀其書。迨長。習進士業。於朱氏之書。頗能精誦之。然時虛心反覆於聖人之本旨。則於當時之論。亦未必一一符合。而或時有過於離析附會者。然其大義固不謬於聖人矣。其於金谿往來論辯。終不能有同。後之學者。分門異戶。自此而始。顧二先生一時所爭。亦在於言語文字之間。而根本節目之大。未嘗不同也。朱子既沒。其言大行於世。而世主方主張之。自九儒從祀。天下以爲正學之源流。而國家取士。稍因前代。遂以其書立之學官。莫有異議。而近世一二君子。乃起而爭自爲說。創爲獨得之見。天下學者。相與立爲標幟。號爲講道。而同時海內鼎立。屹不相下。餘姚之說尤盛。中間暫息而復大昌。其爲之倡者。固聰明絕世之姿。其中亦必獨有所見。而至於其爲徒者。則皆倡一而和十。剿其成言。而莫知其所以然。獨以先有當世貴顯高名者爲之宗。自足以鼓舞氣勢。相與踴躍於其間。此則一時士習。好名高而不知求其本心。爲遯世不見知而不悔之學。則流風之弊也。夫孔氏之門。學者所爲。終身孜孜不怠者。求仁而已。其後子思爲尊德性。道問學之說。而高明廣大精微中庸新故之目。皆示學者爲仁之功。欲其全體不偏。語意如臯陶所稱直溫寬栗之類也。獨用揭此以立門戶。謂之講學。朱陸之辯。固已啓後世之紛紛矣。至孟子所謂良知良能者。特言孩提之童。自然之知能如此。即孟子之言性善已盡之。又何必偏揭良知以爲標的耶。今世不求博學。審問。慎思。明辯。篤行之實。而囂然以求名於天下。聚徒數千人。謂之講學。以爲名高。豈非莊子所謂聖賢不明。道德不一。天下多得一察焉以自好者也。夫今欲以講學求勝朱子。而朱子平生立心行事。與其在朝居官。無不可與天地對者。講學之徒。考其行事。果能有及於朱子萬分之一否也。奈何欲以區區空言勝之。余友王子敬舉進士。得建寧推官。余固慕遊朱子之鄉而未獲者。忻忻然願從之而不可得。因告之以凡爲吏。取法於朱子足矣。聞謁紫陽之祠。以瓣香爲余默致其祝。俾先生有神。知數百載之後。亦有余之自信不惑者也。此文係崑山刻本常熟本另是一篇蓋既作論道之文臨餞別時又敍情款耳今幷存于後

送王子敬還吳奉母之建寧序

嘉靖乙丑。吾崑山之士試南宮得薦者四人。余與王子敬。陳敬甫皆賜第。而王明德請告以去。余爲都水試吏。與敬甫同待選。而子敬先有建寧之命。便道還家。迎太夫人之任。敬甫當得內署。而余官內外未定。然留京師已半載。忽當秋候。涼風蕭颯。起視中庭明月。悄然不寐。余與敬甫。同有思家之感。羨子敬之早還也。昔潘安仁作閒居賦。以太夫人在堂。不能違膝下而遠從役。意以爲官者。妨于養也。今子敬榮還。又得侍養。人子遂志。無如此者。初。子敬辭太夫人。嘗奉教不欲其在北。云。吾少生長京師。北地風土。尙能識之。汝卽官南方。吾雖老當從汝行。而子敬果得今官。又子敬之舅雍里公。持憲入閩。嘗爲女兄道粵中山水之勝。太夫人所熟聞。今遂南行之志。將徜徉武夷山水之間。不減安仁版輿輕軒之奉也。漢雋曼倩爲京兆尹。每行縣錄囚徒還。其母輒問所平反幾何。其子多有所平反。母喜笑爲飲食。言語異于他時。亡所出。卽怒。爲之不食。故雋京兆爲吏。嚴而不殘。子敬之奉太夫人。以孝道率先閩人。而其治獄。內奉慈訓。必能不媿古人。而太夫人亦將遠與雋母流芳名于百世矣。子敬之行。敬甫與余出餞崇文門。別而爲書此。是歲八月朔日也。

送張子忠之任南昌序

張子忠之令南昌也。孫子奇。趙元和。與凡同事於禮部者。二十有六人。於其將行。相與餞之。而屬序於予。凡序之爲處者。送行者之詞也。予又辱與子忠善。因不敢辭。蓋昔夫子與其門人論政。載於論語之書甚詳。雖其爲言不一。然皆爲政之道。而于爲政之事。未嘗及之。而求其一言以盡之者。曰。君子學道則愛人而已。今世之所患。不知道而不能愛人。夫不知道而不能愛人。其爲嵬瑣恣睢之徒。固不足言。至其有所樹立。號爲能吏者。不過徒事聲跡之間。一時赫然爆然。衆人以爲美。而天下之元氣日以耗。而有不自知者。世亦何賴於此。故學道而能愛人。不當復論其水土之風氣。與夫時之變化。而無所不可。辟之水。能流而已。至於爲灘爲瀨。爲瀾爲波。爲潛爲澥。爲沱爲洵。爲沙爲濆。爲汧爲汜。爲淪爲涇。惟其流之所至。不能預期也。君子能爲道而已。至於爲栗爲立。爲恭爲敬。爲毅爲溫。爲廉爲塞。爲義爲平康正直。爲彊弗友之剛克。爲燮友之柔克。爲沈潛之剛克。爲高明之柔克。惟其道之所至。不能預期也。夫非特令於楊。粵。之間宜也。令於齊。魯。燕。趙。秦。晉。之間亦宜也。雖至於入爲九卿。爲天子之宰相宜也。今南昌三司治所。大吏鎮壓于其上。可以抗而或有所當承。可以隨而或有所當執。且又獨無所以感動諷諭之乎。士大夫登朝著。與其居於鄉者。繼踵接武。裁以法。逆於情。通以情。骫於法。又獨無至公大義。且于道德之重者。不可隆南州高士之禮乎。其民好訐以訟。懲其狡猾矣。獨不可使吏治蒸蒸。不至於姦乎。財賦不若吾吳之繁重。而上供之不可廢。搜其隱匿矣。獨不可恤其災害。而蠲以與民乎。地介江湖。盜賊多有。殲其魁傑矣。又獨不可使聞教令。而解散安土樂業。如渤海之政乎。昔太祖高皇帝建都金陵。與僞漢爭天下。諸將血戰。堅守豫章以挫其鋒。迄成底定之功。今忠臣廟在焉。然二百年來。強藩不軌。蠻夷竊發。江湖之盜。無處不有。而識者以今日三陲多警。唯江右晏然。以是爲子忠喜。是猶以劇易利害言也。吾所言者。道而已矣。吾聞安成有鄉祭酒。吉水有羅諭德。方居深山。講明聖賢之學。子忠試往而質之。必以吾言爲然也。崑山刻本篇首作序之由二十三字皆刪去篇中遂無照應今從常熟本

送陳子達之任元城序

陳氏在吾崑山。家世以科名顯。子達前年試南宮。不第。欲就選時。有傳權貴人語。以某地某官相許者。子達曰。吾可以賄而求仕耶。即往而責償於其民可耶。遂拂衣以歸。今年試南宮。以一字失格。不得終試。遂復就選。適銓部政清。請謁不行。或有以中人爲地者。率置之蠻徼荒遠之區。天下士集京師。皆以爲朝廷清明。太平可望。而子達得爲縣大名之元城。元城賦輕人朴。雖在三河之間。於今畿輔地獨僻遠。仕宦者得此。以爲清高。子達因其土俗而無撓之。易以爲治。而余以爲今之爲令之難。非難於其官。而難於其爲其官之上者。自昔置令以百里付之。故譬之爲人牧牛羊。爲之善其牢芻。擇其水草。時其縱放。而主人不問。觀其牛羊之羸茁而已矣。今以一令。而大吏數十人制於其上。牛羊之羸茁不問也。牢芻水草縱放之事。不使之爲也。而煩爲之使。苛爲之責。欲左而掣之使右。欲右而掣之使左。以牧一人而伺其主十人。而主人各以其意喜怒之。凡吏之勤苦焦勞。日夜以承迎其上。無

餘事也。故曰。令之難。非難於其官。而難於其爲其官之上者。今天子委任元輔。作新吏治。而子達方有志於爲民。而爲其官之上者。庶幾或少變前之爲者。使之得盡其爲牧之事。余於子達之行有望焉。且以告其爲其官之上者也。按絼與紖同丈忍反牛系也周禮封人置絼注著牛鼻所以牽牛者常熟本誤删此句

送毛君文高之任元城序

先王建官。必有牧監。參伍殷輔長兩正貳。而上大夫受縣。縣邑之長。曰尹。曰公。曰大夫。其重古矣。蓋亦必有參伍兩貳之屬也。至漢仍秦制爲郡縣。縣萬戶以上爲令。秩千石。至六百石。減萬戶爲長。秩五百石。至三百石。皆有丞尉。秩四百石。至二百石。是爲長吏。百石以下。有斗食佐吏之秩。是爲少吏。是知令丞尉。皆長吏也。夫令爲天子親民。所爲臨軒顧問者。墨綬進賢。兩梁冠其選。卽爲州牧刺史。丞爲其佐。亦不輕矣。今制重內。故令輕。令輕。則丞輕矣。而令又往往恣睢傲誕。自輕其丞者。何也。凡縣之事。丞理其繁而令得以簡。丞效其勞而令得以逸。令過。丞規之。令不及。丞輔之。則令之於丞。其可輕也。予友陳子達。受命爲大名之元城。餘三月矣。而皖城毛君文高。今往爲其丞。子達剛直不阿。遇事發憤。而毛君爲人謹厚。往以佐之。必和而能濟也。元城之民。其有賴乎。余觀郡乘。自古遊宦魏郡。知名者不少。其在元城樂廣以令。李若水以尉。仇覽蒲鄉一亭長耳。而漢史傳之。毛君其亦可自輕其官也哉。君之先人。樂善好施。晚歲無子。嘗捐貲修其縣之崇惠觀。其上梁之日。縣令親爲酹酒於三清像前。曰。毛某善士。今喜捨鼎新此觀。願天予之四子。先予之名。曰梁。曰棟。曰材。曰柱。後果生四子。命以其所命名。其事頗異。梁者。卽文高也。信知古稱禱於神而生者。良有之。今毛氏之後世。尙當有人。而毛君之爲丞。生有神符。其必有異政。豈可輕也哉。

送南駕部吳君考績北上序

駕部吳君之先憲副公。與吾郡陸生鳴鑾之先大夫。同在嚴郡。有寮寀之舊。陸生是以得從君遊。君將以考績北上。陸生爲君請贈行之辭。且致君之意甚勤。余固鄙野之人。又不閑于世俗之文。其何以辱命。然聞君之高誼久

矣。況其情之惓惓。烏得無言已乎。國家自永樂遷都。兩京並建。如古鎬洛之制。百司庶府之在南者。悉仍其舊。而稍省其員額。兵部尚書預掌留鑰。寄任特隆。而車駕清吏司得以揀選上十二衛之驍勇翊衛皇宮。蓋古光祿勳之職。領五營七署之事。所以佐大司馬寓兵機於環衛之間。非特掌輿輦車乘郵驛廄牧而已。高皇帝以兵定天下。斂百萬之師於神京。國家晏然。有泰山之安。於今且二百年。邇者營卒羣噪。極其猖狂。幾如元魏神策虎賁羽林之禍。朝廷紀綱所繫不小矣。夫兵衆之所聚。統馭者或不能知其情。人之情不能知。其蓄之之久。則憤懣而思有所一出。此固其勢然者。于是欲求其情。而加慰勞之。彼方自以爲得。而安于自恣。如是則向之所謂情。不生於情而將生于習。彼以其一旦憤懣之氣。而狃之以爲習。國家可一日恃之以爲安哉。異時遼陽之師嘗譁矣。撫之而後安。雲中之師又譁矣。撫之而後安。此邊疆之患。四肢之虞也。今京輦腹心之地。惴惴如此。然又烏知不以異時之事。無所懲而效之也。如使又無所懲而效之。則吾未知其所止也。天下之變。無不起于微。唐中葉始於平盧一軍之亂。當時不折其芽萌。釀成至于五代一百六十年。不可除之痼疾。武宗時。澤潞擅命。李德裕請討之。而横水戍兵。叛入太原。奉楊弁主留事。議者頗言兵皆可罷。德裕遽趣王逢起榆社軍。斬弁獻首京師。而澤潞亦平。德裕之爲相。不盡滿人意。而臨事有制如此。故能使河北三鎮畏讋。而會昌之政。稱美於世。蓋天下善者。能制其機。嬴縮變化。無所不可。獨患因循不決。僥于目前之無虞。而制之不出于己。此所以可慮也。陸生言君勤敏於吏事。凡監牧舟艦諸蠹敝。多所釐革。而親王之國。兼兵工二部之務。沛然有餘。予以爲此得君之粗者。今茲北上。必能以天下之大機。贊於廟堂矣。余何詞以助之哉。崑山刻本妄刪八十餘字今從常熟本

送周給事與叔北上序

今天下之用人。與士之爲天下用。與古異者。其求之與爲其求者。皆非古之所宜有。蓋古之士。上之人知重之也。故士亦有以自重而不輕於進。今世則自進而已。雖然。有至於今而不可易者。亦常有自重之義。存乎其間。而後可以任天下之事。蓋孔子孟子之時。世已莫知尊用其道。而孔孟固未能忘情於斯世。亦與之相驅馳。而終以不

可爲而止。則孔子孟子之所以自重者也。後世學者。守其家法。雖至於千百年。未嘗變也。孟子之於伊尹孔子。蓋力攻當時好事者。誣聖人以成其苟進之私。至於百里奚自鬻。亦深爲之辯。孟子以爲百里奚之所就小矣。猶不肯自鬻以成其君。夫苟至於自鬻。雖五伯之業。不可爲也。由是言之。士之欲托於功名而苟冒以進者。雖自詭以有所成亦誣矣。臨安周與叔。以進士爲令江南。入爲給事中。時宰慕其名。頗示意旨。欲邀致之門下。與叔即引疾以去。先皇帝之末年。朝廷方舉遺逸。會新天子即位。一時雲集闕下。莫不驟致顯擢。與叔宜以時起。以觀天子之新政。而方且高臥自若。國家故事。大臣之在告者。非有召不得入。其非三品以上。凡在廷之臣。賜告者。皆自赴闕。而後天子命以職。二年冬。與叔未赴闕也。而除書獨下。於是乃應命而出。與叔可謂得古自重之義矣。余官吳興。往來臨安。嘗訪與叔於西湖古寺中。讀書著文。山深徑迂。人迹所不至。臨安會城。士大夫皆高尚其道。今與叔之出。真能自重不苟然者。給事中爲諫諍之臣。天子既嘉奬直言。人得以有所建論。每下之公卿大臣。亦不逆其言。每奏輒行。蓋遭時聖明。其言之易行如此。夫以其言之易行。當思其言之難而後可也。自古如賈誼。陸贄。王吉。崔寔。魏徵之徒。其言莫不有關於一代之治體。今天子承統繼阼。屬世道一變之會。天下治忽之機。與人心風俗之所趨。與叔獨居深山中。熟觀之久矣。其必有不徒言者。以稱朝廷任屬之意。某自念方徘徊於進退之塗。未知所裁。何足以贊與叔之行。顧平生受知最深。而樂與叔之道行也。因爲序之云。

送余先生南還序

太史余先生。以進士第三人入翰林。今年南宮試士。先生受命司考校。所取士三十人。天下以爲得人。未幾。以官滿一考。推封其父母。尋得予告還鄉。所取士于先生之南行也。謂宜有文以送之。以齒序屬于余。夫大人君子之得位也。觀其所施于天下。其未得位也。觀其所以養之者而已矣。今之館閣。其未嘗當天下之任也。夫自一命之微。皆有職業。獨以爲輔相育材之地。于天下之事。一無所縈其思慮。使之虛靜純明以居其德業。而博考古人之書。自聖人之經。以至于諸子百氏之說。古今治亂之故。無不盡其心。則所以爲輔相者具矣。而後一旦畀之位。以當天下之任。無不宜也。此國家所以儲館閣之意也。予至京師。見先生與吾郡王太史先生。皆以年少登高第。入則同館。出則聯轡。其氣冲然。如有所不足。其貌粥然。如有所不能。汲汲乎思有以進于古人。而不自知其地望名位之崇。可以爲大臣宰相之器矣。而吾余先生于其所取士。與之處。未嘗不郈郈乎其喜也。引而進之。惟恐其不可及也。所取士于先生之去也。惘惘乎其如有失也。其日遲先生之來也。夫士以一日之相遇。而定其終身之分。非特主司之求士。欲得其人。而士亦欲得主司之賢以爲歸。韓吏部稱陸相之考文章也甚詳。而自幸在選中。以吏部之高視一世。顧亦自附于陸公。以爲其門人可以無媿。予久困于試。而特爲先生之所識拔。天下尤以此多予。其感恩宜倍于尋常。茲不敢具述者。蓋爲序以送行者。諸君子之意也。

送顧太僕致政南還序

士大夫於出處進退之際。常自度於其心。非人之所能知。人亦不得而知之。夫其心有纖毫之不安。不可以一日居也。至其無所不安。雖召公之告老。周公猶諄諄留之。周召二聖人在位。周公之爲召公。猶召公之自爲也。何嫌於不去。而必以去爲高潔哉。今世論士之去位。徒以高潔而已。豈所以語出處進退之義。而爲知道者之所無以議爲哉。然使其心有纖毫於其中而去。乃亦其所以爲高潔者也。疏廣受二子以年老辭位。漢史具述其事。韓退之又稱之。以爲送楊少尹序。亦以具見當時之人。能知所慕愛二疏者。而二疏之所以去。孟堅不能言也。退之之於楊侯亦然。而曾子固之送周屯田。直以得釋於煩。且勞以爲樂。夫士大夫致身國家。豈獨以能自釋於煩勞爲樂耶。班與韓曾之文。世皆以爲不可及。吾猶以爲未能究出處之義。而自度於其心。非爲論之精者。余與太僕顧公少相知。公之爲給事中。放廢二十餘年。間與之言居官時事。輒笑。未嘗自道。及在京師始叩之。知當時奉使勘蜀事。能爲朝廷不别。疏骨肉得大體。其請赦還大禮大獄諸得罪臣。止禘祠。尤時所難言。及起廢四遷至今官。其在寺所。建明多可紀。要之居其職。必欲以有所爲。不異往時爲給事少年鋒鋭之時。亦可以稱爲得盡其職矣。一旦引年以去。豈不謂之高潔哉。然其志意之所在。不自言者。人亦莫得而測也。先是。吾吳致仕去者。陽羨萬宗伯。

而海虞陳奉常。則以病告去。二公皆知吾者。公還。其以吾文示之。其必有當於其心者。吾所以論士大夫出處進退之際。韓退之曾子固之所未及也。

送許子雲之任分宜序

嘉靖癸丑之春。余與子雲北上。自句曲入南都。渡江時。北風猶勁。千里積雪。過清流關。馬行高山上。相與徘徊。四望而歎息。至徐沛間。水潦方盛。流冗滿道。私心惻然。以爲得作一令。寧使夫人至于此。而子雲爲人。寬厚有度。居鄉時。人多愛之。行役所至。視頓舍食飲。不自取便利。四方之士。與會逆旅中。飲酒别去。依依有情。予以是識子雲之賢。蓋同行者四人。而子雲獨登第。明年。得袁州之分宜。議者以分宜爲今宰相之鄉。求其爲令者。咨訪數日。得子雲於四百人之中。子雲所以副其望者。亦難矣。古稱江湖之間。山水清遠。民俗敦茂。易以爲治。不知今與古何如。而獨知子雲所以居鄉與人者。以此心推之。爲令無不可也。夫宰相求治其縣而已。縣治。而宰相之望慰矣。外是何求哉。今世民俗吏治。益不如古。嘗顧天子與二三大臣。留意郡縣。慎擇守令。庶幾有反朴還淳之漸。聞之長老云。往者憲孝之際。禁網疏闊。吏治烝烝不格姦。蓋國家太平之業。比隆于成康文景之世者。莫盛于此時。今之文吏。一切以意穿鑿。專求聲績。庶務號爲振舉。而天下之氣。亦以索矣。如豪民武斷。田稅侵匿。所在有之。今則芟夷摟抉。殆無遺力。吏之與民。其情甚狎。今而尊嚴若神。遇事操切。略無所縱貸。蓋昔之爲者非矣。而天下之民常安。田常均而法常行。今之爲者是矣。而天下之民常不安。田常不均而法常不行。此可以思其故也已。無察察之政者。有醇醇之德。無赫赫之名者。有冥冥之功。子雲之道近之。吾懼其以爲居官與平昔異。而稍變易其度。故于其行而勉之。且以爲天子之大臣。非私一鄉。蓋舉子雲以風天下。使天下爲吏者。知其意之有所在也。

送陸嗣孫之任武康序

昔陸子潛先生在黄門。論奏多所建明。而文章一去吳中靡麗之習。要歸于古雅。以余之鄙拙。亟爲先生之所稱許。顧恨不獲一日從之游。而其從子嗣孫。于嘉靖十九年。與余同鄉薦。數相從。試于南宮。又數屈于有司。相憐也。

長洲之陸。文學功業。往往有聞于世。嗣孫號爲其家才子弟。宜得顯仕。而今年以親老謁選天曹。出宰湖之武康。太湖浸匯三州。湖州與吾郡皆瀕湖。壤界相連。即古會稽一郡之地。武康又其州下邑。僻在湖澳。嗣孫爲令于此。不離鄉郡。涖治之餘。得以奉其尊君。汎舟三萬六千頃之中。曲隈迂嶺。尋仙靈之所棲。探芳擷甘。歌舞進觴以爲歡。豈不足自適哉。夫人之所處。無問其所之。要以貴于能適其意。意苟適。則凡所措置。精神丰采。事無大小。必得所處。其或不然。而徒鬱鬱以居。何異羈騏驥而檻鳳凰也。其能有所爲乎。今世仕者。其親在數千里之外。何以一日安也。嗣孫既得奉其親。而優游徜徉湖山之間。吾知武康之政。宜有以異于人矣。同年中如嗣孫者蓋少。又余之所感而嘆者也。

贈俞宜黃序

國家於州縣之吏。多從布衣諸生選任。寄之以百里之命。未及三載輒遷去。而課其賢不肖。悉聽於監司。凡監司之所奏罷者。固不論。至其所薦舉。必極其褒美。雖古之龔。黃。卓。魯。無以過。夫龔。黃。卓。魯。未必一歲而成。則今之薦者。過龔。黃。卓。魯。遠矣。然及其遷以去也。其爲州縣猶故也。而未有稱治者。如此。則吏之賢否。果皆其實乎。抑其爲名者之多耶。而上亦以名求之而已。其於民果何益也。予識宜平俞君。君爲撫之宜黃。獨其志汲汲於民。而無意於爲名。然而名亦歸之。至考其實。則惟以平恕爲心。而未嘗刻覈以求一切。宜黃在山中。數燬于兵。君爲縣草創。而能視如家事。自神祠學舍縣廨橋梁之政。無不悉舉。凡此皆非今之所以爲吏課者。君獨汲汲爲之。無不辦治。至其爲政。又持平恕。則今之吏。吾於宜黃推賢矣。雖然。君亦有遇焉。夫縣之士大夫。爲士民之望。其知吾政。尤明於監司。然苟非其人。未有不以私故撓法者。其求於有司者無已也。稍不如其欲。而毀隨之矣。宜黃之仕者蓋少。而今少司馬譚公。獨能戢其家而一聽於吏之治。其於有司無求也。故無怨焉。且又加敬而爲之延譽。君於是曰。司馬公如此。吾於監司。自今無得罪者矣。至於比縣之吏。亦以媢嫉傾排者多。以故毀譽不明。而監司亦無以得其實。吾友蔣子徵在臨川。與君相愛雅。故推轂之。君以此益得展其志。穀梁子曰。志行既通。而名譽不著。友之過也。余以是又仰少司馬之盛德。與吾友之賢。非獨宜黃之吏治。獨售於今世云。戊辰之春。與君同入覲還。共舟。因得熟語而備知之。渡江將別。書以爲贈。

送福建按察司王知事序

天下之治。恆係乎人情之達與不達。舉目前之近人之所共知。獨蔽乎其上而有不達者。則四海之內。其所隱覆者何限。古者。盛治之極。至于鰥寡無蓋。況于其人近在于目前者乎。今天下之官。一命皆總于吏部。以數人之耳目。欲周知天下士人之衆。則人才不能自達者有矣。其僥冒而莫爲之覺。遭謗而莫爲之理者有矣。書曰。王左右常伯常任準人。綴衣虎賁。嗚呼休茲。知恤鮮哉。夫常伯常任準人。固其重者。至于綴衣虎賁。亦加知恤。此周之所以盛也。太倉王君。以太學高第選爲上林苑錄事。九載。陞南京光祿署丞。尋有人欲得其處者。亦選爲署丞以逼王君。是時王君先入署已三月。無除目。不受代。其人乃復從吏部得某州同知之檄予王君。乃去而代者。從後媒孽之。以考察當調王君。于是家居久之。以今年赴部。冢宰知王君之寃。業已在調例。乃除爲福建按察司知事。知事于州倅品秩爲降。然衣豸衣。自郡守二千石皆與抗禮。于外省爲清階。蓋吏部之直王君者如此。王君家世科目顯貴。爲人有才藝。歷上林九載。以最陞爲太官。三月。以過謫。此人所以爲王君不直者也。而天子之大臣。乃能知恤之。可謂不遐遺矣。太倉實吾崑山故境。而王君與余家世有姻好。今年其從弟一誠。又與予同舉進士。用是書之以寵其行。且以歎今世一命而能自達于上者如此也。

送北城副兵馬指揮使周君序

昔余初來京師。見前輩長者。言吾縣風俗之厚。時邑之縉紳在列位者。至與大省埒。毛文簡公爲大宗伯。朱恭靖公。顧文康公皆在翰苑。然凡同鄉之士。自九卿下至六館學士。與諸從事有秩者。在京師遇有鄉邑慶賀。皆聯名敍會。不以秩之高庳相別異。蓋謂余時之所見。固異於前矣。今數年來。諸公皆已謝世。其居顯任爲京朝官者。已落落無復往時之盛。而鄉曲之誼。亦不能無少衰也。今年。余幸登第。同時舉者三四人。皆相勉以厚道易風俗。而余友葛秋官誠源。張給事虛江。皆敦尙高誼於鄉曲。尤厚於是。周君漢卿以大學生。調北城徼循之寄。諸公皆往爲賀。又徵余文爲送之赴任。而親友陸小樓亟來請因爲序之。君少有美姿。爲膠庠之秀。陞成均。歷事憲臺。官長與其同舍皆器之。爲人溫恭孝友。又諸公之所敬愛。非特鄉曲之私而已。是爲序。

送吳祠部之官留都序

凡爲天下之用。必資乎賢與才。國家之所以孳孳而求之。重祿高位以待之。蓋爲此。至求其實。乃有不然者。士而果賢與才。必將有以自見。而蘄稱其職。嘗不得同乎己者。而値其異乎己者。以此天下之眞賢與才。未有不罹讒搆者也。其大者爲輔相卿佐。近者爲郎署諫諍獻納之臣。爲岳牧州縣。果有所負。則必遭顚躓。其所負愈大。則顚躓愈甚。惟不見其賢與才。不求稱其職也。泯泯而已。世必爭譽之。其爵愈高。其祿愈重。安行乎順利之途。而莫或尼之。此自古有志之士。出而用世。其憂虞困悴時有之。至於與世無是非。委隨徇俗。終其身。安享祿位者比比也。孝豐吳侯舉進士。司理建寧。召入爲祠部。所謂以賢與才自見者。於是有州倅之遷。其在吾州。風厲震踔。炳朗宣耀。威愛行於一州。尋有郡倅之遷。威愛又行於一郡。如是。其賢與才之可見者。宜乎不能久安於朝也。雖然。今天下治平。庶政頗號嚴切。惟獨銓部之謫調。猶持大體。侯雖外補。然若吾鄉之州若郡。皆畿輔重地。才賢之高選。非古遷人之比。余觀唐史。自中朝出爲外州。多在嶺海絕徼之區。至終其身。望還而不可得。其有量移者。皆謂爲曠蕩之恩。今侯爲州郡。一歲中三遷。遂復入郎署。則朝廷之用人寬大。愛惜天下之才賢。其又異於古矣。故嘗謂士之用世不挫抑。不足以見其賢與才。稍挫抑矣。旋復大用。以此知朝廷用賢與才之急也。余於是樂吳侯之升也。侯爲吳興右族。再世登朝籍。父兄皆爲顯官。侯方以盛年繼武而起。居吳不久。而吳人咸懷之。予友潘京兆。與侯之兄憲副君。嘗爲東郡屬。侯在太倉。感侯之德。於侯之赴建康也。故邀予爲序。

贈石川先生序

昔周成王之時。召公告老。周公留之曰。耇造德不降。我則鳴鳥不聞。告君乃猷裕。我不以後人迷。又曰。予惟曰襄我二人。其汝克敬德。明我俊民。在讓後人於丕時。古之大臣。以身繫天下之重。雖其老而欲去。而不得遂其去如此。故禮有七十致仕之文。蓋精神血氣有所不逮。上之人思休而息之。非棄之也。下之人以其倦而求歸。非以爲高也。至於不得遂其去。雖其自留。而不以爲不潔也。後世君臣之際。豈可言哉。不以其人繫天下之重。故棄之而不恤。其人亦無所與於天下之重。故去之以爲高。夫是以用之不盡其才。休而息之。不待其年。則後世之致仕。與古異矣。石川張先生。爲通政司參議。九廟災。大臣得自陳致仕。先生例未得自陳。即上書引去。悠然自放於吳越山水之間。世之君子。稱其遠而惜其以不盡之才。當未可以休而息之之年也。乙巳之歲。先生年始六十。有光辱以姻末。稱觴堂下。周覽壁間之文。多息老之詞。竊謂未盡其意。故稱古者致仕之義以爲言。

贈給事中劉侯北上序代作

昔孔子之門人。皆輔相天下之姿。而以其才試于大夫之家。蓋由其小可以知其大施於一方。而天下可推也。故子西言於楚昭王。以爲王之輔相將帥官尹。及使諸侯。無有如顏淵。子路。宰予。子貢者。以孔子據有土壤。而子弟爲佐。可以王天下。蓋皆常試于其小而知之也。後世循吏之名。始自西漢。江都相董仲舒。內史公孫宏。倪寬。皆儒者通於世務。以經術飾吏治。天子器之。仲舒自引去而宏寬皆至三公。其後公卿有缺。必選所表郡國守相。有治理者。以次用之。至如東京卓茂劉矩之徒。無不位至三公。即其仁信篤誠。感物行化。真宰相之器也。吾同郡劉侯。某舉進士。爲溫之瑞安。自士大夫至于閭巷之小民。無不得其懽心。其所興革。便于民者。有八事之謠。及被召之日。奔走攀號。填溢街巷。溫之屬縣。鄰界之民。無不至焉。則劉侯豈非古所謂循吏者耶。侯之召也。入爲吏科給事中。天子亦將以公卿處之矣。某以爲侯之所以治邑者。以之爲天下。無所不可也。然天下之人才。亦有宜於小。不能其大者。黃霸之治潁川是也。余獨以知侯之無所不可。則既親見而得之矣。某爲教青田。適侯在瑞安之日。而瑞安至青田止一舍。嘗往來其縣。候館饔餼將饋之禮。無不畢給。而虛己下士。不間于微賤。以某之蹇拙淪落。而待之有加焉。某嘗夜辭侯。去遊東塔山。觀海。比明登山。則道士已出迓。餼饋皆具矣。瑞安之學官。以公罪當輸金。

力未能償。因某以爲言。侯云。前二日已爲代輸報監司。而學官蓋未知也。晉史稱麻思還冀州。請于王猛。猛曰。束裝行矣。至暮而符下。及出關。郡縣皆已被符。其令行禁止無留事。至於纖悉。莫不皆然。猛所以爲霸王之器以此。某以是知侯之才。擬之古人。可以無愧。嘉靖三十七年春。侯請告還家。某適有南太學之命。侯未幾尋北上。因書此以贈其行。蓋自以爲不獨侯之知某而某之所以知侯者尤深也。

贈戚汝積分教大梁序

余少時與李廉甫遊。廉甫與汝積尤親善。時邀余出郭。造汝積。汝積方家居授徒。至則余三人相對無一語。但啜茗至暮而返。意甚懽然。後廉甫登第。余獲薦於鄉。而汝積在郡膠二十餘年。始以貢計偕北上。是時廉甫以都御史自江陵還臺。余將試春官。意吾三人者。復當相聚。而汝積已得開封之司訓以去。廉甫方病在告。余竟落第而歸。已而廉甫卒於鄆州。以余之無似。不足爲道。而汝積抱有用之才。淹抑至此。迨廉甫之沒世。汝積方始出仕。則士之窮達蚤暮。不可以一概論也。始余過徐州。問黃河道所自。舟人往往西指。遡河入汴梁處。獨念大梁夷門東苑平臺之故迹。及前古帝王之陵寢。近世京邑之麗。藩省之富。與夫黃河之壯。而不得一往。今汝積且夕游焉。且以溫良淳厚之器。以作成大梁之士。其亦有足樂者矣。士所志于天下。其大者樹勳績於世。常患於不能遂。而或有累高致至之危。汝積居名都。日觀仲尼廟堂。陳俎豆。與諸生揖讓其間。講論六藝之文。昔人所謂擇官而仕。未有逾於此也。恨余與汝積南北乖違。不得相與共。歎廉甫今日遂無此日月。吾徒居世。隨所在盡吾事而已。他尚何求哉。汝積所教縣中子弟。以其師行。未及有贈。會其子揚將至大梁。請余爲序以補送行之闕云。

卷十一　贈送序

送嘉定丞魯侯序

吳之東南其屬爲崑山。嘉定。壤地相接。界上之民。往來兩縣間。能道其官之賢與否。或時各舉其令之長以相誇。

往年王侯儀尹嘉定。王侯賢。嘉定之民稱之。崑山之民亦稱之。余崑山人也。嘗有按部者至。余從諸生出候郊外。王侯亦至。下馬與諸生揖讓。儀觀偉然。輿馬奕奕。諸生夾道讓行。目屬王侯。蓋賢者易以聞也。然於令則然。於丞則否。豈丞之賢。皆不若令哉。勢位弗與令比也。嘉定天下之壯縣。著在圖籍。地方八百里。後割而爲州。猶存四之三。蓋古方岳大國之地。其令視公侯。其丞爲之僚。奚啻如古之上卿。余觀春秋間列國之大夫。往往以其名聞于諸侯。雖至京師。天子亦改容焉。今爲丞而賢亦不易及民。雖及民而人亦不樂道之。委任之勢使然也。嘉定之丞魯侯。將以考績去縣。學生龔有成來徵予文。以道其行。予于侯無聞焉。有成曰。侯賢者也。余知其爲賢者也。學生與丞不相涉。有成又敦飭之士。足未嘗履侯之堂。而以其文請。是重侯之去也。先是。吾邑丞方侯鉉者有吏才。後去爲零陵令。小民至今思焉。余以語有成。有成不聞。則予之不聞侯之賢也固宜。銓曹方務得人。苟格令所至。奪而去之。不顧其民之欲與否。昔吾方侯之行也。予曰。是必復來。已而立乎境中。望侯之車馬而不來矣。今子之侯之行也。子勿復言也。子將立子之境中。望侯之車馬而不來矣。

送周御史序

士之居官。非以享爵祿。操利勢。使人奔走承奉之爲榮。惟其所至。有惠澤及于人。使其民愛戴之如父母。令名垂于無窮。此其所以爲榮也。詩曰。彼都人士。狐裘黃黃。其容不改。出言有章。行歸于周。萬民所望。言君子能以道得民。民愛慕其德。詠歌其衣服容貌言語之美。其還歸于周矣。而萬民猶望之也。嘉靖乙卯。侍御餘姚周公。被簡命來按吳中。故事。御史巡行天下郡國。率一歲還報。公滿歲且去。而吏民伏闕上書。願留者數千人。詔聽復留。于是幾及三載。始改命提學于南畿。蓋巡按御史無再歲者。其奉特旨。自國初以來。如公等比三四人而已。公在吳。每行縣還。百姓扶老攜幼。填溢街巷。使車不得行。嗟乎。仕而得民之愛慕如此。可以爲榮矣。國家貢賦。仰給東南。異時承平無事。不幸遇水旱。有司猶不肯議蠲貸。而自頃歲島夷爲寇。兵興賦調滋繁矣。然盜踰度大海。輕行內地。數千里間。剽掠一空。歲復大旱。民嗷嗷無經宿之儲。當時議者。猶以國計爲辭。而海上用兵。所急者財賄。聞蠲賦之語。往往相顧而笑。公獨慨然上奏。盡停蘇松歲入數百萬。以死傷垂盡之民。而措之袵席之上。自寇之入。人皆憂將之不選。兵之不練。賦調之不給而已。若如議者拘攣之見。非惟稅無所出。將盡敺東南之民以從賊。朝廷豈徒失數百萬石之賦而已哉。昔人有言。古之大過人者。能于擾攘急迫之中。行寬大閒暇長久之政。此天下所以不測而大服也。使世之君子。能持此說。夷狄之患。庶乎可免矣。公爲政寬大不擾。受命分閫。皆先進老臣。輒裁之以法。所謂天下兵聚海上。狼廣粵㹴之人。繹絡城下。無不斂戢。民不知兵行之害。此皆卓然可稱者。公去吳之明年。士大夫多紀述之。而河南布政使雍里顧公。因民之志。作頌一首。以謂古詩三百篇。作者皆不自爲序。而有待于卜氏之徒。故屬其序于鄙野之人云。崑山本作周御史保障江南頌後段小異更有頌辭今從常熟本

贈熊兵憲進秩序代

鏡湖熊公初舉進士。受命守太倉州。稍遷爲吳郡別駕。尋升太倉兵備僉憲。今又奉璽書有憲副之擢。自筮仕迄今。爲方面幾及一紀。官凡三遷。而不離太倉治所。太倉舊崑山沿海之地。前代備禦日本。惟慶元。澉浦。上海。置戍。無言太倉者。自淮陽王建海運。則汎海之役。皆自此始。萬斛之舟。雲屯風飄。接於遼海。當時屹爲巨鎮。國家罷漕事。設兩衞。百數十年間。海外無事。惟沙丁醝戶。時或跳梁。然不踰時撲滅。而三吳生聚。反依大浸以爲天險。嘉靖初。言者欲罷新建州。請置兵備分司。朝廷留州而置分司。先是。浙省有水利僉憲。兼領吳中水利。今則併歸於兵備。自建兵備而後。日本之患作矣。蓋若有前兆焉者。寇之始至。實公爲州之日也。能以承平狃習之民。而捍蟻附之衆。城守之功爲最。而言者欲以微文致罪。然州人愛公如父母。故奪衆議而留公於吳。及秉憲節以來。日率拊循之民。而督之以疆埸之事。威行惠孚。指麾如意。櫓帆鐵艦。飄忽而來。潰於南而殲於北者。誰之功也。朝廷知公聲望日隆。東南之寄。無以易之。故有今日之擢。而余獨以爲吾民之幸焉。天下皆言久任之利。而未有行者。蓋其勢有所不能也。公雖爲州人所愛。即徵擢以去。闔郡之民。伏闕請留。亦未有能從者。今事勢相維。公乃又爲郡爲憲司。屢遷而不易其地。至十數年。勢位日崇。無異于爲州之日。其治於民。可謂習矣。漢侍御史賈昌。與州郡討賊。

歲餘不克。時議遣大將發兵。李固以爲發兵。州郡可任。但選有勇略仁惠。能任將帥者。以爲刺史太守。可責其成功。遂用張喬祝良二人。卒平嶺外。今太守無兵權。而武將不與民事。唯公兼兵民之任。李固之議。庶其在此。余論國家所以待公者。蓋合于古之道有二。用是深爲嘆息。且公內撫瘡痍。外嚴扞禦。島夷阻隘。不能內薄。久知爲寇之無利。亦將自戢矣。余昔承乏汴省。而公今官亦系銜於汴。有先後僚寀之義。邇者屏處林限。公不鄙夷。咨訪不倦。情分日深。於公之遷。輒不自揆。用不腆之辭以爲賀云。

送嘉定縣令序

太學生張沛。來自嘉定。道其令某侯之賢。曰。天子有詔徵侯。侯今且行矣。沛欲有所言而未能也。願有聞於子。予觀古循吏傳。雖異世猶慨慕嘆惜。惟恐其紀載之不詳。況與之生同時而風聲相及者乎。吳爲東南大都。而嘉定邊海。疆土最廣。號稱壯縣。吏是者。非強明仁恕。不足以爲治。然前此數有賢令。弘治以來。廟食者多矣。今侯又賢如此。豈其地然耶。固予所慨慕而嘆惜者。而沛言侯之治行。其大者有三。曰。往者颶風大作。海水飛溢。平地數尺。瀕海之民。蔽流上下。死者千數。侯甫下車。恤其餘民。俾有寧宇。其賢一也。一二小醜。負險逋誅。出入洪波。肆行鈔掠。嘉定去海。不半日可至。無堅城勁卒之捍。而不見侵犯。其賢二也。歲饑民貧。逋負日積。使者督責。相望於道。父死而誅其子。兄亡而逮其弟。笞掠瘐死。流離困頓。所不忍言。侯能操縱有法。賦辦而民不驚。其賢三也。予以爲沛所言者。其二者。一時之變。其一。則此方之民。無窮之患也。侯既能恤之於爲令之日。今去爲天子耳目之官。天下之事。何所不可言者。東南財賦之區。國家取之將二百年矣。譬之人少壯有力。嘗勝百鈞之重。迨夫羸老疲憊。猶以前日之任驅之。未有不絕脈而亡者。今三限之法。責之一時。數年之負。併於一歲。可謂不遺餘力矣。侯何不一言天子。盡捐數十百萬以予民乎。此踰於增戍益漕。以厚西北之防者萬萬矣。沛也以此言於侯可也。

送嘉定縣令張侯序

國家混一宇縣。版籍所隸。延袤萬里。三吳之民。獨以區區一隅。輸天下財賦之半。昔之守土者。嘗一抗疏。爲民請命于朝。宣宗皇帝慨然下詔。減省舊額。然議者猶以當時建議。不能大有發明。使曠然一新。以見治世均平之政。有恢張不盡之嘆。其後吏胥緣以爲奸。民賦日倍如其舊。而主計大臣。執議牢固。雖有水旱螽蝗螟蝝之災。輒拘成法。未嘗肯減上供之數。比歲胡馬南侵。廷議以運餉不繼。督逋之使。相望于道。是以爲令者尤難焉。上之不能遂其求。曰。何事我而不承我也。下之不能勝其求。曰。何撫我而不恤我也。於上易以罪。於下易以怨。令之難爲。從來久矣。而未有甚於今日者也。吳之屬邑有八。而嘉定最廣。然瀕海而土瘠。地廣則賦繁。土瘠則民疲。以疲民供繁賦。尤難矣。順義張侯。由進士出宰茲邑。處甚難之時。上勤而下撫。事辦而民和。又能以其餘力。興學校。浚河渠。繕宮館。飭武備。期年之間。百廢具舉。非有愷悌之德。通敏之才。何以克此。於時侯將入覲。是行也。天子舉考績幽明之政。用進律增秩之典。侯之承恩詔被光寵也必矣。余門人李某。以縣父老之意。來徵余文。以重侯之行。余非知文者。先是。憲副張君爲贈行詩。既俾余志其末。繁蕪之詞。何足爲侯瀆也。而某之勤懇。終不能以辭。復爲序之。蓋亦所謂樂道之者不一而足云。

送崑山縣令朱侯序

江南諸郡縣。土田肥美。多秔稻。有江海陂湖之饒。然征賦煩重。供內府。輸京師。不遺餘力。俗好婾靡。美衣鮮食。嫁娶葬埋。時節饋遺。飲酒燕會。竭力以飾觀美。富家豪民。兼百室之產。役財驕溢。婦女玉帛。甲第田園。音樂擬于王侯。故世以江南爲富。而不知其民實貧也。其俗選蝡。畏避科徭。以保身全家爲念。故其事天子之命吏。尤恭順號爲易治。而吏于其土者。必進士之才良者得之。然率不過一考。即遷以去。數十年來。江南之俗。與其吏治如此。嘉靖丁未。南昌朱侯舉進士。得吾崑山。庚戌。朝京師。治行爲天下最。其秋。吏部之徵書至。于是將行。崑山之民。樂侯之賢。而恨其去之速也。侯以通敏之才。知民之俗。而不逆其情。故其民尤易治。雖然。俾假以年歲。寬以繩束。與當世之士大夫。切摩治體。講求方略。深知其積習之故。而力變之。于以推于旁郡。民之敝可振也。天下之患。譬之于人。貌美而中病。飲食言語猶人也。其外魁然。而實有不可測之憂。今江南是已。以數千里彫瘵之民。當奢踰之俗。

上奉無窮之求。而更數易之吏。如吾民何哉。國家漕輓數百萬。貢賦所出。天下根本。大可慮也。有光等與于南宮之試。親見天子黜幽陟明之典。所以風勵天下者。退而考侯之治。而知其所以然。于其行也。恨其不可留。猶以江南之事望焉。詩曰。樂只君子。民之父母。言君子爲民父母之心。不忘于朝著之間。其崇論竑議。足以固基本。垂休光也。又曰。我馬維駒。六轡如濡。載馳載驅。周爰咨諏。皇華之使臣。于行道之際。尙欲得民之利病而咨訪之。以告于天子。況侯親民而深知其弊者。于是爲耳目獻納之司。有可以贊廟謨而裨國論。必不能忘吾江南之民矣。

送吳縣令張侯序

今之爲吏者。以才智自馳騁。趣辦于簿書期會之間。若此。可謂能其官矣。而未及乎愛民也。溫良子愛知人疾苦。務于褓息而安全之。若此。可謂愛民矣。而未及乎待士也。待士之禮。其軼已數千年。自兩漢循吏。有稱于是者。蓋少。今世之士。一出于學校科目。國家品式具備。吏奉行之。低昂上下。委之自然之繩墨。禮之所加。以爲其所固宜。而吏無特以待士言者。其間時有所崇獎延進。必其人已有名聲。足以自見。不然。雖子思孟軻之學。呂望伊摯之能。許由伯夷之高。亦氓隸之而已矣。奴虜之而已矣。噫。士生于今之世。不出于學校科目。無名聲以自見。豈不悲哉。某東海之鄙人也。屛跡于田畝之間。以其耕漁之暇。稍誦習古人之書。有所感發。亦復摹倣古人言語。以爲文詞。而未嘗敢以示于人。而當世之利病。生民之休戚。士大夫之賢不肖。雖非所及。而時或有動于中。嘗聞吳邑侯張先生之賢。自吳而風海。海濱皆曰。是今之能其官者也。是今之愛民者也。而某無因以望見焉。今年以老親之命。應試于郡城。先生見之于途而哀憐之。呼與之語而索觀其文。爲之進于有司。而其意猶歉焉若有所不足者。嘅焉若其力有不能自致者。惻惻焉若有不忍棄者。夫士之處勢。固世之所氓隸而奴虜者也。非出于學校科目。有聲名以自見。又無相遇之素。而先生待之如此。惜施于某之非其人也。假今之世。其賢有萬于某者。先生所以待之者可知矣。適先生以考績至京師。某固猶在于氓隸奴虜之間。無以爲國士之報。于其行也。士民多誦其德美。某獨致其私于己者。蓋先生之用意。乃出于數千載之上。持以事明天子。真大臣宰相之事也。此文得之妊計部若文藏本題稱送貫泉張先生序文稱某而不名據自序不出于學校今按先太僕年二十爲博士弟子若以未弱冠之年非宮牆之士于鄰縣令長之考滿輒爲文以贈行近于上交之諂太僕不爲也當是代人作莊識

贈張別駕序

張侯自尚書秋官郎出判蘇州。會其屬縣崑山之令闕。來署其事。未逾月。新令且至。吾黨之士。爲會於玉山之陽。邀侯爲一日之懽。蓋莫不戚然於侯之去者。噫。人之相與。有歷歲月之久。未必其相愛也。豈徒不能相愛。有厭其歲月之久而去之唯恐其不亟也。若侯之不鄙夷吾人。與吾人之所以愛侯者。可謂有情矣。吏之來。皆四海九州之人。無親知之素。一旦以天子之命。卒然而相臨。如是者。豈法度威力之所能爲哉。夫亦特其有情以相愛而已。今或自謂其能制百里之死生。法度威力之可以爲。視其人。漠然而獨行其恣睢之意。則今世之俗吏。類如此也。侯爲人慈愛愷悌。可以望而知其情。故不逾月而縣之士民。無不愛且慕焉。嗟夫。吾縣之人。力耕以供賦貢。曲事天子之命吏。蓋亦無所不至。雖斃死敲扑之下。未嘗敢有疾怨之心。獨於是非之實。亦有不能昧者。或時僅見於里巷之歌謠。蓋孔子之刪詩三百篇。美一而刺九焉。所以導民之情。宣之使言。若十月之交雨無正。雖幽厲之虐。不能絕也。今大吏或相與比於上。不曰吏之無良。然且詬詈吾人。以爲風俗之薄惡。夫二百年仁孝忠厚之俗。奚至于今而獨惡耶。方侯之視事。即有倭寇之警。賊自瀕海深入百里。絡繹城下。侯以安靜鎮之。雖在倥偬之際。不肯因循舊弊以擾於民。自前年賊至。而縣常先時塞門。又嚴縋城之禁。小民斗米束薪。悉爲吏卒所苛取。近郊之人。扶老攜幼。望門而呼。城上莫有應者。獨坐視其宛轉於鋒刃之下。且日鈎取疑似之人。以爲賊諜而屠割之。蓋冤苦無訴之民。有不獨死于賊手者矣。如前之爲。今歲皆無之。則賢人君子之所至。豈必其歲月之久。如時雨之霑溉于物。豈有涯哉。夫然後知侯之所以非今之俗吏。而期月之間。吾人愛慕之深如此。則夫知吾縣風俗之不薄者。亦莫如侯。余故樂爲道之云。侯名牧。辛丑進士。山陰人。

贈太府恩翁黃公序

太府黃公。由省署來守吳興。期年而百姓服從其教令。有君師之尊。有父母之愛。於是歲之七月二十有八日。當公嶽降之辰。郡之士民。咸造在庭。爲公薦萬年之觴。有光爲其屬邑之長城。且當代去。而邑之士民。以有光尙有一日之留。其於事上之禮。尤不可廢。咸叩頭以請。遂於是日率吏民從六邑之長拜賀於庭。余觀於吳興之士民意其猶有古躋公堂以上壽之風也。惟仕宦以治民爲難。而俗之美惡劇易。尤有大相什伯。而不能以同者。至論所以治之。不過剛柔二用而已。然二者出於人之性。有不能易者。自皐陶言九德。而周公亦云迪知忱恂於九德之行。要之剛者不能抑而爲柔。柔者不能矯而爲剛。惟有常之吉士用之。則無不宜。自昔聖人之世。人才之偏已如此。亦期於治而已。太公伯禽同受周公之命。以之齊魯。而其所以爲之者。遂迥然不同。而其後二國之治。亦以大異。然當齊魯之初。豈不皆謂之同沐聖人之化者也。前漢治民。如趙。張。三王。黃次公。龔少卿。薛贛君。朱子元之徒。皆卓然有聞。攷其行事。何可一概而論乎。獨怪梁相州初以惠愛爲先。當開皇迫急之時。遂用不能見譴。及再請爲郡。卽以一切立名聲。豈不謂之詭遇而獲禽者歟。今公爲郡。如相州之俗。而獨處剛柔之中。不見攷爲而民情大服。其賢於古遠矣。有光不佞。二載爲吏。往來苕霅之上。仰卞山之高。緬懷蘇長公之高風。邈不可追。茲乃得賢太守而事之。不幸遂遷以去。方已決歸田之計。有光家在姑蘇。而姑蘇本與吳興爲一。有光自此雖不得奉承教令。爲公屬城之吏。而歌詠太平。尙得爲公擊壤之民也。因爲之序云。

送攝令蒲君還府序

梓潼蒲君。以太學上舍。選授吳郡幕官。會崑山闕令。使者檄君來攝縣事。未幾代至。君當還府。縣之士大夫送之。君爲言崑山之俗易治。民有爭訟。可以數言而決。無深隱不可測之情。惟賦稅號爲繁難。能釐整其法而取之以時。亦不至於病民。而巨室大族。無驕悍難使之害。君之言如是。先是。崑山數更令。令輒以其俗爲不善。惟南海盧侯守爲令。未期年而調去。盧侯蓋不得志于此者也。至其去爲他縣。及還官於朝。未嘗不稱崑山之美。士大夫以此服盧侯之平恕。其後上黨任侯環。李侯敏德。山陰張侯牧。皆以別駕來署縣。三君者。或以廉靜。或以通敏。或以寬厚。皆有德於民者也。故三君之去。其稱崑山之美如盧侯。今曰難治者謬也。嗟夫。民之望于吏者甚輕。苟不至于虐用之。而示之以可生之塗。無不竭蹶而趨奉之者。今則不然。徒疾視其民。而取之惟恐其不盡。戕之惟恐其不勝。民俛首不敢出氣。而閭巷誹謗之言。或不能無。如是而曰俗之不善。豈不誣哉。蒲君爲縣僅兩月。庭中常無事。及新令之至。民夾道觀者。皆曰。願得如蒲君足矣。故曰。縣易治。宜蒲君之有是言也。余故樂爲之書。且以告凡今之爲令者。

贈司儀楊君序

吳之屬邑。崑山最大。異時劃縣之東以建州。則濱海膏沃之壤。敦樸之民。多歸太倉。而縣以貧敝。嘗有言于朝。欲省州還之縣。事寢不行。楊君又居州之最西。今猶與縣爲界。蓋自建州至今。僅六十年。雖爲州。常不自忘其故。其民皆曰某縣人云。崑山俗號曰玉山。故君自號玉溪。君家世力田。雄于其里。嘉靖戊午。奉例至京師。得楚府司儀以歸。沈生大受。以其妻之兄弟。乞贈言于予。蓋道君之所以榮朝廷之賜也。予聞而善之。爵者。天子之所以馭天下之貴。天下之患。在于不知爵之爲榮。夫不知爵之爲榮。則天子之權輕。而天下之事。莫與爲也。士受一命之寄。無不自貴。而氣勢赫奕。望之可知。天下孰不知爵之爲榮也。夫此非能真知爲榮者也。藉此以加于人。謂爲己之能而已矣。不知爲君上之賜也。故詡詡焉恣其欲而已。國家之利害。生民之休戚不問也。上之所以爵吾。其誰思之也。若是。則古謂之素飡。謂之竊位。而豈所謂榮者乎。是故苟冒貪競。而天子之爵愈輕。由此言之。士誠知一命之榮。則有不可苟者矣。楊君登田里爲王官。然未有真祿秩也。視世之受命者。其責爲輕矣。然君獨自以爲得之之榮。而不敢輕上之賜也如此。使世之有爵者。皆如楊君。則天子之權重。而天下之事。孰不竭力以爲。而中國無事。四夷不交侵矣。

送顧公節北上序

漢世祖命桓榮說尚書。甚善之。每朝會公卿間。數奏經書。未嘗不加賞嘆。當時儒者。尊寵莫過于榮。其後累葉。皆以榮任。並至顯仕。他如魯陽蔡陽。咸以授經封侯傳世。漢之崇儒重道。軼於前代矣。今天子嗣位之初。太保顧文康公昔在經幄。公音吐宏亮。奏對詳明。每當進講。天子竦聽。時上方鄉學。御製敬一箴五箴註。皆自公發之。嘗以冬月講洪範未終篇。雖祁寒不爲撤講。其後公每進一官。聖諭未嘗不以講讀舊勞爲言。蓋上之好學。崇禮儒臣。終始不倦如此。公之冢孫。以公蔭奉符璽幾二十年。位至卿少。而公節以公曾孫。復以經筵恩入冑監。今將謁選天官。蓋國家之于任子。其法視前代稍狹。惟獨加惠于帷幄之臣。況公尤上所眷注者。公節茲行。天子見公姓名。思念舊學。肯以常調處之乎。公節年壯有意氣。顧自以輔臣子孫。當以恩澤進。不欲與書生爭一日之長。今天下所在列位皆科目。獨禁近環衛。持囊簪筆多勳戚。與公卿大臣之世冑。一日天子臨朝。左右顧視。無非所謂親臣世臣者。祖宗之用意深矣。公節行矣。其亦無忘前人。而以忠孝事君也哉。

送國子助教徐先生序

海寧徐先生。與余相遇於禮部。懽如平生交。別去十餘年。先生隨調州縣。厭簿書之冗。乞改教松江。松江去吾邑一舍。先生在官四年。而余不知也。會以試事至吾邑。始得復相見道故舊。而先生已有國子之命。且行矣。程生大猷。乞文以爲贈。竊謂科舉之學。相傳久矣。今太學與州縣所教士。皆以此也。夫取天下之士。列于庶位。以共濟斯民。宜無用於今世之文者。然而國家損益百代之制。固以爲無出於此。蓋欲學者深明聖人之經意。以施於世而已。至于久而天下靡然。習其辭而不復知其原。士以譁世取寵。苟一時之得以自負。而其爲文。去聖人之經益以遠。蓋自今天子御極以來。輔臣每以文體未復爲言。詔書屢下。風厲學者。有司不知所本。務變其末流。此所以愈變而愈不能復也。夫科舉之所爲式者。要不違于經。非世俗所謂柔曼骫骳媚悅之辭以爲式也。昔張大寶知貢舉所取進士。中書有覆落者。下學士院。令作貢舉准格。學士李懌笑曰。余少舉進士登科。蓋偶然耳。使余復就禮部試。未必不落第。安能與英俊爲准格。當時以爲得體。歐陽公特著之五代史。今以柔曼骫骳媚悅之辭以相誇。而以得者。驕其未得者。以此爲格。此歐陽子所以嘆也。南陽成誼叔欲應舉。而郡先輩無爲進士業者。誼叔乃曰。

四書五經。吾師也。文無過於史漢韓柳。科舉之文何難哉。誼叔竟以取進士爲當世名卿。嗟夫。誠使學校之官。修明經史。而略其末流。使士不求准式于五經四書史漢之外。天下士風。庶幾少變。而人才可觀矣。先生嘗以經義倡導松江之士。余故以斯言祖其行。聞今官于太學者。多余同志之士。其併以吾言告之。文從鈔本與常熟刻小異。

送柴都事之任浙江序

吳越之地瀕大海。天下無事二百年。晏然靡犬吠之警。百姓反若依海以爲固。不如三邊。歲有夷狄之侵。揚州葆疆。古之所謂天地之中。莫能過也。承錢氏據土。宋室偏安之後。皆以錢塘爲國。而皇家定鼎建業。浙爲首藩。都邑之盛。物產之殷富。天下稱杭州云。自頃承平日久。海防廢弛。島夷乘風迅入寇。則杭常被其患。乃自獨松嶺入四安以趨金陵。自華亭澉浦。則軼於蘇常之境。而江淮之間。無不騷動。杭於寇最邇。而首當之。故建督府。調天下兵。四集其境。則行省之務。劇於往時百倍矣。然自使以下。有左右參政。左右參議。實前代平章政事。左右丞參知政事之職。皆方岳大臣。總攬大綱而已。凡行省諸務。不得不責之于從事。非其才賢。莫克以任也。故從事而能其任。則使以下常逸。而省之事無不舉。從事而不能其任。則使以下常勞。而省之事。或不能無廢墮。唐制。皆大臣自辟。而後命於天子。或者以冗從視之。不可也。況今浙省時事之艱乎。吾邑柴君秩。以太學上舍。謁選天曹而得此官。君平日未嘗出門。與人居。終日恂恂然。昔寇犯鄉邑。君獨率諸少年。登陴下視。圍城之賊。連發數矢。皆應弦而倒。人始知君有可用之才。今內外文武大臣。孜孜求才之日。士稍有以自見者。多得不次之擢。此君自砥礪立功之日也。君之先大夫黼庵公。爲南京兆。會太廟災。與兵部侍郎顧公珀。太常穆公孔暉同時罷去。議者惜其不能盡其用。公之厚德。宜有發於其子孫者矣。

送陳子如序

昔余讀書鄧尉山中。於郡西太湖邊諸山。無所不陟。惟獨其北陽山大石。聞其勝。舟行時過之。而以不得登爲恨。

大石傍有陳翁居之。生平不知城市官府。其容頎然。有太古之色。而其子子加。乃以文學俊秀遊郡邑。薦於鄉書。然子加之誠篤。猶翁之風也。子加與同縣殷一清。每出入必俱。一清之誠篤。猶子加也。每計偕。二人者必同舟。而吾邑陳子達與相善。蓋三君皆以嘉靖己酉膺薦。數詘於南宮。而予之被詘尤久。每下第還。三千里三人者。舟相先後。予時與子達同舟。時相呼過從也。歲歲逾淮渡江而別。今年。天子欲新貢舉之法。思得敦朴有道之士。則一清子加宜褎然首選。而竟落第。余幸叨薦。而子達就調元城。一清方待舍選。子加以乞恩教饒之浮梁。余與三人俱在京師南薰街。寓舍相近。雖一時聚會。然自此當離析。雖子加與一清無時不俱。而今亦異嚮矣。念欲如往時下第。舟先後相呼過從。不可得也。於是陳翁年七十。子加之乞恩為祿養以此。子加將赴浮梁。過吳。歸拜其親。余以是序而送之。且以為翁壽云。

送王博甫北上序

吾崑山雖吳之偏邑。而人才在前世知名者不少。如范至能。衛清叔。其遺蹟至今。往往可尋。然欲求其子孫。有不可得者。士大夫之家。能使詩書之澤。久而不絕者蓋寡矣。宋左朝請大夫王彥光先生。有名紹興之世。迄今而其後裔猶存。當國初朝廷重貢士之選。州郡學每歲入貢。廷試入太學。選與進士等。高者多為九卿。朝請之後。按察司使俊伯。以貢為監察御史。高皇帝命署都御史事。親題其名於殿柱。其後歷官陝臬。俊伯孫秀水博士。以布衣遊京師。當憲廟時。客樊都尉所。與館閣諸公。賦詩倡和。以博士歸老於家。如吳文定公王文恪公。皆與交善。多為其家文字。博士年九十餘。與予外高祖夏太常有姻。予少時。博士以篤老尊行。邀予至舍。出其孫拜之。即博甫也。博甫為諸生久。家日益落。又不利科試。迄今乃以年資入貢。予昔嘗貢禮部試奉天門時。張懋恭行歲貢舊法。頗有選為尙書屬及御史者。然流俗終以賤簡。未幾法復變。今少師徐公。每言貢法當復祖宗之舊。尙未有行。而博甫適徐公當國之時。必有峻拔。如乃祖俊伯之為者。不然。亦當為郡佐縣尹。或調博士。如乃祖秀水之為者。博甫於王氏不絕如綫之緒。又將起而振之。夫賢者之後。至數百年而後人猶有知者。視其餘諸公泯沒不傳。則余於博甫之進。爲王氏幸多矣。於是博甫戒行。縣大夫爲之勸駕。博士先生與諸生爲祖道。而予爲之序。

賀戚總戎平倭序代

國家受天明命。奄有萬方。日月所出入之處。莫不賓貢。其浮海而來者。出於載籍之所未有。倭夷始雖狂狡。卒未嘗不惕息。扶服而請獻焉。頃歲。乃敢陵斥州縣。浸淫疽食。濱海之區。爲其所傷殘者。沿絡萬里。蓋承平之久。禁網闊而武備弛也。天子當守太息者。十年於茲矣。疇咨海內。妙選守境武略之臣。於是定遠戚公。以世冑任驅馳。積功兵間。遂奉璽書。受專閫之寄。先是。兩浙之氛稍息。而蜚集於閩海。莆陽之境。剽掠殘斃。郡邑爲之邱墟。去冬。復來攻圍仙遊。相守逾月。危城幾不能保。公提兵振旅。呼吸之間。百萬之衆。一時崩藉。遂解重圍。閩人懲往歲之害。人人惴恐。自以公再造之恩。懽呼鼓舞。而餘賊奔潰温陵。公方追奔。期於殲蕩而止。當是時。宜黃譚公。以中丞居提督之任。而南明汪公爲廉訪使。運籌協贊之力爲多。宜其成功之易矣。余忝東南鄣候之寄。捷書亟聞。私心慶幸。不能自已。是用馳使往賀。蓋江淮閩浙首尾之勢。閩海寧息。則江淮亦無騷動。非獨古者鄰境相慶弔之禮也。余昔嘗見公談兵。固已窺其胸中之奇。又自以虛庸。繆當重寄。懼不教之兵。不足以應敵。方求貔劉之禮。尋古握奇八陣之法。數千里遣使有咨於公。公時已調集浙兵。即命使者介馬自隨。夜二鼓。統兵三萬過新嶺。寂然無聲。黎明。遂破賊巢。其神速。古之名將弗過也。使者歸言其狀如此。其號令精明。被羽先登。身當百死。皆所目見。噫。世謂當今無將。蓋伏而未見也。天子神聖英武。詔書數下。飭勵邊帥。凡任疆圉之責者。莫不人思効命。而有卓然如戚公者出焉。王靈所加。海宇清晏。將書勳太常。被河山帶礪之盟。後之考論中興元功者。非公其誰哉。是爲序。

司訓袁君督學旌獎序

今制御史監郡。奉詔條無所不問。尤莫先於察吏治得失。登賢顯能。去其治行無狀者。然率一年更之。蓋其職以巡行糾察爲事。馳驅咨諏。懷靡及之志。計一歲中部內之賢不肖。亦可以周知之矣。自頃島夷入寇。江海之間。數被侵掠。御史餘姚周侯。時按蘇松。於兵戈倥偬之中。拊循勞徠。甚得民心。民詣闕保留之。至三年。始被命督學南職。夫三年之間。其於所部吏知之。尤宜詳也。邇者。周侯既得代之留都。甫視事。即下書郡邑。旌獎賢能。吾縣學博士宜春袁君。獨首被之。近年以來。州郡所監臨御史。無慮五六人。他御史旌獎常易得。惟巡按御史。自非爲治有聲跡卓異者。率不易得。其得之者。不踰歲而徵書至。今周侯臨部既久。復爲督學。督學位望。又在諸御史之上。其於教官。臨之尤專。則旌獎之尤不易得。侯之所以有取於君者。宜非苟然。而君之所以得此於侯爲甚難。宜乎人之望之而以爲榮也。於是泰和王侯。以郡丞署縣。奉御史之檄。以羊酒綵幣至學行事。諸生四百餘人。以爲此盛典也。不可以無序。列狀來請於余。余以昔倭賊內訌。孤城幾陷。君與化州張君。率兩齋之士。登陴禦守。時縋城請兵。斬馘殪敵。多出于諸生之中。又勸勉士大夫。捐金出粟。以給守卒。城賴以全。諸生被掠無歸栖之學舍。徧於廊廡之間。上其名於督學賑卹之。常時有司。仍踵敝風。於學校多所簡外。君知其情有所屈。必反覆言之。無不得直。士或貧居郊野。經歲不至。亦不以介意。至於人情事變。立談之間。無不洞悉。由此言之。非獨爲儒官。施於吏治。亦有餘地矣。蓋御史所以獎之者如彼。而諸生所以稱之者如此。夫官無崇卑。以得行其志爲樂。袁君之能獲於上下。其於仕豈不裕哉。予是以書之。

贈醫士張雲厓序

技術之事微矣。自司馬子長傳扁鵲倉公。自後爲史者。概取神奇詭怪之說。以附於正史。予頗疑其非經世之要。欲爲後世立史法。削去方伎傳。庶幾不詭於聖人。然觀周禮。周公所以治天下者。無一事之不備。至於醫師。特令上士爲之。下逮於鳥獸亦有醫。以是知百家伎藝。皆聖人之所創制。民生之不可一日無者。其爲經綸參贊之功至矣。今世醫亦有官。而四方之爲醫者不少。求如史傳之可紀者。未之或聞。其或有稱於一時。考其實。不逮者多矣。嗟夫。世道之變。豈獨士大夫學術之不古。而伎術亦然。可歎也哉。嘉靖己亥。吾族之諸父有病危者。醫士張雲厓起之。圖所以爲謝。因命予述雲厓之能。予於雲厓所治病狀。未詳。不能依太倉傳例。而獨聞雲厓世爲武弁。其家在京師。而雲厓爲醫。自軒岐以來。百七十九家之言。靡不洞徹。談論滚滚。治人生死立効。正德間。巨璫用事。頗以權力致天下之伎能。當是時。雲屋遊其門。四方之言醫者。莫能難也。其後事敗。雲屋不與其禍。來居淞江。後乃遷吳門。所至皆有利於人。噫。若求其可紀者。或者其在斯人也。

贈弟子敏授尙醫序

吾家自唐宣公以來。以文學應制科。常爲天下第一。世有顯仕。國朝徽元氏之玩法令嚴急。士大夫懼罪不敢出仕。長陵之世。吾祖先以人材舉。猶不敢應命。迨累世承平。則皆以高貲雄鄉里。子弟多臂鷹騎馬。出入馳騁爲樂。不思仕進。吾曾祖始以諸生登科。爲吏齊魯之間。先皇帝御宇。余與憲副弟始登進士。然余試南宮久。憲副一試卽得之。是時大宗伯王公。諸進士旅見者四百人。公獨進憲副前問。道余姓名曰。非爾之族乎。蓋以余之族姓罕。而吳中之歸。無二祖也。隆慶三年。余自邢州入賀。而百泉叔方爲大鴻臚。賜告還。余弟子敏奉部牒官尙醫。蓋於是而吾之族屬。知仕進之榮。而子敏以下諸弟。方治進士業。昔海虞章大理。其父爲侍御。而大理兄弟三人。皆舉進士爲大官。唯二子不第。亦以貲爲官。先是。章氏治宅畚土。獲五鱔。其後侍御五子。皆橫金帶。協於五鱔之祥。海虞人至今稱章氏之盛焉。吾叔之諸子。殆將似之。以此爲尙醫賀。且祝諸弟媲美章氏。而石塘弟以太學上舍同在京。其樂有家門之慶。與余同也。因爲之序。

贈大慈仁寺左方丈住持宇上人序

大慈仁寺在京城宣武門外西。寺蓋孝肅皇后。以其弟爲僧。故爲太后時建此寺。憲宗皇帝兩製碑記。順奉母后之志也。余舍于寺左方丈。見其長老云。祖師名吉祥。姓周氏。爲兒時。好出游。嘗出不復歸家。家亦不知其所在。太后自未入宮。師已與其家不相聞。久之去。祝髮於大覺寺。然常遊行市中。夜卽來報國寺伽藍殿中宿。太后意亦若忘之。忽夜夢伽藍神來言后弟今在某所。英宗亦同時夢。夢覺相與言皆同。卽日遣諸小黃門。以夢中所見神言求之。至則見師伽藍殿中。遂擁以行。小黃門白。入見帝后皆喜。后問所以出遊。及爲僧時。爲泣下。因曰。何如今日爲皇親耶。吉祥不願也。復還寺。后不能强。厚賜之。英宗晏駕。太子卽位。后爲太后。出內藏物。建大慈仁寺。報國寺。故小刹也。今爲大寺。其西伽藍殿猶存云。孝宗時。太后爲大皇太后。爲立護勅碑。碑所載莊田。無慮數百頃。師以左善世示滅。帝遣官致祭。師時所招僧至數百人。迨後慶壽寺燬。僧亦來居於此。僧衆矣。惟今道宇。獨其九世世嫡也。隆慶元年。余入覲來。見道宇尙披髮。後三年來。則道宇之師已化去。道宇以年少荷重負。得部劄爲左方丈住持。於是京城內外。凡爲其教者。皆來爲道宇賀。而道宇之徒師昂。爲之請序於余。余謂祖師脫屣皇舅之貴。而樂世外之教。孝肅皇后在慈宮。二聖隆孝養。恩賜無所不至。而祖師澹寂自若。英廟以來。外戚恩澤。侯者不能數世。祖師之賜莊猶存。衣食寺中數百人。此有以見一時富貴之不能久。而澹寂者之長存也。道宇神氣清明。卓爲禪林之秀。吾知祖師之傳不墜。遂序之以爲贈。

贈菩提寺坤上人序

予昔年讀書吳郡西萬峯山中。舊有大藏經在佛閣下。間往觀之。因得盡見所謂五千四十八卷者。而妙法蓮華經。維摩詰諸上品。皆略究其大旨。雖數萬言。不過一二要言而已。而支辭漫說若此之富。故知佛教之東來。此佛之衰也。摩騰竺法蘭之徒之罪也。自是數喜與其徒。論說空理。求第一義諦。又欲廢五千卷而後止。安亭居崑山之東境。有菩提寺。其長老名德坤者。予數見之。亦以是語之云。嘉靖辛亥。予因悼亡。爲延僧誦經。取其疏觀之。往往懺罪求福之語。蓋布施持戒之說下矣。而又如是。失逾遠矣。因以爲亡者之心。與佛之心一而已。即輕舉遐覽。乘雲御風。逍遙於兜率之天。豈有所謂三道六趣云者。於是悉取其語而更之。直著此心。達之空王而無作。使世間果有佛。即其理如是。長老唯唯。率其徒誦數十晝夜。予蓋恍然真見珠宮貝闕生天之處矣。念長老之勞。無以爲報。會是年八月二十三日。其初度之辰。里人相率以花果供養。且持文卷謁予爲文以序其事。予不能文也。因思法華經第一卷。千萬億種。供佛及僧。則不腆之辭。爲亡者供佛及僧可也。遂序其所以與長老之說。又歎吾里土瘠民貧。歲荒賦急。流冗日多。菩提寺建自孫吳。於今數千年。佛土莊嚴。廟宇如故。長老之能守其法可知也。於是長老僧臘五十世壽七十矣。是爲序。

方御史壽序

嘉靖庚子九月戊戌。侍御方君時鳴之誕辰也。先十有一日。侍御之孫元儒試南畿。以禮經第一人薦。既撤簾。有以侍御之孫言者。是時兩學士及京兆以下。皆喜曰。侍御之孫也與。或又言侍御之子。先是亦舉於鄉矣。復相與歎息稱道不已。侍、御初與兄太常公。同以進士起家。仕正德嘉靖之間。為名御史。彈劾不避豪貴。風威凜然。兩都為之側目。既而以大禮議。齟齬不合。遷廣東僉憲。投劾以歸。於是優游林壑。聲跡不及於朝者。餘一紀矣。而朝之士大夫。猶知侍御如此。其為侍御之孫喜者如此。其不忘侍御者如此。蓋自侍御去位。後之為御史者難矣。世運風俗。翻覆推移之際。非予之所能知。顧獨喜侍御雖不遂於世。而其子若孫。駸駸乎向用。足以推其志而行之也。時崑之士同舉者七人。而予亦濫廁其間。皆與元儒同學相好。茲又同年。歸自南畿。稱觴於堂。而屬予執筆序之。夫侍御氣貌偉然。稱天下壯健男子。福德之遐。學士薦紳談之者。侈矣。予故不論。獨序元儒賓興京府。一時士大夫之所傾意。而侍御愛國之心。托於其子若孫以施於世者如此云。

御史大夫潘公七十壽序

上海潘公。初以大司寇遷為御史大夫。上有老成端肅之褒。凡所奏興革庶務。輒賜報可。會歲旱。命察舉京朝官。奏上。甘雨時至。其明年。天下官朝覲京師。公所舉劾案免者。天下皆以為宜。時公年始逾六十。方嚮用而即告老以歸。杜門讀書。習導引。御藥餌以治氣養生為事。今年公年七十。伯子允哲登進士第。先是仲子允端。以進士為南職方。而伯子於是受上蔡之命。請於朝。得緩赴任之期。還歸。為公壽。同年進士林樹德喬懋敬。屬有光為序。竊嘗屏居田里。聞公之名久矣。不敢以謭陋辭。夫人生之所難得者。壽考福祿。然壽考福祿。竊譬之猶物也。人身猶車輿也。壽考福祿。世有之矣。而載之實難。故載勝於物則全。物勝於載則傾。世之多取不自足。而以無德敗者相譚也。公之一身。無間出處。人莫能以訾議之。且履盛而即止。以保懸車之榮。而以厚德元老。隱然稱重於東海之上。二子濟美。克享遐齡。豈不宜然哉。昔韓安國爲御史大夫。天子以爲國器。其後稍疏斥。鬱鬱欲罷歸而不得也。疏氏父子爲太子傅。乞骸骨歸。獨共具飲食。請族人賓客。爲放達而已。萬石君老於家。子孫皆爲二千石。僅以孝謹稱於郡國。而三人者。皆著於後世。以公今日視之。則今人誠有過於古人者。特世無子長孟堅之筆也。有光辱公子同榜之末。又以二君之請。僭爲論之如此。且以爲公萬年景福之祝云。

山齋先生六十壽序

嘉靖二十七年正月六日。山齋先生六十之誕辰。先生既却賀者。或謂予。先生之謙德宜爾也。然而喜且賀者。吾徒之情也。可以抑而不宣乎。老子曰。仁者送人以言。敢以言爲賀可乎。夫先生豈終老於山林者哉。自先生之解組而歸。今踰一紀。閉門著書。足跡不交官府。每使者察郡縣。問遺逸。未嘗不以先生爲舉首。其名既以聞於天子。熟於士大夫之口。而不即用者。豈其遇合之難。抑將以老其材。而有所大任於此也。吾吳爲東南一郡。而崑山又郡之一邑。然號爲仕宦之邦。嘉靖紀元以來。先是毛文簡公。以大宗伯迎天子於湖湘。繼而玉峯朱公爲大冢宰。周康僖公爲大司寇。玉巖周公爲少司寇。蔡公爲通政使。莊渠魏公矯亭方公皆爲太常。柴公爲京兆尹。顧文康公以文學掌內制。進內閣至少保。其他臺省法從之臣。彬彬不可勝數。既而諸公稍稍謝去。今在中朝者。無一人爲。先生。康僖公之子也。當公在位時。先生官已至大理丞。駸駸乎少列矣。其後父子相繼而歸。今存者。先生之外。三四人而已。而以德望重於鄉邦者。又不多見也。山川靈淑之氣。不爲衰歇。而盛衰消長之數。則有然者。易之剝曰。不利有攸往。其上九曰。碩果不食。君子得輿。復曰。出入無疾。朋來無咎。其初九曰。不遠復。無祇悔。元吉。剝之不利。有攸往。至上九而終復之。朋來無咎。以初九爲始。然天必以前之終者。爲後之始。故以碩果不食遺之。由此言之。則剝之上九。即復之初九也。先生於諸公間年甚少。氣甚銳。天其以是爲不食之果乎。先生之所存者在天下。而予也鄉邦之人。故其言如此。然亦不獨爲先生賀而已也。

澱山周先生六十壽序

澱山先生以嘉靖乙丑正月八日。爲其六十之誕辰。王恭人與先生同年。其誕以十一月廿二日。將于獻歲並舉壽觴。里中親友以爲盛事。而余等方與計偕。所宜先之。乃卽履長之日。豫往稱觴。而推余爲之序。蓋先生之自河南罷還也。爲言官所論。甌寧李尙書在吏部。言如河南左參政周大禮。歷有聲跡。又年力方強。不如言者所論。會時宰與李公相失。遽以中旨罷之。蓋嘗以爲天下每有無才之嘆。以有才而不用。或用之而不盡其才。與夫用之而違其才。是三者。天下所以無才也。先生罷之明年。日本寇東南。江淮閩粵之間。所在騷動。而胡亦仍歲犯遼薊。楚粵山洞之盜間起。天子當宁太息。思得勘亂戢寧之才。天下之士。亟進亟罷。而時有以庶僚驟陟大吏者矣。時蒲坂楊尙書在本兵。方爲天子所倚毗。獨薦先生有英才奇略。負萬里長城之望。不爲無知先生者矣。而猶未有舉吏部之章。以冢宰詔王廢置之文。明當時用事者之失。以起先生者。使人有兀然空老之嘆。漢永和中。李固嘗上疏。言朝廷聘南陽樊英。江夏黃瓊。廣漢楊厚。會稽賀純。待以大夫之位。海內忻然。及厚等免歸。一日朝會。諸侍中並皆年少。無一宿儒大人。可備顧問者。誠可嘆息。如固之奏。此豈少年浮薄者之所能測識哉。吾黨諸公。於先生不欲爲鄉里頌禱之常辭。故余言如此。詩曰。樂只君子。邦家之光。樂只君子。萬壽無疆。蓋祝君子以興起在位。爲邦家之光。而饗無疆之壽也。

默齋先生六十壽序

吾崑山之俗。尤以生辰爲重。自五十以往。始爲壽。每歲之生辰而行事。其於及旬也。則以爲大事。親朋相戒。畢致慶賀。玉帛交錯。獻酬燕會之盛。若其禮然者。不能者以爲恥。富貴之家。往往傾四方之人。又有文字以稱道其盛。考之前記。載吳中風俗。未嘗及此。不知始於何時。長老云。行之數百年。蓋至于今而益侈矣。嘉靖三十四年九月之朔。憲副默齋孫先生之生辰。先生之生。以前丙辰。至於今乙卯。甲子一週。於是縣之人。爲其禮者。尤以爲重。而徵其詞於余。若其禮然者。予不文。不能道其慶賀獻酬燕會之盛。獨以謂人生百年之內。其變故多端。而於歲時敍事相感。親朋聚會。盃酒談說生平。感今懷昔之意爲多。余與先生同里閈。有通家之誼。自少巳能識先生。先生年甫弱冠。先大夫客遊不返。旅殯蒼梧之野。徒步走嶺外。無貲裝僕從之攜。崎嶇萬里。負骸骨以歸。寡母幼弟相依爲命。有人所不能堪者。及舉進士。釋褐爲刑曹。會御史言事下詔獄。先生守官不阿。與大吏爭論。幾蹈不測之禍。天子仁聖。不忍加誅。竄之懷遠夜郎之地。於是自縣令遷轉。不數月輒改官。歷閩。粵。巴。蜀。荊。湖。齊。魯之間。足跡幾半天下。天子躬視獻陵。藩臬郡縣之官。多以乏供致重辟。先生時爲湖廣僉憲。獨免於罪。且膺寵錫。又再遷得江西憲副以歸。夫六十年之間。榮辱利害之途。追而道之。有不勝其感慨者矣。今先生遺榮辭寵。卜築於玉山之陽。有園池亭臺之美。有子孫之賢。而筋力康強。絕無衰老之態。追念自此以前。真如夢幻。自此以後。山林花鳥之樂。知其無窮也。是又不可以賀乎。於是書之。而平生奇偉忠孝大節。可考見焉。

姚安太守秦君六十壽序

昔孝宗敬皇帝。承累世熙洽之後。益以深仁厚澤。一時人才登用。皆有重德偉度。歷三朝。饗承平之福。若吾錫山秦端敏公。以弘治癸丑登第。至嘉靖二十三年。以壽考終。位至一品。自起家登朝著。富貴五十餘年。豈非盛世培養之厚。抑人才之得於天者。皆應其時。若公之所稟。與時合而致然歟。天下之勢。自厚而趨於薄。如寒暑之易候。有不覺其然者。然推其故。必有人以爲之始者。昔人論東漢梁統。爲時名臣。獨以增重律法一言。而天之報梁氏尤慘。真仁者之言哉。余每慕前世盛德長者。欲考其所設施。如端敏公者。方將就其家。問其行事。往往過其縣。慨想其人者久之。今年。余入覲還。訪其孫汝立。因得見公子二千石君。其器度猶有前人風流。蓋以歎盛德之世未艾也。君用端敏公恩爲都督府幕官。陟守姚安。謝事還。承前人遺業。以詩書教其子。二子皆彬彬向於文學。入其室而先公之典刑猶在。用此言之。則孝皇作人。累葉承平之福。豈獨其一時臣子饗之。而又及其子孫者如此。余門人朱某。客於君所。數道其賢。汝立又好古。與余往還。於是君以甲子之初度。秦氏內外之戚。及邑之人。往爲君壽。介某以來乞言。余以是推本端敏公之三世。蒙前代承平之澤。子孫世饗之源遠而流長也。

福建按察使楊君七十壽序

予少時有事金陵。常經句曲之間。觀其山川之勝。其地有茅山。自茅山而南。連嶺疊嶂。東出吳興之天目。至羅浮以極於南海。以金陵之形勢。而不得此山。雖紫巖天闕之廻合。疑亦淺薄易盡。而無以固東南之王氣。由此而言。龍盤虎踞之說。亦得其近者也。故道家以爲洞天福地。蓋雲陽氏始居之。禹禪會稽。後世傳禹穴焉。古之得道者。往往乘雲氣。御飛龍於此。茅君最後出。而山以此名。其後葛玄。葛洪。許邁。陶宏景。楊義和之流。世皆以爲得道仙去。雖其說怪迂。非儒者之所道。要之天地山川之氣。神靈之所降集。理固有然者。按察使楊君。句曲人。以進士歷今官。致仕家居。今年七十。予友葛理卿。介其鄉之縉紳。諸先生使者來請祝壽之辭。蓋予識其山川矣。而獨恨不識其地之人。觀此山之蜿蜒磅礴如昔時。意其必有陳安世。茅季偉之徒。往來茅嶺洞室之間。而無從得見之也。理卿言先生以康強之年爲大官。駸駸乎嚮用而未已。一旦謝去。長往而不顧。其貌豐腴而氣愈盛。其年殆未可量。以予觀之。非學道者不能也。道書曰。句曲地脈。土良水清。可以度世。予亦將因理卿以從先生於此山之間。先生之年壽。方與茅君諸人等。比區區人世之所云壽者。夫何足以爲祝乎。是爲序。

通政立齋王先生壽序

士大夫致身於朝。所當得爲者。人臣之事。富貴壽考皆命也。盡性而已。命何與焉。雖然。有可以盡其人臣之事者。非富貴壽考有所不能。故曰。樂只君子。遐不眉壽。考明君子。非無疆之壽。無以行其愷弟。而爲邦家之光也。然則富貴壽考。命也。亦所以盡性也。故古之君子。不禦福。然非有求焉。世之急于徼福者。其所爲常違人臣之道。而不知夫福之來也不驟。若行千里之途。優游容與。累日不止。而其至之不覺。然且求得于旦暮之間。馳騖而無所極。其力既已不勝矣。此爵祿榮名。所以多患害。而失養性命之原也。今天子御極改元之明年。策士於廷。立齋王先生。與今少傅華亭徐公十數人者。年最少。徐公及第入史館。餘多在清華之選。而先生爲大行。稍遷郎署。出爲湖廣僉憲。陞參議。得賜歸養。居田里者久之。同進者。多至公卿。先生始以少參入朝。而徐公已在內閣矣。于是一再遷。

有南京通政之命。尋以外艱歸。至是服闋。待命于家。其歲。冬十有一月既望。先生六十初度之辰也。里中士徵言于予。以爲先生壽。予惟先生徊翔仕路。四十餘年。若無意于進者。而今亦以躋卿少之列。獨以登科之蚤。見謂淹滯。然可以知其紆徐不驟。而富貴壽考。將來所受之大也。初。先生爲冬官屬。魏恭簡公爲祭酒。居京師。數稱其能守法。及官楚。以寬靖任職。丙申之歲。先生以僉憲上計天曹。予時計偕。附其舟行。得朝夕見。見先生孱然儒者。身若不勝衣。言若不出口。略無矜氣與態色焉。及入部試。一吏持几隨其後。踰時而出。考功嘆其文。以爲非有養者不能。以予之得于先生者如此。爲不可及矣。而後知夫恬愉安靜者。一時若爲遲鈍。要之于久。回視夫翕然取一時之快者。相去遠矣。先生同進。今自徐公以下。落落可數。而淪沒者。不知其幾。殆隆冬窮歲。百卉略盡。而長松巨柏。方有參天之勢。蓋上將倚先生爲卿輔。予故以人臣之事頌之焉。

同館諸進士再壽立齋王先生序

國家倣前代通進進奏銀臺司之制。爲通政使司。領天下章奏。自永樂建北。其後諸司之在南者。並存而省其員額。故南通政使司不置使。而獨有通政。然實卿輔之儲也。立齋先生爲其官。而以先大夫之服。家居即吉者久之。方竢召命。適會其年六十之誕辰。余季父以里中諸君子之意。俾予爲文以贈。而國子學同館諸進士。以吾黨尤不可缺然。秦君起仁。復以贈言見屬。予惟崑山在吳郡東瀕海。論者以爲山窮水匯。靈秀之所鍾。故人材之出。常甲天下。今上改元更化。二十年中。號稱特盛。毛文簡公爲大宗伯。朱恭靖公爲大冢宰。而顧文康公入內閣。參侍幃幄。三先生以掄魁進。而大司寇周康僖公以下。位九卿者。猶有數公。已而諸老相繼淪謝。自文康之後寥寥矣。此循環往復消息之數。非偶然也。於是間歇者。又二十年。而先生舉進士。適諸老之盛時。中間歇歷外服。侍養家居。今復駸駸在卿輔之次。蓋向之由盛而衰者。公爲之後。今之由衰而盛者。公開其始。古之君子。與天下之賢材以事其君。未有不愛其同類。至其同鄉之人。尤情之不能已者。故爲之先者。望其後之興。爲之後者。願其先之達。蘇子瞻以間世之才。平生於蜀之人。尤爲惓惓。其與范舍人書。稱蜀自相如王褒之後。以及當時諸賢。相繼登朝。

以文章功業聞天下。眉山一縣。其舉于禮部者歲至四五十人。以爲君子無所私愛。而於父母之邦。非如行道之人。漠然而已。今天將貽先生以眉壽。俾爲諸公先。庶幾乎踵是以起者。其雲蒸龍變。不可測度耶。因書之以爲先生壽。

少傅陳公六十壽詩序代

少傅松谷公以八月某日爲嶽降之辰。今隆慶之四年庚午。爲甲子一週。中朝士大夫豫相戒。將以其日致慶禱。公聞之。悉謝却不敢當。而翰林諸君。獨皆有詩以爲壽。而請序於余。公起蜀中登進士。歷官禁近。侍今天子於潛邸。以經義輔導啓沃。上既正位宸極。遂以舊學之臣。入贊密勿。爲疏以獻。皆正始格心之論。至於條列天下之事。詳明剴切。可施於世。每奏入。上未嘗不虛己嘉納之。其爲人忠誠悃愊。人望之者不言。而莫不竦然起敬。日預大政於朝廷。機務匡贊爲多。天子端拱。國家尊榮。海內嚮風。生民所以受其福者。外廷莫得而知也。今年甫及耆。擬於古之大臣。高年期頤。東面受饋。爲天子之國老者。視公尚在壯盛之年。正當宁之所倚毗。天下之所仰望。德與年而俱進。如日升月恆。則諸君子之壽公者。非以公爲既老。而實以禱公將來無疆之壽也。夫壽命於天。亦天下之人。所可以皆得。然有德而壽。乃爲夫人之所願望。古所謂壽考不忘。萬壽無疆。其詞悉歸於頌君子之德而已。况天子之大臣。澤被於天下。天下誰不愛慕而欲其壽哉。余讀尚書周公之所以告召公。稱商之六臣。以爲天壽平格。保乂有殷。夫六臣者。惟其德格天。而天與之壽。故殷之所以配天。而多歷年所。以六臣之壽也。康王命畢公。亦云三后協心。同底于道。唯時成周建無窮之業。亦有無窮之聞。周之諸公。皆佐人主致太平。同心一德。是以澤被生民。四方咸賴。人主既永膺多福。而諸公亦享壽耇。顧以余之寡德。叨被知遇。獲與今三四公同居論道之地。自懼其力之不逮。而公之盛德。固所慕愛。方日孜孜。以求媲同寅協恭之盛。如商之六臣。周之三后。俱躋遐壽。以助成國家億萬年無疆之休。余亦庶幾與有賴焉。是爲序。

顧夫人八十壽序

太保顧文康公。以進士第一人。歷事孝武二朝。今天子由南服入繼大統。恭上天地祖考徽號。定郊丘之位。肇九廟。饗明堂。秩百神。稽古禮文。粲然具舉。一時議禮之臣。往往拔自庶僚。驟登樞要。而公以宿學元老。侍經幄。備顧問。從容法從。三十餘年。晚乃進拜內閣。參與密勿。會天子南巡湖湘。恭視顯陵。付以留鑰之重。蓋上雖不遽用公。而眷注隆矣。至於居守大事。天下安危所繫。非公莫寄也。夫人主之恩如風雨。而怒如雷霆。有莫測其所以然者。士大夫遭際承籍貴勢。恩寵狎至。天下之士。誰不扼腕跂踵而慕豔之。及夫時移事變。有不能自必者。而後知公爲天下之全福也。公薨之後九年。夫人朱氏。年八十。家孫尙寶君。稱慶於家。請於其舅上舍梁君。乞一言以紀其盛。蓋夫人自笄而從公。與之偕老。壽考則又過之。公之德順而厚。其坤之所以承乾乎。夫人之德靜而久。其恆之所以繼咸乎。故曰。天下之全福也。常以陰陽之數。論女子之致福尤難。自古婦人不得所偶。有乖人道之常者多矣。況非常之寵渥。重之以康寧壽考乎。初公爲諭德。有安人之誥。爲侍讀。有宜人之誥。進宮保。有一品夫人之誥。上崇孝養。冊上昭聖皇太后。章聖皇太后徽號。夫人於是朝三宮。親蠶之禮。曠千載不見矣。上考古事。憲周制。舉三繅之禮。夫人陪侍翟車。煌煌乎三代之典。豈不盛哉。有光辱與公家世通姻好。自念初生之年。高大父作高玄嘉慶堂。公時在史館。實爲之記。所以勗我後人者深矣。其後公予告家居。率鄉人子弟釋菜於學宮。有光亦與其間。丙申之歲。以計偕上春官。公時以大宗伯領太子詹事。拜公於第。留與飲酒。問鄉里故舊甚懽。天暑。露坐庭中。酒酣樂作。夜分乃散。可以見太平風流宰相。自惟不佞。荏苒歲年。德業無聞。多所自媿。獨於文字少知好之。執筆以紀公之家慶。所不辭云。

御史大夫潘公夫人曹氏六十壽序

上之四十年秋。上海潘公以南大司寇。入爲御史大夫。公歷外服。至是一二年間。特被顯任。天下有以知上意之所簡注。其歲冬十月某日。公配曹夫人六十之誕辰。於是海邑之士瞿君某等十有六人。與公子允端。俱赴試南宮。遂將奉觴于公之堂。而以夫人壽序見屬。有光不敢辭。惟昔周之盛時。周公。召公。與虢叔。閎夭。散宜生。泰顛。

南宮适之徒。相與弼成文武之業。用致世于隆平。實基本於周南召南。天子諸侯。相與成天下之化者。如此其遠也。而鵲巢之夫人。豈卽召公之配歟。故曰。國君積行累功。以致爵位。夫人起家而居有之。如鳴鳩乃可以配焉。今天子敍彝倫以建皇極。蓋嘗頒慈宮之訓于海內。舉北郊親蠶之曠典。內則順敍。陰教修明。始自椒寢。至風被于田野之婦人。況在位之臣。莫不宜其有家。濟濟肅雍。漸濡于王化之深者。宜乎今御史大夫之夫人。爲諸君子之所頌禱。雖比古鵲巢之夫人。其可以無媿。夫上之施澤于下。至綦賤而止。下之歸福於上。至綦貴而止。至治之隆。而魚藻裳裳者華之詩作。則萬物各得其所。鳥獸魚鼈。皆不夭其性。故惠篤敍。無有遘自疾。萬年厭於乃德。殷乃引考。則公卿大夫。其永壽考可知矣。天壽平格。則君子偕老。共事宗廟社稷可知矣。故關雎之德。王者之風也。麟趾之應。后妃之福也。后妃之壽可知矣。鵲巢之德。諸侯之風也。騶虞之應。夫人之福也。夫人之壽可知矣。國家比隆成周。仁德下逌於鳥獸魚鼈。則天子于是享萬年之壽。公卿皆元。老耇造德。降而聞鳴鳥。其流澤及於其家。此錫極保極之明驗也。豈獨一二三鄉邦之慶。固天下之慶云。

顧夫人楊氏七十壽序

灃涇之楊。爲海上大族。其子弟之賢俊者。予往往于南宮識之。夫人歸于崑山。爲中憲大夫桴齋顧先生之配。中憲少貴。官自禁林爲御史。督學京畿。已而不得志。出守邊郡。罷歸。日閉門讀書。性簡伉。少所當意。獨於夫人爲宜。去中憲之世。於今二十餘年矣。夫人三子。皆非己出。而今雍里方伯。以壯年致政。與仲季二君。恂恂孝養。子婦懽然無間。如中憲在時。而家勢隆盛。夫人自歸顧氏。爲婦爲母四十年。享其福祿榮華。此亦生人之難者矣。今年嘉靖三十二年十二月二十四日。爲夫人七十之誕辰。雍里公兄弟。與內外宗黨。稱觴上壽。以予辱在姻末。俾得而序之。夫三代王者之化。關雎麟趾鵲巢騶虞之世。可謂盛矣。然其詩猶曰。嘒彼小星。三五在東。肅肅宵征。夙夜在公。實命不同。言婦人秉志壹誠以事其夫。夙興夜寐。無有懈怠。而所能得于其夫與否。蓋不敢自必。而係于命也。太史公曰。人能弘道。無如命何。妃匹之愛。君不能得之於臣。父不能得之于子。非通幽明之變。烏能識之。穀梁子曰。人之於天也。以道受命。於人也。以言受命。故君子大受命。而世之學者。以爲命非所言。要以爲所得爲者而已。不知充其所爲。以遂萬物之宜。而全天地之性。必至于命而後已。命之所不至。性之所不盡也。以夫人之賢德。而使如終風之莫往莫來。悠悠我思。凱風之有子七人。母氏勞苦。則順婦慈母之道。亦不行矣。君子之樂頌人賢也。樂其得所也。故予所以論夫人者。雖有家富貴之常。而實以爲順婦慈母之道行也。因以識古關雎麟趾鵲巢騶虞之義。以爲天下之道。非一人之爲。而君臣父子兄弟夫婦各得其所。而王化成矣。君子之言性命者蓋如此。詩曰。樂只君子。萬壽無期。敬爲夫人頌焉。

邱恭人七十壽序

邱恭人某省參政諱經之女。始邱公生三女。父母愛之。曰。吾女必皆予貴人。有聘之。輒不予。皆至于長。卒皆予貴人。恭人其一也。是爲前廣東按察使司副使王公濟美之妻。邱公蓋與司馬質菴公。同官御史。司馬憲副之從祖。邱公以是意歸鄉王氏。自苕霅間嬪于海上。越五百里。由嫁女必欲予貴人也。時憲副已在南部。其後歷官江右。最其後。踰嶺。恭人常從。共其祿養。憲副受誥勅。遂有恭人之命。予家故與王氏有連。知其家世爲詳。自唐御史朐封之後。至分水明州而來。崑山司馬。與憲副之祖某官兄弟。同舉進士。自是科第蟬聯不絕。及憲副殂謝之後。諸子皆彬彬鄉學。一誠以戊午復薦于鄉。蓋故家大族。歷世久遠。枝葉扶疎。不能無旁落不齊之數。自恭人之歸憲副。今老矣。獨見王氏之盛。如一日也。鄉里皆稱邱公善嫁女云。恭人以某月日誕生。至嘉靖四十年。恭人年七十。諸子謀所以爲壽。介縣學生孫君某。來請頌禱之詞。予爲道恭人之事如此。因論之以爲邱公以女予貴人。可得而知也。恭人之享其福祿壽考。至于今七十年。邱公不能知也。其有子若孫。能趾美前人。邱公亦不能知也。然吾聞恭人貞靚慈孝。初及憲副。至寡撫其前孤。與其所出。有鳲鳩平均之義。其子事之。亦無異所生。恭人之德如此。其享福祿壽考宜矣。然則邱公。其有以知之矣。有娀方將。纘女維莘。雖自古王者之盛。亦有所自。故稱恭人之壽。而本於此。庶幾乎王氏子子孫孫勿替。引之以是爲頌禱其可乎。

顧孺人六十壽序

孔子曰斯民也。三代之所以直道而行也。孔子之居鄉。自以為無所毀譽於人。獨其所以是是而非非者。不可得而廢。不惟當世之名公卿大夫。至于莒人之妻。泰山之婦人。亦與其門人私論而志之以為三代之民。所以是是非非者如此。夫豈獨春秋之義為然。余少好觀古事。嘗有意於考論其世。而廢置草野。無史官之任。然時有慕於古之作者。得因事立言。以著其是是非非之跡。是斯民之所以直道而行者。庶幾他日有裨於史官。顧孺人者。太保文康公之女。上舍朱君子求之配也。上舍蚤世。孺人守節垂四十年。今年六十。里中士大夫。徵予文為壽。孺人以女支。兢兢未亡人。能保其身。至於六十而為壽。其亦可稱也已。自予為童子。讀書盧兗州家。盧氏子弟。數稱上舍之才俊。不幸短折。而趾美於其弟少宗伯。而予之從祖母。實孺人之姊。故知文康公夫人之事為詳。公起諸生。官禁近。三十餘年。追入內閣。推封一品夫人。未嘗見其喜慍之色。凝然獨處。言笑不聞。文康公是以敬之如賓。而孺人之資性。髣髴如其母云。由是言之。女子以才智自見者。要非其德之美。若夫沉默簡重。居適意之地。如夫人之受多祉。及所遭之不幸。如孺人之葆真全節。其於坤道之順一也。當文康在館閣。孺人實依母氏。居京師邸第。親見夫人朝兩宮。佐皇后親蠶。宴錫繁縟。備極榮寵。宗伯方為黃門。家勢隆貴。而能以芬華盛麗之間。獨全純白縞素之質。於桃李豔陽之時。凜然松柏歲寒之操。視夫寒女寡婦。生長澹泊之中。無所見而能不亂者。為尤難矣。豈非余之所欲得而論之者哉。孺人之嗣子某。以孝謹稱。能成孺人之志者。因併書之。

夏淑人六十壽序

武宗皇帝之世。佞倖藉權。侵撓朝政。天下抗直之士。排闥叫呼。指切是非。誦言於朝。上終無罪言者之心。卒寬解之。以養直臣之氣。而士多以保全。故其時雖羣小簸蕩。而天下之公議常伸。國家之紀綱不壞。此其所以延萬年之曆於無疆也。吾鄉刑部侍郎周公。時以御史言事。為奸黨所仄目。陷於危害者數矣。天下壯公之節。而幸公之卒有以自全。晚年列於九卿。進貳司寇。蓋將大用而公薨矣。有光未獲登公之堂。最後與其仲子士淹。季子士洵游。常論公之世。而言當時之事如此。又獲拜夏淑人于里第。觀其懿德令範。以知公之行於朝廷。與其所以行於其家者。有本也。丙午之歲。淑人年六十。九月二十三日。其誕辰也。諸與其子游者。相戒以往。跪拜進觴。有光因慨然思公之遺德。而念今之去公之世未幾也。居公之位。食公之祿、未嘗乏人也。能不媮合苟容。摧折於萬乘之威。而盡言天下之事者。幾人哉。以其身試不測之區。卒保其要領而垂庥其妻子者。又幾人哉。公之間關海道也。淑人嘗與其危。其登陟臺府也。淑人常享其榮矣。今又以公之所遺者。以教其子孫。以樂其餘年。豈非上之賜。而國家之厚恩也哉。有光既以語諸同事者。遂書之以爲淑人壽。丙午歲嘉靖二十五年也自大禮大獄之後天威益厲羣臣進言者多得罪故有摧折于萬乘之威及保其要領等語府君文往往感慨時事讀者須論其世莊識

朱夫人鄭氏五十壽序

太常卿朱公。初以南畿少尹家居。有白金文綺之賜。戊申冬。入覲。寵賚有加。有太常之命。又賜飛魚一品服。馳驛還鄉。予嘗讀其家所藏書。皆天子使中貴人傳語。恩旨丁寧。錫予優渥。雖今位在九列。從容侍從之臣。得是者少矣。崑山僻在江海之間。然自昔以文獻稱於天下。士大夫登朝籍。鼎貴相望。至於簡自帝心。寵賜稠疊。天子親爲召大司馬至迎和門。命勅符乘傳還鄉。衣朱紅飛魚服過里門。長老歎駭焉。公爲太常卿之年。年五十。里中人士。往爲賀。其後二年。夫人鄭氏年五十。里中人復往爲賀。予友某等。先期來告於予。請爲文以致頌禱之意。予尙識公爲舉子時也。及舉進士。爲行人。爲給事中。聲華爗然。觀其意氣。直欲將百萬之師。射獵青海。勒功燕然而還。中爲用事者所阻。然未有蒙被恩賚於去國之日。赫然殊異若此者。夫人鄭氏。自宋華原王以來。鄉里衣冠。代不乏人。而才德與之相配。家門隆盛。子孫滿前。其壽可賀也已。予聞公居家喜方藥。精於內學。往者。天子親問玄帝論詩之旨。其事甚祕。不可得而知也。世傳赤松子服水玉。止西王母室中。隨風雨上下。炎帝少女追之。亦得仙去。果如所云。則人間百年之期。奚足爲夫人祝哉。因書之以致諸君子之意云。按太常以方藥得幸故文但言其被恩寵絕不及其他未復有神仙之說先太僕之不假借如此莊識

朱夫人鄭氏六十壽序

昔人稱外戚之家。以女寵由至微。體至尊。窮富貴而不以功。爲道家所忌。故其後。罕有全者。然余觀宋顯肅鄭皇后之事。蓋有感焉。后侍永祐陵。以才人進。既位中宮。尤號端謹。能抑損外家。而靖康之難。卒從以北。族子居中在宰府。初不依后以進。雖一時夤緣致位。嘗主蔡氏。然卒與之爲異。而燕雲之事。尤能極論其害。當時若用其說。中國之禍。猶有可言者。方北遷之時。后爲金帥言。家屬不預朝政。請留無行。故鄭氏之族。不從以北。然建炎詔所在尋訪。流落江南。僅榮國一人耳。而華原王之子大資。乃居崑山。其後器先父子皆知名。而當時尙稱爲侯王家。至於今四百餘年。譜系不絕。豈不以顯肅之賢。未嘗窮極其富貴。而蹈古今未有之難。故天之不絕其世如此。正統間。時乂舉進士。有學行。其孫子充仕爲瑞安博士。生今朱夫人。以夫少宗伯之貴。榮受冠帔。士大夫之登朝。與外戚恩澤。固難以並論。然鄭氏之澤。流貤後世。而及其女子。可稱也。嘉靖三十九年七月五日。夫人年六十。其姻鄉進士陳敬父。來請爲文以壽。蓋宗伯謝世已五年。而門戶不改。其二子克自砥礪。不日有騰騫之望。夫人之賢。其與克享此所謂源遠而流長。基廣而植固。古諸侯之夫人稱姬姜。豈不以其族哉。前夫人年五十。有來請爲文者。是時宗伯方受天子駢蕃之錫。余爲備著其事。夫人臣而受天子之寵。宜以爲其家榮。誠所當張而大之。而諂子之徒。以余有譏焉。今余復追鄭氏之世。使人知夫人內外兩家之盛如此。夫以天子之寵。與顯肅皇后之世。以爲夫人壽多矣。此文從抄本常熟本末段有立朝居官之大節等語恐太僕無此曲筆當是求文者自改之以致其家者莊識

宋孺人壽序

翰林學士莆田黃公之母鄭宜人。年九十有六。其女兄弟。先後皆及九十。其一合浦丞宋君配也。宋孺人明年年九十矣。物之美者。莫難于聚。故並蔕岐穗。爲草木之佳祥。今黃氏諸女。何其多壽也。夫閩山海之奧區。隔于甌越之中。天地之氣。閟而不發者數千年。故今閩之物產。博大豐碩。離奇怪特。荔枝龍眼。海物之珍。溢於大官。其爲儒

者。振末緖。扶絕統。遠與洙泗相接。而明經抱藝之士。集于春官者。常數百人。掇巍科。躋膴仕。著文章勳業於天下。往往而是。蓋淳和淸淑之氣。盤礴鬱積。得於人者。是不一類。彼其耆艾長年。瞿然山澤之間。非世所載。而與谿花野鳥。娛玩四時。以全其天年者。必又多也。然如黃氏之女。皆以上壽。萃於一門。胡可得耶。合浦君有子。爲崑山縣學諭。學者愛之。皆言更前之爲教者數人。未有如宋先生之德淳而氣和者也。推本其所自。固有以哉。宋孺人之生辰。學者皆以爲宋先生賀也。夫愛其人者。必愛其人之親。愛其親者。必願其壽考而康寧。已願而得之矣。其喜可知也。則崑之士。樂爲孺人壽者。夫豈出於外哉。于是請余序其所以然。而列書其賀者之姓名於左。

李太淑人八十壽序

李太淑人。以子中丞貴。再受封誥。中丞奉使楚蜀。太淑人就養荊州。問安視膳。朝夕不懈。雖一日出必告。荊州人稱之。會召還朝。留佐御史臺。尋予告歸。忽有安山之訃。太淑人治其喪。爲乞祭葬贈典。恩榮至矣。然獨以高年葬送其子。中丞之沒。不能無遺憾也。其後六年。年八十。太淑人益康強。而顧淑人與諸孫。共養愈謹。則猶中丞之存也。將受賓姻之賀。太淑人獨戚然不怡。蓋降服損膳久矣。謝不肯當。而諸孫請之不已。女之壻管承時。來告其誕辰。在今二月九日。余方有邢州之役。已戒行。爲少留。以爲太淑人壽。余於中丞。少親善也。中丞於交遊間。獨奇余。余久困不得志。中丞第進士。去爲大官。爲人言。未嘗不推先之。以余之謬。然或傳其文。用之以取科第。多陰用而陽毀之。亦或語不道。唯中丞推賢於余。古謂進賢受上賞。蔽賢蒙顯戮。孟氏謂蔽賢不祥。則中丞之爲大官固宜。昨歲過華亭。林少宰猶言往時李中丞。鎭淸源過之。相稱道語。少宰固知予。尤以中丞言爲重。太淑人知余於其子。平生交所亟稱者也。又少爲文會。往中丞家。飮食必豐潔。太淑人所手調也。余今得以升堂拜太淑人。義重於中丞之存日矣。蓋今日之壽。天之所以嗇於其子。而豐於其母。中丞可以無憾。昔季梁上舍爲顧文康公夫人壽。請序於余。中丞在上舍所見之。謬賞云。少保家得此文。一篇多矣。何用餘文爲。余不敢當此言。今爲太淑人壽。念無中丞之賞。而衰老鈍拙。雖置之百篇之末。且以爲不可。而通家故人之情。則已獨至矣。

許太孺人壽序

予嘗論許氏二百年來。爲崑山舊族。昔我高大父。以予初生之年。作高玄嘉慶堂。顧太史九和爲之記。稱承事郎許鵬遠者。其弟鳳翔。即今吏科右給事中伯雲之曾祖也。兄弟皆以貲爲郎。家世豐饒。至給事起科第。官近侍。得推恩封其父母。而太孺人板輿畫鷁。之官就養。當世榮之。先是給事之祖奉其母。有壽母之堂。給事以故宅作新堂。仍其名。予嘗爲其堂記。至是二月二十三日誕辰。而明年則當七十之年。吾吳中之俗重壽誕。年至艾。始爲壽。客爲文具儀物。奉觴堂上。主人迎延。作樂懽宴。以是爲禮。自艾以往。則其禮每加。給事以此不敢非也。鄉進士王子敬。與太孺人之孫上舍君爲新姻。且嘗討偕。懼及事而禮有闕。乃於今年。先事修奉觴之敬。以祝太孺人七十之壽。夫古者有祝。皆先事也。於禮不亦善乎。令妻壽母。萬有千歲。眉壽無有害。豈非古之先爲祝者乎。自今日以祝太孺人七十。至於百年。其可也。子敬之先君子。與封給事同州。公同里巷。相好也。嬉遊過從無虛日。雖風雨晨夕。一餐必相呼。蓋三十餘年。前太孺人能記憶也。今見其子與其孫。又爲相好。奉觴爲壽。不以自喜乎。人世百年之內。追念往昔。可感者恆多。可以慰且喜者。蓋少也。舉太孺人之於今日所見。無不可喜者。此人生之所難。而給事之能樂其志。尤不可及也。是爲序。

太倉州守孫侯母太夫人壽詩序

普安孫侯。初爲令右扶風。扶風人爲生祠。立石頌其德。以最爲太倉州守。時海上用兵。兵屯戍絡繹。其境以萬數。賦調加廣。歲仍饑饉。侯措畫有方。勞倈不倦。民甚德之。江以南數千里間。稱吏治之循良。獨曰孫侯。無與比者。侯始至之日。奉其母太夫人以俱。州人皆知太夫人之生辰。其日。吏民大會。願爲太夫人壽。平時。侯自奉其身。不以絲毫煩民。獨於是無所讓。取其所爲頌禱古文詞歌詩者。悉受而庋置之。州人遂以爲侯誠有愛於此也。逾年。又當太夫人之生辰。其爲古文辭歌詩益盛。吾聞侯之在州。務爲簡易廉靜。於世俗之所侈大者。一切不以爲意。顧獨以無用之虛詞。煩州之人哉。侯蓋亦自喜其有庇於州之人。知州之人無所致其愛。而不忍距逆其意。且以是爲足以爲太夫人榮也已。夫古之君子。爲民上有父母之道。非以自尊。奉厲威嚴。日從事於文書法令而已。其實如家人之相與。饑寒疾苦。無所不知。而悉爲之處。有患則與之同其戚。有喜則與之同其慶。其民之報之亦如是。豳之詩曰。朋酒斯饗。曰殺羔羊。躋彼公堂。稱彼兕觥。萬壽無疆。當此之時。上下之間。可謂驩然矣。今之爲古文辭歌詩者。固以見州人忠厚之至。而侯之不距逆其意。其於州之人。尤有情也。故嘗以爲國家設官。具法令而已。而必選其人。夫以父母之道治其民。此豈法令之所及耶。蓋其意亦以此望之而已。若孫侯。豈非行古之道者哉。太學上舍王君某。太倉衛人。知好文學。懼後人之軼其詞。乃裒爲卷。而俾余敍之。時嘉靖四十年六月某日。此文從抄本與刻本異

朱太夫人六十壽序

宛陵進士朱應秀一松。其先君二峯先生。嘉靖十三年歲貢。時朝廷行選貢法。故先生以壯年預選。蓋未及廷試而卒。遺夫人與稚子九歲。至始孩者四人。夫人年方二十九。不御膏沐。矢志自衛。有柏舟之操。撫抱諸孤。長育成就。有凱風之劬。蓋又三十有一年。應秀登嘉靖四十四年進士。夫人於是年六十矣。應秀與余既同第。又同冬官試政。每相見。若有所欲言而不能者久之。乃以母氏之壽爲請。夫應秀之爲進士也。其亦有所自得乎。其有所不能自釋者乎。凡爲士自初束髮。爲其父母。即望其顯榮。應秀今已得之。足以慰母氏之志。夫豈有不自得者乎。夫人父母無恙。生有膏澤之潤。而行乎夷坦之塗。一日而得富貴。宜無不自得者。獨應秀思先人之蚤世。母氏之劬勞。詩曰。風雨淒淒。雞鳴喈喈。又曰。風雨如晦。雞鳴不已。更前之所歷。戚戚有動於中。此其所以不能釋然也。而罔極之德。何以報之。是以汲汲欲爲夫人之壽。又思得爲古文辭者傳述之。人見應秀之於此類。若自得者。不知其求以解其不能釋然之懷者如此。自此而往。應秀之仕日顯。夫人之壽日增。而不能釋然之懷當日甚。吾未知能有以解應秀者。姑謂世俗之望其顯榮者。今得之。或可以慰夫人而已矣。

李氏榮壽詩序

余讀王制觀虞夏商周養老燕饗食之禮。年紀之次。及深衣燕衣縞衣玄衣之制。何其備也。至天子於太學。執醬而饋。執爵而酳。公卿奉杖。大夫進屨。其隆重如此。故曰。三代之盛王。未有遺年者也。年之貴於天下久矣。然而無爲壽者。豳詩稱躋彼公堂。稱彼兕觥。萬壽無疆。自此而詩之稱壽不一。顧亦相祝頌之詞。如史之所稱爲壽者云耳。非以年之每進一紀。爲燕會以爲壽也。迨後世壽節慶賀。始於朝廷。而及於公卿。然爲文以稱其壽者亦無之。余嘗謂今之爲壽者。蓋不過謂其生於世幾何年耳。又或往往槩其生平而書之。又類於家狀。其非古不足法也。余居鄉。見吾郡風俗。大率於五禮多闊略。而於壽誕獨重其禮。而又多謁請文辭。以誇大之。以爲吳俗侈靡特如此。而至京師。則尤有甚焉。而余同年進士。天下之士。皆會於此。至其俗皆然。雖余之拙於辭。諸公謬以爲能。而請之不置。凡爲之者數十篇。而余終以爲非古。不足法也。雖然。亦以爲慰人子之情姑可矣。歲九月。余以選當外補。最後同年魏郡李己子復。復以二親之壽爲請。蓋諸公之爲之詩者多矣。余獨爲其詩序。於其尊君與太孺人之潛德懿行。故未暇論。尊君州學生。積學久。次將貢京師。年六十。太孺人年五十九。子復裒所得詩聯爲卷。因郵致之於其家云。

卷十三　壽序

吏部司務朱君壽序

陳時予行之赴試也。其姑之夫吏部朱君實官南曹。亟稱予行之文。已而果中魁選。予行不以有司之取者爲榮。而以君之知之者爲德。是年冬十月某日。君之誕辰。留都士大夫咸爲之壽。於是予行歸而乞言于予。予昔讀書萬峯山中。萬峯。蓋君之所以自號者。其山下瞰具區。倚拔水際。西南七十二峯。矗立於蒼波浩渺之間。中有高堂古木。橘柚千章。梅竹茶茗。崇岡連被。間之。知其爲君之圃。而頗訝主人之不來者幾年矣。然留都曹務清簡。士大夫閉門高臥之外。相與遊覽賦詩。又稱觴爲壽。此布衣野老之所樂者。而仕宦者兼而有之。其不亦多乎。此士大夫所以樂爲君壽者也。而予又有感於予行之言。夫科舉取士。不能不爲一定之品式。而亦非品式之所能拘也。俗人僥倖於一日之獲。其於文義。尚有不能知者。囂囂然自謂己能。欲以規繩天下豪傑之士。亦可恥矣。昔五代時。張文寶知貢舉所放進士中書有覆落者。下學士院作詩賦。貢舉格學士李懌曰。予少舉進士登科。蓋偶然耳。後生可畏。來者未可量。假令予復就試禮部。未必不落第。安能與英俊爲準格。聞者多其知體。歐陽永叔特以此一事爲科立傳。今君之於予行。要爲有得於歐陽子之所云者。予故特書之。且以爲壽。

顧南巖先生壽序

夫富貴壽三者。天地龐厚之氣之所積也。其來也。恆參差而不齊。而人之値之也。雖一家之中。父子兄弟之親。血脈氣息之相屬。可以言語教戒而同者。而唯是三者爲不可期。有厚于富而薄于貴與壽。有厚于貴而薄于富與壽。有厚于壽而薄于富與貴。有厚于富與貴而薄于壽。有厚于富與壽而薄于貴。有厚于貴與壽而薄于富。有聚焉。有散焉。有平均以等授焉。時其平均也。而或富或貧。或貴或賤。或壽或不壽。時其散也。而皆貧皆賤皆不壽。時其聚也。而皆貴皆富皆壽。此造化之微。倏忽遷徙。以此鼓舞人世。而世迺以有心者窺之。憧憧焉疑其旣往而意其方來。此余之所未喻也。若吾崑顧氏之盛。殆所謂時其聚者邪。自大宗伯以文章魁天下。將躋台鼎。其餘橫金衣緋者。尙二三人。崑之言貴者。必曰顧氏。甲第連坪。宗親子弟。被服華綺。千人聚食。崑之言富者。必曰顧氏。自桂軒先生以耆年爲鄉邦之望。其後壽考。世有其人。崑之言壽者。亦必曰顧氏。今南巖先生。以桂軒之孫。宗伯從子。少膺鄉薦。甫倅南昌。飄然賦歸來之辭。不謂之不貴。優游于亭館花木之間。不謂之不富。安居暇食。不親藥餌。不習導引。不謂之不壽。夫是三者。所謂不可期也。而聚于一家。又聚于一人之身。斯亦難矣。余未嘗通介紹于先生。然嘗聞其賢而私心識之。間獨竊嘆。以爲先生藉家世之盛。而又三者參會。夫人子之于親。苟唯布褐菽水以爲養。雖有顏淵之仁。曾參之志。亦當不能無缺然之意。有如先生者。乃夫人所願于其親。而不可得者也。于是可以壽矣。今年先生壽七十。邑學諸生。咸往爲賀。俾余敘之。余惟桂軒先生與高大父爲延齡會。世通姻好。高大父壽八十五。作嵩玄嘉慶堂。大宗伯實爲之記。則余于先生之文。亦何可辭也。

同州通判許半齋壽序

予居鄉無事。好從長老問邑中族姓。能世其家業。傳子孫至六七世者。殆不能十數。世其家業傳子孫。綿延不絕。又能光大之者。十無三四焉。若許氏之世。吾能言之。自其先諱慶賜者。從嘉定徙至崑山。實生文衡。文衡之子曰德芳。比再世以勤嗇致富。而子弟皆知修學好禮。其子鵬遠。以賑饑出粟。授承事郎。而從子鴻高。由太學上舍歷官平定州同知。承事生思耐翁。爲京所吏目。而同州君則思耐翁之子也。亦自上舍選倅名州。致政家居。久之而其子伯雲。以進士釋褐爲分宜令。方著聲跡。有遠大之期。蓋自國初至於今。許氏之居於鄉者。其名可數。耕有田。藝有圃。居有屋廬。其老者。鄉里社會。飲酒伏臘。未嘗不在。享承平之福者。垂百年。而將大發於伯雲。所謂能世其家業。光而大之者非耶。同州君爲人倜儻。善自娛戲。官古馮翊西華之地。然不能爲吏繩束。一旦拂衣歸。從布衣野老。陸博投壺。擁女子。鼓琴鳴瑟。酣宴竟日。自伯雲不爲官時。常自樂也。然今之時與許氏之上世異矣。使伯雲不爲官。寧能使其親保有其樂耶。同州君雖善自娛。非其子之爲官。寧終能有以自樂耶。鄉人是以爲君榮。而以伯雲爲能養志也。嘉靖丙辰月日。爲君之誕辰。蓋甲子一週矣。時伯雲自分宜入覲。予與同縣之士。試於南宮者若而人。與伯雲俱會於闕下。比覲罷還。而伯雲亦以便道歸省。衆謂予不可無紀。而沈成甫戴與政來致其請。予謂吾等方從君有鄉社之樂。而伯雲回首有白雲之感。既爲之賀。因稱養志之義以慰之云。

龔裕州壽序

孔子曰。仁者壽。夫仁者豈能必壽哉。以其能靜而得壽之理也。人生百年。以區區之形。日與外物爲角。夫苟役役然馳騁眩鶩於富貴之塗。以其所輕。累其所重。若是者。雖至黃耇。其道促矣。夫苟不役役然馳騁眩鶩於富貴之塗。以其所輕。累其所重。若是者。雖不至黃耇。其道長矣。龔先生受命守裕州。有大夫之秩。家富田宅。有封侯之奉。銀朱黼繢之華。未始異於世。而得園綺之高焉。溫淳甘膬腥醲肥厚之養。未始異於世。而得松喬之適焉。環湖而居。魚鳥上下。田夫野老。歌呼而笑傲。當郡邑喧囂之間。而得武陵桃源之趣焉。先生其不役役者歟。君子之論人。取其近。先生其得仁者靜而壽之理歟。予之內弟溫甫與先生世通姻好。來請予文爲祝。予嘗論今世有所謂壽文者。非古之制。不過謂生於世。幾何年耳。奚以文爲。至論先生。迺可以著之於文而爲壽者也。書以歸之。

徐封君七十壽序

余往來嘉定。與其賢者遊。而識子言。於是時固已奇其文。每言之於人。因遂識東樓翁。慷慨樂易人也。已而子言舉京兆。計偕北上。翁實攜之以行。余時遇於彭城。遂與僦車。共茵而載。歷齊魯燕趙二千餘里。走風雪塵埃中。懽然忘其行役之疲。余蓋察知翁父子有福德。享富貴者也。其後子言登第。以天官屬直內閣。尋改大宗伯屬。領祠事。余至京師。每見輒嘆其議論之進。是時天子隆郊祀之禮。子言殆所謂侍祠神語。能究觀方士祠官之說者矣。至語及其職事。未嘗不有志於古之守道。以守官者也。而東樓翁居家。日治園圃亭榭。與士大夫飲酒爲樂。子言間迎至京師。則諸公貴人。日來懽宴。退而莫不嘆翁之賢。而又稱其有子。已又得誥命推封。旣貴顯矣。然子言在部曹。藹有清望。議者以爲蘭臺祕閣之選。頃以外補爲郡。莫不惜之。會東樓翁方七十。子言將之荊州。過家上壽。以余遊其父子間。相知之素。屬使爲序。夫予知子言有不釋然於此行者矣。然以方剛之年。出粉署爲二千石。得歸榮其親。於人子之願。殆未易得也。吳中士大夫登朝者。不爲不盛。然能追祿養少矣。已追祿養而至大官益少。今惟長洲錢工部德徵。位至九列。海虞嚴學士敏卿爲館閣。而二公之親。皆康強無恙。得封如其子之官。此不獨吳中所無。而世亦未之多見。今以子言之年。與其才望名位。豈在二公之後。余以是知東樓翁之福祿。蓋未艾也。子言能自馳騁於文辭。其於江山故宅。雲雨荒臺之間。必能追蹤屈宋而上之。爲南陔白華之篇。以抒其仁孝之心。余之朽拙。何能爲役。猥以斯序見屬。媿而不敢辭云。

葛封君六十壽序

古之君子。仕則違親。處則違君。二者常患于不能兼。韓退之言歐陽詹。舍其父母朝夕之養。至於京師。將有所得。

以爲父母榮。雖其父母之心亦然。詹雖不離於其側。其志不樂也。詹在京師。雖離于其側。其志樂也。至王介甫則又以爲祿與位。庸夫鄙人之所待以爲榮也。賢者道弸於中。而襮之以藝。無祿與位以爲父母壽。而父母之心。亦喜無量。二公之言。各有所重。而不免於偏。使爲子者有所得以歸榮其父母。而無離憂。具道藝之實而有祿與位。以爲父母壽。豈非夫人之願歟。雖然。二公者。蓋致恨於彼之不能得者。則亦姑以此使之自慰焉耳。葛君理卿。辭其親試京師。有司奇其文。欲寘之第一。遂舉進士上第。所謂弸於中而襮於外者矣。國家之制。進士釋褐。觀政諸曹。其祿秩比七品。可謂有祿與位矣。君在京師逾年。賜告還家。日侍其親。可謂有所得而無離憂者矣。君之尊人虛潛翁。少在隴畝。淳朴無外慕於榮勢。非數數然者。一旦得之。亦不以爲有所加。獨喜其子之在側而以爲樂也。以是知二公之言。特有所激而發。使遇虛潛翁父子。其於爲人父母與爲人子之情。必能極口道之矣。君登丙辰進士。以明年四月來歸。至某月日爲翁誕辰。翁於是年六十有三。友人趙君元和。張君子忠輩若干人。皆往歲與君同試南宮者也。榮君之還。徵余文爲虛潛翁壽。余謂如翁者。韓退之王介甫之所欲之而不能得者也。是可以賀矣。

柳州許先生壽序

吾鄉范文穆公稱湘南江山奇勝。爲天下第一。時公帥廣右。已而移鎮之蜀。有睠睠不忍去之意。而柳子厚刺柳州。乃作囚山賦。觀其辭。殆不能以一日居者。范公大帥。名位尊顯。其心誠樂于此。而子厚特以謫徙久不得召。有悒鬱無聊之志。宜其爲言如是。然其于此邦之山水不薄矣。其序近治可遊者。殆不下于桂山。而所謂靈山拔地。林立四野。自嶠南達于海上。可以想見。韓子稱衡湘南爲進士者。皆以柳子爲師。其承子厚指授爲文。悉有法度。由是言之。柳之山水。不待子厚而顯。而其人才之出。自子厚始也。今天下文治休明。皇風遐被。楚粵之閒。來任中朝者。柳州尤盛。又非若子厚之時之比。其爲山川愈益增重。惜乎柳范二公。不及今見之也。柳州許君坤亨。以乙榜進士。來教崑山。學者嚮仰之餘。間從問其山水之奇勝。益信二公之言。至今若身履其地。而獲觀遊焉。君父靖川先生。以鄉進士謫倅潮陽。未及上最。即掛冠歸其鄉。搆一亭。日吟咏其中。而孝友清節。爲柳人所稱。余不知先生之亭。於所謂東亭者何如。而想其憑空拒江。衆山橫環。海霞島霧。倏忽萬變者。如一日也。嘉靖癸亥孟冬。適先生降生之辰。進士君忽起嶺雲衡鴈之感。諸生某某爲之遙致祝壽之詞。而求序於余。余文乏芬芳馨香之氣。萬里致之於子厚所適之地。不無媿云。

寧封君八十壽序

凡同舉於鄉。及同舉於南宮者。皆有兄弟之好。其喜而爲之相慶固宜。況爲其親者。則猶吾親也。推敬老之義。夫人皆近於親。而況於爲吾兄弟之親乎。嘉靖乙丑。天下士對策於皇極殿前。同賜第者三百九十有四人。而廣德寧鉶大受之尊府。於是年年八十。諸同年會於大受之邸。遙致其祝。蓋吾同榜之爲其親壽者。自大受之尊府始。今制。舉于鄉。與進士未及一等耳。而世以進士爲榮。未第於南宮。儼然猶諸生也。不特人之情爲然。雖其父母之情亦然。大受之尊府翁。於前是科。以其數試不第。亦已厭其爲舉子矣。臨行戒之就選。是年。大受落第。而銓部頗通乞請。大受不欲也。復以舉子還。翁殊不喜曰。吾春秋高。汝雖不爲進士。且得一官。烏紗角帶以歸。吾即瞑目。但見子之爲官。不以子爲舉子也。即他日爲進士。吾瞑目後。但知子爲舉子。不知子爲進士也。大受受教。跼蹐不知所爲。今年大受登第。而翁適及耄年。可謂能見子之爲進士矣。以翁之情如此。則大受所以自欣慰者何如。諸同年之所以爲賀者。其容已乎。翁天性孝友。倜儻有大略。鄉里敬服之。有紛爭者。就之一言而決。退莫不帖然。嘗爲大第。燬於火。又爲之加大。亦非世之汲溺於名利者。即其欲子之爲官。蓋其爲人風槩如此。因爲序之。使之持至廣德。以爲翁壽。翁又見諸進士爲翁壽而喜也。

白菴程翁八十壽序

新安程君。少而客於吳。吳之士大夫皆喜與之遊。都太僕先生愛其淳樸。題其所居曰白菴。君在吳既久。吳人益信愛之。無貴賤稱白菴云。今年八十。其子永綈永約。孫應春。迎君還。蓀田將聚族而爲君壽。壻吳君某曰。吾翁千里而歸。不得文以行非所以將順翁之意。則黃山靈嶺。亦笑我矣。於是謁予。請所以爲壽之辭。古者四民異業。至於後世。而士與農商常相混。今新安多大族。而其地在山谷之間。無平原曠野。可爲耕田。故雖士大夫之家。皆以畜賈遊於四方。倚頓之鹽。烏倮之畜。竹木之饒。珠璣犀象瑇瑁果布之珍。下至賣漿販脂之業。天下都會所在。連屋列肆。乘堅策肥。被綺縠。擁趙女。鳴琴跕屣。多新安之人也。程氏由洛水而徙自晉。太守梁忠壯公以來。世不乏人。子孫繁衍。散居海寧黟歙間。無慮數千家。並以詩書爲業。君豈非所謂士而商者歟。然君爲人恂恂。慕義無窮。所至樂與士大夫交。豈非所謂商而士者歟。君今行矣。於是與其妻子兄弟若族之人。與夫親知故舊。論說生平。其所歷天下名山大川大都之會有幾。其所見四方賢公卿大夫名人才士有幾。遁世長往懷道蘊術之士有幾。生長休明全盛之日。迄今百年。風俗世道之升降。上自朝廷。下至田野。耳目之所見聞。其變有幾。屈指百年之內。中間與其妻子兄弟若族之人。與夫親知故舊相見之日有幾也。其亦有所感也。夫少而遊。老而休。於是得與其妻子兄弟若族之人。與夫親知故舊。相與相見而飲飫。其喜可知也已。則夫爲其妻子兄弟若族之人。與夫親知故舊。其喜又可知也已。

張曾菴七十壽序

世之論人壽以百年爲限。然修短之數。得之於天。不可以齊。得數之長者。百歲爲老矣。彭祖之百歲。豈非嬰稚之時耶。得數之短者。歲月爲稚矣。殤子之歲月。豈非垂老之時耶。予畸窮而世故。嘗居閭里間。從先生長者遊。自少識張曾菴先生。白皙而豐頤。美鬚髯。蓋先生是時。年已五十。容甚少也。又十年。先生六十。其氣完。其容無異於初見之時。不知十年之加也。今年先生年七十。亦無耆老之色。其美鬚髯髮漆黑自若也。先生未嘗知世所謂服食煉形之法。而得數之長如此。則今之七十者。亦猶嬰稚之時耶。吾吳中之俗。尤重生辰。自五十以往。當其生辰即爲壽。前年先生猶爲博士弟子。激昂蹈厲。諸少年莫敢攖其鋒。雖諸少年亦以爲先生少。故無爲先生壽者。今先生忽自謝其博士而老於家。其高第弟子某。乃往爲先生壽。壽已。則相與求予之一言。以序其事。噫。予之先生。未可以壽也。子之先生。讀聖人之書。自以爲得其蘊。每酒酣輒爲人說書意。掀髯指畫。左右顧視。旁若無人。當世宿學。莫能難也。與人交。洞見底裏。規人之過。至於泣下。豈非所謂直道君子者哉。往予至京師。見有衣玉帶。乘白馬。黃金絡前後呵擁。其人白晳豐頤。美鬚髯。儼然子之先生也。歎曰。何其類吾鄉之張子也。張子六舉於鄉。而今猶布褐。而趨于博士之庭。雖然。今十餘年矣。不知其人果安在。而子之先生。所自得者何如也。吾又安能舍子之先生。而羨彼爲哉。皆曰善。請遂書之。繼自今。歲歲爲先生壽。必誦予之言矣。

晉其大六十壽序

孔子曰。愛之欲其生。惑也。愛而惑焉。而欲其生。惑也。愛而不惑焉。而欲其生。情也。吉蠲爲饎。是用孝享。禴祠蒸嘗。于公先王。君曰卜爾。萬壽無疆。非欲其萬壽耶。我非敢勤惟恭。奉幣用供王。祈天永命。非欲其祈天永命耶。此愛之而欲其生者也。然古之人。無有以虛辭說人者。人之所欲。天必應之。曰予攸好德。汝則錫之福。富貴壽考康寧。天也。人皆歸之於天。箕子獨以爲人之所錫。固以冥冥之中。茫茫之表。無所謂天者。人貴之則貴。人富之則富。人欲其壽考康寧。則壽考康寧。此祈天永命萬壽無疆之說也。箕子之言天精矣。武王夢帝。與之九齡。文王曰。古者謂年爲齡。齒亦齡也。我百爾九十。我與汝三焉。武王之壽。文王之所錫也。晉君年六十。予之仲弟爲君之子壻。而君之子日亨。以姨之子從予學。皆來請予爲壽。夫欲君之生者多矣。不若君之壻。雖然。又不若君之子。以君之子壽君。君其有不益壽者乎。予有愛子之戚。方與日亨論洪範之義。以文王能與武王之壽厚自責。以爲不慈之極。故以孝子期日亨。必能壽君也已。抑予少有四方之志。既年長無用於世。常欲與親知故舊。歲時伏臘。問遺往還。飲酒社會。務盡其歡康強壽考。皆在百歲之外。父子兄弟。白首相追隨。爲太平之不遇人。而邇來屏跡荒江。足不履戶外。田夫野老。罕見其面。君與予有連。亦曠歲不見。忽忽不意君便爲六十歲人也。君壽宜賀。而予精神恍然。髧彼兩髦。泛泛其景。益不復知有生人之樂矣。既勉強爲日亨書之。又爲謝所以不能往賀之意。

璿甫魏君五十壽序

余始為魏氏諸倩。而濬甫年小於予。時尚垂髫。見余握手甚親。及濬甫自真義遊學城中。時時來過其女兄。即留飲相懽也。當是時。恭簡公家居講道。四方學者。多聚星溪之上。公於其家子弟。尤所屬意。而吾舅光祿公。闢家塾。延致名儒。濬甫遵矩矱無所失。而於進士之業。皆能工習。濬甫升太學。一再試秋闈。見罷遂不復往。而獨顓教其子。今二子學皆已成。庶幾可以紹恭簡公之業。濬甫年未至而輒已。余嘗歎惜之。明年為嘉靖四十一年。濬甫年五十。以正月二日為初度之辰。其子壻沈堯俞以余計偕北上。先期請余文為壽。至期張設之。蓋以余最親。又知之深也。然余見濬甫之少。又見其子之成立。又老而為壽。而吾舅姑與濬甫之女兄。已隔異世。則余之所感多矣。度濬甫華堂燕坐。子倩奉觴。賓朋雜沓。笙歌滿耳。則余方孤舟栖泊於江淮之間。自此蒙霧露。凌霜雪。又三千里。持空然無有之軀。欲以獻吾君。豈不愧濬甫。而欲為濬甫可得耶。古者五十曰艾。服官政。又十年。始爵命為大夫。則士之效用於世。任天下之事者。適濬甫之年。而濬甫苟自安逸。非恭簡公之教。漢李固薦樊英黃瓊云。一日朝會。見諸侍中並年少。無一宿儒。可備顧問。則老成之人。實國家之所須。重年少而忽耆老。豈世道之福耶。余以是惜濬甫之自止。而又以歎余之無所用而不知止也。是為序。

周秋汀八十壽序

吾崑秋汀周先生。今年壽八十。鄉大夫士。多為歌詩文章祝之。先生之子通判君。設廣席。大會賓客。余輩九人者。辱交先生父子間。得坐下坐。目瞻盛舉。心竊慕之。客有洗爵壽先生者。問曰。先生之壽有道乎。先生曰。有。老子曰。逸則壽。又曰。知足之足常足。蓋造化鈞畀。萬物小大厚薄。各有品限。故安其分則心泰。泰則百疾不作。故壽。愚者弗察。覬覦生焉。得失觸焉。心擾而害隨之。惡乎壽。故吾見人之富。不多其財。而薄田敝廬。足於陶朱。見人之貴。不侈其爵。而青氈絳帳。榮於金紫。見人有時名。不高其聞。而陶情詩酒。放懷歌舞。老焉益壯。若將終身。吾不知有餘在人。不足在我。嬉嬉然若與得意者等。吾之壽。或者在此乎。客未對。余笑曰。達哉。先生之論也。其有得于莊子逍遙之旨乎哉。其曰大鵬萬里。鷦鷯一枝。各適其適。不相企慕。則羨欲之累可以絕。累絕則悲去。悲去則性命安。是故壽於人則爲彭祖。壽於物則爲大椿。達者能得之。則先生其人也。今而後。呼先生爲逍遙公可乎。先生聞之喜。卒爵而歌。頹然就醉。余因拾問答之辭。合而爲序。

周翁七十壽序

周翁。予弟子建之內祖也。歲己亥。翁年七十。十月某日。爲其生辰。子建傳其舅之意。請予爲序。翁之先。自嘉定白鶴村。徙居崑山之蔡婆渡。其族之貴者。曰僉憲君。別居城中。人猶呼僉憲爲渡船周家云。翁饒于貲。中更官府科徭。能勤苦自力。凡再殖其家。自上世高曾以來。率不踰下壽。翁得年如此。而未艾。非意之所望。此其子孫姻戚。所以尤慶之深也。予爲序之云爾。因與子建論。以爲壽者。人子之所欲得之於其親。不待形之言。而古之人。無有以爲文者。至於詩人祝頌之語。始曰眉壽。曰壽考。曰萬年。曰萬壽云者。亦因其德之所取。而致其愛慕無已之情。無有專以爲壽之文者也。宋之季年。始以詩詞儷語相投贈。及今世。更益以所謂序者。計其所述。不過謂其生于世幾年。而至累數百言不止。不知此何用者也。而壽者之家。其又必須此。不得。不以爲樂也。豈真有求於古之文哉。以是爲古文而已矣。凡今世之務。侈其名。而不要於理。多此類。子建志乎古者。予是以及之。蓋予之序可無作。而予言不可廢也。

戴素庵先生七十壽序

戴素庵先生。與吾父同入學宮爲弟子員。同爲增廣生。年相次也。皆以明經工於進士之業。數試京闈不得第。予之爲弟子員也。於班行中見先生輩數人。凝然古貌。行坐不敢與之列。有問則拱以對。先生輩亦傴然自處。無不敢當之色。會予以貢入太學。而先生猶爲弟子員。又數年。乃與吾父同謁告而歸也。先生家在某所。渡婁江而北。有陂湖之勝。裕州太守龔西野之居在焉。裕州與先生爲內外昆弟。然友愛無異親昆弟。一日無先生。食不甘。寢不安也。先生嘗遘危疾。西野行坐視先生而哭之。疾竟以愈。日相從飲酒爲歡。蓋龔氏之居。枕傀儡蕩。遡蕩而北。重湖相襲。汗漫沉浸。雲樹圍映。乍合乍開。不可窮際。武陵桃源。無以過之。西野既解纓組之累。先生亦釋絃誦之負相得於江湖之外真可謂肥遯者矣其後西野既逝先生落然無所向然其子上舍君猶嚴子弟之禮事先生如父在時故先生雖家塘南而常遊湖上爲多今年先生七十吾族祖某先生之子壻也命予以文爲言先生平生甚詳然皆予之素所知者也因念往時在鄉校中先生與家君已追道前輩事今又數年不能復如先生之時矣俗日益薄其間有能如龔裕州之與先生乎而後知先生潛深伏隩怡然湖水之濱年壽烏得而不永也先生長子某今爲學生而餘子皆向學不墜其教云

張翁八十壽序

張翁居崑山之大慈予嘗自安亭入郡數經其地有雙洋蕩多美田翁以力耕致饒足而兄弟友愛不肯析居殖私財時時入城從縉紳先生遊樂飲連日夜而後歸士大夫愛尚其風流其伯子子振事翁尤謹嘉靖三十五年正月二十七日翁生之日月也於是年八十子振將爲宴會召其親戚故人以爲翁壽而予友盛徵伯任允恭游翁父子間子振因二君請予文序之予嘗論士大夫不講於譜牒而閭閻之子一日而富貴自相誇尚以爲門閥吾吳中無百年之家久矣崑山車溪之張氏其源甚遠予家有故牒譜其世次而范文正公爲當世名臣宰相家然自監獄公以下相爲婚姻者凡十有四人而與宋宗室婚者一人其科第仕宦不絕於世亦往往爲神以食於其土自宋皇慶間始占名數於崑山至於國朝天順成化之間幾二十餘世四百年而不改其舊故承事郎夏公娶於張爲夏太常之冢婦實生吾祖母予少時猶及聞張氏之盛也蓋至於今而車溪之張日以浸微而翁始居大慈豈所謂有嬀之後將育於姜者類有數耶予每至車溪停舟而問之百園之木數頃之宅里人猶能指其處焉若翁者人亦不復知其車溪之張氏矣予以故家大族德厚源遠能自振於式微之後又以吾祖母之外家尚有存者而喜翁之壽而康也故不辭而序之

孫君六十壽序

孫君以弘治七年甲寅十月十二日爲誕生之辰嘉靖三十四年乙卯於是年六十矣其子某爲徐氏壻徐某方

受學于予。爲言其子之意。以爲飲酒宴會。未足以爲親懽。必求予之文。予謂文者。道事實而已。其義可述。而言足以爲教。是以君子志之。若君之壽。使書之云。生于世幾何年可乎。從而頌禱之曰耆老。曰耄。曰耋。曰期頤可乎。生於世幾何年。是人之所同也。自七十至于百年。是人之所常有也。雖然。君子之爲情也近。使其父母生於世幾何年。自七十至於百年。不亦爲人子者之所樂耶。豳風之詩。周公爲其君稱先王之業。而道其豳國風土之舊。其言不過耒耜蠶桑。治田墐戶。食瓜斷壺。獻羔祭韭之微。皆今世田野里俗之事。又曰。十月穫稻。爲此春酒。以介眉壽。又曰。曰殺羔羊。躋彼公堂。稱彼兕觥。萬壽無疆。當十月歲將暮之日。不過爲酒以介眉壽。殺羔羊以稱其無疆之壽而已。古之人。其相與樂也。以壽爲祝。蓋使天下樂生而不厭。此太平之美事也。孫君自崑山稍徙郡城。頗以畜賈致富。天下承平歲久。賦繁役重。吳人以有田業。累足屏息。君能超然去其故。而即其所以爲安者。故能及時以爲樂。所居在闤闠都會之地。而其子方儒服而從縉紳士大夫遊。較之史所稱鄒魯之士。去文學而趨利者異焉。是則可書也已。某又言君之孝友。父歿後。嫁其孤姊妹三人。諸所爲。多厚德。以方論君壽事。不盡述云。

楊漸齋壽序

國家制州縣之官。皆親民之職。所以宣布天子惠養元元之意。其取之不一途。而選授必以才。要使之人人自盡其力。固不以其不任而苟試之也。自進士之科重。而天下之官。不得其平矣。夫委之以任而責其成。當論其人之才不才。與其事之治不治。不當問其進士非進士也。而今世則不然。非有朝廷顯然一定之命。而上下相習以爲是當然者。非一日也。天子重念遠方之民。歲遣御史按行天下。以周知其吏之賢否。而御史所至。汲汲于問其官之所自。苟不肖也。進士也。必其所改容而禮貌之。必其所列狀而薦舉之也。而銓曹之陟者恆于是。既而罪跡暴著。而加之罪罰矣。猶若難之。苟賢也。非進士也。必非其所改容而禮貌之。必非其所列狀而薦舉之也。而銓曹之黜者恆于是。既而功顯實著。而加之賞矣。猶若難之。是以暴吏恣睢于民上。莫能誰何。而豪傑之士。一不出於此途。則終身俛首。無自奮之志。間有卓然不顧於流俗。欲少行其意。不勝其排沮屈抑。逡巡而去者多矣。吾邑楊漸齋先生。以鄉進士選調台州府推官。先生之考平陽君。號爲有風烈。而先生承家學。少有令名。以先生之才。宜不出於他人之下。其于理冤釋滯。寧有不盡其心者。而一與御史不合。曾不得少安其位也。雖然。于先生何媿。先生今老於安亭。年已七十。賦詩飲酒。與田夫野老相追逐。其樂豈有涯也。余獨惜夫天下常有遺才。而習于所偏重者。不覺其弊。皆以爲是當然。而莫知所以救之。豈非世之君子之責哉。先生以八月八日爲誕辰。予弟有尙。先生之外孫壻也。來索此文。予之曾大父與平陽君同年交好。而予于先生。亦在姻婭之末。不得以不文辭。然不敢爲漫衍卑諂之談。以爲世俗之文。非所以事先生也。

六母舅後江周翁壽序

有光少不能事先孺人。追外祖之春秋高。又不能養。至今每念外家。不勝凱風寒泉之思。先孺人同祖兄弟十有二人。今皆以零謝。而唯六母舅存。隆慶二年。於是年八十矣。當六母舅之生辰。有光方會朝京師。不能從諸兄弟於其日爲壽。其秋自吳興還。閉門不出者數月。今將有邢臺之役。而外家諸弟來告。六母舅之壽。不可無子文也。然河南兄之序美矣。有光何以復贅。昔吾外曾祖。世有惇德。生丈夫子四人。外祖最少。與諸伯祖並列第千墩浦之上。屬時承平。家給人足。兄弟怡怡然相樂也。先皇帝之初。諸祖相繼淪謝。而外祖最高年。然皆苦徭賦殫耗矣。而河南兄以進士起家。則周氏之隆盛。特加於前。然同祖昆季多不振。惟獨鍾于本支中憲公以河南之貴受誥封。而六母舅保有世業。蓋四祖之家。惟伯祖故第巋然獨存。至於今壽考者。六母舅一人而已。而子子夔年亦六十有二。尤能孝養。吾外曾祖之子四人。而外祖最少最壽。伯祖之子亦四人。而六母舅最少亦最壽。豈亦有數然耶。夫人生百年如旦暮。此亦過者之論。先孺人長母舅一歲也。以今追先孺人之世。歲月遙遙。何其久也。短促者旣如此。而長永者又如彼。百年之內。彭殤之數可同日而論哉。有光亦何能無感也。六母舅居鄉。鄉人有訟。不之官府而之其廬。其化服鄉人。有陳實王烈之風。雖河南兄之隆事諸父。而以文稱之。非諛者。顧有光何以復贅。然河南兄祝其八十。今八十有一矣。自八而一。以至於無窮。則吾文宜續河南之後者也。

周弦齋壽序

弦齋先生居崑山之千墩浦上。與吾母家周氏。居相近也。異時。周氏諸老人。皆有厚德。饒于積聚。爲子弟延師。曲有禮意。而先生嘗爲之師。諸老人無不敬愛。久之。吾諸舅兄弟。無非先生弟子者。余少時見吾外祖。與先生遊處。及吾諸舅兄弟之從先生遊。今聞先生老而強壯如昔。往來千墩浦上。猶能步行十餘里。每余見外氏從江南來。言及先生。未嘗不思少時之母家之室屋井里。森森如也。周氏諸老人之厚德。渾渾如也。吾外祖之與先生遊處。恂恂如也。吾舅若兄弟之從先生遊。斷斷如也。今室屋井里。非復昔時矣。吾外祖諸老人。無存者矣。舅氏惟長舅存耳。亦先生之弟子也。年七十餘矣。兄弟中河南行省參知政事子和最貴顯。亦已解組而歸。方日從先生于桑梓之間。俛仰今昔。覽時事之變化。人生之難久長如是。是不可不舉觴而爲之賀也。嘉靖丁巳某月日。先生八十之誕辰。子和既有文以發其潛德。余雖不見先生久。而少時所識其渟朴之貌。如在目前。吾弟子靜復來言於予。亦以予之知先生也。先生名果。字世高。姓周氏。別號弦齋云。

前山邱翁壽序

吳郡太湖之別爲澱山湖。湖水溢出爲千墩浦。入于吳淞江。當浦入江之處。地名千墩。環浦而居者。無慮數千家。而延福寺中浮圖。矗立雲表。舟行數里外。望之鬱然。若有祥雲瑞氣浮之。予少時之母家時過其下。而浦上著姓。往往能識之。今其存者少矣。而予弟某。乃爲予言邱翁之壽云。千墩有山名爲秦柱峯。培塿小邱耳。俗謂之山。而在翁所居之前。因以前山自號。翁年五十餘。即付家事其子。日遊延福寺中。與緇素之流。爲方外之交。每造精廬。談笑飲酒而已。家之有無不知也。予未識邱翁。想見之而愛其人。以爲人生百年之內。無可竟之事。終於馳騖而無所止。而翁以未老而傳。雖其家事亦無所問。況於人世之榮名乎。使翁在公卿大夫之位。寧肯冒寵利而不知休乎。使翁得休處之地。寧肯覬覦中朝。求起廢而更進乎。史稱萬石君歸老于家。子孫爲小吏來謁。必朝服見之。有過失。爲便坐。對案不食。雖燕居必冠。以孝謹聞于郡國。而陸賈家居。出橐中裝。賣千金分其子爲生產。常安車馴馬。從歌舞。鼓琴瑟。侍者十人。過其子。給酒食極歡。兩人志操不同。史皆稱之。使邱翁貴顯於世。蓋陸生之徒也。嘉靖三十五年。八月二十日。翁六十誕辰。其姻黨因予弟來請其壽之文。予固有感于少時所熟遊處。爲之慨然。而又樂道其人。故論而序之。

戚思吶壽序

戚思吶先生居城南陸墅斷岸間。非車馬跡所至。喧囂之音。隱隱水外。而蕭然有林野之趣。先生雅志離俗。儲藥於室。藝菊於圃。彈琴讀書。集鄉村之子弟。教以揖讓容與應答灑掃。彌老而不倦。過其門。歌誦之聲鏘鏘也。始吾祖爲社會。先生在焉。吾祖常稱戚先生長者。又于几案間。見戚先生詩。當是時。余髮始垂。會中諸老。皆已皤然。今余年日長矣。諸皤然者自若也。往往有及百年者。而先生亦八十矣。余是以深喜諸公之難老。而吾祖輩之多壽。時道說之。論者有以爲富貴壽考。天之所慳。而兼有之爲難。是以龐眉皓髮之叟。必在于山林泉石枯槁沉溺之間。而華衣鼎食。厚享累積者。多摧折於中年。以余徵之。殆非事實。而要其理有不可誣者。蓋物取多則焦然不寧。有紛紜叢垢之集。而無恬愉靜逸之休。是不知旦暮之變。寒暑之移。而惴惴於百年之途者也。譬諸飲食。知味者希。君子之言壽。所以必歸之先生之徒歟。先生之子學。以才藝馳聲郡校。將及于有司之薦。彼夫忽焉而驟至者。吾又知其不足以動先生矣。

陸思軒壽序

予友季子昇與陸君思軒。同學相善。君於是年六十。子昇屬予爲壽之文。東吳之俗。號爲淫侈。然於養生之禮。未能具也。獨隆于爲壽。人自五十以上。每旬而加。必於其誕之辰。召其鄉里親戚爲盛會。又有壽之文。多至數十首。張之壁間。而來會者飲酒而已。亦少睇其壁間之文。故文不必其佳。凡橫目二足之徒。皆可爲也。予居是邑。亦若列禦寇之在鄭之鄙。衆庶而已。故凡來求文爲壽者。常不拒。逆其意以與之。並馳于橫目二足之徒之間。亦以見予之潦倒也。雖然。子昇之爲陸君。豈泛而求之。予亦豈泛而應之耶。陸君居縣之華翔村。往年太僕桐城趙子舉來崑山。嘗至其地見其土田肥美。江流環繞問知予家舊業。而後失之。予舉力勸予復其故而未能也。蓋吳淞江水灌溉之利。爲大華翔居江之要。宋置新江驛於此。新江卽吳淞江。古所謂婁江也。雖然。同學而異造。同賈而異售。同工而異巧。同稼而異穫。將存其人耳。君居華翔。獨以善穡稱。歲不失其公家之奉。而以其贏自給。雖當師旅饑饉之年。而寬然其有餘。古所謂孝弟力田者也。所謂善良敦樸者也。所謂周于利凶年。不能害者也。子昇其以是取之與。先是。君之子豫卿。謁選在京師。求嚴學士敏卿之文以爲壽。煌煌乎玉堂金馬之制作。鄉里有榮焉。然嚴公之文。所聞異辭。欲道君之實者。宜有待于予言矣。雖然。予視君之貌尙少也。則君今之爲壽太蚤。子昇之請亦太蚤。姑以是倍之爲百二十。於是子昇來屬予文。予可無辭。而予與子昇陸君。相與嘯歌田里。以效華封人之祝。鈔本作效華封人祝今天子萬年之壽其可乎今從常熟本

東莊孫君七十壽序

昔孔氏之門。尊屢空而下貨殖。衣敝縕袍。不恥與狐貉者立。至太史公乃爲貨殖傳。後之爲史者訾之。以爲崇勢利而羞貧賤。而吾以爲不然。彼以李陵之禍。發憤有激而云爾。故謂季次原憲。讀書懷獨行君子之德。空室蓬戶。褐衣蔬食。以終其身。四百餘年。弟子志之不倦。豈有輕於季次原憲而爲此言哉。其稱袁盎斥安陵富人之語云。公等日從數騎。一旦緩急豈足恃乎。天下攘攘。皆爲利來。蓋深嘆之也。晉劉殷未遇時。嘗乞貸於人。輒云。俟他日顯貴。而以償汝。其後殷果位至三公。殷之負氣固高。而爲之貸之者亦賢矣。崑山爲縣在瀕海。然其人。時有能致富埒封君者。近年以來。稱賢者曰孫君。孫君自其先人。與尙書周康僖公有親。公甚愛敬之。其爲人誠篤。用是能以致富饒。至孫君尤甚。故其業益大。然恂恂如寒士。邑之人士。皆樂與之遊。而有以緩急告者。時能賙恤之。於是君年七十。里之往爲壽者。皆賢士大夫也。而予友秦起仁。又與之姻。言於余。以爲君非獨饒於貲。且優於德也。夫祝人之壽而稱其德。古者謂之善頌禱。若吾者。太史公猶將樂道之。予以是爲之序云。

同庵陸翁八十壽序

由吳之葑門。東出。皆湖蕩。又東爲沉湖。沉湖之東爲甫里。余嘗泛湖中。水波浩渺。遙望西山如一抹。湖上人家。隱見烟雨中。舟人指點。故冢宰陸公之居在焉。陸氏之來已久。自冢宰公至于今百年間。科名相繼。蓋水澤之奧區。東南靈秀所發。而鍾於其家。至如山澤之癯。含淳抱質。如璞之玉。若侗庵翁者。尤難得也。翁冢宰家子弟。遊成均。以舍選爲幕官。其於市朝之跡。未嘗不涉也。而自幼至老。不知世間有機事。人以侗庵稱之。蓋當其名云。吾觀於翁。而知天地太古之氣。性情之理。猶未盡散於亂惑之中。使世多如翁者。則朝廷之事清。而有司之務寡矣。翁夫婦兄弟皆高年。三子鼎立。而先是其孫舉於鄉。而兩外孫亦同舉。以此卜陸氏之後日昌。而翁之福履日綏也。甲子春十有三日。爲翁八十之誕辰。其壻張君。具豆觴。即翁之所以爲壽。因道翁之美。而請余爲之序。余少時嘗之虞山下。老子之宮有檜。蓋蕭梁時物也。余始識翁於此。是時翁年尚少。同遊有三四人。婆娑古檜之下。相與太息。以爲此樹自天監至今。一千二十有八年。來觀遊者。不知幾世幾人也。今同時遊者皆化去。而翁獨高年壽考。信知萬物之得於天。其短長之相懸絕。念之不能不憮然也。不知何日。當復從翁爲海虞之遊。相與共數此檜。至今又不知一千幾百年矣。願因張君爲約。翁其許我乎。

望湖曹翁六十壽序

昔歐陽公稱連處士居應山。應山之人。其長老教其子弟。所以孝友恭敬。禮讓而溫仁。必以處士爲法。曰。爲人如連公足矣。其矜寡孤獨。凶荒饑饉之人。皆曰鄉之有連公。有所告依。而生非有政令恩威。而能使人如此。所謂行之以躬。不言而信者也。余于曹翁亦云爾。翁之先。故爲大家。翁少孤。而其業圮。翁克自振立。撫教其子弟。見舉于鄉。不數年間。其業逾大。擬于素封。其稱于閭里。又若連公云。吾爲令長城。外甥王夢元來省。前年冬。嘗爲余乞翁爲壽之文。至是復來請曰。此翁里人之志也。翁今年六十有三。今于六十則已過。于七十則方來。里人祝翁之壽。自六十以至于百歲。每一紀則爲大會。蓋六十其始也。故請記其始而追書之。余爲述翁之德。比于連處士。而媿無歐陽子之文。然歐公特述處士之行于身後。處士不知也。予稱翁之善以祝其壽。使爲善者自喜。且亦無用求知于後世之人。而以與其鄉人子弟。飲酒笑樂。同聲唱和。稱其爲善人而祝其壽。不愈于歐陽子之稱連處士乎翁家在澱山湖。余數泛湖中。嘗望見之。而不獲一造。今長城瀕太湖。望翁家。可信宿而至也。方爲吏事所拘。東望能不悵然矣乎。

錢一齋七十壽序

嘉靖四十四年。余舉進士在京師。而吾邑一齋錢翁適至。錢氏有名籍在薊州。其子德彝。爲京學諸生。而翁年七十。以十二月十六日誕辰。將告歸。以召其親戚鄉黨。而請余文爲讌序。初。翁遊京師最久。輕裝却傔從。騎行往返。常不及二十日。翁以太學生。遊顧文康公之門。公甚親信之。而爲人謹厚不泄。不因氣勢。有所私利。人以緩急告。即未嘗不盡心。爲之排難解紛。始以選調旗手衛經歷。捧部檄出使。會同時出使者。例貶官。而翁當之河西。不欲行。遂自劾去。及文康公歿。而翁自是少至京矣。獨今歲一至。而騎馬陸行。馳驟如飛。人見之。殊不類七十歲人也。人才如翁。使之當事。真可任宰相知人不謬。今老而康強。其壽未可既。吾邑人才如翁。後來豈易得哉。或曰。錢氏世有壽考。蓋以爲陰德所致。翁祖贛州文學。壽八十四。父春林君。壽八十二。里人稱贛州。嘗攝守事。活死囚四十餘人。一道士被釋。以金爲謝。贛州却之。道士園有竹千竿。截其尤巨者爲爐。旦夕焚香禱祝。臨行以爲贈。今錢氏竹爐猶存。余今觀翁之壽。必能過於前人。而果以爲有陰德。其世當有興者。翁尚能及見之。

菱雲沈先生六十壽序

淞江之上。有隱君子曰菱雲先生沈氏。其達生適嗜。玩世不羈之士乎。友人朱君某。以先生六十。來徵文爲壽。竊承下風久矣。蠹食窮壤。敢妄意少裨益於生人。雖有身而不自知惜也。聞先生出入三世之書。及今而腎藏不衰。骨體堅壯。殆必得之深者。願因而請質焉。天以六氣臨地。地以五位承天。應天之氣者。五歲而右遷。應地之氣者。六朞而環會。五六相合。而七百二十氣爲一紀。倍之而千四百四十氣。凡六十歲爲一周。是非先生之年耶。周而復始。如環無端。天地自然之運也。是故天地之運無終窮。而吾人壽敝天地者。未之見耶。豈不以天氣也。無形也。

地形也。無情也。即天地而較之。地滯於形。已不能與天並其久。況有情之物。與天地較耶。氣有盈縮。形有盛衰。天地之運不長得其平。況滋蕃長育乎其間者。顧悉得其沖。不觸其乖耶。脈法曰。天地之變。無以脈診。謂其順相承也。循環以相生。逆相勝也。循環以相救。不能不勝。未有勝而不復。勝復之作。不形于診也。是故天地之運。悠久而無疆耶。人之有形也。不盡值其氣之沖。五藏之氣乘之出。而喜怒思憂恐之情。不能一一中其節。其相勝之氣。又安能如天地之相救而能復耶。是故周而復始。如環無端也。其天耶。由八歲而八八。浸實而浸虛者。其人耶。人不得與天地並。不可並者。陰陽之體耶。可並者。變化之用耶。變化之爲用。在天爲元。元生神。在地爲化。化生五味。在人爲道。道生智。善攝其生者。殆所謂以道而神御者耶。抑有餘不翼於勝。助不及。不贊其復。喜怒思憂恐一而莫之能亂。天之勝也。其復以天。人之勝也。其復以人。復以人。人亦天地。上古之真人。與太極同質而無敝。豈誑我耶。先生之從子。果從余遊。稱先生骨清而神明。意豁而氣和。行其胸襟。不與世縛。少年嘗遇異人於月下。恍然覺悟物外烟霞之想。寤寐尚其依依。果爾。先生之養。非人所能窺。其壽亦非人間之數。可得而計。奚一再周之足云耶。經曰。善言人者。必有徵於己。先生之濟物博矣。將無於其身而徵之耶。將無於其身而徵之耶。

碧巖戴翁七十壽序

人之情。皆有樂與不樂。二者因所遭而異。又有不然者。則繫乎其人。其人能自適。即其樂恆然。雖有所不樂。不能易也。蟋蟀在堂。歲聿其暮。今我不樂。日月其除。無已太康。職思其居。好樂無荒。良士瞿瞿。唐之俗。其人安于不樂。故欲其樂。終不可得也。東門之枌。宛邱之栩。子仲之子。婆娑其下。陳之俗。其人安于樂。故欲其不樂。終不可得也。夫以憂深思遠。儉而有禮。爲有堯之風。視幽公之荒淫棄業。亟會歌舞。固不可同日而語。然世之君子。姑舍此而論。吾人生世誠無幾。獨戚戚不自聊。乃非所以順性命之情。故雖唐之儉。君子譏焉。古有莊周之徒。常思自放于天壤之間以爲達。彼誠有見謂當世之事。一切皆中吾之心。吾以有爲應之。雖百年之內。足以有所成。則吾亦可以少自苦。而庶幾所至有涯而不辭也。今以人之身。涉于無涯之中。極一世之心力。終不能有所覬。則亦何苦役後。舍吾之可樂以易彼哉。且天地日月。風雲山水。四時花鳥。稻粱醴膳。宮室筦簟。父子昆弟。夫婦朋友。人之生有此耳。能自樂者。其人之生。常以百歲。能當乎人之數百歲。以其于天地獨見其高厚。日月獨見其昭明。風雲山水。獨見其變態。四時花鳥。獨見其靚麗。稻粱醴膳。獨知其味。宮室筦簟。獨知其安。父子昆弟。夫婦朋友。獨知其有情。彼不樂者。百年之內。惛惛罔罔。而又何知哉。余少時有志于古豪傑之士。常欲黽勉以立一世之功。旣老不遇時。始益悟人世之倏忽。卽年少得志。躐取卿相之位。至于今日。亦不必能以有所立。卓然如古之人者。其摧敗必且爲世之所指議。予亦何羨哉。予鄉碧巖戴翁。少而知樂。至老飲酒處戲如一日。余意翁之觀天地日月。風雲山水。四時花鳥。稻粱醴膳。宮室筦簟。父子昆弟。夫婦朋友。必有異乎人者也。于是翁年七十。縣中諸進士。無其子與政同事者。皆往從翁。飲酒甚樂。請予文序之。噫。諸君子從翁。一日樂也。然且有當世之憂。安能以余言爲然。姑爲之序之。

杜翁七十壽序

杜翁居郡城中。敦尚禮義。教其子讀書。數延名賢。與之遊處。三子皆自刻勵。爲學官弟子。予友陳子行嘗館於其家。是時子行試南畿爲首選。一時之人。爭詣子行之門。求爲弟子。恐不能得。獨杜翁乃能延致其家。子行見予數稱其賢。而子行之兄子達。讀書南禪寺中。性剛直。於人少所往來。獨與翁父子親善。其見予稱翁之賢。如子行也。予未識杜翁。往歲與子達同赴南宮。從郡中行過杜氏之門。少憩焉。已謝其主人而去。子達乃告予。此向所稱杜氏者也。而子達不先言。翁竟亦不知予。然予於陳氏兄弟。得翁之爲人悉矣。今年翁七十。時子達尚寓南禪寺。數見翁之子。言翁以五月日爲其誕辰。求一言以爲壽。而予於子達。不能辭也。記曰。凡養老。有虞氏以燕。夏后氏以饗。殷人以食。凡老者所宜。得在於安。與飲食之而已。杜氏之奉養無闕。而三子恂恂。不違其志。此非所謂燕而能饗與食者乎。記又曰。七十曰老而傳。八十九十曰耄。百年曰期頤。老而傳者何也。人生自少壯。皆求所以自樹立。至於七十。無可爲矣。而必有可傳者。翁以詩書禮義貽其子。非其可傳者乎。夫年至七十。古人以爲難。而人子之心。孰無壽考萬年之祝。然無可傳。不能無媿於其父。無燕與饗食之。不能無媿於其子。兼是二者。此子遠之所以爲杜氏賀也。

叔祖存默翁六十壽序

昔我歸氏自工部尚書而下。累葉榮貴。迄於唐亡。吳中相傳。謂之著姓。今郡城西有歸王墓云。宋湖州判官以來。益微不振。以宗強。爲鄉里所服而已。素節翁當洪武時。避難攜妻子。轉走巴黔之間。所至有神人擁護。相導之。得以無死。人以吾歸氏爲神明之胄。世當有興者。然至今未之見也。素節翁有七子。吾曾王父爲世嫡曾孫。而存默翁。實曾王父再從弟之子也。始素節置別業于縣東南三十里所。吳淞江之上。地名綠葭浜。時諸子弟以宮室裘馬馳騁縣中。而季氏獨分居綠葭浜。以耕田爲業。迨今五六十年間。吾王父屢屢能保其故廬。延詩書一綫之緒。如百圍之木。本幹特存。而枝葉向盡。無復昔者之扶踈。而七子之宗。存者無幾矣。今吾存默翁。獨能自持于艱難困阨之餘。異時季氏之宗。與翁聚居者。目所及見。猶有十餘人。唯翁一人在耳。是十餘人之中而得翁一人也。若七宗之子孫。則數百人。惟翁一人在耳。是數百人之中。而得翁一人也。豈不可貴而可賢哉。有光自惟年八九歲時。聞故鄉盧兗州家。有譜系遺訓。而曾王父先計偕在京師。時館閣諸老。如宜興徐文靖公。長沙李文正公。同郡吳文定公。王文恪公。所爲文章甚衆。後遂獲序次歸氏族譜。顧今垂老。不遇于世。無以庇其九族。有葛藟之感。見吾存默翁。不能不爲之喜也。素節翁至吾王父。皆年近百歲。則壽自吾家所有。于存默翁無容祝禱之矣。

高州太守欽君壽詩序

高州太守致仕欽君。與余嘗同試建康。嘉靖十九年。君爲順天府貢士。而余貢應天。是時吾郡登南榜者。士二十七人。而北榜惟君一人。報至。遂爲二十八人。一時以二十八宿擬之。故事。兩京同歲薦者。亦爲同年。而君登嘉靖二十九年進士。選爲都水主事。三十二年。分司臨船廠。余自京師下第過之。懽然有故人之情。其後君遷虞衡郎。及出守高州。致仕家居。余家去郡城一舍而近。然余少入城市。遂隔絕不相知。以爲君猶在高州也。四十年。余在京師。君之子止信懋孚。方遊太學。數過余云。君是歲年六十。求朝貴詩聯爲大卷。將歸爲壽。請余序之。余許之而未果。今年。余方試南宮。懋孚來過。爲言夢余登第。而余果得第。夫以一第不足爲重。而懋孚別三年矣。非其意之所及。又前歲不夢而夢今歲。人之出處。非偶然者。亦豈以君同年之情。感於夢寐者如此。會懋孚復以前序爲請。夫君之子蘄余第於夢寐之間。而余蘄爲壽君於詞章之末。以爲非人情。因遂書之。而嘆君之徜徉自恣於世外。而余之馳騖而不知止也。

卷十四　壽序

朱母孫太孺人壽序

吾崑山僻在東海之濱。爲吳下邑。而山區水聚。天地之精氣。蜿蜒迴薄。而會于此。故士之登朝著躋膴仕者。常倍於他州。至於耆艾長年。履期頤之福。閭巷之老。閨門之女子多有之。嘉靖癸丑甲寅之歲。間以七十稱慶者數十家。以仕宦過家。爲其親七十壽者。亦不下三數家。世稱七十古所稀。況於富貴壽考兼之。而在於吾邑。如是者相望。豈非一時之盛哉。朱君恭之。以進士起家。爲浮梁令之三年。上計京師。天子擢爲尙書冬官郎。將赴南都。浮江東下來省其母。於是士大夫循鄉俗之禮。如前數十家之爲賀者。又以恭之仕宦而歸。太孺人年又七十也。賀尤不可以後。雖然。予以恭之官南都。於其家不越五百里。畿甸之內。昔之人。所欲乞鄉郡以便養而有不能得者。恭之不求而得之。此所尤宜賀者。夫士以其身爲國。而使之忘其私。非人情也。先王之制。未嘗然也。旣富方穀。必也有好于而家。用其人之力。而忍絕其私耶。古者卿大夫皆仕於封內。銜使命于四方。則有越境之行。然亦不踰時而復。而不遑將母。先王所以恤之者至矣。今海內爲一。仕而去其父母妻子。宦轍所至。窮日月之出入。於是乎奪其私以爲國有。不能於兩得之者。今恭之將行矣。所以壽太孺人者。非特一時鄉里之榮而已。去而之南都。風土之樂。猶吾邑也。膳羞被服宴飲之奉。猶吾邑也。南都之士大夫。來爲壽者。猶吾邑也。恭之可謂兩得之也。使天下之士仕於內外皆如恭之是所謂各適其性而無復行輩裳裳者華之思矣。以孝爲忠。孰能禦之哉。孰能禦之哉。

顧母陸太孺人七十壽序

凡士之讀書應舉。以登進士爲榮。其登進士服官受采。以銜天子命。過鄉閭壽其親。而姻戚賓友。迎延滿堂。日爲供具飲酒歡宴爲樂。此今之所誇以爲富貴者。盡世俗以然。顧子行於是得之。而尤有異者。始子行之先君事武皇帝爲刑科給事中。是時佞寵盈朝。天子日從趙李之徒。不復御椒寢。而前星未耀。公疏論其事。及今皇帝嗣服。首進八疏。以贊新治。其疏在史館。宜有之。公之爲給事也。先亦由進士爲行人。蓋去君之時。今幾三十年。子行復起進士爲行人。過家而鄉里姻戚賓友。彷彿見其先人時事。有下淚者。而太孺人始事給事。給事爲諸生。以及於貴顯。中更艱苦辛勤矣。蓋又三十年。而復見其子如其夫之貴。此其所以爲尤異者。顧氏世家海上。公乃徙崑山之南千墩浦之上。而公之族。稍稍從以來。散居浦之東西。而公與其從父兄。一時並爲黃門。氣勢翕赫。終不少藉以陵轢其里人。是時公在京師。太孺人獨以舅姑老。不能從。留養之。其後太孺人寡居。獨持門戶矣。伯子子繩。讀書入太學。而子行最少。兄弟恂恂。友愛無彼我之間。蓋太孺人之爲教者如此。昔歐陽公爲許氏園記。以爲許君以制置七十二州之有餘。治數畝之地爲園。不足以施其智。而於君之事。亦不足書。唯許氏之孝弟。著於三世矣。海陵之人過之。未嘗不愛其人也。則夫前之所云。亦夫人遭際之適爾。不足以爲異。唯太孺人之懿德。施於子行之兄弟。所謂駢枝連理。同巢共乳之瑞。於此見之。而富貴壽考康寧之福。歸於太孺人者。將未艾也。太孺人二子一女。爲今進士沈君子善之配。其外孫堯俞。從予游。以十月二十七日爲其誕辰。來徵予文爲壽。予爲序之如此云。

張母太安人壽序

張母太安人之寡居也。其子秋官尚書郎甫七歲。家甚貧。不能自存。太安人辟纑以爲食。且遣就傅。夜則躬自督誦。母子共燈火。熒熒徹曉。太安人纑獨精。售輒倍價。太安人亦自喜爲之。常辟纑無晝夜寒暑。以一女子持門戶。

備歷百艱。如是者幾年。秋官舉進士。爲主事。幾年。有太安人之誥。又幾年。致仕歸。養于家。又幾年。爲嘉靖二十年。太安人年八十矣。於是膺命秩。又得其子之侍養甘脆之珍。華綺之飾。無弗致者。鄉里以爲榮。而太安人敝衣糲食。辟苧自若也。秋官有小過。詬責之如年少時。談者以太安人可以附于古之列女。太安人初度之辰。鄉進士鄔克忠輩二十餘人。如張氏舉觴爲壽。相與誦太安人之美。因及其所以爲壽之說。有光聞之。古之善養生者。務尊其生而勿攖之。時其興居之節。適其奉養之宜。而內不傷其七情之和。若處子嬰兒然。故得全其天年。不中道夭也。太安人之所以勞其生者。去其養生之說遠矣。其艱辛彌甚。其得數彌長。莊周所謂受命于地。唯松柏獨也。太安人之謂也。古者尊老。非直尊其年而已。有德焉。若太安人者。可以壽矣。

澫宜人六十壽序

予母家在吳淞江南。千墩浦之內。浦上民居數百家。有寺曰延福。中有梁天監時所建浮圖。矗立至雲表。常在數里外往來望見之。犍爲太守陳君德振家其下。予年數歲時。從舅氏過其家。則君之先大夫尙少壯。使二童子延予坐。童子者。今亦不能記其爲何人矣。時君尙縣學生。亡何。遂鄉進士。而君之母太宜人。實先妣之姑也。故予與君每見。必執甥舅之禮。庚戌之歲。同試南宮。君以病臥逆旅。不能入試。予時時候之。及予南還。君謁選天官時。冢宰夏公。試君第一。檄守嘉定州。嘉古犍爲郡。有峨眉之勝。於今天下州稱一二。夏公奇君之文。故處以是州。云欲以變蜀之文體。君果能以自見。未期歲。有治聲于蜀中。而以外艱還。不究其用。免喪。方上道。遽疾作長逝。今忽忽已五六年矣。而君之婿張應仕。以宜人之壽。請序於予。顧念今昔。有不能不慨然者矣。然有可以爲賀者。宜人從君起田畝。早歲見夫君取高第。雖蹇阨于南宮。垂三十年。晚以知遇釋褐。得守名州。往返蜀道。涉岷江。經瞿塘。宜人常從得見天下名勝。蓋吾之邑。貴顯者多矣。身歿未幾。以藏鏹叢怨。妻子乞哀於道旁。君之取於利則薄矣。而以壽考康寧。貽于宜人。以及于子孫者。何可窮也。予亦宜人之甥也。故不辭而爲之序。

陸母繆孺人壽序

繆孺人爲指揮使陸長卿之室。長卿者。故冢宰水村公之母弟也。昔寧藩之亂。事連冢宰。長卿與母太夫人皆歿於京師。孺人。無錫人也。歸長卿。未幾而遭家難。時年二十有四。迄今嘉靖三十有六年。於是年已六十。其孫婿嚴生垂慶。與余家有姻。來請其壽之文。余謂爲壽者。不過致其禱祝之辭。則爾之所能言。謂若飲食燕飲婚姻子姓會聚之盛。則陸氏之所自有。至于女子之行。不出於閨門。將取其常事列之。亦非文之所取。又何用于余言乎。雖然。余聞繆孺人遭家多難。盛年寡居。著柏舟之節。終温且惠。淑愼其身。燕燕之所美也。及爾顛覆。既生既育。谷風之所嘆也。予所拮据。予所捋荼。予所蓄租。予口卒瘏。曰予未有室家。鴟鴞之所怨也。此固陸氏子所宜述者。以此爲孺人壽其可乎。冢宰以書生起家。至通顯。嘗將百萬兵。自山東追巨盜過江。殲之于狼山。師還。過吳。所將天下精兵。皆在吳門。鄉人縱觀嘆息。長老至今傳之。及掌銓衡。凡十年。士大夫輻輳其門。當是時。長卿負其兄勢。甚赫奕也。一旦掇危禍。蹈不測之淵。賴天子明聖。終保全其家。然如寒林巨木。更嚴霜之後。生意幾盡矣。物盛而衰。衰久而復。此天道之常。冢宰詩書之澤。尚綿綿不絕。今三十餘年。子孫必有能復其始者。孺人當及見之。陸氏子曰丕者。余從祖姑之夫。曰欽若恆若者。皆余姻友也。生其幷以余言示之。

鄭母唐夫人八十壽序

予友鄭君伯魯。少遊莊渠甘泉二先生之門。晚與唐以德爲友。居於郡城。士大夫皆崇尚之。今年十二月某日。奉其母太夫人唐氏。爲八十之壽。予與伯魯。同爲魏氏諸倩。內家諸弟。多從伯魯學者。於是濬甫來請余。爲太夫人壽序。蓋唐氏長洲望族。而鄭自華原王以來。數百年爲簪纓世家。予以魏氏之連。常有女婢往來。數能道太夫人之德。而伯魯循循學道。日致孝養。有人子之所難者。世俗之所慕豔。惟一時之輝華顯奕。而家門之內。多有虧敗。其於所得於天之數。往往不能以全。而鄭之和氣。獨鍾萃於一門。蓋伯魯之尊人與太夫人。皆高年在堂。伯魯夫婦偕老。今年六十。而其子已有孫。於是鄭氏五世矣。父母夫婦兄弟子孫皆全。天倫之樂。求之於世。蓋無有也。以伯魯之才。使之用於世。可以致顯仕爲不難。顧以詘於時。而獨重於鄉里之間。然豈以此易彼哉。予賦命窮獨。伯魯之所有。無一全者。如溺者於岸上之人。飲酒嘯歌。舉首望之。何以爲情。故於濬甫之請。非敢爲賀。書所見而已。是爲序。

張母王孺人壽序

上海張莊懿公之孫繩武。其室曰王孺人。能以孝慈儉勤成其家。教諸子皆已有立。而次子仲謙。亦既舉於鄉矣。今年孺人六十。以某月日爲其設帨之辰。其外弟秦君光甫。將往爲壽。而請序於予。蓋孺人于光甫爲其舅之子。而莊懿公之子婦。爲尙書旅溪朱公之女。實孺人之姑。而光甫之姑子也。孺人姑婦。於光甫皆爲女兄。以重親故。比他族尤懽。光甫嘗有家難。親舊稍自引去。孺人恩卹之。不異平時。光甫是以不能忘。及仲謙光甫皆試春官。又相愛也。秦氏崑山名族。然光甫乃上海來徙。去孺人之居百里而遙。而時節問遺。慶卹未嘗乏絕。夫古稱睦於父母之黨以爲孝。而教民以三物。有孝友睦婣任卹之行。其不能者。刑以糾之。而不婣之刑。與不孝同。尙書九族之稱。爾雅三黨之號。親親之義。同歸於厚焉。天下之勢。常自近而遠。而君子以厚道教天下。每由其遠以思其近。故族兄弟之別。非一本之父道。則其始一人而已。外兄弟之別。非一本之母道。則其始亦一人而已。先王教天下以孝。而忍自貽其薄乎。故君子觀孺人之施于秦氏。而可以知其家風。松江去吾邑不遠。然豈所謂百里而不共俗者歟。吾蓋有歎焉。今少保徐公之夫人。旅溪公之外孫女也。光甫之往京師。夫人之執甥舅之禮甚恭。以此知兩尙書故家之遺風如此。光甫之往爲壽也。宜有萬世景福之祝。而予獨著二姓往來之好。本孺人之厚德。蓋序其所以然者。當如此云。

王黎獻母楊氏七十壽序

聞之愛親者。不敢惡於人。敬親者。不敢慢於人。古之君子。脩其孝弟。內以事其親。外以友於鄉人。其心一而已矣。吾以其所以愛吾親者。推之以友其人。而友道行。人以其所以友於吾者。推之以愛吾親。而孝道達。蓋至於今之世。先王之禮。無復有存者矣。而末俗之所尙。相與爲壽。以爲能孝愛其親。古無有也。雖然。壽人之親者。豈非所謂愛吾親者。推之以友其人。而友道行歟。壽吾之親者。豈非所謂人以其友於我者。推之以愛吾親。而孝道達歟。古有養老之政。退脩之以孝養也。民知尊長養老。而後能入孝出弟。民知入孝出弟。尊長養老。而後教成。今世所謂爲壽者。若禮然而不容已。推是心也。豈不能修其孝養歟。羅氏之獻鳩。司徒之保息。行葦之忠厚。豈不由此而出歟。爲此春酒。以介眉壽。肆筵設席。授几有緝御。古豈異於今歟。王黎獻之母。七十而爲壽。其與之友者之壽之也。而問於予曰。今世之所行若是也。合於禮乎。予是以論之如此。黎獻菽水以養。能得其母之懽心。而母亦能成其子之志。令與邑中賢豪遊。門外多長者車轍。時時爲具飲食。有陶母截髮之風。蓋與之友者之稱之如此。其壽以庚申十一月朔。孺人之誕辰。進觴於黎獻之家者。若而人。壽黎獻之母。如壽其母也。其爲黎獻之友者如此。噫。可以觀古之教矣。於是乎書。

沈母邱氏七十序

吾觀於古者。王教脩明。內外順治。閨門之事。皆可歌詠。而傳道之。有如執懿筐。治絺綌。抱衾裯。星爛而起。春日微行。登岡阜而采卷耳。遵水墳而伐條枚。此婦人女子之常。而事之至微者矣。然而幽閑貞靜之德。隱然寓于其間。而足以章明王者之化。是後女子之於史傳。罕可紀述。必其感慨激發。非平常之行。乃能垂芳烈著美名於後世。不獨三王之治不復見。抑亦後之人。喜異而忽其常也。予友沈伯庸之母邱碩人。平生不出一畝之宮。辛勤拮据。俛首於女紅者。今七十年。固夫人之所謂平常之行。吾不能求夫赫赫者。以稱碩人。然推其道而充之。豈非所謂盛德。而王者之化。其何以過於此。予於碩人之行。要未能悉。而獨與伯庸交。伯庸偉然直諒君子。知其有賢母也。伯庸抱奇。久不遇於世。予與方思曾皆伯庸之友。又皆不遇。則嘗以相憐。既而同舉於鄉。則又以相慰。自是三人者。有喜事恆相慶也。碩人於九月某日誕辰。思曾告予。相率隨伯庸以拜於其家。予於是爲之敍。以道碩人之所以賢。

王母顧孺人六十壽序

王子敬欲壽其母。而乞言於予。予方有腹心之疾。辭不能爲。而諸友爲之請者數四。則問子敬之所欲言者。而子敬之言曰。吾先人生長太平。吾祖爲雲南布政使。吾外祖爲翰林爲御史。以文章政事。並馳騁於一時。先人在綺紈之間。讀書之暇。飲酒博弈。甚樂也。已而吾母病痿痹處者十有八年。先人就選。待次天官。卒於京邸。是時執禮生十年。諸姊妹四人皆少。而吾弟執法方在娠。比先人返葬。執法始生。而吾母之疾亦瘳。自是撫抱諸孤。煢煢在疚。今二十年。少者以長。長者以壯。以嫁以娶。向之在娠者。今亦頎然成人矣。蓋執禮兄弟知讀書。不敢墮先世之訓。而執法以歲之正月。冠而受室。吾母適當六十之誕辰。回思二十年前。如夢如寐。如痛之方定。如涉大海。茫洋浩蕩。顛頓於洪波巨浪之中。篙櫓俱失。舟人束手。相向號呼。及夫風恬浪息。放舟徐行。遵乎洲渚。舉酒相酬。此吾母今日得以少安。而執禮兄弟所以自幸者也。噫。子敬之言如是。諸友之所以賀。與予之所言。亦無出於此矣。恩斯勤斯。鬻子之閔斯。子敬兄弟。其念之哉。

陳母倪碩人壽序

嘉靖十四年。予讀書邑之馬鞍山。陳君仲德。爲之主人。其待予有禮。所謂公執席。妻執巾櫛。舍者避席。煬者避竈。陳氏有焉。予嘗媿之。當是時。陳君家饒財。兄弟相友愛。公私之事。悉力無所推避。嘗所推於其弟者。千金不惜也。推本其故。蓋其內之賢。有以致之如此。明年。予應貢入太學。遊兩京。過齊魯燕趙之郊。所至必問其風俗。而與其地之人遊。然後而知山野敦朴之老。如君者。爲可思也。蓋其文愈盛。其實愈衰。所行愈遠。而所見愈不足。雖然。退而返其鄉。猶是也。豈其數十年之間。風俗之變耶。抑其人之孝友重義。皆不如陳氏耶。抑陳氏之內之賢者。果有以異於人耶。先是。陳君兄弟。亦以謝世。獨二母與諸子居。而陳君之室倪氏。於是年七十。其子太學生闠即從予馬鞍山者也。來請予文。以爲母壽。予思陳氏之厚。求之於今而不可得。而闠之母與陳君同起家。能相夫以成其友愛。而致其和樂。非其內之賢者耶。今數十年來。吳民困於橫暴之誅求。富家豪戶。往往罄然。而陳氏之力。有不逮於其先人者。然其母之賢。與闠之恂恂孝謹。不隨俗而變者。是其所以爲家之肥者也。昔予主陳君。雖稱其厚。

而亦厭其積貯之爲累。使遂刊落。而俾其子一意於詩書之好。而從事於淸遠閒淡之中。觔之學當日有得矣。雖然。至今而可也。古者。養老之禮。燕飲之節。莫不有孝弟仁義之道於其間。非徒飲酒獻餽而已。故曰。君子欲觀仁義之道。禮其本也。吾觀觔也。學日至於近。而異於世俗之所爲壽其親者。於是乎可以書矣。

朱碩人壽序

朱碩人爲尙書旅溪之女。張莊懿公之子婦。碩人生長富貴。公舅並爲六卿。兩族光顯矣。既而與其子太學君客京師。又得今少保徐公爲之子壻。而女封至一品夫人。碩人既已承藉貴盛。及其季年。又發祥於其女子。而往者其孫仲謙。復舉於鄉。今年躋八十。少保與夫人。問遺餽贈。歲月有加。鄉人是以榮之。余友秦進士光甫之姑。旅溪尙書之夫人也。碩人于光甫爲女兄。先是光甫之先人。嘗以詿誤。幾毀其家。親族往往棄去。而碩人恩勤備至。故光甫每稱碩人之德。其于仁孝。藹然也。光甫又言碩人在公卿家。不能爲閭巷女子治生纖嗇之事。獨其平生莊靜。推其孝慈以洽於九族。豈非所謂盛德者耶。由此言之。人之居富貴能享之。終始不替也。非獨天命。亦其盛德。有以當之也。世謂婦人以能治生爲賢。然如先王之教。亦使足以供婦事而已。若如巴寡婦蜀卓氏之徒。直貨殖之流。何足道哉。詩曰。于以采蘩。于沼于沚。于以用之。公侯之事。又曰。被之僮僮。夙夜在公。被之祁祁。薄言旋歸。可以想后妃夫人幽閒貞靜之容矣。歲之某月日。碩人降誕之辰。光甫來徵余文以爲壽。昔少保嘗家居。或以余文相示。特謬加獎誘。以爲可與進於古人。今踰一紀。余落然無所遇。而公方在日月之際。使人有異世知己之歎。因光甫論碩人事。益知公內德之助。昔詩與春秋稱公侯夫人。必言姬姜。其原本於碩人。尤不誣云。

朱君顧孺人雙壽序

朱君官於閩者。三年。壽六十。而其內顧孺人。先君一年生。其子上舍。某縣學生。某欲爲孺人六十壽。而不敢先也。遲之以竢今年。而徵予爲其夫婦雙壽序。以致之於閩。吾鄉之俗。五十而稱壽。自是率加十年而爲壽。凡壽之禮。其饋贈燕飲必豐。又徵其學士之文詞詩歌。傾其國之人。無不至者。此固居於其鄉者之宜。若夫仕則有王事焉。

且又不當以稱老。固宜無及於此矣。然古之君子。在位而能宜其人民。則百姓歌思而祝頌之。不獨贊其令德愷悌。必祈以壽考而黃耇眉壽之形容。想見於車馬衣裘之間。可謂盛矣。由此言之。仕而爲壽。尤宜也。吳與東甌。在三代時。賓於蠻夷。吳有太伯虞仲之風。其後頗與中國之會盟。至秦已爲郡縣。而閩懸隔東海。元鼎間。橫海樓船。兩將軍軍出武林。白沙石邪。始建東粵。迄今數千年。俱爲天子內地。文物之盛。無異鄒魯。凡閩人之仕於吳。與吳人之仕於閩。猶東西州也。君優游臺幕。非有民社之責。而妻子兄弟懽然。以官爲家。歲時飲酒上壽。如不出里閈之間。豈不真可賀哉。抑君之政事。足以宜其人民。而紀於閩之士大夫者。閩之人皆知之。無俟於余言也。獨惟君與孺人家世。令族君爲大冢宰玉峯公之從弟。孺人爲侍御之子。而太保文康公之從子。弘治間。吾邑毛文簡公與冢宰公相繼魁天下。間二科而文康公又魁天下。崑山小邑。數年間掄魁繼出。孝宗皇帝。當宁嗟異。至以吾邑里俗之識。傳于宮中。更歷兩朝。三公皆位台鼎。而冢宰以厚德元老。至今巋然。爲鄉邦之望。朱顧世爲婚姻。而其子弟之才俊。與其女子之賢。此尤足以誇於閩之人矣。於是乎書。

徐氏雙壽序

天下承平。以法制抑折豪傑之氣。及其久也。剗磨殆盡。靡靡然無復能任事之人。一旦求其材智勇力之士。遂至無一人出以應之。是非天下之乏材。由所以養之敺之。不以其道也。予少識徐輔卿。嘗學禮於予友方思曾。思曾亟稱之。然而未嘗言輔卿之材也。數年以來。輔卿爲博士弟子而居於郡城。吳中士大夫。皆稱輔卿而慕與之交。至於御史及郡太守。嘗欲求民之疾苦。必進輔卿而與之言。無不當其心。則吳民往往陰受輔卿之賜而不知者矣。而或以爲士之家食未獲進用。宜無事於此。此言一出。非所以待天下之才。而務以抑折其氣如輔卿者。要爲有用於世而不可少也。輔卿家居。長者日過其門。又能以其餘力治生。貲用益饒。故奉養其親甚歡。凡爲士者。汲汲惟其父母之祿養爲念。雖其父母皆然。輔卿未仕。而鄉里蓋以爲愈於祿養之榮且安也。其賢於人遠矣。可不謂之才乎。況將來之富貴。方迫之而不可却也。於是友人王萬全。與邑中之素善輔卿者。來請予文爲壽。予謂其親之饗有賢子。而獲壽考以保其福祿者。將必有厚德。闕而莫能知也。而獨於其子之顯著於人者序之云。

周氏雙壽序

古者。親愛其人。必欲其久生。欲其久生。故致其頌禱之意。詩三百篇。以壽爲言者多矣。古有上壽。有祝壽。有爲壽。蓋無非致其親愛之意。非必施於高年耆老之人。惟古之養老之禮甚備。未嘗有於其生辰而爲壽者。蓋自今世。浸以成俗。子孫以是爲隆禮。而姻婭黨友以是爲好問。去於古則遠矣。雖然。人之愛其親者。無所不至。則凡可以致其愛者。無不爲也。敬其親者。無所不至。則凡可以致其敬者。無不爲也。愛敬其親。亦愛敬人之親。則凡可以愛敬人之親者。無不爲也。今之爲壽者。其進是歟。周君良佐。循理率力。共庶士之職。厥配朱姥。慈儉溫良。服婣姻之教。邑里稱之久矣。今年六十而爲壽。其父母之慈也。其子之孝也。其婚姻黨友之恭敬也。孔子曰。吾觀于鄉而知王道之易易也。此亦所謂有其舉之莫可廢者乎。君之子才。嘗識余於太學。而余友顧文載予爲黨友者。故往爲壽而屬余序之云。

王氏壽宴序

王氏之最長老母曰孫碩人。今年八十矣。於其生之月日。諸子姓祝於堂下者若干人。外姻之來祝者若干人。三世之交游來祝者若干人。皆願碩人之壽。自今以往。至於無算。又願天下太平。雨暘時若。歲以有年。縣官無苛政急賦。閭里安居。以娛碩人之老。又願其孫若曾孫。發揚詩書之業。用於王國。以報本朝二百年生育之恩。碩人及見其榮也。祝已。其子有功有親。退而與諸賓爲宴。少長詵詵。以獻以酬。既醉既飫。咸相謂以爲此王氏之盛。不可以無述。予案王氏居崑山之度城。不知其幾世矣。其家古檜老栝。蒼然鬱然。尙皆百年物也。度城在澱山湖旁。有數十家之聚。惟王氏居之。無他族。昔有王豫修先生。修身潔行。將及於仕而蚤世。生平惟以忠孝大節自許。崑山人至今稱之。其子南陽。克遵其訓。爲隱德君子。碩人其配也。吾觀吳中無百年之家者。倏起倏仆。常不一二世而蕩然矣。王氏保有先世之詒。雖時移事易。稍稍侵削。而亦不至於貧。讀書數十世。雖仕不遂。而不至於易其業。碩人俯仰八十年間。顧盼於興廢之際。維持保守之艱。其賢有足稱者哉。若迺爲碩人祝者。前之詞則旣美矣。予又何以加焉。

艮士堂壽讌序

昔吾外曾祖居縣南吳淞江之千墩浦。生吾外祖兄弟四人。世有惇德。而家最爲饒。高閎大第。相望吳淞江之上。外祖于兄弟中最少。而伯祖之子孫。往往有入太學。仕州縣者。然在正德之末。並以賦役所困。幾至流徙。而澱山公以伯祖之叔子。中憲公之仲子。適以其時舉進士。而吾外氏幾墜而復大振。蓋以澱山湖以北。吳淞江以南。數百年無顯者。而鍾于是吾外曾祖四子。而孟氏之支獨盛。從舅中憲公。及晏恭人。生受誥封。光寵矣。公自郎署守列郡。進陟藩臬。駐節南海。參政中州。起書生。不二十年至大藩。可謂榮貴矣。負用世之才。不苟隨流俗。年且未艾。謝事以歸。卜遷山居。闢園圃蒔花竹。可謂樂志矣。吾外祖雖生長國家隆盛之時。迨于季年。亦遘彫瘵之會。而公兄弟蒙賴恩澤。家獲洽裕。耕田讀書之外。力政不過其門。而諸子詵詵。有榮進之望。吾外祖時。殆不能及也。明年嘉靖乙丑。當甲子一週。而王恭人亦與之同年生。乃以正月八日。公降生之辰。長兄淞南與弟子嘉子材爲讌會。而自喜其家之有此慶也。使余序之。余少依倚外家。爲諸舅所憐。公又束髮相慕尙。顧無以當外氏之宅相。而公能昌大其家。恭人並受榮祉。被服祁祁。又亡妻南戴之族也。余亦何情以爲辭。而淞南之命不可虛。且以歲暮遐征。不及預于讌會之末。得以文字獲置俎豆之間。與有榮焉。艮士堂者。制詞中褒稱中憲公之語。今取以名所居之新堂也。抄本作吳播周氏壽讌序與此文小異今從常熟本

狄氏壽讌序

嘉靖甲辰。予友狄尙文試于禮部。旣落第。欲隨祿仕留京師者踰月。然非其志也。又旦暮念其親。竟拂衣以歸。時東明君年已六十矣。尙文拜于堂下。顧諸弟而喜曰。吾不能進取以爲父母榮。就令進而有得焉。當在數千里之外。寧能爲一日之懽乎。是歲十月前晦一日。初度之辰。尙文率其弟。稽首上壽。鋪筵几。備揖讓曰。吾賓客不欲多。

惟知游而已。駘蕩瀟灑不能具。惟觴酒豆肉而已。於是會者不過數人。酒不過數行。賓主忻忻。懽笑竟日。此可以爲儒雅之會矣。昔者。孔子之于禮。蓋盡心焉。蜡祭之小也。射藝之末也。鄉飲酒一鄉之禮也。聖人無所不用其觀也。生辰爲壽之儀。不出於古。亦足以寓養老教學之道。而俗以誇詡競于富貴。文至而實不足。狄氏之爲壽。異於世之爲者。其可以觀也。於是乎書。

唐令人壽詩序

吳俗重生辰。每及期。親黨咸集。置酒高會以爲樂。然惟富貴之家爲盛。南雲子爲其內唐令人之壽。乃多貴人長者。皆造其廬。自大司寇周公以下。悉有贈章。摛詞數篇。燦然盈室。所以得此。必有由然也。南雲子初嘗有名于學宮矣。以跌宕自罷去。嘗饒于貲矣。以不事生產傾其有。乃優游林壑。嘯歌自適。日求其所以樂。則又於歲時伏臘之外。爲此會。不戚戚于所遇。而又及時以自娛。可謂難得者也。南雲子稱令人之賢。極口至不容道。觀南雲子于外。則令人之稱其內者可知矣。南雲子又不嫌于自稱也。昔林類百歲。被裘拾穗而行歌不輟。自以無妻子爲樂。孔子不能難也。雖然。彼蓋自解云耳。使又得百歲妻。與之並而歌于畦也。不尤樂乎。令人初夏得病阽危。南雲禱于神。夜夢菱花瓦盤。初得其一。已又得其一。合之宛然成對。令人病果愈。南雲子是以愈喜。令人年六十。凡贈詩若干卷。是爲序。

邵氏壽詩序

長洲邵守中年六十矣。事其祖母。有李令伯之風。爲人敦樸。無城市浮靡之習。三子鏞。錫。鈂。皆游郡膠。錫嘗游于兵備憲副王侯之門。於是守中以某月某日生辰。王侯以詩祝之。自是聞而和之者繼踵。諸子謀壽之梓。而鏞來過予婁江之上。俾予序諸首。夫憲使以外臺之重。秉節治戎。體統尊嚴矣。王侯爲郡守。已能崇尚文雅。接引士類。以故郡中俊乂。多集其門。其爲人好自脩飾。至其尊禮賢士夫。輒能忘其貴賤之分。既陟憲司。能不改其素。其施於守中。鄉里布衣如平交。此其尤難得者也。吳爲名郡。前守有稱於史籍。風流儒雅如韋應物。白居易之徒。邈不可及矣。國朝江夏魏杞山。脩養老之禮。鄉飲既畢。躬自餞送郭門之外。安陸姚克一尊禮巖穴。每却騎從。造士衡門。近天水胡世甫。以詩文集諸郡士。隆下交之禮。此其班班可稱者。自餘真所謂陛戟而進。旁車而趨涉之。王沉沉者矣。今日之所見若太原何可得哉。抑守中能得此於侯。亦其有以致之。宜諸子以爲寵而傳之也。是爲序。

卷十五　記

見村樓記

崑山治城之隍。或云即古婁江。然婁江已湮。以隍爲江。未必然也。吳淞江自太湖西來北向。若將趨入縣城。未二十里。若抱若折。遂東南入於海。江之將南折也。背折而爲新洋江。新洋江東數里。有地名羅巷村。亡友李中丞先世居於此。因自號爲羅村云。中丞遊宦二十餘年。幼子延實。產于江右南昌之官廨。其後每還官。輒隨歷。東兗汴楚之境。自岱岳。嵩山。匡廬。衡山。瀟湘。洞庭之渚。延實無不識也。獨於羅巷村者。生平猶昧之。中丞既謝世。延實卜居縣城之東南門內金潼港。有樓翼然。出於城闉之上。前俯隍水。遙望三面。皆吳淞江之野。塘浦縱橫。田塍如畫。而村墟遠近映帶。延實日焚香灑掃。讀書其中。而名其樓曰見村。余間過之。延實爲具飲。念昔與中丞遊時。時至其故宅。所謂南樓者。相與飲酒論文。忽忽二紀。不意遂已隔世。今獨對其幼子飲。悲悵者久之。城外有橋。余常與中丞出郭。造故人方思曾。時其不在。相與憑檻。常至暮悵然而反。今兩人者皆亡。而延實之樓。即方氏之故廬。予能無感乎。中丞自幼攜策入城。往來省墓。及歲時出郊嬉遊。經行術徑。皆可指也。孔子少不知父葬處。有輓父之母。知而告之。予可以爲輓父之母乎。延實既能不忘其先人。依然水木之思。肅然桑梓之懷。愴然霜露之感矣。自古大臣子孫。蚤孤而自樹者。史傳中多其人。延實在勉之而已。

見南閣記

嘉靖十九年。余爲南京貢士。登張文隱公之門。其後十年。沔州陳先生。爲文隱公所取進士。余爲公所知。公時時向人道之。先生繇是知余。而無從得而相見也。其後十五年。先生以山西按察副使罷。家居久之。而余始與先生之子文燭玉叔。同舉進士。在內庭過見。相呼問姓名甚懽。知先生家庭父子間道余也。因與之往來論文。益相契。間屬余記其所居見南閣者。先生家在雲夢間。而沔漢二水繞之。先生於其居。爲花圃中爲小閣。沔之勝可眺也。蓋取陶靖節悠悠然見南山之語以爲名。每與玉叔讀書論道之暇。攜之登閣遠覽。而沔去江南諸峯絕遠。實無所見。姑以寄其悠然之意而已。一日。天新雨。清霽無雲。與玉叔凭欄。忽見諸峯湧出。樓觀層疊。崢嶸靚麗。久之而後散。而實非江南諸山也。余聞登州有海市。而往歲華亭海上從金山。忽見海市。前此蓋所未聞。而史稱衞州城既徙。而故時城堞樓櫓浮圖之影。皆於日中見之。神理變幻不可知。夫海旁蜃氣象樓臺。廣野氣象宮闕。雲氣各象其山川。殆有是耶。登州海市。出於春夏。而東坡以歲晚禱海神。一日而見之。賦詩以自喜云。重樓翠阜出霜曉。異事驚倒百歲翁。又云。潮陽太守南海歸。喜見石廩堆祝融。今之所見。又非海市石廩比也。先生父子。必能賦之。余於陳氏兩世師門之誼。又重以玉叔之請。且又因以自通於先生。而爲之記云。

真義堂記

崑山治之西。有地名真義。其水曰真義浦。其里曰真義村。太湖之水。遶郡城婁門東出。經崑山入海。自昔湖瀼相連。茫然巨浸。疑古之所謂三江五湖。或有在於此者。其後通漕築塘。水跡之非其故久矣。真義在今所謂致和塘上。今之塘。蓋即古之江也。其浦。則自巴城湖南來。並其村之東而南入於塘。巴城以西有包湖。傀儡蕩。鰻鱺湖。諸湖相灌輸。或束或放。乍大乍小。而陽城湖最大。從西北望之。水與天際。真澤國也。世傳梁天監時。於此置信義縣。而後人失傳。遂以信爲真。或謂天監所置即真義。以真爲信。蓋爲宋昭陵諱也。前元時。其地爲金粟道人所居。極一得園池臺榭之盛。四方名士如張翥。柯九思。楊維正。李孝光。皆館於其家。號爲玉山佳處。予嘗訪其遺跡。求所謂碧梧翠竹。蓬萊百花之坊館。不可得而見。未嘗不慨想其人。又歎其高標絕俗。如冥冥飛鴻。而猶不免自掊擊於世俗也。予之外高祖太常卿夏公。嘗求顧氏之處。買田築室焉。然公自居城中。歲時一至而已。最後。魏氏復盛於此。其田廬童僕。未知與往時顧仲瑛何如也。而余從舅恭簡公。講明河洛之學。海內之士。往往來聚。星溪之上。吾舅光祿典簿東溪先生。能將順其兄之志。以慈孝愷悌稱於鄉里。故真義雖村落小聚。而名聞四方。嘉靖甲辰。舅氏分析諸子。而仲子濬甫。築新居於故宅之南。而名其堂曰真義。舅父母嘗往來過諸子家。就其養。未幾。二親繼謝。尋以倭奴侵掠內地。時湖上烟火不絕。獨濬甫之堂無燬。於是尙僦居城中。欲俟寇平。將還其舊。而旦暮西顧。未能忘也。因求予作堂記。予故詳其里居。以補圖志之所未載。又爲稱述其里中故事。著魏氏之所以興。濬甫遊太學。屢試不第。然其爲人。循禮法。能守恭簡公之家教。二子方學進士業。不日有騰騫之望。濬甫年甫四十有六。而二孫皆已勝衣。能趨拜。可知其後之繁衍昌大。而吾外舅厚德之報。未有涯也。

遂初堂記

宋尤文簡公嘗愛孫興公遂初賦。而以遂初名其堂。崇陵書扁賜之。在今無錫九龍山之下。公十四世孫質字叔野求其遺址而莫知所在。自以其意規度。於山之陽爲新堂。仍以遂初爲扁。以書來。求余記之。按興公嘗隱會稽。放浪山水。有高尙之志。故爲此賦。其後涉歷世塗。違其夙好。爲桓温所譏。文簡公歷仕三朝。受知人主。至老而不得去。而以遂初爲況。若有不相當者。昔伊尹。傅說。呂望之徒。起於胥靡耕釣。以輔相商周之主。終其身無復隱處之思。古之志得道行者。固如此也。惟召公告老。而周公留之曰。汝明勗偶。王在亶。乘茲大命。惟文王德。丕承無疆之恤。當時君臣之際可知矣。後之君子。非復昔人之遭會。而義不容於不仕。及其已至貴顯。或未必盡其用。而勢不能以遽去。然其中之所謂介然者。終不肯隨世俗而移易。雖三公之位。萬鍾之祿。固其心不能一日安也。則其高世遐舉之志。宜其時見於言語文字之間。而有不能自已者。當宋皇祐治平之時。歐陽公位登兩府。際遇不爲不隆矣。今讀其思潁之詩。歸田之錄。而知公之不安其位也。況南渡之後。雖孝宗之英毅。光宗之總攬。遠不能望盛宋之治。而崇陵末年。疾病恍惚。宮闈戚畹。干預朝政。時事有不可勝道者矣。雖然。二公之言。已行於朝廷。當世之人主。不可謂不知之。而終不能默默以自安。蓋君子之志如此。公歿至今四百年。而叔野能修復其舊。遺構宛然。無錫南方士大夫入都孔道。過之者。登其堂。猶或能想見公之儀刑。而讀余之言。其亦不能無慨於中也已。

壽母堂記

正德間。吾崑山許登仕。能孝養其母。其母趙孺人者。年九十。因名其堂曰壽母。黃博士應龍爲記。登仕之孫。今吏科右給事中子雲。在京師迎養太孺人于邸第。而壽母之堂。其扁已撤。于是給事之子汝愚。仍其舊名。請予復爲之記。且以致之京師云。惟許氏世居縣之馬鞍山陽婁江上。有田園租入之饒。而以衣冠世其家。嘗延鄉先生沈通理爲師。時葉文莊公與張憲副節之兄弟皆未第。往來其家。自洪武至今。其故居無改。而此堂之建。計亦在始初卜宅之時。蓋吾縣雖二百年無兵火。而故家舊族。鮮有能常厥居者。如許氏蓋不多見矣。堂之名特以時易。今又且再。而皆以壽母。則今之太孺人。復當如前者之壽考期頤。而給事雖不及登仕君。耕田畜牧。朝夕遊嬉。不出門閭之外。然身在日月之際。而無失晨昏之禮。母子之樂。不減前人。此尤世之所難得者。昔晉獻文子成室。張老頌之。君子以爲善頌禱。而斯干之詩。爲新宮賦也。其詞稱兄弟之好。與生男女之祥。而其盛及于室家君王。然未有言及其母者。獨閟宮之詩云。天錫公純嘏。眉壽保魯。魯侯燕喜。令妻壽母。是詩之頌偉矣。而不忘壽母。魯之爲禮義之國固如此。夫相宅作室。實家國子孫盛衰隆替之所係。今許氏之堂。奉百年之母者再世。可謂盛且久矣。而以壽母爲名。則張老斯干之祝。蓋有所根柢。是宜書之以告吾鄉之人也。

世有堂記

沈大中以善書名里中。里中人爭客大中。大中往來荆溪雲陽。富人延之教子。其言楊少師事甚詳。性獨好書。及爲歌詩。意灑然不俗也。卜築於城東南。取昌黎韓子辛勤三十年。乃有此屋廬之語。名其堂曰世有。夫其視世之捷取巧得。倏然而至者。大中不爲拙邪。其視世之貪多窮取。缺然日有所冀者。大中不爲固邪。嗚呼。彼徒爲物累者也。天下之物。其可以爲吾有者。皆足以爲累。歎於其未有而求之盈。於其既有而不饜。夫惟其求之之心生。則不饜之意至。苟能不至於求也。故當其無有。不知其無有。一旦有之。亦適吾適而已矣。茲其所以能爲有者也。大中之居。本吾從高祖之南園。弘治正德間。從高祖以富俠雄一時。賓朋雜沓。觴詠其中。蛾眉翠黛。花木掩映。夜深人靜。環溪之間。絃歌相應也。鞠爲草莽幾年矣。最後乃歸於大中。夫有無之際。其孰能知之哉。純甫吳先生。雅善大中。爲之請記。予觀斯堂之名。有足慨者。遂爲書之。

容春堂記

兵溪先生爲令清漳之上。與監郡者不合。例得移官。即拂衣以歸。占園田於縣之西小虞浦。去縣治二里所。蓋自太湖東。吳淞江蜿蜒入海。江之南北。散爲諸浦如百足。而小虞浦最近縣。乘舟往來。一日可數十回。園有堂。啓北牖。則馬鞍山如在簷際間。植四時之花木。而戶外清水。綠疇如畫。故先生名其堂曰容春。自謂春於天地之間。雖陰山雪嶺。幽崖寒谷。無所不之。而獨若此堂。可以容之者。誠以四時之景物。山水之名勝。必於寬閑寂寞之地。而金馬玉堂。紫扉黃閣。不能兼而有也。昔孔子與其門人。講道於沂水之濱。當春之時。相與鼓瑟而歌。悠然自適。天下之樂。無以易於此。夫子使二三子言志。迺皆舍目前之近。而馳心於冠冕佩玉之間。曾點獨能當此時而道此景。故夫子喟然嘆之。蓋以春者衆人之所同。而能知之者惟點也。陶淵明歸去來辭云。木欣欣以向榮。泉涓涓而始流。羨萬物之得時。感吾生之行休。淵明可以語此矣。先生屬余爲堂記。因遂書之。

余之曾大父與兵溪之考思南公。成化甲午同舉於鄉。是歲王文恪公爲舉首。而曾大父終城武令。思南公至郡太守。余與兵溪同年生。而兵溪先舉於鄉者九年。庚戌歲。同試南宮。兵溪就官廣平。甫三載。巳倦遊。而余至今猶繫六館之籍。故爲此記。非獨以兩家世契與兵溪相知之厚。而於人生出處之際。蓋有感云。

自生堂記

予友盛徵伯與余少相善。而吳純甫先生。與予爲忘年友。徵伯游其門。與顧給事伯剛等輩四五人。尤爲同學相好。數十年間。純甫既謝世。諸公相繼登科第。徵伯獨連蹇不遇。爲人亢直負氣。不肯少干於人。用是日以貧困。去歲。倭夷犯崑山。徵伯家在東南門。所藏誥命。及先禮部篇籍之遺。悉毀於兵。屋廬蕩然。予既力不足以振之。獨伯剛篤故人之義。館之齋門之內。所以賑䘏之甚厚。始禮部官留都無事。喜方書。徵伯少皆誦習。年長多病。方益精。其女壻鄭生傳薛氏帶下醫。擅名於時。徵伯兼得其書。故於醫學博通。嘗授徒海上。方數里之內。無病死者。徵伯不爲藥劑。但書方與之。其人輒瘉。來謝。予家有病者。徵伯輒療之。或病而徵伯不在。多死。今年徵伯居齋門。所療甚衆。一婦人巳死。徵伯爲湯灌之。便覺身動。能舉手至胸。須臾病良愈。郡人皆以爲神。徵伯亦喜。自負曰。吾不復授徒矣。將以是行於世。因誦扁鵲之語云。越人非能生死人也。此自當生者。越人能起之耳。遂以自生名其堂。予一日過郡城。徵伯語以其故。嗟夫越人之言。吾少時與徵伯相戲。謂治天下者。當如是耳。予是時年少放誕。慨然以古臯夔自命。徵伯復時時誦古文詞。稱說純甫之言。今皆窮老無所遇。余方馳騖不止。徵伯乃能於讀書之暇。用其術以活人。此余之所嘆也。遂書之以爲其堂記。

可齋記

余友陳敦書。爲屋於郡城之隅。而扁之曰可齋。嘉靖四十一年春。敦書與余同試春官。數來過余。命之爲齋記。念昔與敦書同舉於鄉。考官張文隱公。以孔子命題。余一時之論。殆未能盡。嘗欲爲敦書質之。孟子曰。孔子。聖之時也。孔子可以仕則仕。可以止則止。可以速則速。可以久則久者也。孟子所謂可者。言孔子因時應變而不滯云耳。聖賢之於天下。非能爲一定之迹。遭時之所宜。而亦不容不異。孔子之聖於春秋之世。亦必有以自處者。非謂仕止久速。泛無所適。而特任其所之。余謂孔子旣出而不隱。則可以仕。可以久者。孔子之心。特其不可以仕。不得已而止。不可以久。不得已而速耳。速與止。非孔子之心。孔子所自處者。仕與久也。故自謂異于逸民。而無可無不可。無可無不可者。乃聖人出而應世。與物委蛇之道。非謂其不可而隱也。天佑下民。作之君師。自堯舜三代聖人。無不在位者。孔子之自待可知矣。要之伯夷。伊尹。柳下惠。此三子者。伊尹於孔子爲近。伊尹五就湯。五就桀。自亳入夏。旣醜有夏。復歸於亳。孔子去魯。斥乎齊。逐乎宋衛。困於陳蔡之間。十四年而反魯。其任天下。何以異哉。但世無成湯。則伊尹必不能如孔子之出。此其所以不及孔子者。孔子蓋自以文王之文在茲。有不容己。而自大賢以下。

若令閔之徒。則固未嘗使之仕也。其於逸民。亦無譏焉。嗚呼。士生于後世。苟非聖人。則可與不可之間。宜知所審矣。敦書以予言有發論語孟子之義。請書以覽觀焉。

耐齋記

萬安劉先生。來教崑山學。學有三先生。而先生所居稱東齋。先是。兩齋之衙。皆在講堂東偏。近乃徙之西。頗爲深遠淸閟。先生至。則扁其居曰耐齋。予嘗訪先生於齋中。於時秋風颯然。黃葉滿庭。戶外無屨跡。獨一卒衣皂衣。承迎左右。爲進茗漿。因坐語久之。先生曰。吾爲是官。秩卑而祿微。月費廩米三石。具饘粥。養妻子。常不給。爲耐貧。上官行縣。吾於職事無所轄。往往率諸生郊迎。至則隨令丞簿。拜趨唯諾。爲耐辱。久任之法不行。官無崇卑。率以碁月遷徙速化。而吾官常不遷。爲耐久。有是三耐。吾是以名吾齋。予既別去。一日。使弟子沈孝來求齋記。昔孟子論士不爲道。至於爲貧而仕。惟抱關擊柝爲宜。夫舍學者之職業。而爲抱關擊柝。蓋亦有甚不得已者矣。惟近代學官。與書院山長之設。以待夫士之有道而不任職者。蓋爲貧與爲道兼行而不悖。此其法足以優天下之學士。爲特愈於前世也。故當時號博士官爲淸高。雖然。求爲淸高而其間容有不能耐者。夫使其不能耐。則雖博士官。不可爲矣。使其能耐。如孟子所謂抱關擊柝可也。揚雄有言。非夷齊而是柳下惠。首陽爲拙。柱下爲工。士之立身。各有所處。夫使其能耐。雖至于大臣宰相可也。因書其說。使孝歸而質之先生云。

雙鶴軒記

余往年遊金陵。識張氏諸賢於雞鳴山。余鄙率。知稱人之字。不知張君之號爲鶴洲也。余家去華亭一舍。往往識其賢士大夫於數千里之外。而居家未嘗相往來。豈九峯三泖能隔絕人如此耶。故人陸宗道來。致張君之意。求記所謂雙鶴軒者。華亭故產鶴。土人於海上捕取養之。上海下沙有鶴巢村。所產鶴。號爲仙品。故秀州之地與水。多以鶴名。而張君初自號鶴洲。一夕。夢東坡先生語之云。子名鶴洲。不如雙鶴之祥。其意若望張氏當踵前世科名。顯於世者。東坡嘗稱鶴之爲物。淸遠閑放。超然於塵垢之外。詩人以比賢人君子隱德之士。而夢中之意。乃若爲張氏切切於世俗之榮名者坡公以文字變幻。要不可測度。如爲王氏三槐堂銘。謂修德於身。責報於天。取必於數年之後。如持左券。交手相付。則其於今之雙鶴云者。亦必有說矣。恨不得從張君親質之。初君之考舉進士至都憲。而君以太學上舍。屢試不第。選調陝西都司幕官。未幾。投劾歸。今其子孫彬彬然邦家之秀。鶴夢之符。庶其在是。抑張君乃能感坡公於夢寐之間。亦豈易得者。公嘗云。延州來季子張子房。皆不死者也。愚於公亦云。

雪竹軒記

渴山人爲予言。吾甚愛雪竹。故人以雪竹呼吾。因以名吾軒。請子記之。予不暇以爲。而山人求之數歲。或以詩。或以書。日月一至。予以山人所以得於雪竹者。山人自知之。豈有假於予之言。是以曠歲而不答也。山人少喜爲詩。詩出。而上海陸文裕公亟稱之。先是。山人居崑山之安亭。及予來安亭。則山人已遷上海界中。與安亭隔一江。予嘗過永懷寺。愛其古桂。坐久之。問寺中所往來者。僧曰。地僻絶無人。惟有渴山人。時時過江來。獨吟桂樹之下。予後數見之於張通參之座。通參與湖州劉尚書爲社會。二公皆稱山人爲篤實君子。去年。山人年老矣。與通參遊匡廬武夷還。而示予紀遊詩一編。予戲曰。渴先生之雪竹。必求之匡廬武夷間耶。今年。予買田青浦之嵩塘。山人與予書曰。吾近卜築盤龍。與嵩塘近。子來觀我雪竹。予性懶不能謁青浦令。爲其所怒。所買田。幾爲奪去。予亦削迹茲土矣。山人復遣其子來曰。吾前告子雪竹軒。復移盤龍也。吾今老於此。子許我記。幾年不能得。今吾且暮死。惟欲得子一言。是吾心也。予問山人起居。其子曰。去年與通參行郡中。老人目不能了了。道間有古井。無石欄。不覺越過之。幾隧。自此不復出。每自歎曰。匡廬武夷。不可復至矣。雪竹則何所無之。其子去。又數數書來。會予方北上。思欲一造山人之竹所而不能矣。因書之以告別。且使揭之楣間。爲雪竹軒記云。

清夢軒記

余友王子敬。於其居之西。搆爲書室。而題其額曰清夢軒。請余爲之記。余讀無羊之詩。疑說詩者之未得其旨。此蓋牧人之夢焉耳。牧人夢中所見牟角牛耳。濈濈濕濕。降河而飲。或寢或訛。而牧人且蓑笠負餱。爲之取薪。蒸博禽獸以歸。則以肱麾牛羊而來。以牧人之悬。而夢中之景象如此。故嘗謂人心之靈。無所不至。雖列子所稱黃帝華胥之國。穆王化人之居。而心神之所變幻。亦當有之。顧莊周列禦寇之徒。厭世之混濁。洸洋自恣。以此爲蕉鹿蝴蝶之喻。欲爲鳥而戾於天。爲魚而沒於淵。其意亦可悲矣。人之生寐也。魂交也。夜之道也。覺也。形開也。晝之道也。易大傳曰。範圍天地之化而不過。曲成萬物而不遺。通乎晝夜之道而知。故神無方而易無體。夫唯通知乎晝夜之道。則死生夢寤之理一矣。子思曰。喜怒哀樂之未發。謂之中。發而皆中節。謂之和。中也者。天下之大本也。和也者。天下之達道也。致中和。天地位焉。萬物育焉。喜怒哀樂不亂其心。故虛明澄澈。而天地萬物。畢見於中。古之聖人。端冕凝旒。俛仰之間。而撫四海之外。如牧人之夢。而清廟明堂。郊邱廬井。俯仰升降。衣服器械。出乎其心之靈。自然而已。而何所作爲哉。子思曰。戒慎乎其所不睹。恐懼乎其所不聞。君子之慎其獨也。孟子曰。夜氣足以存。此非清夢之說乎。子敬敏而好學。駸駸有志於道。慕近世儒者。以夢寐卜其所學。故其名其齋。予是以告之以子思孟軻之說也。此文錢宗伯汰之今仍存

櫟全軒記

餘峯先生。隱居安亭江上。於其居之北。搆屋三楹。扁之曰櫟全軒。君爲人坦夷任性自適。不爲周防於人。意之所至。人或不謂爲然。君亦不以屑意。以故人無貴賤。皆樂與之處。然亦用是不諧於世。君年二十餘。舉進士。居郎署。不十年爲兩司。是時兩司官。惟君最少。君又施施然不肯承迎人。人有傾之者。竟以是罷去。會予亦來安亭江上。所居隔一水。時與君會。君不喜飲酒。然會即談論竟日。或至夜分不去。即至他所亦然。其與人無畛域。懽然而情意常有餘如此也。君好山水。爲郎時。奉使荆湖。日登黃鶴樓。賦詩飲酒。其在東藩。謁孔林。登岱宗。觀滄海日出之處。及歸。則慕陶峴之爲人。扁舟五湖間。人或訪君。君常不在家。去歲。如越泛西湖。過錢塘江。登子陵釣臺。遊齊雲巖。將陟黃山。歷九華。興盡而返。一日。邀予坐軒中。劇論世事。自言少登朝著。官資視同時諸人。頗爲淩躐。一旦見絀。意亦不自釋。回首當時事。今十餘年矣。處靜以觀動。居逸以窺勞。而後知今之爲得也。天下之人。孰不自謂爲

才。故用之而不知止。夫惟不知其止。是以至於窮。漢黨錮唐白馬之禍。駢首就戮者。何可勝數也。二十四友八司馬十六子之徒。夫孰非一世之才也。李斯用秦。機雲入洛。一時呼吸風雷。華曜日月。天下奔走而慕艷之。事移時易。求牽黄犬出上蔡東門。聽華亭之鶴唳。豈可得哉。則莊生所謂不才終其天年。信達生之至論。而吾之所託焉者也。予聞而歎息。以爲知道之言。雖然。才與不才。豈有常也。世所用楩梓豫章也。則楩梓豫章才。而櫟不才矣。世所用櫟也。則櫟才而楩梓豫章不才矣。君固清廟明堂之所取。而匠石之所睥睨也。而爲櫟社。君其有以自幸也夫。其亦可慨也夫。

悠然亭記

余外家世居吳淞江南千墩浦上。表兄澱山公。自田野登朝。宦遊二十餘年。歸始僦居縣城。嘉靖三十年。定卜于馬鞍山之陽。婁水之陰。憶余少時。嘗在外家。蓋去縣三十里。遥望山頽然如積灰。而煙雲杳靄。在有無之間。今公於此山日親。高樓曲檻。几席戶牖常見之。又于屋後搆小園。作亭其中。取靖節悠然見南山之語以爲名。靖節之詩。類非晉宋雕繪者之所爲。而悠然之意。每見于言外。不獨一時之所適。而中無留滯。見天壤間物。何往而不自得。余嘗以爲悠然者。實與道俱。謂靖節不知道不可也。公負傑特有爲之才。所至宦多著聲績。而爲妬娼者所不容。然至今朝廷論人才。有用者必推公。公殆未能以忘于世。而公之所以自忘者如此。靖節世遠。吾無從而問也。吾將從公問所以悠然者。夫山氣日夕佳。飛鳥相與還。此中有真意。欲辨已忘言。靖節不得而言之。公烏得而言之哉。公行天下。嘗登泰山。覽鄒嶧。歷嵩少。間涉兩海。入閩越之險阻。玆山何啻泰山之礨石。顧所以悠然者。特寄于此。莊子云。舊國舊都。望之暢然。雖使邱陵草木之緍。入之者十九。猶之暢然。況見見聞聞者也。予獲侍斯亭而僭爲之記。常熟本刪去篇末引莊子語今從崑山本

臥石亭記

余聞四十年前。大末之人。有來爲吾縣者。曰方棠陵先生。棠陵海內之士。遊何李諸人間。以詩文名。其爲縣令。風

流文雅。有惠愛于人。至今人思之。嘉靖某年。徐君以選貢。自太學上舍調爲縣主簿。則大末之人也。君一見而問棠陵。庶幾吾民其有望耶。君搆亭於齋之隙。扁以臥石。曰。吾少時與吾親。嘗廬墓。墓在浮石山。今宦遊于此。雖吳越比壤。杳然松楸。在千里之外。風木之感。不能頃刻忘之。是以名吾亭。余考圖志。西安之北。有石丈餘。水大至不沒。白樂天詩云。浮石灣前停五馬。望濤樓上得雙魚。君所臥。豈此石耶。君今參與民社之事。不得復臥石矣。抑仁人孝子之心一也。古之仁人。殺一草一木爲非孝。今吾民之疲瘁已甚。內有賦役之重。外有蠻夷之擾。君皆有事焉。能推其仁心。是所謂一舉足而不敢忘父母也。其棠陵之鄉之人也耶。是以爲之記。

滄浪亭記

浮圖文瑛居大雲庵環水。即蘇子美滄浪亭之地也。亟求余作滄浪亭記。曰。昔子美之記。記亭之勝也。請子記吾所以爲亭者。余曰。昔吳越有國時。廣陵王鎮吳中。治南園於子城之西南。其外戚孫承佑。亦治園於其偏。迨淮海納土。此園不廢。蘇子美始建滄浪亭。最後禪者居之。此滄浪亭爲大雲庵也。有庵以來二百年。文瑛尋古遺事。復子美之構。於荒殘滅沒之餘。此大雲庵爲滄浪亭也。夫古今之變。朝市改易。嘗登姑蘇之臺。望五湖之渺茫。羣山之蒼翠。太伯虞仲之所建。闔閭夫差之所爭。子胥種蠡之所經營。今皆無有矣。庵與亭何爲者哉。雖然。錢鏐因亂攘竊。保有吳國。國富兵強。垂及四世。諸子姻戚。乘時奢僭。宮館苑囿。極一時之盛。而子美之亭。乃爲釋子所欽重如此。可以見士之欲垂名於千載之後。不與其澌然而俱盡者。則有在矣。文瑛讀書喜詩。與吾徒游。呼之爲滄浪僧云。

花史館記

子問居長洲之甫里。余女弟壻也。余時過之。泛舟吳淞江。遊白蓮寺。憩安隱堂。想天隨先生之高風。相與慨然太息。而子問必挾史記以行。余少好是書。以爲自班孟堅。已不能盡知之矣。獨子問以余言爲然。間歲不見。見必問史記。語不及他也。會其堂燬。新作精舍。名曰花史館。蓋植四時花木於庭。而庋史記于室。日諷誦其中。謂人生如是足矣。當無營於世也。夫四時之花木。在於天地運轉。古今代謝之中。其漸積豈有異哉。人於天地間。獨患其不能在事之外。而不知止耳。靜而處其外。視天地間萬事。如庭中之花。開謝於吾前而已矣。自黃帝迄於太初。上下二千餘年。吾靜而觀之。豈不猶四時之花也哉。吾與子周所共者。百年而已。百年之內。視二千餘年。不啻一瞬。而以其身爲己有。營營而不知止。又安能觀世如史。觀史如花也哉。余與子周言及此。抑亦進於史矣。遂書之以爲記。

杏花書屋記

杏花書屋。余友周孺允所構。讀書之室也。孺允自言其先大夫玉巖公。爲御史謫沅湘時。嘗夢居一室。室旁杏花爛熳。諸子讀書其間。聲琅然出戶外。嘉靖初。起官陟憲使。乃從故居遷縣之東門。今所居宅是也。公指其後隙地。謂孺允曰。他日當建一室。名之爲杏花書屋。以志吾夢云。公後遷南京刑部右侍郎。不及歸而沒於金陵。孺允兄弟數見侵侮。不免有風雨飄搖之患。如是數年。始獲安居。至嘉靖二十年。孺允葺公所居堂。因於園中構屋五楹。貯書萬卷。以公所命名。揭之楣間。週環藝以花果竹木。方春時。杏花粲發。恍如公昔年夢中矣。而回思洞庭。木葉芳洲杜若之間。可謂覺之所見者妄。而夢之所爲者實矣。登其堂。思其人。能不慨然矣乎。昔唐人重進士科。士方登第時。則長安杏花盛開。故杏園之宴。以爲盛事。今世試進士。亦當杏花時。而士之得第。多以夢見此花爲前兆。此世俗不忘於榮名者爲然。公以言事忤天子。間關嶺海十餘年。所謂鐵心石腸。於富貴之念。灰滅盡矣。乃復以科名望其子孫。蓋古昔君子。愛其國家。不獨盡瘁其躬而已。至於其後。猶冀其世世享德。而宣力于無窮也。夫公之所以爲心者如此。今去公之歿。曾幾何時。向之所與同進者。一時富貴翕赫。其後有不知所在者。孺允兄弟。雖蠖屈於時。而人方望其大用。而諸孫皆秀發。可以知詩書之澤也。詩曰。自今以始。歲其有。君子有穀。貽孫子。于胥樂兮。吾於周氏見之矣。

題玉女潭記

陽羨山水奇勝。稱張公善卷洞。及玉女潭。其名皆托於神仙。余讀山海經崑崙之山。廣都之野。軒轅之邱。不死之國。以爲此不過如齊諧鄒衍之徒之說者。然今天下名山。在于中州。往往多仙人之遺跡。豈其事皆信然歟。溧陽史氏。自漢杜陵壯侯以來。數百年。世謂之史侯家。由溧陽至玉女潭四十里。史君於其間。爲之剃莽燓茅。伐石疏土。人力旣殫。天工始見。由潭以往。得二十四景。名而揭之。如所謂仙館。佛龕。瑶臺。琪樹。鶴坡。鼉峽之類。好事者聞而慕之。不得至。如望見之焉。天下太平。天子明聖。史君爲中朝貴臣。而乃自逃於山澤之間。點綴蒼碧。緣著怪奇。使後百年。便以史君爲仙人也。由此言之。余殆疑所謂仙人之跡者。皆遯世長往之士。有所托而爲之。亦史君類耶。

見苓書舍記

長洲劉遂。與余友盛應禎同年。家子弟相好。又與余同在太學。應禎數稱遂之爲人讀書好古。篤於行誼。遂所後父爲水部君。水部君嘗自號飯苓子。水部君卒。遂以見苓扁其書舍。以寓思親之意。間因應禎屬余爲記。余曰。人子于其親之亡。不可得而見。思之則見之矣。無所不思。則無所不見矣。書舍遂之所常居也。於是而見飯苓子焉。可以見遂之無所不思也。禮爲人後者。受重而以尊服服之。服之以其父母而祭之以其父母。夫以爲其文則然。至于其情。或容有不可強者。而遂于水部君。又重之以父母之恩。推是心也。可謂厚之至矣。而吳中士大夫。載水部君之行事。蓋云。君初舉進士。以親老不肯就官。懇疏歸養。比親喪服闋。所親力勸之出。君不得已。一至京師。當正德之初。中官乘勢。陵轢天下士大夫。君爲主事。領漕事居濟上。無何。即引病長往。其號飯苓子以此。余因感遂之厚。又嘆水部君之廉于進取。其風槩不獨可使劉氏子孫傳之也。

婁曲新居記

婁曲新居者。吾縣在婁水之曲。沈先生故以名其居。始自吳有國。其東門曰婁門。震澤之水。由是東入海。故水爲婁江。古婁門外馬亭溪是也。溪上復城越王餘復君之所治。因之爲婁縣。王莽曰。婁治吳有婁侯。而或謂之瞜城江。入海口爲劉家港。嘐與劉聲近訛。吳大嘐蓋在北野禺櫟東所舍云。沈先生。世縣人。年七十矣。未始出於婁曲也。而以名其居。蓋自謂終老於此云爾。昔伏波將軍平交趾還。言吾弟少游。哀吾慷慨有大志。曰。士生一世。取衣食裁足。乘下澤車。御款段馬。爲郡掾吏守墳墓。鄉里稱爲善人斯足矣。致求贏餘。徒自苦耳。當吾在浪泊西里間。下潦上霧。毒氣薰蒸。仰視飛鳶。跕跕水際。念少游平生時語。何可得也。班定遠在西域。年老乞哀求還。不敢望到酒泉郡。但願生入玉門關。二人者。君子蓋悲之。嗟夫。人生百年之內。爲日有幾。欲窮萬里之道。日馳騖而不知止者。何也。先生蓋自敍其少時艱難之迹。曰。吾晚得地於郊外。安而樂之。名其圃曰南園。其館曰星槎。其堂曰世有。曰。吾而後庶幾其有之已。又鬻他姓。於今始卜於縣之南街。親朋往還。里俗淳厚。有宅一區。有屋數椽。有花有竹。濁醪一壺。黃虀數莖。焚香賦詩。自喻桑榆之樂。物無能易之。傳謂逆旅無常。爲遷徙之徒。玆則庶乎可免矣。余讀其辭。蓋有隱居之致。而有感於昔之人。發憤伉志。爭功名於萬里之外。乃至白頭顧念。忽有首邱依風之感。因以歎夫漂漂者。何所極也。遂書之以爲記。

寶界山居記

太湖。東南巨浸也。廣五百里。羣峯出於波濤之間以百數。而重涯別隝。幽谷曲隈。無非仙靈之所棲息。天下之山。得水而悅。水或束隘迫狹。不足以盡山之奇。天下之水。得山而止。山或孤孑卑稚。不足以極水之趣。太湖漭淼澒洞。沉浸諸山。山多而湖之水足以貯之。意惟海外絕島勝是。中州無有也。故凡犇湧屛列於湖之濱者。皆挾湖以爲勝。自錫山過五里湖。得寶界山。在洞庭之北。夫椒湫山之間。仲山王先生居之。先生蚤歲棄官。而其子鑑始登第。亦告歸。家庭間。日以詩畫自娛。因長洲陸君。來請予爲山居之記。余未至寶界也。嘗讀書萬峯山。盡得湖濱諸山之景。雖面勢不同。無不挾湖以爲勝。而禹跡長興。往往在殘霞落照之間。則所謂寶界者。庶幾望見之。昔王右丞輞川別墅。其詩畫之妙。至今可以想見其處。仲山之居。豈減華子岡欹湖諸奇勝。而千里湖山。豈藍田之所有哉。摩詰清思逸韻。出塵壒之外。而天寶之末。顧不能自引決。以濡鍋胡之腥羶。以此知士大夫出處有道。一失足遂不可浣。如摩詰。令人千載有遺恨也。今仲山父子。嘉遯於明時。何可及哉。何可及哉。

南陔草堂記

予友陳吉甫卜居於縣城之東南門須浦之上。蓋自門南出。爲走松江之道。江之南北村。民有徵召會集。必由於此。故爲市頗囂雜。而吉甫之宅。在浦西。予家舊居東南門。所謂河西者也。而浦所自出。爲縣之隍。婁水循是而東。至太倉入海。舟行晝夜。叫呼不絕。吉甫家負隍而並浦。獨蕭然有林野之趣。於其居之後。爲堂若干楹。前臨小池。有亭榭花石。池南有幽徑。西出則平疇曠然。堂之西爲圃。多竹樹花果。又有堂若干楹。吉甫以爲娛親之所。故以南陔名焉。予讀詩小雅。至於六月之序。以爲自鹿鳴至菁菁者莪二十二詩。蓋先王之所以治天下者。盡在于是。小雅既廢。則四夷交侵。而中國微矣。然是詩必以南陔爲之本。人無孝友之心。則君臣兄弟朋友。何由而得其敍。和樂忠信。廉恥禮義。何由而得其道。法度蓄積。師衆征伐功力。何由而得其度。福祿何由而綏。陰陽何由而得其理。賢者何由而得其所。萬物何由而遂。爲國之基。何得不墜。恩澤何得不乖。萬事何得不失其道理。萬國何得不離。諸夏何得不衰。此四夷之所以交侵。而中國微也。故鄉飲酒禮燕禮。皆鼓瑟歌鹿鳴。四牡。皇皇者華。然後笙堂下奏。南陔。白華。華黍。蓋外盡君臣。而內反之父子之際。而王道備矣。漢儒掇拾於秦火之後。亡逸此篇。至今遂以笙奏有聲而無辭。而不知古詩三百篇。孔子皆絃歌之。以求合韶舞雅頌之音。若本無其辭。而何以有南陔。白華。華黍之篇名。今世所傳新宮。采齊。貍首。驪駒。及三豳。三夏。九夏之類。其辭逸者固多也。束廣微補亡之篇。庶亦近之。而用意止於晨羞夕膳之間。求之於詩。卷耳。采蘋。諸作。雖閑淡而意深遠。至如陟岵。蓼莪。有幽遐罔極之思。束氏不能及也。吉甫之尊人。與家君同學。既老。又同與社會。在社中。終日忻忻。飲酒必醉而後去。而平生有孝友之行。吉甫又能承奉之。則凡登其堂者。如聞鐘鼓。如聆笙瑟。而可以知南陔之詩不亡矣。予是以推小雅之意義而著之。

莪江精舍記

吾鄉嚴氏居吳淞江大直浦東。世以貲雄。至都事君兄弟。用選秀入成均爲弟子。而廉卿嘗與余同試春官矣。余弟亨甫。爲都事君壻。故余識啓貞於垂髫之時。都事君偉儀觀。美鬚髯。而啓貞少巳豐碩。與客應對揖讓。如大人長者。見者往往稱之曰。生子何必多。如君一子巳可。知嚴氏有後矣。都事君謝世。啓貞受堂構之任。愈能大其家。而不幸早夭。其孤潤方在孩稚。母諸孺人以育以訓。至於有成。今去啓貞之世。忽踰一紀。且冠受室矣。諸孺人者。寧邑令貞伯女也。其持身有衞共姜之操。其教子有歐陽太夫人之嚴。潤仰承慈顏。是恃是怙。足以自解。而念其先人蚤棄。諷誦蓼莪之詩。日日以泣。遊行江上。痛流水之逝而不返也。故以莪江名其精舍。客有憐其志者。求記於余。且請爲解之。余以人之情。皆有所止。至於悲傷之過。人得以解之。孝哉嚴子。獨爲其親而悲哀。而可以人解之乎。雖然。亦有所止也。三年之喪。二十五月而畢。哀痛未盡。思慕未忘。然服以是斷者。爲送死有巳。復生有節也。故曰。先王制禮。不可過也。余憫嚴子日誦蓼莪之詩。將復生無節乎。子其繼若祖考之志。思慰母氏之心。求所謂立身行道。揚名於後世者。是乃所以爲無窮之情也。余昔過嚴氏。初見都事君。飲酒雍雍。歡燕竟日。再過之。則啓貞巳爲主人。而余友徐直言在其家塾。止余宿。明日別去。卽今之所謂精舍者。往年嚴子來。爲其外氏陸冢宰家求祝釐之詞。始識之。蓋二十年間。而觀於嚴氏三世。有足慨者。又嘉嚴子之志而爲之記。

菊窗記

去安亭二十里所曰錢門塘。洪氏居之。吳淞江之東爲顧浦。折而北。洪氏之居在其西。地平衍。無邱陵。而浦之厓岸隆起。遠望其居。如在山隝中。昔仲長統嘗論使居有良田廣宅。背山臨流。溝池環匝。竹木周布。舟車足以代步涉之勞。使令足以息四體之役。養親有兼味之膳。妻孥無苦身之勞。良朋萃止。則陳酒肴以娛之。嘉時吉日。則烹羔豚以奉之。躕躇畦苑。遊戲平林。永保性命之期。不羨入帝王之門也。大率今洪氏之居。隱然如統樂志論云。而君家多竹木。前臨廣池。夏日清風。芙蕖交映。其尤勝者。君不取此。顧以菊窗扁其室。蓋君嘗誦淵明之詩云。酒能祛百慮。菊能制頹齡。又云。我屋南窗下。今生幾叢菊。夫以統之論雖美。使人人必待其如此而後能樂。則其所不樂者猶多也。卒爲尙書郎。濡跡於初平建安之朝。有愧于鴻飛冥冥矣。爲昌言何益哉。淵明採菊東籬下。悠然見南山。笑傲東軒下。聊復得此生。可謂無入而不自得也。今君有仲長統之樂。而慕淵明之高致。此予所以不能測其人也。將載酒訪君菊窗之下而請問焉。君名悅。字君學。

本庵記

客曹楊君伯厚。名其讀書之舍曰本庵。因其友張師周來請爲之記。余問其所以爲名者。蓋今少保司馬公爲曹郎時。生君於邸舍。而先少保公以御史視鹺事於江都。聞得孫而喜。乃曰。吾居揚州而此子生。因命之曰揚州民。且謂吾家再世榮祿。厚福之來不敢居。令此子長得爲耕農足矣。嘉靖四十一年。君登第而主司以爲州民。非所以爲稱。乃更之曰俊民。君不能逆主司之意。而又不敢忘乃祖之命。故名其庵曰本者。以爲不忘其先少保云。夫所謂本者。猶言始也。凡物之生。皆始於本。故以本爲始也。昔林放問禮之本。孔子告之以禮之本主於儉。夫禮生於心。孔子不言而言儉。從其始而求之。未有不得其心也。傳曰。天地者。生之本也。先祖者。類之本也。君師者。治之本也。無天地惡生。無先祖惡出。無君師惡治。聖人之所謂本者。皆言其所始也。人能思天地之所生。則不至於違其性。人能思先祖之衍其類而生我。則不至於戕其身。人能思君師之所以治。則不至於遺君而倍師。故有子志之曰。孝弟也者。其爲仁之本與。言君子之爲仁。以孝弟爲始。則可以得其心也。君日侍少保公。承顏色養。不離於左右。孝弟之道。不勉而至。然且思先少保之在江都之日。其所存遠矣。少保公方掌邦政。以才德爲天子所倚毗。君舉魁多士。雍容南宮。奕世濟美。當世以爲難得。及余觀其一命名之閒。而猶不忘其本如此。而後知君家之所以貴顯者。蓋有以也。是爲記。

野鶴軒壁記

嘉靖戊戌之春。予與諸友會文於野鶴軒。吾崑之馬鞍山。小而實奇。軒在山之麓。旁有泉。芳冽可飲。稍折而東。多盤石。山之勝處。俗謂之東崖。亦謂劉龍洲墓。以宋劉過葬於此。墓在亂石中。從墓間仰視。蒼碧嶙峋。不見有土。惟石壁旁有小徑。蜿蜒出其上。莫測所往。意其間有仙人居也。始慈溪楊子器名父創此軒。令能好文愛士。不爲俗吏者稱名父。今奉以爲名父祠。嗟夫名父。豈知四十餘年之後。吾黨之聚於此耶。時會者六人。後至者二人。潘士英自嘉定來。汲泉煮茗。翻爲主人。予等時時散去。士英獨與其徒處。烈風暴雨。崖崩石落。山鬼夜號。可念也。抄本詳八人姓名自可不必今從常熟本

保聖寺安隱堂記

長洲東南五十里。地名甫里。天隨先生之故居在焉。今爲保聖教寺。而郡志又有白蓮講寺。然甫里無二寺。蓋白蓮保聖之別院也。志云。寺創于唐大中間。熙寧六年。僧惟吉重修。又謂惟吉于祥符間創白蓮寺。今里俗所指以爲白蓮者。僅在西廡。其後即爲天隨先生祠。區宇非廣。不當別稱爲寺也。余少時過甫里。拜先生祠。遊行寺中。尋古碑刻。殆無存者。惟元統二年法華期懺田記。輪管懺司知事比邱。有親從政。文選所立。此石存耳。成化二十二年。時國家累世熙洽。京師崇寺宇。僧司八街。剃度數萬人。醮祠日廣。左善世璇大章住持大興隆寺。方被尊寵。而璇故里人陳氏子。初爲寺比邱。得請。馳驛還省其母。因迎養于寺之愛日堂。明年。從四明普陀歸。是歲八月。重修此寺。又明年五月落成。明年還京師。凡爲殿堂七。廊廡六十。初壞殿時。梁栱間有板識紹興寶祐之年。故知以前修創蓋不一。而無文字可攷也。寺之西北有安隱堂。異時僧每房以堂爲別。如安隱比者。無慮數十房。其後日圮。今東偏無僧寮矣。主僧法慧懼且盡廢。而慧之徒又絕。先是。安隱之房。分爲二派。慧乃與同堂之徒。復合爲一。誓相與共守之。而請余爲之記。自成化二十三年丁未。至今嘉靖四十三年甲子。蓋又七十有八年矣。璇之修創。宜有記而復闕。慧以爲寺之興。或有所待。而文章終不可無。故汲汲求其寺之故。欲余有所記述。其志非特區區一堂而已。余既無所于考。獨璇事于所聞較著。是以識之。且以爲彼非托于此。亦不能以傳也。夫文章爲天地間至重也。自大中訖今。七百十有九年。世變多矣。而寺嘗存。蓋無廢而不興。而文章之傳獨少也。慧其知所重也哉。

汝州新造三官廟記代

汝水自天息山東流。入汝南之境。自城北折而東。復繇東而南。濱河居者曰竹竿巷。蓋因竹竿河而爲名。實商賈之所湊。異時水泛溢。岸善崩。一旦居民街市。盡沒于水。往來者無所取道。崇府承奉樊君。捐貲市民地。與屋縮之若干步。以讓行者之途。自是復通行。而居民街市。繁會如故。乃搬三官廟以鎮之。中爲神殿。左右兩廡。右轉而東。爲神庫。爲神廚。又爲屋數楹。使學道者居之。殿甚巨麗。三神像及諸侍從。莊嚴靚飾。儼然帝者之尊。重門周垣。以臨水上。汝人皈依焉。經始于隆慶元年之秋。落成于三年之夏。君以奉使再過邢州。以予爲其郡人。又故相知。請爲之記。予以河水壞民廬舍。至沒其通行之道。此有司之所當軫念。今有司既屈于其力之所不能。而又以煩民之爲難。君乃肯捐己貲。以佐國家有司之急。而拯民之溺。其亦可謂賢矣。按三官者。出于道家。其說以天地水府爲三元。能爲人賜福赦罪解厄。皆以帝君尊稱焉。或又以爲始皆生人。而兄弟同產。如漢茅盈之類。其說詭異。蓋不可曉。然人之所奉。則其神必靈。如史載秦所祠祀多不經。亦有光景動人民。故能致其昭格。雖古聖人。建天地山川之祀。皆與于人。意不過如此。今特以出于道家。故儒者莫能知其說。抑君之爲是。其造福于此方之民。蓋不少也。君名準。字某。鄖城人。讀書爲文。好賢禮士。又能約束王國中諸校。莫敢犯法者。汝南士大夫。樂與之遊云。

卷十六　記

重修闕里廟記代

隆慶三年。闕里重修先聖廟成。某官某。以書幣走京師。來請記于麗牲之碑。先是嘉靖四十二年。衍聖公某。以廟之圮。告於巡撫都御史張某。方行相度。以用之不贏而止。及是年。巡撫都御史姜廷頤。巡按監察御史羅鳳翔。周詠。與藩臬諸君會議。捐獄祠之香稅。與司之贖鍰。得一千六百。其役人則用州縣過更之卒。而以兗州府通判許際可董其役。知府張文淵時督視之。經始于仲夏。歲盡而訖工。輪奐規橅。視昔若增。左布政使某。左參政吳承燾。副使吳道會。皆首爲贊議者也。唯先聖生於尼山。講學於泗上。歿而葬於此。其地初名闕里。後亦曰孔里。先聖之歿。弟子廬其冢上而不忍去。魯人從而家者百餘室。而魯世世相傳。以歲時奉祠。諸儒講禮鄉飲大射於其間。漢高祖自淮南還。過魯。以太牢祠。其後人主登封巡狩。無不過而拜祠。我太祖高皇帝。龍興海內。干戈未戢。亟命遣祭。紹封子孫。修飭其祠宇。列聖承統。世世增修。今天子隆慶之元年。御正殿。傳制遣官告祭。而車駕臨幸太學。親釋奠。命儒臣坐講。賜孔氏子孫有加。海內慕學之士。喁喁嚮風。聖人之道。益以光大。則魯之有司。與其有事茲土者。今茲之舉。固所以虔奉先聖。亦以宣明聖天子之德意。不可以不記。夫今夫子之廟學。遍於天下。而深山窮徼。皆知誦法其書。其在天之靈。無所不之也。然孟子曰。近聖人之居。若此其甚也。荀子曰。學莫便乎近其人。蓋孔子歿數百年矣。學者至觀其廟堂車服禮器。諸生習禮其家。有低回而不能去者。固以想像於遠。不若景慕於近之爲切也。抑諸君子知虔奉聖人矣。亦豈徒事於其外乎。昔者子游聞諸夫子曰。君子學道則愛人。小人學道則易使也。夫不知學道。則施於喜怒哀樂。無一而當其則。必不能有望於安上治民。而移風易俗也。顏淵問仁。夫子告以克己復禮。及請其目。夫子則曰。非禮勿視。非禮勿聽。非禮勿言。非禮勿動。以顏子之資。猶請事斯語以終其身。故問爲邦。夫子以夏時殷輅周冕韶舞告之。以顏子而夫子使之治天下國家。以爲不可一日而離於禮樂法度之中。此即克己復禮之義也。後之學者。於視聽言動己之身不能治。何以謂之學道。故觀感於聖人者。求仁爲近。求仁以學。顏子爲近。余嘉是役之成也。敬述所聞。以申告學者云。此文錢宗伯不選今仍存

顧原魯先生祠記

前元之季。崑山有隱君子曰顧原魯先生。居於海濱。讀書學道。不求聞於時。端居一室。憑几而坐。所當兩臂處。遺跡宛然。手自批註經史。後其家懼禍。悉燬不傳。然而海濱之父老。至今能言之。四傳而至其孫啓明。今爲太倉人。稍徙至郡城。有子存仁。舉進士。爲禮科給事中。得推封其父。尋以言事忤旨。被謫居庸關之外。久之得還。吳給事既被廢家居。尤喜考論先世故事。而郡太守歷下金侯城。頗采父老之言。又以封君之敦尚誠朴。足以風勵末俗。乃檄令列祠於郡學。若州之鄉賢祠。復于齋門外臥佛寺之東偏建祠。而以封君從祀。以爲近其家。可以歲時致

祠事焉。給事謂余。具知始末而請記之。余惟古之人。遭時際會。佐世主。功施于天下。而垂名于竹帛。後世之所稱述。往往爲此。至于巖穴幽棲之士。雖長往不返。亦必因時王側席之求。弓旌玉帛。賁于邱園。世始得以稱述其名。若夫許由。卞隨。務光之徒。以與人主以天下相揖讓。此宜其彰彰較著矣。而谷口鄭子真。蜀嚴君平。皆修身自保。揚雄少從君平遊。已而仕京師顯名。數爲朝廷在位者。稱此二人。故能耕于巖石之下。而名震于京師。由此而言非此數者。雖沒世無稱也。而又有不然者。古之君子。修身學道。寧憔悴于江海之上而不顧。彼非有求于世者。然約而愈顯。晦而益彰。逃名而名隨之。傳記之所載。不可勝數。無求于世。而世亦不容不知之。此奚必有所待耶。若原魯先生沒于海上。至于今二百年。而其幽始發。則士之修德礪行者。何憂後世之不聞耶。郡太守表章之意微矣。祠凡爲堂寢廡門若干楹。經始于嘉靖三十年十月某日。落成于嘉靖三十二年十有一月某日。是爲記。

常熟縣趙段圩堤記

虞山之下。有浸曰尙湖。水勢湍激。岸善崩。湖堧之人。不能爲田。往往棄以走。有司歲責其賦於餘氓。而趙段圩當湖西北。尤窪下。被患最劇。宋元時。故有堤。廢已久。前令蘭君。嘗興築之。弘治間。復淪于大水。嘉靖丁酉。予宗人雷占爲己業。傾貲爲堤。堤成。墳淤之土。盡爲衍沃。而請記于予。嗟夫。自井牧溝渠之制廢。生民衣食之地。殘棄于蒿萊之間者。何可勝數。有司者。格于因循積習之論。委天地之大利。斯民愁苦哀號。側足於尋常尺寸之中。率拱手熟視。不能出一議。而漫謂三代至于今。其已廢者皆不可復。夫未嘗施晷刻之功。而徒諉曰不可復。予疑其說久矣。觀雷所爲。其力易辦而功較然者。然更數十令。獨蘭侯能之。至蘭侯之業敗。已又四十餘年。爲沮洳之場。莫有問焉者。何也。天下之事。其在人爲之耶。事有小而不可不書者。此類是也。

唐行鎭免役夫記

蘇州至松江。由姑蘇驛過吳江之境凡四驛。而至此驛道也。別自婁門東沿婁江。又東南折而入于黃浦而西。此緣海之道也。出葑門東走。則行湖泖之間。其避湖泖之險者。則多從吳淞江南出大盈浦。經唐行鎭。異時官舟之牽挽役諸州縣唐行之夫。不知何自而起。舟所過。晨夜追呼。百家之市。殆無寧居。凍餓僵死于風霾雨雪之中者。相屬。太守臨安方侯。知民之不便。據法令罷免之。鎮之父老。相率來請紀于石。或者以爲賢太守奉宣條教。千里之內。父母之道。師帥之責在焉。加之今日上有賦斂之繁。外有蠻夷之事。太守視事以來。風采日新。惠利之政。家有聞而邑有述。當有卓犖大者。若斯之類。將不勝書。雖然。或者亦知父老之意乎。政之不便於其人無大小。如人之有病。唯病者自知之。醫能療焉。亦惟病者而後知醫之爲德也。若然。則父老之於侯。其情至矣。吾又以歎吾吳中之俗。仁厚而馴良。稍煦之以恩。而其易感也如此。國家威靈。震薄海外。亦時有士俗驍悍。不得意則叫囂相挺以起。有司不敢驚。拊循之而已。往者。大農以經費不足督天下賦。吏緣以爲姦利。吳民父子兄弟。駢死敲扑之下。而莫有疾怨之心。以是知天下有變。吳民必不敢爲亂。以其愛上忍詬而易使也。彼不之卹而肆其恣睢之意者。亦何心歟。

吳郡丞永康徐侯署崑山縣惠政記

昔永康徐公守吳郡。當武宗皇帝之末年。逆藩竊發。畿甸騷動。翠華南幸。吳江南要郡。調兵食城守。儲偫以待乘輿之至。公不動聲色。郡中晏然。公有寬大之政。先是秩滿當代。吏民上書乞留。詔以河南右參政復治郡。近世未嘗有也。後遷江西左參政。官至工部侍郎。自公去郡三十餘年。冢孫丞侯。以太子家主簿。出判吳郡。清廉聞於郡中。滿歲。復還今官。是時東南有倭奴之警。侯綸凡海之事。防遏有法。海波不興。會諸屬縣令缺。侯輒出視。所至拊循其民。近者閱月。遠者一歲。民莫不懷慕之。郡之縣有七。侯殆遍歷其五。前年冬。至崑山。迄季春還郡。又以事數入郡。不類居縣。其所施於民。可以爲吏師法者。往往可紀。庫子爲縣守藏。令廉則無擾。不廉輒費不貲。當侯時。分毫無取。民亟不知爲此役。白銀火耗一兩。折閱多至三分。侯以京庫折白輕齎。鳳陽馬役。解扛京庫。鹽鈔練兵義役。多寡參停。取衷定爲一分。糧長解運之外。又有小差額外之徵。悉令蠲除。火耗小差羨餘。無慮千計。吏白以爲當得者。侯無私焉。又糧長解運官。閉門默定。或貧富不相讎。富者得規免。而貧者傾其家。已定無所復控訴。侯悉召至庭。使互相舉。應得等第。一夕而定。無不怗服。至於催科之害。民斃死杖下者。不可勝數。比侯之至。縣庭寂然。不聞鞭笞之聲。而賦亦自辦。又捐俸以助修學宮。及諸神祠之傾圮者。多有出於格令之外。大抵吳民賦調之繁。自昔患之。嘗數更其法而弊日生。識者以爲不在於法。而患吏之不廉。吏廉矣。法雖未盡而可以無弊。如侯之卹庫役。公撥解省火耗鐲小差。推此類行之。民未有不甦者也。念昔工部以仁惠拊吳。吳民至今思之。見侯之至。如公之復來也。侯繼踵甘棠之蹟。睹其所茇。而忍芟夷其遺民乎。詩曰。無曰予小子。召公是似。以此知古之封建世家。至今無不可行也。晉周訪三世爲益州。四十餘年。功名著於寧益。侯年方富而寄任日隆。必能光大前烈。吾吳民之怗賴遠矣。侯之還郡也。國學進士陳志道等二十四人。相與列其事。俾余記之。固以侯於吾黨恂恂然。有愛人下士之風。然實因民之志。非有私也。用以告後之爲政者云。此文參用常熟本

崑山縣新倉興造記

崑山舊玉峯倉。在西門之外。漕輓之積在焉。每歲稅入。漕卒悉至於此領兌。民間所謂西倉也。濟農倉在南門之內。常平之粟在焉。歲之豐凶以爲發斂。民之所謂南倉也。縣志云。二倉蓋巡撫周文襄公所改擲云。然濟農之廩。其空已久。頃者倭奴之警。乃以城西之積歸之。而濟農倉遂改爲玉峯倉。鶴慶彭侯。以進士知崑山。因倉故址。加恢拓之。東至於公館若干步。始以囷廩攢植。致鬱攸之變。於是懲艾前患。興造新倉。中爲官廳。左右互列凡若干楹。一歲四十一萬四千五百石之糧。悉儲于此。蕞爾小縣。可謂如茨如梁。如坻如京矣。是役也。以民之掌稅者。量其所掌之多寡。區別以賦工。以故上不費於官。而下不及於民。浹旬而役用告成。觀者歎息。以侯之才敏。而吾民之易使也如是。抑古者垣窌倉庾之設。以治年之豐凶。凡萬民之食。待施惠卹艱阨。養孤老而已。國家因前代常平義倉之法。有四倉之制。而歷世經紀豫備。見之綸音者。不一而足。而因仍廢墜已久。彭侯承兵荒之餘。詔書趣辦。義不得不先公家之急。雖有愛民之心。宜亦未及乎此。而濟農之名。不可以沒也。是用併識之。侯名富。爲縣清廉勤勤。敏於造事。即此亦可以概見矣。是歲嘉靖四十三年。歲次甲子。某月日倉成。九月某日記。

長興縣令題名記

長興爲縣。始於晉太康三年。初名長城。唐武德四年五年。爲綏州雉州。七年復爲長城。梁開平元年爲長興。元元貞二年。縣爲州。洪武二年。復爲縣。縣常爲吳興屬。隋開皇仁壽之間。一再屬吾蘇州。丁酉之歲。國兵克長興。耿侯以元帥。即今治開府者十餘年。既滅吳。耿侯始去。而長興復專爲縣。至今若干年矣。遡縣之初建爲長城若干年矣。長城爲長興。又若干年矣。舊未有題名之碑。余始考圖志。取洪武以來爲縣者列之。嗚呼。彼其受百里之命。其志亦欲以有所施於民。以不負一時之委任者。蓋有矣。而文字缺軼。遂不見於後世。幸而存者。又其書之之略。可慨也。抑其傳於後世者。既如彼。而是非毀譽之在於當時。又豈盡出於三代直道之民哉。夫士發憤以修先聖之道。而無聞於世則已矣。余之書此。以爲後之承於前者。其任宜爾。亦非以爲前人之欲求著其名氏於今也。

太僕寺新立題名記代

太僕寺。秦漢皆掌輿馬。天子出。奉駕上鹵簿。用大駕則執馭。然其屬有龍馬五監。邊郡六牧。則馬之事。無不統焉。漢以後官掌。大抵不異。國家自洪武六年定制。獨置太僕寺於滁州。始去奉車之職。而顓掌馬之事。三十年。置行太僕寺。永樂初。改北平行太僕寺。爲北京行太僕寺。十八年。特稱太僕寺。洪熙初。復稱北京。正統元年。始定稱爲太僕寺。寺卿一人。少卿二人。丞十二人。列聖相承。時有損益。至隆慶己巳。其員額。少卿三人。丞三人。所掌驗烙巡牧。勞逸人殊。藏府京營。歲月輪代。某初到官。頗爲推究。非初立法之意。乃因循墮廢而致然也。因條上其事略云。舊設少卿二名。一巡京營。及各邊騎操之馬。一巡近京州縣寄養之馬。皆領勅歲代。寺丞十二員。分管畿輔八府山東河南之馬。後復增少卿一員。省丞爲六員。今又已虛其丞之半。丞少不足以更事。而又偷息其間。欲乞重三丞之選。與少卿一體協行。以均勞逸。重責成。又驗烙發寄。本非二事。舊制。巡驗俱屬一卿。今欲以二少職掌。亦如兩丞東西分管。職兼驗養。各以丞佐之。春秋仲季。並出近京州縣。赴俵之馬。就近印發。一便也。都會輻輳。得免擁聚。二便也。國門嚴重。潛杜呼噪。三便也。兩卿分轄。事半功倍。四便也。卿巡未遠。分任寺丞。五便也。遇有緩急。就近調兌。六便也。上免朝參。下謝交託。殫力王事。七便也。營軍養戶。躬相授受。游販奸胥。不得規避。八便也。奏上。天子以其章下兵部。覆奏報可。於是驗牧並行。卿丞配佐。載於甲令。某又以寺宇敝壞。奏一新之。故事。諸省寺皆有題名碑。始卿邵康僖公銳。張公舜臣。重爲立石。今歲久石窮無隙鑱書。於是李君羲起。與廳薦應崇元愿。捐貲以堅新石。而丞張君進思。郎君大倫。王君淑。咸曰幸今日正名。與諸卿埒。亦請立石。於是相率屬某記之。某竊惟聖天子改元更化之日。率作興事。開廣言路。羣工戒飭。百度振舉。而微臣稍條上一二事。詔書無不俞允。此正臣等精白一心。夙夜匪懈。以助成德意。與萬世之太平者也。邇者。歲災流行。大江南北。河海嘯溢。畿輔邊關。雨雹徧野。夫雨水冰雹。皆陰類也。其應主戎馬生郊之象。潢池盜兵之兆。臣等職領師菀。而國馬傷耗。武備衰減。其責尤重。且大夫三關九塞用馬之地也。畿輔州邑牧馬之地也。大江南北財賦之區。駒馬之地也。是故驗烙。則憂𩥇馬無駒。兵政之寓農。何以復祖宗之初額。巡牧則憂芻牧非人。緩急之備用。何以禦匈奴之長技。京營則憂四驪未比。何以奠百二之神州。藏府則憂九年未蓄。何以備邊圉之孔棘。自古僕卿在九列。國家雖去奉車。少離親密。而任益專重。今因仍積弊之後。尤有難者。況茲廨宇官職。丕變維新。臣等凡備列題名之石者。其可不思所以協乃心力。以祇承明天子之制哉。臣某拜手謹記。

長興縣城隍神靈應記

凡他郡縣城隍之神。民奔走賽祀特盛。長興則否。余至之日。像塑剝落。侍從跛倚壁間。祠門外右。即爲溷湢。前有司月朔望一至。未嘗問焉。然神儼然靚居。無溷瀆者。則余以爲長興城隍之神。獨尊於他縣也。余頗爲葺神居之圮壞。繪飾塑像。除前之穢。然神像特偉麗。尊嚴如王者。祠前古柏二株。蒼翠挺直可愛。其左一株。右紐如絞索尤奇。真棲靈之地。余於縣數決大獄。即心開類。神有以告之。每閭里有姦。輒不時發。故余於事神尤虔。會大旱。自五月至于六月不雨。縣有方山。自太湖西南望。最爲雄高。上有黑龍湫。冬夏水不竭。民言先時禱雨多應。余遂往至山下。欲上山。民皆叩頭。言山陡險不可上。先至此禱雨。皆望祀無登者。余曰。爲禱雨來。畏險非誠也。又曰。赤日烈甚。無草木之蔽。徒步上下。近三四十里。竭不可登也。余曰。爲禱雨來。畏竭非誠也。遂披荆棘而行。或側逕僅置半武。過小龍洞。洞亦有湫。又上乃至大龍洞。兩石鑄。上闔下開。如佛龕。高可四五丈。湫廣數尺。其中甚清涼。因拜祭。有物蜿蜒俎間。山既益高。則盡見陽羨諸山。湧出如層波疊浪。而東北望太湖如鏡。隱隱見姑蘇之臺。已下。方盛暑烈日。天無纖雲。還至神前。拜致所取龍洞之水。方出廟。大雨如注。四境霑足。綠疇瀰望。萬衆懽呼。以爲神之報答如響也。至秋中又旱。余復至山禱。已下半山。即雨。雖不能如前沾足。而玄雲靉靆四野。時有雨至。是歲竟免旱災。會余改官欲去縣。明日將辭于神。幼子夜夢神與之言。吾襪與胡靴敝。又無船。時余繪神像。蓋圬者以神下體[illegible]人。故仍前漫漶。欺余不見也。至明問之道士。果然。又吾鄉神祠上。常有畫船懸梁。余問此神廟何不類。吾蘇州有畫船懸。道士對曰。故有之。今壞不懸也。余遂捐貲。令復繪神下體。與懸畫船。余尋往臨安。而郡倅有惡余者。訐得縣篆。即日以兩戈船。冒風雨夜至縣。欲捃拾以爲罪。見人輒搒掠。縣中大驚。一日。倅忽夢神指其胸。明日瘍發於胸。死矣。余欲爲勒石於廟。會行不果。然自離縣。常往來於懷。噫。使人皆得逞其一時之凶暴以害人。則人道滅矣。賴神明之昭然者如此。君子之守道循理。遭世之洶洶。其亦猶有所恃也耶。余既書此。因貽後之代者。倘與余同志。必爲勒石於祠下。以著神之靈驗焉。

張氏女貞節記

張氏女。湖州歸安人。都御史孟介之孫。瑞州通判宏裕之女也。少許聘烏程學生嚴大臨。大臨工部尚書震直之曾孫也。嘉靖七年。大臨以儒士試浙闈還。遘疾。明年疾甚。且死。瑞州往來診視。歸語其妻。女聞之。閉門。悉斂平時所製女工。凡裝送衣物。焚之。家人見閤中火起。驚問之。女曰。吾已無用此矣。語聞。嚴氏姑遣嫗往覘之。女私謂嫗曰。病不可爲。當歸汝家。沒吾世而已。舅姑感動。遣人往迎。父母難之。湖州太守梁君。縣令戚君。高其義。皆致書瑞州。勸成其美。而大臨已卒。張氏服其服。往哭之。遂居次不還。是時大臨年二十。女年十九。嚴氏因爲置嗣。及長娶婦。而嗣子亦卒。遂婦姑相守。歸嚴氏。今三十六年。年五十四矣。余昔嘗著論。以爲女未嫁人。爲其夫死。或終身不改適者。非先王之禮也。曾子問曰。昏禮既納幣。有吉日。壻之父母死。則如之何。孔子曰。壻已葬。致命女氏曰。某之子。有父母之喪。不得嗣爲兄弟。使某致命。女氏許諾而弗敢嫁也。壻免喪。女之父母。使人請壻弗取。而後嫁之。禮也。言壻免喪而弗取。則可以嫁也。曾子曰。女未廟見而死。則如之何。孔子曰。不遷於祖。不祔於皇姑。不杖不菲不次。歸葬於女子氏之黨。示未成婦也。未成婦。則猶不繫於夫也。先王爲中庸之敎。示人以人情之可循。女已許人矣。免喪而弗取則嫁。未廟見而死。則歸於女子氏之黨。其不言壻死而嫁者。此曾子之所不必問也。雖然。禮以率天下之中行。而高明之性。有出於人情之外。此賢智者之過。聖人之所不禁。世敎日衰。窮人欲而滅天理者。何所不至。一出於怪奇之行。雖不要於禮。豈非君子之所樂道哉。微子。箕子。比干。三人者。同爲紂之近戚。其所以處之者不必同。而孔子皆謂之仁。若伯夷。叔齊。舍孤竹之封。而隱于首陽。未有祿位于朝者也。於君臣之義分亦微矣。而恥食周粟以死。孔子亦謂之仁。嗟夫。世之論人者。亦取法於孔子而已矣。

吳山圖記

吳長洲二縣。在郡治所分境而治。而郡西諸山。皆在吳縣。其最高者。穹窿。陽山。鄧尉。西脊。銅井。而靈巖。吳之故宮在焉。尙有西子之遺跡。若虎邱。劍池。及天平。尙方。支硎。皆勝地也。而太湖汪洋三萬六千頃。七十二峯。沉浸其間。則海內之奇觀矣。余同年友魏君用晦。爲吳縣未及三年。以高第召入爲給事中。君之爲縣有惠愛。百姓扳留之不能得。而君亦不忍於其民。由是好事者。繪吳山圖以爲贈。夫令之於民誠重矣。令誠賢也。其地之山川草木。亦被其澤而有榮也。令誠不賢也。其地之山川草木。亦被其殃而有辱也。君於吳之山川。蓋增重矣。異時吾民將擇勝於巖巒之間。尸祝於浮屠老子之宮也。固宜。而君則亦既去矣。何復惓惓於此山哉。昔蘇子瞻稱韓魏公去黃州四十餘年。而思之不忘。至以爲思黃州詩。子瞻爲黃人刻之於石。然後知賢者於其所至。不獨使其人之不忍忘而已。亦不能自忘於其人也。君今去縣已三年矣。一日。與余同在內庭。出示此圖。展玩太息。因命余記之。噫。君之於吾吳。有情如此。如之何而使吾民能忘之也。

光祿署丞孟君浚河記

吳淞江承太湖之水。蜿蜒東下。三百里入海。左右之浦如百足。江自甫里折而北。行至崑山。全吳鄉東爲渚浦。又爲帆歸浦。斜折而南入於滔浦。江復東而浦之南出者。其東爲張浦。又東爲顧仙浦。又東爲諸天浦。又東爲同邱浦。又東爲新塘。皆南入於渚浦。若爲塘。爲漊。爲涇。爲浜。凡在其間者。此光祿署丞孟君。規其鄉所浚之水。江東南岸之地也。自新塘東。則江又南折。非孟君之鄉矣。君居家好義。歲捐貲以爲民興利。至是大旱。又捐貲盡浚諸水之在其鄉者。當此時。邑民告飢。而全吳半鄉獨豐熟。其父老感君之義。請記其事。夫三吳江海之介。而羣山之水。又犇注於其間爲大浸。所謂太湖也。太湖分迸而出以入於海。若以人力溝防疏導。則無不治之田。而水旱不能爲患害。蓋湖水自西而下。而海之潮。自東而上。清流不能勝濁泥之滓。故水不可一日不浚也。嘉靖初。朝廷嘗遣大吏來治。今四十年不治矣。古之三江。其二不可考。今惟吳淞一江。仰接太湖之水。古者江狹處。猶廣二里。今自下駕以來。僅僅如綫。而茭蒲菰葭生其中。下流入海之蹌口。不復通矣。千墩新洋黄浦。皆亂流也。水道何由而順乎。故江左右之浦在東者。但見止水蕰藻。而姑蘇以東。秀州以北。百里間。其田皆不耕。吾恐又數年。江日涸而西。而湖水益橫流。東南之民。將不食也。孟君居一鄉。能興其鄉之水利。則夫受司牧之寄者。獨可以辭其責耶。君名紹曾。字守約。以太學上舍爲大官丞。所浚河三十有四。二萬七千六百九十四丈。爲工四萬九千六百。用穀十有三萬九千斛。是用勒石以告來者。

松雲庵楊主簿墓田碑記

蒼梧楊君際可。以歲貢入太學。還調長興主簿。爲人高簡。日閉門吟哦。有崔斯立之風。嘉靖三十六年。六月二十日至。後五年正月二十一日卒。蒼梧去鄣數千里。楊君又無子。時南海劉君介齡爲縣。哀其遠而喪不能歸也。葬之城西二里五峯山之麓。爲祭田。使松雲庵僧守之。余至縣。楊君家人流寓於此。與僧爭田。予謂劉君本置祭田爲楊君守冢。家人若得而有之。亦可得而鬻之。訊之果有謀此田者。因斷歸僧家。以嗣劉君之志。且令刻之石。

以垂永久。

張氏女子神異記

嘉靖甲辰夏五月。安亭鎮女子張氏。年十九。姑脅淩與爲亂。不從。夜羣賊戕諸室。縱火焚尸。天反風滅火。賊共舁。欲投火。尸如數石重。莫能舁。前三日。縣故有貞烈廟。廟旁人聞鼓樂從天上來。火出柱中。轟轟有聲。縣宰自往拜之。時大旱。三月無雨。士大夫哀祭已。大雨如注。賊子籲天。拜。拜。忽兩腋血流。縣宰命暴姑尸壇上。禁其家不得收。家夜收之。雷雹暴至。羣鬼百數。啾啾共來逐。遂棄去。及官奉檄。啓視女子。時經暑三月。不腐。僵臥。膚肉如生。頸脅二創孔。有血沫。仵人吐舌。謂未有也。噫。亦異哉。觀古傳記。載忠烈事。多有神奇。今日見之。益信。於是知節義天所護。然不能護之使必無遺害。何也。悲夫。

卷十七　記

世美堂後記

余妻之曾大父王翁致謙。宋丞相魏公之後。自大名徙宛丘。後又徙餘姚。元至順間。有官平江者。因家崑山之南戴。故縣人謂之南戴王氏。翁爲人倜儻奇偉。吏部左侍郎葉公盛。大理寺卿章公格。一時名德。皆相友善。爲與連姻。成化初。築室百楹於安亭江上。堂宇閎敞。極幽雅之致。題其扁曰世美。四明楊太史守阯爲之記。嘉靖中。曾孫某。以逋官物。粥于人。余適讀書堂中。吾妻曰。君在。不可使人頓有黍離之悲。余聞之。固已惻然。然亦自愛其居閒靚。可以避俗囂也。迺謀質金以償粥者。不足。則歲質貸。五六年。始盡讎其直。安亭俗呰窳而田惡。先是。縣人爭以不利阻余。余稱孫叔敖請寢之丘。韓獻子遷新田之語以爲言。衆莫不笑之。余於家事未嘗省。吾妻終亦不以有無告。但督僮奴墾荒萊。歲苦旱而獨收。每稻熟。先以爲吾父母酒醴。乃敢嘗酒。穫二麥以爲舅姑羞醬。乃烹飪祭祀。賓客婚姻。贈遺無所失。姊妹之無依者。悉來歸。四方學者館餼。莫不得所。有遘憫不自得者。終默默未嘗有所言也。以余好書。故家有零落篇牘。輒令里媼訪求。遂置書無慮數千卷。庚戌歲。余落第出都門。從陸道。旬日至家。時芍藥花盛開。吾妻具酒相問勞。余謂得無有所恨耶。曰。方共採藥鹿門。何恨也。長沙張文隱公薨。余哭之慟。吾妻亦淚下。曰世無知君者矣。然張公負君耳。辛亥五月晦日。吾妻卒。實張文隱公薨之明年也。後三年。倭奴犯境。一日抄掠數過。而宅不毀。堂中書亦無恙。然余遂居縣城。歲一再至而已。辛酉清明日。率子婦來省祭。留修圮壞。居久之不去。一日。家君燕坐堂中。慘然謂余曰。其室在。其人亡。吾念汝婦耳。余退而傷之。述其事以為世美堂後記。

重修承志堂記

吾家舊宅在宣化里者。吾大父亦不知其何所始。第云高大父於成化初。始創承志堂。時大父方齠齔。上梁之日。有二鶴翔止於梁上。觀者千人。皆以為吉祥壽考之徵。大父為太常卿。夏公孫壻。夏公親題其額曰承志堂。其後高大父又自别創宅於須浦之上。吾生之年。高大父夢有人謂曰。公何不作高玄嘉慶堂。高大父覺而喜曰。城中必得孫矣。城中。蓋指今舊宅。大父居也。已而吾與伯兄皆生。高大父遂以次年創堂。須浦顧太史九和為之記。然吾大父。猶自居城中。先是。堂前嘗有虹。起屬天。又大父闢西園。好植薔薇。須浦創堂之前年。春花盛開。花中復有蕋。作重疊樓子。週圍滿架。五色燦爛。所未有也。西園南有井。雖大旱不竭。人亦以為井泉甘美。能益人壽。以是大父與世父及先君。皆饗高年。隆慶二年。吾自吳興還。因返舊宅。支撐傾陊。完葺破漏。明年二月。僅還舊日之觀。歐陽公題王太師畫像云。畫已百年。完之又可得百年。吾修此堂。亦謂尚可及百年也。第年往歲徂。德業不聞。無以副前人命堂之志。且以去吾祖父之生存。不至十年。依依仰止。豈勝怵惕悽愴之情云。

重造承志堂左右夾室記

余既修承志堂。而左右室壞不可支。為撤而新之。其左蓋吾大父為世父與先君延師友講習之所。時王汝礪先生居師席。而朱布政觀張僉憲寬。皆從王先生。而二公更為世父與先君師。時與先君同學。往往亦有貴者。其後世父復授徒於此室。余今亦方與學者。講論六藝。以修先業。故名其左曰論室。其右則余先君嘗卹貧士。故友張自親予賓。嘗假以授徒於此室。先君爲館穀之。終歲不厭。予賓雖亡。當時從學如沈孝猶從余遊。能談少年時事。又以爲先君賓禮賢士之所。故名其右曰賓室。顧余仕宦不遂。既老而貧。無昔人開府節鎮之榮貴。而妄爾改作。此余之所以已成而爲之媿歎也。

陶菴記

余少好讀司馬子長書。見其感慨激烈。憤鬱不平之氣。勃勃不能自抑。以爲君子之處世。輕重之衡。常在於我。決不當以一時之所遭。而身與之遷徙上下。設不幸而處其窮。則所以平其心志。怡其性情者。亦必有其道。何至如閭巷小夫。一不快志。悲怨憔悴之意。動于眉眥之間哉。蓋孔子亟美顏淵。而責子路之慍見。古之難其人久矣。已而觀陶子之集。則其平淡沖和。瀟灑脫落。悠然勢分之外。非獨不困于窮。而直以窮爲娛。百世之下。諷詠其詞。融融然塵查俗垢。與之俱化。信乎古之善處窮者也。推陶子之道。可以進于孔氏之門。而世之論者。徒以元熙易代之間。謂爲大節。而不究其安命樂天之實。夫窮苦迫于外。飢寒憯于膚。而情性不撓。則于晉宋間。真如蚍蜉聚散耳。昔虞伯生慕陶。而並諸邵子之間。予不敢望于邵而獨喜陶也。予又今之窮者。扁其室曰陶菴云。

畏壘亭記

自崑山城水行七十里曰安亭。在吳淞江之旁。蓋圖志有安亭江。今不可見矣。土薄而俗澆。縣人爭棄之。予妻之家在焉。予獨愛其宅中閒靚。壬寅之歲。讀書於此宅。西有清池古木。壘石爲山。山有亭。登之。隱隱見吳淞江。環遶而東。風帆時過於荒墟樹杪之間。華亭九峯。青龍鎮古刹浮屠。皆直其前。亭舊無名。予始名之曰畏壘。莊子稱庚桑楚得老聃之道。居畏壘之山。其臣之畫然智者去之。其妾之挈然仁者遠之。擁腫之與居。鞅掌之爲使。三年。畏壘大熟。畏壘之民。尸而祝之。社而稷之。而予居於此。竟日閉戶。二三子或有自遠而至者。相與謳吟於荆棘之中。予妻治田四十畝。值歲大旱。用牛輓車。晝夜灌水。頗以得穀。釀酒數石。寒風慘慄。木葉黃落。呼兒酌酒。登亭而嘯。

忻忻然。誰為遠我而去我者乎。誰與吾居而吾使者乎。誰欲尸祝而社稷我者乎。作畏壘亭記。常熟本小異今從崑山本

思子亭記

震澤之水。蜿蜒東流。為吳淞江。二百六十里入海。嘉靖壬寅。予始攜吾兒。來居江上。二百六十里水道之中也。江至此欲涸。蕭然曠野。無輞川之景物。陽羨之山水。獨自有屋數十楹。中頗宏邃。山池亦勝。足以避世。予性懶出。雙扉晝閉。綠草滿庭。最愛吾兒與諸弟遊戲。穿走長廊之間。兒來時九歲。今十六矣。諸弟少者三歲。六歲。九歲。此余平生之樂事也。十二月己酉。攜家西去。予歲不過三四月居城中。兒從行絕少。至是去而不返。每念初八之日。相隨出門。不意足跡隨履而沒。悲痛之極。以為大怪。無此事也。蓋吾兒居此。七閱寒暑。山池草木。門堦戶席之間。無處不見吾兒也。葬在縣之東南門。守冢人俞老。薄暮見兒。衣綠衣。在享堂中。吾兒其不死耶。因作思子之亭。徘徊四望。長天寥廓。極目於雲烟杳靄之間。當必有一日見吾兒翩然來歸者。於是刻石亭中。其詞曰。天地運化。與世而遷。生氣日漓。曷如古先。渾敦檮杌。天以為賢。蛙陋戀躄。天以為妍。跖年必永。回壽必慳。噫嘻吾兒。敢覬其全。今世有之。死固宜焉。聞昔郗超。歿於賊間。遺書在笥。其父舍旃。胡為吾兒。愈思愈妍。爰有貧士。居海之邊。重趼來哭。涕淚潺湲。王公大人。死則無傳。吾兒孱弱。何以致然。人自胞胎。至於百年。何時不死。死者萬千。如彼死者。亦奚足言。有如吾兒。真為可憐。我庭我廬。我簡我編。髧彼兩髦。翠眉朱顏。宛其綠衣。在我之前。朝朝暮暮。歲歲年年。似耶非耶。悠悠蒼天。臘月之初。兒坐閣子。我倚欄杆。池水瀰瀰。日出山亭。萬鵲來止。竹樹交滿。枝垂葉披。如是三日。予以為祉。豈知斯祥。兆兒之死。兒果為神。信不死矣。是時亭前。有兩山茶。影在石池。綠葉朱花。兒行山徑。循水之涯。從容笑言。手擷雙葩。花容照映。爛然雲霞。山花尚開。兒已辭家。一朝化去。果不死耶。漢有太子。死後八日。周行萬里。甦而自述。倚尼渠余。白壁可質。大風疾雷。俞老戰栗。奔走來告。人棺已失。兒今起矣。宛其在室。吾朝以望。及日之昳。吾夕以望。及日之出。西望五湖之清泚。東望大海之蕩潏。寥寥長天。陰雲四密。俞老不來。悲風蕭瑟。宇宙之

變。日新日茁。豈曰無之。吾匪怪譎。父子重懽。茲生已畢。於乎天乎。鑒此誠壹。

項脊軒記

項脊軒。舊南閤子也。室僅方丈。可容一人居。百年老屋。塵泥滲漉。雨澤下注。每移案顧視。無可置者。又北向。不能得日。日過午已昏。余稍為修葺。使不上漏。前闢四窗。垣牆周庭。以當南日。日影反照。室始洞然。又雜植蘭桂竹木於庭。舊時欄楯。亦遂增勝。積書滿架。偃仰嘯歌。冥然兀坐。萬籟有聲。而庭堦寂寂。小鳥時來啄食。人至不去。三五之夜。明月半牆。桂影斑駁。風移影動。珊珊可愛。然予居於此。多可喜。亦多可悲。先是庭中通南北為一。迨諸父異爨。內外多置小門。牆往往而是。東犬西吠。客踰庖而宴。雞棲於廳。庭中始為籬。已為牆。凡再變矣。家有老嫗。嘗居於此。嫗先大母婢也。乳二世。先妣撫之甚厚。室西連於中閨。先妣嘗一至。嫗每謂予曰。某所而母立於茲。嫗又曰。汝姊在吾懷。呱呱而泣。娘以指扣門扉。曰兒寒乎。欲食乎。吾從板外相為應答。語未畢。余泣。嫗亦泣。余自束髮讀書軒中。一日大母過余曰。吾兒久不見若影。何竟日默默在此。大類女郎也。比去。以手闔門。自語曰。吾家讀書久不效。兒之成。則可待乎。頃之。持一象笏至。曰此吾祖太常公宣德間執此以朝。他日汝當用之。瞻顧遺跡。如在昨日。令人長號不自禁。軒東故嘗為廚。人往從軒前過。余扃牖而居。久之。能以足音辨人。軒凡四遭火。得不焚。殆有神護者。項脊生曰。蜀清守丹穴。利甲天下。其後秦皇帝築女懷清臺。劉玄德與曹操爭天下。諸葛孔明起隆中。方二人之昧昧于一隅也。世何足以知之。余區區處敗屋中。方揚眉瞬目。謂有奇景。人知之者。其謂與埳井之蛙何異。余既為此志。後五年。吾妻來歸。時至軒中。從余問古事。或憑几學書。吾妻歸寧。述諸小妹語曰。聞姊家有閤子。且何謂閤子也。其後六年。吾妻死。室壞不修。其後二年。余久臥病無聊。乃使人復葺南閤子。其制稍異于前。然自後余多在外。不常居。庭有枇杷樹。吾妻死之年所手植也。今已亭亭如蓋矣。

秦國公石記

宋太師秦國衞文節公涇。淳熙十一年進士第一人。參知政事。文章議論。有裨於當世。宋史軼不傳。公吾縣人也。

縣人能紀之。當韓侂胄用事時。公隱居十年。於所居地名石浦。闢西園。象致太湖石甚富。至今往往流落人間。然皆爲屠沽兒酒肉腥穢可弔也。獨其在學宮者。爲四方過客之所欽仰。余居安亭江上。往來陸家浜。舟中見冢間大石。問知爲秦公故物。埋草土中。無識者。先時吏部侍郞葉文莊公。亦石浦人。其家子弟。運致於此。因購之葉氏。載以二百斛舟。沿吳淞江而下。置於堂東。學宮石世以爲名品。以余觀之。殆如雕鏤耳。此石旋轉作人舞。而形質恢詭。類韎師所率之夷舞。若以甲乙品第。當在學宮之上。嗟乎。公。吾鄉之先哲。余朝夕對之。如對公矣。前十年。於閶門劉尙書宅。得一奇石。形如太旆。迎風獵獵。髣髴漢大將軍兵至闐顏。大風起。縱兵左右翼圍單于。驃騎封狼居胥。臨瀚海時也。久僵仆庭中。今立於西垣云。

夢鼎堂記

凡州縣治。其後皆爲夾道。而官之長貳之私宅。別爲一區。惟長興治後。迫於城。故令之宅。無周垣門廡。燕居之堂。與前堂簷相接也。余來爲縣。屬久廢之餘。爲修經閣。鼓樓。左右廊廡。起吏舍倉庾。成橋梁。築月城水門。一歲中略具。而燕居之堂。穿漏傾圮。復加完葺之。雖前除不敞。而堂中若加恢廓。如人外處迫隘之形。而中不失寬綽之度。因得休暇。觀古圖書於此。會有事於貢院。一日。夢寢庭中。有函牛之鼎。其旁有破裂處。方命修補之。覺。以告諸同事。適長興之士。試而得雋者三人。衆皆以爲鼎足之應。未幾而南都報得雋者又一人。或又以爲補鼎之驗也。夫占者之云。其果云爾已乎。蓋鼎。三代之傳器也。聖人取以爲卦。其辭曰。君子以正位凝命。又曰。主器者莫若長子。此其爲王者之事矣。然又以象三公者。何也。誠以天下。非人主所能獨運。而所藉者。輔相也。故鼎。天子飾以黃金。諸侯以白金。三足以象三台。三足一體。猶三公承天子也。以主烹飪。不失其和。金玉鉉之。不失其所。公卿仁賢。天王聖明之象也。讀鼎之辭。可以見君臣一體之義。而人臣輔相之道備矣。故又曰。大烹以養聖賢。明天子當以聖賢置之三公之位。不宜使在下。僅出其否而已。而制其毀譽進退。於不知者之人。使之皇皇焉。愼其所之也。余少時有狂簡之志。思得遭明時。興堯舜周孔之道。嘗鄙管晏不足爲。今老矣。無能爲矣。台鼎之兆。其以望諸二三子。因取而名斯堂。且以俟後之繼余而來者云。

順德府通判廳記

余嘗讀白樂天江州司馬廳記。言自武德以來。庶官以便宜制事。皆非其初設官之制。自五大都督府。至於上中下郡司馬之職盡去。惟員與俸在。余以隆慶二年秋。自吳興改倅邢州。明年夏五月。涖任。實司郡之馬政。今馬政無所爲也。獨承奉太僕寺。上下文移而已。所謂司馬之職盡去。真如樂天所云者。而樂天又言。江州左匡廬。右江湖。土高氣清。富有佳境。守土臣不可觀遊。惟司馬得從容山水間。以是爲樂。而邢古河內。在太行山麓。禹貢衡漳大陸。並其境內。太史公稱邯鄲。亦漳河之間一都會。其謠俗猶有趙之風。余夙欲覽觀其山川之美。而日閉門不出。則樂天所得以養志忘名者。余亦無以有之。然獨愛樂天。襟懷夷曠。能自適。觀其所爲詩。絕不類古遷謫者。有無聊不平之意。則所言江州之佳境。亦偶寓焉耳。雖微江州。其有不自得者哉。余自夏來。忽已秋中。頗能以書史自娛。顧衙內無精廬。治一土室。而戶西向。寒風烈日。霖雨飛霜。無地可避。几榻亦不能具。月得俸黍米二石。余南人。不慣食黍米。然休休焉。自謂識時知命。差不愧於樂天。因誦其語。以爲廳記。使樂天有知。亦以謂千載之下。迺有此同志者也。

順德府通判廳右記

國家之制。郡。有守有佐貳。佐貳則常因有事而增其員。順德府故有通判一員。其後復設一員。責以馬之政。而隸其職於太僕寺。自國初使民戶養馬。議者謂雖行之而善。猶不免襲宋熙寧保甲之敝法。未爲馬之善政。而先以疲畿內之民。其後此法亦益敝。不可復振。而有官或以擾民。反若贅疣然。隆慶二年秋。余自吳興來。遷今少司徒趙公以巡撫在浙。過辭之。趙公迺郡人。爲言此官于今。唯以無事爲得職。余歎其真長者之言。余病不能來。明年五月。始至。趙公自司徒出董淮漕。時尚在家。見之。其言如初。於是余居邢之三月。益有味其言之也。蓋河北之民困久矣。不當復擾以馬之事。第奉行文書之外。日閉門以謝九邑之人。使無至者。簿書一切稀簡。不鞭笞一人。吏胥亦稍稍遯去。余時獨步空庭。槐花黃落。遍滿堦砌。殊懽然自得。而趙公又亟稱前判王君之賢。余既閒無事。欲考前官姓名。以識于壁。因問王君行事。無知者。惟一老卒能言之。謂王君於馬政。不孰何。閒居不捶楚人。頗似吾君侯。若求其有所建明。抉摘無有也。而郡人至今。稱官之有遺愛於民者。莫逾王君。余又自喜。顧何以能比迹前賢。抑王君之居此者九年。而余以疎愚。度不能容於世。而老病侵尋。不久且告去矣。王君名雲衢。字道亨。山西高平人。以國子上舍來調。嘉靖二十八年至。迨嘉靖三十六年。始遷潤州丞以去。余蘇州崑山人。其諸前賢之名。闕於所不知。故不書。

震川別號記

余性不喜稱道人號。尤不喜人以號加己。往往相字以爲尊敬。一日。諸公會聚里中。以爲獨無號稱不可。因謂之曰震川。余生大江東南。東南之藪唯太湖。太湖亦名五湖。尙書謂之震澤。故謂爲震川云。其後人傳相呼久之。便以爲余所自號。其實謾應之。不欲受也。今年居京師。識同年進士信陽何啓圖。亦號震川。不知啓圖何取爾。啓圖大復先生之孫。汴省發解第一人。高才好學。與之居。恂恂然。蓋余所忻慕焉。昔司馬相如慕藺相如之爲人。故名相如。余何幸與啓圖同號。因遂自稱之。蓋余之自稱曰震川者。自此始也。因書以貽啓圖。發余慕尙之意云。

家譜記

有光七八歲時。見長老。輒牽衣問先世故事。蓋緣幼年失母。居常不自釋。於死者恐不得知。於生者恐不得事。實創巨而痛深也。歸氏至於有光之生。而日益衰。源遠而末分。口多而心異。自吾祖及諸父而外。貪鄙詐戾者。往往雜出於其間。率百人而聚。無一人知學者。率十人而學。無一人知禮義者。貧窮而不知卹。頑鈍而不知教。死不相弔。喜不相慶。入門而私其妻子。出門而誑其父兄。冥冥汶汶。將入於禽獸之歸。平時呼召友朋。或費千錢。而歲時薦祭。輒計杪忽。俎豆壺觴。鮮或靜嘉。諸子諸婦。班行少綴。乃有以戒賓之故。而改將事之期。出庖下之餕。以易薦新之品者。而歸氏幾於不祀矣。小子顧瞻廬舍。閔歸氏之故籍。慨然太息流涕曰。嗟夫。此獨非素節翁之後乎。而何以至於斯也。父母兄弟吾身也。祖宗父母之本也。族人兄弟之分也。不可以不思也。思則飢寒而相娛。不思則富貴而相攘。思則萬葉而同室。不思則同母而化爲胡越。思不思之間而已矣。人之生子。方其少時。兄弟呱呱懷中。飽而相嬉。不知有彼我也。長而有室。則其情已不類矣。比其有子也。則兄弟之相視。已如從兄弟之相視矣。方是時。惟恐夫去之不速。而孰念夫合之之難。此天下之勢。所以日趨於離也。吾愛其子而離其兄弟。吾之子亦各念其子。則相離之害。遂及於吾子。可謂能愛其子耶。有光每侍家君。歲時從諸父兄弟執觴上壽。見祖父皤然白髮。竊自念吾諸父兄弟。其始一祖父而已。今每不能相同。未嘗不深自傷悼也。然天下之事。壞之者自一人始。成之者亦自一人始。仁孝之君子。能以身率天下之人。而況於骨肉之間乎。古人所以立宗子者。以仁孝之道責之也。宗法廢而天下無世家。無世家而孝友之意衰。風俗之薄日甚。有以也。有光學聖人之道。通於六經之大指。雖居窮守約。不錄於有司。而竊觀天下之治亂。生民之利病。每有隱憂於心。而視其骨肉。舉目動心。將求所以合族者而始於譜。故吾欲作爲歸氏之譜。而非徒譜也。求所以爲譜者也。

卷十八　墓誌銘

南京車駕司員外郎張君墓誌銘

君諱棶。字子培。其先出自鄜伯。宋之南遷。由關中來徙。居太湖包山。後徙嘉定。遂爲嘉定人。曾祖墦。祖鎧。家世力田。父沄。歲貢入太學。不肯祿仕。教授鄉里。君少墮井中。覺有神人扶舁之。得不死。天資絕出倫輩。年二十。舉南京鄉試。考官以試題得罪。盡罷是年所舉士。後得旨入太學。閒一科。乃得會試。又六年。始中進士。授福清知縣。縣古東侯官。依阻山海。徵召不時至。君廉明仁恕。豪右怗服。符下爭趨。無敢後者。先是常熟陳君明近爲福清。民愛之。蓋三年又得張君。二君皆吳產。閩人以爲美談。甌寧李冢宰罷家居。君獨不往謁。李公憾。以爲輕己。丁外艱。服除。李公復爲冢宰。例起服官。試吏部。試已。自持案出。君獨不肯持。留一案於堂下。李公以問堂吏。知爲君。益怒。遂調孝豐。孝豐鄣郡山地險惡。數反。以故置新縣。君以德懷柔之。田有不均。丈量以寬貧戶。其豪相戒曰。明府善政。不可撓也。礦賊數百人爲亂。君檄止調外兵。獨部署縣人捍禦。賊皆散走。時倭夷鈔兩浙。州縣皆相效築新城。樓櫓雉堞相望。孝豐獨不肯。曰。縣皆山。賊何以至。奈何困吾民也。縣中清靜無事。時時登天目山。攀蘿緣磴。躋其絕頂。慨然賦詩。有高世遠舉之志。陞南京兵部職方司主事。大司馬南昌張公器重之。南京歲造馬快船。畿輔及江西湖廣。積逋料解。八十餘萬。朝廷以空名勅降兵部。兵部歲遣其屬公廉者。上其名。齎勅以往。至是君以選行。始至一郡。却餽遺。於是兩省望風肅然。無敢以私奉君。君至。則與其君長議所便。惟恐傷民。凡歷三十餘郡。周行數千餘里。觸冒毒暑。還至巴陵而病。歲已暮。過家謁母。時已陞駕部員外郎。欲移告。不及而卒。時嘉靖三十九年正月二十八日。享年四十有三。君嫡母李氏。性嚴。少所假借。君奉其母邵氏。與其配李氏。事之甚謹。財產悉以讓其弟。葬其父。族人許易墓地。已治塋兆室屋而悔之。君即移他所。無怨言。有貧士與君舊識。至孝豐謁。入迎延上坐。衣服垢穢。人所不堪。酌酒賦詩。竟數日。復資送之。故所善馬思學。殷子義。以道義相重。比君貴顯。待之愈厚。及卒。兩家妻子皆爲流涕。自楚還。舟中蕭然。獨有文書數篋。末上兵部。太倉兵備副使熊公來視其喪。篋中有金二十餘兩。財具棺斂而已。嗚呼。君可謂賢於人遠矣。子元煥。尚幼。不能治喪。弟楚。奉太夫人之命。葬於橫涇先塋之左。以殷君所爲狀來請銘。予故善君。泣曰。予何忍而不爲銘。銘曰。

關西遜祖世大梁。名與伊洛道相望。太湖山中暫飛搶。聿來東海著南翔。蓄潛玄懿生鸞凰。兩宰山縣如桐鄉。尚書七兵使命將。清風颯颯吹瀟湘。性資寬弘復清強。仁孝藹然厚懿常。生齡迫促志徒長。皇天不佑喪厥良。刻銘幽石固其藏。悠悠千載餘芬芳。

中書舍人李君墓誌銘

君諱允。字成甫。少傅太子太傅禮部尚書武英殿大學士南渠公之仲子。本姓呂氏。系出正惠公端。其後自河南再徙餘姚。以黃籍誤書呂爲李。因姓李氏。君高曾祖皆用少傅公貴。贈少保。太子太傅。禮部尚書。武英殿大學士。

妣皆一品夫人。母朱孺人。生君于京邸。七月而卒。君少失母。又多疾。祖母楊太夫人。嫡母夏夫人。保抱嫗撫之。稍長。就學。少傅公尤加意訓督。蓋痛其母之早亡也。以縣學生。升國子。嘉靖三十三年秋。北虜入塞。邊吏以兵驅之。虜大懲艾去。天子以公贊廟謨功。推恩蔭一子。君爲中書舍人。未幾。授階從仕郎。滿考。陞徵仕郎。贈母朱氏爲孺人。嫡母在而所生母得贈。蓋特恩也。爲中書五年。大官供酒膳。侍殿班書金冊。遇萬壽節。有白金文綺之賜。三十八年。上冊封荆王吉王。武安侯爲使。君爲副使。以行祇事。不受遺。宗藩敬之。尋請告歸餘姚養疾。葬母于曹娥江之黃山空方。築堅爲建祠。而養其外祖母。且置後施恩母黨。亦自痛其母之蚤亡。于是滿告。辭少傅北上。是冬風雪異常。衝冒寒威。十一月陞見還職。病增劇。以二月壬辰卒。實嘉靖四十四年也。年三十有二。配邵氏。邵武知府某之女。封孺人。君尚未有子。正月。他姬生一子于家。少傅公命之曰彭孫。報至。君病已亟。發書而喜。君天性孝友。爲人偘偘自將。長兄元。弟兌。並爲中書舍人。兄弟三人同省。當世榮之。君不幸蚤歿。而爲人才賢。不能無傷少傅之心矣。于是將歸葬于山之原。卜嘉靖某年月日。長中書以某官某之狀來請銘。銘曰。

成甫孑孑。修羽蚤頡。少傅仲子。承于休祉。錦衣內廷。競爽濟美。賢如子淵。壽亦如此。天厚其始。不厚其止。亦有遺息。繩祖之履。

外舅光祿寺典簿魏公墓誌銘

公諱庠。字子秀。其先李翁。居吳葑門之莊渠。依其姨母。因從其夫姓爲魏氏。而居崑山之真義。大父諱鐘。生二子。諱奎。字孟文。恭簡公之父也。恭簡公諱校。仕至太常寺卿。知名於世。諱璧。字仲文。公之父也。娶趙氏。宋周恭肅王之裔。公以貲入太學。選授南京驍騎衛知事。胡端敏公在南部。見之嘆曰。魏知事修謹。真不忝予才弟也。予才。恭簡公字。端敏與恭簡故善。是以云。居官八年。日騎馬清都街。從其賢士大夫遊。衛幕閒冗。事莫足以爲也。會仲文翁病。上疏乞休。遂以光祿寺典簿致仕。始仲文翁已有田數百頃。公守成無所恢擴。而家日以大。四方士來造恭簡公。退即公所飲酒。賦館致飱。禮無不備。有乞貸不能償。常折其券。故李氏之在莊渠。尚以百數。恭簡公歲廩米有差。公則倣而行之。真義亦名航頭。面婁江而東逮大浦。多湖瀼田肥美。居人數百家。吳俗苦重役。上戶常巧免。移之下戶。無能存者。公獨自占其役。以是家家得休息。至今航頭號稱殷盛。太史公云。千里之內。賢人之富者。公其可以當之矣。公為人清秀。望之恂恂然。人或曰。魏君若寒士。必當中朝清列。今坐數十囷廩累之矣。自太守二千石以下。莫不聞其賢。加獎嘆焉。顧孺人年十四。家盡亡。來歸于公。仲文翁夫婦憐之如己女。孺人亦曰。翁媼。吾父母也。公赴官。獨請留養。而以他姬侍往。子女非其出。愛之均一。內外雍睦。無有閒言。元末。有高士顧阿瑛居此里。魏氏其富與埒。而孺人姓與小字適符焉。公卒于嘉靖三十三年五月初四日。年六十有八。孺人卒于嘉靖二十五年八月二十五日。年六十有二。子男五人。希明。希哲。希直。孺人出。希正。希平。側室出。女五人。適鄭若曾。歸有光。姚員。孺人出。適顧夢穀。晉驌。他姬出。孫男女十七人。曾孫男女十一人。恭簡公之世。欲復姓未果。而嗣子鄉進士績。先從李姓。及公子希直中鄉貢。在禮部。具牒復其姓。今皆為李氏。諸子孫壻。受恭簡公之業。多在成均。及郡邑庠。其娶嫁盡吳中大族貴官也。墓在高墟始攢。實以嘉靖三十三年月日大葬。有光娶公之仲女。痛其賢而蚤歿。所以致其無已之情者。惟公與孺人之壽考是祈。而今已矣。歲月遠矣。嗚呼痛哉。銘曰。

易理以大。恭簡昌之。世以有聞。惟仲文翁。精善利道。萬畝治畇。公克承之。恭簡是師。咸遂其仁。方數千里。德澤所浸。於古宜君。其世蔓延。其鮮其茂。共此荄根。有巍高邱。皇考之旁。新築元宮。日月吉良。既固且安。以福仍雲。

鴻臚寺司賓署丞張君墓誌銘

嘉定之南。有地曰南翔。張氏世雄其土。追適耕翁。力田積居。家至不貲。翁長子蚤卒。次生君。少學進士業。入太學。一試秋闈。不利。然翁家既饒。以貲奉其子遊京師。君又才雋。諸公貴人。皆樂與之交。以選為四夷館譯字生。除鴻臚寺序班。鴻臚所選用。其屬多綺紈子弟。君於其閒。偘偘自將。寺中號為閣老序班。每朝會。臚句傳多舉。不如儀者。輒引去治罪。久之。迺陞為司賓署丞。奉使至邊犒軍。歷太原雲中鴈門。兵官皆戎衣執橐鞬。負弩矢迎導。從士數百人。儀衛甚盛。以登五臺山。觀清涼寺。人以君為榮。既竣事。南還。丁外艱。服除。赴官。逾月。又以內艱還。時海上有倭奴之警。君家最邊海上。數跳身逼。嘗以天子仁聖。稽古右文。制禮作樂。殆歷三紀。天下和洽。四夷鄉風。日月之所照。莫不賓貢。奇琛瑋寶。呈表怪麗。絡繹於館候。無歲無之。君時在司賓。親見其盛矣。一旦窮島小夷。懸度大海。來爲侵盜。使江淮千里之間。靡然騷動。每言及。常憤悒。數爲大帥運籌策。帥亦奇君。數從君問計。會君亦已服除。賊勢稍解。將治裝北上。尋病不起。時嘉靖三十四年九月二十四日也。年止五十六。君之奉使也。以二親老在京師。殆逾十年。因晨夜馳歸省之。已而連丁內外艱。中間一至京師。坐不及安。比服除。京師貴人數以書促之。竟不能至而卒。人以是惜之。君諱梓。字子道。曾祖某。祖某。父某。是爲適耕翁。以君貴。封鴻臚寺序班。母某氏。封孺人。子男一人。善鳴。女二人。長適嚴治。次適邱權。皆某孺人出也。側出子一人。二元。尚幼。張氏先未有顯者。自君始登朝著。而從父弟懋。最後迺登進士焉。善鳴以其年十月十二日葬於某原。來請銘。銘曰。

吁嗟張君志高騫。執法殿陛何肩肩。象胥之職常優閒。從容日見王會篇。歸來滄海波濤連。毀瘠苦由歷二艱。永矣長逝無北轅。用之不盡彼蒼天。留其餘者遺後賢。我爲銘詩刻其玄。

建安尹沈君墓誌銘

君姓沈氏。諱璧。字惟拱。自號如川。曾大父諱昱。大父諱朴。考諱壽中。弘治八年。南京鄉試。未仕卒。君年二十餘。中正德二年南京鄉試。遂父子相繼以易學名。君之試也。同考官得其卷。以爲絕出。持以示他教官。會持卷者坐口語。所取卷悉落第。君卷獨在他教官所。以故得薦。於是試禮部者四。乃就鄱陽教諭。未上。以母喪歸。服除。改建昌之南豐。南豐學者得君之條。爭自奮勵。起爲進士。蓋南豐曠三十年。無登進士者矣。久之。陞建安知縣。君爲人抗直。所事大吏。以爲儒官。多假借之。及爲縣。見趨走庭謁。上下候伺顏色。自以爲不能。欲謝去。上官由是知其人也。卒強留之。楊文敏公之族籍。累世貴顯。撓吏治。前令莫能誰何。君一繩以法。豪右皆帖帖。汀漳饑。布政司檄州縣市糴。轉輸之。君曰。民旦暮且死。必得米。是索之枯魚之肆也。第解銀而米商隨之矣。即解銀。米商果隨之。他縣糴者。皆不及事。其不逆上官意。求便於民。多如此也。御史行縣。未至十里所。停舟。欲拷掠人。索獄具不得。方盛怒。同官皆累息。君抗言曰。即至治所而不得。則令罪也。奈何責之中途。且此亦非拷訊之地。御史卒自愧屈。曰。令言乃是也。無何。御史來刺蘇州。詰其屬曰。沈建安。非汝嘉定人乎。汝曹皆學此人。不患不爲良吏也。三載。將入覲。過家。遂留不往。監司方列狀薦之。聞而歎曰。咄咄。沈君負我矣。君少孤。與寡母幼弟妹相依倚。煢然也。既得舉。家益貧。太孺人春秋高。之鄱陽爲祿養。而前教諭未滿。君方待次。太孺人客死。竟不得祿養。還。又遇盜掠之湖中。幾不免。及爲吏尤清苦。終以不屑意而歸。蓋生平備歷辛艱。而其志意不少屈云。君卒於嘉靖二十六年二月二日。其葬以明年十二月一日。春秋六十有七。先孺人袁氏。後孺人李氏。子男六。升。晉。泰。鈺。金。銓。女四。孫男女七。鈺曰。吾先人生不遂。其所存。有以異於人。不可以不傳。以其友李昭所爲狀。來請銘。銘曰。

靡靡而趨。謂之捷也。孑孑而居。謂之拙也。亦有不然。以直爲說也。彼逆與順。猶一吷也。噫。惟項涇之源。有古君子之墳。

樂清丞沈君墓誌銘

嘉靖十年。朝議以州縣歲貢循年資。非祖宗制法意。乃勅天下學校。掄其才者。而沈君在選。久之。貢法復變。用事者稍抑之。君方試吏部廡下。風颺卷。爲墨所汚。試遂殿。得樂清丞以去。踰年。卒于官舍。其子衍慶等。歸其喪。權厝焉。後六年。祔於天平山祖塋。而請銘於予。予生後君。然嘗同在學宮。會食博士堂中。貢法行。予亦與其選。時東南之美。咸在留都。日夕聚白下。君居其間。言若不能出口。酒酣怡然。人多樂與之遊。君在吏部。予亦試春官。方聚邸舍中。聞選榜出。在坐者皆歎息。以爲君屈。君歸治裝。予又送之於家。在城西絕岸間。方令工製新衣。衣以出拜。視其色。初不以官爲意也。今因其子之請。蓋閱五六年。悽然如復見君矣。君諱大梁。字景和。别號卓齋。其先居吳縣竹橋。又由陽羨轉徙崑山。高祖方。贈大理寺評事。曾祖魯。祖存城。武縣知縣。父濤。君爲人孝友。同母兄大楠。三爲二千石。不忍其母萬里就養。自以菽水之養。奉太夫人安焉。事其寡姊。終身不怠。於其妻。不以其病。失夫婦之懽。爲攝令。賑歲饑。禦漳寇。罷衙前支應。有稱於溫人。君生於弘治八年正月二十七日。卒於嘉靖二十五年三月十六日。春秋五十有二。妻胡氏。繼王氏。子男七人。沈氏世宦而君又多男子。以才儁稱。當有以大君之家者。銘曰。

紉薜荔兮。時所棄也。絆騏驥兮。行不至也。人之恚兮己施施。承纍纍兮有以遺之。

葉縣丞蘇君墓誌銘

君諱隴。字文玉。姓蘇氏。宋末有諱文祥者。自揚州徙蘇州之嘉定。文祥生子富。子富生文享。文享生士牧。士牧生彝。彝生寅。是爲君之考。初文祥以畸身來處海上。其後子孫繁盛。稍稍析居。多爲富室。蓋蘇氏至於今而衰。惟君以寬厚不苟于利。然獨能保其家。嘗爲弟代輸逋負數百石。弟死。以禮殯葬之。娶尚書龔公宏之女。尚書爲都御史。治漕河。奴乘勢折辱州縣官。官以爲尚書親子弟。屈體事之。及君往省其婦翁。所過深自斂約。人無知者。嘗至一縣。坐郵亭。適此奴侍立。人驚告其令。令始備禮送迎。其爲長者多此類。由太學生。一爲河南葉縣丞。即引疾謝去。葉縣民爲官養馬。例歲一易。賣者索高價。買者竭貲產。不勝其害。君令平價出銀。顧使富戶任其役。歲不易。惟易其羸者。縣有文臺山洞。羣盜依阻其中。數出剽掠。君簡丁壯爲民兵。以火藥具攻之。賊遂殲焉。葉縣人尤稱此二事。曰。丞小官也。而能庇我。嘉靖十九年。君年六十有三。以五月二十五日卒。子男二。九河先卒。九疇太學生。女四。嫁劉侶。陸瑤。徐侶。葛汀。孫男二。女一。二十年十二月九日。從葬馬涇西。銘曰。

蘇自江都。踰江而來。後嗣沄沄。更起而頹。惟蘇君賢。久而愈培。蘇君在葉。撫民如孩。庀其牧政。家有牝騋。克奮其武。遂硩文臺。雖官之冗。亦展其才。日出之處。月浦之限。蘇君此藏。千載勿開。按硩音哲擿墮也周禮硩蔟氏覆夭鳥之巢常熟本凡難字輒改故作殲字又常熟本于先世諱及諸壻名皆削去按壻不載可也先世名不可削也今從崑山本

撫州府學訓導唐君墓誌銘

予友唐君道虔。以貢待選京師。居二年。得撫州訓導以行。未至濟州二十里。卒于舟中。時嘉靖三十五年六月十八日也。得年五十有六。其弟欽訓。以是歲十一月二十九日。葬嘉定縣何家港之先塋。來請銘。君姓唐氏。諱欽堯。

字道虔。其先蜀人。宋時有以道者爲太醫院提舉。從康王渡江。因家浙之紹興。其後世世爲醫官。元元貞中。永卿爲平江路醫學教授。始占名數于嘉定。二世至守仁。以賢良方正薦于鄉。爲樂清主簿。又四世。君之考垶爲博士弟子。蚤卒。君少孤。贅於沈氏。然事母孝。家雖儒素。甘旨常具。爲學生所得廩米。必以歸其母。嘗就試海虞。忽心動。亟歸。母方遘危疾。禱于縣之神以求代。疾良瘉。每至歲旦。必焚香拜廟。以答神貺。於沈翁懽如父子。沈氏所出一子時雍。其二子時敍時升。皆庶出。比君之歿。而沈翁撫卹之必均。人以是賢沈翁。而益知君之所以事翁者。弟欽訓。少時教育之。爲之婚娶。兄弟友愛無間言。君丰儀峻整。望之儵然。既聲譽遠出諸生上。試常第一。然不喜末俗剽竊之文。而好講論世務。遇事發憤有大節。嘉定瀕海之縣。然爲令者。治行歷歷可紀。其親賢樂善。有宓子賤之風。無不敬禮君。就以咨問。而得君之裨益爲多。令遷去。有復來守郡者。猶思君。致之賓館。使其子從之游。人以爲守客。餽以金。君叱去之。同舍生李炤被誣。君率諸生與御史爭。卒得白。縣中有張烈婦。爲賊所殺。獄未明。君至學官都講。爲具析其所以。縣乃取張氏小女奴問之。其賊始得。或怵以利害。不動也。海水溢。沿海流漂數千家。歲復大侵。米價騰踊。君爲泣。請米賑之。民以全活。倭奴犯境。君方計偕。行至吳門。聞警卽還。言于大吏。權假邳盧兵爲援。賊薄城下。君仗劍登陴。親冒矢石。一夕。賊遶城三面鼓譟。惟西南隅寂然。君疑之。卽躍馬以往。見賊方自林麓中迤邐出。將濟河。君命連弩射之。賊惶駭走。竟解圍去。先是。城中無儲。君以縣邊海上。賊必首犯。請易漕糧以銀。奏留十萬之粟。以是城久圍。而民以無恐。時狼款兵被調城守。君出私財。厚撫其豪長。人人得其懽心。以備倉卒。可指麾也。君雖不用于世。其所論議施設及于人。則皆有位者之事也。使世之君子。如君之爲。亦可以不曠于其官矣。予與君同郡。嘗同爲諸生。見君所爭李炤事。御史與之反覆問辨。欲窮之以辭。君抗首高論。辭氣慷慨。時諸生羣吏會者數千人。皆竦聽嘆息。予以爲使君生兩漢時。其風節卽此可以顯名當世矣。而世莫能識也。君在京師。予試南宮。數見君。常有戚然不樂之色。予欲留君語。君時常與其客偕。不果。後予南還。聞君撫州之除。數遺書李瀚。問其還信。且曰。道虔平生嶽嶽。爲郡文學。得無不可其意。然往江湖間。尋荆國。象山。草廬。邵菴。之遺跡。與諸生飲酒賦詩。意氣當益豪也。瀚久不報而以訃音至。可痛也已。瀚與君交厚。爲著其行狀。予頗採次其語。君平生所爲易說。及詩文數十卷。藏于家。而欽訓示予以所答友人問疾書。言夢中事尤奇怪。銘曰。

吁嗟唐君。有秩其容。爰來于京。弗試其庸。念不一釋。以卒懨懨。言夢陟皇。風雨之從。雲景杳靄。穆然寶宮。日月光曜。天喔口口。濟濟翼翼。虞廷百工。卜人占之。宜卿宜公。胡以蘧然。周也亦空。凡今之人。誰不顯融。君無一命。惟世之痌。君則已矣。寂寥新封。滔滔大運。曷既其終。口口諸刻及鈔本及唐氏石刻皆作星同二字不可解必誤也今推致誤之由韻書喔與星同此必偶注二字在旁另有正文二字鈔寫者見同字與上下韻叶遂將此二字作正文而反遺却正文二字一本誤則諸本皆誤唐氏文到即勒石不暇致詳耳今亦不敢擅改姑闕之莊識

永平張封君墓誌銘

君姓張氏。諱鳳舉。字騰霄。雲南永昌人。永昌故金齒也。洪武中。涼國公平雲南。永昌初未置郡。徙京民居之。張氏世家金陵。今二百年爲金齒人。其縣曰永平。其世系事狀在別記。君少力田。自奉菲薄。性介特。爲巧黠者所嗤笑。然不爲意。雖貧而尤喜賙人。子德化。隆慶二年試禮部。不第。試吏部。時天下謁選者數百人。德化試第一。爲中書舍人。德化貧。不能自給。猶節縮祿廩。寄遺以爲養。于是德化在中書二年餘。永平有上計吏來京云。君已歿而無家。問德化悲痛。疑不肯以爲信。計吏云。以某月離其縣。過舍人門。見皆衣縗。又知其歲正月。君出赴鄉飲。人言老舍人殊衰憊。至扶以還家。亡何。聞有疾。疾少間。能自扶起。人又曰。老舍人亡恙矣。間一月。竟死。死作遺令。撿篋中文書爲數封。各有記。以竢舍人歸。且言其月日時。皆有據驗。德化號踊發喪。蓋君以隆慶四年三月庚寅卒。年七十有五。配劉氏。慈而能教。德化初借人書讀。孺人脫簪珥爲買書。奉祭祀尤潔誠。孺人以嘉靖某年某月卒。年若干。孺人先葬于寶珠山。德化卜于某年某月。葬君于薩祐山。去孺人墓若干里。以予同在中書。泣請銘。銘曰。

張自江東。初爲遷民。匪僑而安。蕃厥子孫。皇風遐暢。禮俗恂恂。後有逸老。訓迪嗣人。入掌絲綸。命爲天子邇臣。既及祿養。順化還真。博南山高。蘭倉水分。悠悠荒外。載我銘文。

昭信校尉崇明沙守禦千戶所正百戶晁君墓誌銘

君姓晁氏。諱相。字民弼。其先廬州合肥人。父諱聰。祖諱貴。曾祖諱寧。高祖諱通海。是爲國初以從軍功。始授鎮海衛。崇明沙守禦千戶所正百戶者也。通海至于君凡五世。世世其職。予視晁氏之黄。其初起七。跟隨邵六元帥。以是功子孫。世世不絕。而邵六元帥者。今不可考其人矣。蓋興王之際。三十四功臣。富貴淫溢。亦多隕命亡國。耗焉。衛所之世襲。常不替。所謂長沙著于令甲。而稱忠有以也夫。君少通毛詩。爲縣諸生。御史試高第。與於廩食。再試秋闈不第。會襲父職。曰。我世武也。競於文以求庸夫。乃非其分乎。於是戎服以待有司之命。歲大饑。請轉六邑之粟以餉軍。軍無庚癸之呼。江北鹺盜發。奉檄往擒之。流賊南潰。以千兵扼京口閘。事平。有白金之賜。此其居官之可紀者。其子廷宣既壯矣。乃曰。吾好文也。而以武終其身。夫乃非其志乎。聖人在上。海波不揚。武夫無所効其軀。吾其可以已。遂老於婁江之上。築室藝圃。飲酒賦詩以終焉。安人顧氏。刑部郎中進階朝列大夫謐之女。年十九而歸君。有賢德。通孝經論語。治家有法。子婦儀其德焉。君卒嘉靖十二年六月二十七日。得年五十八。安人卒於其明年九月初一日。得年六十一。子男三。長卽廷宣。襲百戶。以捍海功。有都督白金銀牌之賜。次廷寵。鎮海衛學生。皆安人出。次廷憲。縣學生。側室沈氏出也。女二。百戶揚州官舍林憲鎮撫包守正其壻也。孫二。中用。縣學生。中立。廷宣子也。廷寵無子。以中立爲子。嘉靖三十年十二月。合葬崑山東北塘涇字圩之新阡。銘曰。

維晁氏先。爲百夫長。載其閥閱。以克世享。介而乘舟。出沒海波。大浸稽天。莫之誰何。施于孫子。不懈于位。迺營菟裘。吉壤是遂。偕其伉儷。飲酒栽花。終藏于茲。永違海沙。按富貴淫溢亦多隕命亡國漢書成語舊刻富貴淫溢四字在不替之下必錯簡也今正之又按邵六元帥卽邵榮也後以謀叛誅

例授昭勇將軍成山指揮使李君墓誌銘

歙李氏之譜。蓋出唐之末裔。永寧仕南唐。爲寧國判官。宋景德中。始爲歙人。崇吉知福州。九世至雄縣知縣。蘆生社鼎。社鼎客海虞。娶殷氏女。生君而歸歙。久之不至。女抱其子。織紝以生。比父還。君已生八年矣。因攜至歙。教

以書史。而父尋沒。邱嫂疾之。君悉讓分而出。稍長。客嘉定。嘉定南南翔大聚也。多歙賈。君遂居焉。亦時時賈臨清。往來江淮間。歲還歙。然卒以嘉定爲其家。長子汝節。遂以其縣學生。薦于禮部。而諸子皆遊縣學。歙山郡地狹薄不足以食。以故多賈。然亦重遷。雖白首于外。而爲他縣人者蓋少。君固樂南翔風土。而其爲人有惠愛。雖南翔亦惟恐其不留也。里有爭訟。君居其間。必右貧者。時時散金以周貧交。及妻族之不能婚娶者。臨沒。命其子曰。吾父兄弟二人。汝等幸自給。兄子單薄。不能不念。特爲之分。以贍之。兄子。其少時出君者。邱嫂子也。初。朝廷興大工。臨清有營部廠。君在臨清。輸財以助磚。授成山衞指揮使。已而嘆曰。國家有事。民輸委分也。所賜章服。拜受而已。未嘗御焉。嘉靖某年月日。葬于嘉定第二塘之原。君之子汝節。予教安亭時所從學者也。予以故知君。銘曰。
於赫唐宗。今爲庶士。維歙之譜。自遠有出。有美成山。義輸之職。恩賁天臨。不衣其襚。東海洋洋。新宮永閟。千里黃山。英魂所陟。考德列銘。以著攸始。

明故例授蘇州衞千戶所正千戶陳君墓誌銘

君姓陳氏。諱端。字仲德。世耕于崑山馬鞍山之陽。君之考泰始。能殖其貲。晚歲有田千畝。而生三子。君與其仲璋皆少。其季尤少也。而君之考既卒。里中人相與言曰。陳君辛勤至老。今遺其子。其子皆不更事。行且見其家廢矣。乃復相與計。以重徭困之。君兄弟益自奮。一人往役于縣。一人居鄉課農。歲有所積。而君性長厚。務盡懽于其弟。嘗所推讓。千金不論也。以此兩人交致其力。人亦多此兩人者。爲市田宅。而君田歲多浸沒。君爲濬塍陂池甚備。又浚楊林風塘五界諸水。議役田。通乞貸。凡以便于民。亦卒以得民之力也。君諸子既遊太學。君亦挾其貲之京師。遇例授蘇州衞千戶所正千戶。歸而頗以自娛。益治宮室園池。爲富人之樂。而不幸已矣。時嘉靖某年月日。年五十有二。娶倪氏。子男二人。龥太學生。第。弟璋出也。君以其多子。養爲己子。女五人。適朱可觀。張良楨。顧袍。王楠。其一許某。以卒之明年。葬其舍傍之先塋。龥受學于予。于是來問銘。銘曰。
世芬華以顯榮兮。君力耕以並馳。亦夫人之能兮。奈何以相嗤。彼鳴玉而衣寶兮。又豈其宜。嗟玉峯之嶙峋兮。君生于斯千秋萬年兮常在茲。

卷十九　墓誌銘

抑齋先生夏君墓誌銘

君諱集字思成。曾祖諱彔太常寺卿。祖諱鉞。承事郎。父諱景清。太學生。太常公以善書。受知長陵。在內閣三十餘年。文雅風流。稱於當世。其子孫富貴。多綺紈之習。君生時。夏氏猶盛。其後中微。君獨守寒素。爲諸生。兄弟有爭產訟。官訊其狀。判歸君。君曰。兄弟以爭。而吾獨何忍饗之。固辭不受。御史試高等。當補廩。忽遘疾曰。吾病不能事事。何可虛受學官廩米耶。遂以病告。使其次補之。姊寡撫教其甥盛化。化後成立爲縣學生。聚徒數百人。鄉里稱君之高誼。君屢試不第。即移疾不出。扁所居曰抑抑齋。學者稱爲抑齋先生。君少以多病。遂精醫理。爲人診治。不責其謝。貧者至遺以藥米。人以故多懷之。太常公賜墓。至今百餘年。宰木森然。君率子弟。歲時封植之。以無傾圮。有光祖母。承事之女。而君之姑也。世父及先人。與君爲親中表兄弟。有光少爲學生。猶及見其皆在學宮。相隨雁行。逡逡然可以見盛世長者之風。先人長君五年。皆以是年卒。悲夫。世愈囂競。而前輩遠矣。君卒嘉靖壬戌正月庚子也。年七十有三。配王氏。應城縣知縣永之孫女。有慈儉之德。後君四年。八月丙子卒。年七十有八。以隆慶庚午十二月甲寅。葬祖塋之右。王孺人祔。子男三。紹貞。從吾。從昌。皆學生。女五。孫男七。孫女六。曾孫男三。族子綸狀君行事而來請銘。銘曰。

百里之縣。公卿代有。富貴而文。夏公最久。生是名家。尙有典刑。佩服儒者。誦法六經。於維夏公。帝錫之壙。陪以四世。稱其後昆。

王府君墓誌銘

王氏。河南安陽人。元季有諱安貞者。知崑山州。始爲崑山人。君諱可能。字體中。大父封永康知縣。諱黠。父曇南右布政使。諱秩。君其第四子也。璽南公兵備江西。搗華林大帽諸山賊有功。寧王心憚之。深相結納。嘗呼公幼子入抱置膝上。許以郡主妻之。公遜辭以免。其後邀君爲宴。張樂陳百戲。君時年十五六。美姿容。王欲得君壻甚。君佯爲不喻其旨。謝歸。故不及於禍。人以是多君之識。公旣歿。君以縣學生。遇例告入太學。忤御史。輒卽棄去。乃益勤苦。持先人門戶。里舍時節。慶吊往還。未嘗失禮。搆屋婁江上。堂宇奕然。其織嗇言治生者。不及也。比更變故。日侵削。家凡五徙。而意氣自若。性好佳山水。歲載妻子入越。遊西湖。初。伯兄事生產。每咨君。必盡其計畫。其季遊閒喜賓客。君常參與。懽宴於兩兄間。皆得其心。而鶺鴒急難。死喪之義尤備。平生不媕阿隨人是非。尤能容人之過。人有火其田廬者。吏收寘法。竟爲乞免。常語公居官時事。抵掌激昂。蓋其中有自負者。惜不用於世。無所見之。嘉靖四十二年七月壬辰卒。得年六十有七。娶金氏。子男六人。執玉先卒。執璋。執璧。皆學生。金孺人出。執瓚。執瑄。執琮。諸姬出。執瓚先卒。女二人。適縣學生朱應望。陸尊道。孫男四。紹堯。紹舜。紹禹。紹文。孫女三人。以其年十二月癸酉。葬縣東南之蔡巷。金孺人祔。君旣病。命其子屬其從子執禮曰。吾見世之爲銘誌者。率以美行飾其人。顧亦何嘗。而使死者長愧於地下。惟歸子文質。幾得其實。吾死。汝爲狀必請之銘。可無憾。銘曰。

維昔王公。仕宦有聲。秉憲揚楚。實庀其兵。鞜山流寇。辭婚逆王。天子嘉之。命殿于滇。功庸方載。不永其年。公實有子。而賞不延。負其才用。終死邱園。書此玄石。俟後之賢。

朱隱君墓誌銘

君諱珽。字朝貴。蘇州嘉定人。世居守信鄉蒲華里。考諱錦。祖考諱毓。曾祖考諱惠。元始姓趙氏。中冒陳氏。而贅於朱。趙湮微不可考。朱母之子繁衍。遂爲朱氏。故里人皆稱爲橋內朱家云。君生而英邁。年八九歲。里中豪來過。衣服都甚。家具酒饌延之。盡敬。豪益倨。君瞋目直視。語祖母曰。是人何爲者也。持杖駡且逐之。豪遽起。出曰。健兒可畏也。嘗以事謁龔尚書。應對慷慨。尚書曰。惜子居田舍。若爲士。作能吏矣。忽一日。棄耒入郭中。問儒生學。弱冠選爲社師。吉月。令召諸社師試詩。君詩令常獨稱善。代父徭之京師。道塗所經。輒籍記。得進士錄。展不置。曰。設吾有子嘗使母。此輩人時子用賓未生也。嘗以財推讓其弟。而性好賙卹人。遂至不能自給。日取古詩吟咏。怡然自適。晚得子。慈愛之尤至。性不能忍睚眦之怨。至老乃益寬和。絕不與人較。寄傲草野間。不至城市者二十餘年。年幾七十。子用賓登鄉進士。主司第其文最高。學者傳誦之。卒償君所願云。君配李氏。繼嚴氏。孫氏。子男二人。長即用賓。嚴氏出。友恭尚幼。女三人。王瑱。陸萱。吳中英。壻也。余與用賓數於京師相見。嘉靖四十四年。同自南宮下第還。君長余先人一年。先人以四月謝世。而君以五月三日。實與用賓同此終天之痛。用賓以明年十月某日。葬君於澧浜之原。蒲華塘之右。使其門人進士陳應台具狀。因同年進士秦鏜。丁允亨來請銘。吾先人尚在殯。何忍爲君銘。而義不可辭。銘曰。

性婞直兮。不能甍也。躬草萊兮。嫈墳典也。苦爲義兮。自屯蹇也。有嗣人兮。能振搴也。逃閑野兮。老閉鍵也。惟命之逢。亦未顯也。在君之後。終獲戩也。吾爲斯銘。石可篆也。韻書甍字音兗說文柔皮華也嫈抄本作好

馮會東墓誌銘

會東居崑山之安亭。好吟詩。往來吳淞江上。濱江有禪寺。會東時時獨坐古桂下。吟不輟。人多笑之。會東常以客授自給。一日過上海陸文裕公。時五月。有朱橘垂纍。公忻然曰。聞馮雪竹久矣。請爲賦詩。會東即口占。語逼唐人。公大稱賞之。雪竹者。會東別號也。會東性瀟灑。好遊觀山水。而力不能。有士人遊者。願挾會東以爲重。頗遊吳越諸山。及匡廬武夷。至輒有詩以傳。久之。病目不出。文裕公子思禹。以江上別業贈會東。會東父子力耕其間。後日本寇掠。會東乃走上海城中。潘錄事爲分宅居之。海邑士大夫自文裕公所賞。固已奇會東。及是爭迎延之。然會東以目病。辭不出。張都御史邀爲社會。會東一造其門。謝之而已。秀州俗文雅愛士。自會稽楊廉夫。天台陶九成。勝國時僑居。甚樂其風土。會東晁重海邑。蓋其遺風也。嘉靖四十三年十二月某日卒。年七十有九。娶唐氏。子男六。適。還。遂。達。述。遜。今惟還。遂存。女嫁黃艮輔。亦前死。還。遂皆有詩名。會東臨終屬還曰。吾死。必乞歸君銘吾墓。以余素與善。又余妻王孺人與會東母。兄弟也。還使人之京師。因陸都事來請銘。蓋以某年月日。葬某地。會東往時

所自營壙也。銘曰。

詩人之作。匪以詞豪。性靈所出。其道亦高。古之至人。全德葆眞。蓬累而行。卷褧而處。必得其類。於是焉止。江水沄沄。有餘清芬。後或識之。會東之墳。

周孺亨墓誌銘

昔孔子脩明六經。及與門人問答論語之說。無非教人全其性命之理。以治其君臣父子兄弟夫婦朋友之際。是其所以爲道也。孔子既沒。天下爲道術者雜出。學者馳騖以趨世主之所好。孟子脩其說以明於世。顧其流益浸淫而不可止。自人生服食器用。以至於經綸天下之業。無一出於道。蓋歷千有餘年。世與道離而爲二。宋之君子。始以明道爲己任。以至於今。其後出者相望。然非有名位不足以爲倡。既有名位以爲倡。非獨其志義篤信之士。從而和之。雖所謂榮祿之士。慕高名者。亦紛紛焉求入而附之矣。至要之於其久。倡者既沒。和者隨息。所謂慕高名者。澌然盡矣。唯獨其志義篤信之士。久而不變也。若余友孺亨。豈非其人哉。莊渠魏先生。於正德嘉靖之間。以明道爲己任。是時。海內慕從者不少。後二十餘年。能自名其師者。幾於無人。孺亨篤信之如一日。不幸不用於世。世亦不知其人。其所以飭躬厲行。脩其孝友忠信於家。至於沒身而已者。此所以爲先生之徒者也。孺亨姓周氏。諱士淹。字孺亨。世爲太倉人。父諱廣。南京刑部左侍郎。其上祖考。皆隱不仕。以刑部公追封如其官。孺亨嘉靖十六年舉於鄉。試禮部。輒不第。初刑部公爲御史。上書武宗。忤佞倖。再貶竹寨驛丞。孺亨年十三。隨居沅湘間。已奮志於學。三年。還適先生退居星溪之上。遂從之遊。日端拱不妄發一語。或謂刑部公。宜飭其子。勿爲道學。公曰。天下大重任。令兒自負荷。君何以云云。先生之學。始得之餘干胡敬齋。大要以主靜爲功。葆合沖和。蓄極而發。嘗謂上天之載。無聲無臭。惟潛龍爲近之。而與同時講道者論。終不相合。是時天下尤尊陽明。雖荆溪唐以德始事先生。後復嚮王氏學。惟孺亨稱其師說終不變。余少爲先生家壻。獲聞緒言。顧迷謬無所得。而先生晚年屬望之意。特惓惓焉。先生之沒。余獨於孺亨心師之。嘗質以所見。其不合者十二三。後讐定先生遺書。孺亨之指發爲多。嘉靖四十一年。與孺亨同計偕北上。行過徐沛至夷陵。孺亨病還。余愴然有顧影無儔之歎。孺亨竟不及家而卒。是歲二月三日也。年五十有九。其弟士洵以其明年九月九日葬尉遲村刑部公之墓。夫人毛氏先卒。孺亨請余爲銘。未及葬。及是以毛夫人祔。夫人無子。以弟士洵之子邦模爲嗣。銘曰。

道之窮也。世莫以庸。匪窮於其躬。其又奚恫。

曹子見墓誌銘

嘉靖四十一年春。予北上過徐沛。遇子見。先後行二千里。至乾寧阻冰。遂與子見乘肩輿陸行。歷武清之境。時同行者晉江許天琦。王同讚。張國謙。華亭張從律。皆被薦。獨予與子見落第。又三年。余亦登第。而子見已前死。天下士歲試南宮者。無慮數千人。而得者十不能一。而一時同行者六人。五人皆得。而子見獨不幸。予甚悲之。信乎數之不可知也。子見之才。其于國家要爲有用。而竟不能究。豈不可惜哉。子見諱世龍。松江上海人。元時。有宣慰夢炎者。其後世次始可紀。而憲使時中。御史閔。相繼顯于國朝。父諱鼎。以貲授昭勇將軍。某衛指揮使。徙居縣之琴村。有子三人。子見最少。九月而孤。爲兒時。嘗以事謁縣令。鄭君洛書甚器之。事其所生母至孝。病。不解衣而寢。始子見孤時。賴伯兄鞠之。遂以父事伯兄。後兄有孫。因撫抱之如子。云吾以報兄德也。然兄弟三人。同居三十餘年。皆無間言。人以爲難。子見家澱山旁。田頗饒沃。故爲里中大家。其後稍稍衰落。子見既得舉。遂舉餘業而振之。貲累千萬。子見治生以嗇。至于義所得爲。如救災恤患。即無所愛。鄭令閩人。家爲倭夷所殘。其子流寓松江。子見首割膏腴。以爲鄭君祭田。且爲縣人唱。其所爲皆此類。先是。松江新建清浦縣。子見以清浦縣學生舉于鄉。其後縣廢。復爲上海人。子見卒于嘉靖四十三年十一月某日。年四十有九。妻王氏。女子一人。適謝允誠。再娶王氏。生男子子一人。志尹。而志皋者。其所抱兄孫也。卒之又明年正月四日。葬于其居之西南新阡。銘曰。

曹氏軒轅。快有邾邦。荆楚遷陵。而以後亡。爰自西都。錫壤平陽。沛譙之起。禪漢而皇。趙宋之世。代有侯王。迄于本朝。簪組輝煌。厥今有家。湖泖之旁。才惟子見。爲國之良。以豐其業。不究其長。下藏永固。俟後之昌。

太學生周君墓誌銘

君姓周氏。諱士淳。字孺初。世耕太倉司馬涇之上。曾大父諱海。大父諱文。俱皇贈刑部右侍郎。父諱廣。仕至通議大夫。南京刑部右侍郎。通議公娶張淑人。家甚貧。嘗至乏絕。淑人夜燃燈火。紡績達旦以給食。嘗有客至。爲買肉。盡以供客。君方孩抱。索之而啼。公食不下咽。含哺佯入以哺君。張淑人蚤世。公會試北上。攜君以行。逆旅見者。莫不憐之。公得子最早。蓋年十六而生君。故與共貧苦之日爲多。方公爲御史言事。貶嶺海十餘年。君與繼母夏淑人留崑山。日闕無儲。外憂嚴父寄身蠻瘴。內顧慈闈菽水之養。艱難尤甚。及公位望通顯。絡不改儒素之道。仲弟士淹。從莊渠先生遊。君時時往從之。聽其議論。自幼傳公易學。而于詩書左氏戴記。亦能旁涉。北遊太學。三年告歸。延同志之士。閉門諷誦而已。嘉靖二十二年九月十八日卒。年五十有四。配徐孺人。嫁時已不逮其姑。而事夏淑人孝謹。公嘗曰。此吾共辛勤兒子婦也。春秋已高。侍夏淑人。暑月重衣汗浹。執婦道甚恭。甘旨不先獻不食。夫亡時。諸孤方童丱。拊教之。皆成人。嘉靖三十五年十月十二日卒。年六十有三。子男二。邦柱。邦臬。皆弟子員。女三。嫁朱景濂。張鳳翼。鄭志清。孫男三。女一。君之卒也。以時月不利。權厝以俟。至是與徐孺人合祔新塘里。侍郎之兆在崑山尉遲村北。嘉靖三十六年二月初八日也。余嘗讀侍郎所上疏。當正德中。皇嗣未生。天子不御椒寢。日在豹房。西方喇嘛僧。以妖術眩惑假子。錢寧之徒。貴振天下。而山東羣盜。流劫中原。蔓延江漢間。當是時。天下諰諰然有不測之憂。而升遐之日。內外清謐。卒以啓中興之治者。繄公等數十人。能以直言昌于朝廷也。余晚獲與其子仲季交。得考論其世。至是閱君之家狀。推其平生艱難困苦之跡。所以貽其後者至矣。故論公卿家子弟如君者。庶幾不墮其世云。銘曰。

直哉周公。匡我武皇。之死靡悔。再斥窮荒。孰共其荼。宛宛公子。依然素風。厚祿止此。敝化奢麗。厥世云何。告爾孫子。其貽孔多。

太學生葉君墓誌銘

景泰天順之間。有名臣曰葉文莊公。其事具國史。而其敦孝悌。厚風俗。以施於鄉者。崑山之父老。類能言之。公之歿。至於今且百年。縣人無不曰文莊公者。蓋邑之爲公卿顯人多矣。久乃莫能知其子孫。而公門第無改。子孫不廢儒學。所傳圖書數千卷。猶閟藏之。部帙宛然。封鐍如故。可以見公之所以貽於後世者。然非其子孫之賢。亦莫能然也。文莊公諱盛。官至吏部右侍郎。是生鄉進士諱晨。晨生衡州府同知諱夢淇。衡州先以公廕入太學。選台州府通判。其後稍遷。卒於衡州云。君之考也。君諱[illegible]材。字世德。爲文莊公世嫡曾孫。而君母王氏。兵部右侍郎諱偉之女。君內外家皆貴顯。而雅尚儒素。少長學校中。與寒士遊處。略不見其有異。至讀書爲文章。獨不肯後於人。提學御史張鰲山。以君名臣後。親至學爲行冠禮。而字之曰世德。其後御史光州盧煥校君文。以爲不屬草頃刻數千言。其辭漫衍無窮。而不出於律。尤賞異之。自是他御史試必甲等。至大試輒不得。蓋知名於黌序者。垂三十年。始用歲貢計偕進試於廷。分隸南太學。又不及選調以歿。人以是痛惜之。君爲人至孝。以衡州君卒於官。不得親含殮。歲時祭享。倍切哀痛。而事王夫人謹甚。王夫人性嚴。君年踰四十。少有過誤。猶長跪。終夫人之世。無敢專行一事。視羣從昆弟。恩若同生。而生平未嘗問其家之有無。時從知友飲酒。自放山水間。終日忻忻。自其少時。頗以自負。思一日馳騁於當世。以趾前美。竟以坎壈。亦無怨尤之色。故所與邑弟子偕爲文者。無幾何時。皆至大官。君猶與其徒。爲文自若。閒閣筆自語云。吾生辛酉。與吾同月日生者。今爲某官矣。又曰。吾家自高曾以來。鮮至中壽。今年歲侵尋。殆不能如吾志也已。語已。則又與其徒。相視而笑。蓋君意不能忘。然特用以爲戲。亦終無所介於心。其天性夷曠類如此。卒於嘉靖三十二年八月十三日。年五十有三。娶周氏。刑部尚書康僖公諱倫之女。性婉順。不好侈靡。君每夜讀。孺人爲女紅。常共一燈火至徹曉。生子恭煥。方十五日。而卒於台州官舍。王夫人甚悲之。卒時嘉靖二年二月初七日。年二十。繼娶沈氏。吳江人。父某。以貲雄於鄉里。事王夫人餘二十年。竭力孝道。家所不足。至脫簪珥以給。而躬自儉薄。嘗孕而不育。撫諸子若己出。而於妾媵。皆能仁愛之。君亦數數稱其賢。卒時。嘉靖三十年四月十二日。年四十有四。男子子二人。長即恭煥。鄉進士。次恭炌。縣學弟子員。女子子一人。適諸有昱。

孫男二人。儉封。儉圭。女三人。文莊公賜葬在溢瀆之原。去縣二里所。世世列葬。而君當以孫從王父。故周孺人先以其卒之明年十二月四日。葬在昭次。至是穿故穴。與兩孺人合焉。實嘉靖三十四年十二月日也。先期。恭煥甚淤以友人俞允文所爲狀。及君自著周孺人狀來請銘。余故知君者。其可辭。銘曰。

士不待於時耶。文莊公非遭時得位。何以稱於天下爲名臣。士必待於時耶。佩玉鳴琚。炫煌於一世者。何身歿而名湮。而後知彼有所恃者。雖困蹶而常伸。吁嗟乎。君不媿其志。歸從文莊公之居。以俟於後之人。

沈貞甫墓誌銘

自予初識貞甫時。貞甫年甚少。讀書馬鞍山浮屠之偏。及予娶王氏。與貞甫之妻爲兄弟。時時過內家。相從也。予嘗入鄧尉山中。貞甫來共居。日遊虎山西崦。上下諸山。觀太湖七十二峯之勝。嘉靖二十年。予卜居安亭。安亭在吳淞江上。界崑山嘉定之壤。沈氏世居於此。貞甫是以益親善。以文字往來無虛日。以予之窮於世。貞甫獨相信。雖一字之疑。必過予考訂。而卒以予之言爲然。蓋予屏居江海之濱。二十年間。死喪憂患。顛倒狼狽。世人之所嗤笑。貞甫了不以人之說。而有動於心。以與之上下。至於一時富貴翕赫。衆所觀駭。而貞甫不予易也。嗟夫。士當不遇時。得人一言之善。不能忘於心。予何以得此於貞甫耶。此貞甫之歿。不能不爲之慟也。貞甫爲人伉厲。喜自脩飾。介介自持。非其人。未嘗假以詞色。遇事激昂。僵仆無所避。尤好觀古書。必之名山。及浮屠老子之宮。所至掃地焚香。圖書充几。聞人有書。多方求之。手自抄寫至數百卷。今世有科舉速化之學。皆以通經學古爲迂。貞甫獨於書。知好之如此。蓋方進于古而未已也。不幸而病。病已數年。而爲書益勤。予甚畏其志。而憂其力之不繼。而竟以病死。悲夫。初予在安亭無事。每過其精廬。啜茗論文。或至竟日。及貞甫歿。而予復往。又經兵燹之後。獨徘徊無所之。益使人有荒江寂寞之歎矣。貞甫諱果。字貞甫。娶王氏。無子。養女一人。有弟曰善繼。善述。其葬以嘉靖三十四年七月日。年四十有二。即以是年某月日。葬于某原之先塋。可悲也已。銘曰。

夫乎命乎不可知。其志之勤。而止於斯。

陸允清墓誌銘

余初未識允清。前年允清客授吾里。始見之。而余性少出。不能數至其館。獨允清之門人丁允亨。時時邀予過其家。迎允清與共飲。一日。允清忽來見別去。遂還太倉。余方有中秋泛海之行。舟過其城下。欲訪之不果。不數日還。則允清逝矣。悲夫。余不獲與允清友也。天下之學者。莫不守國家之令式。以求科舉。然行之已二百年。人益巧而法益弊。相與剽剝竊攘。以壞爛熟軟之詞爲工。而六經聖人之言。直土梗矣。允清之於經。蓋學之而求其解。於中有所不能自得。雖河洛考亭之說。輒奮起而與之爭。可謂能求得於其心者矣。至於當世之務。皆通解而言之。悉有條理。由此言之。使允清獲用。其有所施。豈遂同於今之人哉。以允清之不遇。孰謂科舉之能得士也。江南人多延允清爲師。允清獨以師道自居。雖其門人有貴者。不肯少降其禮。流俗之人以爲異。而允清行之自若。人尤以此重之。少貧。奉二親。與其世母女兄。恩義甚篤。日闕無儲。未嘗不怡然也。性剛介。而亦無矯亢之行。故所至。人皆愛敬。死之日。無不垂涕。初。允清一日與余燕會。慨然曰。昔許靖有高名。蜀先主不欲用之。法正以爲靖浮稱播海內。君若不禮此人。天下將以爲君不好士。先主卒用靖爲司徒。允清意謂時不能與貴名士而競隆利勢也。余謂丈夫得志則龍蛇。不得志則蚯蚓。當伏藏閉涸之日。而覬有顯揚拔擢之榮。必無幸矣。君子遯世不見。知而不悔可也。允清深以余言爲然。允清名寶。居海虞之橫浮。後徙雙鳳。又徙沙頭。皆故海虞境。今爲太倉州人。而允清又自言其先世居尹山。尹山在吳江縣云。允清卒年五十有一。娶劉氏。有二女。長適楊道立。其幼未許聘。所著文集若干卷。經書解若干卷。老子莊子參同契注各一卷。卒之後百有十一日。葬於某山。實嘉靖三十九年某月日。允亨治師喪。卹其家。復爲之請銘。銘曰。

千尋干雲匠石睨。幽蘭無人含芳麗。順化而往寧爲沴。其志之存奚用世。弟子徵詞勒玄碣。

周君墓誌銘

君以嘉靖某年月日卒。先是其子詩試禮部下第還。會大司成奏言。監學法久壞。天下士雲會京師。一旦不爲有司所錄。往往去居家自便。六館幾空。非所以爲太平之觀。乞下所在長吏。敦遣至京脩舍法。以幾化成之效。有不如詔者。罪之。制曰可。於是詩在南雍間。歲不歸。不見君之歿。君歿。又不以疾。可痛也。君之配。先十年卒。詩與其弟諫訓謨啓攢。與君合葬於縣郭外小虞浦之原。請銘于余。泣且言曰。先人少遭閔凶。孤露無依。寄于吾外家。與先妣誓志自立。從里師學。無所成。爲農賈。又不能就。已而入縣書獄。詩時爲童子。縣令見其文而愛之。以是待吾先人。不與他從事比。然其教子。不爲一切優游而已。先妣獨嚴迫。不少假貸。嘗曰。吾爲生良苦。汝宜自勉。吾見某某。皆以貧賤發迹。汝能自立。無忘吾言。先妣尋卒。先人井臼之事。身自爲之。前此不問也。蓋不欲使兒輩與聞。懼用志之分。詩所與遊者。年皆與先人若。先人益和光如己友。蓋游吾父子間者。懽然無間也。念吾祖之蚤歿。每祭輒潸然淚下。歎處世之難。不敢少自宴逸。比詩獲舉於鄉。始用自適。而詩方卒業太學。待試於禮部。幾斗升之祿。而天之降割。遂至於此。自念家故微。先君先妣。勤一生之力。俾有田廬。使詩兄弟。得專志於學。視前世以孤童自奮者。不及詩遠矣。而不一日養。尤可痛也。願夫子賜之銘。按其友沈孝狀云云。詩語良然。君諱寰。字民服。年四十有九。孺人姓金氏。年三十有八。葬以甲子正月日也。嗚呼。人子之痛。何有窮乎。余聞君爲從事時。巡撫都御史嘗捕人。誤以同姓名。繫南京司寇獄。論死。其父老矣。且無子。訴于縣。君爲言。縣令卽日上狀。白其冤。取其人還。其所全活類是。稽之於古。後當有興者。是爲銘。

李君墓誌銘

鄉進士李憲卿之父曰李君。諱玉。字廷珮。祖某。父某。母某氏。世耕崑之羅巷村。君始入城中。爲杜氏壻。學書不就。爲縣掾。亡何。又謝去。見其子脩然玉立。聰明異倫。撫而歎曰。吾數十年。謀所以爲吾業者而不得。吾家良田。其在此者。吾耕之種之。而食其實矣。於是日令與邑中賢俊游。所以優給之者良至。不令纖毫經憲卿心。嘗家困於輸役。君力爲營搆。人見憲卿衣必潔。食必腆。經書史必備具。以爲其饒裕得自寬。不知其實不紓。雖憲卿亦莫知也。嘉靖甲午。憲卿中鄉貢高等。明年而君以病卒。歸有光曰。世俗競騖於其所欲得。而日強其力所不能。其可以得爲者。漫焉而無省。僘僘於一生之勤。心疲業廢。趨死而後已。亦可悲矣。李君。淳厚人也。視夫鶩疾以趨利。萬不及一。而能量其所不能而遽止。挾其所能。而專以無怠而卒有以享其成。人謂李君之受數畸薄。幾及於顯融。而委去之。予之論則不然。李君之壽。靳於五十。假令憲卿不第。其寧以無死。今及有以見之。茲乃所以食其勤子之報也。君生於成化丙午。其葬也。以卒之年某月日。子即憲卿。孫男女各二人。銘曰。

朱瀝之邱。君所止。委祉於後。即其身。孰生與死。

居君墓誌銘

學學生居鼎重。以嘉靖二十六年六月十三日。喪其先府君。明年四月初二日。嫡母柴孺人亦卒。皆權厝于崑山朱地村。至是其生母陳氏卒。而二女又相繼以天。鼎重妻顧氏。復以嘉靖三十三年十一月十八日前死。鼎重乃卜地于三十保鱗字圩之原。葬其父母妻。以二殤祔。禮也。蓋期月之間。遭三喪。與改葬者凡六。輤車相屬。道旁觀者。莫不嘆息淚下。曰。若居氏之死者如是。而世猶多人。何也。抑世人之擾擾。而君獨可以死耶。君諱懋。字士勉。其先吳邑人。祖諱某。父諱某。生四子。君最少。故里人皆以行次呼之。爲舉子不就。居田野。飲酒放浪以自娛。爲人性剛。于世少可。嘗以事忤太守王儀。儀使兩人舉以撲。幾死。而辭氣終不撓。初無子。已而鼎重稍長。遣從師問學。君亦折節求賢士與之遊。禮意曲至。嘗望得其一言以教之。鼎重爲文。見許可即喜。甚于華袞之榮。攜其子赴試。所至陽羨海虞。奇勝之處。往往與故人相遇。邀呼飲酒。及御史考校日。晨起夜寢。候伺如諸生。鼎重試失意。歎叱累日。蓋鼎重能自立矣。而君竟以死。得年五十有七。柴孺人祖贈應天府尹。諱晟。父諱奎。從父奇大。皆舉進士。奇官黄門。累遷至京兆。居九卿間。家世赫奕。孺人獨守貧素。撫鼎重如己子。視其妾如弟。鼎重婦髮始覆額。入門愛之。如女也。而妾婦亦事之謹。門內雍和。人以爲難云。卒時。年六十有一。陳氏年五十有六。其葬以嘉靖三十六年十一月十一日。銘曰。

吁嗟居君。知爲儒之難也。綺紈之習。傲以安也。玩琦之辨。讒以讙也。夫婦慕賢。志獨專也。不食其報。付諸天也。

詹仰之墓誌銘

仰之姓詹氏。諱高。年二十餘。自休寧來。客於崑山。客四十餘年。年六十二而卒。夫仰之所事者機利也。其於文章。非能學而知之也。顧生平好之。甚於知之者。至忘其所事。迨於死而後巳。世之論者。必知之而後能好。而仰之之好。甚乎知。豈其出於性然耶。爲買與爲學者。異趨也。今爲學者。其好則買而巳矣。而爲買者。獨爲學者之好。豈不異哉。初仰之從予友吳秀甫遊。秀甫死數年矣。仰之且死之歲。亟來見予。予與之談秀甫之爲人。恍然如生。相與爲淚下。然其意欲有所求者。而不言也。一日。仰之沐浴整衣冠。召其所與厚者。與之訣。料檢其篋中文字數十卷。付其子。遂卒。予悲仰之之志。會其子岩秀昆秀。以其喪歸休寧。問其葬。曰某年月日某原也。因與之銘曰。

詹氏出於詹侯。其後有詹父。詹嘉。詹何。詹尹。而唐宋間。有奉忠公五大將軍。以忠勇秩於祀典。今爲休寧五城之詹。然近世貴顯者蓋少也。雖然。賢如仰之也。而予爲之銘。夫亦烏用貴顯者耶。

朱肖卿墓誌銘

君世家安亭鎮。其地于崑山嘉定兩屬。故君爲嘉定人。亦爲崑山人。安亭有二沈氏。昔時有沈元壽者。慕宋柳耆卿之爲人。撰歌曲。教僮奴爲俳優。以此稱于邑人。卽君之族君之考曰朱翁。朱氏之外孫也。君以故亦冒姓名曰朱傳。而字肖卿云。始朱翁好俠。見惡人必摧困之。而右助其良者。里小人莫敢忤朱翁。朱翁老而無子。年六十餘矣。連舉君昆弟三人。君其仲也。翁初自傷。巳得子則喜甚。三兒髮稍長。日挾以出。走馬射雕村落中。蓋自誇說其有子也。然翁竟及其子之成人以卒。君貌頎然。黑而髯。任氣役人。欲學其父。然不如其父時。其父時。安亭號爲富庶。正德以來。戶口日耗。田荒不治。故家廬有存者。君以大戶。奔走兩縣無寧居。故雖強力莫能振。君卒于嘉靖十九年月日。年五十有二。娶陳氏。男子子三人。果善。繼善。述復。沈氏女子子二人。適某某。沈果以是年月日。葬某原。果讀書好古。其妻宋太師王文正公之二十二世孫。予妻之妹也。予是以往來安亭。而嘗與果遊。于其葬也。爲之銘。銘曰。

維崑東境。昔稱繁盛。吏失其政。人以疲命。小大倀倀。奔走四迸。君于其間。二目烱然。怒氣填填。欲奮而顛。吁奈何平天。

歸府君墓誌銘

府君姓歸氏。諱椿。字天秀。大父諱仁。父諱祚。母徐氏。嘉靖十五年正月初八日卒。年七十一。娶曹氏。父諱永太。母高氏。嘉靖十年三月十九日卒。年六十八。子男三。雷。霆。電。女一。適錢操。孫男五。諫。縣學生。謨。訓。皆國學生。讓。幼。女三。曾孫男六。以嘉靖二十六年十二月庚申日。合葬於馬涇竇瀆涇。按歸氏出春秋胡子。後滅于楚。其子孫在吳。世爲吳中著姓。至唐宣公。仍世貴顯。封爵官序。具載唐史。宋湖州判官罕仁居太倉。其別子居常熟之白茆。居白茆已數世矣。由湖州而下。差以昭穆。府君。我曾大父城武公兄弟行也。府君初爲農。已乃延禮師儒。教訓諸孫。彬彬向文學矣。府君少時。亦嘗學書。後棄之。夫婦晨夜力作。白茆在江海之壖。高仰瘠鹵。浦水時淺時淤。無善田。府君相水遠近。通溪置閘。用以灌溉。其始居民鮮少。茅舍歷落。數家而已。府君長身古貌。爲人倜儻好施舍。田又日墾。人稍稍就居之。遂爲廬舍市肆。如邑居云。晚年。諸子悉用其法。其治數千畝。如數十畝。役屬百人如數人。吳中多利水田。府君家獨以旱田。諸富室爭逐肥美。府君選取其磽者。曰。顧吾力可不可。田無不可耕者。人以此服府君之精。蓋古之王者之於田功勤矣。下至保介。田畯。遂師。遂太夫。縣正。里宰。司稼。設官用人。如是悉也。漢二千石。遣令長三老力田。及里父老。善田者受田器。學耕種。養苗狀。時趙過蔡癸之徒。皆以好農爲大官。今天下田獨江南治耳。中原數千里。三代畎澮之迹。未有復也。議者又欲放前元海口萬戶之法。治京師瀕海萑葦之田。以省漕壯國本。茲事行之實便。而久不行。豈不以任事者難其人耶。或往往歎事功之不立。謂世無其人。若府君。豈非世之所須也。銘曰。

昔在顓頊。曰惟我祖。綿綿汝潁。奮於荊楚。迄唐而昌。鳴玉接武。湖州來東。海魚爲伍。亦有別子。居白茆浦。曠然江海。寂無烟火。孰生聚之。府君之撫。府君頎頎。才無不可。實甽晦之。終古潟鹵。黍稷薿薿。有萬斯畝。曷不虎符。藏于茲土。

卷二十　墓誌銘

趙汝淵墓誌銘

宋熙陵九王子。其八爲周恭肅王元儼。恭肅王生定王允良。定王生安康郡王宗絳。安康郡王生南陽侯仲鑛。南陽侯生處州兵馬鈐轄士翩。士翩始遷嚴陵。士翩生保義郎不玷。又自嚴陵徙浦江。不玷生三觀使武經郎善近。善近生武翼郎汝侃。汝侃生崇傒。自定王以後至崇傒。始失其官。爲士庶。崇傒生必俊。必俊生良仁。始自浦江徙吳。今長洲之金莊也。良仁生友端。友端生季永。季永生同芳。同芳生瓛。瓛生四子。濂。潛。深。濱。潛者。汝淵諱也。汝淵於兄弟次在二。授室於崑山真義里朱氏。汝淵年六十有六卒。嘉靖四十二年十二月某日。朱孺人年五十五卒。嘉靖三十八年正月某日。生子男一人世貞。孫男四人。和平。和順。和德皆夭。最後生和敬。孫女一人。其葬以隆慶二年十二月某日。墓在長洲之某鄉。宋自青城之難。王子三千餘人。盡爲北俘。其散處四方。僅僅有存者。若周王之後。以詩書世其家。故譜系頗可攷。其在長洲。同魯其賢者也。同魯於汝淵爲再從父。汝淵夫婦孝敬。脩士人之行。世貞方將以進士起其家。世貞於予先妻魏氏。內外兄弟也。故屬予銘。銘曰。

宋失維城。宗淪于朔。哀哉重昏。鼎折覆餗。不仁之殃。逭其九族。存者孑遺。逃竄而延。惟恭肅王。當世稱賢。宜其孫子。百葉以傳。宜君宜王。今爲士庶。亦脩于家。魚菽以祭。曷以銘之。不媿其世。

金君守齋墓誌銘

余少聞嘉定之漳浦。有君子曰沐齋先生。未及見而先生早世。後識其子于魏恭簡公之門。及居安亭。安亭去漳浦十里。與賢者之居相近。其芬馨若將可挹。而先生子從子太學生喬從余遊。得時時語其家事。喬父守齋君。于是葬有日。來請銘。按狀。金氏自縣之南翔徙漳浦。五世而至處士諱鑑。鑑生涖。蒞生三子。長諱洲。是爲沐齋先生。

其仲諱瀚。即君也。金氏耕漳浦十七世。世益大。而沐齋先生遂邁志爲儒者。與海內諸名士。廣東湛甘泉。浙右蔡我齋。山東王純甫。江西夏敦夫。及恭簡公游。君爲力田治生以資其宦學。先生舉進士。調永康令。尋改國子助教。復爲高邑令。所至清廉。無絲毫取于民。衣服器用。君悉從其家。送至官所。自永康入覲。唯須知冊役官夫四人。事畢。所存冊筒架。亦還其縣。其在京師。終日杜門。一書不予人。平生食無兼味。或曰。先生非有待于其弟者也。人以是兩賢之。君與兄少同學。其師欲笞君。兄即悲泣。師每爲之止。其爲兄所愛如此。父可田翁。性嚴。有所不樂。君即長跪終日。雖風雪僵凍。不敢移膝。翁晚年有所愛庶子。君即自搆別業于祖居之北。千金之產。甘于遜讓。或疑其不能無憾。而君懽如也。初。子喬未生。即以沐齋先生之季子爲嗣。名之曰嵒。撫愛如己子。而嵒亦不知其非君出也。居常對人語其感兄之德。稱兄之賢。至不容口。世道淪斁。爲善者兢兢懼不能免。況先生之卓行。君不惟不艱阻之。又成遂之。可不謂之賢矣乎。君春秋八十有三。以嘉靖三十七年五月六日終。夫人顏氏。二子即嵒喬。孫六人。應鵬。應龍。應鸞。應元。應麟。七郎。孫女一。其後七年。葬于漳浦西之新阡。爲嘉靖三十四年三月一日云。銘曰。均爲同氣。孰嚙冰雪以居耶。孰混汙萊以墅耶。孰于于以閒安耶。孰斷斷以疲瘁耶。孰波馳以啜其精耶。孰坎止以食其糲耶。孰將百年之計耶。孰將千古之慮耶。吾不能知。知是墳者。先生之弟耶。

王邦獻墓誌銘

王君以嘉靖三十三年八月四日卒。享年六十有八。其明年十二月七日。權厝於度城之先塋。而以某年月日葬。予與王氏有姻好。其孤繼忠。又予友也。來請銘。予辭不獲。乃序而銘之。序曰。君姓王氏。諱瑭。字邦獻。其先居崑山之澱山湖二百餘年矣。有壽峯者。元季兵亂。播流六合。吳平之後。復返其居。壽峯生福。福生子昭。子昭生安。安生瓛。瓛生鄉進士鑑。鑑生漳。君之考也。初進士君拓落有大志。生平以經世自許。嘗大書忠孝二字於堂壁。故王氏忠孝堂。鄉里至今傳稱之。進士君一上春官。以病卒於京邸。君弱冠補博士弟子。已自感慨。思繼其祖之志。正德嘉靖之間。東南之民。困於糧役。殘耗盡矣。自儒者皆躬自執役。君一任其僮奴。至於不自給。終不以廢學。凡六試於南都而卒不第。君少有筋骨之疾。晚而加劇。年且六十矣。從諸生謁御史。跰躃行也。衆庭拜。獨伏地不起。御史使兩生挾以行。然其氣不爲衰止。久之而後謝去。則時時視其祖壁間書。泫然流涕。嗚呼。上之所欲求於下者。忠孝而已。而未必得也。下之所欲事於上者。忠孝而已。而未必遇也。王氏在沮澤之間。父子祖孫。以此相命。至於白首不遂。闇闇以沒世。可悲也已。君爲人仁恕。多所施予。人或負之。而不以爲懟。其形病而貌甚和。予與之處。可謂有意乎其爲人者也。君母沈氏。城武知縣存之女。娶任氏。無子。同母弟杲生二子。繼忠。繼孝。君撫敎之如一。而以繼忠爲嗣。繼忠娶張氏。生二孫。文昌。文光。初進士君用詩舉。君治易。而二子今以春秋爲博士弟子。銘曰。

牧之良。奧生牸。田之頻。突生鶵。維忠與孝後有禠。三世儒生今其興。

李惟善墓誌銘

李瀚以嘉靖二十九年月日。葬其父李君。先期爲狀來請銘。曰。君姓李氏。諱元。字惟善。高祖諱保。曾祖諱虎。祖諱宗。父諱英。縣學生。母袁氏。君以嘉靖二十七年十一月十三日卒。年六十有九。配張氏。子男三。澈。瀚。灝。澈。灝。皆前死。瀚縣學生。孫男二。一鵬。一鸞。女一。適宣應楫縣學生。曾孫男一。紹先。李氏世居嘉定守信鄉。君以贅故。居新涇。四十年前爲荒野。今起爲市。商賈湊焉。瀚卜葬。去其居若干步。望張墓。狀如是。余昔嘗志張翁。言翁淳樸無世俗機。得壻李君任家督。日飲醇酒無所問。李君之才。能豐其業。而取張氏族子潮爲己子。己生三子。皆姓張氏。而灝復爲潮子聚。是二姓懽無間嫌。及翁年老。乃以潮後張氏。而歸其三子之姓。其始。潮在諸子列也。今謂爲舅。涇以渭濁。湜湜其沚。李君之謂矣。春秋樂道人之善。是宜書之。不一而足。銘曰。

吳淞東流練水出。岸眩大海沃赤日。土岡陁靡聚千室。樹成吉貝雜黍稷。有美丈夫從孟姑。新涇之原生攸宅。考終卜藏惟墨食。左爲翁阡森鬱鬱。兩邱相望無媿色。載詞于石永不泐。

張克明墓誌銘

嘉定張君。卒於嘉靖十九年月日。年七十有九。初娶孔氏。卒於弘治某年月日。年若干。再娶秦氏。卒先君一年。年七十有八。葬于其居之新涇。嘉靖二十年月日。孔孺人先葬在倪家浜。遷以祔。君諱杲。字克明。爲人剛直無他腸。遇所不可。憤發怒。已則懽然。鄉人爭來決曲直。至有所笞擊而能不怨。日飲酒。微醺輒睡去。了不以世事爲意也。兩孺人皆有婦道。君少孤貧。常賴孔氏力。生以自給。而秦氏恂恂無所忤。與君齊年。而俱享眉壽。人以爲難。然竟無子。而孔孺人生一女。贅李元爲壻。元始壯。能應家。君一以委之。遂至于豐殖。而君之弟某有子曰潮。李元抱以爲己子。元又自生子。曰澈。曰瀚。曰瀾。皆姓張氏。君既卒。瀚流涕喟然曰。春秋書莒人滅鄫。爲此也。吾爲儒者。不可以不正。于是言於元。卒以潮爲後。而自別爲李氏。瀚始呼潮兄也。今謂爲舅。吾聞張氏之厚也。字其壻如子。教其外孫如孫。而李元之愛潮猶子也。至瀚裁之以禮。可謂變而得其中矣。銘曰。

有女以養。有壻以幹蠱。有後以紹厥宗。有女之子以匡其禮。吁嗟乎張君其有子。

陳君厚卿墓誌銘

君姓陳氏。諱圢。字厚卿。世居嘉定之黃浦東海上。父諱廉。字汝界。寶源局大使。生君兄弟四人。而君最少。母黃氏。先亡。而父亦已老矣。同縣馬梁。其妻李氏。陳之出也。意憐之。抱以爲己子。然馬翁自有子。而君娶張氏生一子。殤。嘆曰。翁。吾父也。必得翁孫以爲子。會馬翁子婦有娠。張孺人日候伺之。乃生女。曰。吾德翁。即男也。當子之。無用女也。婦又有娠。生男。孺人寢處馬氏室中。男生彌月。即負以歸。夫婦愛之甚。冬月。嘗以身藉之。不令著席臥。比就外傅。僮奴悉遣隨。而身自桔槔。張孺人爲人嚴毅。其子行步稍斜。必呼訓飭之。日督書課。而君性寬。常曰。兒富貴有命。不當瑣瑣喋聒。令人不自怡。然孺人中情深愛。每出一二里所。未嘗不垂涕也。君平生好義。先世遺產。悉讓其兄。盡復賙給之。外父母老而貧。養之終身。又撫育其孤孫二人。人有持官銀百兩。聞縣呼召。亟去。遺旅舍中。君後至。獨留守。俟其人還而付之。爲人乞貸。已而負之。君爲代償。其後有求。復與之。終不言前負也。初君以產讓其兄。後馬氏有分。復不受。自黃浦轉徙南翔。已又耕新涇之上。新涇近海。會颶風作。海水流漂。嘉定東門外。瀰望波濤。無際。君自南翔行至新涇。不識徑術。忽浮忽沉。遂病。數年。且死。呼其子索筆書曰。負某人物若干。又負某若干。吾死。汝必償之。他人有負君者。不言也。取曆日指曰。某日。吾當去。命奠告於先。至日。整衣而逝。嘉靖二十六年五月二十六日也。年六十有三。張孺人後君十有四年而卒。實嘉靖三十九年十月初九日。年七十有五。卒之日。語其子曰。昔汝父之亡。某人嘗侮汝。然此人汝父故所善也。勿記其過。又曰。汝無忘馬氏所生。我死。當益厚事之。蓋君夫婦之賢如此。非其子思彝來乞銘。予亦無由知焉。以此知世。未嘗無卓行如古人者。獨其汩沒於閭里。而不暴見於世也。學者皆言爲後必同宗。然吾以爲聖人之制。不獨任其天而已。不得已而有人爲輔相之功。所以爲相生養也。慈母如母。禮經略著其文。而古書亡。不能盡見。可類推也。若陳君之事。何其厚也。思彝生以此事之。死以此葬之。而祭之可矣。余爲銘。成思彝之爲子也。君始厝於新涇。今卜兆於縣東南。依仁鄉之蘆涇。而以孺人祔。嘉靖三十九年十二月二十九日也。銘曰。

厥德孔厚。而靡孕字。天若靳之。人以力致。白鵠睟子。一氣相視。既慈既孝。有誠無貳。亦既有子。以視其隧。天實報之。庶固不隧。

陸子誠墓誌銘

君姓陸氏。諱意。字子誠。居太倉州之東鄉。贈文林郎塾之子。嚴郡推官愚之弟。娶龔氏。龔氏居崑山之廟涇。孺人。山東布政使理之曾孫。武岡知州震之子。武岡有三女。長適兵部右侍郎王公倬之子都事愔。次適吏部左侍郎葉文莊公之孫夢泗。其季不出適。武岡以聘君而授館焉。陸氏世望族。故與諸家多有連。而武岡初倅閩之漳郡。攜子壻以行。及政調還。而君感南中瘴癘。至家而卒。時正德九年九月九日也。年二十有三。而孺人復從武岡之治所。居長沙零陵之間。數年。武岡沒。而後孺人以其子歸陸氏。蓋去君之世。四十一年而後卒。時嘉靖三十三年月日也。年六十有九。于是其子明謨。傷先人之早世。而母寡居。鞠養教誨之勤。將合葬于太倉州花浦長涇之東源。而思圖其不朽。明謨少不能識君之遺事。詹事府主簿王君世德。君甥也。爲之狀。而王君時亦少。第言聞君之昆季。皆稱之爲陸氏之才子弟云爾。至述其從母爲人。慷慨好施予。平生屹屹。無女子態。可以爲賢矣。予之從祖母。與武岡君同祖。而諸姑多嫁東鄉。故能知兩家族姓之所自。明謨既壯。嘗慨古人風節。尤喜吟詩。而詹事家方貴盛。以清衡守南京故府。一日掛冠洪武門而歸。其中必有過人者。予以其言可徵信焉。故爲之銘。銘曰。

適爲夫婦。不永其終。四十一年。言歸其封。一世之違。千歲之同。

王君時舉墓誌銘

君姓王氏。初名翔。後更諱羽。字時舉。世居海上。而以醫名家。少讀書論。必求其解。不解。不肯已。有能者。輒就問之。以故治人疾多愈。然不自以爲功。或譽之。輒言吾所以爲術。乃神農黃帝之傳。神聖之道。顧非盡讀天下書。通於天地之化。以參合於人不可。以爲今所爲者。乃徒剽取億出。以幸中者也。及人有酬謝與否。未嘗望之。性誠篤方嚴。終身不近非禮之色。居里中恆見憚。往往諸少年相羣聚戲褻。君至。皆走匿。曰。朱文公來矣。一日出門見童子泣於道。問之曰。朝入市。失所持物。恐歸而見笞。問其直幾何。與之代償。已而童子挾所償來還。曰。朝所失。已得之矣。君亦遂不受。童子泣謝而去。嘗自恨不讀書。見儒生文士。必悚然却立。意其中莫測也。其愛慕如此。初君之世父弟翹。始數歲。世父將死。呼君屬曰。儒學難爲。不如授以汝術。易了。令可爲生而已。君後不用其言。敎之儒。期年。翹以選爲郡博士弟子員。雖不遇。然以文藝稱於士林。君卒於嘉靖三十四年某月日。享年六十有二。娶嚴氏。生子男女皆五人。男用賓。用卿。用才。用享。用文。女嫁某某。孫男女幾人。而君之昆弟亦五人。翔。翀。翎。皆弟也。翔無子。以用享爲後。於是翹來請銘。曰。兄字吾如子。衣食敎訓之四十年。翹無以報。兄歿時。會倭犯嘉定。又大疫。兄日未出。卽出診視人疫。侵染以死圍城中。而翹方走西南湖上。至死不相聞。以是爲終身痛。蓋來請銘三年矣。銘曰。

世載虛華。本實爲尻。海瀕椎朴。士風亦澆。尚有古人。抱術以槁。吁嗟孝友。有墳其高。

蔣原獻墓誌銘

君諱杲。字原獻。宋尚書禮部侍郎堂之後。其先宜興人。禮部知蘇州。徙家焉。因世居長洲之鄧巷里。曾祖達卿。祖諱集。父諱淮。而君之配馬孺人。亦長洲之望族。家在甫里。君不幸早世。既葬矣。其後十有八年。而馬孺人卒。又十有三年。祔于其夫之兆。禮也。其子煉來請銘。曰。煉也少。先人之葬事不備。無以列諸幽。今獲葬吾母。嘗所聞于吾母及先人之游者。得其一二。先人養其二親晨夕之饋。不以溷諸兄弟。官有浚河之役。族貧者。爲之代出力。諸所行事。洽于閭門。而及于鄉人。坦懷待物。尤爲人所敬愛。而吾母寡居十有八年。代吾先人上事父母。下撫諸幼。吾先人爲不亡也。皆不可以無誌。煉又以其家所得當代名公表志數十。若陳劉二祭酒。徐武功伯。李文正公。吳文定公。論次君之先世。往往孝友。及文學發科。或爲循吏。而其居鄉者。大率長厚。能以愛利及人。卹人之急。如恐不及。賑貸或至千石。其疾病也。鄉人禱于神以千計。歿而哭其喪。相屬于道。蓋數世如出一轍。而文定公論之。以爲是豈有爵位在上。其勢足以安養平民而得此耶。彼爲一郡一邑。有愧是多矣。蓋蔣氏之行誼。著于鄉里者如此。考其世。自洪熙至于弘治。六七十年間。適國家休明之運。天下承平。累世熙洽。鄉邑之老。安其里居。富厚生殖。以醇德惠利。庇蔭一方者。往往而是。蔣氏乃其著者。至于君之世。有可慨者矣。然觀煉之所稱述。其行事猶有先世之遺風焉。君卒于嘉靖元年月日。年若干。葬以某年月日。孺人卒于嘉靖十八年某月日。年六十九。葬以嘉靖三十二年某月日。墓在王巷先塋之次。子男三。炎。煉。燮。女三。孫男五。炎已先卒。故葬與請銘者。煉也。銘曰。

青邱之旁。吳淞之汭。爰有君子。克昌其裔。不嗇其施。民之攸墍。鄉人父兄。笑語洩洩。朋酒斯饗。樂我豐歲。於惟帝力。伊誰之致。年往化徂。日月其逝。我銘斯藏。思爾之世。

潘用中墓誌銘

君姓潘氏。諱乾。字用中。嘉定人。祖諱煦。繇治城遷東練祁之滸。所謂羅店者。有生產畜聚。考諱廉。以無訾省傾其貲。及君之世靡遺焉。君年尚少。遭父喪。羸然臥苦凷中。責逋滿門。左支右吾。恬不爲驚。事以辦飭。由是三十餘年。清刻自將。掇拾奇羨。今年作寢。明年作堂。又明年治田廬。期于恢大其業。不促速爲之。羅店。嘉定巨鎮。商賈之湊。人多機利。君存心忠恕。恆以牟漁暴積爲戒。人亦不見其乏。卒又饒給云。君爲人溫良隱默。外內皆稱爲誠長者。初爲縣學弟子員。及其子士英。亦爲弟子員。父子相隨之學宮。久之。君竟謝去。士英嘗病。君抱持哺飲食。夜渴以津嗽之。愛之如此也。君患風痹。猶營家事。士英請少息。君曰。恐汝廢學。吾生一日。爲汝治家一日也。如是五六年。以至于卒。士英在學。每御史至試之。嘗爲首選。而未第。然士英不戚戚。而以不及古人爲恥。從師問學。嘗出百里之外。因是可以知君之志意矣。君卒于嘉靖十九年六月十有二日。春秋五十有六。明年十二月初九日。葬于腳襪涇之原。配沈氏。男士英。士賢。女三人。嫁某某。孫男二人。予辱與士英游。爲之銘。銘曰。

與平不自繇。其居畜也。泊乎若無求。其干祿也。數澤其干。賁厥木也。安于此邱。惟君之穀也。

卷二十一　墓誌銘

陳處士妻王孺人墓誌銘

孺人姓王氏。陳處士諱可樂之妻。父諱士高。以歲貢入太學。三娶無子。元配某氏。生女子子一人。故處士受室。成禮於王氏之廟。太學君落魄不事生業。家徒壁立。獨喜飲酒。孺人治女紅。以資其費。即賓至酒醴羞膳。無不得所欲。太學君卒。乃歸於陳。未幾。處士病瘵。生一子周歲矣。且死。顧謂孺人曰。伯兄無子。可以兒與之。孺人曰。養老字孤。吾事也。因泣下。截髮以自誓。時庚午之歲。大祲。道殣相望。孺人抱一歲兒。哭其夫。且汲飪以承迎二親。甚艱難也。卒以孝養終二親之世。而喪葬之。命其子事其兄公。如夫之教。內外相依倚爲命。以迄於有成。居無一畝之宮。在闤闠中。人罕見其面。尼媼往來富貴家。與婦人交雜。膜唄尤數。從寡婦人遊。孺人一切謝絕之。晚年。目蝸睆朦朦然。甚不自得。醫至。却之曰。吾手不能與人診視也。蓋年二十四而喪處士。六十有二而卒。時嘉靖二十六年十二月十一日也。於是嫠居幾四十年矣。初處士之曾祖諱翊。中乙榜進士。授膠州學正。歷應山王府教授。嘗爲會試同考官。崑山之士。以易學登第。自應山君始。家世讀書。清貧節行。可慕尚也。孺人子一人。唐縣學生。孫二人。王道縣學生。次王政。葬以嘉靖二十九年十二月十七日。在白馬涇隨字圩之新塋。其辭曰。

兩儀奠位。自初有民。陰陽會合。男女貞行。聖人因之。秩爲典常。法則天地。垂象咸恆。王道陵遲。關雎刺興。鄭衛靡靡。禮俗以傾。會齊於禖。天宇晦暝。孰知千載。是心猶明。懿矣淑婉。居然性靈。爭芬昧谷。競節高冥。有赫管彤。於昭汗青。予政作傳。元凱翼經。無微不顯。靡幽不呈。鑴辭於石。以詔前人。

太學生陳君妻郭孺人墓誌銘

孺人姓郭氏。長洲人。封鴻臚寺丞諱某之曾孫。處士諱某之孫。太學生諱受益之子。歸陳氏。工部都水司郎中諱天貴之子婦。太學生大雅之妻也。年四十有四。以嘉靖三十四年七月二十九日卒。太學君爲治葬事。遣其子艮謨來請銘。初孺人始歸陳氏。太學日遊庠舍。不能治生產。幾無以自贍。孺人父母家在吳淞江上。田肥美。歲多收。爲捐嫁時衣被財物。買田廬。每歲之冬。即往收穫。苦寒。迨春而面嘗皸瘃。凡賓祭補紉饎爨。一任其勞苦。時節縮而用其伙。織麗之服。珍華之飾。屏去不御。親黨有邀爲宴會者。曰。飲酒非婦人事。輒謝之。辛勤二十餘年。家用可以給。而夫君以年貲貢入太學。滿次謁選。當爲州縣官。不日有祿養。而教育其子爲進士業。亦既有成矣。一旦搆危疾。自知其不起。爲其子女從容敍述生平。言始爲婦以至于今。其勤勞如此。若操舟渡江。舟中之人。僅已登岸。而操舟者沒焉。因唏噓不自已。家人度爲櫬。須若干直。孺人聞之。即曰。吾不須此木。當若干直可也。又曰。吾生自謂盡瘁於爾家。然不欲費。但得片石求能文者。誌吾墓足矣。予聞而傷之。孺人以女子。有志於名後世。夫豈爲區區之名。即其平生之志有不容沒沒者。予讀谷風之詩。蓋夫婦之變也。其稱所以爲其夫者。曰就其深矣。方之舟之。就其淺矣。泳之游之。何有何無。黽勉求之。至於旨畜以御冬。甚微細者。亦自言之。亹亹不厭。千載而下。可以見爲人婦者之心也。其亦可悲也已。孺人生子男二人。艮謨。長洲縣學生。艮策。尚幼。女子一人。適李春陽。吳縣學生。孫男女二人。其葬在武邱鄉。卒之明年正月二十四日也。銘曰。

郭世巨族。居差方里。大臚貤封。亦以貴起。來嬪陳宗。實相厥美。致其畜藏。勤歭自喜。悲彼褕衣。不能爲婢。一世之志。迫于短晷。不承其享。貽後之祉。

顧孺人墓誌銘

嘉靖二十七年。沈君子善喪其配顧孺人。又明年。舉進士。官鄱陽。孺人尙在殯。尋以中憲之喪還家。明年。治葬事。以孺人祔於崑山縣橫塘祖塋之次。實三十二年某月日也。子善先期來請銘。其子堯兪從予遊。每念其母。輒流涕曰。吾母賢。非夫子其誰宜銘。嗟夫。富貴壽夭。非所以論賢者。而賢者之志。不在於此。然世恆以是爲幸不幸。相與爲悲喜。亦夫人之情哉。沈氏世以詩書名家。中憲趾美前武。三爲二千石。而孺人之考給事兄弟起海上。一時同官黃門。並貴顯矣。孺人托於兩家。得子善以爲之壻。孰不爲喜。然孺人未及笄。屬給事捐館舍。哭泣悲哀。幾不能以生。後每追慕顧念。有終身之悲。而子善爲諸生。悒悒不得意。孺人與共勞苦。有雞鳴警戒之志。及遊兩京太學。遂魁畿甸多士。又再試不利。比及第。孺人幾及見之。而先以死。蓋富貴壽夭之數。雖父子夫婦。不能相及者。此其所以可悲也。孺人生而敏慧。數歲爲給事製小冠。給事喜。爲冠以出見客。常以格言教訓。孺人輒能記。其後每稱以勖其子。爲人凝重。在父母側。不問不言。或竟日無一言。雖中憲嚴憚之君。所交遊。以文字學業相過從。即喜具食飲。令盡懽。苟非其人。雖杯茗不時至也。見其子夜讀書。輒紡績與共燈火。用勸率之。事祖姑太宜人尤孝敬。中憲之官。太宜人老不能行。嘗謂中憲有賢孫婦。即汝面汝目。在吾眼前矣。其賢如此。蓋子善宦學之助爲多焉。給事諱濟。官刑科給事中。中憲諱大楠。官至惠州府知府。子善。名紹慶。今爲鄱陽縣知縣。孺人生于正德四年七月十四日。得年四十。男子子二人。堯兪。堯典。女子子二人。壻王炳衡。王伯稠。後出女子子一人。妾出男子子二人。堯欽。堯文。昔雍門子以琴見孟嘗君。孟嘗君爲之增欷嗚唈。流涕不能自止。予銘孺人。蓋有傷心者。銘曰。

嗟夫。人之婉好。宜其壽考。胡遽以殀。其行獨而不祿。嗟夫。造物者區區以此爲仇。夫孰能知其由。

潘府君室沈孺人墓誌銘

予少善潘士寒子實。子實自嘉定來崑山。居馬鞍山岩石之間。予亦時過子實。因獲拜潘府君。氣貌方壯盛也。喜飲酒。不屑事生產。而沈孺人者。清浦大族。清浦在縣東南海上。黃浦之東。蓋俗謂之江東沈氏云。孺人去膏澤。攻勤苦。以佐其家。又以其餘力。爲高樓夏屋以居。而子實得自恣游學。嘉靖某年月日。潘府君卒。其明年十二月。葬于鄒襪涇之原。予嘗誌其墓。府君亡而孺人持門戶。如其存。時子實益復聚縣中俊彥。日與講肄。其縣人往往取科名。貴顯于朝。或不幸困踣于時。亦以道義爲鄉人所重。皆子實之與也。人以是愈稱孺人之賢。而幼子士賢。亦力學爲諸生。會倭奴犯境。子實家近海。最先被兵。遂奉孺人。避居予安亭舍中。予家人皆得挹其慈範。明年。寇益深。子實去之澱山湖中。孺人命舟益遠去之檇李。入其郛中澱山湖。王氏。予姻家也。是時從孺人行者皆獲免。不從孺人留者皆被害。其倉卒明智如此。兵後。家悉燬。子實稍卜新居。始以不能具菽水養爲憂。于是計偕留京師。選授處之龍泉博士。龍泉山縣。學宮皆傾圮。因留妻子侍養。先之官。除館舍。欲迎孺人。而孺人竟病卒。蓋子實非苟仕者。千里就微祿。以爲親也。而竟不能致居官一日之養。豈不傷哉。雖然。使子實早取科名。亦不肯趨時以爲大官。雖爲大官。亦必不藉此以爲親榮。則今子實之所以事孺人者。蓋無憾也。予銘府君。至是二十年。乃銘孺人。而予與子實。亦已老矣。其又不能無感矣夫。其辭曰。

沈氏江東世名族。黃門柱後兩賢擢。孺人父肆王父輔。世稱孝子善慶渥。府君諱乾用中字。士英士賢二子續。女適金詡徐應元。張來之配先毋覆。孫男女七曾孫二。胤嗣螽螽繁祉福。己未臘月日初五。七十有六齡非促。徵文志墓襲前詞。明歲除日祔夫麓。

周子嘉室唐孺人墓誌銘

震澤東出爲淞江。遶吳之境而南。故吳地多以江名。子嘉世居江南。唐氏居江北。皆崑山之鄙也。相去二十里。故孺人歸于子嘉時。參知公已登進士。子嘉以兄故諸生。時爲廉吏。祿養不贍。賴國家恩澤。得以安其閭里。無呼召之擾。視先世雖以貲高里中。而數苦徭賦。今可以無事。遂與孺人耕田。常數百畝。孺人日饁百餘人。歲時伏臘。賓親之費。不使子嘉有言。而悉自辦治。而事二大人極孝養。參知公宦游數千里外。有令兄弟。又有賢婦。得以無顧念。孺人產子。舅中憲公已病亟。聞之亦喜。初晏恭人卒。孺人哭之哀。又哭中憲公而病。尋卒。子嘉痛之。十七年而不葬。曰。不敢薄吾妻也。又曰。始吾爲生之難。今稍裕。而吾妻不及矣。于是以某年月日。葬于千墩浦。奈字圩之新阡。子嘉名大賓。男子子一人之榮。女子子三人。適某某某。又男子子四人。女一人。繼趙出。孫男子一人。余與徐韜仲皆子嘉之姑之子。故請韜仲爲狀。而余爲銘。子嘉謂皆外兄弟。可信其賢不誣也。銘曰。

孰爲之昉。不既其饗。自我爲士。或居其上。其命也夫。今見子之長。黍稷禋祀。其永享之。

方母張孺人墓誌銘

鄉進士方範循道之母張孺人卒。將葬。乞銘于予。其狀云。張氏世居崑山之水墟村。曾大父諱奎。大父諱佩。父諱錦。母潘氏。父少習舉子業。長爲郡從事。不久棄去。所生女子五人。皆聰明穎慧。而吾母尤凝重貞淑。頗習小學列女傳。能了大義。嘉靖初。吾父以御史議大禮不合歸。久之。先妣封孺人范氏卒。遂以禮聘焉。先是范孺人方正賢淑。動協矩矱。人以爲女丈夫。吾母志操狷潔。動止有則。族黨內外。咸謂有范孺人之風。暮年生不肖。先君乃悉以前所樹產歸伯兄。而攜吾母子。搆別室以居。吾母念先君所留鮮薄。懼弗給也。治生纖悉。僅僅取足。而恆宿儲甘旨。爲吾父徵姻合朋之需。吾父得夷猶于江山綠野之間。情閒意適者。實吾母之助爲多。不肖方向學。吾父謂吾母曰。兒年少。勿以他好奪志。即遠大可期也。庚戌之秋。吾父奄忽見背。吾母敬承父志。咨于伯兄。博訪名宿。延之家塾。餼幣饋遺。必加豐腆。早夜冀有成立。以慰先人於九原。未踰年。則訟役交侵。吾母于是撫不肖泣曰。汝父不欲以厚貽汝。正爲今日。而人情若此。奈何。所賴以自立者。惟能讀父書耳。即汝負先人之志。吾亦何以生爲也。遂相與大慟。不肖因悚惕痛勵。値倭警。家產蕩焚。吾母復鬻簪珥。爲延師費。不足。則又稍捐成業以資之。蓋自先君謝世。今十五六年。中經頓撼百出之苦。惴惴焉不敢一日之寧。惟是尊師教子。則愈久而愈切。時從伯兄課試有不愜。輒令長跪。提以大杖。吾母既怒不肖駑鈍。又重憐之。即投杖號泣竟日。每夜篝燈課讀。而躬自辟纑。雖隆冬沍寒。戶外雨雪交作。猶淒然相對。不少假借。歲甲子。遘腹疾。三年不能起。丙寅。疾益甚。是冬。值五袠之誕。子姓姻戚。衣冠萃止。舉觴稱慶。吾母爲力疾。強起整衣登堂矣。而委頓不能勝。乃自嘆曰。吾必死矣。然自汝父見背遺汝。中更多難。吾撫之以至于今。吾即死。不愧汝父于地下矣。越明年正月某日終。得壽五十有一。子男一。即不肖範。

孫女一。幼未字。嗚呼。他人之母。母耳。使範無母。其能一日自存也哉。範今僅得成立。能備一日之養。而吾母已不能待矣。此所以抱終天之恨也。狀如是。余交方氏三世矣。侍御諱鳳。與其兄奉常公諱鵬。同舉進士。有名。時稱二方。侍御性豪爽。然于范孺人。頗嚴憚之。後與張孺人別居。甚相愛。舍其平生所爲業。更自建立。故循道稱其母之辛勤者如此。其伯兄則長史築。范孺人出也。又所爲延塾師。如吾友桐城趙中丞子舉。秦進士光甫。及海虞二陸。皆相繼登科第。而循道復中鄉舉。將踵二父以起。人稱孺人主中饋。極奉師之禮。故循道痛念其母。異于他母。良然。循道事孺人尤孝。葬在縣治馬鞍山之陽。故祖墓而爲別域。實隆慶某年月日。噫。其可銘。銘曰。

懿矣慈母。又有孝子。卜從其先。惟墨食。遺後人祉。

張孺人墓誌銘

孺人姓張氏。太學生陸子徵之妻。武康令本枝之母。世爲長洲人。始尙醫張公。與子徵父如隱公。皆出贅。居祥符里。以故張公以女予子徵。子徵名煥。與其弟燦子潛。兄弟皆有名吳中。子潛進士高第。入翰林爲給事中。而子徵久不第。子徵爲人。博雅善著書。好遊名山水。意興所到。獨自往來。不孰何家事。家事一任孺人。孺人亦以爲治生纖嗇。非丈夫所宜與知也。至於教子。孺人亦躬自督責。以故子徵得以遊閒。而諸子學皆有成。子潛給事中言事被謫都勻。而其孺人又病死。母胡夫人春秋高。每念其仲子得罪朝廷。竄萬里外。孺人獨共養。時以溫言慰解之。胡夫人乃喜。孺人初爲家甚纖。及本枝中鄉舉。仲季二子。並遊太學。乃喟然嘆曰。三子俱長。吾今可以無事事矣。遂爲之析生。獨居一室。日唯焚香禮佛。又好觀北史遺文。隋朝故事。諸稗官小說家。數爲諸子言之。本枝迎養之官。孺人一日下堂。躓傷其左足。而病。病良瘉。二子迎歸爲壽。尋以他病。遂不起。元年甲子之二月某日也。年八十有一。子男三。長即本枝。次培枝。翹枝。皆太學生。女一。適刑部主事查懋光。孫男四。某某。女四。曾孫男女四。陸氏自冢宰公最貴。其族多著朝籍。其後出子徵兄弟。而本枝爲吏。以循良稱。其聞喪而還也。吳與人惜之。余與本枝同年。又同官。以是年之九月某日。葬孺人於貞山。故奉子徵之命來請銘。銘曰。

陸於長洲。厥世遠矣。冢卿之輿。綦貴而圮。黃門績文。爲時宗工。太學博雅。允宜其兄。唯是名族。宜有令母。令母順順。德音則有。當其治生。束之若急。及有代人。脫焉如釋。來遊武康。象服緋緋。觀子循政。式端其歸。順化委蛇。八十一終。勒詞元石。以詒無窮。

張孺人墓誌銘

孺人姓張氏。曾祖璠。祖錦。父沂。以貲雄海上。孺人年十七。歸沈君垣。沈君自少不能治生。遇有賦調。輒轉徙避之。孺人常椎髻單衣。步從其夫。至則與女奴共操作。終不以父母家有所覬望。沈君時大困。意不能無懟。孺人俛嘿而已。母老且病。兄鴻臚君梓在京師。孺人日夕侍湯藥。不去側。母以是安之。平生無疾病。一日之後園。右食指爲棘所傷。血濡縷。遂至大疾。嘉靖三十年十一月初一日也。年五十有一。殯殮不具。鴻臚君經紀其事。葬之吳塘之源。實以其年十二月初八日。子男二人。大有。大成。女一人。大有從予遊。予素知孺人之愛其子。每告歸。必問所習。大有對之辨析。即喜見于色。吾妻沈之自出。呼孺人爲嫂。然年最少。孺人嘗在他所。未嘗相見。先五月。吾妻死。孺人獨曰。嗟乎。賢者固不能久生於今世。因流涕累日。予屏居安亭江上。十餘年矣。自遭此痛。回首平生。惘惘無可向人道者。或譏以私喪踰禮。而不知實有身世無窮之悲。聞孺人之言。而爲之屢慟焉。及是大有來請銘。思其言尤悲。因序而銘之。銘曰。

嗟生之厚而數之蹇。不忮不求。君子之選。生有令辭。是以銘于茲。

陸孺人墓誌銘

孺人姓陸氏。朱君艮之妻。封吉安府推官諱苓之子婦。父諱桂。母王氏。伯父諱松。母朱氏。實吉安之女弟。孺人少時。伯父母無子。養以爲己女。欲爲朱氏重親。遂聘朱君爲贅壻。久之。致其橐于陸氏之族。曰舊者曰。女不可以爲嗣。壻不可以爲孫。嘗必欲爲後。舊也宜。遂歸于朱氏。吉安爲諸生。布衣糲食。廛以自給。及長子舉進士。選調吉安。得推封。及爲監察御史。福建副使。吉安始卒。已又爲廣西廉使。爲河南布政使。而太夫人猶在堂。孺人終始孝養。

雖其兄弟亦賴之。年二十。得寒疾。自以終不能有子。爲置他姬。生三女子。已又生三男子。撫抱若一。生平無紛華之好。無夷鬼之惑。於治生尤纖。以此致饒給云。嘉靖二十六年八月二十六日卒。得年五十九。男邦教。娶歸氏。予從女也。邦禮娶徐氏。邦治未聘。女適縣學生周履冰。楊承芳。張復祖。以卒之年十一月壬寅。權厝于祖塋。而以某年月日葬。履冰述孺人狀甚備。予爲採次其辭而爲銘曰。

三代詩書之所載。女子之行。非有怪特奇畸。而在于仁孝勤儉。而無忮忌之資。雖今世固有之。世人不察而不知。有其知之。視予銘詞。

張太孺人墓誌銘

太孺人張氏。故戶侯章君注之少室。歸化令若虛宗實之母也。章氏世海虞人。若虛曾祖珪。監察御史。祖格。大理寺卿御史。四子皆登朝。二季位至九列。而大理最賢。大理生注。以貲爲某衞千戶。始崑山之東鄙曰安亭。有楊氏亦名族。大理故與楊翁善。遂以戶侯贅于楊氏。而楊女蚤亡。楊翁曰。女不幸。吾不可以失章甥。遂爲章甥聚洪氏女。如其女。戶侯以此卒居楊氏。然無子。以兄子棨爲後。太孺人在諸姬中。獨後生子。即若虛也。已而戶侯與洪孺人皆亡。太孺人抱其子。日夜啼泣。遂喪其明。倚兄子爲後者。而戶侯與兩娶皆葬安亭矣。若虛既舉于鄉。太孺人撫几遶而行。喜不自勝。及爲歸化令。不能之官。其孫太學生衡。已能自主其家。太孺人遂與其孫歸海虞。比若虛之喪自歸化還。家人恐太孺人悲哀。不以告。竟太孺人死。猶以爲尚在歸化也。又三年。太孺人以嘉靖甲子五月二十七日卒。年八十有三。初。太孺人十五而歸戶侯。久未有娠。他姬往往有娠不育。太孺人又十五年。年三十。始生若虛。他姬豐氏新寡。其父母欲嫁之。豐姬怒。斷其髮。哭曰。奈何以女與人。食其茶。死又易之。茶獨貴如此乎。竟不能奪。太孺人其後遂迎豐姬與共處。兄子爲後者。後倅永州。先以單縣最當封永州。請移封其本生。若虛方貢在春官。意望其兄。而永州以若虛能自得之也。及若虛久不第。頗以爲慚。已調歸化。曰。吾父母不得單縣封。當得歸化封矣。然竟不得云。於是衡以隆慶元年三月初六日葬於虞山拂水巖先塋之側。若虛之葬在其北。余與若虛同學。又同舉。若虛娶陸氏。故王氏也。與余妻爲姑姪。故皆在安亭同居王氏者數年。後離居矣。不得視其母子喪以爲憾。銘曰。

命也爲娣。又嫠而矇。傳世紹業乃其功。母之愛子望無窮。石巉水落宰木叢。猿哀虎嘯霜山空。生兮不歸死來從。

龔母秦孺人墓誌銘

孺人姓秦氏。諱淸。父諱璿。祖諱恭。贈刑部員外郎。其丈夫曰龔君河。字順之。順之父諱乾。祖諱紘。承事郎。曾祖諱理。山東左布政使。門人私謚爲淸惠先生者也。孺人初歸時。舅祖方伯公巳歿。舅以編戶長鄉賦。正德庚午。歲大侵。縣官不爲蠲貸。盡責之長賦。舅罄其產。輸不足。則盡室以逃。孺人之旁舍。追者至。時方有娠。天大暑。閉密室中。幾暍死。順之常夜雨雪中行。身被塗泥。時就繫箠楚。血漬衣。孺人私取衣澣濯之。不使其舅姑知。順之時時出外。獨黽勉事其二親。撫教其兒。孺人本儒家女。其前世皆貴顯。數更困阸。能怡然安之。晝夜紡織不怠。性端肅。雖老。見男子常蔽蒻。伯兄元氏。知縣雷修謹之士。每敬歎之。始龔氏自宋殿中侍御史猗。渡江南來遇異人。得枯杏枝。教以樹之。復生則止居焉。殿中君至崑山睦儀村殖其樹。果復生。居六世而杏巳大數十圍矣。稍遷至十里所曰靑墩。又五世而方伯始顯。故縣中稱龔氏之族最久。及順之之世。而靑墩之故居始失之。乃遷徙無常處。嘉靖三十六年四月乙巳。孺人竟卒于學宮之寓舍。年七十二。子二人。邦衡。邦伯。女二人。嫁王仁。高岱。孫男二人。女二人。曾孫男一人。邦衡即孺人避旁舍所妊者也。少有雋材。爲縣學生。以春秋教授鄉里。縣人尤以孺人之不逮于祿養爲恨。時殯于學宮。欲速葬。故以六月丁酉。葬小虞浦之新塋。銘曰。

殿中南徙。歷四百春。睦儀之族。始大靑墩。懿茲令母。來嬪自秦。有喬者木。百歲爲薪。生無處所。歿有高墳。勒銘幽石。以俟後人。

季母陶碩人墓誌銘

季母姓陶氏。崑山某里人。年二十一。歸于同縣季君。生子男三人。鎬。龍伯。鉞。女一人。適杭成樂。孫男四人。曾孫男女二人。年七十一而卒。母少孤。鞠於其嫂。事嫂如母。及在季氏。撫其伯之孤如子。家常乏。以女工佐其費。至於充裕。母勤哉不休。龍伯讀書爲博士弟子員。諸公貴人愛其材。爭折節與交。龍伯亦數數造請。或頗誚之。然龍伯以爲士負意氣。立崖岸。不可於人。非通世之資。終直行其意不顧。其遊諸公間。禮數往來。必與之稱。門外常有長者車。客從季氏飲者。日十數人。費皆取于母。母終不厭。龍伯以此益自喜。龍伯工於應主司之文。雖更試不第。人不謂龍伯拙。而謂其必自奮。故龍伯不以自沮。而母歲歲以望。去年秋母病。而龍伯婦支氏有娠。術者曰。子丑之月以喜衝。病有瘳乎。母聞之悅。屈指顧支氏曰。是巳是巳。及支氏乳而得病甚。母驚悸撫膺曰。吾婦賢孝。婦死吾亦死。頃之。支氏卒。母悲惋踰月。亦卒。噫。可傷也已。時嘉靖十八年三月乙亥。遂以是年十一月庚申。葬於白馬逕之新阡。龍伯請予銘。銘曰。

質之淑兮。又修能也。榮祿弗膺兮。年不待也。育子之憫兮。命奚在也。銘以藏之。永不壞也。

王母孫孺人墓誌銘

太湖東北。復溢爲諸湖以十數。其東爲澱山湖最鉅。澱山湖東北。折爲溪。復小匯爲度城潭。蓋湖水之觀大矣。水欲盡而復匯。其境無窮而益勝。此吾吳之所以爲澤國。而饒於水如是。昔有隱德君子曰王復齋先生。與其子南陽先生。居於潭上。父子並磊落奇偉人。予之曾大父城武公。雅善復齋先生。故至今子孫猶締婚媾之好。予歲時一至其家。多從中秋泛月湖中。或憩潭旁篁篠間。觀魚鳥之飛泳。主人爲擷嘉樹之實。采芳桂之英。瀹茗清談。指點山旁竹木之間。二先生飲酒博奕之處。因登忠孝之堂。爲之慨然而歎息。潭東北蓋王氏之世墓。墓之迤南。則南陽先生葬於是。三十年矣。嘉靖二十有八年十月十三日。其子有親。始奉孫孺人祔焉。先期來請銘而自爲狀曰。先君諱楙德。是爲南陽先生。先母姓孫氏。即吾家度城之近地磧礇人也。外祖諱奎。外曾祖諱源。先祖諱某。是爲復齋先生。舉進士試禮部。未第而卒。不及見吾先君之婚娶也。祖母淩孺人。躬自督課。遣入縣學爲弟子員。先母來未半載。祖母即付以家事。祖母性嚴厲。鮮當其意。先母能委曲將迎。常得其懽心。晚年遘疾。宛轉牀第。幾及三載。先母親調藥食。扶持起居。終其身不倦。中年得痰疾。爲先君置妾楊氏生一女。愛之不異己出。比先君病卒。共處一室。食則同几。臥則同衾。楊氏亦奉事惟謹。如女之事母。此人家之所難也。自先君蚤世。吾母在艱難疾病之中三十三年。於乎痛哉。其狀云爾。又曰。先母八十。吾兄弟爲壽。辱吾子爲文序之。吾子又誌吾從兄邦獻之墓。知吾家者唯吾子。且又能文。玆不可以辭。予乃銘曰。

澱山之東。度城之陬。爰有王氏。世居其間。庭有古木。堂有遺編。積德之孫。雲樹其連。來嬪夫子。亦婉其賢。中途背捐。疾疢纏綿。獨閱春秋。八十三年。終從厥居。何後何先。白水瀰瀰。綠草芊芊。我著斯銘。積德之阡。家其大昌。子孫其延。

朱母顧孺人墓誌銘

孺人姓顧氏。世爲崑山人。高祖諱大本。贈光祿大夫。柱國。少保。太子太傅。禮部尚書。武英殿大學士。曾祖諱夏。祖諱恂。贈官皆同。考諱鼎臣。光祿大夫。柱國。少保。兼太子太傅。禮部尚書。武英殿大學士。贈太保。謚文康。孺人爲國子生朱君諱端禧字子求之妻。子求祖諱拭。雲南道監察御史。考諱紱。贈禮部左侍郎。正德中。文康公在翰林。子求應例陞國子。與孺人偕入京。居文康公館。會有詔國子生年未二十者。令家食。及年以來。公意不忍子求行。卜之留。不吉。卜行。又不吉。公頗疑之。竟遣行。亡何。子求卒于家。初子求有一男子。子蚤殤。至是獨有一女子。孺人撫孤事姑。再更三年喪。哀禮具至。已而女子子又亡。子求同母弟諱隆禧。禮部左侍郎。贈其考者也。先是。以其仲子世揚爲孺人子。女亡而世揚又穉。乃攜入京。從文康公居。時文康公已爲吏部左侍郎。掌詹事府事。公尤憐之。曰。吾女女而不婦。蓋善其嘗在側也。公日向親用。累遷遂入殿閣。上遣中使至家。恩賜稠疊。公拜受。必呼夫人與女至觀視嗟歎。蓋榮天子之賜。且以慰藉寡女云。夫人凝重有德。孺人絕類其母。常代夫人居中饋。家人罕見其言笑。向夕屏居一室。獨與所攜兒對燈火。黯然淚下。竟文康公世凡八年。公薨。隨喪還。遂老于朱氏。卒時年六十有七。嘉靖四十年三月七日也。子男即世揚。初禮侍有長子。後亡。以世揚少育于嫂。不忍奪其母子之愛。卒定爲其兄後。男子孫一人。鶴年。女子孫三人。以其年十有二月十七日。祔子求之兆。在縣城馬鞍山之陽。裏拱字圩之先塋。文康公及第。三十年間。家無死喪哭泣。獨其女蚤寡。福蓋未能全也。余嘗論之。以爲孺人當豔陽桃李之時。獨秉霜雪之操。不媿稱宰相家女云。銘曰。

夫旣弱喪。又折其鵠。父耶母耶。不救其傷。其命也耶。抱空依亡。懷哺其嬰。子耶孫耶。世有宗祊。其非命也耶。是爲銘。

沈引仁妻周氏墓誌銘

孺人姓周氏。崑山人。嫁同縣沈引仁爲妻。生子男三人。友。恭。孝。引仁亡二十三年矣。恭亦已早死。孺人年六十有五。生孫男女五人而後卒。時嘉靖二十一年四月四日。是月二十日。葬蔣涇之原。合引仁之兆。引仁之祖爲王安道家壻。安道者。故縣中名醫也。繇此沈氏世傳其術。引仁少孤。孺人已歸。即當家。時引仁醫未知名。甚貧窶。內有以養其寡母。而外不乏者。孺人之力爲多。其後引仁醫大行。家稍裕矣。而病渴。日食斗米。肉十斤。如是病者六年。醫旣廢。賻謝絕無所得。于是益困。諸所須。必于孺人。晝夜勤瘁。事引仁愈謹。引仁齒盡落。不能食。孺人嘗哺之。即欲食婦人所忌食者。亦哺之。無難色。引仁卒。竟撫二子。至于有立。二子能養矣。孺人猶自勞苦。不遺餘力。引仁先有所貸負。年久。主者往往棄責。或忘之。孺人皆疏記次第以償。比死。棺斂之屬。悉手自整具。二子至無事可以盡其心。惟悲哀而已。初。引仁與其兄不相能。兄數苦之。嘗夜使酒。登屋大噪。盡去其瓦。其嫂即來謝曰。兄狂乃爾。今毀瓦。吾爲葺之。其嫂固賢婦人。而孺人又賢。每事相爲和解。故引仁兄弟卒大懽也。嗚呼。孺人之所能。可謂人之所難者矣。銘曰。

嗟沈君。藝惟醫。有廢興。命與時。惟淑媛。實相之。閱百艱。勤若斯。爲女則。視銘詩。

唐孺人墓誌銘

太學生嘉定沈君煦之室唐孺人。其先自晉陽徙上海。四世至右副都御史瑜。其季子鎧生三女。而兩女皆歸沈氏。其長歸監察御史沈君之從父兄。而季即孺人也。君同產兄弟六人。長兄刑科給事中炤致政家居奉母。時節率兄弟諸婦。進拜堂下。孺人于其中尤稱賢孝。君卒業太學。孺人從居金陵告歸。久之。君卒。太夫人龔氏亦卒。四月中再遭大故。持喪有禮。子兆方童幼。保育勤至。兆多疾。每疾作。孺人輒不食飲。焚香膜拜。以祈福祐。教令紹續前業。復遣入太學。倭奴涉內海。孺人趣辦裝。走入崑山。不數日。故居悉燬。明年。寇迫崑山。遂避居金壇。轉徙白下。久之。營卒爲亂。都人恇擾。還居崑山。然卒不能至江東也。竟死崑山寓舍云。江東者。在海上渡吳松江而東。故士人以此爲稱。有魚鹽蒲葦之利。沈氏世居于此。數百年巨室。兵燹爲之一空。孺人生貴。爲父母鍾愛。入沈氏。又富貴。一旦失偶。嫠居四十年。老又遇寇。白首流播。可悲痛也。然自寇至。多見鹵掠。孺人獨有先識。故不及于難。臨死勅侍婢出所御服珥。分賜旁侍者。爽然不亂。以嘉靖四十二年某月日卒。年七十有八。子男兆也。女六人。孫男一人。先是。嘉靖某年月日。權厝君于周溪。孺人從父江西按察司副使錦爲銘。于是兆作周溪塋啓攢。與孺人合窆焉。實嘉靖四十三年正月某日。君家世行事。具唐誌中。銘曰。

吁嗟沈君。不永其齡。孺人耄矣。所悲者生。孰是長違。而同斯壙。子則成矣。有以見君。人世哀榮。委之逝波。惟有懿行。載斯不磨。

毛孺人墓誌銘

余晚而知學。里中有周孺亨先生。積德累行。余師也。蓋其道行于家矣。于是將葬其配毛孺人。而手述其狀示余請銘。按孺人姓毛氏。世居縣西南陳家墩。曾祖諱昱。祖諱忠。父諱震。字晨之。舉辛未進士。調新昌令。到官未幾。以疾引歸。新昌有子而夭。惟一女以許孺亨。孺亨方齠齔。往候焉。新昌執其手而訓誨之。無何。竟卒。孺亨父南京刑部侍郎諱廣時。以御史言事。再貶于沅。孺亨從居深山中三年而後歸。始葬新昌。而受室于毛氏之館。孺人少從女師。通古今大義。性端重而慈孝。事姑夏淑人。甚有婦道。處娣姒間。油然無間言。人以緩急告之。雖空乏。必得所欲。新昌爲後之子。于孺人爲從父弟。待之有加。嘗自悼終鮮兄弟。雖有疎屬。無所不厚。父有遺妾適人。而所適者亦死。孺人還之孺亨。以彼巳自汙。意不謂然。而孺人曰。是燕人也。以吾父故南來。忍使之流落失所乎。卒養之終身。至于家之罷老。不事事而餼者常十數人。人有牾逆。怡然受之。或與孺亨相顧咨嗟。曰是寧有此也。終不復言。孺亨舉進士。試禮部不第。還。即相從觀書問古義。了不以得失動其心。方少年。即爲買妾。以廣繼嗣。久之未效。則增置者不一。而拊之人人。各得其所。則又曰。胤嗣之續否。天也。君宜知保養壽命之原。孺人先得末疾。及是。孺亨會葬他所。還而病發。巳不能言。遂以嘉靖三十六年二月丁亥卒。年五十有三。夏淑人泣曰。前二日新婦聞釀熟。呼婢扶侍以往。首斟以奉我。詎意其至此也。又曰。婦能順吾志。吾老矣。望其事我。今治其後事。痛何可忍。孺亨不事生產。孺人主調。張弛惟宜。至是殆不能以家。忽見其手書女教諸篇。因憶平日相警誡之語。悲感益甚。術者嘗謂孺亨。子于相法當損妻。孺亨先聘魏恭簡公女。意自謂當之矣。而竟不能免也。初爲毛氏置後而不振。春秋祭祀。主之孺人。新昌有老母。及嚴孺人與孺人所生母。喪葬皆盡其誠焉。嗣子一人曰邦楨。以嘉靖四十二年九月甲申。葬于先公之兆。在縣北尉遲村。孺亨公之仲子名士淹。嗚呼。有道者之言。余何敢殺其辭。銘曰。

周召毛原。世皆數千。新昌之禋。有女以傳。而復不延。厥德之周。祿又不讎。嗚呼。生有賢哲以爲逑。其奚尤。

魏孺人墓誌銘

太常卿夏公昶。始事成祖文皇帝。歷官四朝。知名海內。公長子承事郎諱鉞。鉞子諱景濂。景濂子諱承恩。後更諱槃。字思紹。孺人其配也。姓魏氏。考諱璧。妣姓趙氏。宋楚王元儼之後。夏氏自太常公時。富貴雄于吳中。其後寖弱矣。而孺人兄諱校。是爲恭簡公。官亦至太常卿。爲當世大儒。兄諱庠。仕南京光祿典簿。家富貴。幾與往時夏氏埒。孺人處內外兩家興廢之間。閉門獨處。寂如也。晚年兄與父母兄嫂。相繼淪亡。日忽忽不樂。遂得疾以逝。是歲嘉靖某年月日。年若干。將葬。予表弟夏煥來請銘。初予之祖母。爲夏公之孫。承事之女。承事沒後。外祖母張夫人。依吾祖母以居。喪殯皆在吾家。祖母。思紹之姑也。故思紹與母許碩人。先往來親厚。雖孺人亦數至吾家。其後祖母謝世。吾始娶于魏。孺人。吾妻之姑也。不數年。吾妻復夭歿。自此吾與兩家。漠然無所向。回念吾祖母之亡。忽踰三絁吾妻少矣。先孺人而亡。亦幾二十年。今而哭孺人。安得而不哀也。孺人生子男一人。曰煥。女一人。嫁某。孫男一人。某年月日。從其夫祔于崑山城之東原太常公之兆。銘曰。

女耶婦耶。兩太常家。居太常里。從太常墓。後千百年。其藏永固。

葉母墓誌銘

葉裕居太湖洞庭山中。泛湖。徒步行二百里從余遊。然又不常留。數往來江海間。所至語合意。即止數日。飲酒高歌甚懽。即又去。江海間人皆以爲狂生。然與余言其母。未嘗不嗚咽流涕也。嘉靖三十二年五月十三日母卒。且葬。來請銘。悲不能自止。予未爲銘。會有倭奴之難。裕亦去。三年不復見。予念裕平生好遊。連年兵亂。道途之梗。存亡殆不可知。一日忽復至。則又請其母之銘。悲泣如故。蓋江海間以爲狂生。而不知其於孝誠如此也。洞庭人依山居。僅僅吳之一鄉。然好爲賈。往往天下所至。多有洞庭人。至其於父母妻子之懽。猶人也。而裕母其所遭異是。獨煢煢以終其身。裕年逾四十。尙未有室家。凡生人之所宜有者。皆無之。裕自言初生時。祖母旦夕詛呪。拜其祖之主而字之曰。葉士貞何不以兒去。母患之。寄之外氏。時葉氏居在澄灣。其外家在湖沙灣。東西相望一里所。外母抱裕倚門望西山。夕煙縷起。裕思母黯然淚下。裕每道此。尤悲也。母姓陸氏。卒時年六十五。裕後娶沈氏。生子一人。予憐其意而爲之銘曰。

五湖洞庭。於是焉生。於是焉死。我爲是銘。其尙何恨。可慰幽靈。銘辭崑山本顚倒失韻今從常熟本

卷二十二　權厝誌　生誌　壙誌

中奉大夫江西右布政使致仕雍里顧公權厝誌

公諱夢圭。字武祥。世居崑山之雍里。故以爲號。高祖諱艮。曾祖諱恂。皆以文康公貴。贈光祿大夫柱國。少保兼太子太傅禮部尙書武英殿大學士。祖諱宜之。封山西道監察御史。文康公之兄也。父諱濳。監察御史。馬瑚府知府。

進封中憲大夫。顧氏自中憲始登進士。文康公位至台輔。而公父子仍世登科。貴顯于時。公始入仕。年尚少。授刑部浙江司主事。改南京吏部稽勳司主事。選驗封司郎中。會詔下求言。公上疏言六事。皆時政之要。而罷去中官鎮守。當世施行焉。高陵呂仲木。吉水鄒謙之。皆海內名流。同在郎署。一日會飲。呂公擷梅花謂公曰。武祥。如此花矣。其見推重如此。嘗與呂公泛舟清溪。公亦忻然自以爲得焉。擢廣東布政司參議。行部。至遂溪道。竭縣令跪獻茶瓜。公知令貪。不受。竟劾去之。海北有平江。青鸎。楊梅。樂民。四珠池。詔書督採甚急。公上疏言海面珠池。先朝率十五六年。或十年一採。始得美珠。邇者三年再採。珠已耗竭。蓋珠蚌之生息甚難。採愈數。得珠愈少。非積久不能美碩繁夥也。每採。當用舟筏兵夫萬計。往來海中。因以爲盜。近年劇賊黃山秀。蓋起於珠池也。蜑戶觸犯瘴霧腥氣輒死。尤可憫念。海北頃罹饑荒。彫瘁尤甚。勞役不止。將有他虞。非國家之福也。乞敕停罷養寶源。以寬民力。疏入。文康公見之。愕曰。奈何爲此驚人事耶。下部。寢不覆奏。而二郡卒買珠以充貢。陶都御史諧議剿西山猺。空其地填以新民。引韓襄毅公故事爲比。公力言猺不宜盡殺。且新民長其吞噬。而士兵厭猺山之荒落。必不可居。韓公於廉州流賊殘破之餘。召新民填其空。而廉地皆平原。非今比也。陶公卒從公言。尋遷江西左參議。丁外艱。服除。陞山東按察司副使。改提學河南。訓士先以行義。作諭高才生文。汴人稱之。會郊廟覃恩。進階中憲大夫。是年。天子駕之安陸。道河南。一省官盡出迎。而公處守有詔。宗室惟親王朝行在所。公榜詔旨於省門。宗王以下。視常加斂戢焉。陞福建布政司左參政。閩多連山峻嶺。公觸冒炎霧。行部千餘里。寇掠連江。自浙入壽寧。壽寧萬山起伏如波濤。官兵至。賊散藏人家。欻然無迹。兵去復出。公至。識得所匿。盡捕之。其冬。復有浙賊自車嶺入松溪。劫崇安。建陽。公至建寧。又得士賊。賊於是始平。大率閩人以爲囊橐。賊以故縱。公蓋得其要。非徒兵力所能竟云。擢本省按察使。陞江西右布政使。行至建寧。病作。上疏懇乞致仕。得俞旨。公在閩。持憲無所撓。而高御史刻深。州縣官被按問無免者。朝論罪之。高知公已去。遂欲劾公以自解。奏寢不報。而高竟坐貶。公爲人敦重。言不能出口。所至閉戶讀書。絕無他好。而自奉如寒素。孝友恭遜。鄉人稱其厚德。公在汴。文康公方柄用。人皆擬其峻擢。及閩藩之命莫不歎息。謂公不扳家勢以升也。然以年少登科。愛嗜文學。宜在清華之地。而久滯外省。非其所樂。嘗語所親曰。北河權船者。邪許之聲曰腰彎折。此今人以喻兩司官者也。其不能無望如此。雖位崇岳牧。以強年解組。優游林麓。有子又皆才俊。能紹其業。人望之以爲不可及。然竟默默不自得以亡。嗚呼。世之能成其志者蓋少矣。其所遭際。何可一概而論也。如公者。豈不悲哉。公卒于嘉靖三十七年十二月二十三日。年五十有九。配皇甫氏。封恭人。子男二。允默。允肅。女一。許聘李延實。孫男女四。以歲之不利。權厝于中憲公之域。在縣北之巴城。嘉靖三十九年九月三日也。銘曰。

巴湖灝灝。東負高原。蕭森古木。哲人藏焉。爰卜山龍。穿中有戾。聿來從之。金井浮竁。考事撰詞。識其日月。悲則有餘。匪言能發。竢于再卜。惟龜墨食。徵文列位。昭垂寫石。

伯妣徐孺人權厝誌

伯妣徐孺人。以嘉靖二十一年。權厝於須浦之原。曾大父城武府君墓域之外。伯父曰。有光。汝爲之誌。於是小子涕泣頓首曰。纂述遺行。子弟事也。烏敢辭。迺誌曰。孺人姓徐氏。祖明。長壽縣教諭。父尙志。母朱氏。孺人之歸於我也。曾大父城武府君歿久矣。而高大父承事府君尙在堂。吾伯父爲嫡長曾孫。孺人爲冢婦。所事大人以十數。循謹柔和。婦道無曠。內外莫得而議之。是時遭世熙洽。家門隆盛。小大愉愉。孺人新來爲婦。而伯父爲縣學弟子有聲。方淬勵進取。孺人未嘗得一日樂也。中更賦役苛擾。門戶萎薾。孺人長持勤儉。遂以勞苦終其身。所御衣。少時所御者也。所用器物。少時所用者也。亦不至於乏。性尤靜默。歲遣二子入學。婦習女事。獨居一室。竟日不聞言笑。若無人焉。他婢妾有喧爭者。亦無所詬怒也。孺人母家。與吾家鄰比。先是。朱孺人無恙。孺人諸姊妹。時時過從會集。諸母恆歎羨以爲難得。孺人數有疾。常臥數日輒起。嘉靖十九年二月一日。乃至於大疾。年止六十。於戲痛哉。初先妣與孺人。先後來歸。先妣少孺人七年。而先妣蚤棄有光。遙遙三十年矣。每見伯父母雙雙。意慘然淚下。以爲吾兄弟無此悲也。今又復降割於吾兄弟。欲見吾伯妣。又不可得矣。伯妣生子二人。有嘉。有慶。女二人。孫男女五人。

鄭君漢卿壽藏銘

鄭君漢卿年五十九。爲壽藏。請予書其家世生年月日而銘之。蘧伯玉行年六十而六十化。未知今之所謂是之非五十九非也。漢卿寧以今之五十九之是耶。蜚廉爲紂石椁。北方桓司馬爲石椁。君子譏之。趙太僕司空表聖之徒。皆預爲壽藏。後世以爲達。若以爲在上爲烏鳶食。在下爲螻蟻食。則二子亦取譏於世矣。蓋有不可以一而論者。羊叔子登峴山而歎。杜元凱自書其功於二石。一豎峴山之上。一沉漢水之淵。二子豈爲身後之名。而登高顧眄。周覽百世之後。歎生人之速化。其意遠矣。予少聞長老言。吾鄉先達之高致。天下太平。士大夫棄官家居。以詩書文藝爲樂。吾外高祖太常夏公與漢卿之祖介菴先生。生時皆有壽藏。數十年來。前輩風流。邈不可復見也。漢卿其有意慕其祖之爲者與。漢卿名吉。字漢卿。又自號怡山。其先汴人。宋華原王居中之後。南渡始家於崑山。祖諱文康。正統戊戌進士。乞恩歸養。遂不復仕。鄉里高之。所謂介菴者也。父諱暠。成化戊子舉人。遙授吉水縣丞。漢卿生弘治辛亥某月某日。娶某氏。生女嫁顧光裕。側室某氏。生子某某。予爲漢卿書如此。蓋予知其意欲有所述。而又不自言。予亦莫得而論也。鄭氏世傳帶下醫有神驗。其家甚有方書。漢卿尤能變而通之。多所全活。然予問其治狀。亦不言也。曰。活人自是醫者之事。且吾亦不知人之所以活。元凱非爲區區一時之功。吾何敢蘄爲後世之太倉公邪。壽藏在圓明村某字圩之原。爲三穴。以十月日初度之辰封之。實嘉靖二十八年。銘曰。

天地擴擴。日月循行。星辰粲列。萬物畢形。孰謂之有。目明則明。孰謂之無。目冥則冥。以死爲尻。以生爲脊。猶與鄭君。古之達識。嘯歌高堂。樂飲玄室。我爲銘文。刻于貞石。

南雲翁生壙誌

嗚呼。國家以科舉之文取士。士以科舉之文升于朝。其爲人之賢不肖。及其才與不才。皆不係于此。至于得失之數。雖科舉之文。亦不係其工與拙。則司是者。豈非命也夫。南雲翁者。少爲諸生。有聲于黌校之間。今老矣。猶能誦其科舉之文。時當正德之時。與翁同較藝于文場者。往往至今官迨九列。入爲三少。以與翁較。其工拙則未知其孰先而孰後也。使南雲當其時而得之。其爲貴顯。詎可涯量。世孰得而輕之。豈非命也夫。南雲年甫弱冠。御史與之廩食。即不得一第。當循年資升國學。高不失爲縣令府佐。卑亦爲郡文學。而當時有司。以小過例汰之。萬里之塗。出門而蹶。余獨怪夫當時之不能愛惜人才。而屑越如此也。雖然。與南雲同時而得者。使其顯榮極于九列三少。而果溷曠于職。苟冒于干祿。以負天子之任使。豈如南雲之脫然無所累也乎。南雲家饒財。自爲諸生。頗自馳騁。喜音樂歌舞。其爲御史所汰以此。南雲既棄科舉之學。日從鄉先生長老爲社會。性不能飲酒。喜音樂歌舞益甚。以此傾其貲。顧猶忻忻愉愉。無日不然。蓋至是年七十有一矣。豈非所謂達生之情者哉。翁初與家君同學。又與伯父同年生。故常往來余家。以予之謭陋。翁獨愛慕其辭。以爲可傳。求予誌其生壙者。十有二年。予未能應翁之命。翁亦不怒。而請之益勤。謂予曰。人死後而有誌。是誌者。生之所不能見也。吾得子之誌。是能見其死後。顧子之誌吾壙也。翁爲人有風致。可謂脩然于生死之際。則予之所謂命者。又不足爲翁道也。翁姓龔。名某。字某。南雲者。其老而自號云。是爲誌。

姚生壙志

嘉靖十九年。姚生子英。自嘉定來崑山。學于余友周士淘。是時生年十七。其秋試京闈不第。後二年。始復學于予。予一見其文。歎曰。未有如生知予之深者也。生居安亭東庵。病去。不見者久之。以其冬十月甲辰死。嗚呼。生未見予而知予。予于生無數月之聚。而戚戚然嘗念生。此莫知其所以然者。生之志與文。宜不止此。其天耶。生有父母。其祖尙生。且老矣。憐生依依且暮。望其有成。生數之他郡試。試未嘗不隨也。故生死。其父母尤悲。將葬。予無以寄其哀。使生之友李汝節。買石而書之。納諸壙中。

亡兒䎘孫壙誌

嗚呼。余生七年。先妣爲聘定先妻。而以吾姊與王氏。一年。而先妣棄余。余晚婚。初舉吾女。每談先妣時事。輒夫婦相對泣。又三年。生吾兒。先妻時已病。然甚喜呼女婢。抱以見舅氏。臨死之夕。數言二兒。時時戟二指以示余。可痛也。蓋吾祖始有曾孫。故其母字之曰曾孫。余重違其母言。又以曾孫不可以爲諱。故名翻孫云。時吾兒生甫三月。日夜望其長成。至於今十有六年。見吾兒丰神秀異。已能讀父作書。常自喜先妻爲不死矣。而先妣晚年之志。先妻垂絕之言。可以少慰也。不意余之不慈不孝。延禍於吾兒。使吾祖吾父。垂白哭吾兒也。吾兒之亡。家人無大小哭盡哀。今母之黨皆哭之。愈於親甥。其與之游者。相聚而哭。其性仁孝。見父母若諸母。尙有乳哺之色。慈愛於人。多大人長者之言。故其死。莫不哀。始余憐吾兒。不甚督課之。或以爲言。余獨自念如吾兒。當自不待督課也。嘗試之三史。卽能自解。諸生來問學者。余少出。令兒口傳。往往如所言。或入自外舍。輒就几旁展卷。視所讀何書。余閒居無事。學著書。每一篇成。卽持去。忻然朗誦。與之言世俗之事。不屑也。一日。余與學者說書退食。方念諸子天寒。日已西。尙未午飧。使人視之。則兒已白母爲具食矣。洞庭有來學者。貧甚。余館之。兒時造其室。視食飲。殷勤慰藉。其人爲之感泣。余與妻兄市宅。直已讎而求不已。兒每從容言。舅舍大宅而居小宅。可念吾父。終當恤之。他勿論也。余誤笞一人。兒前力爭之。余初不省而後悔。笞者聞兒死。爲之大哭。余竆於世久矣。方圖閉門教兒子。兒能解吾意。對之口不言而心自喜。獨以此自娛。而天又奪之如此。余亦何辜于天耶。歲之十二月。余病畏寒。不能蚤起。日令兒在臥榻前。誦離騷。音聲琅然。猶在吾耳也。會外氏之喪。兒有目疾不欲行。強之而後行。蓋以己酉往。甲子死也。方至外氏。姿容粲然。見者歎異。生平素強壯。無疾也。孰意出門之時。姊弟相攜。笑言滿前。歸來之時。悲哭相向。倏然獨不見吾兒也。前死二日。余往視之。兒見余夜坐。猶曰。大人不任勞。勿以吾故不睡也。曰。吾母勿哭我。吾母羸弱。今三哭我矣。又數言亟攜我還家。余謂汝病不可動。卽顰蹙甚苦。蓋不聽兒言。欲以望兒之生也。死於外氏。非其志也。嗚呼。孰無父母妻子。余方孺慕。天奪吾母。知有室家。而余妻死。吾兒幾成矣。而又亡。天之毒于余。何其痛耶。吾兒之孝友聰明。與其命相。皆不當死。三月而喪母。十六而棄余。天之于吾兒。何其酷耶。當時足不踰閾外。而以旅死。其又何耶。術者曰。外氏之喪。以甲寅呼癸巳。吾兒癸巳生也。青烏之書。佹瑣拘畏。常以爲不可信。其又足以移禍福於人耶。禹鼎淪沒。九黎亂德。是何白日晦冥。邪鬼鴟張。神奸倣擾。王虺封豕。長爪巨牙。暴橫於原野之間邪。何美好清淑如吾兒。使之摧折沉埋。必蒙倛而驚螫者。乃享富貴而長世也。夫服仁義。稱先王。非獨世之所嗤笑。抑亦天之所嫉惡也。余煢煢世路。落落無所向。回視三稺。韓子所謂少而強者不可保。而孩提者可冀其成立耶。嗚呼。吾于世已矣。按禮。公爲適子之長殤中殤。大夫爲適子之長殤中殤。是適子亦殤也。而春秋伯姬卒。傳曰。此未適人。何以卒。許嫁矣。婦人許嫁。字而笄之。死則以成人之喪治之。郎之戰。汪踦死。魯人欲勿殤。孔子曰。能執干戈以衛社稷。雖欲勿殤也。不亦可乎。先王之禮。爲之大法而已。至于因時損益。輕重之宜。一聽之於人。檀弓記曾子問諸篇可見矣。夫禮之精微。不能一一而傳也。余悲吾母之志。而先妻於是真死矣。故字之曰子孝。而以成人之喪治之。蓋吾祖吾父之所痛。國人之所許。而先妣之志之所存也。孔子曰。延陵季子。吳之習於禮者也。夫延陵季子之葬子。非古有也。而孔子之所謂合禮者也。余于吾兒。欲勿殤也。其可乎。死之四日丁卯。爲壙於縣之金潼港。先高祖承事郎府君饗堂之東房。渴葬。未成葬也。書以志余之悲而已矣。嘉靖二十有七年。歲次戊申。十有二月某日。

女如蘭壙誌

須浦先塋之北。纍纍者。故諸殤冢也。坎方封有新土者。吾女如蘭也。死而埋之者。嘉靖乙未中秋日也。女生踰周。能呼予矣。嗚呼。母微而生之又艱。予以其有母也。弗甚加撫。臨死乃一抱焉。天果知其如是。而生之奚爲也。

女二二壙誌

女二二生之年月。戊戌戊午。其日時又戊戌戊午。予以爲奇。今年。予在光福山中。二二不見予。輒常常呼予。一日。予自山中還。見長女能抱其妹。心甚喜。及予出門。二二尚躍入予懷中也。既到山。數日。日將晡。予方讀尚書。舉首忽見家奴在前。驚問曰。有事乎。奴不即言。第言他事。徐卻立。曰。二二今日四鼓時。已死矣。蓋生三百日而死。時爲嘉靖己亥三月丁酉。予既歸。爲棺斂。以某月日。瘞于城武公之墓陰。嗚呼。予自乙未以來。多在外。吾女生既不知。

而死又不及見。可哀也已。

寒花葬志

婢。魏孺人媵也。嘉靖丁酉五月四日死。葬虛邱。事我而不卒。命也夫。婢初媵時。年十歲。垂雙鬟。曳深綠布裳。一日天寒。爇火煮荸薺熟。婢削之盈甌。予入自外。取食之。婢持去不與。魏孺人笑之。孺人每令婢倚几旁飯。即飯。目眶冉冉動。孺人又指予以爲笑。回思是時。奄忽便已十年。吁。可悲也已。

卷二十三　墓表

亡友方思曾墓表

予友方思曾之歿。適島夷來寇。權厝于某地。已而其父長史公官四方。子昇幼。不克葬。某年月日。始祔於其祖侍御府君之墓。來請其墓上之文。亦以葬未有期。不果爲。至是始畀其子昇。俾勒之于石。蓋天之生材甚難。其所以成就之尤難。夫其生之者。率數千百人之中得一人而已耳。其一人者。果出于數千百人之中。則其所處。必有以自異。而不肯同於數千百人之爲。而其所值。又有以激之。是以不克安居徐行。以遽入於中庸之道。則天之所以成材者。其果尤難也。思曾少負奇逸之姿。年二十餘。以禮經爲京闈首薦。旣一再試春官不利。則自叱而疑曰。吾所爲。以爲至矣。而又不得。彼必有出於吾術之外者。則使人具書幣走四方。求嘗已得高第者。與夫邑里之彥。悉致之於家而館餼之。其人亦有爲顯官以去者。然思曾自負其材。顧彼之術。實不能有加於吾。亦遂厭棄。不能以久。方其試而未得也。則憤懣而有不屑之志。其後每偕計吏行。時時絕大江。徘徊北岸。輒返棹登金焦二山。徜徉以歸。與其客飲酒放歌。絕不與豪貴人通問與之相涉。視其齷齪。必以氣陵之。聞爲佛之學於臨安者。思曾往師之。作禮讚嘆。求其解說。自是遇禪者。雖其徒所謂瘖聾啞羊之流。即跪拜施舍。冀得真乘焉。而人遂以思曾果溺於佛之說。不知其有所不得志。而肆意於此。以是知古之毀服童髮。逃山林而不處。未必皆精志於其教。亦有所憤而爲之者耶。以思曾之材。有以置之。使之無憤懣之氣。其果出於是耶。然使假之以年。以至于今。又安知其憤懣不益甚。而將不出於是耶。抑彼其道。空蕩脩然。不與世競。而足以消其憤懣之氣耶。抑將平其氣。無待於外。安居徐行。而至于中庸之塗也。此吾所以嘆天之成材爲難也。思曾諱元儒。後更曰欽儒。曾祖曰麟。贈承德郎禮部主事。祖曰鳳。朝列大夫廣東僉事。前監察御史。父曰築。今爲唐府長史侍御。與兄鵬。同年舉進士。侍御以忤權貴出。而兄爲翰林春坊。至太常卿。亦罷歸。思曾後起。謂必光顯於前之人。而竟不得位以歿。時嘉靖某年月日也。春秋四十。娶朱氏。福建都轉運鹽使司判官希陽之女。男一人。昇。女三人。皆側出。思曾少善余。余與今李中丞廉甫。[illegible]隍橋。每望其廬。悵然而返。其相愛慕如此。後予同爲文會。又同舉於鄉。思曾治園亭田野中。至梅花開時。輒使人相召。予多不至。而思曾時乘肩輿。過安亭江上。必盡醉而歸。嘗以予文示上海陸詹事子淵。有過獎之語。思曾淩曉。乘船來告。予非求知於世者。而亦有以見思曾愛予之深也。思曾之葬也。陳吉甫既爲銘。予獨痛思曾之材。使不得盡其所至。亦爲之致憾於天而已矣。

從叔父府君墳前石表辭

歸氏世著於吳。自唐天寶迄於同光。百八十年。以文學科名爲公卿侍從。有至令僕封王者。吳人至今紀之。宋咸淳間。湖州判官罕仁。居崑山之太倉項脊涇。洪武初。徙今附城須浦上。六世之墳墓在焉。叔度逃難走夜郎邛笮間。有神人來迎。將之宜興。徐文靖公爲之作傳。叔度再世。爲我高祖諱璿。承事郎。生我曾祖。諱鳳。城武縣知縣。城武公三子。長我祖。諱紳。仲叔祖諱綬。季叔祖諱綺。府君。仲之子也。諱格。後更諱于德。字民從。弘治間。曾祖父母與叔祖。一歲中皆亡。府君少孤。吾祖教之。後常依季叔祖以居。恩勤撫育。二父之功爲多。其後吾歸氏之在海虞白茆者。兄弟皆修學。延致府君。府君遂盡室以行。白茆瀕江海。府君築居田野中。四望寥曠。每秋風落木。慨然首邱之感。然去歸市隱隱莽蒼。間歸市。諸兄弟家也。時時相過從會集。府君是以喜曰。吾居此。殆不乏跫然之音也。府君雖在海虞界。與宗叔諫。猶籍崑山博士弟子。歲皆有米廩之養。諫復推其半與之。蓋白茆諸父兄弟。三十餘年。

睦友任恤之義可尙焉。然性曠達高簡。獨以宗門相依。他無所屈也。嘗與人友善。後其人貴顯。終身不見其面。有所得。飲酒輒盡。以是不能爲家。而少有異稟。讀書過目輒成誦。能日寫經義百篇。人見其無所事學而藝甚習。數試不第。會督學御史牒至。府君當貢博士。有所私。持兩端上請。御史墮其計中。遂以府君爲次。還至揚子江。大風雨連日。不得渡。忽感疾。腹脹泄痢。府君母龔氏。青縣教諭紱之女。山東左布政使淸惠先生理孫也。家世科名。府君少隨諸舅計偕北上。至是歎曰。吾少從舅氏。覩都邑之盛。宮闕官署街術。至今歷歷記之。天子致治中興。建明大典數事。及備禦外國。吾方壯年。不得有所試。今老矣。且將一望闕廷。而竟不得往。命也夫。府君卒于嘉靖三十八年十月十二日。年六十有五。娶張氏。修武縣知縣謙之孫。卒於嘉靖三十年七月初七日。年六十有二。生男四人。有恆。有倫。有守。有徵。章氏生女一人。章氏出漢陽太守賢。孫男四人。士弘。士和。士毅。士達。城武公墓在須浦上。先祖妣及仲叔祖父母祔左。先妣先姑祔右。先姑以下無餘地。故爲新塋。海虞萬歲涇之陰。南去白茆浦百武。禮。公子始來在他國者。後世爲祖。謂之別子。明有始也。又曰。去國三世。爵祿有列於朝。出入有詔於國。若兄弟宗族猶存。則反告於宗後。明不絕也。嗚呼。宗門衰落。念吾先世熾宮室族墳墓而聯兄弟。吾叔父竟羈窮以死。能不爲之悲慟哉。其葬也。叔祖曇以下。皆自崑山往哭之。同學諸生。上其行於有司。友人陳敬純斂賻贈。而弟學顏供葬事。尤盡其力云。按章氏不言繼娶又不言側室疑脫漏刻及抄本皆然今姑闕

通政使司右參議張公墓表

公姓張氏。諱寰。字允淸。世爲蘇州崑山人。曾祖諱用禮。贈奉政大夫。刑部郎中。祖諱積。考諱安甫。祁州知州。封奉直大夫。刑部員外郎。初奉政有四子。積其長也。次和。中順大夫。浙江按察司。提學副使。次穆。太中大夫。浙江布政司右參政。兄弟以文章節行稱於世。號二張先生。次种。濮州判官。始英宗皇帝臨軒策士。中順兄弟同舉禮部。太中名第二。及入對策。中順第一。天子使小黃門密至其邸識之。以有目眚。寘二甲第一。大中積官。當入爲都御史。會李尙書秉爲大理寺卿王槩所排。太中在李公奏中。遂罷官。而兄弟四人。惟伯與其季。不爲進士。而伯寶生奉

直公。其季生大理評事申甫。又皆舉進士。奉直性高簡。不屑世故。爲祁州滿任。即致政。詔嘉之。增秩以歸。蓋張氏子姓。不甚繁衍。而世登科甲。二張先生最有名。而公父子。仍紹其美。崑山之人。以是榮貴之。公登嘉靖辛巳進士。明年知濟寧州。至則減損戶徭。拊循流亡。州水陸二驛。併水驛須冰沍。乃給陸以省其費。修學舍。揀生徒才俊者督課之。創方正學先生祠。時奉直公就養在濟。雅不樂公居孔道。晨夜飭儲待候望。公遂疏乞改官。調濮州。濮於濟北境而僻。公益蠲去繁苛。出庫錢以賑饑荒。水囓州城。公新築增牟馬城。東郡有大賊。詔書名捕不得。公陰誘其豪。具得囊槖。遂捕斬之。巡撫都御史上其最。兵部以非邊功。格不行。丁內艱。服除。補開州。州瀕河。河溢水退。多墳腴之田。豪民兼併。以虛租影射下戶。公命魚鱗比次以絕其姦。輯二州志。修衛公子路墓。陞刑部。山西清吏司員外郎。尙書以公才。令攝浙江司郎中。獨循寬法。人以無冤。居頃之。予告歸養。奉直公春秋高。愛公甚。常同臥起。頃刻不離。年八十有四而終。公居喪廬墓。有乳燕之祥。服除。授通政司右參議。司事清閒。散衙後。即從名流賦詩。會九廟災。詔京朝官三品以上自陳。而公秩五品。往見夏學士。問詔旨欲自陳。夏公謾應之曰。可。蓋素不樂公。欲悮之也。公遂自陳。得致仕。以強年坐廢。論者惜之。其後撫按先後薦。吏部特表薦。皆不行。公之歸也。惟以圖史自娛。臨摹法書。揮翰竟日不倦。好遊名山。初嘗從奉直公觀雁蕩。登天目。父子相隨。衣冠儼雅。浙人慕之。後益得縱意。渡浙江。南抵武夷。至匡廬。還觀石鍾。小孤。采石。九華。黃山。白嶽。足跡幾遍東南。先是。坦上翁與名士吳琉。陸崑輩爲湖社。孫太初亦與其中。坦上翁者。前工部尙書劉公麟也。建安李尙書。嘗稱見翁峴山。了無宿具。惟以乳牟博市沽。風雨瀟瀟。欣然達夜。高風可想。而翁獨與公善。公晚入社。而顧尙書諸名賢皆在。公春秋如期至苕上社。畢輒遊山。然以其人夷曠多愛。所至。大吏迎將。人比之鄭莊千里不齎糧。自陽明歿後。學者稍稍離散。公嘗登其門。至是吉水鄒謙之。餘姚錢德洪。以師門高第。會講懷玉之山。公欣然赴之。欲以明年爲太嶽之遊。而遘疾不起矣。實嘉靖四十年正月二十四日。年七十有六。子男四人。恆慕。恆純。恆思。恆學。女二人。孫男六人。孫女四人。公爲人。篤于行誼。事長姊。終身孝敬不衰。置義田以贍宗族。少年有譽。推獎逾分。以故多依歸之。陳主事者。分司濟寧。

註誤繫獄。公抗言使者。竟白其寃。楊太僕杖死朝堂。召故人賓客爲棺斂。所部三州。經三十餘年。其人猶不絕問遺。其見愛如此。人或當筵有所淩忤。但坐睡。少頃欠伸。卽命肩輿去。終未嘗有所較也。晚歲。惟務遊覽。在舟中之日爲多。家事一無所問。人望之。蕭然有神仙之氣。歿後。郡人有設香茗降仙者。公憑乩自謂己得仙云。余少辱公見愛。俾與其長子。有婚媾之約。公自懷玉還。卽見過。復置酒相召。欲以文字見屬。而不竟所言。但曰。此兒子輩事也。不幸公尋謝世。於是諸子以嘉靖癸亥十月二十八日癸酉。葬公于邑東南沔川鄉七保在字圩橫塘先塋之次。屬余書其墓上之石。余何敢辭焉。

封奉政大夫南京兵部車駕司郎中王君墓表

無錫有隱君子曰王君。以仁孝施於其家。而訓迪其鄉之子弟。二子相繼登進士。初朝廷用伯子官。推封爲戶部某司主事。及仲子之在駕部也。詔又以其官命之。其於世俗榮顯矣。而君且樂嘉遯。遺利勢。聞子有美政善事。貽書慰勞。而終不喜以官封自矜炫。以爲居官者。不得顧其家。而居家者。不知有其官。其自殊別如此。伯子方侍養。而仲子進官廣東。以君春秋高。不忍踰嶺。亦懇疏歸。於是父子兄弟相聚。蓋又承懽顏者十餘年。而君始卒。年踰大耋。見五世之孫。羣兒環遶膝下。怡怡愉愉。獨得其天性之樂如君者。吾江南仕宦之家。不多見也。君諱澤。字均霑。高祖諱宏。居三登里。以人材調補浙江都轉運鹽使司判官。通利鹽筴。商人惠賴。其卒也。來共致金葬之。曾祖諱惟益。祖諱經。兄弟五人。皆好任俠。宣德中。徭上林苑因破耗其家。父諱宗。常課書自給。而教子以經學。君以是明經爲人師。無錫黌舍之士。半出其門。而二子卒以經學顯。君爲人至孝。父性嗜甘。日貯棗柿蜜餌餦餭。必慊其意。一日。行仆堦下。傷其足。病至危殆。割股療之。母袁孺人喪明。左右扶掖十餘年。目忽自明。人謂孝誠之所感。有賈人被掠。盡亡其蓄。行乞于市且餓死。君知其湖湘間人。賈吳久矣。意憐之。厚資送。得生還其鄉。其樂施予急人之難類如此。日閱古書傳方。又數與黃冠遊。多得禁方。爲藥齊活貧人甚衆。居家無燕嬪之容。檢御精明。不以老故自解嫚。嘗服延壽丹。形神充沃。黑髮莪莪復生。顱骨隆起。乍開乍闔。逾八十年。侍姬復乳一男子。一女子。嘉靖三十七年秋。遘疾。食漸少。氣微。目烱烱不寐。亟索枕中書。又索阿羅漢傳。欻然而逝。人尤以爲異。是歲八月十八日也。年八十九。配錢氏。吳越武肅王之後。溥之女。封安人。贈宜人。先卒。子男三人。召戶部某司員外郎。問廣東按察司僉事。幼子怡。女二人。孫男二人。金。鑑。鑑舉進士。未廷試。孫女四人。曾元孫男女十六人。以嘉靖三十九年十二月某日葬馬鞍塢先塋之傍。予數過無錫。行九龍山下。思與其賢士大夫遊而道無由。今僉憲見屬以墓上之石。蓋余所夙仰其高風而不可卽者。因讀進士鑑所爲狀。於是乃知其子孫之能成名者。以有君也。遂摭其大略。書之於墓云。

懷慶府推官劉君墓表

懷慶府推官劉君。以嘉靖年月日。葬於上海縣之方濱。後若干年。其子天民。具狀請余表於墓上。劉氏之先。自大梁來居華亭。曰亨叔。亨叔生仲禮。始徙上海。仲禮生慶。慶生四子。長曰銑。次曰鈍。銑坐法被繫京師。鈍陰乞守者。代其兄令出。得一見家人而歸死。鈍既繫。而銑歸紿其父母云。鈍死。已得赦歸。鈍久繫而其兄不至。京師士大夫。皆知其冤。爲餽食飲。久之赦歸。家人驚以爲鬼物。母泣曰。兒餒欲求食。吾自祭汝。勿怖吾也。鈍具言不死狀。乃開門納之。銑倉皇從竇中逸去。遂不知所之。鈍生玉。璵。璵爲建寧太守。玉以其家衣物寄官所。不令有擾於民。璵卒爲廉吏。玉子充。汀州通判。充子兆元。字德賓。卽君也。君自少舉止不類凡兒。及爲諸生。常試高等。嘉靖四年。中應天府鄉試。先是。其所親有誣害君者。及君得舉。則又曰。吾固稱德賓聰明。今果然矣。君益厚遇之。上海俗奢華。好自矜炫。君獨閉門讀書。雖兵陣風角占候之書。皆手自抄寫。時從野老。散髮箕踞。樂飲不自表異。計偕還渡江。登秣陵諸山。呼古人名。舉酒與相酬。不醉不止也。嘉靖某年。選調懷慶。先太守已還去。會中使銜命降香王屋山。民苦供應。多逃亡。君攝守。能以權宜辦濟。使者告成事而去。君嘗慮囚。一女子呼冤。君察其誣。繫獄已二十年。遂出之。武陟富人。以女許巨室。因借其貲以致大富。而壻家後貧。遂結諸豪爲證。欲離婚。君責令歸其女。而疑富人家多女婢。卽歸。恐非真女。乃問有老嫗。嘗識其女面有黑子。已而果非真女。君怒。欲按籍其家。竟以其女成婚。君爲人寬和。至持法。雖宗室貴人。請乞不能奪也。尋以病去官。至淮陰道卒。臨卒。於邑曰。吾始與唐元殊飲酒讙呼。寧知有今日耶。我死於此。無親知故人爲訣。男未成。女未嫁。負用世之志而不施。命也夫。唐元殊者。君從父在汀州。元殊同學相好。時偕遊二老峯。皮冠挾矢。從僮奴上山。以酒自隨。酒酣。相視大笑。人莫能測也。後元殊過海上。時不見已數年。爲道平生。慷慨泣下。當炎暑。置酒。且歌且飲。酒酣。裸立池中。傳荷筒以爲戲。君既困於酒。且爲水所潰。竟以是病。一日臥覃懷官廨。見一女子。徙倚几旁。以爲其婢也。呼之取茗。恍惚不見。自是神情不怡。因請告還而卒。時嘉靖某年月日。年四十有九。君先聘陸文裕公女。後娶瞿氏。子男二人。天民。天獻。女三人。適太學生顧從德。縣學生張時雍。張秉初。天民自傷少孤。頗爲序述君遺事。俾余書之如此。惜其獨負奇氣。自放於盃酒之間。然所施設一二。已無媿於古人。而不盡其才。可悲也已。

敕贈翰林院檢討許府君墓表

天厚人之有德。將以與其家。不當其世。而特鍾於其子。然猶使之困窮晻鬱以歿。若是。其理有不可知也。然非其困窮晻鬱。則亦無以大發於其後。此其數詘伸消長之必然。亦其理未嘗不可知也。敕贈翰林院檢討許君之子曰國。當許君之世。已舉于鄉。爲進士第一。是時國方計偕上春官。君奄然以歿。未幾。其夫人汪孺人又繼之。國既免喪。遂上春官獲第。選入翰林。隆慶元年。天子新即位。覃恩近侍。國時爲檢討。得以其官推封。而汪夫人爲孺人。嗚呼。國亦既顯且貴矣。君夫人竟不及見。國之所以痛泣荷國厚恩。而抱無窮之悲也。許氏自唐睢陽太守之孫儒。避朱梁之亂。以來江南。故其子孫。多在宣歙之間。而君今爲歙人。君諱鈇。字德威。曾祖仕聰。祖克明。父汝賢。皆有潛德。君蚤孤。依于外家。稍長。挾其資從季父行賈。有心計。舉十數年籍如指掌。季父所至。好與其士大夫遊。君悉爲存問。酬報尺牘。又善書。江湖間推其文雅。季父初無子。以君同產弟鉦爲子。其後有子曰金。金幼而季父卒於客所。君持其喪還葬。金長。盡歸其資。或搆鉦云。金非而繼父生也。謀逐之。金懼。言于官。鉦以不直憤死。於是君同產諸弟藉。藉向金。且魚肉之。君曰。鉦自無理耳。死非由金。顧何罪焉。涕泣勸解乃已。或又說金。若父亡時。資出兄手。非有所匿也。金疑父果有餘資。君愈不自辨。輒償之。君既不勝金所求。又養諸寡母。振人之乏。遂至罄匱。乃之吳中收逋諸家。又盡貧。空手來歸。入門。意懽然。晚以病居家。猶與族人月會食。訓束子弟。焚香晏坐。吟詠不輟。嘉靖四十年九月某日卒。年六十有六。孺人曾祖某。祖某。父憲。孺人始髫。與其姊奉觴爲壽。父愛其綽約婉嫕。歎曰。吾安得此女。爲吾男子子乎。蓋汪處士自傷無子也。君久客。孺人事舅姑。撫諸叔。甚有恩禮。國生已七年。君還。始識其子。遠或十數年不歸。孺人日闋無儲。嘗大雪。擁敝絮。臥乳兒。獨又經紀母家。養送其母黃媼。人謂始處士歎不能生子。然生女。無媿其子也。孺人能以巫下神。往往聞神語。嘗謂君曰。兒當貴。然吾與君。不能待矣。後竟如其言云。嘉靖四十一年九月某日卒。年六十八。余讀王荆公所爲許氏世譜。稱大理評事規者。有旁舍客死。千里歸其骸骨而還其金。翁雖於其家兄弟。而其事略相類。凡許氏再以陰德而再興。天之報施于人。如是其顯著耶。抑伯夷之後。其源遠流長。後世忠孝之良不絕也。天其遞興而未艾。其不止於是耶。國方爲太史。有道而文。與余遊。使余表其墓。余少愛荆公文。顧何敢廁於其譜之後。然其詞核。亦可以信許氏而示知者云。

貞節婦季氏墓表

嗚呼。男女之分。天地陰陽之義。並持於世。其道一而已矣。而閨門之內罕言之。亦以陰從陽。地道無成。有家之常事。故莫得而著焉。惟夫不幸而失其所天。煢然寡儷。其才下者。往往不知從一之義。先王憫焉。而勢亦莫能止也。則姑以順其愚下之性而已。故禮有異父昆弟之服。至於高明貞亮之姿。其所出有二。其一決死以徇夫。其一守貞以歿世。是皆世之所稱。而有國家者之所旌別。然由君子論之。苟非迫於一旦。必出於死爲義。而出於生爲不義。是乃爲可以死之道。不然。猶爲賢智者之過爲耳。由是言之。則守貞以歿世者。固中庸之所難能也。婦之於其夫。猶臣之於其君。君薨。世子幼。六尺之孤。百里之命。國家之責方殷。臣子之所以自致於君者。在於此時耳。三代以來。未有以至徇君者也。以臣徇君者。秦之三良也。此黃鳥之詩所以作。而聖人之所斥也。夫不幸而死。而夫之子在。獨可以死乎。就使無子。苟有依者。亦無死可也。要於能全其節以順天道而已矣。常熟之文村女子季氏。爲同縣人蔣朝用之妻。少而喪夫。撫其孤世卿。比於成立。寡居二十有七年。以嘉靖某年月日卒。黎平太守夏君玉麟高其行。爲貞婦季孺人傳。獨稱其所以能教世卿者。爲有功於蔣氏。而未有墓石。蓋季氏之祔。在虞山之陽邵家灣。其舅汝州守蔣氏之兆域也。予因世卿來請。因論著之。以表其墓上。使知女子不幸而喪其夫者。當以季氏之徒爲中道云。

卷二十四　碑碣

中憲大夫貴州思州府知府贈中議大夫贊治尹貴州按察司副使李君墓碑

嘉靖三十年。貴州麻陽苗爲亂。先是。思州知府李君。有銅仁之役。還郡五日。苗龍許保吳黑等。僞爲哨兵。突入城殺掠。君巷戰不勝。與其孫文炳皆被執。留郡二日。劫以歸寨。苗每執郡縣長吏。必求厚贖。院司及守將。亦幸朝廷不知也。率許之以爲常。君謂天子命吏。爲賊劫質。是孰爲之開端者。書告清平鎮將石邦憲。亟進兵。勿以我爲忌。邦憲不應。君乘馬出盤山關。至稍寨。崖高水深。遂自投下。賊驚共拽之出。氣息僅續。棄之途而去。思人舁還至清浪衞而卒。麻陽之苗亂已數年。自辰沅。鎮筸。銅仁。石阡。印江。皆受其害。君初至郡。即被檄驅馳兵間。已又城銅仁。而郡故有關隘。守兵爲攝郡者所侵削散去。賊以是得驟至。事聞。詔贈貴州按察司副使。廕一子。命按察司僉事戴梗諭祭于家。賜葬融縣之高沙昌八嶺。惟古之治馭蠻夷。得刺史太守勇略仁惠者。可不煩兵而自戢。今知府受一郡之寄。而日使舍所事。事軍吏之役。及事敗。未嘗不委以爲守者之罪也。清平去思僅一宿程。而太守困於賊已數日。且彼殘苗六七百人耳。守將若不聞知。此何爲者哉。朝廷之卹死事者優矣。其於兵吏。有軼罰焉。君諱允簡。字可大。其先貴州諸城人。元時。有爲融州路巡檢使者。因家於今柳州之融縣。高祖子贇。封奉直大夫。協正庶尹。夷陵州知州。曾祖芳。進士。雲南布政司右布政使。祖序。進士。吏科給事中。考鏞。鄉試第三人。未仕。蚤卒。季父鐸。教樂昌。君少隨之任。學成而歸。弱冠。中鄉試。明年中會試乙榜。授潼川學正。未上。丁內艱。服除。改夷陵。攝荆門州。爲政清勤。民德之。陞知內江。公廉自持。士大夫乞請。無所得。大旱。齋沐祈禱。徒步暴赤日中。令兒歌之曰。旱既太甚。治邑非人。寧禍其身。勿病其民。三日。霖雨大足。嘗於通津治石梁。御史題之曰壽溪。壽溪者。君所自號。御史以此旌其能得民也。大學士茶陵張文隱公知君名。從銓部乞以爲其州守。內江民扳留之。不得。爲涕泣。立石。君至茶陵。均徭賦。剔姦蠹。豪民爲之斂跡。皇太后梓宮祔顯陵。承檄給糧芻。所過無乏。有白金文綺之賜。最上當遷。張文隱公自往乞銓部云。願得展一年。俟黃籍成。茶陵民受十年之賜矣。其見重如此。陞雲南同知。攝守徵江。君既更治民。號爲精練。凡斷獄所上。監司以爲平允。豪有奪民田者。勒令歸主。不服。再訴於朝。下法司。皆如君論。滿去。滇民泣留。立石如內江時。尋陞思州。君既不得在郡。亦以孤城多寇。遣其孥歸融。獨與孫文炳居爲守。餘三年。在郡六月而遇害。是歲三月初六日也。春秋五十。孫文炳之被劫者。後竟以重賄贖還之。恭人吳氏。子男一人。祝。女五人。祝鄉試舉人。今署新昌教諭。融於中州爲遠。然龍城於今爲仕宦之邦。至李氏世有科第。子孫蟬聯不絕。而君又以死事顯。雖中州世宦之家。類此者僅僅有之。祝有志行。痛憤君之歿。請銘于余。余不可辭。而爲銘曰。

黔中之境。連絡五谿。麻陽猖狂。馭不于機。如水滔天。失在漏巵。兵吏墮武。習爲謾欺。皎皎李侯。亶明其志。奮不顧死。以絕劫質。帝嘉精忠。恩詔優至。彼亦何人。天子之吏。以身爲市。生寧不媿。彼亦何人。邊圉所寄。闓守之死。曾不睨視。自古爲文。匪以其詞。在有所表。乃永傳之。融山荒絕。我賓銘此。有石業業。其詞則媺。後千百年。可配柳子。

何氏先塋碑

南陵何進士燧昏。孝子琦之後也。其先塋在其縣之西山。山亙數里。羣峯環其外若屏。大水縈其前若帶。何氏世葬之。燧五世祖諱海。妣項氏。曾伯祖諱銘。妣孫氏。曾祖諱鋭。妣孫氏。世以昭穆爲序。而虛其高祖之位。高祖萬戶府君。諱應龍。別葬界橋山。祖諱旺。別葬柏山嶺。而祖妣章氏。葬先塋之右數十步。蓋葬三世。而祖妣異其兆焉。歷年圮廢。燧以嘉靖乙巳。加修而封樹之。以書來請記於石。予聞之。古者墓而不墳。後世始有墳矣。古不修墓。後世始有修墓者矣。夫禮之微難言矣。之生而致死之。不仁而不可爲也。之死而致生之。不智而不可爲也。然孝子之於其親。無往而可以致死者。故禮之微難言矣。後之君子。知隆於墓事者。豈非古禮之變。而近於人情者哉。周禮冢人。用爵等爲封土之度。與其樹數。觀其封。則知位秩之高卑。觀其樹。則知命數之多寡。所以使後世子孫之識之也。凡何氏之葬者。悉山澤之敦龐淳固。以忠厚世其家而不顯於位。故無行事可紀。獨著其名諱死生。以示其後之人云。此文崑山常熟二本大異崑本敍何氏先世之生卒年月及遷之歷官較詳而文辭不如今從常熟本崑本有銘辭仍存于後

大吉之姓。歸有胡何。厥原維一。何於四宗。特世多顯。封侯外戚。汜鄉蜀郫。慎濟陽宛。族以運撥。成陽陽夏。潁昌遂之。逾貴而溢。繼東海郯。廬江相望。雍道郁郁。晉興恩澤。著自廬江。文穆贊密。懿哉孝子。實維昆季。皆有名德。戾於宣城。厥縣陽谷。子孫世茁。迢迢千載。奚前之遂。而後之塞。纍纍者墳。山高水深。厥藏孔謐。想其生時。黃髮兒齒。熙然古質。蘊積之久。是生黃門。逢時濬發。松柏丸丸。石虎馬羊。青葱崛岉。凡爾後世。有孝有忠。敬視斯述。按大吉字疑誤據羅泌路史歸有胡何四姓皆虞舜後此文連舉四姓必引用路史則當云大舜之後或有嬀之後何氏自前漢何武以司空封汜鄉侯蜀郫人後漢何進以外戚封愼侯進弟苗封濟陽侯皆宛人武爲新莽所殺進謀誅宦官不克而死漢亦隨以亡所謂族以運撥也三國何夔仕魏封成陽亭侯晉何曾陽夏人以三公封潁昌侯陽夏之何至曾而顯故云潁昌遂之曾日食萬錢累世奢侈過度所謂逾貴而溢也何無忌東海郯人何充廬江灊人而宋何尚之及何點兄弟亦皆灊人所謂廬江相望雍道郁郁也何準之女爲晉穆帝后而何充以尚書令輔幼主謚文穆所謂晉與恩澤著自廬江文穆贊密也何求求弟點胤世稱何氏三高而點又有孝隱士之目所謂懿哉孝子實惟昆季皆有名德也宋神宗時何正臣以刑部侍郎知宣州宣城疑指此陽谷未詳莊識

葉文莊公墓地免租碑

吏部左侍郎葉文莊公墓在崑山城南溢瀆之原。公以成化十年薨於位。朝廷勅葬如制。而墓地猶歲輸官租。嘉靖十六年。天子奉冊寶。上祖宗徽謚。推恩海內。詔前代帝王陵寢及名臣。本朝文武大臣勅葬墳墓所在。官爲修

治。置守冢。復其人。稅未除者除之。時比境常熟大理寺卿章公格墓用此制。而崑山獨否。至是民葉奉言於巡撫都御史翁公。下其事於縣。知縣陳侯子佐。移牒常熟。取章卿事以上巡撫。公曰。文莊公當代名臣。吏宜以丁酉詔書從事。由是文莊公墓地。始不輸官租云。我國家正統己巳之變。幾成宋南渡之禍。世謂于肅愍公有旋乾轉坤之力。是時。公在諫垣。一二日間。疏至七八上。所以裨贊廟謨者實多。信乎臺榭之榱。非一木之枝矣。其明年。皇輿旋軫。公封上匿名書。請爲河南之避。在廷之臣。無敢爲言者。然斯論。所謂百世以俟聖人而不惑也。自虜酋阿羅入黃河套中。虜種遂久居不去。爲陝西邊患。議者欲驅出之。而連城屬之東勝田作其間。公奉命往相視。獨以道險遠勞費。又春遲蚤霜。不可田。請增戍守而已。至今上時。言事者銳意欲復河套。既而天子震怒。皆誅死。而後知公所謂時勢之難者。卓見遠識。不可及也。公在廣。至今撫臣守其規模。如吳中之于周文襄公。而獨石宣府所築八城七百堡。爲邊人長久之利。公所至有所建明。而清明直亮。望重本朝。信一代之名臣矣。天子思股肱之臣。湛恩沾被於墟墓之間。而有司之廢格沮令如此。巡撫公祇奉明詔。修舉曠典。汲汲於師旅饑饉日不暇給之時。其風誼尤可尚矣。賢人君子之沒。遠者數千年。近者數百年。而光顯于世。常如一日。蓋賢者雖歿。而後之賢者。相繼而生。故能表章崇奉之。而精神意氣之續。歷世而愈新。此世教所以不墮也。公五世孫鄉進士恭煥。蒙荷天子之恩。感巡撫公之誼。及縣侯之勤其事。因請書之于石。以告于後人。

安亭鎮揭主簿德政碑

安亭鎮在崑山東南偏鎮以北。三區石田。歲收於他鄉最下。往者周文襄公。特爲優假。規畫縣賦。以歲布予之。務紓其力。民以樂業。其後縣官剋去。歲布斂以常額。會水利益廢不治。田高枯不蓄水。卒然雨潦。又無所洩。屢經水旱。百姓愁苦失業。然有司習聞其貧下。凡議寬恤。猶先三區云。正德末。吏於茲者。頗爲急政。或告以海壖去治回遠。界入四邑。東驅則西走。賦不時輸。非由田惡。直負依抗吏治耳。於是務窮難之。始有收解等役。與他鄉比。諸捕繫拷掠。大戶瘐死者數十人。民逃亡無數。田多荒萊矣。自是十餘年來。有司日憂三區之賦稅不起。太守以上。悉知其弊。而未有以救也。嘉靖乙未。歲大旱。野無青草。官督賦如常。民狼顧四走。將空其地。主簿揭侯。言于太守文安王公。縣令同安楊公。爲借兌。約歲熟還之。履畝量視。諸不可墾者除其稅。立圖頭法。圖頭者。先是爲糧長一人掌稅。悉亡其家。今則圖各一人。事力省而易辦。又檢故事。免其收解。永無所與會。二公皆有勤民之心。故侯言得施行。民稍稍安業。乃相與涕泣曰。吾人自父子祖孫百年以來。生聚於此。幾不復以相保。乃今得有其室家。揭侯之賜也。爲立石請紀侯之事。嗟夫。先王之道。量地以生人。必權其輕重而均一之。若吾縣之三區。殆宜如鰥寡孤獨而先之。彼暴橫者。獨何心耶。揭侯之職卑矣。朝有其心而夕効焉。且一時救敗之術。僅僅止於力之所及。而民之胥悅如是。則夫瞋目以視。謂吾民難治者。亦未之思也已。侯名夔。江西南豐人。元翰林學士文安公之族孫。以太學生來調。稱良主簿。多可紀者。

玄朗先生墓碣

嗚呼。士之能自修飾。立功名于世以取富貴。世莫不稱述之。若是而以爲賢。不知此亦其外焉者耳。苟其中有不然。雖暴著于一時。而君子奚取焉。蓋昔孔子之門。其持己立身。不以小節而不閑。其論可謂嚴矣。而於虞仲夷逸之徒。其人皆放於禮法之外。而孔子未嘗不深取之。蓋知其存于中者。不苟然也。昔吾亡友吳純甫嘗稱玄朗之爲人。歷指平生之知交。而獨言玄朗有高行。多大節。以其在于隱微幽獨之間。而不可誦言于人者。此玄朗之所以爲賢。而人莫之知也。玄朗姓沈氏。諱金馬。字天行。後更諱世麟。字明用。而自號玄朗。少有俊才。爲文率意口占而成。與吳純甫。周于岐同里。並知名。三人者相善也。于岐官達。位至大理寺丞。玄朗純甫。屢困于鄉闈。純甫晚乃得薦。其後一再試南宮。復不第以歿。然二人在學校中名聲籍甚。太末方思道爲崑山令。自負海內文學之士。而於玄朗純甫。深所推獎。然純甫後益矜奮。治名園。與其徒講學論文。邑之才俊多歸焉。玄朗自放于酒。無日不醉。往往對人。皆醉中語也。常持胡餅。獨往來山中。或時鬔髻裸袒行于市。遇不可意即大罵。家貧。從縣令乞貸。令亦笑與之。有郡推官迎延爲師。玄朗日與飲酒。不交一言。歲終謝去。瓶罌堆積滿庭。督學御史與之有故。檄令讀卷。

玄朗不屑意。故爲妄言卻之。御史莫能致也。玄朗于書强記。其後絕不觀。而架上書數千卷。指謂純甫曰。吾神遊其間矣。其寄興淸遠如此。玄朗以嘉靖七年二月二十二日卒。年四十有二。有子一人曰大宗。玄朗之祖諱懋。字通理。其從祖諱魯。字誠學。兄弟皆有文名。葬在邑中馬鞍山。純甫一日與予過之。指曰。此玄朗家墓也。異時古柏甚奇。常鬱鬱蒼翠。以此代有文人。今忽枯萎。明用其不起矣。已而果然。沈氏至今有仕者。獨玄朗負才氣以死。人猶謂之狂生云。嘉靖某年月日。附葬于朱涇原之祖塋。純甫曰。我宜爲銘。及純甫北上。大宗送之滸墅。泣以請。純甫許以南還。竟不果。於是大宗以屬之予。蓋又二十年。始爲之書於墓上。此純甫之意也。嗚呼。純甫其亦可謂深知玄朗者矣。

張季翁墓碣

古之言能孝者。生以致其養。死以致其哀而已。生以致其養。至於千鍾之奉。食飲膳羞百品味之物。以爲無加焉。然猶有啜菽飲水。可以盡其情者。死以致其哀。至於朱綠龍輴題湊之室。以爲無加焉。然猶有斂手足還葬。蓬顆蔽冢。可以盡其情者。凡皆先王所以盡性命之理。順萬物之情。而使人得而爲之者也。若人之行善不善。不可以責諸其子。使爲人子。務揚前人之善。而親之行不能皆善。則將有誣其親者矣。故不以概於禮。而禮之所得爲者。生養死哀盡之矣。雖然。此慮其親之有不善者也。人不能皆無不善。故不以責諸其子。若其父有善而不彰。是非其子之情也。然則禮不止於生養死哀而已矣。余識張季翁之子獻翼。嘗造其室。與之飲食。而未及見翁。然聞其賢久矣。先是。季翁年六十。獻翼與其兄鳳翼。徵諸文士爲傳敍數十篇。余聞之。疑季翁以生人之懽。而豫死者之事。於是盡終矣。季翁其不久乎。明年嘉靖四十一年五月五日。季翁卒。然翁之行。卒賴諸文以顯。故以爲翁之子。能盡於生養死哀之外者也。於是請余碣其墓之左。夫諸作者詳矣。余敢著其大略。翁諱冲。字應和。其先濠州人。國初始占名數於吳。數世爲富家。翁爲人孝友。以財讓其昆弟。刲股以療父疾。嘗游燕還。受人寄千金。爲盜所掠。金主聞被盜。頗來訊。翁紿曰。金皆在。盡以己貲償之。而卒不言。養寡姊代其戶徭。翁好爲高髻小冠。短衣楚製。攜吳姬度歌曲。爲蹴踘諸戲。常在吳城西山水間。人以少年輕俠目之。而其大節乃如此。至以師史之業而好聚古書。爲子致千里客。蓋皆彬彬有文學矣。子即鳳翼。獻翼。皆太學生。燕翼府學生。葬在塘灣百花山。實四十二年三月六日云。

褚隱君墓碣

前史有孝友傳。余嘗歎之。世之善人君子。非其蹟著于朝廷。莫可得見。至于巖壑草莽之中。沒沒者多矣。其得列于史。蓋百之一二也。若榆次褚隱君者。其孝友篤行。非其子進登於朝。與當世之君子遊。亦何以稱焉。隱君世家榆次東白一里。考諱鑛。仁善好施。畜牧於沾之重興山間。牛羊以谷量。人稱之爲東山翁。東山翁病且死。君籲天求代。賽禱山神祠。去其家數里所。十步一膜拜。見者憐之。又爲母持佛氏盂蘭經。十五年不輟。唄誦葷蔬。有鮮必進。乃敢嘗。從父兩人無子。孝養之終身。已喪葬。立其祠。爲弟更娶後妻。及其避徭之旁縣。召還。分與之田宅。縣中有大役。吏請賄免。君曰。吾有財。不佐縣官之急。而以私吏耶。歲租必先入。里人化之。無敢逋者。人有病死。先嘗盜禾。爲田主所笞。遂誣以毆死。君率衆白於官。爲直其事。歲饑。山莊千石穀。皆以賑飢民。猶不足。盜其窖中藏。其黨泄之。曰。是不能忍飢而至是。不足問也。然家自是乏。至人有求。必屈意赴之。平生重然諾。不與人分爭。田宅財物必讓。而布衣蔬食終其身。嘗自號善菴。榆次張先生曰。善菴孝友忠信。今時罕見。雖暫困。天將使之有後。其後果然。娶李氏。繼娶秦氏。最後娶賈氏。皆有賢德。君以嘉靖三十六年八月日卒。年六十有一。葬于其縣之楊安祖塋之次。先二孺人祔。子男五人。鍼。錠。鈇。鉞。鏜。女一人。適杜庭元。鈇登嘉靖四十四年進士。在京師具狀謁余書其墓石。銘曰。

在晉之遼。畇畇原隰。草莽廣斥。牛羊戢戢。有美伊人。仁服義襲。嶷嶷厥子。載觀其入。尤矣國器。其究有立。前聞是追。公卿是爲。後將考始。其在於斯。

贈文林郎邵武府推官吳君墓碣

嘉靖某年。天子曰。福建邵武府推官梁之父翰。可贈文林郎。邵武府推官母李氏。贈孺人。命翰林儒臣撰勅命。臣梁拜捧感泣。焚黄於墓。而先是墓石未具。梁陞爲刑部山西司主事。於是始竪石於墓道。唯文林君之懿美。制詞所褒盡之矣。君姓吳氏。諱翰。字某。世爲華亭人。君未肯以顯於世。而幽潛之德。久而自光。率性履貞於草野之間。而遂得達於天子。而形於制詞。豈不謂之榮顯也。君之行。蓋非有求知於世。以徼爲善人之名。獨其性之所自得而已。而皆世人之所難爲者。詩曰。凱風自南。吹彼棘心。棘心夭夭。母氏劬勞。子之於其母。孰無孝愛之心。而能敬爲難。君之母氏喪明。而孝養備至。有所譴責。叱令之跽。雖至竟日。母不命不起也。君之孝如此。制詞所謂竭力盡懽者無愧矣。詩曰。脊令在原。兄弟急難。雖有良朋。況也永歎。兄之於弟。孰無友于之念。而亦不能不自顧愛。君之弟詿誤有司。匿之他所。而身被搒掠。遂脫弟於難。而成就之。卒貢於禮部爲郡文學。君之悌如此。制詞所謂挺身急難無愧矣。詩曰。彼有旨酒。又有嘉殽。洽比其鄰。昏姻孔云。人必自裕而可以及人。而君樂于施予。迎延賓客。缾之罄矣。賑卹不倦。日閱無儲。尊酒不空。君之濟人愛客如此。制詞所謂尙義樂施。履謙秉禮無媿矣。凡此皆人之所難。君又非好爲之。特其性然。推君之志。雖無聞於世。亦非其意之所及。而天之報之。遂有賢子。政行於郡邑。名著於本朝。所謂立身揚名。於君爲不朽矣。余與君之子爲三十年交。因知之詳。遂不辭其請而書之。其世次生卒。別有載。茲不具云。

泗水何隱君墓碣

何氏世居魯泗水。君諱珍。字伯荆。高大父清。曾大父名。大父聰。聰三子瑄。璠。其季卽君也。世修學不仕。則去爲耕農。伯兄爲令長子。而君與仲居田。初。縣舉君有德爲亭長。督鄉賦。賦入而人不告病。令旌其能。以鼓吹簫率絳帛金簇花。再至門犒之。後爲鄉飮酒賓者。十有九年。嘉靖四十一年正月某日無病。年若干而卒。將卒。告其子淩霄曰。汝兄弟三人。今唯汝存。又學問孝養我。至於今獲考終。吾懼重累汝。吾死三月。卽返我玄宅。毋久殯。且怛化。淩霄如其言。三月而葬之某鄉之先兆。娶楊氏。嘉靖二十年十一月某日卒。年六十有六。慈和祗肅。能助君爲家。先君而葬。實合葬。三子淩漢。次卽淩霄。又次淩雲。蚤亡。二女。適張某。毛某。庶子淩斗三女。適陳某。喬某。其一未行。淩漢子學。淩霄子閏。淩雲子慮。淩霄初倅雲中。以行能高。徙倅魏郡。今大名。而余官邢。邢魏兩郡之守倅。數往來也。故余善淩霄。又嘗同有事京師。旦暮會闕下。因爲余言其先人葬時。不及埋銘。按令。得以品官樹碣其墓。因拜請爲碣銘。余諾而未果。及是歲將終矣。自大名遣人如京師來請。銘曰。孰智而趨。山窮水殊。舟浮而馬馳。孰愚而居。耕農釣漁。生而壯而耆。終身不出孔子之鄉。銘以揭之。此古三老之良。

宣節婦墓碣

節婦姓宣氏。蘇州嘉定人。同知彔之孫。濮州通判效賢之女也。節婦少有異質。生數年。濮州病。侍立床下。終夜不去。如是者數日。人以爲奇。及爲張樹田妻。樹田與同里沈師道友善。師道妻孫氏。夫婦相愛。而樹田暴戾無人理。節婦歸見父母。父母對之泣。節婦曰。此不足以傷父母。兒自是命也。樹田病。節婦進藥。樹田泛之。罵曰。若毒我乎。節婦飲泣而退。及樹田死。節婦被髮號踊。人初見樹田狂虐。皆爲不堪。比死。則皆以爲喜。而節婦哭之極哀。非衆所擬也。是時。沈師道亦死。孫氏與節婦兩人。志意相憐。數遣女奴往來。比孫氏送夫喪過河下。因求見節婦。以死相要。頃之。同日自縊。節婦有救之復甦。而孫烈婦竟死。其後三年。父母謀嫁之。節婦見其家竊竊私語。覺其意。登樓自縊。時嘉靖十七年十二月二十日。年二十五。予友李瀚。好義之士。每談節婦事。慨然歎息。至是與節婦之弟應揖。請書其墓上之石。夫捐軀徇義之士。求之於天下少矣。嘉定在吳郡東邊海上。非大都之會。數年間。女子死節者四人。甘氏。孫氏。張氏。宣氏。張氏得禍最烈。予嘗爲記其事。若宣氏。蓋又人所難者。銘曰。沉沉幽谷。不見日光。葵藿生之。日向嚴霜。彼童之狂。以爲存亡。綠衣終風。自古所傷。生雖不辰。有此銘章。

王烈婦墓碣

余生長海濱。足跡不及於天下。然所見鄉曲之女子。死其夫者數十人皆得其事而紀述之。然天下嘗有變矣。大吏之死。僅一二見。天地之氣。豈獨偏於女婦。蓋世之君子。不當其事。而當其事。或非其人。故無由而見焉。嘉靖三十三年。倭夷入寇。余所居安亭。有一女子。自東南來奔。衣結束甚牢固。賊逐之。至一佛舍。欲污之。不可得。乃剖其腹。腸胃流出。里人爲藁葬北原上。竟不知其姓名。余欲爲之志其墓而未及也。至如王烈婦之死。在姻親之間。今二十年。而無一言以紀之。至是其弟執禮。始請書以勒石其墓。蓋烈婦之夫周鎰蚤死。遺二孤。已而皆病瘵。長者七歲而死。幼者瘵愈矣。復病。病又經年。爲之廢寢食。百方求瘳之不可得。亦七歲而死。烈婦於是自縊也。嗚呼。豈不悲哉。執禮稱其在室。好觀古書。父謫還。卒於京師。姊每哭之。聞者莫不悽然淚下。平時撫教執禮甚至。姊嫁而恥其姑之行。不肯執婦禮。一日。姊妹相聚語及之。姊曰。妹過矣。曷若盡孝。使之自媿而不爲也。又言他人於死生之際誠難。姊於是直視之甚輕。蓋未嘗經意也。眞可謂赴死如歸者矣。周鎰父諱士。工部都水司主事。祖諱爛。封監察御史太倉人。烈婦父諱可大。太學生。祖諱秩。雲南右布政使。崑山人。其卒以嘉靖十八年十月初四日。年二十有七。葬在雙鳳里吳墟之原。其明年。太倉州守上其事於巡按監察御史。奏下禮部。旌其閭。國家依古格旌表。高其外門。門安綽楔。左右建臺。高一丈二尺。廣狹方正稱焉。圬以白而赤其四角。人之過者。有所觀法。不然者。以爲恥。所以扶翊世教。其意遠矣。會水部君卒。其家寢其事。未有舉者。而鎰又不置嗣。執禮時時夢見烈婦。攜其兒。或長者。或幼者。蓋其精爽不亡云。

曹節婦碑陰

長洲蘇寶之姑。始年十八。嫁曹君綬。二十七夫亡。寡居四十九年。以嘉靖庚子卒。春秋七十五。亡子女。寶以甲寅十二月二十四日。葬於長洲縣戴墟妍字圩之原。予爲題其墓曰。曹綬妻蘇氏貞節之墓。寶又請書其碑陰。曰。吾姑未死前三年。吾臥病。姑來視病。寶見姑老矣。因語及平生。歔欷曰。男子壯年。何憂疾苦。今老且死。女不可不爲吾計。吾死。愼勿葬我曹氏墓。曹氏墓迫隘。自夫死後。其宗姓率火瘞。散漫荒莽間。遙遙五十年。不復知夫處矣。苟廁諸纍纍間。殆與誰比。去此一里所有界浦。其水清潔。死必燔我。颺灰浦中。令吾骨與此水同其清也。寶是以嘗玆新兆。蓋今十有二年而克成。噫。可悲也已。詩云。穀則異室。死則同穴。傳曰。合葬。非古也。自周公以來。未之有改也。衞人之祔也。離之。魯人之祔也。合之。孔子生而叔梁紇死。葬于防山。及孔子母死。殯於五父之衢。鄹人輓父之母。誨孔子父墓。然後往。合葬焉。夫孔子之慎於葬母也如此。使無輓父之母。必不敢於防山。雖從古禮其可也。蘇氏蓋得之矣。自古女子不幸失其所天。能守禮義。不見侵犯。見於史傳者不少。然必待備述其平日閨閫之素。而後其節始著。若竇之稱其姑。一言而已。要之與古易簀結纓。何以異哉。嗟夫。五十年高風勁節。可以想見。千載之下。當知其人其骨。與此水同其清也。因表著之。

張通參次室鈕孺人墓碣

孺人姓鈕氏。其先淮陰人。父客吳中。始爲吳人。公諱寰。通政司右參議。其考諱安甫。祁州知州。封刑部員外郎。張氏世以科名顯於世。其最著者。二張先生。皆無子。祁州府君惟生公一子。而公元配王宜人。年逾三十。未有子。府君以爲憂。遂爲公取孺人。時年十五。其後四年。年十九。生子恆慕。其後諸娣更生子。乃有丈夫子四人。府君以爲螽斯之祥。兆於孺人。大加愛之。在尙書刑部。孺人留居家。爲其子延師。夜則篝燈紡績。躬督課之。比公歸。恆慕已壯大。問學有成矣。初。府君性高曠。到官輒自劾免歸。而公宦亦不遂。而父子皆好游名山水。不問家事。孺人獨勤於治生。故於祭祀婚喪飲酒伏臘之費。不至乏絕。公常出遊。一歲中還家。率不過一二月。諸子更供養。至孺人所尤懽。孺人爲人婉順。於姑若諸娣閒。孝友無閒。其治生纖嗇。而不信因果之說。吳俗尼僧。往往出入人家。孺人絕不與通。臨終。言不他及。獨諄諄戒其子。不得令男子與含殮而已。卒年五十有九。時嘉靖壬戌也。以卒之明年。祔於縣東南洀川鄉橫塘之先塋。蓋古之女子不幸而爲側室。而其賢德終不可泯者。如小星之實命不猶。歸妹之以恆相承。聖人皆書之於經。惟張氏世有文學。二張先生之沒。郡中名士劉欽謨楊君謙爲之表志。至於今傳之。恆慕愛尙文雅。有先世之風。不忍其賢母之沒沒於後世。既勒銘幽堂。又請於予爲立石墓道云。

吳純甫行狀

先生姓吳氏。諱中英。字純甫。其先不知其所始。曾祖傑。自太倉來徙崑山。祖璇。父麒。母孫氏。先生生而奇穎。好讀書。父爲致書千卷。恣其所欲觀。里中有黃應龍先生。名能古文。先生師事之。日往候其門。黃公奇先生。留與語。貧不能具飯。與啜粥。語必竟日。還。先生以故無所不覯。而其古文。得於黃公者爲多。先生童髫入鄉校。御史愛其文。封所試卷。檄示有司。他御史至。悉第先生高等。開化方豪來爲縣。縣有重役。召先生父。先生以書謁方侯。侯方少年。自謂有文學。莫可當意。得書。以爲奇。引與游。甚歡。其後方侯徙官四方。見所知識。至吳中者。必以先生名告之。然先生意氣自負。豪爽不拘小節。父卒。遺其貲甚厚。先生按籍視所假貸。不能償者。焚其劵。好六博。擊毬。聲音。婦人。擁妓女彈琵琶。歌謳自隨。散其家千金。久之迺更折節自矜飾。顧不屑爲齷齪小儒。篤於孝友。急人之難。大義落落。人莫敢以利動。令有迎館先生者。欲有所贈遺。見先生。竟莫能出一語。先生之弟。嘗以事置對。令閱其姓名。疑問之。乃先生弟。先生不自言也。與其徒攷古論學。庭宇灑掃潔清。圖史盈几。觴酒相對。劇談不休。雖先儒有已成說。必反覆其所以。不爲苟同。後生有一善。忻然如己出。亟爲稱揚里中。人聞之。輒曰。吳先生得無妄言耶。某某者。皆稚子。何知也。然往往一二年。即登第去。或能自建立。知名當世。而吳先生年老。猶爲諸生。進趨學宮。揖讓博士前無慍色。年四十四。始爲南都舉人。先生益厭世事。嘗城東地。藝橘千株。市鬻財自給。日閉門。不復有所往還。令兒女環侍几傍。誦詩而已。少時。所喜詩文。絕不爲。曰。六經聖人之文。亦不過明此心之理。與其得於心者。則六經有不必盡求也。如今世之文何如哉。嘉靖戊戌。試禮部。不第。還至淮。先生故有腹疾。至是疾作。及家二日而卒。是歲四月某日也。距其生弘治戊申月日。得年五十有一。娶陸氏。蚤卒。無子。側室某氏。生子男一人。原。長女三人。長適工部主事陸師道。其次皆許聘。予于先生。相知爲深。十年前嘗語予曰。子將來不忘夷吾鮑子之義。吾老死不患無聞於後矣。於是先生弟中材。使予爲狀。不可以辭。嗚呼。先生不用於世。予所論次大略。其志意可攷而知焉。

李南樓行狀

李府君諱玉。字廷佩。號南樓。祖某。父某。妣某氏。娶杜氏。生一子。曰憲卿。鄉進士。孫男女若干。生于成化丙午月日。卒于嘉靖乙未月日。享年五十。憲卿卜以卒之年月日。葬于新阡。先期衰絰踵門而告余曰。不肖不敢沒先君之行。將欲稍加撰次。求銘于里之長者。而哀荒無緒。每一舉筆。摧心裂腸。欲作復止。見吾子習太史公之書。願假手于子。吾子弗吾拒也。將爲子言其略。子其文之。求賁先君于地下。惟吾子焉賴。余唯唯不敢辭。憲卿嗚咽流涕。泣曰。吾李氏。居崑山之羅巷村。百餘年矣。家世業農。未有顯者。先祖質菴生四子。先君最少。贅城中杜氏。學書不就。爲縣掾亡何。謝去。家居垂三十年。專以不肖爲念。延致師友。惟力所及。見邑中豪俊與俱。即大喜。即不肖所與游。稍不勝。終不懌。不肖素孱弱多病。心獨憐之。而口不言。爲人忠實無他腸。與人交洞見底裏。審取重諾。尤好面折人過。先祖考妣居伯父所。時時徒走出城往省之。或輿迎至家。値宴會。有不與。必悽然不樂。比其沒也。斂葬之具。靡不悉心營辦。所授田宅。盡以與諸父。曰。生吾不得盡其養。沒吾何忍受其產耶。且諸兄貧。亦自應得耳。嘗掌區稅。不忍于斗槩間。取圭撮之羨。寧自受累。乃其心所樂也。今年春。忽病作。意頗自危。而不肖尙阻水清源。未即歸也。心懸謂吾子未至。病未即愈。且暮見吾子來。吾念已慰。病當去五六矣。因是令遍訪醫藥。不至爲痼疾也。詎意延緩踰時。病與日積。五月十日。不肖方抵家。色已非舊歲人矣。亟往郡中謁醫。已不可起矣。嗚呼痛哉。先君以不肖之故。聊欲營樹產業。俾不肖無所顧于衣食。屹不自暇逸。今日不肖獲上進。冀少息肩而背棄矣。嗚呼。吾與子言若是者。吾悲而弗詳也。余聞而傷之。余始與憲卿游。見其丰儀俊清。衣裳整潔。皎然不染坋埃。時相過從。談笑竟日。醴餼豐潔。不索而具。憲卿一無所經意。乃知府君所以縱其子遊學如此。俗今以學生得雋者。謂之有成。憲卿以去歲發解南都。府君及見其成。亦足慰矣。抑其種之之勤。獲其實而不及于食。可悲也已。余惡夫世之撰事者弗核。故弗敢損益于憲卿之言。俾銘者考焉。

通議大夫都察院左副都御史李公行狀

曾祖茂

祖聰贈通議大夫都察院左副都御史

父玉贈承德郎吏部驗封司主事再贈奉政大夫吏部驗封司郎中三贈通議大夫都察院左副都御史

公諱憲卿。字廉甫。世居蘇州崑山之羅巷村。以耕農爲業。通議始入居縣城。獨生公一子。令從博士學。山陰蕭御史鳴鳳奇其姿貌。曰。是子他日必貴。吾無事閱其卷矣。先輩吳中英。有知人鑑。每稱之。以爲瑚璉之器。公雅自修飭。好交名俊。視庸輩不屑也。舉應天鄉試。試禮部不第。丁通議憂。服闋。再試。中式賜進士出身。明年選南京吏部驗封司主事。歷遷郎中。吏在司者。莫不懷其恩。居九年。冢宰鄭聞公奉新宋公。皆當世名卿。咸賞識之。陞江西布政司左參議。江右田土不相懸。而稅入多寡殊絕。如南昌新建二縣。僅百里。多山湖。稅糧十六萬。廣信縣六。贛州縣十。粮皆六萬。南安四縣糧二萬。三郡二十縣之糧。不及兩縣。巡撫傅都御史議均之。公在糧儲道。爲法均派折束。最爲簡易。蓋國初以次剷平僭僞。田賦往往因其舊貫。論者謂蘇州田不及淮安半。而吳賦十倍淮陰。松江二縣糧。與畿內八府百十七縣埒。其不均如此。吳郡異時嘗均田。而均止於一郡。且破壞兩稅。陰有增羨。民病之。不若江右之善。而惜不及行也。陞山東按察司副使。兵備臨清。先是虜薄京城。又數聲言從井陘口。入掠臨清。臨清綰漕道。商賈所湊。人情恇懼。公處之晏然。或爲公地欲移任。公曰。詎至於此。境地屯兵數萬。調度有方。虜亦竟不至。師尙詔反河南。至五河兵敗散。獨與數騎走莘縣。擒獲之。在鎭三年。商民稱其簡靜。甌寧李尙書。自吏部罷還。所過頗懈慢。公勞送禮有加。李公甚喜。歎曰。李君非世人情。吾因以是識其人。會召還。卽日薦陞湖廣布政司右參政。景王封在漢東未之國。詔命德安造王府。公董其役。又以承天修祾恩殿。陞河南按察司按察使。受命四月。尋擢巡撫湖廣右僉都御史。奏水災。乞蠲貸。親行鄂渚雲夢閒。拊循之。東南用兵禦日本。軍府檄至。調保靖容美。桑植。麻寮。鎭溪。大剌土兵三萬二千。所過牢廩無缺。公因奏土司各有分守。兵不可多調。且無益。徒糜糧廩。其後土兵還。輒掠內地人口。公檄所至搜閱。悉送歸鄉里。顯陵大水。衝壞二紅門黃河便橋。而故邸龍飛慶雲宮殿多隳撓。奏加修理。建立元祐宮碑亭。是時奉天殿災。勅命大臣開府江陵。總督湖廣川貴。採辦大木。工部劉侍郎方受命。以憂去。上特旨陞公左副都御史代其任。先是天子稽古制。建九廟。而西苑穆清之居。歲有興造。頗寫蜀荆之材。公至則近水無復峻幹。乃行巴庸夔道。轉荆岳。至東南川。往來督責。鈎之荒裔中。於是萬山之木稍出。然帝室紫宮舊制瓌瑰。於永樂金柱圍長。終不能合。公奏言。臣督率郎中張國珍李佑。副使張正和。盧孝達。各該守巡參政游震得。副使周鎬。僉事于錦。先後深入永順。卯峒。梭梭江。參政徐霈。僉事崔都入容美。副使黃宗器入施州。金峒。參政靳學顏入永寧。迤東蘭州。儒溪。副使劉斯潔入黎州。天全。建昌。董策入烏蒙。參政繆文龍入播州。真州西陽。僉事吳仲禮入永寧迤西落洪。班鳩井。鎮雄。程嗣功入龍州。參政張定入銅仁。省溪。參議王重光入赤水。猴峒。僉事顧炳入思南。潮底。汪集入永寧。順崖。而湖廣巡撫右僉都御史趙炳然。巡按御史吳百朋。各先後親歷荆岳。辰常。四川巡撫右副都御史黃光昇。歷敍馬重夔。巡按御史郭民敬。歷卬。雅。貴州巡撫右副都御史高翀。歷思石。鎮黎。巡按御史朱賢歷永寧。赤水。臣自趨涪州。六月上瀘。敍。而巨材所生。必於深林窮壑。崇岡絕箐。人跡不到之地。經數百年而後至合抱。又鮮不空灌。昔尚書宋禮及近時尚書樊繼祖。侍郎潘鑑。採得逾尋丈者。數株而已。今三省見採。丈圍以上楠杉二千餘。丈四五以上亦一百一十七。視前亦已超絕矣。第所派長巨非常。故圍圓難合。臣奉命初。恐搜索未徧。今則深入窮搜。知不可得。而先年營建。亦必別有所處。伏望皇上敕下該部計議。量材取用。庶臣等專心採辦。而大工早集矣。上允其奏。命求其次者。其後木亦益出。自江淮至於京師。簰筏相接。而天子猶以皇祖時。殿災後。十年始成。今未六七載。欲待得巨材。故殿建未有期。而西工驟興。漕下之木。多取以爲用。三省吏民。暴露三年。無有休息期。大臣以爲言。天子亦自憐之。將作大匠。又能規削膠附極般爾之巧。而見材度已足用。公懇乞與工罷採。以休荆蜀民。使者相望於道。詞旨甚哀。而工部大臣力任其事。天子從之。考卜與工有日矣。其後漕數比先所下。多有奇羨。凡得木一萬一千二百八十九章。公上最。推功於三巡撫。下至小官。莫不錄其勞。今不載。獨載其所奏兩司涉歷採取之地。曰四川守巡。督儒溪之木。播州之木。建昌天全之木。鎮雄烏蒙之木。龍州閩州之不湖廣督容美之木。施州之木。永順卯峒之木。靖州之木。及督行湖南。購木于九嶷荆南。購木于陝西。階州。武昌。漢陽。黃州。購木于施州。永順。貴州則於赤水。猴峒。思南。潮底。永寧。順崖。其南出雲南金沙江云。大抵荆楚雖廣山木少採伐。險遠必俟雨水而出。而施州石坡亂灘。迂迴千里。貴陽窮險。山嶺深峭。由川辰大河以達城陵磯。蜀山懸隔千里。排巖批谷。灘急漩險。經時歷月。始達會河。而吏民冒犯瘴毒。林木蒙龍。與虺蛇虎豹錯行。萬人邪許。摧軋崩萃。鳥獸哀鳴。震天发地。蓋出入百蠻之中。窮南紀之地。其艱如此。故附著之。俾後有考焉。昔稱雍州南山檀柘。而天水隴西多材木。故叢臺。阿房。建章。朝陽之作。皆因其所有。金源氏營汴新宮。採青峯山巨木。猶以爲漢唐之所不能致。公乃獲之山童木遁之時。發天地之藏。助成國家億萬年之丕圖。其勤至矣。是歲冬。徵還內臺。明年。考察天下官。已而病作。請告。病益侵。乞還鄉。天子許之。行至東平安山驛而薨。嘉靖四十一年四月乙亥也。年五十有七。公仕宦二十餘年。未嘗一日居家。山東獲賊。湖廣營造。東南平倭。累有白金文綺之賜。而提督採運之擢。旨從中下。蓋上所自簡也。祖考妣皆受誥贈。母杜氏。封太淑人。所之官。以迎養。世以爲榮。公事太淑人孝謹。每巡行。日遣人問安。還。輒拜堂下。太淑人茹素。公跽以請者數。太淑人不得已。爲之進羞膳。平生未嘗言人過。其所敬愛。與之甚親。至其所不屑。然亦無所假借。在江陵。有所使。吏遲至。公問其故。言方食市肆中。又無馬騎。故事。臺所使吏廩食與馬。爲荆州奪之。公曰。彼少年。欲立名耳。竟不復問。周太僕還自滇南。公不出候。蓋不知也。周公鄉里前輩。以禮相責誚。公置酒仲宣樓。深自遜謝而已。爲人美姿容。自少衣服鮮好。及貴益稱其志。至京師。大學士嚴公迎謂之曰。公不獨才望逾人。丰采亦足羽儀朝廷矣。所居官。廉潔不苟。採辦銀無慮數百萬。先時。堆積堂中。公絕不使入臺門。第貯荆州府。募召商夷。賞購過當。人皆懷之。故總督三年。地窮邊裔。而民夷不驚。以是爲難。是歲。奉天殿文武樓告成。上製名曰皇極殿。門曰皇極門。而西宮亦不日而就。天子方加恩臣下。敍任事者之勞績。而公不逮矣。娶顧氏。封淑人。子男五。延植。國子生。延節。延芳。延英。延實。縣學生。女四。適孟紹顏。管夢周。王世訓。其一尙幼。孫男七。世彥。官生。世艮。世顯。世達。餘未名。孫女六。余與公少相知。諸子來請撰述。因就其家得所遺文字。參以所見聞。稍加論次。上之史館。謹狀。

勅封文林郎分宜縣知縣前同州判官許君行狀

君姓許氏。諱志學。字遜卿。其先蘇州之嘉定人。諱慶賜者。爲崑山魏氏館甥。遂爲崑山人。子文衡。文衡生琮。其季曰瓚。琮子翊。承事郎。瓚子翀。羽林衛經歷。平定州同知。承事生襄。敕授登仕佐郎。南京馴象所吏目。君之考也。自慶賜始遷。再世而有兄弟數人。勤於治生。多蓄藏。延禮耆儒沈同菴先生於家塾。以教諸子。當是時。葉文莊公。張憲副和。張參政穆。沈憲副訥。一時名賢。皆往來其家。故許氏富。而子孫多在衣冠之列。君少勤學強記。善爲文詞。登仕蓋晚。而得子憐愛之。故用貲升爲太學生。六館之士推讓焉。累舉不第。以上舍選爲同州判官。六年。凡署州縣事五。同州。夏陽。臨晉。徵。重泉。同州以守缺。其餘諸縣。即令去必以君攝。士大夫皆爲文紀之。曰。承上使下。悉有成度。姦軌屛跡。境內肅清。不於分外徵索。以阿上官意。修黌舍。勵學者。此朝邑之所紀者也。釐前秕政。革浮靡。絕苞苴。儲廩給足。傳爰精明。修啓聖名宦祠。此蒲城之所紀者也。今世州縣官悉鬮自天朝。唯權攝則監司得自用。類前世之辟舉者。故或其人不稱。必不以攝。或少試之。旋即牒去。君之署篆。至於四五。可以知其選矣。其子給事君言。今重泉臨晉間。民有肖像而拜祀者。又言郃田馬公。苑洛韓公。皆關中名士。每見君。未嘗不加敬也。既解官。則治亭圃於先塋之側而居之。歲時食新。先以奉親。然後敢嘗。與人交。不設城府。然不能容人過惡。然亦往往寡合。令有科徭及君家。君自以嘗任州縣。爲七品官。與爭論無所詘。令欲重困之。會給事發解報至。以故得免。君始爲太學生。遊閩。及官同州沙苑。登覽華山之勝。甚自樂也。至爲鄉社會飲酒。笑謔無虛日。吳中田土沃饒。然賦稅重而俗侈。故罕有百年富室。雖爲大官家。不一二世輒敗。許氏自國初至今。居邑之柴巷。無改也。有屋廬之美。田園市肆之入。又以詩書紹續。及給事君而貴顯。初給事令分宜。已敕封如其官。及是。人方賀君。將更有加封之命。而不幸已矣。君卒於嘉靖己未年六月初六日。得年六十有三。娶錢氏。封太孺人。子弟一人。從龍。戶科給事中。女一人。適張必顯。孫男一人。汝懋。太學生。女二人。曾孫男女二人。有光高大父時。已與君家交好。見家中文字。有顧惟誠、許鵬遠者。鵬遠郎承事君。而惟誠者。太保顧文康父也。高大父是以與兩家締姻。而大父與登仕君。又皆高年爲社會。而君與家君又同社。社中君最年少。癸丑之歲。給事同余北上。道中聯轡。嘗以登仕年老爲憂。余意獨謂君壯盛未艾也。而登仕卒裁踰六年。君亦卒。僅止於中壽。給事是以痛恨焉。亟圖所以不朽者。以予知其家世。因頗采示禹翊之政。俾次其大略。存之家乘。他日墓隧銘誌之文詞。史館推封之制草。庶於斯有徵云。按夏陽今韓城臨晉今朝邑徵今澄城重泉今蒲城皆同州屬縣而同州漢左馮翊也此文于總敍歷署縣處用古名後朝邑之所紀蒲城之所紀則用今名而仍云臨晉重泉閒肖像祀之辭甚明白後又言馮翊之政則同州及諸屬縣皆在內地名古今互見文章家常事常熟本因不得其解遂將總序諸縣及二邑之所紀九十餘字盡刪之文字頓減精采前所以不選職此之故今從崑山本仍存之崑山本歷敍諸縣中有郃陽今按上言署州縣事五則夏陽以下四縣幷同州是也若加郃陽則六矣況他縣皆用古名獨郃陽是今縣名亦無此敍法故斷以爲衍文而去之莊識。

封中憲大夫興化府知府周公行狀

公姓周氏。諱書。字存中。其先汴人。宋靖康末。扈蹕臨安。至貴一公。始家崑山之吳家橋。貴一生思聰。思聰生士賢。士賢生顯。顯生明。是爲耕樂翁。有行誼。學士吳文定公銘其墓曰。剛直君子。生四子。長諱璿。是爲樂清翁。次諱璣。諱玉。諱衡。衡太學生。家世孝弟力田。至太學始用儒雅。登上舍。然兄弟並以貲雄鄉里。吳家橋在邑南千墩浦上。直橋並小溪以東。獨周氏兄弟居之。始成聚落。無他族。其南惟有晏翁云。樂清生四子。公其季也。母張氏。公甫冠。爲晏翁壻。雖在賓館。猶東西家也。每入定省。父母以其出壻。憐愛之至。則喜見顏色。少有志於學。爲博士弟子。益自砥礪。以病不克卒業。其病痰喘。竟歲不瘳。即瘳。月復繼作。然性孝友恭謹。不以病廢禮。居母張碩人之憂。號毀骨立。諸兄爲之勸解。哭愈哀。惟見相隨擗踊。則稍慰曰。兒能助吾哀。自是病日益深。樂清晚得末疾。不能行。又時時欲行。公旦夕扶掖。令諸兒讀書於傍。以更代樂清。謂能將迎其意。喜曰。吾有子有孫。死不恨矣。兄弟友愛甚篤。

不忍一日相離。仲兄嘗病脹。輿舁至家。晨夕不去側。湯藥必躬調以進。其他內外宗黨。待之曲有恩禮。見耆年。特加敬讓。人有犯。輒自反曰。吾其有以召之也。置不與較。自爲博士弟子不遂。居常悒悒。故尤勤於教子。延師禮費不少靳。而規範之嚴。諸子循循。未嘗識人間佻宕之習。仲子憲副君。自束髮至於貴顯。所至必與天下知名之士遊。而居官律己。當世士大夫稱之。繄公之教也。其爲興化知府。政成上計。得貤封如其官。金緋輝煌。然惴惴不敢當。自憲副君起進士。出守郡。至持憲節。專制海南。積官十餘年。依然故廬。無一瓦一椽之增焉。仲兄之歿也。公已病亟。力疾往。哭甚哀。公自是遂不復起矣。恭人姓晏氏。父諱安。母趙氏。性端重。寡言笑。與公伉儷五十年。相敬如一日。公自壯歲嬰病。迄於壽考。左右調護之功爲多。諸子自幼學時。公出外即爲標識書額。自督課之。其勤儉出於天性。至貴。紡績未嘗釋手。晏翁蚤世。諸孤纍纍皆庶出。恭人相其母。撫之極有恩。晏家業日圮。趙母生養死葬。悉出恭人。又與公謀置田守翁夫婦冢。春秋祀焉。公生于成化壬寅六月六日。卒于嘉靖丁未十二月十七日。得年六十六。恭人生于成化甲辰六月二十七日。卒于嘉靖丁未閏九月十一日。得年六十四。子男四。大倫。太學生。大禮。即憲副君。大賓。大器。女二。適姚舜卿。淩天惠。孫男女十五人。初憲副君之在興化也。數遣人迎養。公與恭人相謂曰。居官以潔己愛民爲本。至彼有甘旨之累。且往來輿馬。皆民力也。魚羹脫粟。田中獨不能自具耶。遂堅卻不往。及誥封命下。憲副君即馳疏於朝。乞恩歸養。其略云。自守郡以來。感激聖恩。未嘗不矢心勵行。以圖報効於萬一。不意搆成疾病。雖勉強備位。而精神消耗。日不能支。伏念臣之父母。皆年踰六十。亦時患病。相去二千餘里。山海阻隔。音問不通。誠恐旦暮客死。重貽無窮之恨。臣嘗以是具達。兩巡按御史等。仰體朝廷用人之意。慰留調治。遷延至今。臣憂思愈甚。乃不得已。昧死哀鳴於闕下。臣竊惟爲國忘家。人臣之道。而亦臣生平之所自誓也。然病廢無用於時。則聽其偃仰於父母之旁。以親旦夕之養。實國家教人以孝之道。況若臣病即死。則鞠躬盡瘁。臣之分願以畢。若乃反復淹綿。坐靡廩餼。臣罪益深。亦非朝廷用人之意矣。伏望陛下俯察微臣。勅下吏部。容臣致仕。幸不即填溝壑。則扶杖進履之年。皆歌詠太平之日也。疏奏。朝廷勉留之。尋有廣南之命。不欲行。公與恭人。強之上寘。甫視事。而恭人之訃至。蓋三月之間。再涉鯨波。望國而公之訃又至。憲副君以是自傷云。有光之先妣。與公同祖。不幸蚤逝。嘗念少時之母家。羣從諸舅。每見輒哀憐慰藉。爲談先妣生平。相與淚下。至今使人有戚戚渭陽之感。而憲副君又同學相知愛。故以公恭人之遺事。使予論次。因謂憲副君既以卓然有立於世。而推周氏之淳德淵源。蓋有所本。以附之家乘云。按周憲副告病疏情詞懇惻有李令伯之風且憲副高堂白首萬里遠宦兩聞家訃負痛終天特載其告病疏以見哀懇不允不獲已而赴任非以宦情奪其孝思者也常熟本盡削之殊失作者之意崑山本删繁從簡頗存梗概今從之然觀鈔本删者不類太僕親筆復古堂刻與鈔本元稿同今仍錄于左其略曰自守郡以來感激聖恩未嘗不矢心勵行竭力保命以圖報效于萬一夫何禍過災生搆成嘔逆病症每對飡即作嘔流沫盡日所食粥飯不過一甌外雖勉強作人步語而精神消耗日不能支伏念臣父年已六十有五臣母亦六十有三俱時常患病不能同赴任所原籍相去二千餘里山海阻隔音問經年不通誠恐旦暮客死重貽父母無窮之恨臣屢將情具達巡按御史幷所轄布按二司守巡等道俱蒙察臣患病是實但各仰體朝廷用人之至意俯責臣子守土之常經俱美詞慰留冀臣調治痊可之日仍前圖報未蒙轉奏還延至今臣憂患愈甚疾病愈深乃不得已昧死哀鳴于闕下臣竊惟爲國忘家人臣之道而亦臣生平自誓之初心也然病廢無用于時則聽其偃仰啼嘤于父母之旁以親旦夕之養獨非國家敎人以孝者乎況若臣病即死則鞠躬就瘁臣之分願已畢若乃反復淹綿坐靡廩餼臣罪益深而于朝廷用人以安土地之意亦大拂矣伏望陛下俯察微臣烏鳥私情實出中悃勅下吏部容臣致仕幸不即塡溝壑則扶杖進履之年皆歌詠太平之日也此文錢宗伯汰之今仍存莊識

魏誠甫行狀

嗚呼。予娶于誠甫之女弟。而知誠甫爲深。孰謂誠甫之賢。而止于此。蓋誠甫之病久矣。自吾妻來歸。或時道其兄。輒憂其不久。至於零涕。既而吾妻死八年。誠甫諸從昆弟三人。皆壯健無疾皆死。而後誠甫乃死。於誠甫爲幸。然

以誠甫之賢。天不宜病之。文竟死。可悲也。誠甫諱希明。姓魏氏。世爲蘇州人。始居長洲。後稍徙崑山之真義里。曾大父諱鍾。大父諱璧。以力穡致富。甲於縣中。是生吾舅光祿典簿。而誠甫之世父太常公。以進士起家。爲當代名儒。誠甫爲人。少而精悍。有所爲。發於其心。不可撓。其少時頗恣睢。莫能制也。已而聞太常之訓。忽焉有感。遂砥礪於學。以禮自匡飭。是時。誠甫爲縣學弟子員。與其輩四五人。晨趨學舍。四五人者。常自爲羣。皆裒衣大帶。規行矩步。端拱而立。博士諸生。咸目異之。或前戲侮。誠甫不爲動。每行市中。童兒夾道譁然。而誠甫端拱自若也。誠甫生平無子弟之好。獨購書數千卷。及古法書名畫。苟欲得之。輒費不貲。其樂善慕義。常忻忻焉。以故郡中名士。多喜與誠甫交。每之郡。從之游者。率文學儒雅之流也。去其家數里。地名高墟。誠甫樂其幽勝。築別業焉。枝山祝允明。作高墟賦以著其志。誠甫補太學生。三試京闈不第。以病自廢。居家猶日裒聚圖史。予時就誠甫宿。誠甫蚤起。移置紛然。予臥視之。笑其不自閑。誠甫亦顧予而笑。然莫能已也。雖病。對人飲食言語如平時。客至。出所藏繙閱。比罷去。未嘗有倦容。終已不改其所好。至於生產聚畜。絕不膺於心。固承藉祖父。亦其性有以然也。誠甫卒於嘉靖十九年十二月乙酉。年三十九。娶龔氏。裕州守天然之女。子男二人。長大順。太學生。次大化。女一人。孫男一人。

先妣事略

先妣周孺人。弘治元年二月十一日生。年十六來歸。踰年生女淑靜。淑靜者。大姊也。期而生有光。又期而生女子。殤一人。期而不育者一人。又踰年生有尙。姙十二月。踰年生淑順。一歲。又生有功。有功之生也。孺人比乳他子加健。然數顰蹙。顧諸婢曰。吾爲多子苦。老嫗以杯水盛二螺進。曰。飲此後。姙不數矣。孺人舉之盡。喑不能言。正德八年五月二十三日。孺人卒。諸兒見家人泣。則隨之泣。然猶以爲母寢也。傷哉。於是家人延畫工。畫出二子。命之曰。鼻以上。畫有光。鼻以下。畫大姊。以二子肖母也。孺人諱桂。外曾祖諱明。外祖諱行。太學生。母何氏。世居吳家橋。去縣城東南三十里。由千墩浦而南。直橋並小港以東。居人環聚。盡周氏也。外祖與其三兄。皆以貲雄。敦尙簡實。與人姁姁說村中語。見子弟甥姪無不愛。孺人之吳家橋。則治木綿。入城則緝纑。燈火熒熒。每至夜分。外祖不二日。

使人問遺。孺人不憂米鹽。乃勞苦若不謀夕。冬月鑪火炭屑。使婢子爲團。累累暴階下。室靡棄物。家無閒人。兒女大者攀衣。小者乳抱。手中紉綴不輟。戶內灑然。遇僮奴有恩。雖至箠楚。皆不忍有後言。吳家橋歲致魚蟹餅餌。率人人得食。家中人聞吳家橋人至。皆喜。有光七歲。與從兄有嘉入學。每陰風細雨。從兄輒留。有光意戀戀。不得留也。孺人中夜覺寢。促有光暗誦孝經。即熟讀無一字齟齬。乃喜。孺人卒。母何孺人亦卒。周氏家有羊狗之痾。舅母卒。四姨歸顧氏。又卒。死三十人。而家惟外祖與二舅存。孺人死十一年。大姊歸王三接。孺人所許聘者也。十二年。有光補學官弟子。十六年而有婦。孺人所聘者也。期而抱女撫愛之。益念孺人。中夜與其婦泣。追惟一二。彷彿如昨。餘則茫然矣。世乃有無母之人。天乎痛哉。

請勅命事略

先人諱正世。爲吳中著姓。先曾祖諱鳳。中成化甲午鄉試。選調兗州城武縣知縣。先祖諱紳。縣學生。爲太常卿夏㫤之孫壻。㫤以文學爲一時名臣。詩書之業。以故世有承傳。先祖家教尤嚴。先人蚤遊縣學。屢試不第。而有光後出有名。及舉鄉試。先人遂謝去。先祖於諸父有分。獨退讓處其薄。先祖以高年篤老。先人與伯父。年亦皆逾七十。侍側。日忻忻然。如少年兒子。皆不知其老也。日閉門讀書。每自喜。以爲有所得。性坦率。未嘗與人有爭。與里中結社。有香山洛社之風。社中人尤敬其德。稱其別號曰岫雲。言如出岫之雲。無心也。歲壬戌。有光八上春官。不第還。先人遂以是年卒。年七十有八。又三年。始登第。而先人不及見矣。悲夫。以有光之困於久試。祖父皆以高年待之。而竟不及。及先人之方歿。而始獲一第。曾不得一日之祿養。所以爲終天之恨也。有光仕宦既不遂。獨幸以建儲詔得推封。此亦可少慰人子之情于萬一。敢敍其大略。上之史館。

先妣姓周氏。世家縣之吳家橋。先外祖諱行。太學生。家世以耕農爲業。外祖始遊成均。而後其從孫大禮。始舉進士。爲河南左參政。先妣。河南之從姑也。先妣年十六歸先君。聰明勤儉。生伯姊與有光。先後僅一年。先妣比歿。有光與姊年七八歲。已教之小學。及女紅。甚習。常程課不少借。先人則怡怡然也。不幸年二十六卒。所生弟妹又三人伯姊嫁河東都轉運使王三接。其在禮部時。封伯姊爲安人。有光獨久不第。而先人春秋高。先妣墓木已拱。有無窮之感也。常默默自媿其姊云。

先妻魏氏。光祿寺典簿庠之女。太常卿諡恭簡公校之從女也。恭簡公爲當世名儒。學者稱爲莊渠先生云。先妻少長富貴家。及來歸。甘澹薄。親自操作。時節歸寧外家。以有光門第之舊。而先妻未嘗自言。以爲能可以自給。及病。妻母遣人日來省視。始歎息以爲姐何素不自言。不知其貧之如此也。嘗謂有光曰。吾日觀君。殆非今世人。丈夫當自立。何憂目前貧困乎。事舅及繼姑孝敬。閨門內外大小之人。無不得其懽。人以爲有德如此。不宜夭歿。而生一子甚俊慧。又夭。僅存一女。天道竟不可知矣。

繼妻王氏。吳中王氏。多自以爲太原之後。然實無攷。獨先妻家。譜系最明。遠有承傳。曾祖益。讀書吳淞江上。時海虞大理寺卿章公格。及吏部左侍郎葉文莊公。皆當世名卿。以文字往來。爲締姻好。屬再世壯男子死。家又苦役。先妻少喪父。妻母教之甚脩謹。年十八來歸。不失婦道。撫前子。愛甚己子。前子死。時哭之悲。病遂亟。其聰明慈愛。蓋天性也。魏氏生時。有光方年少爲諸生。及王氏。方鄉舉。家益貧。歷歲歲北上辦裝。及下第之窮愁。有光自歎生平於世。無所得意。獨有兩妻之賢。此亦釋家所謂隨意眷屬者也。今蒙恩封贈。例當封妻前一人。與最後一人。而恩詔乃許移封今妻費氏。亦願推讓王氏。則泉壤之下。亦被希世之曠典矣。後以例不准移封仍封費孺人莊識

予自臨安辭謝臺省還。過弁山。午飯後舟中無事。因書此。當即遣人赴京受敕。雖簡略數語。下筆輒爲哽咽。人生之痛。無以加矣。

卷二十六　傳

歸氏二孝子傳

歸氏二孝子。予既列之家乘矣。以其行之卓而身微賤。獨其宗親鄰里知之。於是思以廣其傳焉。孝子諱鉞。字汝

威。早喪母。父更娶後妻。生子。孝子由是失愛。父提孝子。輒索大杖與之。曰。毋徒手傷乃力也。家貧。食不足以贍。炊將熟。即譏譏罪過。孝子父大怒。逐之。於是母子得以飽食。孝子數困。匍匐道中。比歸。父母相與言曰。有子不居家。在外作賊耳。又復杖之。屢瀕於死。方孝子依依戶外。欲入不敢。俯首竊淚下。鄰里莫不憐也。父卒。母獨與其子居。孝子擯不見。因販鹽市中。時私其弟。問母飲食。致甘鮮焉。正德庚午。大饑。母不能自活。孝子往。涕泣奉迎。母內自慚。終感孝子誠懇。從之。孝子得食。先母弟。而己有饑色。弟尋死。終身怡然。孝子少饑餓。面黃而體瘠小。族人呼為菜大人。嘉靖壬辰。孝子鉞無疾而卒。孝子既老且死。終不言其後母事也。繡字華伯。孝子之族子。亦販鹽以養母。已又坐市舍中賣麻。與弟紋緯。友愛無間。緯以事坐繫。華伯力為營救。緯又不自檢。犯者數四。華伯所轉賣者。計常終歲無他故。才給蔬食。一經吏卒過門。輒耗。終始無慍容。華伯妻朱氏。每製衣。必三襲。令兄弟均平。曰。二叔無室。豈可使君獨被完潔邪。叔某亡妻。有遺子。撫愛之如己出。然華伯人見之。以為市人也。

贊曰。二孝子出沒市販之間。生平不識詩書。而能以純懿之行。自飭于無人之地。遭罹屯變。無恆產以自潤。而不困折。斯亦難矣。華伯夫婦。如鼓瑟。汝威卒變頑嚚。考其終。皆有以自達。由是言之。士之獨行而憂寡和者。視此可愧也。此文參用崑山常熟本

張自新傳

張自新。初名鴻。字子賓。蘇州崑山人。自新少讀書。敏慧絕出。古經中疑義。羣子弟屹屹未有所得。自新隨口而應。若素了者。性方簡無文飾。見之者莫不訕笑。目為鄉里人。同舍生夜讀倦睡去。自新以燈檠投之。油汚滿几。正色切責。若老師然。髫齔喪父。家計不能支。母曰。吾見人家讀書。如捕風影。期望青紫。萬不得一。且命已至此。何以書為。自新涕泣長跪曰。亡父以此命鴻。且死。未聞有他語。鴻何敢忘。且鴻寧以衣食憂吾母耶。與其兄耕田度日。帶笠荷鋤。面色黧黑。夜歸。則正襟危坐。嘯歌古人。飄飄然若在世外。不知貧賤之為戚也。兄為里長。里多逃亡。輸納無所出。每歲終。官府催科。搒掠無完膚。自新輒詣總自代。而匿其兄他所。縣吏怪其意氣。方授杖。輒止之。曰。而何

人者。自新曰。里長。實書生也。試之文。立就。慰而免之。弱冠。授徒他所。歲歸省三四。敝衣草履。徒步往返。爲其母具酒食。兄弟酣笑。以爲大樂。自新視豪勢。眇然不爲意。吳中子弟。多輕儇冶鮮。好衣服。相聚集。以褻語戲笑。自新一切不省。與之語。不答。議論古今。意氣慷慨。酒酣。大聲曰。宰天下竟何如。目直上視。氣勃勃若怒。羣兒至欲毆之。補學官弟子員。學官索贄金甚急。自新實無所出。數召笞辱。意忽忽不樂。欲棄去。俄得疾卒。自新爲文。博雅而有奇氣。人無知之者。予嘗以示吳純甫。純甫好獎士類。然其中所許可者。不過一二人。顧獨稱自新。自新之卒也。純甫買棺葬焉。

歸子曰。余與自新遊最久。見其面斥人過。使人無所容。儔人廣坐。間出一語。未嘗視人顏色。笑罵紛集。殊不爲意。其自信如此。以自新之才。使之有所用。必有以自見者。淪沒至此。天可問邪。世之乘時得勢。意氣揚揚。自謂己能者。亦可以省矣。語曰。叢蘭欲茂。秋風敗之。余悲自新之死。爲之敍列其事。自新家在新洋江口。風雨之夜。江濤有聲。震動數里。野老相語。以爲自新不亡云。

顧隱君傳

隱君諱啓明。字時顯。世居崑山之七浦塘。今爲太倉人。相傳晉司空和之後。散居浦之南者。其族分而爲三。故世稱其地曰三顧村云。宋末。有諱中二者。兵燹之後。盡喪其貲。有田數頃遺其子公廉。公廉生愚。好濂洛之學。讀書常憑一几。几有刓處。人以比之管幼安。是爲原魯先生。原魯生五子。其季爽。贅居塘北。又爲塘北顧氏。爽生謨。謨生昊。昊生四子。寅以明經爲始興教諭。其次卽隱君也。隱君有子曰存仁。舉嘉靖十一年進士。選調餘姚知縣。以最入爲禮科給事中。皇太子生。覃恩近侍。封隱君如其官。隱君爲人敦樸。戇率任眞。尤不能與俗競。平生不識官府。會里中有徭役事。隱君爲之賦鴻雁之詩。戾止于吳門。君故生長海上。言語衣服。猶故時海上人也。無纖毫城市媮靡之習。及貴。愈自斂約。就養餘姚。以力自隨。獨夜至官舍。縣中人無知者。敕受章服。閉門不交州郡。郡太守行鄉飮酒禮。到門迎請。終不一往。每旦。焚香拜闕。一飮一食。必以手加額曰。微天子恩。不得此。居常讀書。有所當意。每抉摘向人。談說不休。曰。吾不信今人。非古人也。故平生未嘗愛財。未嘗疑人。季弟鍾蚤世。先屬意隱君子爲後。隱君固讓其兄子。在餘姚。見家人持官物。即搥碎。加詬責焉。雖流離顛沛之際。孜孜以濟人爲務。有乞貸。分貲予之。知其人必負。業已許之。不變也。或僞指隱君賺人金。隱君曰。吾不知金。而金實爲我。卒償之而不自言。州大夫建綽楔。使人送其直。送者詭曰。此吾贖金也。而非其罪。隱君惻然。遽還之。里有某宅。某墓地相隣比。有某橋道未修。有某死未殮葬。以告。必得所欲。至其所自奉。布衣蔬食而已。瀕海多逋稅。置役田以恤其里人。嘗曰。海上吾故鄉。吾不能一日亡首邱之志。故自號海隱居士。時時往廬于墓側。從始興君遊。年老兄弟相樂也。竟自海上得疾以歸而卒。初隱君未六十。爲敎曰。古人葬以掩形。務從朴實。觀美何益。吾葬不拘忌。棺必油杉。有一不然。是爲逆命。因乞始興君書之。勒石于墓。存仁爲禮科給事中。以言事忤旨。謫居保安州。保安州在居庸關外。自稱居庸山人。

贊曰。顧氏自丞相肅侯。始著于吳錄。司馬氏渡江。顧賀紀薛。號稱世冑高門。蓋其來久矣。正德嘉靖間。溱濟兄弟。一時起海上。並爲給事中。最後山人繼之。即所謂三顧族也。余少從山人遊。至貴顯。終始不改其操。可謂純篤君子矣。及觀隱君行事。考論其家世。蓋有以哉。冢宰玉峯朱公。以碩德元老。爲之銘。可以不媿。而通參張先生之狀。尤爲詳覈。余得而論次之云。

元忠張君家傳

元忠既歿之三年。其子士淪。葬之縣東南。以爲墓銘。所以藏諸幽也。將欲發揚先人之德。莫如傳。昔太史公贊留侯云。見其圖狀貌如婦人好女。其論田橫。則恨無不善畫者。莫能圖。今二子之畫無有也。而尚猶想見其人。豈不以傳哉。古之孝子。色不忘乎目。聲不忘乎耳。心志嗜欲。不忘乎心。士淪之見吾先人者。安敢忘諸。遂以其所撰先人事數百言。乞予爲傳。予讀而悲之。爲敍次其語。作張元忠家傳。元忠名廷臣。字元忠。其先汴人。宋南渡。徙家于蘇州之崑山。弘治間。割崑山之東爲太倉。故今爲州人。而其家。猶在崑山之治城。高祖能。新城知縣。曾祖注。潮陽訓導。祖鑾。封承德郎。刑部主事。父寬。舉進士。歷官至廣東僉事。元忠生而敏慧。僉憲公奇愛之。初爲錢塘令。元忠方五六歲。攜以之官。每僚佐宴集。必呼與俱。應對機警。禮容秩然。人咸異之。時有詐爲臺檄者。元忠從旁辯其誣。已而果然。縣中老吏皆驚愕。年十九。補學官弟子員。辟例貢太學。祭酒。增城湛公亟稱之。未幾。中南都鄉試。學士內江張公。尤加賞識。元忠少尫弱。多疾。藥餌不絕於口。又宦家子弟。然自力於學。蚤歲得舉。而尤能治家。其遇事強敏精悍。總理操切。無所縱貸。僉憲公其始宦遊在外。迨其罷歸。獨日召故人賓客。飲酒而已。故與僉憲公交者。皆稱其有子。而自以爲不可及云。自初舉至其卒。凡六試南宮。不第。卒時年四十三。元忠爲人楚楚。門內外斬然。雖盛暑燕坐。未嘗解帶。與人語。纚纚不止也。

贊曰。予聞元忠之將死。縣有郁君。善相人。元忠聞其在所親家飲酒。使人詗之曰。是必談我。已而酒次。郁君果言元忠必不可起。明日。元忠召郁君。與對坐。啜粥。談論竟日。其精強自持類如此。自以蚤歲發解。進士可必得。以其所爲家者。施于吏事。優然有餘。而卒困躓。此其所以有遺恨也。

章永州家傳

君姓章氏。諱棨。字宗肅。世爲海虞人。曾祖珪。宣德中舉賢良方正。拜監察御史。論三楊學士宥直聲。生四子。儀。國子助教。表。廣西布政司右參議。格。南京大理寺卿。律。都察院左都御史。大理有高節。致仕家居。縣令楊名父。以其清貧。買田給之。謝不受。名父爲構亭虞山上。獨時時邀與登覽。相對飲酒。名其亭曰仰高云。大理生沐。贈單縣知縣。君之父也。君爲人孝友。入縣學。以德行爲博士所稱舉。嘗從鄉先生都御史陳公遊。後中南京鄉試。入南太學。是時增城湛公。高陵呂公。並以八座居留都。開門講道。學者雲集。君兩遊其門。屢上春官。不第。選調單縣知縣。單瀕河而地窪下。每歲桃花水發。河南人夜過河。盜決隄防。民患苦之。君至。適盜決者水將泛。率丁夫伐木增椿。晝夜捍禦。卒以無虞。少年爲胥卒。趨走縣庭。候伺短長。規爲不法。或以爲言。君曰。是於我無顯迹。不宜豫逆之。撫以恩信。皆感激思爲用。山東盜賊。多逃入單縣界中。單人爲囊橐。積不能得。於是諸少年爲君耳目。盡獲之。院司所下逐盜文符。無慮百數。君一日條具申報。上官以爲能。田賦法弊。乃詢民所欲。而畝斂以錢。民便之。齊魯間皆推用其法。有虜兵自寧武關趨太原。聲言欲向山東。都御史議兵事部署將帥。獨留單縣令韓門會虜。信不至而罷。陞安吉州知州。歲旱民饑。殫力賑救。多所全活。其民好訟。恆以理解之。有匿稅者。爲案籍人人閱之。鞭扑不用而逋負悉出。君歎曰。此豈古頭會法也。吾以救弊而已。州所治孝豐。迄君去。一無所擾。其縣人至不知有州焉。遷永州府同知。永州在楚越間。號無事。太守日閉門高臥。以郡事委君。君亦優游而已。上疏乞休。方治行而卒。此其弟宗實之所稱者云爾。宗實父涯。君之從父。初無子。以君爲子。晚得宗實。君撫而教之。今爲鄉貢進士。

歸子曰。大理公與予外高祖太常公有姻。予少時數從祖母之外家。蓋聞章卿云。及登虞山。求所謂仰高亭者。已蕪沒於空烟翠樹間矣。於是識永州君。恂恂然君子人也。往予試南宮。君自安吉來。朝過予邸舍。懽飲上馬去。予顧其弟言君近形神不借。久官勞悴而致然耶。抑有所不自得者。而竟死永州。悲夫。仕雖不遂。論其行事。可以不愧於先人矣。

戴錦衣家傳

戴錦衣者。父文潤。其先湖州之德清人。後爲安陸人。安陸。今之承天府也。文潤家州郭外。爲興府良醫。事睿宗皇帝。父戴隱君歿。文潤以毀滅性。郢中人以孟子之語。題其廬曰終慕。故錦衣家有終慕之堂。夫人徐氏。夫亡時。年二十九。子經甫七歲。即錦衣也。家貧。克厲清操以拊其孤。及錦衣貴。終不改其淡泊。故錦衣家有高節之堂。今皇帝以親藩入繼大統。國中舊臣。皆用恩澤升。錦衣年甚少。補環衛。積功勞至指揮使。錦衣之職。於上十二衛最親貴。兼領詔獄。士大夫被逮者。多見掠辱。少有全者。而錦衣恂恂然。爲人尤仁恕。凡被繫者。往往從其人問學。常保護之。御史楊爵。給事中周怡。員外郎劉魁。禁繫累年。三人已赦出。相謂曰。微戴君。吾等安得生至今日乎。聶尚書豹。亦在繫。甚稱錦衣之德。謝都御史存儒。巡撫河南。以師尚詔反。錦衣奉駕帖往。逮行數千里。衣破弊。謝公以一縑贈之。卻不受。錦衣今謝事家居。門庭寂然。其清素如此。錦衣名經。字伯常。

歸子曰。余寓京師南薰坊。錦衣時過從。示余以家所藏文字。爲芟其蕪而歸之。質作戴錦衣家傳。然余讀華亭楊奉常之論綏纂。有旨哉。有旨哉。

京兆尹王公傳

某兆尹王公震。字威遠。曾祖景賢。初自燕南徙任縣。遂占籍于邢。今爲邢臺人。祖璺。宣德間。以鄉進士爲平度州同知。抗中使。謫戍灤州。數歲。病思歸。子整上疏代父整戍。又二十八年。始赦還。整妻亦死於戍。後妻生公。體貌豐偉。善騎射。博涉經史。弘治癸丑進士。觀政大理。授戶部主事。奉使部送犒軍銀于西夏。至紅城堡。後又使雲中。至陽和堡。猝爲虜圍。公皆率衆守禦。虜以解去。正德初。榷九江稅。劉瑾愛幸蒼頭奴唐英。王俊至。多所誅求。公絕不爲禮。時瑾怙權。流毒天下士大夫。二人還。欲訴于瑾。皆病死於道。人以爲公幸。遷員外郎。尙書韓文爲瑾陷。下獄罰贖二千石。公率其僚。捐三年俸。贖韓尙書得出。庚午。川湖盜劉烈起。猖獗甚。上命兵部尙書洪鍾討之。洪尙書奏公知兵。請以爲鄖陽守。迄平寇。甚得鄖陽之力。歷陞河南左右參政。潁川盜小張虎嘯聚。公往捕之。不四月。小張虎就擒戮。小張虎餘黨。全活甚衆。潁川人感其德。立祠祀之。嘉靖初。陞流南左布政。是年冬。陞應天府尹。奏罷上元。江寧。花園夫千餘人。省諸官寺獄具銀千餘兩。蠲江灘蘆葦千餘頃。以佐赤縣里甲費。尋上書乞骸骨歸。初。公舉進士。二親皆在堂。未幾。相繼卒。所至扁其居爲永感。長沙李文正公。率館閣諸公爲賦詩。趙郡石文隱公爲之序。自是每陟一官。必悲思其親。自在部。已獲推贈。及爲京兆。得贈三世。皆如其官。公天性純孝有厚德。嘗在京師。鄖人張得才爲部從事。病死。妻子貧。不能歸。公聞之。愴然捐金助其喪還。後其子寅中鄉舉來謝。言其父喪前至金陵。欲寄其鄉人舟。鄉人負約。遂寄他舟。經小孤山。鄉人之舟覆。過吉水。欲寓山寺。寺僧固拒不納。經夕而寺燬。以公之施惠孤喪。與神明符也。公旣歸。所蓄書數千卷。悉輦送郡學。以資學者講習。家居杜門。足跡不至公府。今邢州士大夫。雖隆貴。門第不改布素。至以造官府爲恥。子弟斂戢。市無綺紈之遊。繇公之化也。嘉靖辛丑年八十二卒。訃聞。賜葬祭。子某。

贊曰。予至邢。訪其先賢士大夫。近代皆稱王京兆。京兆所居官。其條教方略。無文字可考。僅僅得其家狀履歷。然今邢中風俗之厚。本於王京兆。予數過學宮。取其遺書讀之。爲之歎息。其高風可仰矣。予以是論次之。

洧南居士傳

洧南居士者。姓杜氏。名孟乾。其先自魏滑徙扶溝。邑居洧水南。故以爲號。曾祖清。以明經任大同經歷。祖璿。贈戶部主事。父紹。進士。官戶部主事。居士少爲諸生。已有名。歲大比。督學第其文爲首。而戶部乃次居四。時戶部得舉人。曰。此子不欲先其父耳。久之。竟不第。貢入太學。選調清苑主簿。庀馬政。卻禮幣之贈。數言利病於太守。又欲開郎山煤。導九河。諸所條畫。皆切於時。太守嗟異之。會修蘆溝河橋。雷尚書檄入郡。選其才。得清苑主簿而委任焉。然苑人愛其仁恕。及聞居士之孫。化中舉於鄉。喜相謂曰。固知吾杜母之有後也。陞瀘州經歷。丁內艱。服闋。改鞏昌。至則陳茶馬利病。太守器其能。郡事多咨焉。竟卒於官。年五十。居士爲學精博。尤長於詩。所交皆知名士。平生尙氣輕財。收䘏姻黨。字孤寡。不憚分產畀之。縣中有事。皆來取決。伉直不容人之過。族人子弟往往遭撻楚。然未嘗宿留於中。皆敬服而怨讟者鮮矣。初洧水東折。歲久衝淤。轉而北。居士力言於令。改濬以達於河。扶溝人賴其利。爲之語曰。洧水淤。老幼啼。洧水通。賴杜公。居士於家事不訾省。聞有善書。多方購之。建書樓。且戒子孫善保守。刻石以記。所著有洧南文集。洧南詩集。北上橐。南歸橐。西行橐。五經韻語。書經剔駁。彙集醫方若干卷。君既沒。其從父弟孟詩狀其行如此。嘉靖四十四年。化中登進士。明年爲邢州司理。隆慶三年。吳郡歸有光。化中同年進士也。來爲司馬。因採孟詩語。著之其家傳。

歸子曰。大梁固多奇士。尤以詩名。吾讀洧南詩。意其人。必超然埃𡏖之表。及爲小官。似非所屑。顧必欲有以自見。乃知古人之志行所存。不可測也。視世之規規齪齪。無居士之高情逸興。雖爲官。豈能辨治哉。化中蓋深以予言爲然云。

周封君傳

周封君者。廣東按察司副使周美濟叔之父也。其先海虞人。後徙崑山之茆涇。祖父好道家言。人稱爲元本公。封君自茆涇入居縣城馬鞍山陽。馬鞍山里俗所謂玉山者也。故自號玉川云。濟叔少時。封君口授以書。比數歲。遣從師學。暮歸。輒燃膏令從旁讀誦。夜分乃寢。率以爲常。及濟叔入郡學。念已自能進取。遂不復閱省。日取醫卜地理星命書觀之。尤精小兒痘疹。決死生。晷刻不爽。晨起焚香拜神。忌日祭祀。常感傷悲泣。其爲人誠樸任真。子貴。猶淡食布衣。與人諄諄。皆平生語。人尤以是敬之。自推命數年七十九。適生日值其所生年甲子。喜曰。吾當增壽一紀。可得八十九。至期。設祭祠。訣祖考。無疾而終。初。濟叔爲尚書秋官郎。封君就養在京師秩滿受封。父子相隨奉天門謝恩。觀者歎息。內侍引入禁苑。徧觀玉堂神明漸臺泰液之勝。餉以內珍。曰。封君謝恩者。蓋少。況年逾八十健爽如此者乎。掖送出長安門而別。及濟叔出僉湖憲。封君尚隨居蘄黃間也。比徙蜀藩。送至長橋。曰。吾老矣。不能從兒行也。且暮遲汝歸耳。濟叔至官。奉敕督理黃籍。邅迴二載。及海南命下。即上疏歸養。下隴坻。倍道行至家。逾月而封君歿。

歸子曰。濟叔嘗爲余言。在蜀時。按行所部。經邛郲九折阪。又登峨眉山。雲霞飛湧其下。下視東吳。何啻萬里。詩有之。陟彼岵兮。瞻望父兮。夙夜無已。猶來無止。余論周封君事。蓋傷人子之志云。

東園翁家傳

東園翁馬勗者。字文遠。長洲甫里人。翁蚤孤。事其母甚謹。出入必告。初好內典。有賫錫者勸令讀儒書。遂通詩易史傳。洪武中。涼國公得罪。尸於市。翁時遊京師。哀之。往觀歎焉。幾爲邏卒所縛。大理寺少卿胡概。巡撫蘇州。翁爲鄉老。胡卿對衆有謔語。翁諫以爲非大人在上者所宜。胡卿乃謝之。邑民虞宗蠻以豪當籍錄。時巡撫無行院。居瑞光寺。胡卿雅善其僧。僧特爲宗蠻請。胡卿曰。當問馬老。胡卿重翁。不名而呼其姓也。僧乃私許翁百金。翁起。便旋搖其首。僧以爲少也。益之千金。翁竟不許。遂沒宗蠻家。他郡送囚至。皆已論死。翁知有冤。不及白。意常恨之。臨安關吏苛留人。翁從胡卿入。抗言之。關吏誅死。胡卿賚鶴。市兒不知。擊死之。逮及其父母。翁以市兒爲家僮。攜之入見胡卿。乃以死鶴予市兒。嘗爲胡卿規建書院。即今巡撫行院治所也。翁與人有讐。會舉鄉老。其人慮翁居其閒。置酒試翁。翁大言曰。是宜爲鄉老。其人側耳。於壁間聽。因喜躍。出曰。翁不計吾怨。遂與交好。翁蓋謂其才能堪之也。其不私類如此。翁雖以鄉老時時從胡卿。而好讀書。築精舍于眠牛涇。遠近來賀。至以囷貯菓。郡別駕張大猷。登拜於堂。扁之曰東園。故甫里至今稱東園翁云。翁與徵士周谷賓。鄱陽令趙宗文交善。皆甫里人。谷賓姚少師。薦至京師。以跛辭歸。宗文。洪武間舉人材。辭以母老。永樂三年。翰林典籍梁用行。薦爲鄱陽令。嘗爲翁作翠雲朶歌。翠雲朶者。東園石也。翁三子。埜。企。行。埜子㬎。昂。杲。埜嘗相其三子曰。伯有錢而無權。仲蠶眼有錢。季鵝行鴨步。當以萬計。其後皆如其言。杲爲楊氏贅壻。不爲舅所禮。夫婦空手。不持一錢而出。卒自奮。積貲鉅萬。馬氏蓋興於成化間。後諸子皆能繼其業。遂甲於甫里。爲長洲著姓。諸孫淮。以太學生調官海南。還。七十餘。好學不倦。瀚。太學生。好尙文雅。用拯爲諸生。通史學。曾孫致遠。南京鄉貢進士。

贊曰。余論東園翁。悉載用拯之詞。蓋以爲其家傳。不得而略焉。用拯。余女弟夫也。余聞吳故有大理卿熊概巡撫。類以沒人產爲事。吳民冤痛。今馬氏書。謂熊爲胡悞也。以概之酷。東園翁事之。觀死鶴事。其所匡捄。豈少哉。是必有陰德。宜其子孫之盛也。考大臣年表及江西人物志皆作熊㮣何喬遠名山藏云宣德初使大理卿胡㮣巡視應天諸郡㮣豐城人本姓熊以從母適胡因胡姓官終右都御史後復姓亦載馬勛事與馬氏書合諸書記事從其已復之姓先太僕據之故稱熊㮣馬氏書但知其撫吳時之姓故稱胡㮣皆不爲誤莊識

何長者傳

何長者。名緖。字克承。家會昌之白埠。倚蕭帘巖爲居。長者父卒。兄纓與其子亦蚤卒。遺孤孫。而長者庶弟方十歲。皆撫育以至成人。長者既善治生產。於其父業。贏數十倍。弟約與其兄孫。請與長者分。長者會其貲。以爲三。兄弟平受之。不以祖父貽。與己所創爲區別也。人有急求鬻田。長者與之價過當。其後事已。輒悔其田。長者還之。不責償。年既老。鄉里高其行。縣爲請鄉飲酒。固謝。終不肯與。而會昌人皆稱以爲何長者云。長者妻劉氏。會昌城𨒬流

南八十里。曰湘鄉。鄉有九田之屬。平川沃壤多富人。而白埠有何氏。小田有劉氏爲甲族。故長者與爲姻。長者所以能撫孤造家。四世同居。無間言。世謂家人之離。起于婦人。凡長者之美。類劉氏助成之也。劉孺人事姑尤孝。姑年八十六。奉養備至。爲人平恕。有夜胠其篋者。物色之。得其人。家人欲聞之官。問孺人所亡金若干。孺人曰。金無多。無用窮詰爲也。竟不言。盜遂獲免。會昌人皆云。不獨何君。乃其婦亦長者也。故爲作何長者傳。

歸子曰。長者之子渭。與余同在六館。今來佐縣。民有德焉。至觀長者之行。宜有子哉。何侯以事至南都。見其鄉大宗伯尹公。尹公題其堂曰永慕。而何侯之於其先。對人未嘗不流涕言之也。

筠溪翁傳

余居安亭一日。有來告云。北五六里溪上。草舍三四楹。有筠溪翁居其間。日吟哦。數童子侍側。足未嘗出戶外。余往省之。見翁頎然皙白。延余坐。瀹茗以進。舉架上書。悉以相贈。殆數百卷。余謝而還。久之。遂不相聞。然余逢人輒問筠溪翁所在。有見之者。皆云翁無恙。每展所予書。未嘗不思翁也。今年春。張西卿從江上來。言翁居南瀨浦。年已七十。神氣益清。編摩殆不去手。侍婢生子方呱呱。西卿狀翁貌。如余十年前所見加少。亦異矣哉。噫。余見翁時。歲暮天風憭慄。野草枯黃。日將晡。余循去徑還。家媪兒子以遠客至具酒。見余挾書還。則皆喜。一二年。妻兒皆亡。而翁與余別。每勞人問死生。余雖不見翁。而獨念翁常在宇宙間。視吾家之溘然而盡者。翁殆如千歲人。昔東坡先生爲方山子傳。其事多奇。余以爲古之得道者。常遊行人間。不必有異。而人自不之見。若筠溪翁。固在吳淞烟水間。豈方山子之謂哉。或曰。筠溪翁非神仙家者流。抑巖處之高士也歟。

可茶小傳

可茶爲秦越人之術。醫者稱工焉。始可茶有賢母。蚤寡。家貧。欲爲縣書獄。母曰。爲是者多辱。苟貧不能業。獨不可賣蚊烟涼籠遺日乎。可茶願爲醫。其女兄之夫沈氏顱顖。在練城世有傳業。可茶日往記數方。還錄之。又觀其製劑和丸。皆得之。乃爲醫。方坐肆。有求療者。饋紅菱青葱。母喜曰。是子醫必効。饋鮮菱者。如仙靈也。方言以家饒裕爲從容。是慈之兆耶。可茶醫果日進。求者屨滿戶外。可茶或自外歸酒醉。母即怒責之。可茶善候顏色。母少有不樂。未嘗不長跪。母既責其飲酒醉。即終身飲。未嘗敢醉。其他事受教戒皆如此。母所不嗜食物。即終身不食。每至生辰。長齋數日。中歲無子。欲買妾。母恐其失家和。意不欲買妾。即不買妾。寡姊有一子。因以爲己子。而養其姊。三十餘年。至今無怠。其孝友如此。至于醫貧者。徒施藥與之。雖富亦不望報。以故縣中士大夫。皆愛敬之。嘉靖四十年冬。予兒子患疹。可茶爲撤己事來。自練城三十里。晝夜調視。兒竟獲安。不獨其技然。而其爲人慈愛。使人感歎。余與可茶論小兒疹。前世稱陳文中異攻散。施於江淮間無不效。今醫家以爲不可用。時其危急。死而復生之。其所製劑多秘不言。以爲有神術。竊窺之。即陳氏方也。然可茶守丹溪之說。自謂恆得中醫。至自比李英公用兵。不大勝。亦不大敗云。可茶名卿。姓蘇氏。

贊曰。孔子稱人而無恆。不可以作巫醫。古之醫師疾醫。皆士大夫也。以可茶之孝。施之于醫。其活人可勝道哉。

鹿野翁傳

鹿野翁。姓李氏。名元壽。少工書。嘗書諸經四書小本。楷法精善。三原王端毅公。巡撫江南。見而愛之。呼爲李生。使侍舟中。無事。輒令李生朗誦大禹謨。咎繇篇。斂衽以聽焉。又嘗爲顧御史寫進本奏書。天子以其書爲善。鹿野翁爲人淳篤。其訓子弟有法。而又善書。以是爲縉紳所重。邑中有文字。必經鹿野翁手。相爲推引。往往他州碑石。多鹿野翁所書也。

歸子曰。余少聞邑東門有李元壽善書云。然余故不識元壽。元壽書。余亦未之見也。其子始出所藏文字。求余論之。夫書於學者事末矣。而今人未有能追古人者。邑里之中。如鹿野翁。其亦足稱哉。

卷二十七 傳

王烈婦傳

王烈婦陸氏。其夫王土。家崑山之西盎瀆村。崑故有薛烈婦。彭節婦。嘗居其地。舍傍今有薛冢焉。百六十年間。三烈婦相望也。自烈婦入王土門。其墓園枯竹更青。三年三生芝皆雙莖。比四年。芝已不生。而烈婦死。世謂芝爲瑞草。芝之應恆於壽考貴富康寧。而於烈婦以死。是可以觀天道也已。時王土病且死。自憐貧無子。難爲其婦計。烈婦指心以誓。士目瞑。爲絕水漿。家人作糜強進之。烈婦不得已。一舉輒嚳甓曰。視吾如此能食否。俯視地。喀喀吐出。每涕泣呼天。欲與俱去。家人頗目屬私語。然謂新死悲甚。不深疑。更八日。其舅他出。家無人。諸婦女在竈下。烈婦焚楮作禮。俛首竊淚下。闇然向夫語。見漆工塗棺曰。善爲之。徐步入房。闔闔戶聲。縊死矣。麻葛重襲面土戶也。歸予曰。王土之祖父。舊爲吾家比鄰。世通遊好。予髫年從師。土亦來。長與案等耳。不謂其後迺有賢婦。異哉。一女子感慨自決。精通於鬼神。其舅云。新婦故淑婉仁孝人也。嗟乎。是固然無疑。然予不暇論。論其大者。

韋節婦傳

韋節婦。九江德化人。姓許氏。爲同縣韋起妻。節婦歸韋氏八年。夫死。生子甫八月。父母憐之。意欲令改適。然見其悲哀。終不敢言也。夫亡後。有所遺貲。復失之。貧甚。幾無以自存。而節操愈厲。尤善哭其夫。哭必極哀。蓋二十餘年。其哭如初喪之日。以故年四十而衰。髮盡白。口中無齒。如七十餘歲人。初。所生八月兒多病。死者數矣。節婦謂其姑曰。兒病如此。奈何。吾所以不死。乃以此兒。今如是。悔不從死。因仰天呼曰。天乎。不能爲韋氏延此一息乎。兒不食。即節婦亦不食。歲歲如是。至六七歲猶病。後乃得無恙。既長。教之學。名曰必榮。已而爲郡學弟子員。始有廩米之養。自未入郡學。無廩米之養。非紡績不給食也。議者以謂節婦之所處。視他婦人守節者。艱難蓋百倍之。至于終身而毀。其誠蓋出於天性。尤所難者。節婦既沒。必榮以貢廷試。選爲蘇州嘉定學官。

贊曰。予嘗從韋先生游。問洞庭彭蠡江水所匯處。及廬山白鹿洞。想見昔賢之遺跡。而後乃聞韋夫人之節。然先生恂恂儒者。其夫人之教耶。

陶節婦傳

陶節婦方氏。崑山人。陶子舸之妻。歸陶氏。期年而子舸死。婦悲哀欲自經。或責以姑在。因俛默久之。遂不復言死。而事姑日謹。姑亦寡居。同處一室。夜則同衾而寢。姑婦相憐甚。然欲死其夫。不能一日忘也。爲子舸卜葬地。名清水灣。術者言其不利。婦曰。清水名美。何爲不可以葬。時夫弟之西山買石。議獨爲子舸穴。婦即自買磚穴其旁。已而姑病痢。六十餘日。晝夜不去側。時尚秋暑。穢不可聞。常取中裙廁牏自浣洒之。家人有顧而吐。婦曰。果臭耶。吾日在側。誠不自覺。然聞病人溺臭可得生。因自喜。及姑病日殆。度不可起。先悲哭不食者五日。姑死。含殮畢。先是子舸兄弟三人。仲弟子舫亦前死。尚有少弟。於是諸婦在喪次。子舫妻言姑亡後。不知所以爲身計。婦曰。吾與若。易處耳。獨小嬸共叔主祭。持陶氏門戶。歲月遙遙不可知。此可念也。因相向悲泣。頃之。入室屑金和水服之。不死。欲投井。井口隘。不能下。夜二鼓。呼小婢隨行至舍西。紿婢還。自投水。水淺。乍沉乍浮。月[illegible]。[illegible]死。家人得其屍。以面沒水。色如生。兩手持茭根牢甚。不可解也。婦年十八嫁子舸。十九喪夫。事姑九年。而與其姑同日死。卒葬之清水灣。在縣南千墩浦上。

贊曰。婦以從夫爲義。假令節婦遂隨子舸死。而世猶將賢之。獨濡忍以俟其母之終。其誠孝槩之於古人。何媿哉。初婦父玉崗爲蘄水令。將之官。時子舸已病。卜嫁之大吉。遂歸焉。人特以婦爲不幸。卒其所成爲門戶之光。豈非所謂吉祥者耶。

許烈婦傳

許烈婦。柳州馬平人。平遠知縣王化妻。嘉靖四十三年。先是南詔山賊。流劫江西湖東西。殺擄憲臣。三省騷動者數年。已降而復叛去。王君受命爲平遠。平遠時新建。王君開除荒萊。招撫流亡。規造新邑。會田坑賊突起。將過江閩爲患。時初縣城櫓未立。王君以其孥寄壽昌。與賊戰黃沙石子嶺。多有殺獲。已復搗仙花峒。擒斬賊首。復與賊戰。爲其所困。賊因遣間至會昌。曰。王知縣死矣。烈婦聞之。即沐浴更衣。告天曰。吾夫爲國死。吾義不忍獨生。因指六歲兒曰。天乎。願保此一息以延王氏血食。以兒抱置妾懷中。磨笄自殺。有司以聞。王君亦以平賊功。超拜廣東按察司副使。詔婦所在。春秋奉祠。初。王君父尙學。嘉靖二十九年。爲兵部職方郞中。虜薄都城。王郞中力贊出兵。而丁尙書爲權臣所愞。不出兵。因以論死。王郞中當隨坐。丁尙書獨自引罪。以故得減死論。丁尙書在西市。見王君呼曰。爾父得無坐耶。果爾。可謂有天道。吾死不恨矣。王郞中故在部中。守法能敢爲。而王君有父風。烈婦父某。潮州通判。弟坤亨。國子博士。謙亨。嘉靖四十四年進士。兩人皆在京師。謙亨與余同榜。而博士先教崑山。與余善。余故知烈婦事爲詳。蓋兩家詩書禮義之族。而烈婦天姿懿淑。其死非一時感慨者所同也。要之王君家峻擢。顯名於世。雖以立功。實亦因烈婦之死。爲之增重云。

沈節婦傳

沈節婦者。湖州安吉孝豐人。吳祥九之妻。節婦歸吳氏時。年十六。而祥九年十八。閒歲。祥九病劇。節婦割股以進。不瘉。祥九竟死。節婦每哭。輒死復生。見者皆爲流涕。終日不離殯所。比葬。設几筵。居幃中。哭泣如初殯時。舅姑憐之。爲好言勸解。皆不答。久之。父母謀奪其志。卽大慟。閉戶引刀。截髮自誓。居三日。忽晨起出戶。走數里。之祥九墓。山深無人。多虎狼。獨居塚閒。哭不絕聲。諸大人從求得之。乃皆相謂曰。始謂婦少年難守。故計令他適。今其志如此。殆不可復強。因爲置後。節婦遂安之。祥九與其弟有分。節婦獨取田數畝。才足自贍而已。曰。叔子衆。吾不可以多取。舅姑死。喪之六年。如禮。吳氏大族。其尊與舅姑等者。事之如舅姑。蓋年十八而寡。至七十二而終。爲祥九後者。弟之子。曰惟一。隆慶二年冬。其從子維京倅蘇州。爲予言其事。

贊曰。予聞沈節婦。不獨其志行也。至推分其叔。抑亦退讓逡逡有禮矣。余官雉城。往來苕溪。欲泝苕水上天目山。過訪孝豐吳氏。會遷不果。蓋其家富貴多巨公長者矣。至如節婦之高行。亦安可少哉。亦安可少哉。

蔡孺人傳

蔡孺人眞眞。福州太守朱中豹之妻也。父蔡翁。多女而無子。因語蔡媼。後毋舉女。及蔡媼有娠。父夢異人授之玉玦十五。至十五月而生女。以爲奇。乃舉之。卽蔡孺人也。孺人生而端重寡言笑。能讀孝經。列女傳。及歸朱公。朱公時爲諸生。貧。孺人躬操作。以資給之。朱公父母在堂。兄弟五人皆同爨。孝睦之譽。洽於閭里。朱公爲御史。受誥封。被服布素。如其夫爲諸生時。始朱公舉進士。令奉化。再調餘姚。其後爲二千石。皆以清廉著聞。福州廨中有鸜鵒二。其子察卿愛弄之。欲持歸。孺人曰。爾父未嘗持官物。二鳥亦官物也。竟不許。朱公卒時。察卿九歲。其女七歲。孺人泣語人曰。女吾出。然終爲他家婦。此子若不立。何以承朱氏宗祊。故於察卿。教之甚嚴。每夜篝燈火。令從旁誦讀。時或加笞。已復流涕。中心實憐愛之也。出入必令老僕隨之。戒毋與輕俠遊。朱公前妻有贅女。孺人爲取壻。終身養之。女死。復收卹其孤。嘗寄人黃金。其家遭變。倉卒不知其鎰。但以枚數使二嫗舁來。及歸時。或勸銘之而藏其贏。孺人不許。遂完歸之。察卿已成立。孺人曰。吾死。可以下見汝父矣。孺人年五十。奉佛道齋疏十有六年。臨死。召戚屬分叙衣辭訣。謂察卿及其女曰。吾死。毋遽哭。我以怛化。俄頃。整襟而逝。

歸子曰。余至上海。過察卿所。讀其先世遺集。自元仲云先生以來。三百年世有文學。而朱公所至官。著風節。及觀察孺人之事。海上稱詩書禮義之家。有以哉。察卿復攻文有孝行。不媿賢母之教云。

俞楫甫妻傳

俞允濟楫甫妻周孺人。生而令淑明敏。其死。楫甫哭之。悲甚。女子死。不以色愛。而使丈夫悲之。未有如孺人者也。孺人祖倫。刑部尚書康僖公。父鳳鳴。大理寺左寺丞。母顧氏。封宜人。孺人少通孝經小學。歘見奇警。大理公曰。吾得生男子。如此女足矣。有以錦綺來市。心欲之而不敢言。大理公知之。謂顧宜人曰。壻家貧。女須荊釵布裙。無用此也。孺人慚。後常卻紈麗不御。初。楫甫父璋。與大理同進士。卒官評事。宦不遂。而周氏父子官顯。門戶赫奕。而楫甫近衰落。孺人恬然不知爲尚書家女。姑病。日侍湯藥。喪之盡哀。楫甫有兩兄。同居三十年。娣姒間絕無嫌間。楫甫從父官嶺南。觸瘴霧。獨遺一女子還。孺人育養齎嫁。尋死。復爲治葬具。治家儲偫米鹽。賓客張具。必盡其能。見里媼慰姁。未嘗以色加。時縣胥以稅糧爲奸利。巧設方故以疑誤人。謂之改兌。楫甫亦惑而從之。孺人曰。此雖獲少贏。後必悔。未幾事敗。楫甫甚不樂。孺人曰。事豈可復悔耶。第償之而已。大理既歿。家人有疑事。顧宜人輒就問其女。蓋推其明識也。卒年四十三。

贊曰。余聞楫甫稱其婦如此。問其姻戚。良然。女子賢。異於丈夫。而行顧不外聞。人以是輒不信。余嘗再失婦。令楫甫之悲。而不能以告人。其悲也。獨自知之而已。昔雍門子吟而孟嘗於邑。事固有相感者。悲夫悲夫。

卷二十八　譜　世家

夏氏世譜

禹之先。出於黃帝。而別氏姓姒氏。其後分封以國。爲姓有夏后氏。夏今陝州夏縣。禹所都。因以爲有天下之號者也。殷湯時。有夏革衞。有夏戊夏期。而陳別有夏氏。以王父字。所謂少西氏。嬀姓之後也。楚漢之際。陳餘爲代王。以趙王弱。國初定。自傅之。夏說爲相國。守代。漢易太子。夏黃公避秦而隱。留侯招之出。卒定漢嗣。夏寬從申公齊魯間受詩。事武帝爲陽城內史。以廉節稱。夏恭蒙陰人。習韓詩孟氏易。光武拜爲郎中。遷泰山都尉。從學者常千人。門人私謚曰宣明。其子牙。擧孝廉。鄉人稱爲文德先生。而夏勤官至司空。夏馥陳留圉人。與范滂張儉同被詔捕。爲黨魁。變形入林慮山中。夏統者。不事司馬晉。傲睨王公。賈充見於洛水而異之。夏方者。少喪父母。負土爲墳。虎豹皆來。馴擾其傍。爲五官中郎將。除高山令。統。方。皆會稽永興人也。夏孝先。桐廬人。嘗廬墓。有野火延燒近墓。孝先悲繞號慟。鳥獸羣以毛羽濡水撲滅之。宋夏遇。幷州榆次人。爲武騎將軍。與契丹戰歿。子守恩。天雄泰寧武寧節度使。守贇。同知樞密院事。贈太尉。謚忠僖公。守贇子隨。都總管。沿邊招討副使。贈昭信軍節度使。謚莊恪公。並寵顯於眞宗仁宗之世。任西北邊帥。夏承皓。江州德安人。以右侍戰歿於契丹。子竦。同中書門下平章事侍中。鄭國公。謚文莊公。子安期。龍圖閣學士。兼侍讀。知延州。竦有文學才術。而安期亦以才居邊任。夏執中。袁州宜春人。姊宋孝宗成恭皇后。以恩澤官奉國軍節度使。提擧萬壽觀。加少保。循守禮法。不以外戚干政。初秦莊襄王母夏太后。宋成恭皇后。國朝武宗莊肅皇后。夏氏爲皇后者三人。莊肅皇后。洛陽人也。宋末。夏士林爲簽書樞密院事。

夏貴爲樞密副使。兩淮宣撫大使。貴竟以兩淮歸元。爲淮西安撫使。而元軍入皖城。通判夏猗死焉。國朝高皇帝。起兵定天下。夏氏爲元帥總管。功在太常者五六人。刑部尙書夏恕洛陽人。而夏元吉爲戶部尙書。輔佐五朝。當世以爲名臣。贈特進光祿大夫太師。謚忠靖公。忠靖公湘陰人。其先自會稽徙也。蓋禹之後。別爲姓以百數。有扈。有男。斟尋。彤城。褒。費。杞。繒。辛。冥。斟。戈。此其章章者。禹以明聖爲天下山川神主。聲教訖于海外。故自周武王封杞。後亡。而越勾踐興。其後有閩越王無諸。粵東海王搖。至餘善滅國。而孫王股等。猶爲萬戶侯。而桀子淳維。居於北陲。世爲北狄主。雖在蠻夷。皆爲君長。則禹之遺烈遠矣。初禹崩會稽。杼封以爲世祀。二十餘世至勾踐。及無疆滅於楚。楚盡取吳地至浙江。越以此散爲君王。居海濱。無疆之長王去瑯琊。無諸保泉上。漢旣郡兩粵。而姑粵區句。章。吳門。餘後。黃林。餘不甌。鄧猶。皆越之餘也。故夏之著者。在會稽。今吳郡夏氏。當方谷珍之亂。其家殲焉。亮方孩。母抱以逃。後適海虞雙鳳里。朱氏因冒其姓。夏氏之老姑。自滇南來。尋訪其家。獲亮。告以其故。亮始知其先居崑山之太倉。曾祖曰景芳。祖曰君實。父曰文通。亮後以子貴。封中書舍人。贈中憲大夫。太常寺少卿。葬馬鞍山。四子昺。㫤。杲。晟。昺字孟陽。以薦入中書。授河南永寧縣丞。送徒天壽山。坐事謫隆慶。復召爲中書舍人。㫤字仲昭。少爲諸生。事訓導盧從龍。太守姚善。死國難。株連黨與。及從龍諸生逃散。㫤獨不忍去。人高其義。舉進士。選翰林院庶吉士。太宗皇帝愛其書。日被顧問。上嘗以其名昶。云日當居上。改昶爲㫤。故世以昶字皆作㫤云。仁宗皇帝在青宮。與舍人朱孔易。秀才淩晏如。竝直東華門。時尙書蹇義學士楊士奇贊機密。㫤預焉。詔㫤書北京宮殿榜。會脩釋典。集朝士及天下名僧書。上親第㫤書第一。授中書舍人。直文淵閣。進考功主事。正統中。纂脩仁宣二廟實錄。書御覽諸書。及皇陵碑。知瑞州。入爲太常寺少卿。遷本寺卿。後累加正議大夫。資治尹。中奉大夫。㫤善寫墨竹。妙絕一時。海外朝鮮。日本。暹羅諸國。爭重購之。爲人灑落。篤於倫誼。初昺戍隆慶。杲亦從坐。㫤徒步往省。脫杲於難。後言于院長。薦昺授中書舍人。㫤居翰林二十餘年。其子文振。復在中書。父子兄弟。世掌絲綸。當世以爲榮。而吳中稱富貴孝友之家。必曰夏太常。賜葬迎鐘浦。昺二子。欽字克承。葬齊禮坊。二子寅辰。錦字德文。一子津。字時濟。

鄉進士。知象山。昌化二縣。病還昌化。民遮道泣留之。津有孝行。嘗作夏氏譜。录子三人。鉞字德威。承事郎。以廕讓其弟。太常既老。簪娛奉之。極亭館花木之盛。爲人有義俠風。三子。景淵。景濂。景湘。鐸字文振。以字行。录進其書。景皇帝命入中書。累官舍人。大理寺右寺正。六子。景澄。景瀾。景潤。景洪。景淮。景清。鎡字德年。廕補南京光祿寺署丞。葬白馬涇。三子。景淳。景灝。景瀚。杲字季明。子一人。錡無後。晟字季章。子一人。鑑二子。天恩。天宥。寅之孫璋。復爲族譜。今序止太常之孫。其後支庶。並詳於譜圖。

歸子曰。余譜夏氏。有夏后氏。而又有夏氏。蓋后之省也。世謂周成王封夏公。余考之。不然。二王之後。杞爲公。疑夏公即杞公也。世代綿邈。子孫播散四方。不可復紀。惟越守禹冢。祀會稽。千餘歲不絕。故言江南之夏。孫會稽近之矣。

歸氏世譜

歸氏其先胡子國於汝陰。魯昭公十四年。胡子始見于春秋。而昭公母夫人歸氏也。當是時。荊楚憑陵中夏。暴橫江淮間。胡小國。不能自立。與江淮沈頓相隨服屬于楚。嘗從楚伐吳。敗于雞父。其後亦時從諸侯侵楚。定公十五年。楚子滅胡。以胡子豹歸。太史公以其微。不爲世家言。故莫知其得姓所始。於古帝王功臣何祖也。胡既亡。子孫散在他國。或以國氏。或仍歸姓。歸姓歷秦漢魏晉。至于隋無紀。唐天寶中。崇敬舉博通墳典科。對策第一。爲史館脩撰。代宗幸陝。召問極言生人疲弊。當率天下以儉。富國迺可以用兵。大曆初使新羅。贈遺無所受。當世傳其清德。崇敬治禮。家學尤爲諸儒所服。累遷翰林學士。兵部尚書。封餘姚郡公。謚曰宣。子登。事後母篤孝。舉孝廉。復以賢良對策。拜右拾遺。抗論裴延齡。及爲起居舍人。十五年不遷。澹如也。順宗時。爲皇太子諸王侍讀。獻龍樓箴以諷。憲宗每咨政理。登所對。中外傳以爲讜言。官至工部尚書。封長洲縣男。謚曰憲。子融。元和中進士。歷官翰林學士。御史中丞。劾奏湖南之進羨錢者。官至兵部尚書。太子少傅。封晉陵郡公。會昌中。少儒者。朝廷禮典。多本融議。融五子。仁晦。仁翰。仁憲。仁紹。仁澤。皆舉進士。至達官。仁澤以第一人至列曹。尚書觀察使。子藹。亦舉進士。拜侍御史。爲朱全忠所怒。貶登州司戶參軍。同光初。爲尙書左丞。吏部侍郎。太子賓客。致仕。譓子倸。復舉進士第一人。官至禮部侍郎。而後至于宋無紀。元有曰暘者。至順初舉進士。同知潁州。年少精敏。能擊斷。河南有大賊。殺行省官爲亂。刼暘守黃河口。暘守死不從。由是名聞天下。拜監察御史。入朝。順帝加獎。賜以上尊。累官刑部尙書。集賢學士。國子祭酒。蓋自秦至于唐。而得宣公一人。傳子至孫。自唐至于元。而得集賢一人。以歸氏數千年來。所紀者如此。亦可慨矣。或曰。盛德必百世祀。原歸氏所起者微。故其後莫顯。夫史之闕久矣。唐虞之際。十有一人者。垂。益。夔。龍。不知所封。咎繇之後。英六無譜。咎繇。垂。益。夔。龍。豈其微者哉。或曰。歸氏自亡國後。世居於吳。未嘗遠徙。故吳中相傳。謂之著姓。然自宣公累世貴盛。爲吳人。而集賢實居汴梁。不知汴梁是何別也。今他處亦頗有歸氏。而惟吳中爲多。吳中之歸。皆宗宣公。有光之所可知者。始自湖州判官罕仁。罕仁而上十五世。至太子賓客譓。其譜失亡。罕仁生道隆。居崑山之項脊涇。今太倉州也。道隆生廉訪使德甫。德甫生子富。子富以洪武六年徙崑山治城之東南門。子富以下。崑山之族。可得而詳焉。其別者。居吳縣。或居太倉。或居嘉定。或居湖州。其在長洲者。居婁門。或居沙湖。在常熟者。居白茆。

歸氏世譜後

吾歸氏之譜既亡。吾祖之高祖。始志其里居世次。而曰高祖罕仁。唐太子賓客譓之十五世孫。宋末。任湖州判官。以此知吾家本於宣公。而不得其世次名諱。不可譜也。又曰。曾祖道隆。自號居士。祖德甫。仕河南廉訪使。天下亂。失官。稱提領。生考子富。洪武六年。徙崑山之東南門。此其所可攷者。其他行事莫詳也。吾祖之高祖。諱度。字彥則。少喪父。而所生母亦已先亡。事嫡母甚孝。處兄弟有恩。弱冠。坐事亡命。走西南萬山中。經辰水。麻合山。烏江。紫梢巒峒數處。幾死。常有神人護之。自播州轉入丁山。丁山之神。夜來與語。其貌甚偉。曰。吾姓褚氏。導以如巴中。巴人以爲神。相與敬愛之。居九年。赦歸。時洪武三十年也。將渡江。又有戴笠者。若云江不可渡。是日大風。諸渡者盡溺死。以此獨免。永樂中。以人材徵。辭不就。初。高祖兄弟三人。高祖獨有七子。子孫最繁衍矣。高祖治家有法。年老益精明。每鷄鳴。子壻方巾布袍。揖而受事。及暮。復命。亦如之。諸婦小有言。即曰。兄弟所以失愛者。皆婦人之爲也。使謝過。乃已。作遺訓數百言。又爲書云。吾少聞先考之言。吾家自高曾以來。累世未嘗分異。傳至于今。先考所生吾兄弟姊五人。吾遵父存日遺言。切切不能忘也。爲吾子孫。而私其妻子。求析生者。以爲不孝。不可以列于歸氏。其所以訓如此。亦可以見吾歸氏之紀。雖不詳。而家法相承之厚也。吾祖之曾祖諱仁。字克愛。爲人剛毅。必行己之志。不爲勢力所怵。以高年賜冠服。吾高祖諱璿。字文美。例受承事郎。生而奇偉磊落。然自尊奉。每飯未嘗不鳴鼓也。好飲酒。恆至達旦。賓客往往自失亡去。高祖儼然無倦容。明有天下。至成化弘治之間。休養滋息。殆百餘年。號稱極盛。吾歸氏雖無位於朝。而居於鄉者甚樂。縣城東南。列第相望。賓客過從。飲酒無虛日。而歸氏世世爲縣人所服。時人爲之語曰。縣官印。不如歸家信。高祖同時諸昆弟。並馳騁因爲武斷者。或有也。高祖與諸弟出。常乘馬。行者爲之避道。其後縣令方豪。年少負氣。士大夫多爲所陵。然曰。惟歸氏得乘馬。餘人安可哉。高祖歿於正德三年。有光已生三年矣。吾曾祖諱鳳。字應韶。曾祖美姿容。恂恂愛人長者。治尙書。精誦雖奏厠不輟。成化十年。中南京鄉試。北上。人有居京師者。其家寄遺以百金。曾祖中途遇掠。盡以己貲與之。竟完金以歸其人。弘治二年。選調城武縣知縣。務休息其民。兗州太守龔弘。御吏嚴明。少當其意。顧獨愛曾祖。然曾祖雅不喜爲吏。每公退。輒擲其冠曰。安用此自苦。亡何。以病免歸。曾祖母林氏。世宦族。祖鍾。爲山東參政有名。曾祖母歸歸氏。事上撫下。曲有恩禮。宗黨稱之。曾祖嘗夜臥。聞枕間有鐘鼓聲。及卒。柩上有聲如鶴。曾祖母未幾亦卒。有光受命於吾祖。而其述止此。時嘉靖之二十年也。

與安伯世家

與安伯徐祥。興國大冶人。初爲陳氏萬戶。至正辛丑。江州附隸傅友德軍。與從征黃梅東。勝數有功。洪武八年。由西安護衛馬軍小旗。除金吾左衛百戶。從征松花江。黑山。乃兒不花塔灘里。陞副千戶。己卯。燕兵起。祥首識帥師奪九門。克居庸關。陞燕山左護衛指揮僉事。尋改左衛指揮僉事。援兵懷來。破雄縣。按兵月樣橋。追敗大軍於莫州。復敗之於真定。出劉家口。破大寧。敗齊尚書軍於鄭村垻。陞指揮同知。尋陞北平指揮僉事。破廣昌。庚辰。克蔚州。攻大同。大戰於白溝。攻濟南。陞指揮同知。辛巳。敗長圍軍於雄縣。敗大軍於夾河。大戰藁城。復敗之。攻順德。至彰德。破保定西水寨。敗援軍。壬午。破東阿。東平。汶上。至鳳陽。奪河南橋。小河垻。鳳凰山。與大軍戰於齊眉山。敗潧軍於靈璧。復敗大軍於營寨。取泗州。盱眙。渡江。入金川門。楚歲冬封功臣。皇帝制曰。昔我皇考太祖高皇帝。峻德廣運。格於皇天。光天之下。用集大成。亦有熊羆之士。不貳心之臣。庸作股肱心膂。左右弼成。悉視功載。懋之官賞。列爵崇報。萬世有辭。皇考升遐。建文即位。自絕於天。改更成憲。屢造大愆。圖任側媚。咸劉宗親。禍延於朕。朕不獲已。以爾有衆。底天之罰。咨爾都指揮使徐祥。事朕藩邸。首獲奸兇。內奪九門。外攻居庸。追戰莫州真定。應援永平。走遼東兵。從下大寧。捷於蠕上。白溝大戰。遂取滄洲。威深夾河。藁城西水。小河靈璧。每有功能。克堪用武。輔成大勳。疇咨於衆。惟良顯哉。是用授爾奉天翊衞。宣力武臣。特進榮祿大夫柱國。興安伯。食祿一千石。子孫世世承襲。乃與爾誓。除逆謀不宥。其餘若犯死罪。爾免二死。子免一死。以報爾功。於戲。位不期驕。祿不期侈。其益遜乃志。宏乃量。以持乃祿位。朕無忌爾功。爾亦無忘朕訓。常以暇逸。思其艱難。常以富貴。思其貧賤。欽哉。惟克永世。永樂二年。興安伯祥卒。孫亨嗣。十一年。亨從駕北征。至紅山嘴。敗瓦剌於蒼雌峽。二十年。至渠列兒河天城等地。二十一年。至陰山。二十二年。至半邊山西路。奉駕南還。宣德二年。與黔國公征交趾。失利。正統九年。征兀良哈三衞。出界嶺口。河北川。敗賊師。多鹵獲。賜誥券。進封興安侯。興安侯常守關中。侯弟愷居京師。一日。天子集諸武臣。及子弟馳騎。命懸本爵牙牌。奪得公者與公。奪得侯者與侯。愷直馳豐城侯。奪其牌。豐城初不覺。既而請於侯。侯顧愷解還之。人多其不競。天順四年。興安武襄侯卒。子賢嗣爲興安伯。賢卒。子盛嗣。盛卒。從弟良嗣。良祖母故小妻也。良父既生。而其祖繼娶定襄伯女。及是。郭氏之孫。與良爭襲。朝議以郭氏初嘗適人。法不得爲正嫡。良竟得襲。良年五十。猶日於大中橋受雇。爲人汲水。比都督府求爲興安伯嗣。乃謝其鄰而去。良僉南京中軍都督府事。奏請給其祖父母誥命。尚書楊一清議。以私親不宜干大宗。不許。嘉靖癸巳。良卒。子勳嗣。乙未。勳卒。先是賢以跛足免朝參。革去半俸。劉瑾時。革去折色二百石。才得食祿三百石。折色五百石。迄良之世。不能復也。祥季子麟。金吾衛指揮同知。洪武末。虜騎臨城。內外震恐。麟挺身出。閉午門。亦以功世官南京。

贊曰。予至南京。嘗館于興安伯家。觀太祖太宗所賜鐵榜板榜。其于功臣訓戒切矣。河山帶礪之盟。宜與國長久。而當時封爵存者十二三。興安雖式微。其世次頗可敍述云。按諸刻及抄本敍事甲子皆誤以燕兵起爲庚辰以克蔚州爲辛巳敗長圍軍爲壬午破東阿至入金川門爲癸未與國史皆差一年未知爲其家文字之誤先太僕仍之而未及詳考歟抑抄寫者之誤歟今據國史正之贊語諸本各異崑山刻本以興安伯勳齎金入京求嗣事作結常熟本有興安伯死子幼門第荒涼等語今皆不用獨從家藏抄本

記壬午功臣

壬午封爵之稱有四。曰輔運。曰翊運。曰靖難。曰翊衛。或因或革。而三等之祿。又各自有差次。其間或襲或降。或止其身。又有不同焉。凡封爵有三十。嘉靖時。存者。成國。鎭遠。永康。武安。恭寧。保定。隆平。興安。應城。忻城。襄城。新寧。平江。一公六侯六伯云。

公二

靖

成國朱能　淇國邱福

五千二百石　二千五百石

附舊爵增祿一

輔原封

曹國李景隆

加一千石

侯十有四
靖
永康徐忠　武安鄭亨　成陽張武　同安火真
一千二百石
運
武城王聰　泰寧陳圭　保定孟善　鎮遠顧成
靖　輔　靖
靖安王忠　永春王寧　武定郭亮　隆平張信
一千石　一千二百石世伯　一千石世伯
安平李遠　思恩房寬
世伯　八百石世指揮使
伯十有四
衞
雲陽陳旭　武康徐理　興安徐祥　應城孫巖
一千石
都指揮同知淵之子
忻城趙彝　信安張輔　襄城李濬　新寧譚忠
運　衞
順昌王佐　平江陳瑄　新昌唐雲　富昌房勝

一千石世指揮使　世指揮使　世指揮使　世指揮使
運　兵部尙書
廣恩劉才　忠誠茹璐
九百石世指揮同知　一千石不世

附

驃騎將軍都督僉事張輿
驃騎將軍都指揮使張成

卷二十九　銘　頌　贊

爲畬居銘

崑山之俗。自昔號爲淳朴。葉文莊公嘗稱鄉先達。自吏部尙書余公燦盧。兗州熊林。參政鍾呂。沁州昭。其子僉事旦。朱舍人吉。范御史從文七人者。其孝弟忠誠。足以爲鄉里表式。後生小子。有所憚而不敢爲非。然當文莊公在時。已憂老成彫謝。而典刑之日遠矣。況今去文莊之世又遠。鄉之亂俗者。如蘇明允之所謂其輿馬赫奕。婢妾靚麗。足以蕩惑里巷之小人。官爵貨力。足以搖動府縣。矯詐修飾。足以欺罔君子。爲鄉里之大盜者。往往而然也。予幼及見饒州通判陶先生。於文莊公時猶近。其人安貧自足。無營於世。卒窮困以沒。嘗自爲生誌曰。曾大父始居崑山。五傳至予。更其舊廬。然自宦饒還。歲典衣以供薪粟。卒又易主僦居。三年始定今居。自正德丁卯鄉薦。丁丑。除授寧波府學訓導。己卯。福建同考試官。嘉靖六年丁亥。九載秩滿。陞饒州府通判。上任甫三月。內含幼子夭折之戚。外受風寒跋涉之勞。病眩氣鬱。長久而呼吸僅屬。累乞致仕。上官抑不以聞。爲御史劾當改調。幸遂歸志。乙未秋。得末疾。杜門不出。待終于家。自念居常無駭俗之行。遊宦無出衆之能。恐沒後乞銘於人。少譽之過情。祗資識者談笑。乃備述履歷。刻諸壙石。昔漢東平王蒼嘗曰。爲善最樂。每愛其言。學而未能也。愧無以遺後人。而不敢不爲善。實吾之所遺也。予讀其辭。真質可愛。信乎其爲有德君子耶。先生沒後十有四年。子秉端即其室。扁之曰爲善居。觀其所以能遵其乃考之訓。益見先生之所以遺之者厚矣。如明允所謂者。身且未歿。積不善之殃。昭著目前。尙不覺悟。方猶眩耀於鄉里之人。不媿先生也哉。銘曰。

玉山之闉。婁江之垠。山明水秀。其民屯屯。自古先哲。抱朴含淳。彼何人斯。汩其彝倫。爲夔魍魎。白日見形。自彼小人。駭惑逡巡。流俗奔化。俱爲風塵。于車上舞。芬華日陳。維是令門。子孫循循。究其德音。厥考是遵。爲善最樂。我懷其人。

素節堂銘

天地萬物之初。皆起於素。窮人情之欲。好智慮而趨於文。先王爲之禮。備其鼎俎。設其豕腊酒醴。黼黻文繡。莞簟丹漆彫幾之美。然必明水疏布蒲越藁鞂素車之尙。東漢之時。崇用悃愊。三公皆敝車羸馬。布衣瓦器。其時天下多高節。後世莫及。晉泰始以後。競以侈靡放誕。致胡羯之亂。則士大夫之好尙。顧可不慎與。刑部尙書周康僖公。懸車之日。建堂於崑山之里第。而榜其額曰素節。當公之時。國家已一百七十餘年。天下亦少文矣。今仲子太僕君。尤以謹飭能世其家。嘉靖三十九年九月望日。余飲酒於其堂。追感公之志。而嘉太僕之善繼。爲之銘曰。

顯允康僖。弼我明時。歸老于家。素節以居。羔羊之詩。揭我堂廬。豈于其家。蓋著厥志。大臣之志。其以慮世。維古之初。曷云其季。俗化日流。滔濫靡制。逡逡太僕。克茂厥祉。庶其萬年。貽爾孫子。

鎭平王府大奉國將軍孝門銘

太祖高皇帝之子曰周定王。定王之子曰鎭平恭靖王。恭靖王生七鎭國將軍子圿。鎭國生三輔國將軍同鍇。輔國生大奉國將軍安河。國制。王庶子子孫遞降爲將軍中尉。世饗祿入。蓋皆漢之王子侯也。周定王。成祖文皇帝同母弟。最爲親睦。永樂間。王獵于鈞州。得神獸以獻。蓋騶虞云。故周藩代有明德。而恭靖之後。尤以書禮著稱。奉國生而穎異。通諸經史。天性至孝。母賈夫人患瘵。日夕侍湯藥。不解衣帶。嘗便甘苦。以伺其劇差。賈夫人欲食野禽肉。奉國泣往求之。復刲股以進。病是以蘇。其後賈夫人歿。哀毀骨立。廬居三年。及輔國病。亦如侍賈夫人。而日夜籲天。乞以身代。病更已。有烏千數集於庭樹。飛鳴不去。王聞。上其事。已而巡撫河南都御史。又交上其事。天子異之。使中書舍人扈永通。錫璽書褒獎焉。是歲嘉靖十一年也。於是沐有司。奉以從事建旌孝之門。奉國好文。尊禮賢士大夫。而長中尉睦樿益修學知名。當世識者。以恭靖之族。比漢紅侯及北海王睦。追向歆。騶騄。累世文學。奉國父子無忝矣。至於以孝行。受旌主上。二族所未有也。嗚呼懿哉。銘曰。

太昭廿餘。周次以五。分王諸子。成實同母。脹膰之國。親睦無伍。麟趾流化。騶虞前靚。兆祥集祉。施于鎮平。鎮平綿綿。孫子淑清。奉國克孝。性由天成。懿德實行。昭我皇明。天地人貴。人行孝大。自天顯異。光賁億代。於穆皇風。自家而國。錫汝蒸民。罔不保極。按紅侯乃楚元王之後向歆之先世也名富舊刻誤作紅陽侯紅陽侯乃王立王氏五侯之一也

聖井銘

余讀金史。皇統二年。使劉筈以袞冕玉冊。冊宋康王爲帝。以臣宋告中外。嗟乎。中國於是不得爲中國矣。紹興君臣。萬世之罪人也。昔晉永嘉之亂。其禍不異靖康。然江左世守正朔。歷五代。至於陳亡。以其力不足與中原抗。而未嘗少屈也。孔子曰。微管仲。吾其被髮左衽矣。五代之君。其功豈在管仲之下哉。陳高祖平侯景之亂。卒禪梁祚。恭儉勤勞。志度弘遠。江左諸帝。號爲最賢。余來長城。遊下箬里。觀其故宅。相傳其始生時。井中沸涌。出以浴帝。今其井尚如故。慨然而歎。令人去薉翳而出之。作亭於其上。銘曰。

帝王之生。靈感幽贊。膺沸水泉。浴帝始誕。流虹瑤月。應時則滅。惟不改井。於今不竭。我尋華渚。翳桑之處。寒泉古甃。如見其沸。赫赫陳祖。大業光燦。寂寞沛鄉。吾茲感歎。嗟後之王。荒墜厥緒。麗華辱井。建康所記。

書齋銘

齋。故市廛也。恆市人居之。鄰左右。亦惟市人也。前臨大衢。衢之行。又市人爲多也。挾策而居者。自項脊生始。無何。同志者。亦稍稍來集。與項脊生俱無中庭。以衢爲庭。門半開。過者側立凝視。故與市人爲買賣者孰。舊地目不暇舉。信足及門。始覺而去。已乃爲藩籬。衷以脩扉。用息人影。然耳邊聲閧然。每至深夜。鼓鼕鼕。坐者欲睡。行者不止。寧靜之趣。得之目而又失之耳也。項脊生曰。余聞朱文公欲於羅浮山靜坐十年。蓋昔之名人高士。其學多得之長山大谷之中。人跡之所不至。以其氣清神凝而不亂也。夫莽蒼之際。小邱卷石。古樹數株。花落水流。令人神思爽然。況天閟地藏。神區鬼奧邪。其亦不可謂無助也已。然吳中名山。東亙巨海。西浸林屋洞庭。類非人世。皆可宿春遊者。今遙望者幾年矣。尚不得一至。即今欲稍離市廛。去之尋丈。不可得也。蓋君子之學。有不能屑屑於是者矣。管寧與華歆讀書。戶外有乘軒者。歆就視之。寧弗爲顧。狄梁公對俗吏。不暇與偶語。此三人者。其亦若今之居也。而寧與歆之辨。又在此而不在彼也。項脊生曰。書齋可以市廛。市廛亦書齋也。銘曰。

深山大澤。實產蛇龍。哲人靜觀。亦寧其宮。余居于喧。市肆紛邪。欲逃空虛。地少天多。日出事起。萬衆憧憧。形聲變幻。時時不同。蚊之聲雷。蠅之聲雨。無微不聞。吾惡吾耳。曷敢懷居。學顏之志。高堂靜居。何與吾事。彼美室者。不美厥身。或靜於外。不靜於心。余茲是懼。惕焉靡寧。左圖右書。念念兢兢。人心之精。通於神聖。何必羅浮。能敬斯靜。魚龍萬怪。海波自清。火熱水濡。深夜亦驚。能識鳶魚。物物道真。我無公朝。安有市人。是內非外。爲道爲釋。內外兩忘。聖賢之極。目之畏尖。荆棘滿室。厥恐惴惴。危皆是習。余少好僻。居如處女。見人若驚。噤不能語。出應世事。有如東縛。所養若斯。形穢心恧。矧伊同胞。舉目可惻。藩籬已多。去之何適。皇風既邈。淳風日漓。誰任其責。吾心孔悲。人輕人類。不滿一瞬。孰塗之人。而非堯舜。

清泉銘

崑山司訓袁先生。宜春人。名豐。字某。別自號清泉子。蓋其居地名馬領清泉云。予攷袁郡圖經。有大袁山。小袁山。相傳漢高士袁京隱於其下。後人以名其山。又別有袁嶺。以爲袁閎嘗所隱處。閎汝南公族。無繇至此。史稱其晦跡亂世。自投深林。其至袁嶺。或當在延熹以前耶。世謂袁州之袁。皆京之後世子孫也。今先生自托於清泉。夫安知數百年後。清泉不復姓袁也耶。何豫章山水之多袁也。先生云。清泉發馬領。演迤而東。過其居之南。出虎狼東岡。岡之南爲石鏡雲峯。峯之東爲南峯。南峯隔清泉道。適與其居相對。而馬領在其西。往往有菴院林木泉水。流布灌田數百頃。予愛其清泉之名。爲之銘曰。

天一生水。地六成之。勤溶無形。孰能識窺。泚泚之泉。見於山下。我儀其德。宿汚以化。

几銘

嘉靖三十六年丁巳上元于世美堂以皇慶舊材作

惟九經諸史。先聖賢所傳。少而習焉。老而彌專。是皆吾心之所固然。是以樂之。不知其歲年。

順德府几銘

余爲邢州司馬。無所事事。署中無几案。可以讀書。會大風拔木。城外倒柳無數。因于太守。乞得一株。以製是几。銘曰。閒治天下。何異牧馬。挾冊而狂。自同亡羊。噫嘻。非熊無夢。獲麟有書。呂望老矣。尼父吾師。

太行石銘

余有事黄寺道中。得巧石二。高者近二尺。庳者尺餘。慕東坡先生之高致。攜歸買盆。貯水供之。而爲銘。

聞昔大士。坐此巖巃。西海之西。東海之東。雲車徜徉。吾安所從。我慕東坡。願作此供。以四海水。貯於盆中。

其二

是石尺餘。太行之遺。置一几間。分山東西。

西山石銘

余得西山石五。豎其一於郡齋。其小者二株。貯盆中。爲几案之供。其二猶倒臥壁間。皆勒銘其背。余將行。不忍棄去。攜其四以歸。蓋嘗時至清河。涉江淮。舟苦風飄。須石以鎮之。雖米南宮之癖不可療。亦復慕吾郡陸鬱林之高風云。

中央古帝久已死。日鑿一竅不肯已。儵兮忽兮何婆娑。吾學老龍惟隱几。

其二

太行崔嵬摩高穹。沫流碎濺沙土中。混沌古色巧撥空。宛如東南花石同。始知大塊一氣融。山川萬里常相通。誰將玉井芙蓉供移置吾家五湖東。

松江新建行省頌

自諸侯爲郡縣。古牧伯之制。已不復存。漢稍置十三州部刺史。刺史秩輕位下。故有州牧之改建。漢末。並自九卿出領。位任益重。魏晉以來。有持節都督之號。然天下州道。大抵無慮數人而已。蓋自唐之開元天寶。宋之熙寧元豐。監司莫盛于此時焉。元有天下。外省與內宰相並建。凡行省官。皆宰相職也。今制。官名雖異而建置實同。參政之名。即參知政事之舊也。猶宰相職也。近者。朝廷以東南財賦事重。設山東行省於蘇州。以藩屏重臣。分司圻甸自此始。書曰。王朝步自宗周。至於豐。以成周之衆命畢公保釐東郊。猶宰相職也。嘉靖某年。翁公實來涖任。適海上有倭寇之警。公敭歷中外。望實俱隆。簡在帝心。時松江古秀州華亭之境。被寇尤劇。詔俾公移治焉。識者謂公以畢公之德。而有南仲之威。以保釐之職。而兼往城之寄者也。蝦蟆小醜。不日蕩平。以紓我天子南顧之憂矣。小子不佞。辱荷甄陶。使與執經之末。又念吾東南之民。父子兄弟。將出之塗炭。而措之衽席之上。因松江新建行省。知太平有日。廼攷古官制。推公之職事。即古之牧伯與宰相之任。天下所以繫公者不淺也。遂作頌曰。

明明皇祖。定鼎初載。分畫郊圻。亙于大海。百八十年。帝命不改。蠢爾島夷。窮山阻餓。來求衣食。生此罪悔。天子曰咨。命我元宰。汝往作牧。于夷所在。惟此松江。湖海之匯。公來至止。萬民所待。衣其輕裘。匪甲伊鎧。我民之饑。勞徠不怠。我賦之逋。公無我罪。冥海波濤。風雲埃霾。曜然四除。萬里光彩。孰是番鬼。敢作奇侅。省府巍巍。公德磊磊。願公千歲。爲天子宰。公之勳庸。銘于鼎彝。

巡撫都御史翁公壽頌

章皇帝初命大臣六人。分巡天下。時周文襄公以工部右侍郎。巡撫江南。巡撫之名始此。其後在邊任者。兼戎馬之務。江南畿輔地。歲漕所仰領。財賦而已。自頃倭夷爲患。朝廷并敕以閫外之事。寄任滋隆焉。倭國前世爲寇絕少。國初有之。故備倭之衞。起自遼海。接於閩廣。首尾聯絡。祖宗制馭之法甚詳。百餘年來。中國晏然。頃歲忽肆憑陵。學士大夫。策之詳矣。愚嘗讀史。魏正始中。夫餘爲勿吉所逐。涉羅并於百濟。兩國之貢不至。宣武帝於東堂引見高句麗使者。面諭以連率征討綏懷之略。謂海外九夷黠虜。唯高麗能制之也。今世朝鮮國。最號恭順。倭奴侵犯。此事宜可以責之。不然。當申中國之威。如前世慕容皝。陳稜。李勣。蘇定方。未嘗不得志於海外。或以元人五龍之潰爲創。此自由將帥之失耳。然是二者。草野籌之。廟堂之議。不及于此。豈以天下之根本。在內不在外。故惟慎選撫臣。爲安內攘外之長策也。大中丞姚江翁公。弱冠登第。由省郎出爲兩司。才望鬱然。今自山東左方伯。陟內臺膺巡撫之命。是歲適海波清晏。夷氛不作。識者已知公之福德矣。先是。吳地荒旱。民無宿儲。然且北轉三邊之輸。南增兩海之戍。邑里蕭然。時事孔棘。公憂國愛民之心。屢形於奏牘。方將減戍輕徭。省漕蠲逋。以蘇編氓之困。允矣仁人之言。宜國家委寄東南之重。而億萬生靈。恃之以爲命也。巡撫舊治南都。今命移治姑蘇。公度瀕海州縣道里之中。建治古婁江之上。于是三月某日。公降誕之辰。江南司府州縣官吏諸生耆老。咸來上壽。公辭不敢當。則又以南山有臺之詩。愛君子之德音。而祝之以眉壽黃耇。發于詠歌。人情之所不容已者。公其何以辭。頌曰。

於皇宣祖。纘運休明。閔是元元。肇飭拊循。于時文襄。卓爲名卿。前有忠靖。元圭告成。配食于吳。寢廟奕新。惟申與呂。自嶽降精。巖巖我公。聿追前閫。江海之壖。世樂耕耘。蠻夷恍惚。陵水來侵。天子曰俞。咨我元臣。寇匪外至。孽由內生。吏蠹民偷。狎于太寧。其撫吾人。毋訖於兵。公拜稽首。天子是承。是諏是詢。悉其呻吟。封章屢上。仁言諄諄。庶其可績。協是休聲。迢迢東海。依公爲城。願公百年。永保我民。

魁星贊

魁枕參首。星官之書。圖厥怪形。畫史之愚。吾所知者。犖犖天間。日月並麗。萬古常然。

葉文莊公像贊并序

文莊公之從孫女王子敬之外姑也。故得此像於內家。子敬大父。爲廣東參議時。布政使王公用兼。參議盛公思禹。皆公同縣人。見嶺南人語及公。往往流涕。而子敬外大父顧太守孔昭嘗以御史督學京畿。有口外試士懷公之作。其後欲圖公與孫秋官像。出入拜之。秋官亦吾鄉之先賢也。子敬少聞此言。於是以公像示予。請代爲之贊。

孰傳斯像。蓋有所自。猗與文莊。妻之外氏。高風遺烈。嶺海塞垣。焚香拜之。二祖有言。

弘玄先生自序贊

贊曰。弘玄先生老而貧。日以著述爲事。出無輿從。一童子挾書自隨。步履如飛。聞以所序生平示予者如此。可以知其志之所存矣。先生以國子上舍生。倅霍邑夷陵。今世爲官。恥不出進士。不肯爲盡力。人亦以非進士待之。雖有志終不獲見。故予復述先生爲兩州之迹。其志有足悲者。使爲進士。豈非世之所稱才賢者哉。初山西旱饑。命先生賑河東。芮陸。猗。夏。蒲。解。三十州縣。使一武官輦致銀數萬兩。而懷仁王府祿米久逋。王使人篡入府。已剖鞘出銀。先生使人言曰。天子憐晉人飢。故空帑藏以活之。今民旦暮死。王奈何取以爲己奉。即天子聞。王何以處。王大慚懼。完鞘還。武官至。則出銀堆排桌上。吏兩旁立。稱停裹紙。各書其人姓名。壹不涉手。以次俵散。民歡呼歌舞。晉人以甦。赦下行省。有牛酒文綺之賜。王府在霍城中。宗室常數百人。來索祿米。乘垣騎危。呼曰。今日不得米。飢死矣。先生與之言。氣和而剛。諸儀賓或曰。判官言是也。盍少去。待司符下。給我米矣。宗室皆曰。然。相牽攜而去。霍有荒田三千餘頃。歲責逋賦里甲。先生發庾粟千石。予里甲代耕。歲大熟。收麥數千。監司詬之曰。若何等官也。遂自擅命發廩耶。然而鉤考籍記甚明。不能加罪也。至今霍無逋賦。且人得私其贏以爲利焉。夷陵三四月多火災。火發有類若烏者。羣飛銜火至他屋。處處皆焚。山海經所謂畢方者也。然非如鶴。一足赤文而白喙者。柳子厚逐畢方文。蓋未嘗見。先生所見。實烏也。先生夜夢一人。白袍烏巾。翹右足。旁有一人言曰。此白將軍也。旦日民列狀請建火神廟。先生曰。吾夜夢乃秦武安君耳。先是。州有四綽楔通衢。四出皆已燔。先生建三重樓。設鐘簴樓中。爲武安君像而祀之。火患遂息。豈白起數千年尙燒夷陵耶。然神怪不可究知。子產實沈臺駘。黃熊之論非誣也。樓上望西陵石鼻天柱諸山。層巒疊巘如翠屏。李太白所謂巫山夾青天者。可以憑檻得之。而飛帆蕩槳出沒于蓮沱漩島之間。極荆楚之勝觀矣。秭歸治楚臺山上。久雨水壞石土。危城欲墜。議欲遷州。先生時攝守。爲之刋山麓。決沮洳。自陡波溝。縱橫而出之水。工費而人不疲。州遂不遷。白將軍樓。歸州街渠記。皆先生自爲文。車駕南巡。省檄統領輦夫萬人。上居飛龍殿。每一念至。即如陵上。不以朝暮。聞檄聲輒發。輦夫皆集。無失期。諸貴人率來取役輦夫。先生小冠匿他所。諸貴人皆不得取。送駕至樊城。大鴻臚揭簿呼名。先生與郡太守以下。皆先歸。有旨事過界不問。會天子已至鄧。故免譴。其後有按察司官。責先生以避事。官實後代。不知此時事。先生具言統領輦夫時。常懼不免死。官爲默然。一日。被檄至施州治獄。施去江陵數千里。南出夜郞。平時於郡。但以文書羈縻。無官長來見者。其帥以百鎰金置苞茗中餽。卻之。夜宿僧寺。蕭然賦詩。有暗室如白晝之語。都御史顧公璘。聞而歎獎之。夷陵故有黃陵廟。而城北夾河。亦有風濤之阸。先生爲作黃陵行祠。按黃陵在今巴陵。所謂瀟湘之尾。洞庭之口。而歐陽公但有黃牛峽祠詩。故東坡述公丁元珍之夢。及石馬繫祠門之句。勒石祠下。而先生云特黃陵廟旁有黃牛祠耳。蓋不知何年而變也。會陞開建令。不肯赴。僦舟還吳。以舟輕。夷陵人舁大石鎭之。先生意忻然。以自擬吳鬱林太守云。

王氏畫贊幷序

余妻太原王氏。嘉靖三十年五月二十九日卒。余哀念之至。恨無善畫者。因記唐人有云。景暖風暄。霜嚴冰淨。此爲吾妻畫也。又流涕誦揚子雲之詞云。春木之芚兮。援余手之鶵兮。去之百歲。其人若存兮。後二月。門人許進士。使其弟來畫。余口授之。許默然。良久。爲作此畫。家人見之。莫不悲慟。以示諸姨。皆流涕。小姨以爲真是吾姊。但不言耳。然如余所稱揚子雲虞伯施語。未能畫也。涕泣而爲作贊曰。

哀窈窕。思關雎。杳不見。乘雲霓。隨明月。遺輕裾。風蕭蕭。慘別離。來陳寶。景帝珠。何珊珊。是耶非。景帝珠不可曉疑有誤

卷三十 祭文 哀誄

祭方御史文

嗚呼。庚子歲有光與公孫元儒聯名薦書。是年九月同榜之士。使予爲文以壽公。予序公爲兩京御史時。猶見古所謂柱後惠文冠者。因略論數年間天下之事。詹事陸文裕公讀之。以爲知言。今俛仰又二十年矣。公孫蠖屈於南宮之試。予亦瓠落於東海之濱。當是時。公蓋相期以天下之士。而今何如也。嗚呼。富貴壽考。公則已矣。後生小子。嘆歲月之如流。而長年者之不能待。所以不知其涕之無從也。尙饗。

祭王方伯文

惟公早歲。奮跡甲科。踔厲風發。令聞孔多。始涖永康。民戴其德。疆理其田。石不可泐。分部南都。以奮餘皇。奔走江湖。啓處不遑。武寧王家。勳貴無二。獨繩其私。卒屈以義。于越之臬。遂視南海。睦政既通。黎亦知悔。受節章貢。威稜日著。帝用簡在。命端臺敍。公起諸儒。武服之共。愛人下士。所向有功。桃源華林。大帽狂猘。旌旗一麾。首縣頸繫。帝嘉其休。俾藩於滇。乃以將父。弗究其年。自公之歿。垂四十載。上習選愞。孰知敵愾。海島小夷。敢齮我疆。於今九年。我武未揚。故老流涕。思得公等。適會里社。薦公彝鼎。惟公孝友。宗黨所稱。況復才傑。起慕後人。公有令孫。辱之交游。敬進斯文。以侑醪羞。尙享。

祭王儀部文

嗚呼先生。早歲而孤。懿惟賢母。以訓以護。年踰弱冠。飛翔南都。大音不諧。連城屢刖。七上春官。每進踟躕。鄉里輕侮。見謂爲迂。先生弗顧。猶來于于。遂被首薦。冠絕羣儒。向之嗤者。自愧轂雛。吾崑名邑。世産瑾瑜。南都大魁。陸與

張瞿。先生接跡。夢兆前符。貢于大廷。夏璉商瑚。清華之職。奉常所需。稍陟儀曹。廓然天衢。天胡中道。頓蹶騶駼。嗚呼先生。今也則亡。人生之變。旦異夕殊。惟我吳越。山海隩區。二百年來。不聞鼓桴。一朝海上。有此倭奴。先生過家。仗節紆朱。方榮晝錦。忽聞惕呼。捐金散糈。以卹荷殳。厲志循城。卒全其郛。衆口鑠金。武夫睢盱。先生仗義。往明其辜。遂罹毒暴。俄焉告殂。八年輦下。首邱於吳。莫逃者數。天其可呼。歲之正月。歸先公墟。凡我親交。出祖於壚。有肉在俎。有酒在壺。先生有知。啜此清沽。嗚呼尙享。

祭朱恭靖公文

孝皇御極。十有八年。覆冒區宇。其仁如天。思遲多士。六策臨軒。唯崑爲縣。僻在海堧。三選大魁。公出其間。豐芑之遺。于今再傳。皆爲公相。燦爛星躔。公獨難老。齒德莫先。公之初登。屬世休明。在漢廷中。年如賈生。濟濟振鷺。談道虞黃。石渠天祿。經史是程。公守純質。不競於榮。卒以資敍。乃躋六卿。既長天官。居於洛京。召公之誥。未老而行。永賁邱園。令譽日隆。海內企望。天子臨雍。升歌鹿鳴。下管新宮。三朝禮建。比古榮躬。云胡不憖。遽爾告終。帝用震悼。贈卹寔崇。人臣之寵。其有始終。哲人云亡。朝野所恫。奠此滑酒。以告殯宮。尙享。

祭顧方伯文

有光於公。少荷許與。廼以濩落。有負相知。昔卷衣之復。方當計吏之偕。不得致撫棺之情。今葬紼之發。適拘巫史之忌。不能供復土之役。然生辱委重。俾論序其文章。歿又僭踰。獲撰次其行事。穆叔有云。是三不朽。於以答公。亦無媿矣。敬陳泂酌。告訣堂縫。庶幾明靈。鑒此享侑。

祭周孺亨文

昔恭簡公倡道於星溪。而一時學者之雲集。曾日月之無幾。而微言之頓息。唯先生發揮遺旨。儼師門之典則。公以先生之少恢廓。而屢箴其微窒。然自公之云亡。門人學徒。何啻五侯倍譎。而先生依繩循矩以無失。蓋終以有所至而無閒。於參魯與商也之不及。唯先生之孝友温良。真鄉里之矜式。讀書養親。歲不出於戶閾。與古之篤行君子。實並駕而無慚色。中耿耿欲有所爲。外靖恭而簡默。使之立乎廟廊。雖不出一語。猶足以儀刑其德。何天命之不佑。而使之老於行役。今歲之春。吾邑同黨之士。蓋二十餘人。並裒然以北。旣無拔茅彙征之期。而有北風攜手同行之戚。孰知先生中道而返。而又罹此極。嗚呼。先生之不幸。蓋有繫於邦國。而身世之可悲。又何異於一吷。睹旨酒之在尊。共陳詞而灑泣。嗚呼哀哉。尙享。

祭沈養吾仲常文

嗚呼。人亦有云。子門貴顯。五年之中。忽焉淪殄。養吾少俊。仲常順婉。言念相從。懷之胥冒。人生富貴。如花之妍。朝露方晞。夕已萎焉。人皆痛子。蓋莫不然。所爭蚤晚。何足相憐。念子兄弟。托余墓石。狠跋東歸。吾廬未葺。敢忘此言。以負平昔。嗚呼痛哉。尙享。

祭居守齋文

嗚呼。君于世人。居馨利聞。混混與衆。如玉與珷。彼市道交。朝醜暮妍。春花秋草。君無變遷。君之敎子。一經是專。是穮是蓘。不知豐年。憶子之試。君嘗居先。子出父俱。有往必連。昔在陽羨。不遇收甄。風雨淒其。旅泊蕭然。子爲父泣。父爲子憐。二年前事。猶在眼前。子成有待。君胡溘然。後乃萬鍾。何及當年。凡爲子者。誰不痛焉。

祭唐虔伯文代

嗚呼。黃鵠摩天。一擧千里。蜩與鷽鳩。榆枋而已。孰云不然。兩易其處。先生之志。而止于此。顧視童嬰。淩空出羽。嗚呼哀哉。昔在學宮。侃侃斷斷。行則方履。語則正襟。邈然孤特。高步士林。排難立節。義色必形。諸生後學。退讓逡巡。州牧邦伯。來咨來詢。干木之廬。過者則欽。衆所指目。玳瑁南金。胡以白首。獨抱遺經。積日累月。旅貢在庭。一命之榮。道殞彭城。嗚呼哀哉。凡我同門。夙承奧旨。歲月荏苒。慚德無似。三年不見。蔞綵京邸。闓有歸音。相告以喜。瞻望城西。素旐來止。其誰與歸。九原莫起。臨觴一慟。薦於筵几。嗚呼哀哉。

祭劉縣丞廷運父文

唯翁氏唐。別姓以劉。赫赫太宰。世仰厥休。太史振挺。式紹芳猷。翁潛弗耀。高于鄉州。歲時升賓。拜至獻酬。宜受多祉。胡以彌留。嗚呼哀哉。生我賢丞。奕奕清修。周視原野。十夫有溝。從者告饑。日坐孤舟。蓁蕪萬畝。惟民之憂。言于太史。欲去其螢。民方恃賴。罹茲家尤。嗚呼哀哉。天靳翁壽。奪我賢侯。奔喪之禮。世莫能蹤。移其訃日。炫服事賦。旅吏仍踵。罔以爲羞。丞則見星。蹈禮莫偷。其仁其孝。翁教之周。惟昔國僑。鄉校不仇。儒者之道。所闡必幽。敬述民謠。以侑牢羞。

祭張封君文

嗚呼。九隆既哲。七縮亦隆。昆明不閉。鄒魯同致。清河綿綿。以燕後昆。年耄行獨。爲鄉禮賓。有子登朝。不遑將父。終朝永歎。三復陟岵。嗚呼哀哉。大疾奄及。靡闋[illegible]月。銅魚使至。傳言恍惚。訊之果然。悲痛存沒。嗚呼哀哉。昔也越嶲。萬里燕臺。今也乘化。風雲徘徊。鑒茲嘉旨。魂兮歸來。尙享。

同年祭陳封君文

嗚呼。乙丑之歲。登於南宮。吾邑四人。鄭州爲榮。言念生我。高堂半空。鄭州二親。祿養獨隆。府君之年。方進未窮。胡以長逝。濛汜忽終。於維府君。世承文學。其祖博士。卓爲先覺。校文省中。所得卓犖。府君傳業。遭時齷齪。以遺令子。方發其璞。衎衎飲食。珪璋有渥。於呼。人之生世。何者能全。傷哉貧也。每食泫然。府君於子。欻見高軒。天若厚之。又靳其年。悠悠江水。有鬱新阡。葬以大夫。亦顯孝賢。嗚呼尙享。

祭外舅魏光祿文

有光七歲。爲公之壻。不幸先妣蚤逝。中間多故。婚姻失時。以公之仲女之賢淑。周旋六年。遽從先妣於地下。藐然二孤。置之今妻之懷抱。以撫以育。辛勤萬端。而婚姻往來。如先妻之存。未嘗有間。可謂邢遷如歸。衞國忘亡也。蓋死生之際難矣。重以不肖連蹇困頓。自辛丑以來。四殿南宮。鄉里親戚。以爲嗤笑。公慰藉懇懇。未嘗不以遠大爲期。至於生平迂拙。不能與世俛仰。而數十年中。屏居野處。隔越百里。造請或不以時。公未嘗責望禮節。幾微見於辭色也。公可謂淳德君子矣。去年冬。雨雪中。公使人至江上。遺以綿炭。今年四月。人自公所來。言公聞吾妻病。方開龜視吉凶。又聞公疾革。數問吾妻。其見念如此也。不意閒一月而公之訃至。吾夫妻相對泣下。然吾妻死者數矣。以是先令女甥。星夜奔公之喪。而吾妻尋亦至於大疾。如刻之痛。旦暮日新。加以形體羸弱。死殤相繼。疾病憂虞。比聞公之變。則又驚悼痛怛。以至於今。不勝哀苦。氣息奄奄。行五六步。忽自僵仆。獨念公之卒。踰二月矣。禮有殯聞喪。將往哭之。則服其服而往。所以至於踰月者。病也。扁舟百里。勉強匍匐以拜公之前。冀公一舉吾之觴而已矣。哀哉尙享。

祭顧文康公夫人文

嗚呼。女婦之職。不出閨中。及其崇貴。與皇家通。維文康公。大科奮跡。四十年間。遂躋崇極。富壽康寧。當世所少。夫人配之。與之偕老。赫赫我皇。統壹聖真。考禮肆樂。制作紛紜。既秩殷典。百神咸侑。文康雍雍。在帝左右。猗與夫人。象服是宜。朝于兩宮。從后之居。太室穆穆。佐上冊寶。金章玉牒。夫人是導。西苑膴膴。庀其蠶事。鞠衣翟車。夫人則侍。邈然千載。大禮曠墮。夫人際之。見所未覩。匹婦之微。一命爲多。有美夫人。如山如河。生有誥命。一品之貴。薨有奏訃。賜之葬祭。潭山之原。從文康止。天子之賜。恩榮極矣。凡厥富貴。莫不有終。維我生人。誰能不恫。尙饗。

祭葉夫人王氏暨世德夫婦文

嗚呼。夫人以司馬之愛女。衡州之賢配。宜膺受多祉而壽康。以石野之才賢。宜紹文莊公之休光。而孺人之慈孝。有以奉姑相夫子。以觀其後之繇昌也。三十年間。庭內雍雍。人曰文莊公之門。尙有典刑。一朝變故。搆此痛冤。豈堂既空。蕙帳靡存。奄及主鬯。懷寶沉淪。遂以窀穸之事。貽厥嗣孫。嗚呼哀哉。崢嶸霜天。千里玄洹。慘慘令毋。攜持子婦。帷轜相屬。往卽長路。吁嗟造物。爲幻羣庶。人生婉好。誰不樂處。回首百年。皆非其素。如一葉飛。千林空樹。惟是積德。可以相付。我懷文莊。聿起遐慕。猶有孫謀。永世無斁。尙享。

祭張貞女文

自古女子之見於史傳者多矣。或自閑於安平無事之時。或蹈難於感慨卒然之頃。惟貞婦之所遭。殆人生之未有。以淫姑之內主。值兇徒之參會。魑魅魍魎見形於清晝之中。豺狼虎豹。聚毒於深夜之際。入地無穴。叫天不聞。備百端之荼毒。竟一死以自明。惟彼兇徒。漫天之惡。恃其多財。力能使鬼。懸千金於市中。謂三尺之可賣。豈知神明之吏。緣蔓窮以求形。童豎之女。坐公庭而辨貌。寔人心之共憤。信天網之難逃。嗚呼哀哉。死何酷烈。生何艱辛。獨任綱常。孑然一身。沉沉昏夜。烱烱者存。謂其不然。彼亦何人。誰無室家。誰無此心。

弔何氏婦文并序

何氏婦。鄒平王教授周君女也。始鄒平君教長興。婦與何生隨家長興。何生病。婦潛自割肱。合椒湯進之。良愈。鄒平君既還官。生夫婦還崑山。一日婦病死。生與予亡妻。有兄弟之戚。爲童子時。嘗來予家。予妻死。生亦不來。不意數年間。生亦有妻已死。見生言之。潸然淚下。爲文以弔之。

惟孝子之獨行兮。世或譏其爲奇。苟毁身以全親兮。又何乖於民彝。斯前世之所傳兮。在人子固有之。至於今而創見兮。婦爲夫而自刲。夫與父其一道兮。夫孰謂其非宜。殘肢體以事君子兮。謂白首其相隨。胡淑婉之速化兮。忽自背而先馳。致夫君之彷徨兮。形枯槁而面黧。且出門而難歸兮。夜涕泣於空帷。惟夫病之可念兮。尙無愛於玉肌。何遐舉而不顧兮。乃又遺之以離悲。自今其被疾而致羸兮。又誰爲之憂危。彼萬族之相托兮。各得其偶以嬉嬉。夫人生之有妃匹兮。固百年以爲期。何中道而自失兮。行忽歎其仳離。予昔嘗歷此變兮。怳日遠而星移。憶何生之垂髫兮。悼往昔而傷咨。況同事而相感兮。不知夫涕淚之淋漓。

祭外姑文

昔吾亡妻。能孝於吾父母。友于吾女兄弟。知夫人之能教也。麤食之餐。未嘗不甘。知夫人之儉也。婢僕之御。未嘗有疾言厲色。知夫人之仁也。癸巳之歲。秋冬之交。忽遘危疾。氣息掇掇。猶日念母。扶而歸寧。疾既大作。又扶以東。沿流二十里。如不能至。十月庚子。將絕之夕。問侍者曰。二鼓矣。聞戶外風淅淅。曰天寒風且作。吾母其不能來乎。

吾其不能待乎。嗚呼。顛危困頓。臨死垂絕之時。母子之情何如也。甲午丙申三歲中。有光應有司之貢。馳走二京。提攜二孤。屬之外毋夫人撫之。未嘗不泣。自是每見之必泣也。嗚呼。及今兒女幾有成矣。夫人奄忽長逝。聞訃之日。有光寓松江之上。相去百里。戴星而往。則就木矣。悲夫吾妻。當夫人之生。既以遺夫人之悲。而死又無以悲夫人。夫人五女。撫棺而泣者。獨無一人焉。今茲歲輤車將次于墓門。嗚呼。死者有知。母子相聚。復已三年也。哀哉尚享。

祭妻祖父母文

橘泉先生趙氏夫人既葬之後三日。孫壻歸有光。始獲奔祭於墓。泣而言曰。嗚呼。吾妻之歸予蓋晚。而事公與夫人最久。於諸孫中特加憐愛吾妻。嘗言公夫人所以勤劬以昌厥家者甚詳。癸巳之歲。吾妻遘罹屯疾。屬公夫人之歸。轝將駕。猶扶攜至家。迨疾轉亟。一日九死。乃始舁歸。迢迢至家二十里。懼不能至而死於中途。且以不得送其祖父母為恨。今歲吾舅始為公夫人啟攢即窆。忽忽七年矣。於乎。人生離合。倏焉而來。倏焉而去。方其數盡。何有於壯。何有於老。同返於冥漠之鄉。高墟之原。公夫人藏焉。馬鬣新封。草芽已茁。樵夫晝歌。猨狖夜號。公夫人不能起。吾妻又不能歸。已乎傷哉。千古之恨。

謁宋文貞公墓文

維年月日。具官歸有光。謹以瓣香拜謁唐宰相宋文貞公之墓。唐有天下三百年。惟貞觀開元。號為盛治。賢相並稱姚宋。而屹然正直之氣。可與公媲者。獨始興文獻公而已。有光自初束髮。知讀唐史。嘆天寶以後。何其亂也。生民之禍極矣。使公與曲江尚在。匡持之。唐之國祚歷年。豈可量哉。信乎國以一人而興也。今者備員茲土。下車之初。以吏事過南和。聞公墓在此鄉。而魯公碑刻尚存。因迂道齋宿縣邸。來致景仰之私。嗟夫。公之直道。有國者一日而無此。則相率靡靡以馴至於亂亡而不覺。三季之後。若同一軌。此予心之耿耿。徘徊於公之墓下而不忍去也。謹告。

祭楊忠愍公文

維年月日具官歸有光。謹以清酌庶羞之奠致祭於贈太常寺少卿諡忠愍楊公之靈曰。昔我世皇繼天作后。多歷年所。疇咨左右。中歲好道。穆然在宥。有臣怙寵。咨爲姦宄。父子持權。濁亂天下。一旦殘夷。天威不假。天下以此。感嘆先皇。神武雄決。蓋代之英。在古權姦。鮮不害國。今則自斃。繄皇不惑。天亦助明。與古異勢。社稷之福。可保萬世。惟忠愍公。撲其方熾。誠款懇惻。辭引主器。冀以覺悟。惘不顧避。賊臣切齒。文致死地。臨命賦詩。時在俄頃。季子就醢。冠纓必整。叔夜彈琴。顧視日影。公何從容。造境愈靜。亦維前歲。虜薄都城。犬羊號呼。噬嗑生氓。廟議失策。以冀緩師。公亦抗疏。慨然論之。爭國重輕。利害必明。抵掌鳴劍。志絕殊庭。時已犯忤。重被考掠。折指鍥骨。曾不畏爍。閶闔萬里。謇謇不已。志士求仁。必趣於死。先皇之英。亦自公啓。龍駕欻忽。未及襃美。天子明聖。思繼先志。恩綸首建。加官賜諡。俾延世賞。勵其後人。剖心封墓。天下歸仁。嗚呼。自古正士。常見憎嫉。邪人害正。千古若一。方公侘傺。遠集何日。覩彼蹀躞。嘿嘿自吒。不忍不姦。因時發憤。遂震羣耳。如雷之聞。雖彼黨人。稱公忠義。衆口相和。誰敢云異。房子之邑。公之所生。奕奕新廟。薦祀馨香。公言不亡。公有詩章。報恩皇家。猶有英靈。摛詞告祭。以寫吾誠。嗚呼哀哉。尙享。

告祭崑山縣山神文

某等少聞長老言。昔時方谷珍之亂。神有顯應。遙見山之草木皆兵。賊以畏懼而遁。然無文字可考。獨以民間每歲四月十五日爲賽會。奉神以王者之儀。比年官府間歲有禁。而秩祭如一日也。自至元間迄今二百年。復見海水沸騰。吾民肝腦塗地。而有司嬰城以自守。境外無蚍蜉之援。民旣無所恃賴。則所以日夜皇皇。獨依於神而已。願假神靈默佑。於冥冥之中。殄此妖孽。使吾民復得安其田里。父子祖孫。世世如前二百年報謝於神。則神之休。亦永無窮也。尙享。

告崑山縣城隍神文

惟神不獨保護縣邑。又以爲能司禍福之柄。故民之趨走奉祭無虛日焉。今倭寇臨境。虔劉我民。其慘毒極矣。神必思所以庇覆之。吾邑人孝弟力田。鄉里齒讓。於吳郡七邑之中。號爲淳古。而比年以來。風俗日漓。相劘相刃。以至於今。殆有不忍言者。識者已預知必有今日之事矣。然神聰明正直。福善禍淫。神之所司。豈其假手於犬羊。以縱其噬嚙。而淫及於無辜之良善耶。民之事神勤矣。纖芥之事。無不有求於神。今縱其犬羊以噬嚙於民。而神不聞。知此神之所恥也。惟神鑒之。

祭長興縣城隍廟文

承乏宰縣。典司神祠。宇廟弗稱。瞻仰太息。歲則不易。未遑鼎搆。聊爾塗塈。以飾厥觀。庀工卜吉。敢用昭告。尚饗。

祈雨文

維此雉城。卓爲名邑。邇者人心不古。吏道多端。遂以禮義之邦。化爲夷鬼之俗。帝用不懌。降此旱殃。有光自惟師帥者之不賢。願以一身當其罪罰。而小民之嗷嗷。實爲可矜。神其降鑒。特賜一日之澤。以慰三農之望。

謝雨祭城隍神文

值此農時。山川如滌。令實閔雨。有禱於神。荷神降臨。惠澤霶霈。萬民懽喜。循省獨慚。實上天之愛人。豈微誠之能感也。蒙神之力。敢不報謝。更祈終惠。永荷神休。尚饗。

再祈雨文

有光不敏不明。不知世俗所以爲吏之事。獨遵孔氏之訓。其於治民事神。不敢不盡其心。所恃以鑑臨者。惟神而已。前五月不雨。爲民乞哀於神。神即賜之甘霖。四野沾溉。綠疇瀰望。萬人胥悅。今復竟六月不雨。爲民乞哀於神。神未之許。爲此焦勞靡寧。瞻仰何里。願神之終惠之也。吏以數易之故。不能久以事神。然一日在位。亦不忍忘乎民。惟神永享民之報祀於無窮。其何可以不念也。

祀厲告城隍神文

具官歸有光。於今日祀厲。卽於壇所哀告於城隍之神曰。自六月以來。雨澤不降。田禾焦枯。令有遷徙之命。民被催科之急。沴氣上干。祈禱莫應。闔境憂惶。莫知所爲。令今候代。猶有一日司民之責。適今祀厲。敢復瀝懇於神。令宰牧三年。饗祀無失。哀矜鰥寡。對越在天。神其毋以世人之見棄。而亦不肯惠顧。若能督率萬鬼。呼吸風雷。頃刻以至。猶能使歲半熟。以慰此嗷嗷之民也。敢告。

御史中丞李公哀詞

嘉靖四十一年四月乙亥。御史中丞李公。先是以病請告還鄉。是日行次鄆州之安民山而薨。公爲人和易修潔。爰自登朝。歷歷內外。二十餘年。未嘗有所摧挫。以至爲大官。會天子新建紫宮。載度宏規。及西苑平臺神仙長年之殿。公連歲採運。大工迄成。召歸院中。登庸始峻。而遽殞逝。朝廷莫不痛惜之。大宗伯太常方將請卹典定謚議。而喪還於吳。余與公少親善。同志業。公治五經之餘。獨好司馬遷班固書。以余之騃稚樸陋。而公常傾鄉之。每得一語。忻然誦之。以爲有會於心。雖世所競俳優軋茁。銑谿虬戶。爭爲古文名高者。了然獨能辨之。議者以公爲善處世。以能至大官。余獨知公。蓋有得于古。而直用文雅緣飾之。是以人望之而敬。與之處而親也。公久官。余介居江海。隔越二紀。僅一再見。見所嘗見於公者。必道公語。今年春。余試南宮。見所嘗見於公者。公益貴。余益困。而語稱益加。公方在告。余一往不見。初謂公貴人。不顧往也。公顧亟呼余從人至榻前。勞問慇懃。手書兩及。墨跡猶新。不謂遂爾永別。余未渡淮時。再夢見公。覺而訊之。以爲不祥。不意其果然也。𢌿始以數年之別。不一見公爲恨。雖公之書亦云。昔子產與申徒嘉。同學於伯昏瞀人。嘉謂子產。倚其相於夫子之門。今公乃與余遊於形骸之內。而余反索公於形骸之外。公賢子產。而余媿申徒矣。嗟夫。士於顯晦之際。固不能無情。公今已矣。世之所謂利勢者。今則廓然漠然。而獨公之知我者。爛然在也。余可不致其哀乎。余方遭先府君之喪。古者。朋友有緦麻之服。以其服哭之。禮也。其詞曰。

昔寧戚歌于牛下兮。桓公舉火于昏夕。駿明踽蹐于堂下兮。以何道而能識。管夷吾之見逐兮。鮑子終不問其無能而致黜信精志之日通兮。何顯晦之殊職。歷星紀之屢周兮。誠款款其如昔。豈若以人言爲毀譽兮。忽朝云而暮易。彼其中有然者兮。寧徇世而拘迹。嗟天道之難測兮。公遂與化而俱寂。余唯窮老而恫愍兮。莽馳騖而不知其所極。年洋洋以日往兮。將誰使乎宗之。奈何乎古之人不作兮。恍不知端之無從。宋人嘗譏作文喜換字者以金谷爲銑谿龍門爲虯戶崑山本谿作鋊常熟本作鋊皆誤今正之

思質王公誄

思質王公諱忬。字民應。吳郡太倉人。南京兵部右侍郎倬之次子。歷官至兵部右侍郎。兼都察院右僉都御史。總督遼薊軍務。嘉靖三十八年。以更兵之辟有連。其明年十月朔。被禍京師。長子山東按察使司副使世貞。次子進士世懋。並解官。號踊冤痛數絕。明年春。喪還吳。吳士大夫哀之。僉謂余宜爲詞。載于素旂。廼作誄曰。

粵昔姬代。徂靈而衰。子晉登假。厥有支遺。繫王垂姓。綿世洪丕。秦翦魏錯。奮鉞秉麾。漢庸吉駿。名賢纍纍。睢陵貴胄。仍晉台司。惟始與公。邁勳江左。六代輝華。鳴玉襲組。將門相門。世無與伍。逖矣朐封。迄唐踵武。瑯琊之別。分水有譜。蔓聲廣學。爲吳始祖。洎先司馬。連理擢英。兩枝之胤。繩繩科名。惟先司馬。懿行徽聲。佐時嘉績。樹位九卿。分祿養族。逮及孤矜。鄉歸其厚。沒世稱仁。公生神秀。先公愛子。早馳儁譽。克紹休美。羽儀初升。牙角歘起。天馬騰翔。不限疆里。峻陟大僚。日緝王旅。公之勤功。先公之施。天之報之。宜厚其祉。命也如何。猝見傾圮。嗚呼哀哉。初爲六行。主諸有經。有國之邮。言共其旌。厥車告虔。抒帝哀誠。惠文嶽嶽。大璫怵懲。聿巡南楚。去吏螢螟。察理冤獄。活者千人。滔滔江漢。千里風生。神州攬轡。獨當虜兵。完其危堞。奠我帝京。遂參中臺。東山拊循。攝機而謀。建立三城。咸寧逆節。折其勾萌。帝讐海魚。命之南征。洪波血戰。渤海朱腥。越垠煦德。布路泣行。廼帥雲中。遏虜修亭。營有新竈。旁見烟青。帝曰汝忬。常在行間。惟汝賢勞。其週我邊。閃閃朱旗。戾於薊門。殺獲首虜。歲有報聞。罔不應格。茅社宜分。疇邑未及。罹此大屯。嗚呼哀哉。歲之暮春。犬羊犯威。軼我郊圻。疾如風雷。繼裹糧盡。翳翳窮壘。師以左次。時其氣衰。嗚呼哀哉。疆場之事。何歲不有。命也如何。公罹其咎。我思盛衰。如轉圜走。先公鼎貴。公仍其後。兩世同官。復

淩其右。繼以二嗣。才猷日茂。鬼神忌之。誰能無詬。嗚呼哀哉。惟帝惟天。命之攸制。亦既惠之。又復蹶之。亦既珮之。又復劘之。其始榮之。復乃悴之。榮則萃之。悴忽隆之。昔也何順。今也何盭。誰爲推之。誰爲擠之。誰獨徘徊。誰當橫厲。蒼天茫茫。莫詰所謂。大運斡流。隨之以逝。公之許國。致命則遂。有子纘承。不隕其世。必復其始。其有以慰。嗚呼哀哉。

招張貞女辭并序

二十三年五月十六日夜。嘉定縣男子羣入張貞女室。以椎梃亂擊。膚肉寸斷。不死。乞死。乃用屠豕法。縶手足刺頸。宛轉久之。血出盡。乃死。貞女居亂家。姑引羣賊。日闖帷牆間。志意皎然。卒及于難。時年十九。楊台州作招貞女辭。用以風司士者。予訪其意而殊其辭云。

魂兮歸來乎。北有高樓。連昏姻兮。憶昔二八。爰來嬪兮。魂獨守此。甘苦辛兮。夫雖不夫。寧敢嗔兮。房櫳空虛。月西淪兮。機杼軋軋。靡昏晨兮。胡爲委棄。苔生菌兮。蟲絲罥戶。滿埃塵兮。床頭刀尺。纖手親兮。遺掛在壁。皆所珍兮。魂兮歸來乎。

魂兮歸來乎。南有列屋。父焉居兮。少小攜持。事遨嬉兮。母爲剪髮。親畫眉兮。出門辭母。行道遲兮。丁寧汚瀿。莫後時兮。小妹呼姊。泣仳離兮。倚閭今過。黃昏期兮。當年匊采。猶在笥兮。羅襦粲若。嫁時遺兮。烏違故林。何所如兮。魂兮歸來乎。

魂兮歸來乎。夫門淪喪。慘傷神兮。閨房腥臊。走鹿麋兮。父母恩勤。養我身兮。修容姱質。徒悲辛兮。旁皇中野。誰爲鄰兮。白日黯慘。玄雲屯兮。青草漫漫。不見人兮。羣鬼啾啾。亂流燐兮。柔軀雅步。忽逡巡兮。眇眇默默。將安遵兮。魂兮歸來乎。

魂兮歸來乎。東有穹祠。門廉肅兮。朱火粲粲。麗文木兮。黃金鎧甲。光熠熠兮。雲中鼓樂。來逆復兮。神女迅衆。齊懽睦兮。靡顏盛鬋。被綺縠兮。芳馨雜糅。紛郁郁兮。遨遊閶闔。駕輕轂兮。邑宰敬恭。虔尸祝兮。閒安宏靚。永宜屋兮。魂兮歸來乎。

別集卷一　應制論

士立朝以正直忠厚爲本以下諸生課試作

天下之治。繫乎人臣之有其德。而才不與焉。夫天下之才未嘗無也。所賴以致至治者。非其才之難。而所以用其才者難也。能用其才。係乎人臣之有其德而已矣。所謂德者。必其資性之純而心術之正。是故其氣剛以毅。出于正直而必不至于佞。其心寬以恕。出于忠厚而必不至于薄。如此。可謂有其德矣。而後以其才用之。故天下服其正直之氣。而樂其忠厚之化。而人心世道實係之。夫才者。行於一時。則固一時之善而已也。行于一事。則固一事之善而已也。惟正直忠厚之道。其用爲不窮。士之立朝而不以此。則餘無可取矣。善乎豫章羅氏之言。士立朝之道。不爲驚世可喜。爆然赫然。以爲人臣之偉節。惟以正直忠厚爲本。儒者之論。何其切近而篤實也。夫所謂本者。言士之用世。其所施爲措置。蓋未暇論。而不可窮之業。實根底于此也。夫木之有本。本既撥則枝葉無所寄託矣。士之有德。德既隳則才猷無所附麗矣。蓋有其德。而後其才可以成天下之事。無其德。則才之所用。適足以僨天下之事而已矣。夫人君治四海之衆。一人不能獨爲。而與海內之士共之。士之欲行其志者。輻輳並進。而歸命天子三公九卿百司庶府。設官分職。如此其衆也。天下之才。惟天子所以使之。蓋自一命以上。無虛位也。無乏人也。則人人盡其才。因其職以自效。擧目前之事。則既能辦飭矣。夫正直也。忠厚也。士無此二者。皆能任天下之事。皆能治天下之民。皆能建天下之功。皆能興天下之業。然有利焉。不勝其害也。有得焉。不勝其失也。天下幸而無事。人臣安享祿位。以爲才如是足矣。不知其俗之漸靡積習而不可挽也。故士必本之以正直忠厚。其大者。固已磊落卓犖自立于世。然後隨其所受之職。皆能不違于道。是故與之任天下之事而事必集。與之治天下之民而民必安。與之建天下之功。與天下之業。功成業廣而後無患。嗚呼。此正直忠厚之道。所以爲本也。且所謂正直者何也。氣之剛以毅也。其質近乎義。而心術之正。必不苟爲佞。天子欲有所爲。而不敢以或阿。羣臣皆以爲然。而不肯以或同。天子有失必規。羣臣有姦必發。事有庇于民。益于國。爭之而必行。有病于民。害于國。爭之而必不行。可與爲善。而不可與爲不善。可與爲義。而不可與爲不義。萬鈞之重不爲懾。雷霆之威不爲怵。諤諤乎無所隱也。蹇蹇乎無所避也。侃侃乎無所撓也。亹亹乎必致之也。人主爲之改容。姦萌爲之弭息。四夷聞之而不敢窺伺。此正直之臣也。其在于古。若排闥折檻。引裾壞麻之類。皆可以言正直也。其大者。如汲黯。蕭望之。李固。宋璟。張九齡。陸贄。李沆。范仲淹。李綱之徒是也。所謂忠厚者何也。心之寬以恕也。其質近于仁。而心術之厚。必不苟爲薄。輔天子而以寬仁。與羣臣處而不求爲異。天子有過。而非心逸志爲之潛消而不知。人臣有失。務包容其小而愛惜其才。可以裨國而不便于民不行。可以取名而無益于國不舉。如泰山之安而不搖。如深淵之靜而莫測。休休乎其無所不容也。粥粥乎若無所能也。渾渾乎若無辨也。與與乎其可卽也。君德賴以培養。生民賴以滋息。社稷賴以鎭定。此忠厚之臣也。其在于古。若償金脫驂。翻羹唾面之類。皆可以言忠厚也。其大者。則如曹參。周勃。丙吉。狄仁傑。郭子儀。裴度。呂端。王旦。韓琦之徒是也。或者曰。正直近于伉厲。容有激天下之變。是固有之。然刓方爲圓。以規世好。君子終不避伉厲之譏。而出于此也。忠厚近于無能。容有以養天下之弊。是固有之。然鍥厚爲薄。以索人情。君子終不避不能之誚。而出于此也。大抵由于質性之美。而原于心術之正。則正直而不至於伉厲。忠厚而不至于無能。此自然之理。故士而舍此。欲以委隨變化而謂之通。淩誶盡察而謂之能。此則天下之所謂才。而非士之所貴也。唐虞之盛。其臣皆有神聖之姿。其功與天地並。若非人之所能爲者也。然君臣之相勉戒。不過曰直清。曰弼直。曰予違汝弼。汝無面從。退有後言。曰。臨下以簡。御衆以寬。何其近于人情也。古之聖賢。所以佐其君者。不過如此而已矣。迪知忱恂。夏之所以有室大競也。惟茲有陳。商之所以格于皇天也。秉德迪知。周之所以怙冒聞于上帝也。夫其正直如此。忠厚如此。故能循道履信。而功業所至。乃與天地並。成王之命君陳曰。予曰辟。爾惟勿辟。予曰宥。爾惟勿宥。此告之以正直也。曰。無忿疾于頑。無求備於一人。必有忍。乃有濟。有容德乃大。此告之以忠厚也。天下之勢。欲其直。常趨于佞。欲其厚。常趨于薄。世道之不可挽如此。是以不惟士之所貴者如此。而有國家者。務培養之以伸伉直之氣。而全忠厚之體。孔子生于周末。褒史魚之直。惡祝鮀之佞。思史之闕文。而稱周公之訓。其所感者深矣。夫相嘘以成風。相吹而成俗。隆汚之時。一人嘘之。不能爲熱也。炎赫之景。一人吹之。不能爲寒也。天下有一正直者。崇奬之而不抑之以伉厲。若文帝之信申屠嘉也。有一忠厚者。敦尙之而不嗤之以無能。若光武之封卓茂也。如此則天下知所慕效矣。此在天子與公卿大臣之事。誠如此。則百僚師師。皆忱恂于九德之行。而羔羊之正直。行葦之忠厚。可以遠追于成周之盛也。謹論。

太極在先天範圍之內

天下之道。不可以象求也。以象求道。則道局于象。而有所不該。以言求象。則象滯于言。而有所不盡。嗟夫。古之聖賢。本以天下之道不著。而以象該天下之道。本以天下之象不詳。而以言盡天下之象。卒之象立言設。而反有所不該不盡。則聖賢之心。于是乎窮。雖然。聖賢固非逞奇眩異。苟爲制作以駭于天下。則其始之爲象也。將謂其足以該道也。其後之爲言也。將謂其足以盡象也。象有不該之道。而言有不盡之象。則聖賢不輕以爲之名。由此言之。則天下之道。不可無聖賢之象。而天下之象。不可無聖賢之言。先天之圖。伏羲之象也。太極之圖與說。周子之言也。天下無異道。則無異象。無異象。則無異言。奮乎千百世之上。而常符于千百世之下。奮乎千百世之下。而常符于千百世之上。是先天之與太極也。豈可以先後大小而區別之耶。然謂太極在先天範圍之內者。何也。天下之道。太極而已矣。太極之動靜陰陽而已矣。陰陽之變合。五行而已矣。五行之化生。男女善惡萬物萬事而已矣。聖人愚人。君子小人之別。動靜修悖之間而已矣。而太極圖者。爲數言以括之。而未始遺也。則夫先天。雖上古聖人之作。寧能有以加乎周子之書。六十四卦。三百八十四爻。周還布列。寧有出于太極陰陽。五行男女。善惡萬事。萬物。聖人。君子。小人之外。而曰範圍焉者。固非以不該不盡爲周子病。而獨爲夫周子之未離乎言也。未離乎言。則固不若先天之䆓統包括。淵涵渾淪于忘言之天也。聖賢之始爲說于天下。固謂可以盡象而該道。而明言曉告以振斯世之聾瞶。孰知夫象之所不該者。象不能盡。而言之所不盡者。非言之所喻也上古之初。文字未立。易之道。渾渾焉流行於天地之間。俯仰遠近。巨細高卑。往來升降。浮沉飛躍。有目者皆得之而爲象。天下未嘗有易。而爲易者未嘗亡。迨夫羲皇有作。始爲先天之圖。天下之道。一切寓之于方圓奇偶之間。如明鑑設而妍媸形。淵水澄而毛髮燭。然而失之者。猶不免徇象之病。則天下固已恨其未能歸于無象之天。而孰謂其生于聖遠言湮之後。建圖屬書。曉曉然指其何者爲太極。爲陰陽。爲五行。爲男女。善惡。萬物。萬事。爲聖人。君子。小人。其言如此之詳也。而可同于無言之敎耶。故曰。圖雖無文。終日言之而不盡也。噫。惟其無文。故言之而不盡。而言之所可盡者。有言故也。故自先天之易。羲皇未嘗以一言告天下。而千古聖人。紛紛有作。舉莫出其範圍。以艮爲首。夏之連山也。而不能易先天之艮也。以坤爲首。商之歸藏也。而不能易先天之坤也。取八卦而更置之。周之周易也。而不能易先天之八卦也。暢皇極而衍大法。而有取夫表裏之說。觀璿璣以察時變。而有取夫順逆之數。作經法天。而必始于文字之祖。備物制用。立成器以爲天下利。而必尙夫十三卦之象。未始爲聲音也。而言律呂者推之。未始爲曆象也。而言十二辰。十六會。三千六百年者推之。未始爲寒暑。晝夜。風雨。露雷也。而言天地之變化者推之。未始爲性情。形體。走飛。草木也。而言萬物之感應者推之。未始爲元會。運世。歲月日辰也。而言天地之始終者推之。未始爲皇。帝。王。伯。易。書。詩。春秋也。而言聖賢之事業者推之。形器已具。而其理無眹。則太極之立也。剛柔相摩。八卦相盪。則動靜之機也。乾。兌。離。震。居左。而爲天卦。巽。坎。艮。坤。居右。而爲地卦。所以分陰分陽。而立兩儀也。乾坤亥巳。天地之戶。陰陽所以互藏其宅也。否泰寅申。人鬼之方。天地相交。生生之所以不息也。以消長求之而動靜見。以淑慝求之而聖人君子小人分。先天未嘗言太極也。而太極無所不該。太極言太極。則亦太極之說耳。是故無言者不假言。以傳而有以盡天下之所不言。有言者待言以明。而不能盡天下之言。自羲皇而下。所以敷衍先天之說者愈詳。而卒不能自爲一說。自立一義。以出六十四卦之外。譬之子孫雖多。而皆本于祖宗之一體。故太極者。先天之子孫也。雖然。有先天則太極可以無作。而周子豈若斯之贅也。蓋天下不知道。聖賢不得不托于象。天下不知象。聖賢不得不詳于言。于是始抉天地之祕以洩之。自文王已不能無言。而易有太極。孔子亦不能自默于韋編三絶之餘矣。大饗尚元酒。而醴酒之用也。食先黍稷。而稻粱之飯也。祭先太羹。而庶羞之飽也。嗚呼。亦其勢之所趨也。

泰伯至德

聖人者。能盡乎天下之至情者也。夫以物與人情之所安。則必受。受之而安焉。情之所不安。則必不受。雖受之。而必不慊焉。人之喜怒發于心。不待聲色笑貌而喻。而意之所在。有望而知者。故受物于人。不在乎與不與之迹。而在于安與不安之間。此天下之情也。天下之情。天下之所同。而濡滯迂緩。貪昧隱忍。將有不得盡其情者。惟聖人之心。爲至公而無累。故有以盡乎天下之至情。論語之書。不以讓訓天下。而言讓者二。伯夷稱賢人。泰伯稱至德是已。夫讓非聖人之所貴也。苟以異于頑鈍無恥之徒而已矣。而好名喜異。人之所同患。使天下相率慕之。而爲琦魁之行。則天下將有不勝其弊者。春秋之時。魯隱。宋穆。親挈其國以與人。而弒卿之禍。不在其身。則在其子。國內大亂者再世。吳延陵季子。可謂行義不顧者矣。然親見王僚之弒。卒不能出一計以定其禍。身死之後。僅三十年而吳國爲沼。以延陵季子而猶不能無憾者。故讓之而不得其情。其禍甚于爭。苟得其情。則武王之爭。可以同于伯夷。故聖人之貴得其情也。伯夷叔齊。天下之義士也。伯夷順其父之志。而以國與其弟。然終於叔齊之不敢受。而父之志。終不遂矣。夫家人父子之間。豈無幾微見于顏色。必待君終。無嫡嗣之日。相與褰裳而去之。異乎民無得而稱者矣。故聖人以爲賢人而已。蓋至于泰伯而後爲天下之至德也。古今之讓。未有如泰伯之曲盡其情者。蓋有伯夷之心。而無伯夷之迹。有泰伯之事。而後可以遂伯夷之心。故泰伯之德。不可及矣。自太史公好爲異論。以爲太王有翦商之心。將遂傳季歷以及文王。鄭康成何晏之徒。祖而述之。世之說者。遂以爲雖以國讓。而實以天下讓。不以其盡父子之情。而以其全君臣之義。故孔子大之。夫湯武之所以爲聖人者。以其無私於天下。天下歸之而不辭也。使其家密相付授。陰謀傾奪。雖世嗣亦以是定。則何以異于曹操司馬懿之徒也。太王迫于戎狄。奔亡救敗之餘。又當武丁朝諸侯之世。雖欲狡焉以窺大物。其志亦無由萌矣。就使泰伯逆覩百年未至之兆。而舉他人之物爲讓。此亦好名不情之甚。亦非孔子之所取。聖人無意。必。固。我。之私。須臾之間。常不能以預定。而曰百年之必至于此。不幾于怪誕而不經耶。蓋翦商之事。先儒嘗以辨之。而論語之注。釐革之未盡者也。說者徒以太王溺愛少子而有此。此晉獻公漢高祖中人以下之所爲。而太王必不至于是。故以傳歷及昌。爲有天下之大計。殊以知兒女之情。賢者之所不免也。簒逆之惡。中人之所不爲也。詩云。爰及姜女。來朝走馬。孟子以爲太王之好色也。詩人之意未必然。而孟子之言。亦不爲過。太王固不勝其區區之私以與其季子。泰伯能順而成之。此泰伯所以爲能讓也。泰伯之去。不于傳位之日。而于探藥之時。此泰伯之讓。所以無得而稱也。使太王有其意。而吾與之並立于此。太王賢者。亦終勝其邪心以與我也。吾于是明言而公讓之。則太王終于不忍言。而其弟終于不忍受。是亦如夷齊之終不遂其父之志而已矣。張子房敎四皓以羽翼太子。其事近正。而終于傷父之心。申生徘徊不去。其心則恭。而陷父于殺嫡之罪。故成而爲惠帝。不成而爲申生。皆非也。惟泰伯不可及矣。孔子所謂以天下讓者。國與天下。常言之通稱也。苟得其讓。奚辨于國與天下也。苟盡其道。奚擇于君臣父子也。讓其自有之國。則不信。而求其讓于所未有之天下。舍家庭父子之愛。勦百年以後君臣之事而爲之說。是孤竹不爲賢。而必箕潁以爲大。歷山不爲孝。而必首陽以爲高。諸儒之論之謬也。夫先意承志。孝子之至也。泰伯能得之。故泰伯之所爲。廼匹夫匹婦之所爲當然者。夫惟匹夫匹婦以爲當然。是天下之至情也。

忠恕違道不遠

天下不求道於有。而求道于無。求道於無。而道始荒矣。求道于有。而道始存矣。求道者。非求其無也。求其無者。非求也。蓋道根諸心。心所自有。奚庸之他。故求道於有者。求諸心之謂也。自堯舜禹湯之迹遠。文武周公之學荒。世之論道者。不勝其說。而求道者。不勝其塗。汶汶紛紛。孔氏之門。辭而闢之。日不足也。而爲之說曰。忠恕則足以近道。夫天下方苦于道之難求。其說宏遠恣肆。窮天極地。嘵嘵焉唯恐其言之不詳。萃其終身之力。白首有不得其源者。而孔氏之徒。一言以蔽之。何其言之簡而功之徑也。嗟乎。道固然也。非孔氏之徒爲之也。天下之患。在于不知道。知其物而后能取之。知其途而後能由之。知其的而后能射之。夫然後取之而獲。由之而至。射之而中也。不知其道而求之。何怪其言愈多。力愈勤。而愈不至也。嗟乎。亦取之心而已。謂道爲遠人。而心亦遠人乎。天命之謂性。率是性而爲道。心卽道也。舍心以言道。則爲荒遠。荒遠非道。舍道以言心。則爲形軀。形軀非心。道也者。無所不盡。而心者。道之舍也。故曰。天聰天明。照知四方。天精天粹。萬物作類。可以爲堯舜禹湯文武。可以作禮樂。可以齊萬物。可以一天地日月四時鬼神。前之而莫測其所以始。後之而莫旣其所以終。游乎無窮。而莫知其方。此心之所以爲心者也。心以會道。而私或竊之。心以通道。而私或間之。心失其所以爲心。故道失其所以爲道。詩曰。視爾不臧。我思不遠。嗚呼。亦反之心而已矣。忠恕者。反諸其心。淳漓去間之道也。性者。則無事乎此矣。下焉者。可勉也。匹夫懷千金之璧。途而失之。烏得不從其途而求之也。物我之未融。形骸之未化。不能與天地萬物爲一體。融而化之。體烏有不一乎。故自聖人以下。未嘗不勉勉于茲也。爲人子者。以父之心爲心。則何患乎不孝。爲人臣者。以君之心爲心。則何患乎不忠。居乎前後左右者。而以前後左右之心爲心。則何患乎上下四方之不均。故忠恕。非有所增益之也。求吾之心也。翳去而目明。垢去而鑑明。私去而心明。心明而道在是矣。故曰。心之精神是謂聖。故曰。夫子之道。忠恕而已矣。故曰。神而明之。存乎其人。神而明之。言此心也。愚智之障去。而聖賢可爲。中和之性流。而禮樂可作。形骸之窒通。而萬物可育。天人之界徹。而天地日月四時鬼神可一。孔氏之學。何其簡而易。徑而要也。抑此所謂忠恕者。先儒以爲學者之忠恕耳。嘗試推之。程子之言曰。充拓之。則天地變化。草木蕃。天地萬物一也。宇宙會合。由忠恕之故。宇宙澆漓。由不忠恕之故。秦漢以來。上下之分嚴。君臣之情塞。失均于貧富。奔命于征求。駢死于誅罰。匹夫匹婦。不獲自盡者多矣。長人者。可無意于斯乎。

君子尊德性而道問學

道散于天下。而君子會諸心。而猶有待于外者。理一故也。夫心無待于外者也。待于外非心也。何者。勢有心迹之判。而理無內外之殊。道通天下之故。而心極宇宙之量。天下信心而疑耳目。其說是內而非外。自謂其心之大也。而不知心之大。而拒于其外。則有所不包。天下徇耳目而遺心。其說則徇象而拘迹。自謂其用之妙也。而不知用之妙。而沮于其內。則有所不達。合外以爲內。而後知心之大也。由內以爲外。而後知用之妙也。子思子曰。君子尊德性而道問學。學者疑之。以爲德性。所以爲內也。問學。所以爲外也。事于外則苦于支離之弊。專于內則馳于元妙之歸。大者窮極高虛而無所底止。小者役役焉汨沒以終身。外之于內。若是其相戾也。德性之與問學。若是其相悖也。尊德性之與道問學。若是其不相侔也。嗟乎。夫孰知子思之言。合內外而一其散于天下者。而會諸其心乎。今夫人之所以爲人者。何爲者也。苟徒形骸而已耳。飲食動作而已耳。則與夫翾飛蠕動者。奚以異也。而乃超然異于羣生。爲萬物之靈。而天下之尊。莫尊于人。則以其德性之尊而已。二五媾精。造化萬有。皆同于天。而會其精于人。人而會其精于心。至清而不滓也。至純而不瑕也。至貴而不敵也。至富而不倫也。得之而爲德。生之而爲性。德性之有貫乎天地矣。冒乎羣生矣。紀乎萬用矣。磅礴乎無端無紀。而周流乎至靜至正矣。故謂之降衷。謂之明命。謂之受中。謂之立極。皆取尊名焉。尊于天而賤于人。與之者之重。而受之者之輕。是橫奇寶于道。而委珪組以逐屠沽也。折枝之命。受之者不敢委。抱關之位。居之者不敢懈。而況吾受諸天而不偶然者。而褻天棄天。而甘心焉。謂之何哉。故君子欲以盡其爲人者。其道在于尊德性。而其所以致其德性之尊者。其詳在于問學而已。尊德性者。非以專于內而不兼乎外。而道問學者。非以徒騖乎外而忘其內也。德性不離于事物。則尊之者。不離于問學矣。散于天下而一于心。尊吾心。則天下之理會。不出乎一心。而不外乎天下。道問學。則天下之理熟。萬者熟。而后一者純也。易曰。惟深也。故能通天下之志。惟幾也。故能成天下之務。書曰。安汝止。惟幾惟康。聖人以爲深于志。止于心。足以已矣。而必幾焉康焉。研審而不遺。思惟而不怠。誠以辨于務而深可達。審于幾康而止可安也。使百九十二之爻無用于揲。則所謂受命如響者。果何物。而一日二日之幾。不兢兢焉。而堯舜之道。或幾乎息矣。故知者。德性之通也。通天地萬物與人焉。盡精微焉。知新焉。所以通之也。行者。德性之體也。而體天地萬物與人焉。

道中庸焉。崇禮焉。所以體之也。雖其戒謹恐懼以立天下之大本者。固不待于物。感事變之交。然而知崇禮卑窮理踐實。要之亦不失吾高明廣大之體。以究其溫故敦厚之功而已矣。故曰。智周萬物而道濟天下。周物而不過乎性之智。濟世而不外乎性之仁。天下之理。無出于德性之外。而道問學所以盡尊德性之功。射藝之游。非等捷之逞也。灑掃之末。固精義之學也。徐行之微。固堯舜之道也。經史之業。非亡羊之路也。本末源流。一以貫之矣。舜之命曰。惟精惟一。虺之誥曰。制事制心。孔之教曰。博文約禮。精以歸一。義以全禮。博以致約。千聖相傳之秘。其在茲乎。吳文正以爲道問學之功有六。而尊德性之功。一而已矣。斯言可謂發越無餘矣。由是而言。則知外德性以爲問學者。徇知化物。世之所謂博洽之學。雕蟲之技。傳經之家。若司馬遷。劉向。鄭玄。王弼之流也。外問學而爲尊德性者。馳空入幻。世之所謂頓悟之習。元牝之學。明心之說。若關尹。老聃，瞿曇，媽摩之屬也。自漢以來。出彼入此。吾道不隳如髮。至關洛數子者出。得子思之緒于殘篇。亦已燦然指世之迷途矣。然議者猶謂新安金谿之異旨。德性問學之專門。徒泥鵝湖是非之辨。而不知相里勤。五侯。各立門戶之非。嗚呼。德性。吾所有也。問學。我所事也。爲之而自知之矣。不知論此而徒欲起大儒于九原。辨聚訟于兩家。乃所謂道在邇而求諸遠也。噫。此首第一行疑有脫誤

六言六蔽

天下之理。盡于學矣。而天之所與者。不可恃也。何也。限于氣也。限于氣則有所偏。徇其偏而不求至其中。則往往遂其性之所近。其偏者日以重。而其不能者終懵焉而莫之知。卒以自陷于偏詖邪遁之歸。而不適乎大中至正之矩。其美也。祇所以爲蔽也。天之所與。果可恃也哉。故夫求至于中者。莫如學也。疏之則通。拭之則明。矯之則直。砥勵之則精密。培養之則成遂。夫物則亦有然也。而況于人乎。況于學乎。學也者。以明理也。理明則德全。德全則氣不能爲之限。夫是之謂能成其大。故氣質之用小。而學問之功大。糠粃眯目。則天地爲之易位。彼美質之爲尤物也。豈直糠粃之謂哉。今夫仁智信直勇剛。是六者世之所美也。夫人而能好之。則固可以謂之君子。而世之所

指稱者。若是焉亦足矣。聖人曰。是六者皆有蔽。惟好學爲無蔽。非六者之足恃。而好學者之足恃也。夫豈以六者之不美哉。天以是理全畀于人。固不以人人殊也。是故有温良慈愛之懿。有辨別剖析之明。有真實無妄之誠。有順理無罔之心。有強毅果敢之氣。殘忍之不足以勝吾仁。眩瞀之不足以勝吾智。詐僞之不足以勝吾信。回互之不足以勝吾直。懦怯之不足以勝吾剛勇。其性則然也。然而氣之參錯不齊。而五行之分數有多寡。則因其偏重者而勝焉。偏而好。好而不學則蔽。蔽于有餘而不能以自裒。蔽于不足而不能以自益。仁者見之謂之仁。智者見之謂之智。信者以執滯用。直者以攻訐用。剛勇者以強戾用。彼固以沾沾自喜。而不知去道也日遠矣。是以聖人不恃乎天而求備于人。不恃乎天所以去其蔽。求備于人所以全其美。皐陶言九德。皆以其氣質之性。而濟之變化進修之學。而夔之典樂。亦不外乎直温寬栗之數語。晏嬰曰。以水濟水。誰能食之。琴瑟之專壹。誰能聽之。馬或奔踶而致千里。謂其能偃然以就吾之鞭策也。調習之不馴。泛駕之不止。則百里之不致。昔夫子之門。固皆天下之英也。參之魯。可以謂之確。柴之愚。可以謂之厚。師之辟。可以謂之文。由之喭。可以謂之直。而夫子則謂之魯焉而已矣。愚焉而已矣。辟且喭焉而已矣。略其所美而稽其所蔽。美者不足恃。而其蔽者深可憂也。是以君子知天之所以畀吾者。恐恐焉若有所負也。汲汲焉不能自已也。退退焉不敢自謂已足也。我惟理之求而已。于是有探索考究之學。于是有沉潛默識之功。于是有省察克治之力。于是有去偏救弊之術。于是有深造極詣之方。于是有消融渾化之妙。過者以損。不及者以益。夫然後有以得其理而無所蔽。愛人。仁也。而惡不肖。亦仁也。不可罔。智也。而可欺。亦智也。踐言。信也。而變通。亦信也。無隱。直也。而委曲。亦直也。無所不伸。無所不爲。剛勇也。而有所不伸。有所不爲。亦剛勇也。惟好學故仁。惟仁故智。而信直剛勇。皆舉之矣。若一元而司四氣之運。若中央而觀四方之至。有六者之用而無六者之蔽。是六者性。而我無加焉。是六者質也。而矯克振勵之功。爲不少矣。大哉。學之道乎。夫子與子路。蓋每每言之。而伉直自用。卒無改于冠雞起舞之習。去就不明。汶汶以沒。悲夫。美之爲蔽。乃至于此。自昔聰明絕異者爲不少。而卒自叛于道。而爲天下之罪人者。其始皆由于質之美。蓋以其聰明絕異之資。而自信其不該不偏之見。以成其偏倚詭僻之行。則將何所不至。故曰。老子有見于屈。無見于伸。慎子有見于後。無見于先。宋子有見于少。無見于多。墨子有見于齊。無見于畸。莊子有見于天。無見于人。有所見而有所不見。此実之所以爲蔽也。由是言之。椎魯朴鈍。非學者之患也。聰明絕異。學者之深患也。

聖人之心公天下

聖人能順諸天下之理而已矣。天下之理。不容于偏。故聖人之心。亦不容以有偏。夫惟不容以有偏。而後足以盡天下之理。大哉。聖人之心乎。人皆曰。聖人之心有是非。吾則曰。聖人之心無是非。人皆曰。聖人之心有好惡。吾則曰。聖人之心無好惡。人皆曰。聖人之心有褒貶。吾則曰。聖人之心無褒貶。因物而有是非。是非者。聖人之明。因明而有好惡。好惡者。聖人之情。因情而有褒貶。褒貶者。聖人之言。言生于情。情生于明。明固緣諸物而已。天下之物。固有可是非之理。固有可好惡之理。固有可褒貶之理。取而進之不加增。抑而退之不加損。稱之爲善而非譽。訾之爲惡而非毀。聖人順因其理。無所于是。無所于非。無所于好。無所于惡。無所于褒。無所于貶。遷移變化。進退伸縮。惟其所遇。不可端倪。曰是非好惡褒貶云者。吾姑以是觀聖人之心之著而已。非以爲聖人之心。泥于是也。何者。順因諸理也。理故一。一故無所不公。而彼區區有爲之應迹。固其所謂塵垢粃糠糟粕煨燼云者。而奚足以芥蔕于聖人之心也哉。今夫理之散于天下。其是非曲直。可否輕重。隨物而在。無不分明。其遇于情而偏之也。天下之物。于是而始不得其平。天下之心。至是而始不得其公。專而不咸。隘而不宏。藏匿而不化。膠固而不解。紛擾焉而不釋。日以其情與天下相角。執其先以應其後。舉乎彼以該乎此。攻其瑕而忘其堅。愛而不知其惡。憎而不知其美。強立而不返。終其身焉。其于愛憎取舍。若柄鑿焉。不相易也。是何也。以情勝也。情勝則有我而無物。其不能公天下之心固也。夫天下之物。以天下之理。處之而已。而曷容有我于其間哉。故惟無我而後爲聖人。而後其心能公天下。嗟乎。聖人之心猶天也。陽舒而陰慘。旦明而暮晦。生長肅殺。不一其職。風雨露雷。不一其施。而萬物之巨者細者。高者下者。栽者傾者。成遂者夭閼者。變易者流遷者。枯偃而憔悴者。壯盛而猥大者。仆而起者。息而消者。彼固以隨平氣之所至。在萬物爲適當耳。造物者。則何所私哉。是故聖人順因天下之理。不累于有我之情。天下之人。所謂聰明仁聖。德充而業完者。固未可以人人求也。而人又什百千萬之不可以一律齊也。固有能于此而不能通于彼。失于早而圖之于末。百不可觀而一有可取。世之所謂小人者。猶有所長。而賢者或難于十全也。故聖人亦以天下之情。與天下而已矣。故曰。孔子大管仲之功。而小其器。聖人之心。公天下也。夫獨管仲乎哉。管仲者。固其一事也。言天者無端也。指其昭昭之多。曰天之大若是而已矣。言聖人者無象也。指其稱管仲之事。曰聖人之公。若是而已矣。故此一管仲也。世之汨溺者。孰不艷慕之。其德與學。固可略也。至于鄙賤之甚者。則擯絕之。不以入于耳。而奚功之足云。聖人曰。管仲之器小哉。又曰。管仲人也。如其仁。如其仁。方其稱也。不知其貶也。方其貶也。不知其稱也。管仲之所爲。若二人焉。聖人亦曰。若二人焉。是非在仲也。好惡在仲也。褒貶在仲也。聖人不知也。是故羽山之放。百揆之宅。鯀出禹入。不以爲疑。鹿臺之誅。三監之設。紂滅庚封。不以爲忌。故使鯀能自變。司空之職可復。紂能改創。孟津之師無舉。聖人固未嘗有怒也。朝而放諸野。夕而升諸朝。罪大者不以讖其功。罪輕者不以蓋其善。順諸其理而何有于我也。彼世之瞽者。刖者。宮者。莫不以爲棄人也。聖人曰。吾使汝爲樂。吾使汝爲閽。吾使汝爲守。嗚呼。聖人之心之公。固如是也。春秋之書。嚴于大一統。而王之出狩。不容于無貶。明于尊有爵。而諸侯或稱人。重于辨華夷。而夷狄或有稱子。書載二帝三王之文。而秦穆公何人者也。乃以廁之篇末。吾于是真見聖人之心如天也。使夫人之有過者。不容以自阻。而小善者。亦有以自遂。見容于聖人者。不敢不勉。而得罪于聖人者。惴惴焉不敢自安。是又聖人之教之也。嗚呼。聖人之功大矣。

史稱安隗素行何如

將以圖天下之變。而所以自治者。不可不嚴也。夫士君子以其身任天下之事。而適當其潰敗決裂之際。而天下之事之變。不可以急遽而力拯之也。天下之小人。方乘時肆志。逞其所欲。而其氣之薰灼熾燄。淩轢震盪。勃焉有不可遏之勢。而君子者。以其弱植之身。惴惴焉而日與之角。以吾之衰。敵彼之強。以吾之寡。敵彼之衆。以吾之明白疎闊。洞然無防閑之設。立彼閃忽詭詐之中。機智陷穽之區。斯時也。勢不足恃也。恃吾之有道而已。夫道有時而不能勝勢。然而循理以須其未定之天。而或勝焉。或不勝焉。猶足以持之也。設使吾之所自立者。已自陷于頗僻。則小人之投間抵巇。其將何所不至哉。吾既無所恃。而吾之所恃又亡。而輕試于小人之鋒。卒之名隳業墮。而身與之俱斃焉。由是言之。小人得志于天下。非盡小人之罪也。君子亦與有責焉耳矣。愚讀漢史。未嘗不嘆安隗所處之真善。而又以嘉范曄之知言也。夫不曰小人之不加害于君子。而特曰安隗素行高。亦未有以害之。誠有以見君子得持勝之道也。嘗謂天下之所以稱爲君子小人者。非生而有是名也。蹈道而行之。謂之君子。背道而行之。謂之小人。所謂蹈道而行者。素行必嚴。嚴者。非爲小人而設也。以其君子之道固然也。背道而行者。則淫佚放縱。無所不爲矣。夫其淫逸放縱者。亦非爲害君子而設也。以其小人之道固然也。此淑慝之大分。自古邪正之所以相軋。而世道之所以升降者。係此也。小人固挾其所以爲小人者以恣其惡。而君子者。不知其所以爲君子而制之。則君子小人之分。吾亦無以定其極矣。而又安能取勝負于其間哉。是故君子所以成功者。勢也。所以定勢者。道也。勢有所待于外。而不可必。道固吾之所挾以常伸者。易言陰陽之義備矣。消長進退。損益盈虛。每以時運爲之變化。而辭亦因之屢遷。而至其所謂道者。則無往而不著其然。以明君子之所行者。有常而不易。至一而無二。立乎是非利害之途。而獨守其貞。不以消而亡。不以長而存。不以進而滿。不以退而缺。不以損而隕。不以益而茁。不以盈而耀。不以虛而約。一之于天而已。天者。君子所以定其極也。而物何與焉。小人何與焉。小人之能害與不能害何與焉。天道當揫斂肅殺之候。其所以爲生生者。宜剝盡而不存矣。而完聚凝固。不至于陰之盛而喪其所以生生者。故卒之太和回斡。勃焉盎焉。變而爲朱明長嬴之氣。君子當小人之時。亦唯無喪其所以爲君子者而已矣。無喪其所以爲君子者。亦唯無喪其素行而已矣。素行嚴則守不放。守不放則節無毀。節無毀則道常伸。如兩敵對壘。雖未得殄滅之會。而所以禦其游兵。防其鈔掠者。不可一息而弛也。不然。則移晷瞬目之間。而彼已伺其便而乘其隙矣。故曰。不恃敵之可勝。而恃吾有以勝之。勝之者。非求勝于彼也。勝于所以爲我者而已矣。

怒眥裂目。非君子之勇也。擐甲厲兵。非王者之師也。冠帶佩劍而高談仁義。是所以化強暴之術。東漢之世。外戚宦豎之禍。纏綿糾結而不可解。一時賢人君子。相與勞心焦思。感慨發憤。正色于巖廊。清議于田野。求其有以少紓一旦之禍。適足以磨虎之牙。更相枕藉。駢首而死者。不可勝計。然而考其素行。非其過于忤物。則其失于防閑者也。陳竇一代之英。以身排難而至于貪天之功。親戚子弟。帶紱裂土。布在有位。內不足以遠權勢。外不足以孚人心。張奐北州之豪士。猶不能使之相信。而爲羣閹所賣。吁。亦可悲矣。名爲天下之君子。而以其不純乎君子者。而與羣小較力。是所以齎寇兵而助之攻也。是以君子有危言之時。而無毀行之日。所以持天下邪正相軋之機。而直以道勝之耳。故曰。春秋之義。以貴治賤。以賢治不肖。不以亂治亂也。召陵之師。不足以折水濱之對。文王之道。不足以救於泓之敗。而楚圍之討。不能不反。慶封之辭。自漢以來。任人國家。如向猛之制于恭顯。訓注之因于仇王。二李之遞爲出入。五王之自相魚肉。欲以去小人。而失于持勝者多矣。君子所以重有取于安隗也。雖然。二子亦自守焉而已耳。蓋無益于天下之變也。豈非其節有餘而權不足。回斡大運。撥亂反正之才。有所短耶。抑光武奪三公之權。崇階美號。徒擁虛器。政權一無所關。二子亦無能爲力矣。吾獨惜夫撫天下之權。而行不足以自守。才不足以經世。而反以激天下之變。此吾所以歎息于二公也。

孟子敍道統而不及周公顏子

古之聖賢。有遺言而無遺意。得聖賢之意。則可以知聖賢之言。知聖賢之言。則可以明道統之說。夫其有詳有略也。而非有去取也。有先有後也。而非有牴牾也。論其人焉。論其世焉。合其異焉。會其同焉。此所謂意也。苟徇其辭。執其一。以求其紛紜異同之論。則聖賢之言。將有所不達。故以言觀言。則有遺言。以意觀言。則無遺意。雖然。亦謂之無遺言可也。愚于是知周公顏子無異道。而孔子孟子無異說矣。今夫斯道之流行。其用在天下。其傳在聖賢。由堯舜以至于孟軻。中更數千載。可指而數者。如斯而已矣。疑有闕文則已若比肩矣。其不與者。聖賢不得而與也。其與焉者。聖賢不得而廢也。堯不得以與丹朱。而瞽瞍不得奪諸舜者。蓋謂此也。聖賢之論。至孔子而定。繼孔子者。孟子也。孔孟親有之而親見之者也。後之學者。當據之以爲定。而豈可因之以爲疑哉。當文王之時。周公以元聖而受緝熙之傳。制禮作樂。有身致太平之功。達而在上。使聖人之道。大行于天下者。周公其人也。是以東周之夢。爲之惓惓。而易詩。書。春秋。禮。樂之刪述。蓋自以爲得繼于周公。而忻慕之者亦至矣。夫何孟子獨得而不與之。當孔子之得。顏子以大賢之才。而承博約之訓。隳體黜聰。示不違如愚之教。窮而在下。使聖賢之道。大明于天下者。顏子其人也。是以孔子喪子之嘆。痛惜尤深。而殆庶之稱。蓋真以其得聞乎斯道而許與之者亦深矣。夫何孟子獨得而輕廢之。嗚呼。此孟子所以爲與之者也。太公望。散宜生。可以爲見知。則周公不居其下矣。孟子以此自任。則顏子不在其後矣。純佑作德。而修和之所由賴。敬怠義欲。而戒書之所由作。呂散謂之見知。非過也。然而虎踞鷹揚。視夫欣欣休休之氣象何如也。其不敍周公者。夫亦以文王言之。則周公之所師。卽敬止之家學。其視文王若一人焉。父子一道。擧乎此可以該乎彼矣。易作于羲。文。周。孔。而班固曰易更三聖。至于談之與遷。同稱太史。彪之與固。同號班書。蓋昔人之恆辭也。苟執其辭焉。則武王何以不擧乎。他日稱三王而繼之以思兼。孟子之意可知也。性善時中之論。義利王伯之辨。孟子之自任以道。非僭也。然而泰山巖巖。視夫和風慶雲之氣象何如也。其不敍顏子者。夫亦以在我者言之。則孟子之私淑。蓋自附于及門。其視顏子猶儕輩焉。彼此一道。方自論。則不暇于及人矣。周有亂臣十人。而君奭曰惟茲四人。至于序大孝。則稱曾子。論好學。則獨予顏淵。蓋昔人之專辭也。苟執其辭焉。則曾子。子思。又何以不擧乎。他日論禹稷而歸之于同道。孟子之意可知也。雖然周公無敵矣。論顏子者。往往有異說焉。則以其年之不永。遺言之不見。造詣之未極也。殊不知夔。益。稷。皐。初無文字。而禹。湯。文。武。分量亦有不同者。先儒謂顏子發聖人之蘊。而優于湯武。此定論也。事有當于吾心。則自吾可以起千古之議論。而况古人之已發者哉。世之人。惟不敢以顏子自處。故不敢以聖人處顏子云耳。厥後宋儒周子。默契道統。得不傳之正。而世猶以中庸序明道墓表不及爲疑。意亦類此。大抵古人之言多闊略。而後世之辭多謹嚴。以此之心。求彼之說。其相戾者固多。而論說之紛紜。亦無怪也。嗚呼。道統之傳。自孟子之後。得宋儒而愈白。自宋儒之歿而愈晦矣。章縫之士。耳剽目采。孰不曰周孔。孰不曰顏孟。言之日似。行之日遠。斯道之真亡滅壞爛，幾于不振。此則有志者之所深恥也。主張斯文者。所以爲深憂也。

乞醯十歲作

天下之理。自然而已。無容于矯。何者。理無矯也。無容于有待矣。有所謂乞者。斯矯矣。有待矣。夫我所無而求人謂之乞。求人而望其與謂之乞。理者。天下之人所有。天下之人所不相及者也。當取當與。各全其天。而何乞之云。彼醯可乞也。直可乞乎。直者。天地生人之至理也。奈之何以微生之直。亂天地生人之直乎。彼天地生人之直何如也。在父則慈。在子則孝。在臣則忠。在弟則敬。在交友則信。蓋天下之直。而非吾之直。吾之直。而非人之直也。是者是之。非者非之。有者有之。無者無之。如斯而已。何有于我。苟有我焉。則物本非而是之。是我是而非物是也。物本無而有之。是我有而非物有也。既有我于其間。而必因物以成乎我。使必得是物而後我之理始得焉。嗚呼。理之云乎。若是其勞矣乎。彼勞也。非直也。高之意。則以爲苟可以得直。雖勞無辭也。方其人之乞醯。高果有也。可以爲惠。不幸而無。高之心。已恨不能以及人。于是而乞諸其鄰。不與之以無而與之以有。使彼受者曰。高可謂天下之直矣。無且如此。況于有耶。小且如此。況于大耶。是一事之微。可以納交也。可以爲惠也。可以使人稱我也。高爲是矯險之事。而不知天下無矯險之直。因是事而爲是直。亦愚矣。彼意夫直之猶醯也。醯尙可以乞人爲己有。直亦可以假物爲己名也。獨不因其自然而思之。彼醯固有也。非我之醯也。鄰之醯也。彼乞我而非乞鄰也。我與人而非鄰與人也。我以其我。鄰以其鄰。惡用是假借哉。猶幸魯人所求者。醯也。假使求于高曰。汝與我千駟萬鍾。高何以待之。又有求于高者曰。汝與吾以天下。又何以待之。高將曰。有耶無耶。亦將乞諸其鄰耶。吁。至是而高之直窮矣。故天下之理。求之于我恆不窮。求之于物恆有盡。順之以天恆有餘。矯之以人恆不足。蓋理在我而不在物。理有天而無人也。是以奪人之物則爲盜。取人之有則爲襲。假無而有則爲僞。盜乎。襲乎。僞乎。高之謂也。從高之道。則天下之爲善者亦艱矣。夫與人必待于物。則一介不與。伊其吝矣。推之至于待富而孝。則簞食瓢飲。顏其餒矣。

待功而後爲忠。則身死功墜。孔明其窮矣。夫其必物也。必富也。必功也。則伊必至于取人之有。顏必至于奪人之財。孔明必生而不死而後可也。信如是。是使天下父不得而慈。子不得而孝。臣不得而忠。弟不得而敬。友不得而信。事事乞于人。物物乞于人。有如醯者。乃克有濟。則何時得盡吾人道哉。是其人道輕而醯重也。未乞醯之時。本無直也。既乞醯之後而始有直也。鄰無醯。則我無直矣。則直之于醯有得矣。由是以爲奇爲高。則竊父之逃。不如證攘之直。歷山之耕。不如割股之孝。首陽之餓。不如於陵之廉。而天地生人之直。果不如微生之直矣。誰謂直者如此哉。彼之求直在于此。而吾謂之不直。亦在于此。不知彼之爲是勞者。欲直耶。欲不直耶。雖然。高猶幸也。世方謂高爲直而奔慕之。夫子獨曰。孰謂微生高直。使矯飾止于高。而天下必直。天下必不爲矯飾。亦無有曰。其如此者。是高之流禍也。嗚呼。高于是不與楊墨同爲害矣。此謂高幸而遇夫子。

聖人之心無窮嘉靖庚戌會試

聖人之所以治天下者。心也。而天下之不能盡歸于聖人之治者。勢也。聖人之治天下。不能不因于天下之勢。勢之所不能。則吾治病矣。而聖人之心。于是乎窮。夫以聖人之心。運天下之治。而吾心果爲勢之所窮。囂囂然自得曰。吾治如是足矣。聖人果如是耶。蓋有時而窮者。勢也。不可得而窮者。心也。勢不能勝乎心。而心不窮于勢。謂聖人之世。無不得所之民者。非聖人之心也。以有窮之心。量聖人者也。謂聖人之世。有不得所之民者。此聖人之心也。聖人之心。所以無窮者也。書曰。惟天生民有欲。無主乃亂。惟天生聰明時乂。又曰。亶聰明。作元后。元后作民父母。又曰。天子作民父母。爲天下王。蓋聖人以其身爲億兆生民之主。自謂天之所以命我。而天下之人。皆寄命于我。其無所辭乎天下如此。則其以天下爲心。誠有不得已者矣。而憂天下之心。如之何而能釋也。雖然。天下之不治。吾憂之。天下已治矣。而聖人之憂。終不能一日而釋。則非有所深憂過計。而亦天下之勢。有不得不然者。聖人果不能必其無一民一物之不得其所也。則天下已治矣。聖人之心。何嘗一日自以爲天下之治。惟其未嘗見天下之治。而其憂愈無窮者。此聖人之心也。且其始天下之民。不得其所者多矣。聖人爲之焦思于廊廟之上。殫其心慮。竭其耳目。修其法制。陳其軌則。導其善利。而除其菑害。其所以仁之者。固已勤矣。亦期于使天下無一物。不得其所而已矣。然四海之廣。兆民之衆。風氣之異。嗜好之不同。剛柔善惡之殊性。其勢有不能盡一者。聖人亦且奈之何哉。爲人父母者。爲其赤子慮其飢餓而乳哺之。或不能盡得其所欲。況周天下之人。而欲人人而衣之食之而教之。求其無一人之不食不衣。而不至于敗度而斁倫者。聖人果可以自必耶。故不可必者。天下之勢也。不容已者。聖人之心也。以其所不容已。而思其不可必。則聖人之心。何時而窮也。堯。舜。禹。湯。文。武。之際。何其盛也。協和萬邦矣。而驩兜。共工。之屬。猶在明良之列也。率舞百獸矣。而有苗。宗膾。胥敖。之屬。則猶鑿干羽之化也。敷于四海矣。而下車而泣之囚。猶迷象刑之治也。十一征無敵矣。而舍我穡事之徒。猶勤畏帝之誥也。順帝之則矣。猶迄崇墉之師也。垂拱而天下治矣。而大誥。康誥。酒誥之訓。保釐之命。淮夷三監之征。再世未已也。是以聖人相與咨嗟于一堂之上。一則曰疇咨。二則曰疇咨。曰思日孜孜。曰予畏上帝。曰自朝至于日中昃。不遑暇食。曰不敢康。夙夜基命宥密。可以見聖人之心矣。蓋政也者。聖人所以致天下之治者也。心也者。聖人所以運天下之政者也。靜處于大庭之中。而周流于寰海之外。端拱于深宮之中。而昭徹于宇宙之表。培養于瞬息之頃。而繼續于千萬世之遠。邱甸井牧里居以安其生矣。而勞民勸相之未已也。瞽宗廱米詩書絃誦以時其教矣。而格懲庸威之未已也。六典八法八則九貢九賦九式。與夫祭祀喪紀師田行役。下至登魚取龜擉鱉繪畫刮摩之屬。以盡其制矣。而維清緝熙之未已也。其無所不及。無所不達者。政也。不能無所不及。無所不達者。勢也。憂其勢。盡其政者。心也。苟心自以爲無不及。則有所不及矣。以爲無不達。則有所不達矣。心有一息之間。政必有所不盡。而天下之治荒矣。或者曰。聖人之治天下。必無一人之不得其所。而其所以如此者。特其不自滿足之心耳。嗟乎。此不惟不知天下之勢。而亦不達聖人之心者也。使天下果無一人之不得其所。聖人亦何爲是無窮之憂也哉。天地之大也。猶有所憾。而聖人亦有所不能。聖人惟深知其如此。故一日二日萬幾。惟幾惟康。與天同其不息也。大抵聖人之心。與天同運。天之道。氣以噓之。萬物以生。窮于午矣。而未嘗已也。而陰已生矣。氣以吸之。萬物以成。窮于子矣。而未嘗已也。而陽已生矣。故天道運而不窮以生萬物。聖心運而不息以生萬民。然天亦烏能使萬物之皆得其所哉。殰者。殈者。夭閼者。枯槁者。大造之內。何所不有。此亦勢也。惟夫不以其勢之所窮。而使吾心之有窮。此所以爲聖人之心也。

王天下有三重嘉靖癸丑會試

天下之法。非聖人不能制也。聖人所以能制天下之法者。謂其能盡夫法之理也。法之制。出于聖人之心。而法之理在天下。蓋其理如是。而吾之爲法者。不得不如是。而後知夫法者。道之所不能已也。聖人以道重天下。故不得不重夫法也。道在則法治。道不在則法亡。有法則道行。無法則道廢。故聖人之于天下。非能強率之以就吾法。而所謂法者。又未嘗以吾之意爲之。有見夫天下之理有固然者。從而條理區畫于其間。而盡其精微之至者也。則夫聖人之法。豈曰區區于後世。繁文靡飾。過制曲防。苟簡闊略。而不由夫道者乎。故王者之法。卽道也。後之人徒見夫繁文靡飾。過制曲防。苟簡疎略之爲法也。因以疑王者亦何重于此。而不知王者之法。非後世之所謂法也。惟天生民有欲。無主乃亂。天生聰明時乂。天祐下民。作之君。作之師。惟曰其助上帝。寵之四方。蓋王者之責。其重如此。其所以上承天命之重。下思四海生民之衆。求其所以順天之理。遂民之生。有一日不能自寧者矣。夫天之生是人也。其相與羣然而生也。生之所存者性也。性之所稟者命也。發乎其心。著乎其動作。而施于相與羣然之際。而道之大用。無所不著。惟夫由之而不能自知。知之而不能盡。于是乎血氣心知勝。而道幾乎晦。聖人受天下之重。思以生之治之教之。而法之設。于是乎不容已。故法者。凡所以觀天下之所爲。而制之而已矣。觀天下之所爲而制之者。出乎道而已矣。是故道形于事。不可以無禮。于是乎禮重。道形于禮。不可以無度。于是乎度重。道形于禮度無書文字。性靈不通。于是乎文重。是三者。天地之所生也。生人之所立也。萬物之所紀也。一不重則道斁。二不重則道悖。三不重則道弊。蓋自上古之時。其民吁吁怡怡。莫不愛其所以生我者。尊其所以長我者。樂其所以與我者。是其禮然也。有老者則處其安焉。有尊者則處其多焉。是其度然也。人之所存。發于其聲。聲之所出。而音韻自成。是又其文然也。此皆夫人所能也。然非王者。不能知天下之自然者而爲之法。王者有法以行其道。俾天下自行其禮。自遵其度。自識其文。而後知王者之制。所以通萬世而無弊者。皆其道之所不能自已者也。使王者恃其崇高之勢。徒以其勢力法制。謂天下可以就我之範圍。而率己之意以爲之。則亦何取于王者之法。是故朝覲以明君臣之義。聘問以使諸侯相敬。喪祭以明臣子之恩。鄉飲酒以明長幼之序。婚姻以明男女之別。天下不可一日無禮也。雕鏤文章。黼黻黹帶。鼎俎豕臘。宗廟居節。衣服宮室。天下不可一日無度也。明其約契。正其會要。定其時日。通其言語。達其情志。天下不可一日無文也。故卑而不可不因者。民也。賤而不可不任者。物也。匿而不可不爲者。事也。麤而不可不陳者。法也。聖人通于天下之情而知其理。達于萬物之變而知其時。精之至也。故度長短者。不失毫釐。量多少者。不失圭撮。權輕重者。不失累黍。吾心之禮。與天下之禮一也。而禮出焉。故自子事父母。朝諸侯于明堂。至于冠。婚。喪。祭。燕射。士相見之禮。可得而議也。所以周旋裼襲。升降俯仰者。聖人能議之。而不能爲之也。吾心之度。與天下之度一也。而度出焉。故自天子七廟。諸侯五。大夫三。士二。至于龍袞黼黻。元衣纁裳。冕朱綠藻。十有二旒之度。可得而制也。所以多寡輕重。隆殺大小者。聖人能制之。而不能爲之也。吾心之文。與天下之文一也。而文出焉。故自天府之所藏。象魏之所懸。與夫達之四方。同書文字。可得而考也。所以橫斜曲直。平正倒仄。開發呼斂。清濁高下者。聖人能考之。而不能爲之也。故曰。聖法道。道法天。君子之道。所以考三王而不謬。建天地而不悖。質鬼神而無疑。俟後聖而不惑者。此也。不然。以相接則不得其體。亦緹縵之禮而已。何重于王者之禮。以相臨。則不得其分。亦淩悖之度而已。何重于王者之度。以相諭。則不得其志。亦寄象鞮譯之音而已。何重于王者之文。故曰。王者制事立法。一稟于律。繼天順地。序氣成物。統八卦。調八風。理八政。正八節。諧八音。舞八佾。監八方。被八荒。以綜天地之功。所謂律者。即天下之理也。其理本然。如以規應圓。以矩應方。而莫之易也。是王者之律也。故曰。大禮必易。大樂必簡。以天產作陰德。以中禮防之。以地產作陽德。以和樂防之。以禮樂合天地之化。百物之產。以事鬼神。以諧萬民。以致百物。豈非作者之聖歟。或曰。王者之制如此。宜萬世不可易。而何孔子論禮。則曰。夏禮。吾能言之。杞不足徵也。殷禮。吾能言之。宋不足徵也。吾學周禮。記禮者。則謂有虞氏之旂。夏后氏之綏。殷之太白。周之太赤。毋追夏后氏之冠。如周弁殷冔夏收。其不同如此。若夫書文。自河流天苞。洛出地符之後。世傳又有龍書。鳥書。龜書。魚書。蟲穗之書。自蒼頡至于史籀。又不知凡幾變也。豈以聖人之制。猶有所未盡耶。蓋天下之變無窮。而王者有隨時制作之義。孔子蓋曰。所損益可知矣。理之在天下可變耶。後世不達其意。妄攻先王之法而盡廢之。自朝廷以至于閭閻。皆爲一切之政。無非衰世苟且之習。民之所以養生送死者。無一能盡其道。世之君子。又從而附會之曰。五帝不相襲禮。三王不相沿樂。嗟夫。所謂禮樂。果何在也。吾獨怪夫文武周公之法。至秦而遂絕。而李斯程邈謬妄之制。至于今更數千載而不能易也。

明君恭己而成功 嘉靖乙丑會試

天下之任。至不易也。明主獨能致天下之治者。亦惟得人以任之而已矣。以天下之大。而責于人主之一身。是故不可以一息而自暇自逸者。而明主獨能恭己以致之。是豈有他道哉。誠以天下之任之不易。而吾以一人之身而爲之。其明必有所不周。其勢必有所不給。將必舉天下之事。皆萃于吾身。是以吾身與天下。日戰于擾擾之中。而聰明智慮。與之俱困。是知天下而欲以一人爲之。固無是理也。故明主致天下之治。非得人不可也。蓋以天下之事。與天下之賢者共之。是所以獨操其要以御其機。而非苟樂于優游無爲也。以天下之賢者。任天下之事。使各竭其力以周其務。而明主端委以責成焉。此固天下之勢也。今夫有器于此。一人之力。足以舉之矣。以其器輕也。其有重于此者。其舉之必數人焉。又有重于此者。其舉之必數百人焉。其器愈重。其舉之者愈衆。夫以衆人任之。故雖千鈞之重。可不勞而移也。大器非一人任也。使一人者。自恃其力。而欲以專百人之任。其亦必無是理也。天下大器也。非一人之爲也。世之人主。亦有恃一己之智力。而欲以攬天下之權。而天下之事。日以紛然。蓋自以其術足以持之。盡天下之人。無有出于我者。舉其人皆不可以任吾之事。必吾之身一一自爲之。蓋前世人主。有其術出於此者。未有不至于亂也。故明主者。豈樂于暇逸者哉。夫亦深見夫治天下之道。未有以易于此者也。人之耳能聽而目能視。其視聽不出帷牆之外。有蔽之矣。任天下之耳則聰。無所不聞。任天下之目則明。無所不見。以天下之耳爲耳。以天下之目爲目。故四海之外。莫不照徹焉。夫一人之身。其分固有限矣。夫以天下付之人主。盡一世之人而制命焉。其聰明神智。必有以兼乎天下之人者。固宜其一身而爲之可也。所謂聰明神智者。亦以能用乎天下而已矣。所以用乎天下者。非苟自暇逸之謂也。蓋其聰明神智。所以運乎天下者也。運吾聰明神智于天下。是以朝廷公卿百司庶府其命之必得其任。其任之必得其人。得其人以爲之。不必吾之侵其官。而天下之官。皆人主之爲也。謂其自暇逸不可也。當堯之時。天下之故多矣。洪水方割矣。民未粒食而阻飢矣。五品不遜矣。五刑未明矣。草木鳥獸未若矣。禮樂未興矣。共工驩兜之徒。猶在朝也。而堯首命羲和。欽若昊天而已。堯豈爲是迂緩不切之謀哉。誠以人主之所當爲者。獨有事天之責。使天道少有不順。而愆忒或見于上。吾心所以怵惕者。當無敢少寧者矣。是以舜遵行其道。而在璇璣玉衡以齊七政。以窺察天道。而觀其意之順與否也。若乃其時。天下誠有未得其安者。而堯咨之。不過一二言而已。至于得舜。而其事已矣。舜從而任之九官十二牧。而天下之務。無不翕然悉舉。故孔子稱之曰。大哉。堯之爲君。又曰。無爲而治者。其舜也與。恭己正南面而已矣。嗚呼。此堯舜所以恭己而成功者也。夫以堯舜之聖如此其至。堯舜之治天下。如此其無爲。而當時急于得人而任之。蓋其所以無爲者也。吾以見聖人之心。有不自暇逸者矣。非晏然恭己而已也。堯之所以經天下之慮。在于得舜。舜之所以經天下之慮。在于任九官十二牧。吾于是知古之聖人。無爲之道也。公卿大夫贊襄于上。百官有司奔走于下。人主垂衣搢笏。不動聲色。端居于九重之上。公卿大臣。日宣其謨也。百官有司。日靖其務也。六卿日率其屬。以倡九牧也。其微至于鄉遂都鄙之吏。其遠至于荒徼之外。人主罔不致其人。以爲之治焉。要之明主之所謂恭己者。其事一無所爲。而其神運。而以天隨者。亦無時而無所不爲。如天之運。其神無不在也。神故不息。不息故無爲。故公卿大臣宣矣。明主之神。在公卿大臣也。百官有司靖矣。明主之神。在百官有司也。六卿倡九牧矣。明主之神。在六卿九牧也。神者。無爲而無不爲也。人主之神一不至。天下之務息矣。故神無一日不運于天下。故天下之賢才任。而天下之庶務成。淵蜎蠖伏之中。深宮宥密之地。俯仰之間。而撫四海之外。豈其疲智慮于一人之耳目哉。故人主恭己無爲。所以養其神也。人主任天下之賢。所以成其功也。不能恭己。不能任天下之賢。不能養其神。不能成其功。故天子之車。大路越席。所以養其體也。側載臭茝。所以養其鼻也。前有錯衡。所以養其目也。和鸞之聲。步中采齊。行中肆夏。所以養其耳也。龍旂九斿。所以養其性也。寢兕持虎。鮫韅彌龍。所以養其威也。凡以天下之大。以養之不欲褻之。以天下之故。所以尊之也。其養之尊之。所以得以神運天下也。故曰。大樂必易。大禮必簡。易故不怨。簡故不爭。四海之內。莫不係統。故能帝也。雖然。人主亦何以得賢才以任之。其成功如此之逸哉。其養之必有其道。其求之必有其方。其任之必有其宜。養之不以其道。則才不成。求之不以其方。則才不至。任之不以其宜。則無以使之効其用。嗚呼。欲得天下之賢而任之。而又其難如此。然後知明主之所以成功者。非苟然也。

應制策

嘉靖庚子科鄉試對策五道

第一問

夫闡揚帝王之烈者。必假於文以傳。文者。所以讚述往古。傳示來裔。著之不刊。垂之無極者也。蓋帝王爲可繼之道。而未必其後世之能繼。其所託以傳者。典冊紀載而已。典冊紀載而不文。則不足以傳。故曰言之無文。行之不遠。由此言之。則帝王所以衍萬世無疆之休者。其創立在我。而其纂述而揚厲之者。在于後人。一代之文不具。則一代之道德經制。亦幾乎泯矣。故古之帝王。所恃以爲不泯。而使其子孫世世有考焉者。託之于文也。我國家列聖相承。代有作述。所以闡揚祖功宗德者。亦既備矣。如一統志會典之作。皆在于前朝文盛之世。以昭混一之盛。經綸之迹者。執事以下詢末學愚生。概乎未之知也。至于考制度。審憲章。博聞而強識之。又非所及也。夫金匱石室之藏。蘭臺秘閣之載。艸野賤人。無所得覩記。惟二書傳誦於天下已久。愚生可以端拜而論乎。荀卿子曰。欲觀聖王之迹。於其燦然者矣。所謂燦然者。豈非聖人之制作。布之天下。迪之後世者也。虞夏商周之盛可考已。當時之所謂典章經制者。皆聖人之作。而又有聖人者以播揚之。故其言語文章。著于天下。大者事天饗帝。小者至于獻互蟲豸。靡不纖悉。王府則有以咸正無缺。豈非其盛歟。漢以後。其德固已不逮于古。而當時文章之盛。猶彷彿于三代。故太史公八書之撰。班固諸志之述。猶足以備一家之言。至于唐之六典。宋之會要。元之經世大典。則其文章氣勢。愈趨於下。而說者謂三代之後。惟唐制爲盡善。而六典建官之法。足以上追姬周。則其亦未可輕訾者。而比于典謨則有間矣。蓋虞夏商周。有帝王之制。而又有帝王之文。漢之文可矣。而制不備。唐。宋。則文與制。均之未至也。若今一統志會典之作。欲以比隆于典謨。而豈可與漢唐宋例論哉。然愚獨恨當時儒臣奉命。不能深明聖意。究述作之至。以勒一代之鉅典。而容有采緝補綴。疏略牴牾于其間。蓋一統志出于睿皇帝之命。而大學士李賢等爲之者也。會典出于敬皇帝之命。而大學士李東陽等爲之者也。是二者。若以爲聖人之制。則何敢議。出于二臣之手。誠不能無疵者。蓋祖宗之功烈過漢唐。亦宜有比隆三代之文。不宜猥瑣于末議。牽制于文詞。而賢等所載沿革。郡名。人物。古蹟。往往剽摘書傳字句。詩人組繪之語。不足以稱王者之制。而職司事例。又多務簡省。一代之因革。漫不可考。夫以祖宗之土宇。自古所未有。而祖宗之制述。亦自古所未有。而漫以若此。則二臣之過也。今天子中興。邁志憲古。已嘗勅所司重修會典。則一統志亦將以次而及之矣。開局秉筆。固皆一代之長材茂學。必有所見以廣聖意者。愚猶以爲彰往緒。揚休烈。以紹諸無窮。當屬諸一代之宗工。而其體裁。宜依彷禹貢周官之書。序山川。必先其原委。于田土。物貢。尤必著其詳。而民風土俗。則略用漢地里志及後世圖經之法。序官職。必先其體統。于建廢沿革。悉皆存其故。至于臣下論建。亦如歷代書志通攷之類。兼存而並志之。又竊謂修書之臣。高帝之時。多延天下有文學者。如梁寅。徐一夔之徒。皆以儒士在局。今拘于科目。一不可也。蘇洵修禮書。必欲明實錄以昭來世。今動有避諱。使人無從攷實。二不可也。自古爲書者。多出一手。今局務既開。議論紛沓。分門著撰。文體不一。三不可也。古之文章。必先體制。今之文章。馳騁浸淫極矣。而不要于古雅。體裁不明。義例不立。四不可也。明興以來。百七十年。豈無覊固之徒。以勒成一代之典哉。愚生狂僭及此。惟執事寬之。

第二問

王者既以其身致天下之治。尤必思所以繼其治。而詒以萬世之業。故天下之本在于太子。太子之教。不可不豫也。三代尚矣。其遺法至今猶存。禹有典則。而啓敬承。湯有風愆。而太甲終允德。文武有謨訓。而成康代爲有周之令主。誠以天下之大。生民之衆。天命之隆替。祖宗之繼隆。咸有賴于一人。故曰。一人元良。萬邦以貞。太子之謂也。太子之教。萬世之所係也。恭惟皇天。眷佑我皇上。篤生元子。正東宮之號。螽斯繁衍。廣藩輔之封。皇子頓天。能勝衣。將出閣講讀。宗社休嘉。臣庶均慶。遠稽古典。近考制度。斟酌損益。以適萬世之中。以裨我皇上盛德至意者。不獨文學法從之臣有是心。而亦江湖之士之所同也。愚所望于今日者。固三代之事而已。漢唐宋其何足以云。今者。六傅之設。賓客之制。崇文崇賢府坊館局之建。官則備矣。而非古之三公三少之舊也。帝範之書。戒子之篇。元良之述。承華要略之制。教則詳矣。而非古之典則之詒也。古法之存于今者。惟周制爲詳。其可考者。在二戴之記。及所稱明堂青史氏之記。古者胎教。王后腹之七日而就宴室。太史持銅御戶左。太宰持升御戶右。比及三月。王后所求聲音非禮樂。太師縕瑟而稱不習。所求滋味非正味。太宰倚升而言曰。不敢以待王太子。太子生。有士負之禮。有擇于諸母之禮。有知妃色就學之禮。有記過之史。有徹膳之宰。有誹謗之木。有敢諫之鼓。工誦箴。瞽誦詩。百工執藝事以諫。有三公三少。保保其身體。傅傅之德義。師道之教訓。故成王之生。仁者養之。孝者繦之。四賢傍之而德成也。後世官非三代之官。而教非三代之教。始以爲之法者。既無周密詳悉之慮。而其爲言。又無躬行心得爲之本。而官僚並建。辭旨諄復。徒一時之美觀耳。漢高祖文帝之盛。所崇用者。叔孫生鼂錯之徒。卒使惠以懦怯廢事。景以任刻殘物。武帝開置博望苑以通賓客。賓客多以異術進者。而太子後遭巫蠱之禍。唐太宗教其子者甚悉。而聚麀之恥。實以身誨之。宋時家法雖嚴。而其所以爲教。亦不切于身心性情之實。夫漢唐宋所爲天下計者。未嘗不甚詳。而根本之地。如此其曠略。此宜其立國。僅僅至此。我太祖高皇帝創業垂統。洪謨遠慮。莫非三代之法。而萬世之計。立國之初。庶務倥傯。首建大本堂。圖史充牣其中。招延四方名賢。爲太子講論經理。敷陳治道。又爲昭鑒錄。使知前代太子諸王之善可爲法。而惡可爲鑒。而成祖文皇帝。又爲文華寶鑑。蓋爲學而不知先代之故。則不足以有所感發而懲創。成祖之書。一本太祖之意。雖一事之善惡。皆在所錄者。固以身爲天下之所係。善惡起于幾微。而治忽之端在于此。尤不可以不嚴也。今日欲舉三代之典。繼祖宗之志。亦宜有可言者矣。愚敢條其所當急者。其一曰。選宮僚。昔太祖不設專官。而以公卿兼領。以防後世離間之患。夫銜雖列于朝班。職則專于訓導。不宜徒取文學。而用道德可爲師表者。家丞庶子。皆宜選用吉士。以備其職。二曰愼與處。太子雖有宮官。而其所常與處者。則保姆內侍小黃門之屬。女子小人。導以非心。尤宜防慮。擇其淳德謹厚者。而使之漸涵灌漬于德義而不知。三曰禮師傅。夫尊卑之分懸隔。則官屬不得盡其忠。昔懿文太子之於宋濂。仁宗宣宗之于楊士奇。其相親禮。往復辨論。如家人父子。蓋太子有子道臣道。不宜闕略相師友之禮。以成乖隔之患。其四曰明實學。世儒率謂天子之學。與韋布不同。文華進講。不過採摭經中數條。以備故事。夫豈所以深探聖奧。必先專一經。以次而及其餘。五曰辨儀等。蓋富貴之極。惟其所欲。故周官有王后世子會不會之文。所以撙節使之不過。今宜飲食衣服。悉有制度。又使太子諸王。禮秩必異。所以防微杜漸。固萬年之基。蓋天下之事。莫大于此者。執事幸採而聞之于上。

第三問

三代之樂不傳於世。見於遺經。廑有可考者。君子追尋缺軼于千百載之下。因其辭以求其意。得其意而後足以會其辭。然必其有以深探古人之心。而會本末源流于一。而後可以斟酌古今。擬議制度。以爲復古之漸。而未易言也。當天下無事之時。世之君子。輒言曰。興禮樂。夫禮樂豈易興哉。自漢以至于今。數千百年。明君良臣。相與咨嗟太息。講求掇拾。卒無有復三代之舊者。而儒者又從而卑其說。以爲禮以養人爲本。少有過差。是過而養人也。蓋謂隨世可以制作。而不必盡合于三代。而不知三代之禮樂舍焉。則天下無所謂禮樂者。蓋三代之制。皆非一世之事。自其初累世相因以爲治。而馴至于大備。雖代有變革。而不過進退損益于其間。故異世而不可不襲者禮也。其所不相襲者。禮之末也。殊時而不可不沿者。樂也。其所不相沿者。樂之末也。夫以三代之聖人。皆因于累世之故。故其樂易舉而可行。至于後世蕩然矣。又無聖人者以起之。而欲稽考于旣廢之後。豈不難哉。樂之所從來久矣。黃帝使伶倫斷大夏之竹。兩節而吹之。以爲黃鍾之宮。制十二筩以聽鳳鳴。比黃鍾之宮。而生之以爲律本。故後世皆宗黃帝之樂。周禮大司樂。以樂舞教國子。舞雲門。大卷。大咸。大韶。大濩。大武之舞。分樂而序之。奏黃鍾。歌大呂。舞雲門以祀天神。奏太簇。歌應鍾。舞咸池以祀地祇。奏姑洗。歌南呂。舞大韶以祀四望。奏蕤賓。歌函鍾。舞大夏以祭山川。奏夷則。歌小呂。舞大濩以享先妣。奏無射。歌夾鍾。舞大武以享先祖。以九變而致天神地示人鬼。固九韶六英六列之遺也。黃帝之清角英招。其本聲固在于此。世人自莫能察。而徒知求太古之音于洞庭之野。而不知周家之盛。固已備六代之樂。而周官豈其僞書哉。說者謂其所序圜鍾爲宮。黃鍾爲角。太簇爲徵。姑洗爲羽。此律之相吹者也。函鍾爲宮。太簇爲角。姑洗爲徵。南呂爲羽。此律之相生者也。黃鍾爲宮。大呂爲角。太簇爲徵。應鍾爲羽。此律之相合者也。樂之變數。皆用其宮之本數。黃鍾在子。子數九。故九變而終。夾鍾在卯。卯數六。故六變而畢。林鍾在未。未數八。故八變而止。其究以感天神地示人鬼焉者。非如昔人天社虛危類求之說也。至和之氣。寓諸器而託諸聲。感應自然之理。無所不通。分天地人者。所從言之異也。虞書商頌。推之固有合焉者矣。文中子曰。化至九變。王道其明乎。故樂至九變而淳氣洽矣。鳳凰何爲而藏乎。蓋聖人之制。隨時不同。而非截然爲數代之樂。成周兼而用之。以六代之樂配十二調。每樂二調。以一陰一陽相對而爲之。合其感動。神示自有不容已者。故曰。天之與人。有以相通。如影之象形。響之應聲。爲善者。天報之以福。爲惡者。天降之以殃。其自然者也。他書所載。師文師開之鼓琴。師涓之寫濮上元聲。其感薄陰陽。通於物類。要其理有不可誣者。惜乎周衰。王者不作。天地之氣不應。而淫過凶嫚之聲。競以相誇。浸淫于後世。先王之制。遂不可考。漢之制氏。僅能得其鏗鏘鼓舞。而不能言其義。其後河間獻王所得雅樂。天子但令太常以時存肆。不令奏郊廟。其郊廟及所奏御。皆俗樂淫聲。西漢一代。文章之盛。名卿才士輩出。而卒莫有能興禮樂者。而亡國新聲。代變日增。自此以往。豈復可冀耶。前世號知樂者。如荀勗。阮咸。張文收。萬寶常。王朴諸人。卒亦未有以見之于用。而牛弘。何妥。鄭譯。李照。阮逸。范鎮。司馬光之徒。紛紛莫決。而士大夫之議。常與工師之說相悖。固有所謂訂正雖詳。而鏗鏘不協韻。辨析可聽。而考擊不成聲。倀倀焉如瞽無目。而以手模指索。狀物之形難矣。此無他。先王之制既廢。後之人雖欲罄心思而測度。摹擬于千百載之上。不可得也。故樂者。漢以前有司掌之。無不知其義。漢以後儒者求之。而卒莫得其數。有傳與無傳之異。又無先王以制之也。雖然。樂者。千世一理而已矣。不以有傳而存。不以無傳而亡。其始在於人心。人心之動。物使之然也。情動于中而發于聲。聲成文。謂之音。比音而樂之。及干戚羽旄。謂之樂。千古之人心不亡。則千古之人。皆可以制樂。而世之論樂者。不求夫樂之本。而區區于樂之數。夫其數可知也。其義難知也。知其義。而本末一以貫之矣。後之人不察。而殫精于壁羨尺度之間。較量于累黍多寡之際。致疑于鍾律洪殺之節。紛紜于五聲十二律變宮變徵之異。夫樂誠不可以舍器數。而沒于氣數之中。則其力愈勞。而其數愈失。盍亦反其本矣。太史公曰。神使氣。氣就形。細若氣。微若聲。聖人因神而存之。雖妙必效。莊周曰。奏之以天。徵之以人。行之以禮義。建之以人情。天機不張而五官皆備。此之謂樂無言而心悅者也。古者百姓太和。萬物咸若。聲律身度。五音天音也。八聲天化也。七始天統也。秋養耆老而冬食孤子。勃然招樂。興大鹿之野。然則明君在上。休養生民。陶以太和。萬物之生各得。而天地之沴不作。然後吹律以生尺。命神瞽以寫中聲。以黃鍾爲聲氣之元。則太和薰蒸。八風順序。鳳儀獸舞之治。可復追矣。不然雖使置局設官。招選天下知音之士。以研究律呂之精。無不符于先王。此爲瞽史之事。而非治天下之本也。

第四問

王者之興。必有一代之臣。以輔翼天下之治。而成宏濟之功。夫有是君而無是臣。則上常患于不得其下。而君之事無所寄。有是臣而無是君。則下常患于不遇其上。而下之才無所展。然天將以開一代之治。而啓其明良之會。

既生是君。使之成摧陷廓清之功。則必生是臣。以致協謀參贊之力。蓋天下之勢。亂極而治。天之愛民之深。必不使之終于此也。故聖人之生。以安民也。而聖人之於天下。又非一手一足之烈也。必得是人。足以辦吾事者。故賢臣之生。以佐聖也。自古大亂之世。未有無聖人而可以致治者。亦未有無賢臣而可以宏化者。如雲龍風虎。氣類自應。相須而成。相待而合。而烏知其所以然哉。堯以前。如風后力牧。常本大鴻之徒。非經所見。不可得而論矣。虞書所載九官十二牧。班班可考者。三代而下。以革命而有天下。則有如成湯。有一德之伊尹。而後有升陑之師。武王有鷹揚之太公。而後有牧野之會。至于畢散周召之徒。皆以聖人之德。奔走後先。禦侮疏附。詩書所稱。有大功以配享于先王。暨其子孫。藉其休以有國者數百年。蓋其盛不可及矣。三代而下。漢高起布衣。誅秦蹙項以有天下。而淮陰絳灌之徒。摧鋒陷陣。以致其百戰之功。而其時稱蕭何。韓信。張良。此三人者爲尤烈。光武承王莽之亂。奮迹南陽。恢復舊物。則有鄧禹。吳漢。賈復。寇恂。馬援。馮異。彭岑。來歙之徒宣其力。唐太宗舉兵晉陽。平隋之亂。則有劉宏基。李勣。李靖。房元齡。杜如晦之流致其勳。宋太祖受周之禪。去五代戰爭之患。致天下于太平。則有趙普。潘美。曹彬。之輩殫其謀。天下不可以無君。故立之君。立之君。不可以無臣。故生之臣以佐之。有堯舜三代之君。則必有堯舜三代之臣。有漢唐宋之君。則必有漢唐宋之臣。天之愛民久矣。不如是。何以戡定禍亂。克成太平耶。慨自胡元入主中國。天下腥羶者垂百年。既而運窮數極。天閔斯人之亂。於是生我太祖高皇帝于淮甸。以清中原之戎。拯天下之禍。而援生民之溺。數年之間。定金陵。平吳會。克荆襄閩廣。韃靼不戰而竄息于狼望之北。固宇宙以來所未有之勳。而聖人獨稟全智。功高萬古。神謨廟算。有非他人所能贊其萬一者。而一時諸臣。應運而生。皆起于淮甸之間。乘機遘會。以成不世之勳。有若高祖之豐沛。光武之南陽者。此豈人之所爲哉。蓋將以開我國家億萬年無疆之治。故聖祖龍興于上。而諸臣景附于下。乘風雲之會。依日月之光。而昭諸鼎彝。銘諸策府。有非一時之所能殫述者。其大勳光宣。炳烺于天地之間。如中山武寧王以下六王者。其功尤烈。天下之人。至今能道之。他如朱文正。李文忠。咸以內外之親。而郭子興。郭英。吳良禎。廖永忠。永安之徒。則以父子兄弟。後先致力。效死于其間。大抵數總大軍。以不殺爲威。而沉毅好謀。定大事于一言。武寧之功爲大。而開平之窮虜于漠北。黔寧之收功于滇南。此方面之功之最著者。其他或撫一城。或定一方。或專城而秉鉞。或分閫而受寄。或敵愾以怒寇。或殄滅以爲期。孰非體天地好生之德。勦皇祖安集之命。有功于方夏而惠于元元者乎。國史之所紀載者。固莫得而覼。而往往見於儒臣銘章碑志之間。此愚生之所竊識其萬一者。因念百六七十年。父子兄弟。長養太平之世。方內無兵革之禍。戎虜之警者。固我高皇帝天覆地載之功。諸臣匡持輔協之力。不可少也。書曰。丕顯文武。克慎明德。昭升于上。敷聞于下。惟時上帝。集厥命于文王。亦惟先正。克左右昭事厥辟。越小大謀猷。罔不率從。此之謂乎。今太廟既已配享。而功臣廟又有特祠。金書鐵劵。山河帶礪之盟。于今不替。邇者。皇上又興滅繼絕。開廟藏。覽舊記。以昭元功之侯。籍使開平。寧河。岐陽。誠意之裔。復延于世。我國家之酬諸臣者。可以無憾矣。顧承平日久。爲其子孫者。或驕溢于富貴。而不能體乃祖乃父之心。時陷法禁。從而棄之。又所不忍。而未免有厚德掩息。遴柬布章之譏。則高皇帝之大誥武臣。文皇帝之鐵榜訓戒。今日誠不可不申明而訓勅之也。書曰。古我先王。暨乃祖乃父。胥及逸勤。予敢動用非罰。世選爾勞。予不掩爾善。予大享于先王。爾祖其從與享之。作福作災。予不敢動用非德。敬以爲今日獻。

第五問

古之爲天下者。養民之生。後之爲天下者。聽民之自生。夫聽民之自生可也。又從而取之。取之可也。而不求所以爲可繼之道。則我之取者無窮。而民之生日蹙。民蹙而我之取者。將不我應。國計民生。兩困而俱傷。其何以善其後。是不可不深思而熟慮之也。我國家建都北平。歲輸東南之粟。以入京師者數百萬。舳艫相銜。接于江淮。加以方物土貢。金帛錦繡以供大官玉服者。歲常不絕。其取于民不少矣。而比年以來。民生日瘁。國課日虧。水旱薦告。有司常患莫知所以爲計。然惟知取于民。而未知所以救贅捍患。與民莫大之利也。大抵西北之田。其水旱常聽于天。而東南之田。其水旱常制于人。蓋其地有三江五湖之灌注。而東南又並海。有隄防蓄泄。雖恆雨恆暘。而可則無虞。故昔之言水利者先焉。禹貢。三江既入。震澤底定。震澤即今太湖。周禮所謂具區五湖。蓋地一而名異也。爾雅具區。郭景純云。吳越之間有具區。周五百里。故曰五湖也。其言五湖。猶江之言九江爾。春秋越與吳戰于五湖。豈太湖之外。復有四哉。其所謂具區。洮隔。彭蠡。青艸。洞庭。及季氏圖。彭蠡。洞庭。巢湖。太湖。鑑湖。爲五湖者。非也。禹治揚州之水。西偏莫大于彭蠡。而東偏莫大于震澤。欲寧震澤之水。在於疏其下流。三江入于海。而後震澤無泛濫之虞。震澤固吐納衆水者也。西北有宣。歙。蕪湖。荆溪。宜興。溧陽。溧水。數郡之水。西南有天目。富陽。分水。湖州。杭州。諸山諸溪奔注之水。瀦聚于湖。而由震澤。吳江。長橋。東入松江。青龍江。而入海。溧陽之上古有五堰。以節宣。歙。金陵。九陽江之水。宜興之下有百瀆。以疏荆溪所受之水。江陰而東有運河。泄水以入江。宜興而西有夾苧干。與塘口。大吳等瀆泄四水。此治其原委之法也。三江。東南泄水之尾閭也。三江之流不疾。則海潮逆上。日至淤塞而下流不通。此吳淞江之疏導。不可不先。而凡太湖以下諸江之入于海者。皆不可以不加之意也。昔宋單鍔嘗疏東南水利書。蘇文忠以爲有利于民。條其事于朝。而亦莫能行之者。大抵承平日久。人習于苟安。稍有建國家之計。必以爲迂遠動衆而不可用。故經國之慮。每至于格而不行。夫自漢以來。天下之用。不盡于東南。至唐宋而東南之民。始出其力。以給天下之用。然自吳越竊據于此。乃能修水利以自給。外以奉事大國。而內不乏於朝府之用。是以其國不困。而民猶足以支。及天下全盛。江南不熟。則取于浙右。浙右不熟。則取于淮南。于是圩田河塘。因循隳廢。而坐失東南之大利。以至于今。夫錢氏以一方用之。惟其治之也專。故常足于用。今以天下用之。惟其治之也泛。故常不足于用。嗚呼。以天下之大而無賴于東南。則可以坐視而莫爲之所。以天下之大而專仰給于東南。其又何可不考其利病。而熟圖之也。先朝周文襄公。夏忠靖公治之。常有成績矣。然百餘年來。已非其故。有司案行修舉故事。已漫然莫知其故迹之所存矣。至又委之國貧民困。夫國貧民困已矣。任其困而貧也。則將何時而已乎。夫亦延訪故老。徧考昔人之論。而求今日之所宜。又不必專泥于古之迹。而惟視夫水勢之所順。蓋古今天時。地勢。陵谷。邱淵。代有變移。必欲鑿空以尋故迹。吾恐力愈勞。費愈廣。而迄不可就。反爲苟安目前者之所嗤笑。禹之行水。行其所無事而已矣。五堰百瀆。可復則復之。白蜆。安亭。青龍江。可開則開之。或爲縱浦。或爲橫塘。或置沿海堽身。堽置斗門。使渠河之通海者。不湮于潮泥。堤塘之捍患者。不至于摧壞。而又督成水利之官。常時相視。禁富人豪家。碾磑蘆葦。茭荷陂塘。壅礙上流。而倣錢氏遺法。收圖回之利。養撩清之卒。更番迭役以浚之。而後利興而可久。害革而民不困。不然。如近者嘗浚白茆。曾幾何時。漸就湮塞。此可徵也。今夫富人有艮田美莊。猶不使之荒蕪而加意焉。況東南以供天下之費乎。抑是法也。非特可以行之東南也。齊魯之地。非古之中原乎。數日不雨。禾俱槁死。黃茅白葦。一望千里。父子兄弟。束手坐視。相率而爲溝中之瘠。凡以溝渠之制廢也。謂宜少倣古匠人溝洫之法。葢江南無田之民以業之。蓋于古吳。則通三江五湖。于齊則通菑濟之間。滎陽下引河東南爲洪溝。以通宋。鄭。陳。蔡。曹。衞。與濟。汝。淮。泗。會。而朔方兩河。河西酒泉。皆引河關中。漳渠靈軹引諸水。東南引鉅定。泰山下引汶水。皆穿渠溉田萬餘頃。豈獨三江五湖之爲利哉。舉而行之。不但可與西北之利。而東南之運。亦少省矣。天下之事。在乎其人。毋徒委之氣數。而以論事者爲迂也。

隆慶元年浙江程策四道 按隆慶元年丁卯浙江鄉試時太僕府君以長興令入外簾此乃主考委代作者

問。自昔帝王。立極垂統。爲後世計。如禹有典則。湯有風愆。文武有謨烈。其子孫能敬承之。故夏商皆饗國長世。周過其曆。至于八百年。漢唐而下。蓋莫能比隆焉。我太祖高皇帝受天明命。誕受多方。在御日久。萬幾之暇。輒親著述。睿思玄覽。自身心以至於天下國家。無一事不有垂教。而祖訓一書。爲聖子神孫慮。尤諄悉矣。其大經大法。世世遵守。昭如日月。固不待贊述也。乃若微言至論。爲今日聖天子之繹思者。可得而詳言之歟。我世宗肅皇帝憑几之言。告戒深切。皇上孝思罔極。遵承末命。改元一詔。風行雷動。乃至荒陬絕徼。含齒戴髮之民。靡不拭目以觀德化。伏讀詔旨。稱郊社等禮。各稽祖宗舊典。斟酌改正。有以仰窺聖天子法祖之盛心矣。詔條所列。固首奉皇考之教。中間與皇祖之訓相符契者。亦可述其概歟。夫臣子爲君父陳烈祖之訓。蓋忠愛之至也。卽有大美而弗彰。何以仰答鴻庥于萬一乎。諸士子具悉以對。將爲爾聞于當宁。

帝王之御天下也。欲垂萬世之統者。必欲其謀慮之遠。欲保萬世之業者。必致其嗣守之勤。謀慮以垂統。仁之周
也。嗣守以保業。敬之至也。是故德業光昭而心源繼續。顯承丕大而佑啓無疆。自古有天下者。其祖宗肇之于前。
而子孫繼之於後。所以長世而不替者。用此道也。請因明問而陳之。昔唐虞之際。以天下相授受。而示之以精一
執中之旨。彼其平時。都俞吁咈。相告語于一堂之上者。無非此道。然猶咨命之諄諄者。誠以天下重器。不能不爲
之長慮也。故以天下與人。而并以治之之道與之。斯知所以與天下矣。受人之天下。而并其治之之道受之。斯知
所以受天下矣。不然。徒以天下相傳。則非堯之所以授舜。舜之所以授禹也。夫三聖人面相授受。而猶如此。况祖
宗之天下。傳之子孫。而能不爲之長慮乎。誠念今日得之之難。而他日保之之尤難。故垂訓以爲子孫計者。不容
不詳且切焉。是故聖有謨訓。明徵定保。禹惟有是訓也。而其子孫能敬承之。有夏之曆。至四百年。聖謨洋洋。嘉言
孔彰。湯惟有是訓也。而其子孫能克從之。有商之曆。至六百年。文武宣重光。奠麗陳教。故子孫嗣守大訓。無敢昏
渝。有周之曆。至八百年。蓋禹湯文武爲其子孫慮天下者。如此其周。而啓太甲成康所以保天下者。如此其至也。
我太祖高皇帝受命自天。奄有函夏。聖武神文。天經地緯。削平僭亂。海宇乂安。登天下之賢俊。相與修明政刑。服
則又親灑宸翰。睿思所及。動輯成書。如存心。省躬諸錄。以至孝慈女戒昭鑑。其大者如三編大誥。資世通訓。洪範
之註及。又以意命羣臣纂修寶訓律誥。職掌集禮諸書。自古帝王著作之盛。未有如此之富也。若祖訓錄。特爲聖
子神孫深遠之慮。尤詳且切矣。嘗自敍以爲創業之初。備嘗艱苦。人之情僞。亦頗知之。自平武昌以來。豫定律令。
頒而行之。至于開導後人。復爲祖訓一篇。立爲定法。大書揭于西廡。朝夕觀覽。以求至當。首尾六年。凡七謄稿而
定。我子孫欽奉朕命。不負朕垂訓之意。天地祖宗。亦將孚佑于無窮矣。于是頒賜諸王。且錄于謹身殿。乾清宮。東
宮壁。因顧侍臣曰。朕著祖訓錄。所以垂訓子孫。朕更歷世故。創業艱難。常慮子孫不知所守。故爲此書。日夜以思。
具悉周至。抽繹六年。始克成編。後世子孫守之。則永保天祿。大哉皇言。誠萬世聖子神孫。所宜欽承而敬守之者
也。是書之目。有曰聖訓首章。又有曰持守。曰嚴祭祀。曰謹出入。曰愼國故。曰禮儀。曰法律。曰內令。曰內官。曰職制。

曰兵衞。曰營繕。曰供用。其篇袠簡要。而條貫靡遺。綱領宏大。而精微具悉。歷世保之。以爲大訓。至于朝廷之典章。百官有司之所行。有不待盡述者。請舉一二明言之。有曰。凡古帝王以天下爲憂。守成之君。常存敬畏。以祖宗憂天下爲心。則宜永受天之眷顧。夫聖祖起自布衣。同時僭王叛國。芟夷殆盡。海內曠然。尤且惴惴然懼天下之起而相軋也。況自古承平之久。無常靜之國。而南面之奉。可以娛耳目。悅心意者。交引于前。人主能時懷警懼。而淵涓蠖濩之中。此心卓然清明。則宴安之欲不生。而慮周于天下。釁孽之萌。無所作矣。今日之所當繹思者。此也。又謂憂常在心。則民安國固。蓋惟望風雨以時。田禾豐稔。使民得遂其生。又謂四方水旱。當驗國之所積。優免稅糧。歲雖無災。擇地瘦民貧。亦優免之。夫聖祖雖在深宮之中。乃至祁寒暑雨。靡不關心。當時庶事草創。建都封邑。征伐四方。用度廣矣。而免租之詔。無歲不下。今天下晏然。而大司農往往告乏。歲一不登。議政折帶徵。有司且相顧以爲曠恩矣。使閭閻不被免租之惠。民何以聊生。聖主顧畏民喦。思小民之依。簡劭農之官。廣蠲貸之澤。則海內之民樂生矣。今日之所當繹思者。此也。又謂帝王居安。常懷警備。動止必詳人事。審服用。仰觀天道。俯察地理。皆無災變。然後運用。疑有闕文夫聖祖躬擐甲冑。出入兵間。及爲天子。猶謹備之如此。人主必當儼神明之居。慎出入之際。端拱穆清。正容謹儀。和鸞之節。清道而行。開延英閣以登魁磊耆艾之士。朝夕燕見。抽繹顧問。考古驗今。則聖德日脩。天眷日隆。亦不勞心于非意之防矣。今日之所當繹思者。此也。又謂平日持身之道。無優伶近狎之失。無酣歌夜飲之歡。正宮無自縱之權。妃嬪無竊恣之專。又謂內府飲食當用之物。設局于內。職名既定。要在遵守。故當時日曆聖政記所稱。后妃居中。不預一髮之政。外戚亦循理長法。無敢恃寵以病民。寺人之徒。惟給掃除之役。本朝家法。超絕前代如此。至今陰教修明。后宮順序。尤望體聖祖述周禮設局之義。修掖庭永巷之職。使戴金貂之飾者。有濟濟謹孚之美。無戲敖驕恣之過。左右勑正。則王爵天憲。不至旁落矣。今日之所當繹思者。此也。又謂四方諸戎。得其地不足以供給。得其民不足以使令。吾恐後世子孫。倚中國富強。無故興兵。致傷人命。但胡我與西北邊境。互相密邇。累世戰爭。必選將練兵以謹備之。今日禦西北之虜。其上策在于不攻。其無策在於不善守。謹備邊塞。驅而出之中國。禦之之道。惟此而已。若欲開邊隙以快心于狼望之北。必無幸矣。聖祖嘗戒諸王。
遠出開平。謂守邊之要。未嘗不以先謀爲急。故朕于北鄙之慮。尤加慎密。今日之所當繹思者。此也。我世宗肅皇
帝。導揚末命。告戒深切。我皇上改元一詔。實奉皇考之敎。明詔所謂仰惟末命之昭垂。深望繼述之兼善者也。夫
郊社等禮。所以遵祖訓者。莫大于此。若夫言官加恤錄之恩。方士致左道之辟。宗室解旬人之縶。若盧施寬釋之
仁。百司嚴黜陟之典。銓選破資格之條。宂員申裁省之令。郡縣別望緊之差。沒虜布招懷之惠。殪敵速上功之簿。
至于重貪墨之罰。督勘覈之報。舉大臣之贈謚。加閒散之名服。聽監司之薦辟。所謂推類以盡義。通變以宜時。有
難盡述者。明詔又曰。各地方官以武備爲不急。以玩寇爲苟安。將賊盜妖逆。隱蔽縱容。不早撲滅。往往釀成大患。
祖訓所謂憂天下者。明詔得之矣。又曰。天下軍民。十分窮困。國用雖詘。豈忍照常徵派。四方聞之。孰不感泣。田租
逋負。改折蠲免。與夫大官之所增派。尙方之所趣辦。繕部之竹木。兵曹之子粒。多所停罷。則祖訓所謂憂民者。明
詔得之矣。又曰。內府各衙門。供應錢糧。朕加意節省自有餘。又令戶工二部科道。稽查各監局庫段疋。軍器。香蠟。
等物。祖訓所謂內府設局。與周禮天官之義合者。明詔得之矣。若夫求賢納諫。不一而足。凡可以正士習。糾官邪。
安民生。足國用等項長策。仍許諸人直言無隱。此卽祖訓所謂防壅蔽而通下情也。然則與皇祖之訓。蓋無不相
符契者。宜天下之人。如蹶而起。如瞶而聞。含齒戴髮。靡不拭目以觀德化之成也。顧愚生猶惓惓于皇上之繹思
者。實臣子忠愛之忱。不容已耳。書曰。我受天命。丕若有夏曆年。式勿替有殷曆年。欲王以小民受天永命。愚竊以
爲今日聖天子頌焉。

問我祖宗列聖。世有實錄。表年紀事。撰述功德。以爲信史。邇者。皇上深詔近臣。纂修世宗肅皇帝實錄。載筆
之臣。必能仰體宸衷。勒成鉅典。然竊以先皇帝享國最久。年載曠悠。又無前代記註之書。編摩搜輯。成一家
之言。若有未易然者矣。夫實錄之名。何所起歟。抑古之論史。每難其事。昔劉子玄與宰相言。二史不注起居。
而歐陽永叔論日曆之廢。蓋近代爲史之通患。而子元又謂史有三長。至曾子固序南齊書。其論笑矣。二子

之言。後世多稱之。可得而備述歟。茲者先皇帝彙進史館。方當下之學官。諸士子皆得而與知者。宜以所聞。

著之于篇。其毋讓焉。

經綸世道者。立一時之功。纂述先猷者。垂百世之訓。大哉國史所從來久矣。上古帝王。繼天立極。功德與天地同流。其不可傳者。與化而往矣。其可傳者。獨賴有史以存之。故巍然煥然之迹。亦與天地而同久。雖在千百世之下。而神明之號。天下之人。皆得指而稱之。何者。其托于史者無窮也。夫垂徽名而記往號。昭還古而示方來。史之所繫。其重如此。邇者。明詔纂修我世宗肅皇帝實錄。通行海內。博採遺事。明問特舉。以策諸生。敢不具述所聞以對。夫左右史以記言動。自夏殷以前已有之。周官大史。小史。內史。外史。御史。皆史官之職事。而諸侯各有國史。迄于戰國紛爭。秦滅典籍。而史官尚存。漢武帝以司馬氏爲太史。東京則班固爲蘭臺令史。劉珍等著述東觀。皆天下之選。故史記兩漢書冠絕後代。自後史館著作。莫不妙簡其人。雖其文辭不能方駕前古。亦各一時之美。而陳壽以下。悉倣漢書之體。往往類萃諸家別錄。而斷代以爲正史。正史之外。自唐武德間房玄齡許敬宗敬播等。相與立編年之體。而實錄之名。自此始。太宗以下十五帝。每至易位。必纂實錄。惟獨宣懿之後。以亂故缺。然及五季宋元。皆因之而後之爲史者。以之爲依據。至我朝列聖相承。一如前代故事。每世必命纂修。固已敷宣景耀。崇闡大猷。金匱之藏。永世作典。祖宗之洪業。真與天地永久矣。我皇上嗣登寶位。甫當朝廟之日。即降綸音。特命纂修實錄。天下皆仰聖人孝思罔極。繼志述事之大也。洪惟我世宗肅皇帝以上聖之資。撫中興之運。上比列聖二祖五宗。饗國獨爲長久。嘉靖以來。四十五年。振古之事。曠世之勳。特異曩昔。包括旁羅。錯綜銓次。在于今日。實爲重難。嘗考國初猶設起居注。而大明日曆聖政記。則學士宋濂所撰。其序以爲幸得日侍燕閒十有餘年。書之頗爲得實。使他日修實錄者。有所採掇。以傳信于來世。自起居之官不設。而史館論撰亦鮮。則今之修史。可以藉手者。蓋寥寥矣。夫千金之裘。非一狐一腋也。臺樹之榱。非一木之枝也。史家所因。惟在博採。自司馬氏猶取左氏國語世本戰國策。班書則世皆以爲司馬遷王商揚雄歆向之筆。自古以來。未有不裒聚衆家而成者。故唐宰相撰時政

記。史官撰日曆。而宋則宰相主監修。學士主修撰。兩府撰時政。三館修起居注。此等之類今並廢缺。而欲以責成
于一旦。蓋因仍者之易爲力。而創造者之難爲功也。我先皇帝大制作。大建置。固昭然揭諸日月。天下之人。所共
知之。若夫深宮秘庭。動靜起居。羣臣不能記也。聖性之淵懿。聖德之精微。如堯之安安。如舜之濬哲。羣臣不能測
也。至于類取諸司供報。博採羣臣墓銘家狀。夫進退百官。剖決章奏。裁處萬幾。錢穀甲兵四夷之事。百官有司。典
籍雖在。視諸故府。似乎有徵。然曹分局別。歲殊月改。綴緝穿聯。欲無牴牾。固亦勞矣。而一時臣工。人品之淑慝。心
迹之疑似。殊功偉德非常之事。姦宄凶慝檮杌嵬瑣之形。墓誌家狀不足盡也。蓋古之爲史者易於有所因。雖遷。
固之才。不能無因而爲也。今之爲史者。難于無所述。雖有遷固之才。無以自見矣。當唐宋之世。史官尙未放失。而
劉子玄爲蕭至忠言五不可。其一謂漢郡國上計太史。以其副上丞相。後漢羣臣所撰。先集公府。乃上蘭臺。故史
官載事爲廣。今史臣惟有自詢采二史。不注起居。百家弗通行狀。若今之起居廢失。得無如劉子玄之所論乎。歐
陽脩以爲史官職廢。其所撰述簡略。百不存一。至于事關大體。沒而不書。加以時政日曆起居注。例皆積滯相因。
故追修前事。歲月旣遠。遺失莫存。聖人典法。遂成廢墜。若今之追修積滯。得無如歐陽修之所論者乎。然則所貴
良史。裁酌體例。旁采異聞。攷求真是。發憤討論。使歸于一。古人有言。所見異詞。所聞異詞。所傳聞異詞。先朝之事。
尙在所見。則已異于所聞。與所傳聞遠矣。抑嘗讀武帝本紀諸志表傳。皆史遷當時撰述。而班固。陳宗。尹敏。孟冀。
共成光武本紀。後漢列傳載記。當時紀志。蓋不廢也。自寶錄專行。則紀志殆廢。此尤史家之闕典。竊以爲寶錄之
外。宜用擬古遷固之書。此不當待後世而定也。先皇帝大禮郊祀九廟明堂。先聖祀典。籍田親蠶。章服禮儀。河渠
刑法。諸所興建。散入紀年。難以會通。當令首尾貫串。包絡彙粹。可倣司馬遷八書而爲之。宰相百官。報罷不常。可
倣公卿志表爲之。羣臣之善惡。四夷之叛服。則列傳載記。皆不可廢。此卽一代之史。非直俟數百年之後而爲也。
徒恃寶錄一書。所軼多矣。此方今史館之所當議者也。愚又謂漢史成于班固。唐曆緝于吳兢。柳芳。崔龜。唐書成
于吳兢。韋述。于休烈。令狐峘。宋國史凡三書後。洪邁復請合爲九朝。而續通鑑長編。成于李燾。本朝二百年歷列

聖。而未有統會之史。此亦方今史館之所當議者也。抑劉子玄又云。史有三長。才。學。識。有學無才。如愚賈操金而不能殖貨。有才無學。如巧匠無楩楠斧斤。不能成室。善惡必書。使亂臣賊子知懼。此爲無可加者。曾子固爲南齊書目錄序云。古之所謂良史者。其明必足以周萬事之理。其道必足以適天下之用。其智必足以通難知之意。其文必足以發難顯之情。而後其任可得而稱也。噫。能如子玄之論。得爲良史矣。若子固所稱。則又追邇固而上之。蓋唐虞三代之史官也。茲者明詔採取遺事。諸生幸得躬逢其盛。惟時金馬石渠之彥。宜有其人。愚生草茅下士。獨能誦習舊聞而已。述作大義。何敢僭及之。

問古者國有大事。必合天下之議。所以集衆思也。王通氏著續書嘗曰。議其盡天下之公平。夫黃帝有合宮之聽。堯有衢室之問。舜有總章之訪。皆議之謂也。黃帝堯舜尚矣。三代以下。惟漢近古。請舉漢之議者。其或是或非。或罷或行。亦有可論者乎。夫匡衡。張譚。郊社之說何據。貢禹。韋元成。祖廟之議何本。董仲舒。師丹之請建限田。何罷而不行。祝生。唐生之請罷鹽鐵。何議而不用。公孫卿。壺遂。司馬遷。改朔之議何取。賈讓。關並。韓牧。王橫。治河之策孰得。先誅先零之謀。何以卒從趙充國。罷邊塞置吏卒之請。何以卒用侯應。此皆漢之大事。而有國家者之所當攷。昔韓退之非三代兩漢之文不敢觀。諸士子皆通經學古。以待有司之求。必有能及之者。請言之以觀所學。

欲盡天下之理者。必并天下之智。欲并天下之智者。必兼天下之謀。并智合謀。而天下之公盡矣。天下之公盡。而天下之理得矣。故古者國有大事。常令議臣集議。不專于一人。不徇于一說。惟其當而已。是故大臣之言必用。小臣之論必庸。衆思之集必繹。一夫之見必伸。故邱山積卑而爲高。江河合水而爲大。大人合併而爲公。此古之帝王。所以用天下之議也。王通氏論帝制。恢恢乎無所不容。天下之危。與天下安之。天下之失。與天下正之。千變萬化。而吾守中焉。故曰。議其盡天下之公平。漢制。大夫掌論議。事有疑未決。則合中朝之士雜議之。自兩府大臣。下至博士議郎。皆得盡其所見。而不嫌于以小臣與大臣抗衡。其道公矣。若明問所及。皆一時朝廷之大務。然非當時能詢採博議。盡天下所欲言。何以粲然著于簡策如此。請爲執事言其略。古之帝王。郊祀天地以冬日。至于地上之圜邱以降天神。夏日至于澤中之方邱。以出地祇。故祭天于南郊。就陽位也。祭地于北郊。卽陰之義也。漢之郊祀多襲秦。故武帝巡祭天地諸神名山。金泥石記。淫誣甚矣。成帝初。匡衡。張譚。始建南北郊之議。以甘泉河東之祠。非神靈之所饗。宜就正陽太陰之處。于是始作長安南北郊。罷甘泉。汾陰祠。漢二百年間。郊祀不經。文帝賢主。猶拜灞渭之會。相如文士。獨留封禪之書。匡衡能本周禮。正一代之大典。論者或恨其不能盡復三代郊祀明堂配天之文。然其所論建亦偉矣。禮王者受命爲太祖。以下五廟。而迭毀。毀廟之主。藏之太祖之廟。五年而再殷祭。則毀廟未毀廟之主。合食于太祖。父爲昭而子爲穆。孫又爲昭。王者禘其祖之所自出。而以祖配之。以其始受命而王。故尊以配天。而不爲立廟。親盡也。太祖以下五廟。則親盡迭毀。示有終也。漢之祖廟。至元始之際。大禮未備。貢禹始發之。韋元成已議罷郡國廟。又本禮經所云。而建議如此。惟獨以高帝爲太祖之廟。而孝文以後。皆以承後屬盡宜毀。故許嘉。劉向更議。以文武皆爲宗。漢二百年間祖廟。無准賈生通達不著宣室之對。劉向博雅。附會家人之語。元成能依古義。垂一代之大法。論者猶疑其五廟七廟。廟數之殊。然其所考據亦正矣。自秦用商君之法。開阡陌。除井田之制。漢初。不爲限制。累世承平。豪富吏民。貲數鉅萬。而貧弱愈困。故董仲舒欲稍近古。限民名田。以塞兼并之路。師丹言古之聖王。莫不設井田。然後可致太平。今未可詳。請略爲限。武帝方事四夷。內興功利。宜未及此。而丁傅。董賢。隆貴用事。詔書雖下。亦寢不行。然至後魏孝文。獨用李安世均田之法。則仲舒師丹之說。其果泥乎。後之有天下者。能知此意。則井田雖未可復。而均田之法。亦可少倣也。自齊用管子之術。正鹽筴斂山澤之利。漢初以屬少府。武帝用東郭咸陽孔僅筦其利。郡國多不便。昭帝始詔賢良文學之士。問民所疾苦。教化之要。九江祝生等。抗言皆願罷鹽鐵酒榷均輸。毋與天下爭利。示以儉約。而桑宏羊獨以爲國家大業。所以制四夷。安邊足用之本。竟不果罷。自此迄于永平。尋罷尋復。然後魏宣武。嘗采甄琛弛禁之表。則賢良文學之議。其果迂乎。後之有天下者。能知此意。則鹽筴雖未可廢。而取利之法。亦不當甚密也。漢自襲秦正朔。晦朔月見。弦望滿虧多非是。張蒼明習曆。而仍水德之謬。公孫臣建改朔。而信黃龍之誕。百年曆紀之廢甚矣。司馬遷。倪寬等。始謂帝王創業改制。不復用傳序。則今夏時也。三代之統。絕而不序。請定考天地四時之極則。順陰陽以定大明之制。爲萬世則。于是招致方士唐都。分其天部洛下閎運算轉曆。然後日辰之度。與夏正同。昔孔子論爲邦。言行夏之時。馬遷之議。實本于此。此古今治曆者之不能易也。漢自武帝塞瓠子。其後河復數決。大爲東郡害。平當領河堤奏。賈讓之策。桓譚典羣議。集關並。韓牧。王横之論。一代治河之說備矣。賈讓謂古者立國。居民疆理土地。必遺川澤之分度。水勢之所不及。大川無防。小水得入。陂障卑下。以爲汙澤。使水有所休息。因欲徙冀州之民。當水衝者。決黎陽遮害亭。放河使北入海。河西薄大山。東薄金堤。勢不能復遠汎濫。讓之此策。視諸說最高。昔大禹治洪水。惟順水之道。此古今治河者之所當知也。夫中國之御夷狄。非以極兵勢也。誠盡謀而已。西羌之反。朝廷發兵以屯田者六萬人。酒泉太守辛武賢。欲分兵並出張掖酒泉。合擊罕幵。趙充國獨以爲羌即據前險守陿阸。必有傷危之憂。獨欲捐罕幵之罪。先行先零之誅。以震動之。方是時。公卿議者不同。而充國獨守便宜。璽書切責。堅不爲動。卒不煩兵而自解散諸羌。罷騎兵。留屯田。以待其敝。大抵西羌之反。其萌在于解仇。充國急赴罕幵之約。使先零不得先其約。此所以坐而得勝算也。故制夷之要。若使夷狄得締其交。非中國之利也。漢自單于入朝。加賜皆倍于黃龍時。既自以親好。願保塞上谷。以西至燉煌。請罷邊備塞。以休天下人民。時羣臣以爲便。而候應以爲北邊塞至遼東。外有陰山。東西千里。草木茂盛。本冒頓依阻其中。來出爲寇。至武帝斥奪此地。攘之于幕北。設屯戍以守之。如罷備邊戍卒。示夷狄之大利。夫雁海龍堆。天之所以紀華夏也。炎方朔漠。地之所以限內外也。國家苟與夷狄共地利。而無藩籬之限。則中國坐而受其困。由此言之。中國之要害。所當固守而不可失也。夫郊祀。宗廟。井田。鹽鐵。曆律。河渠。四夷。舉漢之大事。而崇論竑議。概具于此。今廟堂方有郊社宗廟之議。而天下田賦未均。鹽課折閱。曆紀漸差授時之度。徐沛歲有治河之役。兀良哈之屬夷。翻爲外應。受降城之故地。棄爲虜巢。則此數者。正今日之所宜改。毋謂漢卑而不足法。因是而亦可以略追三代之遺文古義。所謂法後王者謂此也。

問六經之教。未嘗專以仁爲言。至論語一書。孔門之論仁始詳。今觀孔子之答問者數矣。而皆不同。何歟。夫若然者。則仁宜可以人人而至也。然孔子之所許者。蓋鮮矣。當時惟稱顏子三月不違。若仲弓冉有子貢公西華門人之高第。令尹子文。陳文子。春秋之賢大夫。孔子槪稱之。而獨不許以仁。顧惟于微子箕子比干。而謂之三仁。于伯夷叔齊。而稱爲得仁。至管夷吾伯者之佐。而亦曰如其仁。抑又何歟。夫以仁之難造如此。而又謂博施濟衆。何事于仁。必也聖乎。則仁與聖。猶有等歟。後之學者。皆以爲孔子未嘗言仁。而特與弟子言其用功之方耳。其果然歟。如此則果何以謂之仁乎。士人自知學卽讀論語。而不求其意。祇見諸說之紛紛。而無所取衷也。玆欲會而通之。必有至當不易之論。試言其大旨。以觀自得之學。

甚矣。仁之難言也。非言之難。而體會之難。能體會之。而自得之于心。則能以其所不同。而求其所同。以其所言。而知其所不言。雖聖人之於學者。隨人異施。不可以一端求。會而通之。而至精至粹之理。一而已矣。夫惟天下之論仁者。病于不能自得之于心。而徒言之求。是以若彼其紛紛而不一也。執事發策。以孔子之言仁爲問。欲觀學者自得之學。愚生何知焉。雖然。論語一書。童而習之。敢不摭拾以對。昔孔子傳堯舜禹湯文武周公之道。志欲有所爲于天下。而時不能用。退而追述三代之禮樂。序詩書易春秋。以備王道。成六藝。夫子自以爲敎天下。如此盡矣。夫子旣沒。而門人記其微言以爲論語。顧若稍不盡同于前古聖人者。蓋其平日獨以仁之一言爲敎。則皆先聖人之所未嘗數數然者。雖其孫子思傳之。亦不盡用其說。孟子稍稍言之。而復以仁義對擧。又非若夫子當時之獨指而專言之也。蓋嘗思之。夫子以仁聖並稱。而又有仁人之號。則其所謂仁者。夫亦以其人品之至精至粹而已矣。夫如是。故以仁聖並言之。而當時學者。雖其才器不同。而其學于聖人。固其志擧欲造于至精至粹之地。是以諸子之問仁特詳。而夫子之告之不一。要其因才成就。而使之造于至精至粹之地者。則一而已矣。世之君子。一見諸子之問。而夫子告之。其不同如此。遂疑其所謂仁者。支離而難合。散漫而不可求。而不知其所以至之者。一也。惟其才器不同。引而進之各異。譬之于水。其可以導之于江者。引之以至于江。導之于河者。引之以至于河。導之爲淮漢者。引之以至于淮漢。及其不已。而至于海一也。夫子之門。顏子。仲弓。子貢。子張。樊遲。司馬牛。人見其皆入聞夫子之道。而不知其才器相去遠矣。然夫子皆不逆之。隨人以爲之成就。使此數子者。能遵其敎而莫不可至于仁。是乃夫子之善敎也。使是數子者。夫子獨舉其一而皆告之。是使樊遲而欲爲顏子。夫子必不若是之誣也。然而此數子者。亦皆可至于至精至粹之地者。何也。若孟子之所謂伯夷聖之清。伊尹聖之任。柳下惠聖之和。孔子聖之時也。伯夷。伊尹。柳下惠。夫豈方于孔子。顧謂之聖。則亦造于至精至粹之地而已矣。譬之于玉。爲玫爲瑰。爲琳爲珉之不同。而追琢之成器一也。故夫子于微子。箕子。比干。伯夷。叔齊。而皆謂之仁。豈可同哉。管夷吾者。能以功利之術。使諸侯歸齊。而不能勉其君至王也。而以爲如其仁。管仲之仁。豈又與微子諸人。可同日論哉。夫子之門人。可與語聖人者惟顏子。與夫子皆步皆趨皆言皆辯皆馳矣。而獨所謂仰之彌高。鑽之彌堅。瞻之在前。忽焉在後。未能與化爲一也。然亦已進于仁矣。夫子以用之則行。舍之則藏。與之同其出處。則所謂克己復禮者。蓋以有天下之事告之。故以爲天下歸仁也。若仲弓出門使民。而至于邦家無怨。則南面諸侯之任而已。顏子與仲弓同居德行而相遠如此。其爲仁者不同如此。而況子貢以下哉。子貢之聘于諸侯。所以有大夫士之交也。子張之問政。所以言恭寬信敏惠也。樊遲之不知禮義信以成德。所以言先難後獲也。司馬牛多言而躁。所以言訒言也。然于是數者而進之。豈不亦皆至于仁哉。夫人之才器有大小。至于至精至粹之地爲難。故孟子以伯夷。伊尹。柳下惠。爲聖。而夫子亦以微子。箕子。比干。伯夷。叔齊。爲仁。夫子之所謂仁。孟子之所謂聖也。然數子者。夫子告之則如此。而造而至之實難。故雖果如子路。藝如冉有。不佞如雍。禮儀如赤。使之治國家。理人民。立朝著。夫子皆許之。而不許以仁。以其至于至精至粹之地爲難也。當時之大夫。忠如子文。清如文子。使之事伯朝。去亂國。夫子皆許之。而不許以仁。以其至于至精至粹之地爲難也。若夷齊讓國逃隱。微子。箕子。比干。之或去或奴或死。積仁潔行以自靖自獻于先王。豈不至于至精至粹之地哉。管子者。聖人蓋未之許。若曰。其于仁者之功。特如之而已。然則是數子者。夫子特進之而已。終莫能至也。夫仁之精微。與聖同極。而他日子貢問博施濟衆。乃以爲何事于仁。而必以聖當之。似若夫子之優聖而劣仁。而不知其意。蓋以爲博施濟衆者。聖人身外之事業。立人達人者。仁者切己之實功。子貢未可驟以唐虞之事許之。亦勉以忠恕而已矣。故曰。賜也。非爾所及也。雖然。夫子之于仁也。豈終日爲學者瀆言之如此。蓋皆因其有問。隨其人而告之。孟子之所謂答問者也。當時高弟弟子。如顏子之外。曾子未嘗問仁。而一貫之唯。豈不亦謂之仁哉。而後之儒者。又謂夫子平日蓋未嘗言仁也。特言其所以爲仁者而已。然則夫子之論仁。當見于何書。曰。夫子于繫易曰。大哉乾元。萬物資始。乃統天。又曰。元者。善之長也。此夫子之所謂仁者也。雖然。夫子豈有隱哉。凡平日之所以問答者。皆此理也。宋張敬夫嘗類聚夫子之論仁。以爲洙泗言仁錄。朱子不取。謂聖人之言。隨其所在。皆有至理。不當區區以言語類求之。可謂得其旨矣。後之學者。去聖愈遠。其尊聖人爲太過。至或舍其終日應用。與所以進德修業之實。而欲于虛空想像之中。求所謂仁者而名狀之。夫天下皆知佛老爲空虛之說以惑世。而後之儒者。不求切實之功。舍夫子之所謂仁。而於空虛想像之中。求所謂仁。此亦何以異于佛老之說也。

浙省策問對二道

問今之浙省。古會稽幷鄞郡之境。儒林之盛。著於前史。古未暇論。自洛學浸被東南。而浙士有親及程氏之門。與受業于其門人者。其人果可稱歟。朱子集諸儒之大成。陸子靜崛起江右。二家門人傳受之緒。其可述歟。其與朱子並時而起者。果亦有聞于道歟。其能纂述朱氏之學。亦有可言歟。其以文章名世者。于道亦有所得歟。諸士子生長斯地。景行先哲久矣。願相與論之。

執事先生以浙中道學之傳下問。承學顧愚非其人。何敢與聞于斯。然古者祀先聖先師于學。所謂先師。即其國之賢者。明有所嚮仰也。浙之諸君子。愚生亦竊識之矣。昔楚威王有問于莫敖子華。子華對以楚之先令尹子文。以至蒙穀五臣之事。楚王太息。嘉其能善語其國之故。吾浙之儒者。所謂齊魯諸儒。于文學自古以來。其天性也。敢無述焉。蓋嘗謂士之所以自成者。莫貴于學。學莫貴于聞道。知所以求道矣。而後知其所以爲學。知其所以爲學矣。而後能有以自成。其于修身。齊家。治國。平天下。不難也。秦漢以下。其經學文章。功業節行。稱于天下。代不乏人。而大要歸于不知道。而以氣質用事。故其所就。不能庶幾于三代。蓋千五百年。而宋河南程氏起而紹明之。其澤流被于閩粵間。此朱子所由以得其傳者也。至于兩浙。又河洛閩粵所漸被者也。然程子之門。惟游楊謝號稱高第弟子。而吾浙之士及門者。周行己能發明中庸之道。浙中始知有伊洛之學。而劉安節。戴述知。求成己之方。以文行推重。而元承天資近道。敏于問學。此門人之尤章著者也。自龜山載道。東南學者多從之遊。而宋之才能。得程氏正脈楡欏。推明中庸大學論語之旨。王師愈從受易論。朱子稱其有本有文。德望爲東州之冠。此受業于程氏之門人者也。自羅從彥從學于龜山。再傳而爲李侗。侗授之朱子。學者以爲程氏正宗。陸九淵起于江西。超然有得于孟子。先立乎其大者之旨。二家議論。初有不合。其全體大用之盛。皆能不謬于聖人。其學皆行于浙中。輔廣徐僑。初事呂祖謙。後從朱子。僞學之禁。學者解散。廣不爲動。而五經解詩童子問。多所發明。僑以朱子之書滿天下。不過割裂掇拾以爲進取之資。求其專精篤實。能得其所以言者蓋鮮。其學一以眞實踐履爲本。葉味道對策。率本程子告人主以帝王傳心之要。然朱子門人黃幹爲最著。何基師事幹。得聞淵源之懿。王柏捐去俗學從何基。基告以立志居敬之旨。金履祥事王柏。從登何基之門。論者以爲基之清介純實似尹和靖。柏之高明剛正似謝上蔡。而履祥親得之二氏。而並充于己者也。其後許謙學于履祥。其學益振。及門之士。著錄者千餘人。自、基以下。學者所謂婺之四先生。以爲朱子之正適者也。子靜之門人。則楊簡篤學力行。爲治設施。皆可爲後世法。清明高遠。人所不及。而袁燮端粹專精。每言人心與天地一本。能精思愼守。則與天地相似。舒璘刻苦磨勵。改過遷善。沈煥人品高明。不苟自恕。朱子嘗言與子靜學者遊。往往令人自得。蓋浙中尤尊陸氏之學。而慈湖其倡也。二家門人相傳之緒。于婺之四先生。四明之楊氏。可謂光明俊偉。能紹其傳者矣。雖末流門戶各異。而朱子所謂子靜平日所以自任。欲身率學者一于天理。而不以一毫人欲雜于其間者。其爲卓出千古。不可誣也。今推原程子之學。自龜山至于朱子。朱子之後。爲婺之四先生。象山之學。雖行于江西。而慈湖爲最著。則伊洛閩粵江西之學。豈復有盛于吾浙中者哉。虞集有云。汝南周氏。繼顏子之絕學。傳之程伯淳氏。而正叔氏又深有取于曾子之學。以成己而敎人。而張子厚氏。又多得于孟子者也。顏。曾。之學。均出于夫子。豈有異哉。因其資之所及。而用力有不同焉者耳。然則所謂道統者。其可妄議哉。此可以爲一家傳授之定論也。呂東萊以關洛爲宗。變化氣質。其所講畫。將以開物成務。陳傅良于古人經制治法。討論精博。陳亮才氣高邁。心存經濟。王禕以爲考亭朱子。集諸儒之大成。而廣漢張子。東萊呂子。皆同心戮力。以閑先聖之道。而當其時江西有易簡之學。永嘉有經制之學。永康有事功之學。雖其爲說不能有同。而要皆不詭于道者。豈不皆可謂聖賢之學矣乎。此與朱子並時而起。皆有得于道者也。至于項安世。黃震。方逢時。史伯璿之徒。無慮數十人。皆發明朱子之道者也。至于以文章名世。如黃溍。吳師道。吳萊。柳貫。皆爲一代之儒宗。而貫與師道。皆學于許文懿公。而文獻公巋然獨任斯文之重。見諸論著。一本乎六藝。以羽翼聖道。謂文辭必原于學術。揆之聖賢之道無媿也。宋景濂實出文獻公之門。遂爲本朝文字之宗。而國初設禮賢館。景濂與麗水葉琛。龍泉章溢。浙右儒者皆在焉。國朝崇尙理學。實于是始。則今日論先正之有功于斯道者。豈可分道學文藝爲二科哉。抑士之相與爲斯學者。非苟爲名也。欲以明道也。故天下貴之。道苟明。施之于世。特舉而措之耳。宋之君子。不能大有爲于世。蓋天命不欲與三代之治。而世莫能究其用也。而景濂獨謂諸儒後先相繼。推明闡抉。疏闢扶持。理無不章。事無不格。雖聖賢復生于後世。無以加矣。卒未有能繇其說而大有爲于天下。以爲其有志者鮮也。夫豈盡然耶。愚生特于浙中道學之傳。敢因明問及之。而道統之傳。尙未之悉也。伏惟進敎焉。

問禹之跡遠矣。尙書獨載九州所至。蓋已周四海之外。而昔人乃云。禹治水。益主記異物。海外山表。無遠不至。以所聞見。作山海經。非禹行遠。不能造也。及學者言禹事多奇怪。史稱禹蓋會諸侯江南。計功會稽。及杜元凱注左傳。以塗山在壽春。會稽與塗山。豈二事歟。會稽固今浙江之境也。至少康封其庶子于此。以奉禹祀號爲於越。由此越世世爲君王矣。果真禹之遺烈耶。入其地。有覩河洛而興思者。諸士子皆越産。必知其國之故。請言之。

昔之聖人開闢宇宙以濟生人。萬世之下。皆仰賴其功德。而思慕之。況禹治水。造地平天成萬世永賴之功。而含氣之屬。雖在四海之外。猶知慕之。況當時會羣后之地。子孫封守之國。有不知誦述之者乎。夫人之景慕。有同地而知思之者矣。有百里之外而思之者矣。有數千里之外而思之者矣。是其人之德之相去之遠也。雖然。以其人足爲數千里之外思之。而又同地。則其思之何如也。昔唐人都河東。殷人都河內。周人都河南。三河。天下之中。帝王之跡多在焉。後世之人。考尋其故。紀載其事。惟恐失之。太史公西至崆峒。北過涿鹿。東漸于海。南浮江淮。至長老。皆各稱堯舜之處。風教固殊焉。又南登廬山。觀禹跡九江。遂至于會稽。上姑蘇。望五湖。東窺洛。汭。大邳。逆河行淮。泗。濟。漯。洛。渠。西瞻蜀之岷山。及離碓。北自龍門。至于朔方。壯哉。子長之遊。其所感慨。有餘思矣。宜其爲書。能馳騁古今。上下數千載。成一家之言也。夫唐虞堯舜之處。今去之數千載。而天下之人。皆能識之。以其功德之盛。利天下于無窮也。則夫遊觀聖人之地者。雖數千載。宜不能無感也。自黃帝以來。帝王莫不有都。軒轅之都涿鹿。顓頊之都帝邱。高辛之都偃師。帝堯之都平陽。帝舜之都蒲阪。禹興于西羌。湯起于亳。周之王也以豐鎬。而黃帝披山通道。未嘗寧居。東自岱宗。北逐獯鬻。西至崆峒。南登熊湘。往往無常處。及尙書載舜。五載一巡狩。至周猶因之。則三代天子。其遊常偏于五嶽矣。蒼梧九疑之間。紀舜之跡尤著。歷世久遠。而前古聖人之跡具在。而帝王世紀皇覽之書。其述備矣。禹受治水之命。披九山。通九澤。決九河。定九州。行跡所至。蓋周四海之外。而世之論者。乃以爲山海經。皆禹之所親至。而紀述之。以爲東至轉木日出。九津青羌之野。攢樹之所。搯天之山。鳥谷青山之鄉。射髮帶方之國。南至交趾孫濮續樠之域。丹粟沸水之際。南族黃支之堵。不死之望。西過三危之阸。巫山之下。飲露之民。奇肱之國。北至大正之谷。夏海之窮。祝栗之界。禹疆之里。積水積石之山。此皆荒誕不可稽考。張騫之窮河源。班勇之記西域。不能覩也。大抵上古久遠。故作者不經之論多託之。而學者言禹事尤奇怪。羽淵之龍紀其父。石紐之生本其初。台桑之合著其配。觀河伯而受括地。見六子而獲玉匱。得黑書于臨朐。覩綠字于濁水。桐柏有鬼神之書。宛委出五符之要。秦數著陽行之跡。應龍有尾畫之詭。其荒唐不根甚矣。而屈子猶勤其問。郭璞直信其眞。不知洪範錫禹九疇。禹乃取其陰陽之數。自一至九之序耳。豈實有神人。爲之手授乎。惟會稽之會。雖不載于書。而經傳猶有所據。蓋禹會諸侯。江南計功。非五載巡狩之常典也。傳稱禹望九山之南苑。宛中者。則意在此久矣。故爲是非常之會也。而禹之事終于此。故百姓哀慕之至今。而左傳會于塗山。執玉帛者萬國。杜預以爲塗山在壽春北。酈道元以禹會諸侯。防風氏後至。禹殺之。王肅家語。塗山有會稽之名。則杜預之說非矣。而羅泌路史。乃謂致羣臣于鍾山。晉灼言會稽茅山。故越絕春秋言禹登茅山。朝羣臣。乃更名會稽。今會稽有禹村墟也。又云。禹捄水至大越。上茅山。今會稽在越中。而防風氏之國。在今武康。則會稽亦非茅山矣。禹之會羣臣。非今之所謂會稽乎。然云至大越而上茅山。豈今之會稽。卽古之名茅山。而非建康之茅山也。吳錄云。本名茅山。一名覆釜。蓋禹改之爲今名也。括地志云。石箐山一名玉笥。又名宛委山。卽會稽一峯也。在今會稽縣之東。而太史公言上會稽。探禹穴。所謂禹穴。卽在會稽山中。而近世解者。乃曠絕數千里。而取巴蜀之禹穴亦誤矣。禹旣終于會稽。故會稽之人思之。是以少康封其庶子于此。以奉守禹之祀。號爲於越。此越之有國。所以始也。然傳至十數而中間國絕。民復奉而君之。是爲甌越。東越。故越北界有禦兒鄉。萬歲曆之說。其事亦頗怪。蓋越人之慕思禹。而欲得其子孫之爲君如此。其後勾踐爲王。而與吳戰。夫椒之敗。保棲會稽。得范蠡大夫種爲之臣。乘夫差之驕。黃池之會。以兵襲其國都。卒復棲吳王于姑蘇之山。故春秋於越入吳。當是時。越小國。幾霸天下。越垂絕而復興者。亦以越人之慕思禹。而欲其子孫之不亡如此。其後王子搜患爲君而逃乎丹穴。越國無君。求王子搜不得。從之丹穴。王子搜不肯出。越人薰之以艾。乘以王輿。王子搜之丹穴。卽禹穴也。方吳越之戰。迎之檇李。敗之姑蘇。敗之夫椒。棲之甬東。檇李。卽嘉興之醉李城也。夫椒。卽太湖椒山也。甬東。卽勾章之東海中洲也。後數世王無疆。爲楚所滅。盡取故吳地至浙江。越以此散。諸族子爭立。或爲王。或爲君。濱于南海上。蓋越人之慕思禹。雖敗散而猶戴之爲王爲君也。南海。今台州之南海也。無彊之長子。後去瑯琊。其次子蹄。守歐餘之陽。猶受楚封焉。無諸保泉山。漢立爲閩越王。其季餘善與孫搖。又以海東隅地稱王。號三越。其地猶在今會稽之域。則雖至漢世。而越人之慕思禹。而猶戴之爲君也。太史公序越事。蓋反覆嘆禹之功大矣。濬九川。定九州。至于今諸夏乂安。乃苗裔勾踐。苦身焦思。終滅強國。北觀兵中國。而推稱禹之遺烈。其論東越列傳。則謂越雖蠻夷。其先豈嘗有太功于民哉。何其久也。歷數代常爲君王。勾踐一戰稱伯。至餘善滅國。而其苗裔繇王居股等。猶尙封爲萬戶侯。由此知越世世爲公侯矣。而又嘆禹之餘烈。蓋越之世祀。視三代之後。最爲久長。實以神禹治水之功在萬世。子長之論。不可誣也。愚生生長越中。覽臨安之勝。觀錢塘之江潮。思宋建炎百五十年都會之盛。每慨然太息。況思禹之績。有吾其爲魚之歎乎。承明問。敢述所聞。要之其所懷者遠矣。非誇胥臣之多聞。子產之博物也。謹對。

河南策問對二道

問古之君子。因時會。竭忠讜。建竑論。卓然有稱於世。紀諸史傳多矣。今不暇槩舉。姑取其最著者。與諸士子論之。或舉世共稱而不無疵議。或一時救弊而未爲通方。或言可經常。而足以行之後代。或意義深遠。可爲世主法誡者。夫通達國體矣。而其學出于申商。潛心大業矣。而其術流於災異。經明少雙者。被阿諛之譏。然其言可廢歟。博物洽聞者。泥五行之傳。然亦有可采歟。語當世理亂。晁錯之徒不能過。其果然歟。志在獻替。其所論辨。通見政體。可備述歟。至于竭誠奉國。而理歸切要。儗之政論爲孰是。論諫本仁義。而炳若丹青。平生力學所得。而爲世龜鑑。方之申鑒孰優。夫學者稱道古昔。所以規摹當世也。數子之書繁矣。抑可以摭取一二。足以爲警誡而備世務者。庶幾于魏相條陳。晁董之對。蘇軾進論。陸贄之言。用以觀經世之學。

論天下之士。非才不足以達當世之務。非識不足以周事物之情。非誠不足以攄獻納之忠。務不達。則其幾莫能中也。情不周。則其致莫能極也。忠不攄。則矯激以沽名。懷隱而多避。徇私而少公。怯懦而不盡。其言莫能信也。甚矣。人臣之于君。于其得言之時。亦莫不有言。而嘗失之是三者。猖狂叫號。以自試于萬乘之前。而不自度。且以售其欺冒之姦。故井鼃不可語于海者。拘于虛也。夏蟲不可語于冰者。篤于時也。曲士不可語于道者。束于教也。持寸梃以撞萬鈞之鐘。必不振矣。世之說者曰。諫之道。天下之難爲。欲以覺其所易。而閑其所難。然後上下恬然而雍睦。又以爲臣能諫。而必能使君之納諫。而後爲能諫之臣。此與韓非之說。而憂其不合者何以異。是皆懼攖人主之逆鱗。而天下無忠義之言矣。要之君子遭時遘會。立人之朝。其才足以達是。其識足以周是。其忍不爲明主言之。故知而不言。言而不盡者。非所以立人之朝者也。是所謂謂吾君之不能爲堯舜者也。執事發策。舉前代之論諫者以爲問。夫一世之君。則一世之臣。不知其幾也。當時陳說者蓋多矣。而史之所載。彰彰者僅是。以史之所載。累而積之蓋多矣。而執事所舉者又僅是。雖然。言而中其幾。極其致。而忠誠足以感移人主。垂法後世者又少也。如執事之所舉。皆其人也。夫謂舉世共稱。不無疵議者。豈不以賈誼通達國體。而出于申商。董仲舒潛心大業。而流于災異。匡衡被阿諛之譏。劉向泥五行之傳乎。漢高祖時。同姓寡少。尊王子弟。大啓九國諸侯王。僭擬踰制。匈奴數盜邊。賈誼陳治安之策。皆當世切務。而或謂其明申商之學者。獨以論諸侯王。宜用權勢法制耳。然衆建諸侯。實事之當然也。與晁錯削七國異矣。本三代之所以長久。謂天下之命。懸于太子。太子之善。在于蚤諭教。與選左右。教得而左右正。太子正矣。或謂誼與晁錯。皆明申韓。而錯則以人主之所以尊顯。功名揚于後世者。以知術數也。而以術數教太子。若保傅之篇使後世知三代教太子法者。誼啓之也。豈可與錯同論乎。漢初。制度疏闊。誼欲改正朔。易服色。正官名。與禮樂。謂湯武置天下于仁義禮樂。而德澤洽。秦置天下于法令刑罰。而德澤無。一有移風易俗。使天下回心。而鄉道類非俗吏之所能爲。夫刀筆筐篋之間。非徒漢事然也。雖然至今數千年如此矣。劉向稱誼言三代與秦治亂之意。其論甚美。通達國體。雖古伊管未能遠過。可不謂然乎。武帝舉賢良文學之士。仲舒以賢良對策。皆傳經義。本天道。曰。王者欲有所爲。宜求其端于天。故聖人法天以立道。天地之性人爲貴。知自貴于物。又曰。勉强學問。則聞見博而知益明。勉強行道。則德日起而大有功。尊其所聞。則高明矣。行其所知。則光大矣。此孔氏之遺言。七十子之後。莫能述也。論聖王之禮樂教化。欲令當世人主。改絃而更張之。與賈生之旨不異。而仲舒之淵源深矣。自漢興以來。天子與其大臣。皆好尚黃老。至孝武始興文學。罷黜百家。表章六經。實自仲舒發之。故諸不在六藝之科。孔子之術者。皆絕其道。勿使並進。至於今。學者守之。雖然。自恣苟簡之治。百世未能變也。道同六藝。用世操術則異者。又未必軌于聖人也。班固稱仲舒遭漢承秦滅學之後。六經離析。下帷發憤。潛心大業。令後學者。有所統一。爲羣儒首。其不謂然乎。漢儒傳經。皆有家法。而匡衡明經說詩。當世少雙。所以其論奏。粹然儒者之言。曰。朝廷者。天下之楨幹也。公卿大夫。相與循禮恭讓。則民不爭。好仁樂施。則下不暴。上義高節。則民興行。寬仁和惠。則衆相愛。曰治性之道。必審己之所有餘。而強其所不足。聰明疏通者。戒於太察。寡聞少見者。戒于壅蔽。勇猛剛強者。戒於太暴。仁愛溫良者。戒於無斷。湛靜安舒者。戒于後時。廣心浩大者。戒于遺忘。曰。妃匹之際。生民之始。萬化之原。婚姻之禮正。然後品物遂而天命全。曰。審六藝之旨。則天人之理可得。聖王之自爲。動靜周旋。奉天承親。臨朝羣臣。動有節文。以章人倫。夫端本養性。審藝治內正儀。皆人主之大法也。衡能爲此言。而史譏其持祿保位。被阿諛之旨。與孔光等同譏。以爲恭顯用事。不能犯顏直諫則然也。然傳先王。語其醖藉。亦足稱賢矣。劉向博聞。通達古今。作洪範論。登明大傳。著天人之應。七略剖判藝文。綜百家之緒。三統曆譜。考步日月五星之度。與孟軻。荀況。司馬遷。董仲舒。揚雄並稱。而譏切王氏。尤發于至誠。蓋自恭顯之世。其忠懇已見于封事矣。曰。衆賢和于朝。則萬物和于野。覽歷世之治亂。必以和氣致祥。乖氣致異。因論當世人主。開三代之業。招文學之士。優游寬容。使得並進章交。公車人滿。北軍朝臣舛午。繆戾乖刺。文書紛糾。毀譽混亂。熒惑耳目。感移心意。不可勝載。是時恭顯用事。售類蒙僇。永光之詔。亦自謂邪說空進。事亡成功。公卿大夫。好惡不同。孝元固已自知之。卒以優游不斷。墮宣帝之業。可爲來世之永鑑矣。向之學在洪範傳。推迹行事。比類相從。緣箕子之意。著天人之應。世儒亦未可妄論也。夫謂一時救弊。未爲通方者。豈不以崔寔語當世理亂。而有政論之作也。漢之儒者。言教化自賈誼。董仲舒。匡衡。劉向。皆極論之。而王吉亦謂俗吏所以牧民者。非有禮義科指。可世世行也。以意穿鑿。各取一切。而質樸日衰。恩愛寖薄。東京以後。尤競察察。鍾離意。宋均。魯恭。第五倫之徒。常以爲言。而杜林亦譏後世不能以德而勤於法。吹毛求疵。詆欺無限。桃李之饋。集以成罪。家無全行。國無廉夫。而仁義之風替矣。崔寔獨著論。謂漢承百王之敝。數世以來。政多恩貸。馭委其轡。皇路傾險。欲峻法以求治。以此爲亂世之藥石。仲長統稱其書。以爲人主宜寫一通。置之座右。將不以其達權救弊。爲一時之所急耳。若以此施于宦戚縱橫之日。是固其宜也。寔之政論。夫豈通方之論耶。夫謂言可經常。可以行之後代者。豈不以荀悅志在獻替。而有申鑒之作也。當建安之時。政移曹氏。天子拱手。而悅自以時無所用。作申鑒五篇。其所論辨。通見政體。謂致政之術。先屛四惡。乃崇五政。而以僞亂俗。私壞法。放越軌。奢敗制爲四惡。興農桑以養其性。審好惡以正其俗。宣文敎以章其化。立武備以秉其威。明賞罰以統其法爲五政。悅之論。非所以施于漢末。顧自以抱王略而不得志。爲奏以發之。要其所施設。皆平世法也。可謂言簡而事該矣。攷其正俗之論。謂君子之所以動天地。應神明。正萬物而成王化者。必乎貞定而已。在上者。審定好醜善惡。要乎功罪毁譽。效於準驗。聽言責事。擧文察實。無惑詐僞以蕩衆志。故事無不覈物無不功善無不顯惡無不章百姓上下。覩利害之存乎已也。肅恭其心。愼修其行。而民志平矣。漢氏所以淩遲。恣戚宦之權。成鉤黨之禍。夫豈不由於此。即匡衡言四方楨幹。劉向譏朝廷姦午。皆此意也。悅之申鑒。豈非經常之法耶。晉初士大夫。祖述何晏老莊之論。朝廷皆以浮誕爲美。武帝創業。法度廢弛。劉頌竭誠奉公。每有論奏。該覈政體。謂法禁寬縱。積之有素。未可一旦以直繩下。然至于矯世救敝。自宜漸就淸肅。如行舟雖不橫截迅流。然當漸靡而往。稍向所趨。然後得濟也。其救時矯世。非急迫之論。異于徒事一切。敢于斷割者矣。又謂聖王之化。執要于己。委務于下。居事始以別能否。因成敗以分功罪。而羣下無所逃其誅賞。尙書統領大綱。歲終校簿。賞罰黜陟之。今權不歸于上。事功不建。不知所責也。細過謬妄。人情之所必有。而悉糾以法。則朝無立人矣。爲監司者。類大綱不振。而微過必擧。謹密網以羅微罪。奏劾相接。狀似盡公。而撓法實在其中也。故聖王不善碎密之按。而責凶猾之奏。頌之斯言。實末世通患。所以然者。彼持天下之衡。而未能公天下之大觀。以爲如此。足以塞區區之責也。亦類俗吏之所爲耳。由此言之。頌欲矯弊。而不必任嚴切之法。所以爲賢于寔者也。儗之政論。則頌爲是矣。唐德宗時。陸贄上言。諫諍之道有九弊。以好勝人。恥聞過。騁辨給。衒聰明。厲威嚴。恣彊愎。爲君上之弊。以諂諛。顧望畏愼。爲臣下之弊。論朝廷之乏人。其患有七。不澄源而防末流。不考實而務博訪。求精太過。嫉惡太甚。程試乖方。取舍違理。循故事而不擇可否。而覈才取吏之三術。則拔擢以旌其異能。貶黜以糾其失職。序進以謹其守常。其欲人主悔禍新化。要在捨己從衆。違欲遵道。遠憸佞而親忠直。推至誠而去逆詐。杜讒沮之路。廣諫諍之門。掃求利之法。務息人之術。其道易知而易行。在約之于心焉耳。唐史稱其論諫數十百篇。譏陳時病。皆本仁義。可爲後世法。炳如丹青。蘇軾以爲進苦口之藥石。鍼害身之膏肓。如贄之言。開卷了然。聚古今之精英。爲治亂之龜鑑者也。雖房杜姚宋克致清平。考其道德仁義之旨。蓋過之矣。其論興亡之際。謂天所視聽。皆因于人。天降災祥。皆考于德。非人事之外。別有天命也。而時之否泰。事之損益。萬化所繫。必因人情。情有通塞。故否泰生。情有厚薄。故損益生。聖王之居人上也。必以其心從天下之欲。不以天下之人從其欲。乃至兢兢業業。一日二日萬幾。幾者。事之微也。信哉。孔子讀易。至於損益。喟然嘆曰。損益其王者之道歟。贄于天命人情之際。可謂論之剴切者矣。宋嘉祐間。司馬光上言。人君之大德有三。仁。明。武。以興教化。修政治。養百姓。利萬物。爲人君之仁。知道誼。識安危。別賢愚。辨是非。爲人君之明。唯道所在。斷之不疑。姦不能惑。佞不能移。爲人君之武。其論御臣之道有三。曰任官。信賞必罰。謂國家采名不采實。誅文不誅意。故天下飾名以求功。巧文以逃罪。欲博選在位之臣。各當其任。有功則增秩而勿徙其官。無功則降黜而更求能者。有罪則流竄刑誅而勿加寬貸。又以祖宗開業之艱難。國家致治之光美。難得而易失。作保業隆平之基。因而安之者易爲功。從而救之者難爲力。作惜時。無遠慮。必有近憂。作遠謀。燎原之大。生于熒熒。作謹微。華而不實。無益于治。作務實。合而言之。謂之五規。光自謂獲事三朝。皆以此六言。獻平生所學。盡在是矣。又謂五規皆守邦之要道。當世之切務也。宋之仁宗。可謂漢唐以來之令主矣。當此時。韓琦爲宰相。君臣皆賢。迄不能如光所言。豈以其分量有所止。雖四十年深仁厚澤。無以進于三代之隆。爲可惜也。蓋嘗讀其保業之規。言天下得之至艱。守之尤至艱。自周以來。離而合。合而復離。五代生民之類。不盡者幾希。太祖始建太平之基。上下一千七百餘年。天下一統。五百餘年而已。承祖宗艱難之業。奄有四海。傳祚萬世。可不重哉。人主撫全盛之運。知易離難合之天下。土崩瓦解之勢。常伏于至全至安之中。誠不可一日而不兢兢業業者也。唐自失河北。以天下之力。終不能取燕雲十六州沒于契丹。宋南北遂至抗衡。迄不能自支。折而入于北。若奄有唐宋所不能有之土。其不爲尤重也哉。所謂尺地莫非其有。一民莫非其人也。其所以愛吾人。保吾土。誠不可一念自放者矣。夫陸贄司馬光。其言固皆可以爲萬世之所取法。而申鑒之言。亦不能易也。文有博有約。固得不以優劣論矣。執事欲取數子之書。爲可垂警誡而備世務者。悉于前所陳。蓋亦得其略矣。昔者。嘗誦而論之。雖其言散見于史傳。而天人性命之理出焉。詩書禮樂之道存焉。治性正身之則著焉。端本善俗之幾昭焉。朝廷之所以順治。百官之所以得職。王化之所以隆。國是之所以定。天命去留。人心向背。皆繫于此也。夫謂意義深遠。可爲法誡。則劉向山陵之奏。與陸贄司馬光論天命保業。此其尤諄切者也。至于財賦兵農禦夷之大務。諸疏皆有之。以明問之所未及。亦未暇盡述也。夫此數子者。固皆一代之偉人。其論議著于本朝。載于後世。視小儒齷齪暖姝。勉強綴論。而中無所有者。真秋蟲之鳴也。夫大人之言遠。小人之言隘。正人之言直。邪人之言慝。仁人之言恕。賊人之言刻。智人之言明。昧人之言窒。米鹽博辨。非當施于人主之前也。銖稱寸度。非可以規天下之大也。蓼菜成行。瓶甌有堤。量粟而舂。數米而炊。非治萬乘之國也。如此之類。常形于奏牘。則人主之聽覽眊矣。故粱麗可以衝城。而不可以窒穴。言殊器也。騏驥驊騮。一日千里。捕鼠不如狸狌。言殊伎也。鴟休夜撮蚤。察毫末。晝出瞋目而不見邱山。言殊性也。故非有天下之才。與天下之識。而忠足以犯人主者。其言必不文。而其行必不遠。噫。安得起諸君子而與之言天下之事哉。愚生狂愚。亦頗有感于今世之務。顧不敢以言未及而言之。然竊有慕於魏相蘇軾之條陳進讀。不勝忠愛之惓惓也。

問今河南置省。大梁包鄭衞梁楚潁川南陽之地。前代人才之盛。難以盡舉。姑取當時任事。爲豫冀之產者。各舉其概。與諸士子論之。俱逢角逐之秋矣。或運籌帷幄。辭萬戶之封。或崇明王略。拒九錫之議。其心跡何似。並遇戚豎之難矣。或依違順旨。定左袒之功。或守正嫉邪。嬰滅頂之禍。其道誼孰得。負蒼生之望均也。一以致山桑之衂。一以致淮淝之捷。其名實孰當。際中興之運同也。一以成述作之能。一以成應變之務。其功名孰優。屬時多難。或負高志而不能免陳濤斜之敗。或有膽略而不能拒封邱門之入。其才略孰勝。遭世治平。識量英偉。定社稷之策。臨時果斷。有大臣之風。其德業孰隆。諸士子尙論古人。凡此者。固所宜究心。況其鄉之先哲乎。其悉述以對。

任天下之事貴乎善。應天下之變而非其才德之全。不足以當之。才德純備。是以能受之至大而不驚。納之至繁而不亂。以輔世成治。能使天下不傾。而自居其身于安全之地。其在我者則然。而使其所遭之數。有不然者。是固君子之所不能必也。書曰。若有一个臣。斷斷兮。無他技。此德之有以兼乎才者也。徒德而已。則椎魯樸鄙之徒也。不可以語才。書又曰。不敢替厥義。德率惟謀。從容德。此才之本乎德者也。徒才而已。則輕儇疾捷之徒也。不可以語德。夫欲以任天下之事。出于是二者。皆不足以有成。世因以爲才德不足以集天下之事。而又求夫小才涼德用之。何怪乎天下事。日以廢壞而不振也。昔成周作洛宅于土中。謂天地之所合也。四時之所交也。風雨之所會也。陰陽之所和也。詩曰。嵩高維嶽。峻極于天。維嶽降神。生甫及申。人才之盛。固有以哉。如伊尹。太公。申伯。仲山甫。卓然爲王者之佐。而管仲。子產。百里奚。孫叔敖。皆有聞于世。孔孟蓋論之矣。今特因明問。略舉漢以來遭時遇主。經綸世故。史傳所記者。謹掇拾以對。張子房當秦楚之際。以家世相韓。爲韓報仇。擇可以委身者。遂從高帝。漢之天下已定矣。子房不受萬戶之封。願從赤松子遊。或謂子房不終事漢者。爲韓也。夫誅秦滅項。子房之志已畢。移以事漢。何損于義。而必去之。獨其爲道恬澹。薄視人世之功名。而有飄然遠擧之志耳。荀文若遭漢室之亂。間關河冀。以從曹氏。奉迎鑾駕。徙都于許。魏之大業垂成矣。文若不從九錫之議。畢命壽春。或謂文若之死。非爲漢也。夫士之死。亦非容易。使其甘爲曹氏佐命。何以輕于殺身。獨其爲才所役。度天下無可以盡其用者。而自托非所。昧明哲之智耳。蓋世之于子房也。病于予之過。其于文若也。病于絕之深。善乎史氏之言曰。智算有所研疏。原始未必要終。取其歸正而已。亦殺身成仁之義也。其論當矣。陳丞相傾側擾攘楚魏之間。卒歸高祖。常出奇計。以救紛糾之難。迨諸呂擅王。無能有所匡正。而阿意順旨。呂氏之權。由此以起。然能將相合謀。因間而發。遂定宗廟蓋其從高祖在兵間。不憚爲詐。卒以此成功。可謂應變合權矣。夫所貴于成天下之事。使皆若王陵之言。未必能逆折其勢。不過謝疾杜門而已。其後將何以有爲哉。陳仲舉處桓靈之時。有清世之志。樹立風聲。抗論惛俗。爲天下正人所依歸。而宦豎操弄國權。濁亂海內。仲舉與闓喜合謀誅廢以清朝廷。天下雄俊。莫不延頸企踵。以思奮其智力。而謀之不遠。致太后有雲臺之遷。凶豎得志。士大夫皆喪其氣。而邦國殄瘁矣。徒能死天下之事。而智不足稱也。夫戶牖功成而不免于譎。仲舉身殞而不失于正。善平史氏之言曰。以仁爲己任。功雖不終。然其信義足以攜持民心。漢世亂而不亡百餘年。數公之力也。其論卓矣。殷深源識度清遠。爲風流談論所宗。屏居不就徵辟。而時人擬之管葛。以其出處。卜江左興亡。及其入秉國鈞。乘季龍之殂歿。實關河蕩平之機也。而出領中軍。師次山桑。曾無禦夷之策。覆國喪師。華夏鼎沸。豈非名之浮于實者乎。謝安石高臥東山。本無處世之意。而諸人每恨其不出。爲蒼生憂。及見登用。鎮以和靜。禦以長算。苻氏率衆百萬。次于淮淝。京師震恐。夷然無懼色。指授將帥。大致克捷。勁寇土崩。中州席卷。江左奠安。豈非實之能副其名者乎。雖然。深源之清徽雅量。固自爲衆議所歸。而桓溫尤忌之。溫亦謂人曰。浩有德有言。向使作令僕。足以儀刑百揆。朝廷用違其才耳。斯言不誣矣。或以安石比王導則誠然。而以深源並王衍。不無少貶也。張燕公于玄宗。最爲有德。及太平用事。納忠惓惓。所與祕謀密計甚衆。朝廷大述作。多出其手。善用人之長。引天下知名士。以佐佑王化。粉澤典章。成一王法。天子尊尙儒術。開置學士。修太宗之政。皆公有以倡之。開元文物彬彬。公之力居多。故天下稱其文。姚元之尤長吏道。決事無淹思。三爲宰相。常兼兵部。屯戍斥堠。士馬儲械。無不諳記。帝方躬萬機。朝夕詢逮。他宰相畏威謙憚。惟獨元之佐裁決。以得專任。承權威干政之後。紀綱大壞。而能先有司。罷冗職。修制度。擇百官。各當其才。故天下稱其通。雖然。元之雖善應變。以成天下之務。然天資權譎。計出張說于相州。罷魏知古爲尙書。而東都壞廟之對。幾于佞矣。故燕許並稱。其文章眞爲無媿。而姚宋齊名。君子不容無優劣也。房琯自成都奉冊靈武。亟見任用。以天下爲己任。知無不爲。參決機務。諸將相莫敢望。旣而以賀蘭之譖。分軍討賊。師敗於咸陽。唐世名儒。皆稱其有王佐之材。然將兵固非所長。一與賊遇。遂至喪師。前史稱其遭時承平。從容帷幄。不失爲名宰。而用違所長。遂陷浮虛比周之罪。桑維翰事晉。當草創之初。藩鎭多不服。維翰勸其主推誠棄怨以撫之。訓卒繕兵。務農通商。以安中國。羽檄從橫。從容指畫。神色自若。當時齊王捨維翰之謀。信景延廣之狂策。遂被俘虜。抑維翰屈意事虜。所謂毛羽未成。不可以高飛。蓋其勢不得不然耳。又嘗讀唐史。稱琯之廢。朝臣多言琯謀包文武可復用。雖琯亦謂當柄任。爲天子立功。其喪師亦以監軍之促戰。非其罪也。惜夫一跌而遂不復振。人比之王衍陸機。謬矣。桑維翰兩秉朝政。出楊光遠景延廣於外。一制指揮節度使十五人。無敢違者。使居平世。都將相。其勛業豈小哉。嗚呼。士之不幸。遭逢阨會。身名俱殞者。則房桑二子是也。宋自仁宗之世。天下號稱治平。韓富二公。與范希文歐陽永叔。一時並用。世謂之韓范富歐。魏公嘉祐治平間。再決大策。以安社稷。當朝廷多故。處危疑之際。知無不爲。而與范歐同心輔政。百官奉法循理。朝廷稱治。富鄭公爲相守典故。行故事。傳以公議。無心於其間。而百官稱職。天下無事。史臣稱魏公相三朝。立二帝。垂紳正笏。不動聲氣。措天下於泰山之安。可謂社稷之臣矣。又稱國家當隆盛之時。其大臣必有耆艾之福。推其有餘。足芘當世。富公再盟契丹。能使南北之民。數十年不見兵革。與文潞公皆享高壽於承平之秋。至和以來。共定大計。功成退去。朝野倚重。由此言之。二公之功名。蓋相當矣。嗚呼。士之幸而遭際太平。福德俱全者。則韓富二公是也。抑中州之人才。此特因執事所問及者。言之。若賈生之通達。蔡邕之文學。張衡之精思。卓茂之循良。李膺之高節。黃憲之雅度。鄧禹之功勳。有不可一二數者。孔子嘗在衞。則衞多君子。光武起南陽。則南陽多功臣。至如程氏兩夫子。傳千載不傳之道統。而許文正公。自得伊洛之學。有開世太平之功。皆今河南境內之產也。詩曰。高山仰止。景行行止。願因程氏以求觀聖人之道。而志伊尹之所志也。謹對。

先任太子太保禮部尚書文淵閣大學士張治賜諡文毅誥文初諡文隱

制曰。朕於國家之事。凡臣下有所建白。苟有可采。咸賜施行。寔以付之公議。而不私焉。故太子太保禮部尚書文淵閣大學士張治。孕靈湘漢。際會風雲。擢掄魁於鴻漸之辰。獲利見於龍飛之歲。遂宦翰苑。事我先皇帝。三十餘年。往殿南都。以長六卿。尋被召還。置之丞弼。忠誠亶亮。庶幾有爲。而弗永其年。然隆恩厚卹。君臣之義。可謂有終始矣。間於媢嫉之臣。易名未當。頃有言者。朕下之禮官。攷論其世。以爾詞尚理要。制作渾雄。心存世務。議論慷慨。考文章以知人。如陸贄之識韓愈。因公正而發憤。若汲黯之斥張湯。引以同升。惡爲今日之宰輔。與之異趣。實乃當時之大姦。是以朝廷服其節概。天下想其風采。昔我先正。夏用懷恩。不有嘉名。曷稱輿論。是用諡爾文毅。蓋公議久而後定。非樂於有所改。亦必歸於是而後已也。爾其不昧。尚克享此。

諭祭贈資政大夫南京禮部尚書裴爵并配贈夫人楊氏封太夫人鄧氏文

維爾性含淳質。家承素風。有子爲文學之臣。進位膺秩宗之命。贈封薦被。伉儷偕榮。考其積累之原。實由舊德之致。再稽令式。憫卹宜厚於厥終。爰軫疏聞。寵數特申於併錫。賁茲新窆。祭以共牢。尚其冥靈。歆此嘉饗。

諭祭提督福建等處軍務都察院右僉都御史塗澤民文

惟爾蚤占科名。歷躋通顯。屢經任使。積效賢勞。自頃粵寇稽誅。蔓延三省。生民受毒。徵發連年。爲我中國之憂。貽朕南顧之慮。爾當閫寄。畏此簡書。協謀進兵。共成犄角。鯨鯢就殄。嶺海漸清。方茲念功。遽聞奄逝。豈以山川之險。遂犯霧露之危。朕用惻然。遣官諭祭。靈其如在。尚克歆承。

諭祭山西巡撫都察院右副都御史毛鵬文

惟爾初由俊造。薦服仕官。遺惠愛於桐鄉。肅紀法於柏府。超陞太僕。尋陟中丞。屬獫狁之匪茹。迺朔方之攸寄。斬首捕鹵。捷音屢聞。繕塞保城。勞績可紀。方申移閫之命。亟上養痾之章。未究厥施。奄罹大疾。疆埸多故。朕用拊辟。人才實難。予所哀念。特遣諭祭。以慰幽魂。爾若有知。其克歆此。

諭祭原任南京兵部右侍郎劉戩文

惟爾世族名家。接武科第。清塗華轍。薦歷寺臺。昔從內庭。曾董紫宮之役。晚撫全浙。永寧滄海之波。顯有譽聞。方深委寄。蘭橑桂楝。最勞績於考工。鶴列魚書。上鹵獲於幕府。恩貤嗣子。位正陪卿。在告養痾。奄忽長逝。用錫祭葬。以厚厥終。靈其有知。尚克歆服。

封朝鮮國王妃朴氏誥文

制曰。我祖宗誕膺天命。統御萬方。睠惟東藩。恪修方貢。奕世休饗。恩賚有加。朕嗣守丕基。率遵先典。迺國君繼祚。既遣使以疏封。肆婦爵從夫。復並隆其命數。爾朝鮮國王李昖妻朴氏。出自元宗。夙閑方訓。爰膺妙選。作配名邦。方嗣位免喪之時。協令居燕譽之吉。適覽來表。良副佇懷。特封爾為朝鮮國王妃。於戲。宜爾室家。繫一國之風化。共承祭祀。衍百代之雲仍。無隳令儀。以迓多福。欽哉。

進香疏

某官某等謹奏。為大喪禮事。仰惟大行皇帝。宮車遠馭。奄棄萬方。四海之內。含氣之屬。靡不哀慕。況如臣等特荷恩深重。其於悲戀。尤倍恆情。謹備降香一炷。具本專差某官齎進。謹以奏聞。

奉慰疏

奏為奉慰事。某年月日。接到大行皇帝遺詔。以某年月日。龍馭上賓。普天同慕。攀號靡及。仰惟皇帝陛下。聖孝天性。方當諒闇之時。哀慕至切。臣等不勝悲愴。無以為情。伏念大行皇帝受天明命。纘紹丕圖。覆露群生。四十五年。享國長久。往古罕比。又以聖人為之子。顧命之日。為天下得人。朝不改署。市不易肆。海內晏然。大行皇帝在天之靈。殆無遺憾矣。天下神器。帝王大統。陛下膺茲付托之重。伏乞仰遵遺詔。節哀忍性。愛精育神。以繫華夏蠻貊之望。為天地神人之主。綿國家億萬年無疆之曆。所以答揚光訓。永世克孝。實在於此。臣等瞻戀闕廷。不勝大願。

乞致調疏

爲乞恩改調以圖報効事。臣於嘉靖四十四年會試中式。蒙先皇帝收錄。賜臣同進士出身。除授浙江湖州府長興縣知縣。自以平生受國家養育之恩。亦欲少竭涓埃。以圖報稱於萬一。念百里之寄。實非容易。臣謹守教條。悉意撫循。妄謂今天下生民元氣耗矣。宜專務休養之。不當厲鋒銳。事刻覈。以取目前之快也。然泥古而不通於時務。信心而不達乎人情。功効蔑聞。罪過山積。幸荷聖明。不加罪譴。曲賜保全。於隆慶二年六月十八日。陞臣順德府通判。終以駑蹇。不任驅策。黽勉在官。虛糜廩祿。審己量力。甘自退廢。又自念髫齔厲志。白首不衰。方國家收錄人才之日。臣不忍自棄於造化生成之外。玆因入賀萬壽聖節。得望闕廷。君父在上。臣子敢不控訴懇悃。伏望勅下吏部。改臣國子監一官。俾臣以五經訓誨學者。匡鼎雖貧。讀書不廢於宦學。桓榮已老。專門自許於師傳。忖臣之力。足以任之。俾於未死之年。少盡平生之志。亦以見聖世之無棄才也。臣無任懇悃屏營之至。

乞致仕疏

奏爲乞恩致仕事。臣於嘉靖四十五年。蒙恩賜同進士出身。除授某官。隆慶二年四月。內朝覲回任。今蒙陞授某官。於某月日領到吏部文憑一道。即離任至原籍某府某縣。不意痰火忽作。延醫調治未痊。見今病勢侵尋。不能前邁。伏乞聖恩。容臣休致。念臣髫齔勵志。白首不衰。僅獲第於九科。叨食祿者二載。涓埃未竭。覆載難酬。及其未死之年。敢忘圖報之志。成漢二史。作唐一經。或能發揮盛德。壽示來世。

策問二十三道

問兩浙天下重藩。涵濡至治。生民樂業。蓋二百年於玆矣。獨以承平日久。吏治刓弛。釁孽或萌。殆不能不爲民病焉。以田賦言之。豪右之兼併。里甲之攤稅。其間欺隱飛詭。姦宄四出。今欲求經界之正。丈量之法。果當舉歟。以差役言之。官司之征派。應辦之頻仍。其間夤緣規避。弊累百端。今欲行均平之政。雇募之法。果當因歟。自倭夷入寇。民間徵調日廣。邇者雖稱裁減。猶未銷兵。以蠲外加之賦。玆欲議兵食之省。而練土著之民可乎。自礦徒爲梗。州郡繹騷尤甚。邇者稍已怗息。旋復糾衆。尙隱內訌之憂。玆欲杜攘奪之源。而嚴封山之令可乎。夫丈量似矣。而增稅猶、恐概及下田。不知何以合夫遂人辨野之規。雇募似矣。而輸直猶恐累及貧戶。不知何以得於司徒保息之道。士兵似矣。變或不測。事當豫防。既濟衣袽之戒。其可思乎。築塞似矣。利之所在。人不畏死。卝人厲禁之守。其可復乎。此四者。均爲民病。誠宜蚤慮而亟圖之也。善救者。譬如良醫之療病。病已去而人不知。否則投之或誤。未免重困。所以救之者非也。是知變革之道。必斟酌劑量。識化裁之宜。而後可以與此。士於窮居天下之務。當無不究、心者。矧是爲鄉士之患。諸士子必能悉其利弊。毋徒諉之不知也。

問我太祖高皇帝。自始初建國。庶事草創。即命世子以師事宋濂。又選國子生國琦王璞等。侍太子讀書禁中。其後大本堂之建。制度文物盛矣。而對詹同等議東宮官。欲用勳德老成之士。于時羣臣當其選者。可得而言歟。至於皇太子侍圜丘。侍文華殿。侍文樓。無時而不致其訓戒。太祖之留意國本如此。列聖御極。其所以設教置屬。果能盡得聖祖之意否。聖天子慈愛隆至。近日廷臣出閣之請。尚以皇太子年齡未許。夫明堂保傅之篇。莫不在於蚤諭教與選左右。所謂少成若天性。尤今日之所當急也。即舉出閣之儀。而今之東宮官屬與講讀儀注。果足以爲盡諭教之法歟。昔賈生少年。常爲文帝陳之。此亦爾諸生今日之所當知者。言之毋讓。

問國家有非常之災。天之所以警戒人主。使修德以保大業而受多福也。今天子承統繼祚。寬仁恭儉。天下延頸以望至治。邇來災異頻仍。豈上天垂象。示所以仁愛之至者歟。今歲洪水泛濫。瀰漫數千里。而大江以南。海水震蕩。沿海居民。漂溺者以百萬計。於洪範五行。推其事類以爲貌之不肅。故曰。貌傷則致秋陰而常雨。然至於江河橫流。海水飛溢。其變不止常雨之應而已。漢世如董仲舒郎顗之徒。皆能推陰陽以納說時君。學者或以爲流於術數。假經托義。非吾儒之正道。然前世因天變。下詔求賢良方正直言極諫之士。今天下之事可言。以告吾君者多矣。諸士子抱憂世之志。其各以意對。

問昔者孔子與其門人論學。其後七十子之徒。以此友教諸侯。而漢興六藝。皆有名家。以師法相授受。更千百年而學者不廢也。至宋周子出。而河南二程子從之受業。同時有張子與二程並稱。以爲上接孔氏不傳之緒。至朱子又獨得程氏之正傳。則漢以來諸儒學者。固置之不足道也。然如程門高第弟子謝楊呂游之徒。皆親有得於其師者。而朱子往往病其悖於師說。至其同時如陸子靜。其所造已極於高明。而鵝湖論辨。終不能有合。今之論學者。所以倍譎不相入。爲此也。夫道一而已矣。千古之人心不異也。何獨爲聖人之學者。直有此紛紛也。願聞諸儒之失。與朱子之所以獨得者。

問北狄爲中國患。吾所以備禦之者。常屈於力之不足。二百年強盛之中國。卒未有以得其勝算。能幸其不來而已。然此乃上古之所不臣者。猶可言也。若閩廣在吾疆域之中。其聲名文物。與齊魯不異。非秦漢之時比也。而數年以來。叛命者踵起。雖告捷屢至。而出沒如故。非復如先朝斷藤峽八寨之類。可以旋就撲滅。今幾爲吾腹心之疾矣。議者謂不患於無兵而患於無財。不患於無財而患於無將。又謂愼選牧守。則能招諭解散。雖不必選將可也其果然歟宋儒智高反嶺南得狄武襄而後平定漢李固薦祝良張喬為刺史太守則不發兵而交趾九真自寧。前代得人之效如此。今廟朝疇咨。廷臣論薦。自以爲極當世之選。而智勇之將。循良之吏。毋乃猶伏而不出歟。抑得人如先朝之韓襄毅王新建者。於今日果可必其成功否乎。其有以告我。

問揚子雲太玄。惟弟子侯芭能知之。雖劉子駿。班孟堅。蓋莫能測也。然桓譚以爲勝老子。張衡以擬五經。至范望之徒。皆以揚子雲爲聖人。抑豈無見而云然耶。則吳楚僭王之譏。吾未知其果然否也。至司馬溫公。又謂玄之書。要以贊易。非別爲書以與易抗衡也。然則今之學者。皆知讀易而不能信玄。則其所謂學易者。亦毋乃無所得耶。夫侯芭者。諸士子之鄉人也。故以太玄與諸士子論之。

問我太祖高皇帝再造區宇。創業之初。經綸萬務。若不遑給。而紛紛著作。上追典謨。以遺聖子神孫者。龍圖延英之所庋。不啻富矣。姑舉一二。爲諸士子言之。嘗以祭祀爲國大事。念慮之間。儆戒或怠。無以昭神明。命禮官及儒臣編存心錄。又將饗太廟。致齋武英殿。命東閣大學士吳沉等。輯精誠錄。曰存心。曰精誠。聖祖所以嚴事上帝神明者至矣。其大旨與其條目。可舉而言歟。夫以我太祖之於祭祀如此。其於深宮之居。褻近之御。肯少肆耶。蓋即其對越神明之心也。自古帝王著作多矣。以儒者之學。接堯舜禹湯文武之統。此所以亘千古而莫及也。二書實今日經筵勸講之所宜先者。諸士子莊誦久矣。宜敬陳之。

問。邇者洪水爲沴。四方奏報日聞。詔命所在賑貸。德意至厚也。夫先王九年之積、今日不可冀矣。周禮大司徒。以荒政十有二聚萬民。亦有可酌而行之歟。管子書云。湯七年旱。禹五年水。湯以莊山之金鑄幣。贖人之無糧賣子者。禹以歷山之金鑄幣。以救人之困。夫聖人居至高之位。乃能軫念人之無糧賣子者。則當時之民。其必不至於死也。呂成公有言。天下古今不同。古人可行之法。皆已施用。今但舉而措之耳。試舉前代之救荒。宜於今者有幾。其若堯湯之世。能念人之無糧賣子者否。昔哀公問於有若曰。年饑。用不足。有若告以盍徹乎。夫饑而用不足。而告之以徹。尤今世之所謂迂者也。然散利薄征。實荒政之首務。徒散利而不薄征。又不若不散之愈矣。今議賑貸未嘗不行。而曰免民田租。則動以國計爲言。然則必使百姓受其實惠。以不負我聖天子哀憫元元之意。如何而可。

問。程子答張子定性之書。以爲動亦定。靜亦定。無將迎。無內外。其論至矣。然易傳解艮之辭。謂止於所不見。而外物不接。內欲不萌。則猶若張子之恐其累於外也。中庸喜怒哀樂未發之謂中。程子以爲才思即是已發。不知戒慎恐懼。亦已涉於思否。呂氏求之於喜怒哀樂未發之時。楊氏未發之時。以心驗之。則中之義自見。皆若有悖於程子之言。至於李愿中學於羅仲素。而知天下之大本。有在於是者。是即得之楊氏者也。則呂楊之說。亦未易可訾矣。抑程子所謂內外兩忘。與外順虛緣。出怒不怒之言。何以辨艮卦之傳。與息緣反照。徇耳目內通而外於心知者何以殊。才思即已發。與可使如槁木死灰者何以異。夫學者於佛老。皆知闢之矣。至吾儒心性之學。常不免與之相涉者。凡此皆諸君平日所當體驗而析之於毫釐者。願聞其說。

問。劉向稱賈誼通達國體。古之伊管未能遠過。又稱董仲舒有王佐之才。雖伊呂無以加。孝文一代之賢主。其始未嘗不深知誼。而卒爲東陽絳灌之徒所排。棄誼長沙。武帝始三策仲舒。乃以爲江都相。後亦見嫉於公孫弘。再相膠東。竟廢於家。昔人稱賢才之用舍。繫國家之治亂。誼雖不用。無損於文帝之治。武帝以汲長孺之廷爭。而上所傾向。乃在於弘湯。使仲舒列於九卿。其亦何所救乎。卽二子得君如伊呂。其果可以追三代之治乎。抑班固言誼之所陳。孝文略見施行。仲舒居家。朝廷有大議。使使者就問之。及武帝推明孔氏。罷黜百家。立學校官。舉茂才孝廉。皆仲舒發之。則二子於當時。蓋未爲不遇也。而誼乃至自傷。比於屈子之沉沙。而後世尤以仲舒不用爲武帝惜。何也。

問孔子贊易自庖羲氏。删書自帝堯。此以前未之及也。雖好奇如司馬子長。亦斷自黃帝以爲史記。然圖緯所載。世猶傳之。泰皇九皇之稱。或亦見於史記。管子謂古封泰山七十二家。春秋緯有十紀之名。其亦可信歟。或謂古有渾沌氏。蓋天地之始生。如屈子天問。淮南子所稱多儵俺。然皆無有及於此者。至如豨韋。冉相。容成之號。又何所徵歟。孔子稱易有太極。是生兩儀。又論十三卦制器尚象之始。則上古有天地。其漸有帝王。固理之必然者。而左史倚相能讀三墳五典八索九邱之書。當孔子時。前古之書猶有存者。何孔子皆棄而不錄歟。宋司馬溫公爲資治通鑑。而道原劉氏。與溫公深相契合。然通鑑不敢續獲麟。劉氏作外紀。乃始於盤古氏。何也。以諸君於書院中方讀外紀。試相與論之。

問周官之法。五家爲比。十家爲聯。五人爲伍。十人爲聯。四閭爲族。八閭爲聯。使之相保相愛。刑罰慶賞以相及。相共以受邦職。以役國事。周公之所以經紀天下者詳矣。國初斟酌前代之制。定爲里甲。實本於此。今天下編戶不具。黃籍無稽。流冗與土著雜處。見丁著役。牌面沿門輪遞之法。比郡罕有行之。所以姦宄竊發。四夷交侵。夫豈不由於此也。夫周官自鄉大夫至於閭胥。無非教民以孝弟睦婣。敬敏任卹。漢置三老。猶有此意。我太祖高皇帝手諭教民榜文固在。今欲遵行。令鄉老教民決訟。議者以爲不可行。何也。夫不遵奉典憲。而徒取壹切以務聲名。豈國家所以任屬長吏之意。茲欲求化民成俗之效。何道而可。諸士子爲我言之。

問周官宗以族得民。昔之聖人。其治天下。而篤于敎本。故其民雖繁而不可解。夫氏族之始。宗法之立。其可詳歟。

宗法廢而譜牒重。歷代爲譜學者可數歟。魏起北方。胡爲而獨重高門。唐尙文雅。胡爲而更崇氏族。袁諠柳玭。豈非世家之賢者乎。今譜牒亡矣。宗法豈可得而復乎。與諸士子論道而及此。毋以爲迂也。

問兵之所圖畫者。地形也。古有九塞。猶在中國之間。若夫北紀與夷狄爲界。夷夏之大防。莫嚴爲此矣。秦漢取河南地。因河爲固。議者不以爲上策。何歟。魏晉之世。戎狄雜處。江統郭欽。嘗論之矣。以魏武之英略。不知慮此。何耶。魏之六鎭。唐之三受降城。源懷之所論。張仁愿之所營。果周秦之故塞歟。石晉以十六州賂契丹。中國失勢。以宋太祖太宗之烈。不能爭尺寸。終宋之世。武功不競。卒貽靑城之禍。抑其故何也。我國家驅逐胡元。中國之勢尊矣。然朔方故郡。統萬舊城。夷得以居之。在廷碩畫之臣。時有論建而未能復也。諸士子籌之於今日。必有勝算。以下

大首武科策問

問兵衆之所聚。必有行列。司馬法。軍旅什伍之數具矣。管夷吾作內政。所以輕於變古者。何也。世言陣法。蓋本黃帝握奇。而公孫弘。范蠡。樂毅之說。果得其意歟。諸葛孔明演之爲八陣圖。後世惟晉馬隆。隋韓擒虎。甚明其說。李靖傳之。造六花陣。以變九軍之法。李筌配四正四奇之位于八卦。而裴緖新令。有九陣圖。其說可得而詳歟。孫子曰。紛紛紜紜。鬬亂而不可亂。渾渾沌沌。形圓而不可敗。兵之至妙。非陣莫能也。而筌又以爲兵者如水。水因地以制形。兵因敵而制勝。能與敵變化而取勝者。謂之神。則筌雖爲圖。而其說乃又出於圖之外。固知兵者之所不可不究也。願有聞焉。

問古語云。有必勝之將。無必勝之兵。將者。三軍之司命也。人主求天下之士。而尤難於得將才。而兵法言論將之道。有所謂五才十過八徵。其求之可謂詳矣。又曰。將者智信仁勇嚴也。又曰。將之所愼者。曰理。曰備。曰果。曰戒。曰約。其責之可謂全矣。然昔君臣之相遇。風雲感會。定分於俄頃。如湯之聘伊尹於莘野。文王之載尙父於渭濱。其果詳而求之歟。齊桓登管仲於車中。秦穆用百里奚於牛口。其果備而責之歟。古之人相遇。如此之盛也。今天下嘗病將才之難。然恐有之而不能得也。孔明不遇先主。終老於南陽而已。桓溫顧王猛而別求所謂三秦豪傑者。

豈豪傑之伏而不出。其坐此歟。抑雖終日與之居。而莫識其人也。請質之諸士子。以觀其所以自待者。

問自戰國力政。而言兵者始籍籍矣。其書大抵不出權謀形勢陰陽伎巧四種而已。而後世又有所謂三門者。何歟。夫兵者。不過以智鬭智。智饒者勝。以力角力。力雄者強。宜無事乎至高之論也。今其書乃類言大道者。如所謂微乎微乎。至於無形。神乎神乎。至於無聲。又曰。精誠在乎神明。戰權在乎道之所極。又曰。神明之德。正靜其極。誠如其說。則古之爲將者。必聖人而可也。其果然乎。又謂度量數稱。則兵之法。何又本於六律也。至如荀卿子之議兵。呂覽之言簡選。淮南之敍兵略。諸士子亦能通其說歟。古之語大道者。五變而形名可舉。九變而賞罰可言。則兵者。在於禮樂刑政爲至粗者也。今能達於此說。則知兵之非至粗也。願聞其旨。

問兵者。天下之至變。其安危存亡。常在反掌之間。緊計之得失明矣。請以前史論之。成安君之禦漢師也。果用李左車之言。則淮陰將遂困井陘乎。吳王濞之向關中也。果行田祿伯。桓將軍之計。則條侯遂委關東乎。董卓專漢命。梁衍獻規於皇甫義真。若從之。其能就格天之業否也。夏侯楙鎭長安。魏延進計於諸葛孔明。若用之。其能成擣魏之勳否也。淝水之捷。苻秦奔潰。謝安石何以不知乘之。滑橋之勝。關中幾復。宋武帝何以不知取之。澶淵之幸。議者謂寇忠愍拘小信而不亟徼虜。否則能使隻輪不返歟。朱仙之捷。議者謂岳武穆守小忠而不能矯詔。否則能使中原廓清歟。諸士子來應武科。一劍之任。主司者不以此相期也。當必有獨明將帥之大略者。姑舉一二以相試焉。

問古今言兵者。莫過孫子。其書於兵之情變。無所不盡。後之用兵者。猶至方不能加矩。至圓不能加規矣。嘗試舉其類。如司馬懿不取小利而斬文懿。此能而示之不能也。班超詭言散衆而降龜茲。此用而示之不用也。韓信陳船欲渡臨晉。而伏兵從夏陽襲安邑。遠而示之近也。岑彭西擊山都。而潛兵渡沔。以敗張楊。近而示之遠也。耿弇攻西安而拔臨淄。善攻者。敵不知其所守也。鄧艾據洮城而困姜維。善守者。敵不知其所攻也。徐晃飛矢而下韓範。拔人之城而非攻也。陶侃函紙而擒溫邵。屈人之兵而非戰也。若此之類。豈習其法。而一一規合之歟。抑其書足以待無窮之變。而自不能出其範圍也。夫果人之巧妙。自與之合。則孫子之書。亦可無用歟。驃騎將軍言顧方略何如。不至學古兵法。其然乎。試爲我言之。

問孔子之在當時。人皆知其爲聖。魯三桓。蓋僭竊之尤者。而孟僖子臨歿。使其子師事孔子。季桓子病輦而視魯城。歎曰。昔此國幾興矣。以吾得罪孔子。故不興也。嘗讀其言而悲之。然晏嬰。子西。號爲春秋賢大夫。當是時。齊楚之君。欲裂地以封孔子。而子西沮之。不遺餘力。何也。子西猶知以孔子爲聖人。特自安于僭陋耳。若晏子肆爲詆譏。何其無忌憚也。其後司馬氏父子稱良史。猶祖述其餘論。以爲儒者不可用。至于後世。往往陽尊孔子。而實陰用老聃申韓之術。以治天下。晏子之論。何其流禍之遠也。蓋千載人心學術之辨在于此。願與諸子論之。

問昔稱吳興山水清遠。士大夫皆慕遊其地。其民風土俗之淳。載于圖志者可考矣。今時若與古異者。將世變之不可挽歟。抑治之教之者不至也。漢內史之辦租賦。渤海之化盜賊。京兆之治告訐。此其彰彰著聞者。豈今時獨不可能歟。其方略化道。見于班史。可得而聞歟。夫爲吏者。固不敢鄙夷其民也。將求所以移風易俗之方。何道而可。諸士子爲我言之。以下三首長興試士

問我太祖高皇帝初定金陵。姑蘇實爲強敵。自得江陰。長興。而蹙吳之勢成矣。耿元帥實建取邑之功。遂留鎮其地。血戰者十年。使上無東顧之憂。卒殲巨寇以集大勳。其經略備禦之策。可得言歟。洪武十七年。上親定功臣次第。功高望重者八人。長興侯次居第六。及功臣廟六王之下。又有十五人。而長興侯不與。何也。己卯真定之援。其死生大節。世亦莫得而詳焉。諸士子爲其邑人。宜知其故。其爲我言之。

問先儒有言。士之品有三。有志于道德者。有志于功名者。有志于富貴者。今天下之人。大抵出于科目。夫志于富貴者。不足言矣。先朝講明道學。如吳康齋輔相三朝。如楊文貞諸公。多不盡出于科目。今之所謂道德功業。非科目無稱焉。是果足以盡羅天下之才耶。然如二公者。求之科目蓋少也。夫科目不足以盡天下之才。則天下之才。果何所在。豈士之不得于此。遂不能立德而著功名也。亦有謂科目敗壞天下人才。其果然歟。諸士子皆邑之俊

彥。今茲來試其所以自待者。于士之三品何居。願聞其志。

別集卷四　志

馬政志

學者論官。必本周禮。周禮之書。世或疑其與周制不合。然文武周公之遺法。亦頗可攷。至言牧馬之事。則夏官之屬曰校人。趣馬。巫馬。牧師。庾人。圉師。馬質。其辨六馬之屬。故爲天子十二閑。馬六種也。其職事有校左右廄夫。至于皂師。皆員選。頒良馬養乘之。駑馬三其良之數。其政則齊其飲食。簡其六節。春除蓐釁廄始牧。夏庌馬。冬獻馬。射則充椹質。茨牆則翦闔。疾則乘治之。牧地則有厲禁。有駕稅之頒。有質馬之量。毛馬齊其色。物馬齊其力。禁原蠶。凡馬。特居四之一。春祭馬祖。執駒。夏祭先牧。頒馬攻特。秋祭馬社。臧僕。冬祭馬步。獻馬。講馭夫。佚特。教駣攻駒散馬耳。焚牧通淫。而呂不韋月令。季春。合累牛騰馬。遊牝于牧。仲春。別羣則縶騰駒。凡此。皆自古以來傳其法。所以能盡物之性者也。其稱四井爲邑。四邑爲邱。邱十六井出戎馬一匹。四邱爲甸。甸六十四井。出戎馬四匹。天子畿內方千里。定出賦六十四萬井。戎馬四萬匹。或謂周蓋令民間養馬。攷其實不然。邱甸之馬。蓋國有賦調。民自具馬以即戎。民之平日養馬官何與焉。惟校人以下之職。乃爲王馬。而天子使人自養之者也。牧師所謂牧地。皆在草莽水泉之區。若今之苑馬。然其後天子亦不盡如其制。而自以其意使人養馬。穆王時。造父御八駿。孝王命非子主馬汧渭之間。皆非如周禮有一定之官也。春秋時。魯衛弱國。而魯僖公坰牧之盛。衛文公騋牝三千。詩人歌頌之。秦起西北。牧多健馬。其詩曰。駟鐵孔阜。六轡在手。又曰。騏駵是中。騧驪是驂。言秦馬之良也。諸侯力政。國各有馬至千萬騎。後秦併六國。馬皆入之秦。及山東豪俊起。章邯以百萬之師。數進數卻。竟以敗降。秦馬無聞焉。漢初。高祖與匈奴冒頓遇。當是時。高祖被圍白登。匈奴騎其西方盡白馬。東方盡青駹馬。北方盡烏驪馬。南方盡騂馬。高祖以故大困。時漢馬益乏。故用婁敬之計。詘意和親。孝文。孝景。循古節儉。廄馬百餘匹。孝武特中國富盛。

兩將軍出塞。殺虜八九萬。而漢馬死者十餘萬。漢亦以馬少。無以復往。其後天子爲伐胡。盛養馬。馬之來食長安者數萬匹。其後大將軍驃騎將軍軍益出。漢軍馬死者又十餘萬。於是令民得畜牧。邊縣官假馬。母三歲而歸。及息什一。其後車騎馬乏絕。縣官無錢買馬。乃著令封君以下。至三百石以上。吏以差出牝馬。天下亭亭。有畜牸馬。先是天子發書易云。神馬當從西北來。得烏孫馬好。名曰天馬。及得大宛汗血馬。益壯。更名烏孫馬曰西極。名大宛馬曰天馬云。宛俗嗜酒。馬嗜苜蓿。漢使取其實來。於是天子始種苜蓿蒲萄肥饒地。及天馬多外國使來衆。則離宮别觀旁。盡種蒲萄苜蓿極望。其後天子下詔。深陳既往之悔。修馬復令毋乏武備而已。孝昭詔止民勿共出馬。罷天下亭馬。及馬弩關。孝宣省乘輿馬及苑馬。以備邊郡三輔傳馬。至元成之世。數詔減乘輿馬。光武中興。官皆省併。太僕獨置一廄。後置左駿令。和帝省減外廄。及涼州諸苑馬。其後世承華騄驥。廄馬亦萬匹矣。漢馬莫盛於孝武之世。至以伐胡。馬遂大耗。故爲假馬母歸息諸一切法。此後世民養官馬之始也。然不久而罷。漢太僕所領。若車府。路軨。騎馬。駿馬。龍馬。閑駒。騊駼。諸監廄。皆內馬也。邊郡六牧師苑。及漢陽流馬苑。此皆在外。而諸牧師苑。分在河西六郡中。北地靈州有河奇苑。號非苑。歸德有諸苑。白馬苑。郁郅有牧師苑。襄平有牧師官。鴻州有天封苑。太原有家馬官。其後又置越嶲長利。高望始昌三苑。益州有萬歲苑。犍爲有漢平苑。皆太僕屬也。魏晉以後。迄于隋。天下變故多矣。兵亟用而馬政未有聞。惟獨魏馬。自世祖平統萬。乃以秦涼以西。水草豐美。用爲牧地。馬大蕃息。至有百餘萬匹。高祖置牧河陽。常畜戎馬十萬匹。每歲自河西徙牧幷州。稍復南徙。而河西之牧愈蕃。故天下稱魏馬之盛。唐尙乘掌天子之御。左右六閑。一曰飛黃。二曰吉良。三曰龍媒。四曰騊駼。五曰駃騠。六曰天苑。總十有二閑。爲二廄。一曰祥麟。二曰鳳苑。每歲河隴羣牧。進其良以供御。六閑馬。其後禁中又增置飛龍廄。初得突厥馬二千匹。又得隋馬三千於赤岸澤。徙之隴右。監牧之制始此。其官領以太僕。其屬有牧監。副監。監有丞。有主簿。直司。團官。牧尉。排馬。牧長。羣頭有正有副。凡羣置長一人。十五長置尉一人。歲課功進排馬。又有掌閑。調馬習。上初用太僕少卿張萬歲。領羣牧。自貞觀至麟德四十年間。馬七十萬六千。置八坊。岐。豳。涇。寧。間地廣千里。一曰保樂。二曰甘露。三曰南普閏。四曰北普閏。五曰岐陽。六曰太平。七曰宜祿。八曰安定。八坊之田千二百三十頃。募民耕之以給芻秣。八坊之馬爲四十八監。而馬多地狹。不能容。又析八監。列布河西。豐曠之野。凡馬五千爲上監。三千爲中監。餘爲下監。監皆有左右。因地爲之名。當是時。天下以一縑易一馬。萬歲掌馬久。恩信行於隴右。後以太僕少卿。鮮于匡俗。檢校隴右監牧。儀鳳中。以太僕少卿李思文。檢校諸牧監使。後又有羣牧都使。有閑廄使。又立四使。南使在原州。西使在臨洮軍。東北二使皆寄理原州。其後益置八監於鹽州。三監於嵐州。有白馬諸坊。樓煩玄池天池之監。自萬歲失職。馬政頗廢。開元初。國馬益耗。太常少卿姜晦。請市馬六胡州。王毛仲領內外閑廄。馬稍復蕃息。其始二十四萬。至十三年。乃四十三萬。天子以突厥款塞。於受降城歲與之互市。又市之河東。朔方。隴右。既雜胡馬種。馬乃益壯。天寶後。戰馬動以萬計。遂弱西北蕃。安祿山以內外閑廄都使。兼知樓煩監。陰選勝甲馬歸范陽。故其兵力傾天下。肅宗收兵至彭原。蒐平涼監牧。猶得馬數萬。軍以復振。及吐蕃陷隴右。苑牧馬皆沒焉。其後水草腴田。旋以予貧民及諸賜。占幾千頃。德宗命閑廄使張茂宗收故地。民失業。愁怨。穆宗即位。悉復還民。太和七年。置銀川監。大氐無復開元天寶之舊矣。他如蔡州。龍陂。襄州。臨漢。淮南。臨海。泉州。萬安。皆不足數也。漢以來牧官。後世不聞。唯唐張萬歲。王毛仲。此兩人名最著。而馬特盛。議者以爲唐得人。專其職也。初置監牧秦渭二州。北會州。南蘭州。狄道西。蓋跨隴西。金城。平涼。天水。四郡之地。漢志云。武威以西。本匈奴昆邪王。休屠王地。習俗頗殊。地廣民稀。水草宜畜牧。故涼州之畜。爲天下饒。皆唐之牧地之所苞絡也。五代戰爭。養馬之政莫紀。宋太祖初置左右飛龍二院。以二使領之。後改爲天廄坊。又改爲騏驥院。以天駟監隸焉。真宗咸平三年。置羣牧使。景德二年。改諸州牧。龍坊悉爲監。在外之監十有四。置羣牧制置使。及羣牧使。副都監。判官。廄牧之政。皆出於羣牧司。自騏驥院而下。皆聽命焉。諸州有牧監。知州通判兼領之。先是五代監牧多廢。太祖始置養馬二務。又興葺舊馬務四。遣使歲市邊州馬。閑廄始備。太宗得汾。晉。燕。薊。馬四萬二千餘匹。始分置諸坊。國子博士李覺言。冀北燕代。馬之所生。胡戎之所恃也。制敵以騎兵爲急。議者以爲欲國之多馬。在乎啗戎以利而市其馬。然市馬之費歲益。而廄牧之數不加者。失其生息之理也。且戎人畜牧轉徙。馳逐水草。騰駒遊牝。順其物性。所以蕃滋。其馬至于中國。縶之維之。飼以枯槁。離析牝牡。制其生性。元黃虺隤。因而減耗。宜然矣。古者。因田賦出馬。馬皆生於中國。不聞市之於戎。今所市戎馬。直之少者。匹不下二千。往來資給。賜予復在數外。是貴市於外夷。而賤棄於中國。非理之得也。今宜減市馬之半直。賜畜駒之將卒。增爲月給。俟其後納馬則止焉。是則貨不出國。而馬有滋也。大率牝馬二萬。而駒收其半。亦可歲獲萬匹。況夫牝又生駒。十數年間。馬必倍矣。昔猗頓窮士也。陶朱公教以畜五牸。乃適西河。大畜牛羊于猗氏之南。十年間。其息無算。況以天下之馬而生息乎。太宗嘉之。仁宗慶曆中。知諫院余靖言。詩書以來。中國養馬蕃息。不獨出於夷狄也。秦之先非子居犬邱。好馬及畜養息之。周孝王召使主馬於汧渭之間。馬大蕃息。犬邱今之興平。汧渭今之秦隴州界也。衛文公居河之湄。以建國。而詩人歌之曰。騋牝三千。衛則今之衛州也。詩人又頌魯僖公能遵伯禽之業。亦云駉駉牡馬。魯今兖州。左氏云。冀之北土。馬之所生。今鎮定并代也。漢太原有家馬廄。一廄萬匹。又樓煩玄池出名馬。即今之并嵐石隰也。唐以沙苑最爲宜馬。即今之同州也。開元中。置七坊四十八監。半在秦隴綏銀。皆古來牧馬之地。臣竊見今之同州。及太原以東衛邢洺。皆有馬監。其餘州軍牧地七百餘所。乞令羣牧使。都監。判官。分往監牧舊地。相度水草豐茂。四遠牧放。依周官月令之法。務令蕃息。別立賞罰以明勸沮。庶幾數年之後。馬畜蕃盛。皇祐五年。丁度上言。天聖中牧馬至十餘萬。其後言者以爲天下無事。而事虛費。遂廢八監。然而秦。渭。環。階。麟。府州。太山。保德。岢嵐軍。歲市馬二萬二百。才能補京畿塞下之闕。自用兵四年。而所市馬才三萬。況河北。河東。京東。京西。淮南。籍丁壯爲兵。請下令有能畜一戰馬者。免二丁。仍不升戶等。以備緩急。如此國馬蕃矣。言不果行。至和二年。羣牧使歐陽修言。今之馬政。皆因唐制。而今馬多少與唐不同者。其利病甚多。不可概舉。至於唐世牧地。皆與馬性相宜。西起隴右金城平涼天水。外洎河曲之野。內則岐豳涇寧。東接銀夏。又東至於樓煩。此唐養馬之地也。以今考之。或陷沒夷狄。或已爲民田。皆不可復得。惟聞今河東路嵐石之間。山荒甚多。及汾河之側。草地亦廣。其間草軟水甘。最宜牧養。此乃唐樓煩監地也。可以興置一監。臣以謂推迹而求之。則樓煩。元池。天池。三監之地。尙冀可得。又臣往年奉使河東。嘗行威勝以東。及遼州。平定軍。見其不耕之地甚多。而河東一路。山川深峽。水草甚佳。其地高寒。必宜馬性。及京西路唐汝之間。久荒之地。其數甚廣。請下河東京西轉運司。遣官訪草地有可以興置監牧。則河北諸監。有地不宜馬。可行廢罷。嘉祐中。韓琦請括諸監牧地留牧外。聽下戶耕佃。遣都官員外郞高訪等。括河北得閑田三千三百五十頃。募佃歲約得穀十一萬七千八百石。絹三千二百五十疋。草十六萬一千二百束。羣牧司言諸監牧地。間有水旱。每監牧放外。歲刈白草數萬束。以備冬飼。今悉賦民。異時監馬增多。及有水旱。無以轉徙牧放。詔遣左右廂提點官相度。除先被侵冒。已根括出地權。給租佃。餘委羣牧司審度存留。有閑土。卽募耕佃五年。羣牧司言。凡牧一馬。往來踐食。占地五十畝。諸監既無餘地。難以募耕。請存留如故。廣平廢監先賦民者。亦乞取還。乃詔河北京東牧監帳管草地。自今毋得縱人請射。犯者論以違制。初。真宗用羣牧使趙安仁言。改牧龍坊爲監。仍鑄印給之。於是河南爲洛陽監。天雄軍大名爲大名監。洺州爲廣平監。衞州爲淇水監。鄭州爲原武監。同州爲沙苑監。相州爲安陽監。澶州曰鎭寧。滑州舊龍馬監曰靈昌。通國初。內有騏驥兩院。天駟四監。天廏二坊。及上下監。外則河南北爲監者十四。皆掌於羣牧司。乾興天聖間。天下兵久不用。於是河南諸監皆廢。其後議者。謂河南六監廢。京師須馬。取之河北。道遠非便。乃詔復洛陽單鎭。以牧河北孳生馬。其後復廣平監。以趙州牧馬隸之。又以原武爲單鎭。移于長葛。蓋自宋興以來。至于仁宗。天下號稱治平。而法度常至于不能振舉。而馬政亦多廢。神宗以王安石爲相。銳然有志于天下之治。遂多所更張。熙寧以來。乃有保馬戶馬。其後又變而爲給地牧馬。初。神宗患馬政之不善。詔曰。方今馬政不修。吏無著効。豈任不久而才不盡歟。是何監牧之多。吏之衆。而乏才之甚也。昔唐用張萬歲。三世典羣牧。恩信行乎下。故馬政修舉。後世稱爲能。今上自提總官屬。下至坊監使臣。既非銓擇。而遷徙迅速。謂之假道。欲使官宿其業而盡其能。不可得也。今當簡其勞能。進之以序。自坊監而上。至于羣牧都監。皆課其功而第進之。以爲任事者勸焉。於是樞密副使邵元。請以牧馬餘田修稼政。以資牧養之利。而羣牧司言馬監草地。四萬八千餘頃。

今以五萬馬爲率。一馬占地五十畝。大名廣平四監。餘田無幾。宜且仍舊。而原武。單鎭。洛陽。沙苑。淇水。安陽。東平等監。餘良田萬七千頃。可賦民以收芻粟。從之。已而樞密院又言。舊制以左右騏驥院。總司國馬。景德中。始增置羣牧使副都監判官。以領廏牧之政。使領雖重。未嘗躬自巡察。不能周知牧畜利病。以故馬不蕃息。今宜分置官局。專任責成。乃詔河南北分置監牧。以劉航。崔台符爲之。又置都監各一員。其在河陽者。爲孳生監。凡外諸監。並分屬兩使。各條上所當行者。諸官吏若牧田縣令佐。並委監牧。使舉劾專隸樞密院。不領於羣牧制置。時上方留意牧監地。然諸監牧田皆寬衍。爲人所冒占。故議者爭請收其餘資。以佐芻粟。自是請以牧地賦民者紛然。而諸監尋廢。迺選其善馬。而以其餘馬皆斥賣。收其地租以給市易本錢。是時諸監既廢。仰給市馬。而義勇保甲馬。復從官給。朝廷以乏馬爲憂。先是。河北察訪使者曾孝寬。言慶曆中。嘗詔河北民戶。以物力養馬。備非時官買。乞參考申行之。於是始行戶馬法。元豐三年春。以王拱辰之請。詔開封府界京東西。河北。陝西。河東路州縣戶。各計貲產市馬。坊。郭家產及三千緡。鄕村五千緡。若坊郭鄕。村。通及三千緡以上者。各養一馬。增倍者。馬亦如之。至三匹止。馬以四尺三寸以上。齒限八歲以下。及十五歲。則更市如初。籍於提舉司。於是諸路皆行戶馬法矣。先是。熙寧中。嘗令德順軍蕃部養馬。帝問其利害。王安石謂今坊監以五百緡得一馬。若委之熙河蕃部。當不至重費。蕃部地宜馬。且以畜牧爲生。誠爲便利。已而得駒瘠劣亡失者。責償蕃部。苦之。其法尋廢。至是環慶路經略司復言。已檄諸蕃部養馬。詔閱實及格者。一匹支五縑。鄜。延。秦。鳳。涇。原。路準此。養馬之令。復行於蕃部矣。五年。詔開封府界諸縣。保甲願養馬者聽。仍以陝西所市馬選給之。而戶馬更爲保馬。六年。曾布等承詔。上其條約。凡五路義勇保甲。願養馬者。戶一疋。物力高。願養二疋者聽。皆以監牧見馬給之。或官予其直。令自市毋或強予。府界無過三千匹。五路無過五千匹。襲逐盜賊之外。乘越三百里者。皆有禁。在府界者。免輸糧草二百五十束。加給以錢布。在五路者。歲免折變緣納錢。三等以上。十戶爲一保。四等以下。十戶爲一社。以待病斃。補償者。保戶馬斃。馬戶獨償之。社戶馬斃。社戶半償之。歲一閱其肥瘠。禁苛留者。凡十有四條。先從府界頒焉。五路委監司經略司。州縣更度之於是保甲養馬。行於諸路矣。先是。文彥博吳充言。三代有邱乘。出馬有國馬。國馬宜不可闕。且今法欲令馬死補償。恐非民願。而王安石以爲令下之初。京畿百姓。多自以爲便。願投牒者。已千五百戶。決非有所驅迫。力請行之。時河東騎軍。有馬萬一千餘匹。歲番戍邊。率十年而一周。議者以爲費廩食而多亡失。乃行五路義勇保甲養馬法。繼而兵部言。河東正軍馬九千五百匹。請權罷官給。以義勇保甲馬五千補其闕。合萬匹爲額。俟正軍不及五千。始行給配。事下中書樞密院。以爲車騎國之大計。不當專以一時省費。輕議廢置。且官養一馬。歲爲錢二十七千。民養一馬。纔免折變緣納錢六千五百。計折米而輸其直。爲錢十四千四百餘。皆出於民。決非所願。若芻秣失節。或不善調習。緩急無以應用。況減馬軍五千匹。即異時當減軍正數九千九百人。又減分數馬三千九百四十匹。邊防事宜。何所取備。若存官軍馬如故。漸令民間從便牧養。不必以五千匹爲限。於理爲可。而中書謂官養一馬。以中價率之。爲錢二十三千。募民養牧。可省雜費八萬餘緡。且使入中芻粟之家。無以邀厚利。計前二年官馬死。倍於保甲馬。而保甲有馬。可以習戰禦盜。公私兩利。上從樞密院議。河東騎軍。得不減耗。而民馬不至甚病。六年。提舉河東路保甲王崇極言。請令本路保甲。十分取二以敎騎戰。每官給二十五千。令市一馬。限以五年。當得馬六千九百十有八匹。爲緡錢十七萬二千九百有五十。詔以京東鹽息錢給之。令崇極月上所買數。於是保甲皆兼市馬矣。七年。京東提刑霍翔請募民養馬。蠲其賦役。乃詔京東西路保甲免敎閱。每一都保。養馬五十匹。匹給十千。限以京東十年。京西十五年而數足。置提舉保馬官。京西呂公雅。京東霍翔。並領其事。而罷鄉村先以物力養馬之令。尙養戶馬者免保馬。凡養馬免大小保長。稅租支移。每歲春夫。催稅甲頭。盜賊備賞。保丁巡宿。凡七事。先是。西方用兵。頗調戶馬以給戰騎。借者給還。死則償直。是年遂詔河東。鄜延環慶路。各發戶馬二千。以給正兵。河東就給本路。鄜延益以永興軍等路。及京西坊郭馬。環慶益以秦鳳等路。及開封府界馬戶。馬既配兵。後遂不復補。於是京東西戶馬。更爲保馬矣。公雅又令每都歲市二十匹。初限十五年。乃促爲二年。半京西地不產馬。民又貧乏。甚苦之。八年。京東西既更爲保馬。諸路養馬指揮亦罷。其後給地牧馬。則亦本於戶馬之意云。九年。提舉開封府界蔡確言。比賦保甲以國馬免所輸草。賜之錢布。民以畜馬。省於輸藁。雖不給錢布。而願爲官養馬者甚衆。請增馬數。歲止免輸藁一百五十束。詔毋過五千匹。於是京畿罷給錢布而增馬數矣。哲宗嗣位。言新法之不便者。以保馬爲急。乃詔曰。京東西保馬期限極寬。有司不務循守。遂致煩擾。先帝已嘗手詔詰責。今猶未能遵守。其兩路市馬年限並如元詔。尋又詔以兩路保馬分配諸軍。餘數付太僕寺。不堪支配者。斥還民戶。而責官直。翔公雅皆以罪去。而保馬遂罷。既罷保馬。於是議興廢監以復舊制。詔庫部郎中郭茂恂視陝西河東所當置監。尋又下河北陝西轉運提點刑獄司。按行河渭并晉之間。牧田以聞。時已罷保甲教騎兵而還戶馬於民。於是右司諫王巖叟言。兵之所恃在馬。而能蕃息之者牧監也。昔廢監之初。識者皆知十年之後。天下當乏馬。已而不待十年。其弊已見。此甚非國之利也。乞收還戶馬三萬。復置監如故。監牧事委之轉運官。而不專置使。今鄆州之東平。北京之大名元城。衛州之淇水。相州之安陽。洛州之廣平監。以及瀛定之間。棚基草地。疆畫具存。使臣牧卒。大半猶在。稍加招集。則指顧之間。措置可定。而人免納錢之害。國收牧馬之利。豈非計之得哉。又況廢監以來。牧地之賦民者。爲害多端。若復置監牧而收地入官。則百姓戴恩。如釋重負矣。自是洛陽單鎮。原武。淇水。東平。安陽等監皆復。初。熙寧中。併天駟四監爲二。而左右天廄坊亦罷。至是復左右天廄坊。紹聖初。用事者更以其意爲廢置。而時議復變。太僕寺言府界牧田。占佃之外。尚存三千餘頃。議復畿內孳生十監。後二年而給地。牧馬之政行矣。先是知任縣韓筠等建議。凡授民牧田一頃。爲官牧一馬。而蠲其租。縣籍其高下老壯毛色。歲一閱。亡失者責償。已佃牧田者。依上養馬。知邢州張赴上其說。且謂授田一頃。爲官牧一馬。較陝西沿邊弓箭手既養馬。又戍邊者爲優。樞密院是其請。且言熙寧中罷諸監以賦民。歲收緡錢至百餘萬。元祐初。未嘗講明利害。惟務罷元豐熙寧之政。奪已佃之田。而復舊監。桑棗井廬。多所毀伐。監牧官吏。爲費不貲。牧卒擾民。棚井抑配。爲害非一。左右廂今歲籍馬萬三千有奇。堪配軍者無幾。惟沙苑六千匹。愈於他監。今赴等所陳。受田養馬。既蠲其租。不責以孳息。而不願者。無所抑勒。又限以尺寸。則緩急皆可用之馬矣。殿中侍御史陳次升言。給地牧馬。其初始於邢州守令之請。未嘗下監司。詳度諸路。各有利害。旣不可知。民居與田相遠者。難就耕牧。一頃之地。所直不多而亡失責償。爲錢四五十千。必非人情所願。言竟不行。四年。遂廢淇水單鎮。安陽洛陽原武監。罷提點所。及左右廂。惟存東平沙苑二監。同知樞密院曾布自敍其事曰。元祐中。復置監牧兩廂。所養馬止萬三千匹。而不堪者過半。今旣以租錢置蕃落十指揮於陝西。養馬三千五百。又人戶願養者亦數千。而所存兩監。各可牧萬馬。馬數多於舊監。而所省官吏之費非一。近世良法。未之能及。時三省皆稱善。其後沙苑復隸陝西買馬監牧司。而東平監仍廢。大觀元年。尙書省言。元祐置監馬不蕃息。而費用不貲。今沙苑最號多馬。然占牧田九千餘頃。芻粟官曹歲費緡錢四十餘萬。而牧馬止及六千。自元符元年至二年。亡失者三千九百。且素不調習。不中於用。以九千頃之田。四十萬緡之費。養馬而不適於用。又亡失如此。利害灼然可見。今以九千頃之田。計其磽瘠。三分去一。猶得良田六千頃。以直計之。頃爲錢五百餘緡。以一頃募一馬。則人得地利。馬得所養。可以紹述先帝隱兵於農之意。請下永興軍路提點刑獄司。及同州。詳度以聞。俟見實利。則六路新邊閑田。當以次推行。時熙河路蘭湟牧馬司。又請兼募願養牝馬者。每收三駒。以其二歸官。一充賞。詔行之。四年。復罷京東西路。給地牧馬。復東平監。政和二年。詔諸路復行給地牧馬。復罷東平監。宣和二年。詔罷政和二年以來。給地牧馬條令。收見馬以給軍。應牧田及置監處。並如舊制。又復東平監。給地牧馬。始於紹聖。至政和時。蔡京秉政。行之益力。京罷而復廢。六年。又詔立賞格。應牧馬通一路。及三千匹。州通縣及一千。縣及三百。其提點刑獄守令。各遷一官。倍者更減磨勘年。於是諸路應募牧馬者。爲戶八萬七千六百有奇。爲馬二萬三千五百。旣推賞如上詔。而兵部長貳。亦以兼總八路馬政遷官。然北方有事。而馬政亦急矣。靖康元年。左丞李綱言。祖宗以來。擇陝西河東河北。美水草高涼之地。置監凡三十六所。比年廢罷殆盡。民間雜養以充役。官吏便文以塞責。而馬無復善者。今諸軍闕馬者太半。宜復舊制。權時之宜。括天下馬。量給其直。不旬日間。則數萬之馬。猶可具也。然時已不能盡行其說矣。前史言牧政者。唯宋爲詳。其出牧上槽。芻秣棚井。息耗多與今同。以世近也。語在兵志。故不論。獨戶馬保馬餘地牧馬。猶爲後世害。故備著焉。欲令議馬政者。

知其所以利害之實也。蓋自熙豐變法。以至崇宣。小人在位。亟復亟變。迄無善政。而宋隨以亡。渡江以後。頗置監牧。而江南多水田。其後三衙遇暑月。放牧於蘇秀。大爲民患。郢鄂之間。亦置監牧。然皆不可用。而戰馬悉仰川秦廣三邊焉。宋初收市馬。戎人驅馬至邊。總數十百爲一券。一馬預給錢千。官給芻粟。續食至京師。有司售之。分隸諸監曰券馬。邊州置場。市蕃漢馬。團綱遣殿侍部送赴闕。或就配軍曰省馬。陝西廣銳勁勇等軍。相與爲社。每市馬官給直外。社衆復裒金益之。曰馬社。軍興。籍民馬而市之以給軍。曰括買。宋初。市馬唯河東。陝西。川峽三路。招馬唯吐蕃。回紇。黨項。藏牙族。白馬鼻家。保家。名市族諸蕃。至雍熙端拱間。河東則麟府。豐嵐州。岢嵐。火山軍。唐龍鎮。濁輪砦。陝西則秦。渭。涇。原。儀。延。環。慶。階州。鎮戎。保安軍。制勝關。浩亹府。河西則靈。綏。銀。夏州。川峽則益。文。黎。雅。成。茂。夔州。永康軍。京東則登州。自趙德明據有河南。其收市唯麟府。涇。原。儀。渭。秦。階。環州。岢嵐。火山。保安。保德軍。其後置場。則又止環。慶。延。渭。原。秦。階。文州。鎮戎軍而已。大氐宋初市馬。歲僅得五千餘匹。天聖中。蕃邦省馬。至三萬四千九百餘匹。嘉祐以前。原渭德順。凡三歲。市馬至萬七千一百匹。秦州券馬。歲置萬五千匹。元豐四年。詔專以雅州名山茶。爲易馬用。自是蕃馬至者稍衆。崇寧四年。詔曰。神宗皇帝。厲精庶政。經營熙河路茶馬司。以致國馬法制大備。其後監司欲侵奪其利。以助糴買。故茶利不專。而馬不敷額。近雖更立條約。令茶馬司總運茶博馬之職。猶慮有司苟於目前近利。不顧悠久深害。三省其謹守已行。毋輒變亂元豐成法。自是提舉茶事兼買馬。其職任始一。凡宋之市馬。分而爲二。其一曰戰馬。生於西陲。良健可備行陣。宕昌。峯貼峽。文州。所產是也。其二曰羈縻馬。產西南諸蠻。短小不及格。黎敍等五州所產是也。紹興三年。卽邕州置司提舉市於羅殿。自杞大理諸蠻。然自杞諸蕃。本自無馬。蓋又市之南詔。南詔今大理國也。大理地連西戎。故多馬。雖互市於廣西。其實猶西馬也。宋自熙寧未變法以前。然苑馬之政。亦未稱善。蓋世之害馬者。有三。曰選吏。曰繁法。曰易地。吏非馬之所宜。其害馬一也。法非馬之所宜。其害馬二也。地非馬之所宜。其害馬三也。大費佐舜。調馴鳥獸。鳥獸多馴服。其後周孝王封犬邱非子曰柏翳。其後世亦爲朕息馬也。古有豢龍氏。周官服不氏。掌養猛獸而敎擾之。掌畜掌養鳥。而阜蕃敎擾之。馬非異獸。必有能馴之者。非世官不可也。羌童胡兒。項髻徒跣。隨水草畜牧。馬與人意相喻。非有書生文學法度理也。法數變。馬與人皆不自適。何以能遂其生。況置之磽陿。無所芻畜。或禾稼稻秔之田。溝塍封限。遊騰莫遑。非所以適其走擴之性也。昔元魏起代北。故馬爲特盛。雖唐馬未必能及也。故曰。馬陸居則食草飲水。喜則交頸相靡。怒則分背相踶。此馬之真性也。元起于北。遂以弓馬之利。混一天下。沙漠萬里。牧養蕃息。太僕之馬。殆不可以數計。其牧人曰哈赤哈剌赤。有千戶百戶。父子相承任事。自夏及冬。隨地之宜。行逐水草。醞都之馬。在朝爲卿大夫者。親秣飼之。車駕行幸上都。太僕卿以下皆從。先驅馬出建德門外。取其肥可挏乳者以行。車駕還京師。太僕卿先期遣使。徵馬五十醞都來京師。醞都者。承乳車之名也。皇朝洪武六年。置太僕寺於滁州。七年。設羣牧監。十三年。增置滁陽儀真香泉六合天長五牧監。滁陽羣二十有二。儀真六合羣各七。香泉羣八。天長羣四。二十三年。定爲十四牧監。九十八羣。二十八年。廢牧監。始令民間孳牧。三十年。置北平及遼東山西陝西甘肅等處。行太僕寺。是年太祖以寧遼諸王。各據沿邊草場牧放。乃圖西北沿邊。自東勝以西至寧夏河西察罕腦兒。東勝以東至大同宣府。又東南至大寧。又東至遼東。又東至鴨綠江。又北不啻數千里。而南至各衛分守地。又自雁門關外。西抵黃河。渡河至察罕腦兒。又東至紫荊關。又東至居庸關。及古北口北。又東至山海關外。凡軍民屯種田地。不得牧放孳畜。其荒閑平地。及山場腹內諸王駙馬。及極邊軍民。聽其牧放樵採。近邊所封之王。不得占爲己場。而妨軍民。腹內諸王駙馬。聽其東西往來。自在營駐。因而練習防夷狄。有占爲己草場山場者。諭之。上又以朵甘烏思藏長河西一帶西蕃。自昔以馬入中國易茶。邇因私茶出境。馬之入互市者少。於是彼馬日貴。中國之茶日賤。命秦蜀二王。發都司官軍於松潘碉門黎雅河州臨洮。及入西蕃關口。巡禁私茶之出境者。入遣駙馬都尉謝達往。諭蜀王曰。秦蜀之茶。自碉門黎雅抵朵甘烏思藏。五千餘里皆用之。彼地之人。不可一日無茶。邇因邊吏譏察不嚴。以致私販出境。爲夷人所賤。夫物有至薄。而用之則重者。茶是也。始于唐而盛于宋。至宋而其利博矣。前代非以此專利。蓋制夷狄之道。當賤其所有而貴其所無耳。國家榷茶。本資易馬以備國用。今惟易財物。使蕃夷坐收其利。而馬入中國者少。豈所以制夷狄哉。又命曹國公李景隆。賫金牌勘合直抵諸番。令其酋領受牌爲符。以絕姦欺。勅兵部諭川陝守邊衞所。巡禁私茶出境。仍遣僧官著藏卜等。往西番申諭之。時晉王成祖。統軍行邊。出開平數百里。上聞之。遣人以勅往諭之云。自遼東至於甘肅。東西六千餘里。可戰之馬。僅得十萬。京師。河南。山東三處。馬雖有之。若遇赴戰。猝難收集。苟事勢警急。北平口外馬。悉數不過二萬。若遇十萬之騎。雖古名將。亦難于野戰。我馬數如是。縱有步軍。但可夾馬以助聲勢。若欲追北擒寇。則不能矣。止可去城三二十里。往來屯駐。遠斥堠。謹烽燧。設信砲。猝有緊急。一時可知。胡人上馬動計萬。兵勢全備。若欲折衝鏖戰。其孰可當。方今馬少。全仰步軍。必常附城。倘有不測。則可固守保全。以待援至。吾用兵一世。而指揮諸將。未嘗敗北。致傷軍士。正欲養銳以觀胡變。夫何諸將。日請深入沙漠。不免疲於和林。此蓋輕信無謀。以致傷生數萬。今爾等又入廣塞。提兵遠行。設若遇敵。豈免凶禍。自古及今。胡虜爲中國患久矣。歷代守邊之要。未嘗不以先謀爲急。故朕于北鄙之慮。尤加慎密。爾能聽朕之訓。明于事勢。雖不能勝。彼亦不能爲我邊患矣。太祖既驅元主還幕北。已無復窮追之意。而殘元遺孽。不能無犯境。諸王往往輕出塞。上在兵間久。深患馬少。遂戒諭云云。故尤留意西蕃茶馬。定金牌之制。令重臣招諭。蓋胡之勝兵在馬。中國非多馬。亦不能搏胡。唯自守則步卒可用。且驅之出境而已。實帝王禦戎上策也。永樂元年。改北平行太僕寺。爲北京行太僕寺。四年。應天。太平。鎮江。揚州。廬州。鳳陽州縣。各增設判官主簿一員。專理馬政。設陝西甘肅二苑馬寺。又設北京遼東二苑馬寺。五年。增設北京苑馬寺監。六年。增設甘肅苑馬寺監。贊曰。易稱乾爲馬。其於繇辭。言馬不一。馬之用大矣。余從太史問皇朝馬事。自洪武以來。略知其本。始作馬政志。

馬政職官

周禮。太僕下大夫二人。漢百官表。太僕秦官。掌輿馬。其屬有六廄。及龍馬。閑駒。槖泉。騊駼。承華。諸監。邊郡六牧。師苑皆屬之。後漢志。太僕掌車馬。天子出。奉駕。上鹵簿。用大駕。則執馭。其屬有考工車府未央廄。而漢故時六廄。省爲一廄。後置左駿令。別主乘輿御馬。故牧師苑分在河西六郡者。皆省。唯漢陽有流馬苑。以羽林郎監領。永初初。

越嶲置長利。高望。始昌三苑。益州置萬歲苑。犍爲置漢平苑。晉太僕或置或省。宋齊惟郊祀權置太僕執轡。事已即罷。梁置太僕卿。與太府少府爲夏卿。太僕漢爲中二千石。梁列爲十二卿。至後魏第二品最高品矣。後與九卿並第三品。大氐以後。品皆第三。時南北二朝。南朝有廢置。北朝無廢置。隋煬帝省太僕驊騮署。入殿內省尙乘局。漢以來太僕置官本末。今述其略。其詳具諸史。唐六典載太僕卿之職。掌邦國廄牧車輿之政令。總乘黃典廄典牧車府四署。及諸監牧之官屬。少卿爲之貳。凡國有大禮大駕行幸。則供其五輅屬車之屬。凡監牧所通牟馬籍帳。則受而會之。以上於尙書駕部。以議其官吏之考課。凡四仲之月祭。馬祖。馬步。先牧。馬社。六典定於開元中。其書訪周官。敘太僕之職爲詳。別有尙乘局。亦具六典及百官志。宋初有飛龍廄。天廄坊。騏驥院。後置羣牧司。廄牧之政。皆出於羣牧。而太僕但掌天子五輅屬車。后妃王公車輅。元豐改官制。羣牧之職並歸太僕。元祐初。令內外馬軍。專隸太僕。直達樞密院。不由尙書省。崇寧初。詔太僕寺不治外事。如舊制。渡江後。省寺入兵部。其詳具宋史。元太僕寺。掌阿塔思馬。又有尙牧監尙乘寺。具元史。余觀漢表志。及唐六典。太僕不徒奉乘輿。自天子之六閑。外至諸苑。皆隸之。武帝別置奉車駙馬都尉。始分乘輿之事。唐因隋尙乘局內廄別設官。本朝太僕寺。統羣牧監。後廢監。令民養馬。而太僕專領之。內廄自有御馬監。惟或乏馬。於太僕取之。而鹵簿儀仗。陳設大駕。駕部與環衞司也。皆不復關於太僕。南京太僕寺。故留京。若行太僕寺苑馬寺。亦並建。無所統一。遼東。山西。陝西。有行太僕。遼東。陝西。又有苑馬。甘肅有行太僕。而舊亦有苑馬。苑馬之設。遼東則有永寧監。清河苑。深河苑。陝西長樂監。則有開盛。安定。廣寧苑。靈武監。清平萬安苑。皆前代畜水草之地。邊於北狄。苑馬之設最盛。唯不領於太僕。與古異。今具洪武以來官制職分於後。

馬政祀祠

周禮。春祭馬祖。夏祭先牧。秋祭馬社。冬祭馬步。馬祖天駟也。房爲龍馬。又周禮夏禁原蠶。天文辰爲馬精。龍與馬同氣。古之聖人。非通天地萬物之理。其孰能與於此。是以制祭祀。而國家受福。百物皆昌也。祭以剛日用少牢。皆於大澤。具隋志及唐開元儀祝。皆曰。天子遣某官某昭告云。余觀秦趙史記。自益爲朕虞。佐舜調馴鳥獸。其後費昌。仲衍。世爲御。有功。列爲諸侯。而造父幸於周穆王。得驥温驪驊騮騄耳之駟。獻之穆王。穆王使造父御。西巡見西王母。樂之忘歸。而徐偃王反。造父御穆王。日馳千里以歸。造父由此封於趙城。其後奄父爲宣王御。而非子以善養馬。孝王封之犬邱。豈以柏翳爲虞。而子孫世世善御能息馬哉。上古聖賢。皆神靈通於萬物。不可以後世測度也。穆王造父之事奇矣。夫社祀以勾龍。稷祀以棄。若造父非子。豈今所謂先牧耶。太僕秦官。主奉車。又掌馬事。意秦制蓋有所本。抑周禮軼而不備。不然。何前世御者。皆能善馬也。太僕職兼奉車與馬。其出於古。非秦官明矣。洪武六年。太祖幸滁。學士宋濂從。太僕寺卿唐元亨。請置廟祠於滁。永樂間。北京太僕寺在通州。故建祠如滁。其神曰先牧。曰馬祖。曰馬社。曰馬步。曰司馬。凡五神位。每歲春秋。天子遣太僕少卿主其祭。而天下凡養馬。處處皆有祠。遂爲通祠。弘治十年。學士王鏊爲建廟記。其文曰。國家大祀郊祭。外則社稷。社祭土。稷祭穀。皆民所恃以生。國之大事在戎。戎政之大在馬。馬之生養蕃息在人。而亦有人力所不及。則馬神祀固宜居社稷之次。天文房爲天駟辰爲馬。詩云。既伯既禱。周禮。春祭馬祖。夏先牧。秋馬社。冬馬步。皇明建都。古冀馬之所生。而通州爲地。高寒平逺。泉甘草豐。彌望千里。世傳太宗靖難。與南軍戰於此。若有相焉者。因詔作馬神廟於其地。在今通州之北。地曰壩上。鄉曰安德。旁爲御馬苑。凡二十所。春秋二仲。則太僕少卿往主祀事。其辭曰。皇帝命某官某。致祭。往必陛辭。返必廷復。其嚴如是。歷歲滋久。梁桷坼隧。藩級甓圮。沮洳穢翳。人畜不禁。行禮至結茅以蔭。已乃撤去。風露橫侵。星月仰見。心虔跡褻。相顧惋歎。而皆重於改作。弘治八年。太僕卿臣禮。始具以聞。且乞立石題名。以示永久。詔可。以屬役於通州等二十五州縣。財因歲登。力因農隙。始九年之三月。十年二月告成。湧殿穹堂。長廊邃廡。齋廬庖湢。完舊增新。周垣外繚。重門中閎。啓閉以時。過者祗肅。是役也。始前太僕卿臣禮。臣鉞。成之者今太僕卿臣琮。而少卿臣賢。臣珩。臣纓。實相之。寺丞臣珪。縣丞臣鐸。實敦其事。御馬監太監臣春等。實佽其費。於是翰林侍讀學士臣鏊。再拜稽首。書其事於碑。古者王畿千里。出車萬乘。國初賦地於民而牧之。國與民蓋兩利焉。及今百有餘年。其地固猶在乎。然則取之於民則爲擾。牧之於民則又擾。是何哉。方今聖人在位。百度具舉。而尤垂意馬政。琮等既協力以崇神祠。則在人者。其將次第而脩復乎。銘曰。駪駪國馬。于甸之野。渙焉如雲。騈焉如雨。有廟言言。在潞之陽。始誰作之。自我文皇。敢有不虔。天駟煌煌。瞻彼雲漢。造父王良。有崇有圯。其自人始。神斯降祥。人維致喜。昔在衞文。亦有魯僖。心維塞淵。思亦無期。功以才興。亦以惰毀。琢石鑱詞。爰告無止。世宗虔事上玄。嘉靖中。四時遣祭。皆以卿行。今上自如常祀馬神。祠在通州北四十里。安德鄉。鄭村壩。今太僕寺中。亦有馬神祠。寺官到任。及朔望。如土地祠。致拜而已。無祭禮。祭則於通州壩上。壩上諸房養馬。御馬監掌之。以挏乳天子之玉食資焉。

余既述祠祀如前。後閱知皇朝故事者。謂洪武二年。築壇於後湖。先是。詔禮官考定其儀。曰。周官以四時分祭馬祖。先牧。馬社。馬步。先牧始養馬者。其人未聞。馬社始乘馬者。世本曰相土作乘馬。馬步。神之災害馬者也。隋因周制。祭以四仲月。唐宋不改。今定春秋二仲月。甲戊庚日。於是遣官行禮。爲壇四壇。用牢一。豕一。幣一。其色白。籩豆各四。簠簋。登象尊壺尊各一。樂用時樂。獻官齋戒。公服。行三獻禮。祝曰。維神始於天地之物。而馬生於世。牧養蕃息。馭而乘之。閑廄得所。歷代興邦。戡定禍亂。咸賴戎馬。民人是安。朕自起義以來。多資於馬。摧堅破敵。大有功焉。稽古按儀。載崇明享。爰伸報本。以昭神功。永樂十三年。行太僕卿楊砥。請立馬神祠於蓮花池。上命翰林院考古今儀式。翰林院言。古者春祭馬祖。夏祭先牧。秋祭馬社。冬祭馬步之神。國朝南京。止祭司馬之神。於是設馬祖。及司馬五神位。每位用牢豕帛各一。儀制准南京。洪武本祭四神。而永樂儒臣。乃謂南京止祭司馬之神。不應失攷如是。疑後湖蓋始議。至滁陽而復改。尚未有攷也。天順五年。天子復於壩上馬房。命別自建祠。而以元旦冬至及聖節。遣內侍主其祭。光祿寺具品物。不領於祠官。

馬政蠲貸

昔先生之制法。一稟於律。其意蓋使人毫釐不可犯。而法之所不能行。亦時有縱舍。故君子以赦過宥罪。如天地之解使。法一定而不易。則人將無所措手足。其勢必至於法不勝。法不勝而法窮。故聖人通之以赦。至於取民亦然。今日使民有常供之賦。而必其一無所逋。亦無有也。亦姑以爲之法。而其終求於天下。常有不盡之意。使人無已往之顧。則累輕而可。勉爲後圖。此王者之道也。國家責財賦於東南。先皇帝在位十年。間時有赦。百姓安生樂業。而積逋亦少。自後迄三十餘年不赦。而積逋反多。使積逋多而不赦。雖戶誅之。不能盡也。天子新即位。詔書蠲逋已責。天下鼓舞若更生。而奉行者猶加誅求。鉤校愈密。生民不能無觖望。而積逋終不能以有得。是何不爲之名以予民乎。祖宗令民戶養馬。其初爲法至嚴也。豈不欲其馬之蕃。而度不能以盡如其法。每下詔書。必加蠲貸。豈非勢之不得不然。然亦有以見天子仁愛之意。終不以馬而病民。余故爲採歷年蠲令悉著之。

馬政庫藏

太僕寺掌馬政。而庫藏特爲寺之大務。故有易銀變馬草場餘地之租。凡賄之入。皆以馬也。馬不足。則令市之民。常以地之宜。與年之豐凶而權之。而貨賄之出入。上其計於司馬。如勞軍繕城府營之製造。咸取給於寺。而大司農乏。亦時時假諸寺。若御馬監邊屯馬不足。來告。寺輒予之。或予馬。或予賄。賄與馬一也。故寺之積特饒焉。而其出亦倍。夫苑馬之政不舉。則邊馬不足。太僕兼領內廄。則內馬無限節。故余於秦漢官制。每有感焉。漢毋將隆言武庫兵器。天下公用。國家武備。繕治造作。皆度大司農錢。大司農錢。自乘輿不以給共養。共養勞賜。一出少府。蓋不以本藏給末用。不以民力共浮費。別公私。示正路也。太僕寺顓顓爲國馬。其入又非大農比。若爲他給及貸用。非挈缾之守矣。繫於軍國之大計。故特書焉。

余攷祖宗時。不置司庫。蓋時寺顓主馬。而積金少也。弘治初。始置官吏。豈非金溢於前耶。金日羨而馬日羸矣。議者又言徵金便。如是不已。幾無馬矣。夫謂積金以市。百萬之騎可立至。則內藏之金。猶外廄之馬也。是不然。往者。嘗捐金以購馬。當時猶謂擾民而不可行。一旦倉卒。括民間馬可得耶。如倉庾無積穀。而黃金珠玉。饑不可食也。冀北之馬稱天下。今民歲俵馬。往往市之他郡。所謂外廄者。果安在哉。而邊兵之求索無厭。涓涓不流。不足以盈尾閭之洩。是不可不爲之長慮也。舊刻職官以下四篇別入雜著今以類相從附馬政志之後

別集卷五　宋史論贊

章獻劉皇后

論曰。章獻因鍛銀之邪。起播鼗之賤。以才技承恩寵。至于大政。非女后之美。然不以權假近習。號令嚴明。不出宮闈。而威加天下。至能保護仁祖。母子無私毫間隙。又詔羣臣講讀。設幃西廡。擲程林之圖於地。聽夷簡之言而悟。有足稱者。夫李宸妃之事。微夷簡母子之際。幾不能釋哉。

郭皇后

論曰。以仁祖之賢。而閻呂得肆其奸。瑤華之不終。深可惜也。原其故。由寵愛張美人。而后之立非帝意。固有以啓之耶。楊尚之爭。斯其末流之弊耳。

慈聖曹皇后

論曰。神宗以太后之命。不能勝安石之說。其志亦可悲哉。夫取后必以名家。光憲出自武惠。其才傑固宜如是女子惡以才見若后者。無厭其才也。古者。授管脫珥之風。夫豈獨具冠帔佐御饌而已。

宣仁高皇后

論曰。曹高二后。身親仁祖寬博之政。且濡韓范富歐之風。婦姑所見略同矣。夫明哲昭於閨闈。而偏徇暗於朝廷。固有以也。當元豐之末。天下已極敝。非得聰明不惑之主。持綱紀於上。率羣臣於下。弗克有濟。宣仁徒以一女子。力挽天下之勢。抱十歲童。衣黃袍。銜天憲。太后出而法存。退而法亡。雖元祐初政若時雨。吾知其不終也。

欽聖向皇后

論曰。欽聖臨政不久。定策之外。無可見者。然其言論風旨。固宣仁之遺也。宋興以來。女后之賢少聞。自高曹向孟。皆當變故之日。而行始出於閨闥。夫月則明矣。其如日之晦何。

昭慈孟皇后

論曰。隆祐瑤華。再貶洪州。播越中閒。顛沛亦云多矣。宣仁惜其福薄。諒其然乎。方張邦昌苗傅逆亂之會。后孑然一婦人耳。奸賊黨與。左右側目。卒能迎康王而授之璽。引世忠以復辟。古所謂疢疾生智慧者與。旣而垂衣被練。怡然行宮之養。與夫縊鈎牽衣者。竟何如哉。

韋太后

論曰。高宗之至情。備見韋太后傳。然能修問膳之禮。而乏枕戈之志。非天子之孝也。靖康之禍。六宮陷沒者多矣。其戮辱之狀。史不詳著。至予觀喬韋慟哭沙漠中。每掩卷爲之流涕。以爲世主。不可以不觀也。

楊皇后

論曰。彌遠抵巇以窺宮闈。可畏也哉。濟邸亦非令器也。不以其時龍潛晦迹。以視君膳。乃感慨發憤。書几作字。竟何益乎。彼能碎乞巧之器。而笑以之進。何不能拒也。蓋亦其自取云。

皇后總論

論曰。世稱宋朝家法。過漢唐。予讀其書。信哉。章獻之妬。而不薄於仁祖。不間於楊妃。英孝自藩邸入。而恩如己子。高宗起再廢之后而奉之。身親視膳。疾不解衣。雍雍乎。誠三代以還。未之有也。然猶時有在牀之禍。楊尙寵而閻呂乘其閒。劉婕妤進而郝蔡逞其兇。彌遠濟邸之禍。表裏於楊后。嗚呼。可不戰戰兢兢哉。

魏悼王

論曰。太宗以呪咀不足以服天下。而更甚以西池之變。此誰爲之左驗哉。抑何其辭煩而意晦也。於是勢利之顧慮去。而兄弟之情見矣。史稱廷美之禍。始自趙普。德昭忤旨自刎。皆非實錄。方禹錫告變。普尙滯河陽。而禹錫普邸人也。倉卒來朝。特窺其意而贊之耳。德昭寬厚長者。喜怒不形於色。匹夫自棄其身。亦必有所感憤。一言忤君父。何以死哉。此必國史諱其故而不傳也。

楚榮憲王

論曰。以徽宗之昧。而不究蔡邸之獄。繇蔡王尙幼。而江公望之理明也。危哉。大利所在。嫌隙乘之。孝宗時。莊文太子薨。魏王愷當立。帝以恭王類己。竟立之。愷出判寧國。登車顧虞允文曰。更望相公保全。予三復其事而悲之。

趙子崧

論曰。汴京失守。宋已易姓。康王名號未正。子崧雖鼓義而起可也。檄文不遜。何罪哉。方中興之時。宜與天下更始。釋舊事。廣衆謀。而高宗首沮信王之功。復抵子崧之罪。抑何謬也。

不㥦

論曰。不㥦起進士。出撫民社。能哀上益下。所至皆有惠政。古循吏之用心也。至其立朝。好言天下事。不憚忌諱。真宗英也。世稱楚王元儼爲天下所崇憚。彼其廣顙豐頤。徒有其威容耳。

諸王總論

論曰。宋諸王咸以文雅自飭。工筆札。喜詩書。不專溺於裘馬聲色之間。蓋其風流。自上被之也。翠羽珊瑚之戒。假山之對。臣主好尙如此。而又睦親。有院大宗正。有家法。袒免以上。賢者以名。聞其疎屬。亦得以進士起家。彬彬乎盛矣哉。雖非三代經制之義。而近古以來。未之有也。

公主

論曰。自釐降之典廢。而肅雍之風泯。宋興。沿習降等之制。倒行坐立之禮。太宗之命。魯國獨私于柴禹錫耳。至神祖始下詔。勸使率循婦道。徽宗定盥饋之禮。其意美矣。然乘勢驕恣。其處位固然。蓋文至而實不行也。予採宋史。得其尤賢者三人。其他如叩城夜訴。玉管希恩。又何足數哉。靖康之禍。帝姬之北遷者。蓋二十人。

范質王溥魏仁浦

論曰。范質早爲桑維翰所器。至令周祖雪夜解衣。明於機務。有宰相之材。宋興。稍稍建白。紋飾固陋。蓋有助焉。王溥解河中之疑。贊澤潞之策。汲引人材。惟恐不及。魏仁浦以黃縑之激。起爲小吏。而能口說手疏。算無遺策。其才技皆見于周太祖之世。然質以文學自媚于禪代之間。而仁浦倒印激怒。何其危哉。所謂江湖之人。習風濤而不惴者。奈何其責以死也。

石守信

論曰。自唐末至於五季。方鎮之禍。糾連盤固。每一動搖。環顧而起。擅易軍帥。至移於闕庭。天下以爲不可除之痼疾矣。然小人好亂之心。亦必無所顧忌而然。太祖神武蓋世。素爲守信之徒所翊戴。龍潛之時。固已俛首帖耳。而爲之用。及名號已定。黜拜繇己。因而取之。其勢易也。蓋宋之方鎮。有五季因襲之弊。而無五季難去之患。英雄成事。非有奇策。能撫其機。而不失之耳。

侯益趙贊

論曰。二人皆有將帥之才。方其陷身契丹。徘徊蜀漢。幾失所措。所謂智勇遇窮而困也。悲夫。及其歸命漢祖。功名顯著。世猶以降辱罪之。獨不思人材之在天下。亦難得也哉。

王全斌

論曰。賞罰之道。繇好惡生。蓋誠心出于自然也。全斌黷貨恣暴。太祖責之是矣。乃曰。非以爲戮。江左未平而姑爲之立法耳。則是太祖無罪全斌之心。而有取江左之志。設使江左已平。則成都十萬衆之魚肉。不足憫也。孟軻之惡言利有以哉。

趙普

論曰。趙普佐宋。收藩鎮之權。解苛暴之令。立三百年忠厚之基。號爲元臣。列于大烝。斯無忝矣。然古所謂大臣者。富貴不能入其心。故能立乎廟廊。天下被其化。若普者。鬱悒河陽。遂至嗚咽出涕。太宗亦自以爲哀憐其舊而收之。君臣之間。兩無所憚。雖北征之疏再上。而徒以長文過之辭。而跪拾補綴之風。吾知其不能行于太宗之世矣。

盧多遜

論曰。予讀多遜獄牘。言趙白交通事云。願宮車晏駕。其組織疎謬。尤爲可笑。多遜挾邪之迹。不甚可見。而趙普亦未有以勝之。二人者。徒以勢利相傾。邪正之實。予未知所定也。

張齊賢

論曰。齊賢慷慨任事。論邊防則以治內爲先。施于政則以愛民爲本。予觀其獻策天子。以手摶飯。真磊落不拘人也。晚有薛寇之累。其略於簡細。固亦宜然。然異夫齷齪保位者矣。

別集卷六　紀行

己未會試雜記

臘月二十四日。風日暄和。行丹陽道中。余垂老有此遠役。意中忽忽不樂。欲慕古人之高致而不可得。有欲言者。而口不能道。忽思馬季長客涼州。關西饑亂。因嘆息曰。古人有言。左手據天下之圖。右手刎其喉。愚夫不爲。所以然者。生貴于天下也。今以世俗咫尺之羞。滅無貲之軀。非老莊所謂也。遂往應鄧騭之命。嗟夫。此予今日之意也。因諷其言。感慨者久之。

常熟瞿諭德景淳爲博士弟子時。予常識之白下。及登第。兩爲禮闈同考。在內簾對諸學士。未嘗不極口推獎。一日過訪。道及平日。以予不第。諸公嘗以爲恨。爲吾江南未了之事。因言爲考官亦有難者。蓋內中有一榜。外間亦有一榜。必內榜與外榜合。始無悔恨。方在內時。惓惓未嘗不在公也。又爲予同年義興楊準道予少時之夢。予少夢吳文定公授以文字一卷。予歲貢鄉舉。皆與之同。故瞿每對人言之。實以文定公見待云。

諸考官命下之日。相約必欲得予。及在內簾。共往白兩主考。常熟嚴學士訥。因言天下久屈此人。雖文字不入格。亦須置之第一人。必無異議。金壇曹編修大章。尤踴躍。至與諸內翰決賭。以爲摸索可得。然盡閱落卷中。無有也。

揭曉後。曹使人來具道如此。而人有後來言予卷為鄉人所忌。不送謄錄所。蓋外簾同官言之。然此乃命也。臧氏之子。焉能使予不遇哉。

予自石佛閘。與鉛山費楙文步行至濟州城外。遇泉州舉子數人。共憩市肆中。數人者。問知予姓名。皆悚然環揖。言吾等少誦公文。以為異世人。不意今日得見。往往相目私語。比在京。吾鄉有託泉州舉子之語以相詆。不知予已在濟州先識之。設果有言。亦不當傳道之。而乃假託其語。其謬如此。所謂外簾官者。亦對人毀予。予時方出國門。亟書數語。寄其同官徐學謨。蓋一時有不能平。亦予之褊也。

己未禮闈易題。節六四爻象。予講安字之意。大略云。使聖人之制禮。不出乎其心。而欲驅率天下以從我。則必齟齬而不合。天下之由禮。不出乎其心。而欲勉強以從聖人。則必勞苦而不堪。齟齬不合。勞苦不堪。秦漢間語。眉山蘇氏。文多有之。今某人摘此八字。極加醜詆。以數萬言中。用此八字為罪詬。亦太苛矣。前浙省元姜貝翰久不第。高時為給事中。每論其文切齒。姜後亦登第。予老矣。能望姜君乎。惜乎某之以高時自處也。嘉定金喬送予出國門。偶道此。喬自徐祠部所來。祠部與予舊相知。因書寄之。然勿與他人道也。先是。丁未。予試卷中庸天地位萬物育。講語用山川鬼神。莫不乂安。鳥獸魚鱉。莫不咸若。房考大劄批一粗字。有輕薄子每誦以為嬉笑。事亦類此。蓋今舉子。剽竊坊間熟爛之語。而五經二十一史。不知為何物矣。豈非屈子所謂邑犬羣吠。吠所怪也歟。今次將北上。夢多奇者。當別記之。二月得兒子家書。言夢予獲雋。易題乃離卦。乃化成天下。而里人夢見龍起宅中。發屋拔木。時易題果出離卦。頗以為異。對坐中言之。傳至瞿侍讀。亦為予喜。

又張憲臣夢余在殿陛間走。度一木。跨其肩上。謂予名必在張前。榜出。張中禮卷第二。而予不得。有不盡驗者。家人任慎。少隨余。每夢輒應。今歲隨在京。數有奇夢。類非其能自為者。然亦不驗。獨余二十六夜夢報中會元。謂今年二十九揭曉。何得先三日有報。其人云。預報會元耳。夢中因念甲午歲。有人來報鄉舉第二。此預報之證也。頗自疑之。

又夢在大內。嚴學士送予下階。予辭以公爲吾座主。不宜降屈。乃與瞿侍讀相攜而出。初得此夢。以嚴爲座主必中而又不驗。豈瞿後主考乃得舉也。然予無望此矣。又二十七日夢一卷書。乃爲狗所吞。人言書爲狗吞。乃狗兒年。非牟兒年也。

李元禮。郭有道。生此世。必在塵埃中。無人知貴之者。杜子美詩云。溫溫士君子。令我懷抱盡。靈芝冠衆芳。安得闕親近。子美此意。曖然甚可愛也。人無此。安得謂之能親賢。吾苟且與之。豈不自賤。荀子度己以繩。接人則用紲。莊周達之。入于無疵。其亦枉其性矣。孔子七十子服之。謂之聖人。則無一人之服之者。可以爲賢乎。孔子則自言遯世不見。知而不悔。唯聖者能之。孔子之言。乃所謂知性命之理者也。

予每北上。常脩然獨往來。一與人同。未免屈意以徇之。殊非其性。杜子美詩。眼前無俗物。多病也身輕。子美真可語也。昨自瓜州渡江。四顧無人。獨覽江山之勝。殊爲快適。過滸墅。風雨蕭颯。如高秋。西山屛列。遠近掩映。憑闌眺望。亦是奇遊。山不必陟。乃佳也。

四月初五日夜。泊滸墅。夢魏孺人別居一所。予往見之。孺人亦來就余所。尋復去。相見時甚歡。以爲世間未有之事。約與相迎。爲夫婦如故。孺人意亦允諧。方躊躇間。岸上鼓鼕鼕。夢覺矣。自孺人歿幾及三紀。未嘗夢。俗以爲淚着殮時衣。不夢也。今始一夢。慘然甚感。王孺人亦無夢。壬子冬北上。雪夜宿句曲道中。夢孺人來。二君德容。常在吾目中。今自數千里還。去家益近。愴然有隔世之悲。

初六日。發滸墅。自丹陽無一日不遇風。是日冒風雨僅至婁門。宿跨塘橋下。中夜風雨勢益惡。予惺然不寐。念此行得失有命。略無芥蔕于心。獨以三四千里至此。又阻風雨。不得亟見老親。思昔丙辰南還。見吾祖云。不第不足言。汝還慰吾懷矣。今吾祖長逝。還更不可見。更不復聞此語。悲痛胡可言也。明日過沙河。風雨微止。將到家矣。命童子索筆硯。聊事記之。人之毀譽。不足爲之有餘。不足顧。獨以廟堂諸公。譽之愛之者。無所用其力。而鄉里知識。毀之嫉之者。必中其計。信乎予之窮也。夢兆本不足道。具存一時之事。故并書焉。

嘉靖三十八年四月書。時過陸市。

壬戌紀行

廿四日行。夜泊平樂。明日午至閶門。廿七日。行三子還。夜至新安。明日。晨至無錫。是日至白家橋。雨。晚穿城宿毗陵驛下。廿九日夜。泊丹陽。三十日午。過丹徒。得葉子寅江船。與周孺亭待潮。因三人步觀留侯廟。遊海會寺。還飲舟中。夜潮來。奪港以出。是夕。宿于江中。元旦。登焦山。微風。渡江。得小船卽行。夜至江都。明日。與孺亭聯舟行。宿盂城。初三日。寶應湖大風。夜至平河橋宿。去淮四十里。明日。雨。宿裏河。明日。入淮船。船尤小。夜臥長淮。風浪之聲達旦。初六日。至桃源。夜。雨。初七日。雪。西北風急。僅至崔鎮。明日。過宿遷。夜二鼓。至直河。時獨與孺亭兩舟行。岸上有騎者。挾弓矢。叱挽人令之下。皆踉蹌入舟。尋見有人聚立。頗疑其盜。然竟無他。初九日。至新安。自是始有閩廣人同行。初十日。午。過呂梁。夜宿。未至彭城二十里。十一日。巳過洪。舟幾落洪去。力挽以出。彭城大雪。舟停一日。十二日。自寶應來。陰寒雨雪間作。是日。始見日。尤寒。刺舟者鬚眉皆冰。黃河凌下。船刺刺有聲。至境山。宿。明日船犯凌。舟幾覆。觀溜口。黃河自西來。從此出。故河冰推排而下。常年經此。溝中有水汩汩流。故云溜。今成大河也。夜至沽頭。明日孺亭小恙。便欲還。強之入閘。夜與四明王爋飲土海。曹子見舟中止八里灣南。月明。霧四塞。霜下如雪。岸柳皆凝白。十五日。待冰。亭午始過牐。以連日寒。冰雪乍凝。非復壯冰。特船人畏怯。時止。夜將及南陽。又止。復行近、棗林。又止。聞岸上雞鳴矣。十六日。止仲家淺。十七日。過濟寧。夜止南旺第一牐。與王。曹。二君飲。十八日午。至南旺。汶水流出。冰雪壅河。同行船更相挽。破冰而前。近逯老口月出。九船順風張帆。檣皆挂燈如列星。迤邐行柳樹閘。明日早飯後。過張秋。飲王君舟中。還待月聊城。二鼓。行。二十日。未午至清涼。舟聚者三四百。明日午。始入漳河。天微雨。止宿渡口。月出。復行。至曉。過武城。日昳風。止鄭家口。月出行。廿三日。過故城。至老君堂。廿四日。止新口。廿五日。大風。未至滄州。廿六日。過興濟。行五六里。以冰阻。先後來者皆聚。幾及千艘。半天下之士在此矣。始見同縣諸友。夜飲子敬舟中。廿九日早。過靜海。宿獨流。初一日。大風。止大王莊。飲赴仁舟中。至劉指揮莊。雇肩輿小車。莊人皆來叩頭。與曹子見小飲。登舟。初二日。移舟楊柳青。陸行至韓家樹。渡滹沱河。風極冽厲。有河冰。待久之。乃渡。道會泉南諸友。飯桃花口。宿楊村。明日。行至華黎莊。步觀神廟前石刻云。開泰六年。建塔。藏舍利于婁河西。咸雍四年七月十四日。雷火塔燬。壽昌二年五月。中常有光怪。現握得舍利百餘顆。乾統五年。建木塔。列題諸僧名。後書榮祿大夫監察御史武騎尉張軫。下有磚承之。廻書佛號。後題榮祿大夫檢校國子監祭酒兼監察御史武騎尉石恕。初予跼蹐小舟中。少所見。獨記所止處而已。陸行觀此石。字畫楷勁。而年號官名皆遼時。故記之。自石晉以十六州畀契丹。此地沒于北者五百年。予每入北界。未嘗不歎宋人。不能至此也。幸生二百年一統全盛之世。夫豈易得哉。飲武清。至靈谷屯宿。初四日。行過馬駒橋。申刻至京。自興濟冰阻。千艘相聚。行數里。輒相呼擊冰。如是數里。又行。舟止時。如鴉將棲。且止。復飛回翔不定。前此未見也。聞白河冰尙腹堅。遂皆陸行。予自辛丑計偕後。七試南宮。往來程路。及此行。計七萬里矣。

壬戌紀行下

初一日。下張家灣。皇木蔽川。舟阻隘。僅得出。是夜夢月蝕。既。余與二人望而拜。初三日。行。初四日。過河西務。兩日風行。皆不盡日。初五日午。竟白河。遡漳衛。白河出城外。經密雲。合大通榆渾諸河。在鄚州東北。出通州境。東南至香河界。又流入于武清。凡三百六十里。至直沽入海。元史言榆渾三河之水合流。名曰潞河。白河。亦名潞河也。宿楊柳青。明日宿獨流。初七日。過滄洲十餘里。宿前阻冰處。初八日。過磚河。日尙蚤。止泊頭。有扁鵲廟。扁鵲渤海人。莫州有其家宅。謝靈運擬鄴中詩云。憶昔渤海時。南皮戲清沚。當建安時。非淸平之運。士之有以自樂如此。初九日。過東光。至安陵。道逢同縣許給事。停舟相勞。問爲同行者。閉距不得與言。許尋遣人致禮。初十日。過桑園。雨。舟止。久之雨後。欻得順風。舟甚駛。風雨尋作。未能至德州。十一日。泊故城。有馬都御史祠。與許翔甫行縣中。明日。經鄭家口。風疾。尋過夾馬營。至武城。觀夫子廟像。河滸有二童子來。自言學易。因與之言易。是日風順。掛席行如飛。雖有逆灣。然亦行一百四十里。十三日晡時。至臨淸衛。河自輝縣蘇門山合頭。歷輝縣界。新鄉衛輝府。新鎭。李家道口莘縣。小塔兒。清濁二漳。自林縣合流。經臨漳。館陶。小塔兒。入衛河。漳衛合行二百里。過臨清。自輝縣東北來。一千六百里。又千餘里。至直沽。合白河入海。元名御河。永樂初。會通河淤。自淮入黃河。至陽武。陸輓至衛輝。下衛河也。南行逆流。自靜海。歷興濟。滄交河。南皮。吳橋。景德故城。恩武城。夏津清河之境。靜海。青興濟。滄德。故城。武城。皆臨河。十四日。入牐。晚行至戴家灣。十五日。日昳。過聊城。泊李海務。明日。周家店南水涸。不行。晡時。水至。行達河城。十七日。荆門大風。黃沙蔽天。舟如霧中行。過張秋。及戴家廟。有龍衣船封水。明日食時。行。龍衣船歲于此過。閘挾南貨。故船常滯淺。曾記一歲。適巡撫過界。水爲封錮。東平張長史。以金幣賄閘買水。買水。所未聞也。夜至開河。明日。南旺水涸。至宋尙書祠。觀鵝河口汶水來處。鵝河口。即黑馬溝也。有分水龍王廟。汶自此逆流。北出五百餘里。入于衛。南出二百餘里。合于沂泗。凡八百餘里云。北去者。逆上至南旺而順。南行者。亦逆上至南旺而順。故濟寧當南北之半。而行者皆相期至此。諺云。上巴濟寧。下巴濟寧。以爲過是。皆順流也。十九日。濟州登太白樓。陳子敬。許翱肅。沈誠甫。秦起仁。王子敬。陳敬甫同登濟州西望城武縣。正相直也。余曾大父嘗爲其宰。樓下有碑。刻永樂十八年正月二十日。勅行軍司馬樊敬往守濟寧。撫操十萬壯士。指揮以下。除授總兵官。亦聽調。違令斬首。行軍司馬。其重如此。皆一時之制。與國初諸翼元帥會典亦失于記載也。廿一日。趙村暴風起。微雨。尋止。過新店。日正赤如血。夜爭新牐。舟櫛雁翅閒。前行者幾敗。止仲家淺。漏下二十刻。闘牐下喧呼聲。乃龍衣船至。牐啓。又行。至師家莊。廿二日。逾魯橋。谷亭。沙河。至胡陵。胡陵人以楊技插水祈雨。來時。孺亭病欲還。余强之行。至日昳。孺亭舟稍後。聞岸上人呼。余愴然謂從者。周公必亟矣。遂停與別。以其非大疾也。蓋過胡陵不遠。余囑其傔從今夕止。可歇彼矣。在泊頭得信。孺亭竟死。傷悼殊甚。夜余宿此。不能寐也。廿三日。食時。至沽頭。會通河幾盡矣。會通河。元所賜名。至元初。漕道自浙西涉江入淮。繇黃河逆水至中灤旱跕。陸運至淇門。入御河。其後于堈城之左。汶水之陰。作斗門。遏汶入洸。以益泗漕。而汶始與洸泗沂合。至元二十年。自濟州新開河。始分汶泗諸水。西北流。至須城之安民山。入清濟故瀆。以達于海。至元二十六年。自安民山之西南開河。繇壽張西北至東昌。又西北至臨清。而泗汶諸水。始達衛河也。凡歷臨清。清平。堂邑。博平。聊城。陽穀。壽張。東平。汶上。嘉祥。鉅野。濟寧。嵫陽。寧陽。魚臺。鄒。豐。沛。之境。臨清。聊城。東昌郡治。濟寧皆臨河。弘治初。河決金龍口。趨張秋。都御史劉大夏修築。遏水南行。工成。賜名安平鎮。出牐。水勢不壯。而下流平漫。故水雖順流。舟行尤遲。至溜口。始以兩槳行如飛。河自汴城北。至張家灣。東北行。溜首江。三家樓。益陽。依逢。考縣。楊青口。師家樓。新集。馬磨。師家道口。禡家集。曲里浦。趙家圈。經徐北門五百餘里。河決房村後。自禡家集決入溜口。不復經蕭縣。入溜口僅二十餘里。即合沂泗。又七十里至彭城。汴至此三百七十里。自蕭縣至禡家集。一百八十里也。梁進口四十里。經新集。入漁陽。碭山。河水散漫。四五里至禡家集始伏。漕至溜口。溜口自禡家集分兩股。舊時所謂大小溜溝者。相去不半里。而分爲兩也。登境山。起仁。子敬。誠甫。皆至。山石陂陀。紋理如武康。而色不如。有大雲禪寺。依山。雖小刹而峻整。有至元碑。日已昏。不可讀。廿四日。日出。已過彭城矣。舟中與子達言豐沛故事。余昔數過泗水亭。有班固碑。不復存。而少嘗見其文。因爲子達誦之。皇皇聖漢。兆自沛豐。乾降著符。精感赤龍。承魁流裔。襲唐末風。寸土尺木。無俟斯亭。建號宣基。維以沛公。揚威斬邪。金精摧傷。涉關陵郊。擊獲秦王。鴻門造勢。斗璧納忠。天朝承祚。爰爵漢中。勒陣東征。剟禽三秦。靈威神祐。鴻溝是乘。漢軍改歌。楚衆易心。誅項討羽。諸夏以康。張陳畫策。蕭勃翼終。出爵褒賢。列土封功。炎火之德。彌光以明。源清流潔。本盛末榮。馭將十八。贊述股肱。休勳顯祚。永永無疆。國家寧安。我君道昇。根生葉茂。舊號是仍。於皇泗亭。苗嗣是承。天之福祐。萬年是興。午過呂梁。呂梁雖懸濤瀨湃。然非巨嶮也。是日立夏。日暈者三。至下邳。尚蚤。復行。是日風不順。猶行三百里。明日。鐘吾風泊圯岸下。復行。明日。白楊河遇見陳永康。雷夢龍舟。從飲酒。過桃源。行三十里而別。是日風微。故至淮陰。泗水出汴縣北山。沂水出泰山。至汴入於泗。沂泗合流爲清河。今黃河幷入之。酈道元曰。淮水北來至下邳淮陰縣西。泗水北來注之。淮泗之會。即角城。今清口是也。黃河不復自渦口入淮。獨自彭城。從清口下。故淮自清口。北岸黃流。而南岸清。蓋二十一里。始混爲一色。凡歷徐州。睢寧。邳。宿遷。桃源。清河之境。八百餘里。惟睢寧不臨河。淮上見日。正赤如血。望之絕無翳障。空蒼下隱。圓紅濛氾間。真奇觀也。向夜。風雨大作。尋霽。明日。自清江口移入裏河船。泊郡城下。郴州喻景會還來候。夜風雨。雞鳴。雨霽。西南風大急。在清河欲此風須臾不可得。今逢之。更爲虐也。初同行者。常有百艘。南旺分而爲二。先行五六十艘。出會通河。舟皆散。是日風阻寶應。又以百數。夜始行。牽纜如織。至瓦瀊湖口。廿九日。風猶逆。至露筋廟。出邵伯湖。晚湖無風。清瀠可愛。夜宿驛下。明日。風始順。食時。至江都。天陰。風益迅。遂至瓜州也。中瀆水首受江於江都縣。古江都。蓋臨江即此地云。淮陰六十里至黃浦口。出馬湖三四里。入內隄。行至寶應。出湖四十里。內隄行至露筋廟。出邵伯湖十八里。至三百子內。行三十里至驛。古廣陵。北出武廣湖。東陸陽湖。而二湖相互五里。水出其間。下注樊梁湖舊道。東北出至博芝。射陽二湖。西北出夾耶。至山陽。永和中。陳敏因湖道多風。自湖之南北口。沿東岸二十里。穿渠入北口。以避湖風。蓋其來已久。今世獨知陳平江耳。又吳將伐齊。築邗城。城下掘溝。謂之邗江。地理志所謂築水江淮之間。凡三百六十里。歷山陽。寶應。高郵。江都之境。山陽淮安郡治。江都。揚州郡治。瓜州對江。與京口直也。遂過埭入南小船。始皆吳語。夜雨。蚤風。過江。山色靚麗。向來少此景。恨過之速。遂入江口。

遊海紀行

嘉靖己未中秋前二日。王永美邀予遊海。午後登舟。至太倉。明日。午出州東門。遂行。待沙船。不至。宿天妃宮。十五日。得沙船。行至海口。風雨大作。波濤際天。初猶見海中長沙。及濤高。沙反出其下。不復見。還。宿天妃宮。明日。至海口。雨不止。使人問郭帥。已往新城。因宿其營。營前頗有戰船。戍兵寥落。皆兩粵人。營中寂然。半夜。大風雨。波濤之聲滿耳。郭帥方自新城乘淚而至。明日。留飲。及暮而別。夜三鼓。潮生。舟忽高數丈。水聲鳴激。永美呼余起登岸。岸北邐迤隔礙。僅見東南半海。月色微明。因列坐飲。鼓琴。潮平乃還。連日。雖風雨。海中風帆交錯。沙上人載荻葦西來不絕。劉家河船。皆逆風張帆。南北斜行如織。篙師云。海行恃風波。患無風。不患風也。余與張德方。陸希皐同自崑發。永美子一夔。余子福孫從至州。希皐不行。劉大倫。楊正學。以沙船至。楊百戶。海上彈琴者也。李旌末冠。皆同行。凡七日。竟不見月。亦不至大海而還。

別集卷七　小簡

與沈敬甫以下六首解經

孔子曰操則存舍則亡出入無時莫知其鄉此即人心惟危道心惟微之意朱子解心之神明不測不是但說心之神明不測一句甚好人心與天地上下同流貧賤憂患累他不得須知聖人烈風雷雨不迷羑里之囚此心已在六十四卦上雖號泣于旻天又有在牀琴時也公孫碩膚赤舄几几學者當識吾心亦如此非獨堯舜周孔之心如此也來書不能一一爲答當以此存心便覺天地空闊生死隨大運更無一事矣

民可使由當作日用不知看道之不行也民鮮久矣夫子蓋屢嘆之也

子張後來造詣儘高如十九篇所載言論可攷務外堂堂乃初年事也

所疑卒未能詳考樂只是以和爲本而所用不同射乃爲防禦而設司徒六藝如御書數皆習之以爲世用懸弧之義卻不爲無用而空習此虛文以觀德也此等處須看先王制禮之本原不當止向末杪言語上尋討耳

和爲貴有子只淺淺就目前行禮者說不是說大源頭蘇秦二公文字少嘗讀今忘之俟再尋繹也

與王子敬

立字羑若執禮字子履馬鄭之徒解羑爲道君子之欲有立也順其道焉耳禮者履也動無非禮迺可以言執禮也承二君問更字輒以義答之蓋古人之命字所以尊其名也孔門如回淵賜貢由路予我之稱殊無深意而後世名字之義侈矣

與王子敬以下四首解名物稱謂

嘗記少時見一書云月令王瓜爲瓜王即今之黃瓜則鄭注萆挈者未必是王瓜生適應月令而夏小正五月乃瓜恐即此瓜他瓜五月未可食耳適見九江建昌二志皆云王瓜以其最先熟爲瓜之王然亦不知何所據也讀

柳州海石榴詩。疑是今之千葉石榴。今志書亦云。乃知孺允亦欠詳考也。志書固有附會。可以爲一證。高生日來索此書。必有疑慮。乞更尋檢月令王瓜生當直斷爲今之黃瓜。萆挈非也。且引王蕢。與王瓜何與。疏又疑爲一物矣。古書中必别更有見。姑闕之。俟他日考也。

與沈敬甫

昨自郡還。冒風。體中不佳。文字竢覽。獸邱卽虎邱。唐諱。亦云武邱也。古者。六卿之長稱大。亦因有少。所以别之。後來如大將軍。亦是官制定名。大銀臺。不知何出。此近來惡俗。不可蹈之。

與沈敬甫以下四首論古書

史記煩界畫付來。褚先生文體殊不類。今别作附書。景武紀諸篇。仍存在內者。更有說也。

莊子書自郭象後。無人深究。近欲略看此書。欽甫有暇可同看。好商量也。

向論高愍女碑。可謂知言。班孟堅云。太史公質而不俚。人亦易曉。柳子厚稱馬遷之峻。峻字不易知。近作陶節婦傳。懋儉甚聰明。幷可與觀之。

與王子敬

天官。封禪。河渠。平準書奉去。子長大手筆。多于黃圈識之。看過。仍乞付來。趙御史果有停征榜文。昔人得此。殊無聊也。

與王子敬以下十二首論時文

沙賊潰去。適方聞之。然識者已預知有今日矣。硃卷留自送之。今不復示人也。顧處卷尚多。但不肯出此。亦如人涕唾。人有顧其涕唾者。無之。拾人之涕唾而終日嗅其臭味。尤可怪笑也。

與沈敬甫

試事未知何如。遂不能毫分有所贊益。雨不休。句曲山谿。淖汙可念。敬甫連有書。殊無壯氣。科擧自來皆撞着。必無穿楊貫蝨之技。渠不比少年。只看此番相愛。且勸之行。子元喪女弟。又爲追捕之累罄空。非附驥不能千里。有佳意。須臨期使人相聞也。

世事殊不可測。勸君行。固難。然亦不可不一行也。七篇文字。頃刻能就。只是時有得失。若造化到。必不見短。不然。終歲俛首佔畢何爲者。不須問江東神。鄙人便是也。

儘有一篇好者。卻排幾句俗語在前。便觸忤人。如好眉目。又着些瘡痏。可惡。

文字又不是無本源。胸中儘有。不待安排。只是放肆不打點。只此是不敬。若論經學。乃真實擧子也。

奴去。有小帖。極匆遽不盡。大概謂欽甫經學多超悟。文字未能卓然得古人矩度耳。當由看古作少也。星槎集付來。

近來頗好翦紙染采之花。遂不知復有樹上天生花也。偶見俗子論文。故及之。

文字愈佳。願益爲之。此乘禪也。毋更令爲外道所勝。幸甚幸甚。王司馬云。如上飯饅頭。一時要發。乃佳。

文字大意不失。而辭欠妥耳。然可惡者。俗吏俗師俗題。見之令人不樂也。

昨文殊未佳。想是爲外面慕饘蟻聚之徒動其心。卻使清明之氣。擾亂而不能自發也。勉之。如向作。自當得耳。

文字已與養吾寄去。大概敬甫能見破三代以上言語。只爲不看後來文字。所以未通俗也。

求子之文。如璞中之玉。沙中之金。此市人之所以掉臂而不顧也。

與徐道潛以下三十六首論自著文

韓集爲葉七沈滯。旦夕當促來。前編在館中。學徒俱病。久不往竢。往乃得奉耳。此書考校甚精。什義比蔡傳。亦遠出其上。讀書者。要不可不觀也。易圖論有合商確者。幸示及。原稿并發來。向論河圖洛書以示吳純甫。純甫謂當俟後世之子雲。此篇大意。與之相表裏。第與晦翁。實相牴牾。啓蒙所謂本圖書作易之大原。一切抹倒。爲此曉曉。

得罪于世。可嘆也。抑程子與康節嘗論此。至其解易。絕不用之。亦必有見矣。

與王子敬三首

弘玄先生贊讀過。即乞付來。親得其語故詳。平生足跡。不及天下。又不得當世奇功偉烈書之增嘆耳。吠奢賈人。出家者啞羊僧伽中最無慧。皆彼書中語。

腰痛發作甚苦。方有望洋之約。恐無緣耳。思曾墓表。描寫近真。生眼觀之何如。

清夢軒詩附覽記固迂。詩又迂。清夢軒亦迂也。

與沈敬甫十八首

禮論二首。略辨註家之誤耳。無大發明。更爲我細勘。未知其是否也。

奉去文字一首。此頗詳覈也。前書特爲討賊而發。俗人必用相嗤。幸悉毀之。連日用心極苦。故欲與敬甫知耳。

蒲萄酒詩。前後偶寫不同。皆可用。元時置蒲萄戶。出元史占法。曾見之。不經意。遂忘也。

張駕部墓志已尋得。深純雅健。似司馬子長。崔蔡不足多也。試誦此言當否。

墓銘更乞一本。昨見孺允云。外人見書詈罵事。大加詆誚。不知吾邑中何多劉向揚子雲也。又前送鮑令序。以京師爲行在所。此是子長孟堅書中語。並有顏師古小司馬註釋甚明。而邑中人獨曉以天子巡狩爲行在。又加詆誚。此殊不足辨。欲足下知墓誌不謬用慰孝子之心。

石老墓表。敬甫想見。但文字難作。每一篇出。人輒異論。惟吾黨一二三子解意耳。世無韓歐二公。當從何處言之。舍中蓬蒿彌望。使人愴然。不能還矣。毛氏文想已見。作此文。已忽悟。已能脫去數百年排比之習。向來亦不自覺。何況欲他人知之。爲之囅然一笑也。

甫里阻風。不得入城。逕還安亭。世事無可言者。暫投永懷寺避歲。燈前後可入城也。曾見顧恭人壽文否。敬甫試取評隲。不知于曾子固何如。一笑。

水利論後篇。并禹貢三江圖敍說。再奉去。自謂前人有不及者。非常之原。常人懼焉。今人見此必駭然。若吳中更
二三年大水。則吾言亦或有行之者矣。
近輯水利書。比前略有增益。未完。不及寄去。有圖有敍說。大率不過論中之意耳。荆坡二老見之。必以余言爲然。
經中中江。北江。雖說晦翁有辨甚悉。亨齋所言。乃是孔安國程大昌說也。中江北江入海者。何處尋之。惟郭景純
三江甚分明耳。
張陸二文。不加議論。卻有意趣。莫漫視也。來文無可改。但勿示人。恐爲不知者詬厲。且大洩其天機也。
兒子于㢣篋中尋檢半日。得文三首。送看。書張貞女獄事。當附死事之後。但傷訐直。不便于眼前人。秘之。俟後出
可也。此文頗有關係耳。
昨見來書甚快。場中二百年無此作。不知與介甫子固何如耳。平日相長處。能於微詞中見得。真知言哉。
子遇連來求兩文去。皆俗者作俗文。亦是命。
惠政記稿。恐不可識耳。法當立石。但無好事者。又徐君非要官。誰肯爲之。昨文且留看。
水利錄付來。庚戌卷遲久。令人不能忘情。并付還。昨文字惡其人。所以不答耳。可隨意損益與之。此等事不至耳
邊。亦是福也。一見便是泥團在前。極損道心也。
外舅志。送子敬所見。乞告。明蚤即付來。勿示人也。史記謚法。亦後人附會耳。
錄文裝潢。須是新紙乃佳。不可多人傳玩。及入袖中。一似百中經矣。野鶴壁記。綴玉女之後可也。阿耶筆跡。須什
襲以見還。
僕文何能爲古人。但今世相尙以琢句爲工。自謂欲追秦漢。然不過剽竊齊梁之餘。而海內宗之。翕然成風。可爲
悼嘆耳。區區里巷童子。強作解事者。此誠何足辨也。

與馬子問

白居易爲元稹墓誌。謝文六七萬。皇甫湜福光寺碑三千字。裴晉公酬之每字三縑。大怒。以爲太薄。今爲甫里馬東園作傳。可博一盤角菱乎。一笑。

與王子敬

水利書採取頗有意。水學莫詳于此。外是皆勦說也。呈稿曾有錄本否。明日欲寄伯魯也。此已爲雨後之土龍。但不可聽伯魯之意耳。

東坡易書二傳。在家曾求魏八不予。此君殊俗惡。乞爲書求之畏公爲科道。不敢秘也。有奇書。萬望見寄。

水利錄已鋟梓。奉去四部。近聞吾郡頗欲興水利。動言白茆耳。甚可歎。在位者得無有武安鄃邑之私耶。一時發興入梓。尋悔之。于世人何用。當令後世思吾言也。

鄭雲洲至。又得書。荷蒙見念。并及史事。本朝二百年無史矣。今諸公秉筆者如林。鄙人備員掌故而已。非所敢與聞也。太僕寺誌。僅一月而成。亦無爲之草創討論。雅俗猥并。及麤疎處多。中間反覆致意。自以爲得龍門家法。可與知者道也。

與徐子檢

昨爲節婦傳送陶氏。李習之自謂不在孟堅伯喈之下也。得求郡中善書者入石。可摹百本送連城。使海內知有此奇節。亦知有此文也。

與陸武康

右先孺人銘謹撰上。公家所謂班郢之門。不宜敢當重委。且平生不能爲八代間語。非時所好也。念嘗以文字爲貞山先生所稱許。敢抗顏爲之耳。

與沈敬甫九首

病艮苦。一日忽自起。可知世間鑒巫妄也。詩二首。寄敬甫。子敬。

題病瘧巫言鬼求食

瘧癘經旬太繹騷。凝冰焦火共煎熬。奴星方事驅窮鬼。那得餘羹及爾曹。

題病瘧醫言似瘧非瘧

似瘧非瘧語何迂。醫理錯誤鬼嘯呼。我能勝之當自瘥。禹乎盧乎終始乎。

爲食鬬過此。有屋租可以支食。並爲家奴侵盜無有矣。然留此直是懶也。春闈之文讀之。誠自謂不媿。但徒爲市中浮薄子所訕笑。以是不出也。

十七日。阿三送包文。想已到。卷子可就五弟觀之。曾寫二本。復散去。懶復寫也。孟敏之甑。墮而不顧。卞和之玉。刖而猶泣。二者何居。

承示。亨齋云云。不覺自喜。非好人稱獎。貴知我者希也。

張烈女文字四首送觀。安亭近日。有此事也。規利者頗欲撓其獄。今幸得白矣。此間旱荒殊甚。家人作苦。且艱食。因少留。日下當還。

磚魂寄還。惜無六驢。載以入京耳。谷舟誌可寫出觀之。舟中無事。偶思此作。卻有意。不可草草觀也。

水利論具有前人之論。特爲疏剔之意。望當事者行其言。以惠東南之民。非有牛鼎之意也。

送行文。各以其意爲之可也。如以冊葉強人。俗矣。

施君所索文字。昨欲從賓吾取來。尋思吾輩所作。一出必有以破俗人之論。不可苟者。且待來年與之。今日恐太草草耳。

與王子敬四首以下十五首皆哀悼之語

兒子壙志。附去二通。其一與子欽。去年令讀騷。卽此時也。兼以時序相感。痛不忍言。此亦至情。嘗爲人所嘲笑。豈皆無人心者哉。乞勿以示人。

孺允數來索侑觴之辭。第歌哭不同日。時有過問者。作一二語答之。輒顛倒不能成字也。顧足下懇懇之意。乘僕未東。必得面談。就君所欲言。比次書之可也。不知諸公何日行。如此風景更難宿留也。區區得失。久已置之度外。但此回不見往時人。唐人有云。海內無家何處歸。此極痛怛耳。庚戌秋。山妻欲學毛詩。從問大義。爲書文王之什。尋因兒女病。遂廢卷。昨還簡篋中得之。極悲。義多與前人異者。奉去乞一看。稍暇。當續此業也。

與沈敬甫七首

二詩乃哭耳。不成詩也。昨見諸友。多欲爲僕解悶者。父子之情已矣。惟此雙淚。爲吾兒也。又欲自禁耶。

安亭情景更悲。念兒在枉死城中也。山妻哭死方甦。舊疾又作矣。所索文字付之。尙書序亦乞錄付。庶病者少寬。當以此等自解。然恐不能解也。痛痛。頭髮嘗有二三莖白者。炤鏡視十二月。忽似添十年也。人非木石。奈何奈何。

寄去亭記。欲圖刻石。不知如何可就。五弟觀之。世之君子。若以曾子之責之夏者。則吾有罪焉耳。

痛苦之極。死者數矣。吾妻之賢。雖史傳所無。非溺惑也。寄去僧疏。僕書二句。蓋天問楚些之意。偶于此發之。前後有六首。又有偈一首。別有答人小柬連書一道。敬甫就五弟處觀。知我悲也。

自去年涕淚多。不能多看書。又念新人非故人。殊忽忽耳。

壙志。子建云。亦似。但千古哭聲。未嘗不同。何論前世有屈原賈生耶。以發吾之憤憤而已。欽甫云。更似高人一籌也。

滄浪生攜阿耶影來。一慟幾絕。此生精神。覬欲運量海宇。不意爲此子銷鑠將盡。如何。西狩獲麟。反袂拭面。稱吾道窮。子解之乎。世人眞以吾爲狂耳。

世美堂記。可爲知者道。人固有對面不相知者。亡妻幸遇我耳。作罷。與兒子嗚咽也。

與王子敬二首

秋高氣清。明月皎然。永夜不寐。惟有哭泣而已。向作疏偈數首。獨曾寄孺允。今寄去一卷。昔在萬峯山中讀大藏經。信其理如此。非狂惑也。

前承過。遂遭虎狼之驚。感念至情。極不忘也。像贊一首。奉寄。日閱禮書。欲依先王之制。以送死者。而嘗不及子建之徒。輒唱浮議。動引王夷甫亂天下之言。殊爲可惡。

與沈敬甫二首

不見忽踰月。節候頓易。日增感傷。涼風吹人。悉成涕淚。令女未有紙錢之及。此心歉歉。鳧短鶴長。其悲均也。何如何如。

日苦一日。思深如海。盡變爲苦水。如何如何。承寄奠。不敢辭。敬甫雖有哀痛。未容相比也。疏二首寄去。今日低首世尊前矣。別有報人小帖數幅。可與五弟索觀也。

與余同麓太史以下皆爲長興事自明者

歲杪人自北還。備道閤下終始成全之大德。及兩辱手教。銜戢殊深。二月當遣人受勑。邅迴顧望。又不覺遷延逾春。今玆乃獲遣行。伏乞指示。生死得沐光榮。有光三月二十日離家。五月十日始到邢。適監郡者在郡。又以官舍久無人居。且比諸僚獨隘。僅僅編葦聚土爲書齋。度俸錢才可以自給。然不能有餘。以及隨行家口。而百物皆貴。幸來時頗借貸。糴大米三十餘石。足資半年矣。故事。馬政。郡以閱視爲名。姦利由此生。今惟專委之縣。既有縣令爲之親臨。又無郡擾。人頗以爲便。自此絕不與吏民交涉。日日閉門。亦無士大夫往來。差能自安。但論者皆欲爲有光擇官。得清閒之任。以爲隨材。而不知有光之所苦。乃在于犯忤姦豪。其爲怨毒積毀。入于持權者。已種深根。是以滿朝之公論。不能勝一二人之口也。今此之官。若隨資除授。更下于此。真抱關擊柝亦安也。特以爲以此處不肖。不齒錄之地。則不能甘也。承相知之深。相援之切。感之至者。更不能爲言以謝。獨述區區之隱情。伏惟炤察。臨書。不任惶恐。

再與余太史

六月中人還。知道體漸平。不勝忻慰。且捧教札。惓惓之意。銜戢曷已。有光于世。最號爲偃蹇憔悴之尤者。明公一旦振拔之。至今海內嘆仰。乃徒以守職愛民之故。不知顧慮以取仇怨。竊望明公能振拔之于其始。必能成就之于其終。所謂成就之者。非敢求上進。以與唼喋者。爭時取妍也。特求使之不失所而已矣。前瞿少宰致書李相。徒亦以平日之相憐。非有光之有求。而辭不盡達其意。亦以有明公代爲之言耳。先人勅命。計此時已用璽。欲遣家人。乃寸步不能自致。適有馬吏赴太僕。敬附此勅命。即令去人齎賜。幸幸。許君書。頗盡林壑之美。玉堂清暇。可以資一玩也。

與吳刑部梁

往在白下。幸獲同登。過蒙憐愛。回思欻然。逾三十餘年。而吾丈交道。久而愈篤。自初旅食京華。卹其匱乏。昨者讒人罔極。雪其誣枉。至情懇懇。卓然高誼。雖古所表見于世者。謹一二數而已矣。若以感激不能自勝爲謝。又非所以待吾丈者也。今到邢已半月。舍中落然無具。與妻子相對。殆不聊生。獨自攜書千卷。旦暮呻吟。足度日月。頃在家日。聞吳興事甚怪。幸彼大吏持平不得縱。然中傷之計日行矣。諸乙丑同年。如陸杭州謝武進。皆得重劾。尋無恙。而李夷陵甫自州還佐郡。又得入內署矣。朝廷大公。本無意必。而獨于僕一人。未見曠然者。知子蘭之譖深也。此來實以御史大夫少宗伯之知。今獨重生疑畏。未測所以。賴吾丈見告。當自劾去矣。自選授在越。即不敢通書朝貴。獨去冬欲引退。乃於諸公自言其私。并求應得誥命。今遣人至余太史所受誥。略布區區。伏惟矜察。

與周子和大參

居京師。日日趨朝。朝罷入閣中。宰相出。然後隨而出。然殊無一事。修史則職守掌彼。皆治庖者。僕乃尸祝耳。制誥皆有舊式。惟贈誥間爲之。于世間榮辱得失。了不關于胸中。謂可以避世。非謬也。諸公相憐。謂更有別處。僕殊無望。于此日在金鋪玉砌間行。殊不覺勞也。本欲即歸。生平強項。不肯被鄉里小兒。以虛弦驚下耳。荷茶陵公相知。

今日政諡文毅。弟適當草制。甚喜。幸公子亦在中書。日與班行相綴。直見門生老白鬚也。內江公尤篤師門之義。每相與言張公。或至淚下。內江之薦達如茶陵。第每恨言未能行耳。新鄭素爲吾兄不平。弟去年書往亦及之。今當路一似循途守轍。殊不可解。

又

江都爲相之日。更辛苦于下帷之時。黃童白叟。歌詠于田野。朱衣紫綬。讒搆于朝廷。不見河陽之褒。反被相州之譴。今日歸田之計已決。候代即行。不久奉時。恐勞見念。先此啓知。

與曾省吾參政

張虛老行附記不知爲達否。僕非敢緣舊識。求門下。有所掩護也。在縣。比古人則不及。比今日亦當萬萬。何向越中乃似無聞知者。直是可恨。門下行省所在。問民疾苦。若彼處一二鰥寡。民得自言。則白矣。區區非愛爵祿者。名亦不得不自愛。夫好人豪右。非民情也。好人所惡。惡人所好。非是非之真也。察民情與是非。所究竟。實門下之責。不得不瀆告。伏惟不罪。幸甚。

與曹按察

奉別匆匆。又經半歲。門下爲中朝士大夫推服。以爲當世名流。今暫屈作西湖主人。內召應不久也。鄙人向年爲吏吳興。雖踼蹐百里。而志在生民。與俗人好惡乖方。遷去後。極意傾陷。今幸公道昭明。諸老見察。第越中昔時和聲而讒者。猶似有一重障翳。僕隨緣來此。宦情甚薄。然大丈夫亦不肯默默受人汙衊。執事總領外臺。主張公議。若不明告。恐陷左右于隨俗附和之流。非鄙人所以事門下也。君子信盜。亂是用暴。盜言孔甘。亂是用餤。三復所患詩解。良深嘆息。同年沈秋官行。附起居狀。敢布情悃不一。

與慎御史

有光叨竊貴郡。而山城僻處。日治文書。束修之問。不行于境外。執事獨念生平。數賜存問。顧無以爲報者。比得政官。一時匆遽。又不得詣別。悵悵。當其在貴郡甚邇也。可以見而不見。今去之。雖欲見而不可得矣。縣事無足言者。執事姻親在彼。必能略道之。聞郡中置獄大異。爲善者懼矣。謂隨夷溷而蹻跖廉。昔賢云然。今乃真見之。東坡先生爲孔北海贊云。使操害公時。有魯國男子一人爭之。公庶幾不死。執事爲鄉邦重望。不獨故人私情。天下公義。亦可發憤言之乎。博士學官。至閒冷也。微文及之。輒點汚尤可嘆訝。適來特求書爲西道解之。幸勿靳也。

與馮某

昔在都水。荷蒙垂記。隔闊五載。靡日不懷。邢中得邸報。承有浙行省之命。旌旆循西山而來。庶一望幨帷。竟不可得。行省分司吳興。僕前令雉城屬也。當時與人虛舟相觸耳。竟成仇恨。今高飛遠逝。而矰繳甚設。韓潁川之拘持蕭長倩。馬季長之附會李子堅。何獄不成。此漢良吏。儒者猶忍爲此。況臭味不同。陰鷙成性者哉。僕素受相知。若不奉告。青蠅之言。或未加察。是僕反有負于門下也。有文字頗委悉附上。幷求五嶽大理轉達。伏望炤諒。

與徐子與

欲奉候者數矣。顧難于遣人。是以遲之。乃辱賜書。及多儀。感愧感愧。張人去後。凡三附書。以彼機穽可畏。不勝杯蛇之疑。行計殆輟。承教即復翻然。王大夫報書云。良玉不剖。當有泣血以相明者。僕雖媿此言。然京師士大夫相信。實賴吾丈雅故推轂之。即北轅無後顧憂。尤恃吾丈力也。薄儀附致。束修之敬。草草希宥。

與俞仲蔚

前奉別造次。不能遂其辭。至京口。曾具文字委悉。遣人送鳳洲行省矣。湖守懷大惡。頗類韓延壽之拘持蕭長倩也。僕仕宦之興已索然。勉強此來。少不安。即思投劾去矣。然不能無望當世賢者。使善善同其清。惡惡同其汙也。吳興有便信。須公再及之。

與張虛岡

十月中。遣人奏求解職。吏部抑不上。諸相知者。皆以書勸勉。謂有薄淮陽之嫌。以此復當暫行。要非心之所樂。終當解去耳。前在省見學道。亦素相知。頗加禮遇。言及諸生保留事。忻然置之不問。後有讒說復加。害諸生甚苦。宋太學生。今議者多罪之。然留李綱救董槐。亦可罪耶。殺陳東竄陳宜中。其果何如人耶。公於僚友間。一言可解。毋使僕負慚于彼中士民也。恃素知瀆聒。幸恕。

與周與叔

向遣人赴京求解官。諸公來書皆勸勉。以爲不至無以間執讒慝之口。念海內猶自有相憐者。復黽勉北行。然長林豐草。是其本性。度終不可久縻也。吳興事。鬪狠者氣餒稍沮。然毒螫終未已。賴大人君子。始終保護耳。小文副薄儀。聊致聽敬。諸不敢言謝者。叔向不見祁奚之意也。乞鑒念。

與陳伯求

在縣未嘗致書中朝士大夫。雖足下之素知愛。音問殆至隔絕。今一月兩致書。有所迫。不得已也。已上疏乞解官。只恐所使人或有邅迴。及先人所得恩命。須先行幸留。念媢嫉之人。亦足以快志矣。而狺狺猶不已。今世亦有一種清論。但其人方受庇。莫肯言。向後乃稍稍別白。則其人已焦爛矣。吳興方置獄。掠無罪人鍛鍊。爲罪人解脫。甚可駭。此其于僕。非直蚊虻之噆膚而已。不得不恐。爲知己言之。

與于緄

辛苦爲縣。尚望俎豆我于賢人之間。不意行後。舞鰍鱣而號狐狸。如此。殊可駭異。然不足問也。承翰至。草草謝不一。

與吳刑部維京

昨者得從諸鄉老。獲侍清誨。不謂亟承超拜。攀留無計。徒切悵仰而已。鄙人爲縣無狀。顧不敢鄙夷其民。童子婦人所知。雖謗讟煩興。而公論猶有十八九。田野之謠。當亦流傳于苕霅百里間也。去冬遣人北行乞解官。第諸老相知者。多移書勸勉。甚爲治行。可謂進退次且矣。

與王禮部

昨者輕詣。辱枉顧。造次不及有所言。百川孫丈。僕舊同學相知也。今司理吳與僕前所治縣。事多相關。欲乞一書。致僕鄙意。僕業已解去。不當復有顧念。但在彼殊苦心。理冤捕盜。平徭省賦。無慮數十事。恐姦巧之徒。有不便者。乘其去而反之。僕以此。不能忘情于彼地之民耳。須求孫丈留意。但有錯謬。亦不敢偏執以求覆護也。平日不敢虐煢獨而畏高明。以此取怨不少。古人所至。問民疾苦。民間疾苦。與其是非甚真。今在位者。徒信流言。小民之情。其伏也久矣。如孫丈肯留意于此。僕三年辛苦。亦得暴白。然不敢求人之知也。以求知者知耳。書不必別賜。但求左右便中及之。草草。幸恕。

與孫百川

去歲過海虞。會王笠洲。因屬之爲書道意。笠洲亦以曲周事相托。誠以作縣。百責所萃。雖曲周無纖毫蹉跌。然不得不懼也。恐有從其後掇拾之者耳。在縣時事。僕不敢求尊丈私庇。只求察于彼處民情而已。若問堯于跖不可也。朱廣平責張燕公云。名義至重。鬼神難欺。此責在尊丈。僕何所與。太府公素相包容。適聞有讒者。知盛德必不介意。然區區有聞。實不自安。望從容間及之。朱進士還附此。

與某通判

二年間荷包容無有纖芥。聞臨行有讒者。言僕具帖子于軍門。軍門大官。即一見便具帖子訕上官。當以爲何如人也。雖愚妄亦必不爲。軍門趙公在邢郡。相處數月。今召還部。望入郡時。面問之有之。趙公不肯諱也。詩云。君子不惠。不舒究之。言君子之于讒人。所當推其所自而遲究之也。計明臺于此。亦必置之不較。然鄙人之情。不肯晻昧。自處于薄耳。

與徐子言

向僻處山縣。不與世通。遂不覺違離數載。懷仰何可言。常怪吾吳中宰縣者。坐貴之甚。幾與民庶隔絕。頗不然之。

故爲縣一切弛解。雖見婦人。悉至榻前與語。每日庭中嘗千人。必盡決遣而後巳。不爲門戶闌入之禁。至所排擊。皆大奸。待士大夫必以禮。而未嘗不以情處。獨流俗所以爲訾者。不敢吏也。實亦無負于百里之民。不幸有所忤犯。致凶德參會。極其排陷。幸當世士大夫。猶有憐之者。僅不竄謫。然于儕輩。巳不比數矣。昨歲因遣人領先人勅命。即具疏乞解職。南岷王公故相知。抑不上復。貽書勸勉。然次且乃至五月到邢。意巳悔恨此行矣。銅梁張公。近按察天雄。云遇執事江陵。備道見憐之語。且云當時亦未意來此。張公以是頗相禮遇。隔越數千里。無尺素之文。而兩公獨相與語于江漢之間。即謦欬無不聞。極令人感嘆。特遣人托子完寄謝。會晤未卜。不勝瞻跂。

與馮樵谷

在湖極自負得意處。不減兩漢循吏。非誇言。反被狺狺者不止。此是關係世道。僕一身何足惜。在邢無一事可稱吏隱。然巳覺世途不可行。河冰解即謀南歸矣。

與沈雲泉秀才

朱秀才來。具知動止爲慰。比在縣見士民。有德者必敬之。咨訪之。如執事。蓋所敬而咨訪者。然未嘗有屏人私語也。公家門戶。亦無私也。在內署無事。思彼中一一可記憶。雖疎闊。其爲小民者。巳懇至矣。今日蒙見念。亦以自考。未相忘也。

與朱生大觀

令弟重跰數千里來。力不足以振之。然高義巳動京師矣。鄙人官貲何足道。只平日在貴縣。不曾欺神。不曾欺民。今見貴縣之人。真無慚色也。如得掛冠還相近。可與一二知友時見過否。

與同年陳給事

間闊久矣。國事委重從官。吾丈何得偃仰林下也。在縣良苦無知之者。而傾陷萬端。平生雖置毀譽于度外。然不能無憤悒耳。吾丈幸時召山野無告之人問狀。當必有十之五公論也。名譽不著。朋友之過。吾丈可以坐觀。不置黑白于其間乎。此非爲不肖。亦以爲彼邑之民也。此後莫肯有誠心爲民者矣。朱文學來。備訊起居。附此爲候。

與王子敬

袁吏部來。不承音問。殊爲失望。吳興事。頃得信。知鄉人意殊不佳。每與道亨言。辛苦二年餘。專爲彼中見告者。力保護之。其實自謂不媿古人。不意乖忤如此。道亨亦以比境具知。深以爲嘆。今向人言。若真負塗汙而求人洗刷者。昔人有因仕宦爲人羅織以爲憂者。龜山先生曰。顧君所自爲何如耳。苟自爲者。皆合道理。無媿而不免焉者。命也。不以道理爲可憑依。而徒懼其不免。則無義無命矣。僕來此亦偶爾。久不作仕宦計。待冬杪入京。卽自劾免歸也。

又

莅司成已行後。始拜內閣之命。附書未之及。今淹延不覺又三月。無日不思歸也。北來者。皆言鄉里少年。更聚會羣不逞。極其相傾。屏麓亦頗知意不輕言。若從容叩之。亦必無隱也。僕所以不去者。非能爲千仞之翔。第不肯爲虛弦下耳。

與周孺允二首 以下多述宦況

初至長城。得有書寄謝。諸公皆見教。公獨無所答。豈有不足於中。抑去人不能守候也。縣號難治。欲以曹平陽卓子康之道治之。俗人皆非笑。然如人病久。多服參苓。元氣亦可漸還。附子大黃。終不敢用也。陳謙甫還。能具道此中事。幷托面候。不一。

到縣不能致一問。可知吏之俗矣。太湖去治二十里。不一游。向到臨安。與子實約游西湖。子實竟不至。又連日雨。命輿至城外。遶城一望而已。俗何可當。爲吏不能作氣勢。人頗謂之不能。多有見教者。老人豈復肯受人見教耶。任性而已。太夫人起居萬福。人便草草附問。山茗少許。亦非乏。乃致遠忱耳。

與唐同年諱愛

契闊數易寒暑。懷念何可言。五月到邢。不覺已迫冬。咫尺魏闕。不異湘楚。何當子雲寂寞而已。

與鍾上舍

承不忘先契。甚荷。昨晚所言。尤荷相念。然如對峯爲布衣交可也。流行坎止。當順所遇。不敢以顛沛失其故步。推薦自是在位者之責。待吾求而薦。即其人不足重矣。何以彼薦爲榮。有要官。萬望莫及鄙人姓名。不惟無益。反見累耳。

與龔子良

承贈言。匆匆又遭子婦之喪。不得過謝。文雖非所當。然皆實錄。非相知。何以能相信如此。天下士大夫。已成一番風俗。無論三代。說兩漢循吏。已被訕笑矣。生民何辜而遭此不幸也。家人京口回者。附此爲謝。

與傅體元

承過舍相送。又有扇金之惠。惡俗雅不信人。惟徐龍灣書來云。安有五月披裘而拾道上遺金者乎。徐君非面譽人者。人情不相郵。所以不卻來賜也。京口人還。附謝。

與王子敬六首

南還。與旌旆差池僅旬日。恨不一會。僕以二月十二之任。山鄉久不除令。告訐成風。犴獄常滿。治文書至夜不得息。殊違所性。所幸士民信其一念之誠。兒童婦女皆知敬慕。深媿無以使之不失望耳。每一聽斷。以誠心求之。此心自覺豁然清明。仕與學。信非二事也。如是行之無倦。知古人不難爲矣。

所云楊君云云。向亦戲言及之。公遂以爲實。然深用歎惜。彼以梁國之鳥嚇我矣。衰晚得一命。真自信凡事須行其庭。不見其人。何可望人知我也。

縣久敝。所應用官錢。並被侵沒。衙中一魚一菜。悉自買。比市價。此尤可笑。日理民訟。一日人命。亦可數起。昔年彭戶部在吾縣。頗稱健吏。計僕所決之訟。兩月間。多于彼三年矣。奈何自苦如此。向到顧渚採茶。登覽太湖。悵然有歸來之志。承及宋史。意甚恨恨。恐遂不能有成。然不能忘也。人行草草。相違忽忽。遂經歲。相晤未卜何日。自來此。凡三得書。每開函。如對面。復增悵然。縣在太湖上。山水甚嘉。顧日理文書。少休暇。令人益自嘆俗耳。楊夫人既追還。死殊可痛。其他蠻觸之爭。不足道也。令弟家信中必悉之。太守公孫子陽之徒。得公書暴之。不然。復寒之矣。半歲中。決獄數百事。陳謙甫曾抄其一二。別無文字。因附去。此中亦有精微之理。暇時可一覽。餘文字俟續寄。

周與叔近已過郡去矣。有序送之。匆匆未及錄去。王元美自大名還。致彼撫公意。大略如王少宰所云。當作書院山長耳。方爾次且。得元美此言。始復作行計。夏二不及附書。

五月初十日至邢。道亭署篆。今初六日。太守始至。官中殊無一事。公庭闃然。未見南方爲吏如此者。惟土俗儉陋。近來務爲裁損。幾于貊道。然愚性甚樂之。第孤危之迹。終不自安也。

與沈敬甫四首

考選庶吉士。存老甚有意。諸公亦爭爲言。而給事中又題本欲限年。此輩意忌實違之。俾不通也。吾亦雅不欲就。但隨緣得一官。諸公自徒紛紛耳。

人生出處有定。由人不得。讀以杞包瓜含章。有隕自天之辭。殊覺有味。出宰山水。讀書松桂林。有何不可。

內閣無所事。日食太官之膳而已。有相知者云。更欲有所處。然僕殊自愛寂寞。令千載之下。想見揚子雲高致。閣中見揭高皇帝諭中書文云。先書之天地。無有也。後書之天地。天地也。先書之聖人。無知也。後書之聖人。聖人也。此語甚奇。若欲盡此言。則此官須與天地聖人冥會者。乃爲盡職。今世求揚子雲何可得。

山城僻處。非當孔道。雖隔一湖。視燕京更遠耳。爲五斗米折腰。意默默不能自得也。生子癡了。官事官事未易了。奈何。丙丞相不案吏。僕性實不喜案吏。人謂不能稍案吏。人翕然稱之。僕獨笑謂吾非案吏者。聊以戲君。然竟不案吏也。每視事。吏環立。婦人孺子繞案傍。日常有數百人。須與決遣。自以爲快。或勸自尊嚴如神人。又不能也。與太學生飲人。或譏之。然無太學生肯相召飲者。恨不得與老兵飲耳。人須當任性。何可強自抑遏。以求人道好。昨從顧渚山望太湖風帆。半日可到家矣。以公相知及之。

與陳吉甫

吾兄何日計偕。明年過二月。恐僕又還舍。不相值也。王大夫真有故人情。然政不必依靠人。往來自任吾意耳。一日有事天雄。見向時石丞子。執經門下者。與之坐。久之別去。人生何自苦。吾輩尚不可謂之老。然同時已半謝矣。府中夜臥。聞更鼓聲。醒然不寐。追念平生故人。欲如少年聚會。何可得也。偶人還。附此爲問。草草。

與顧懋儉

四月二十五日。五月初四日。十九日。書並至。是日亦有書寄家。硃卷爲王內翰攜去。未還。抄本在十九日封中。想見之。即無一字改者。但繫辭後篇。謄錄錯誤。因改二股。不能記原稿耳。天下人非無識者。惟塡榜時有鬼魅也。館試嚮見徐少師。已面告不赴。後科果奏限年。士論亦頗爲不平。類有娼嫉之者。然吾亦何意。大冶鑄金。金豈踴躍自謂我爲干將莫邪乎。日來讀書稍接續。甚好。但須沉着。莫輕放過。望并以此規切二子也。

與萬侍郎以下四首係馬政

駕還。欲約知友送之郊外。竟先日而去。其高風不可及。賢于東都門外。送者幾千輛矣。僕黽勉于此。頗以揚子雲寂寞自解。然思頌之心。不能一日忘也。太僕志已梓完。僅一月而成。又無考訂。然于國家馬政因革之際。頗反覆深致其意。幸賜覽。有便不惜示教。

與曹按察

雉城朱進士曾負笈函丈。今魁秋榜。足爲門牆桃李之光。惟鄙人昔在雉城。亦有從遊之舊。因其歸省。附候起居。太僕寺南滁有志。此舊無志。適茲草創。然于考牧一事。見今天下事。徒日事紛更。而不察其所以然。往往類此。有可慨者。僕所以于此書因革之際。未嘗不反覆深致其意焉。惟覽而教之。

與顧太僕

續送到三縣牧馬草場碑。乞賜省入此。孝廟初年。新政所在。勒石官廨。實爲久遠之計。今若並稜文載內。河南山東州縣。各拓一本送上。取載誌內。尤爲有據也。謹白。

江湖廊廟之隔。幸得一再晤言。遽出國門。不任懷悵。管馬官于太僕爲屬。因被檄留館。慈仁寺校定志書。連日批閱。獨遼東。陝西。山西。甘肅。行太僕寺。苑馬寺絕無文字可考。駕部掌故所存。乞煩令史查考抄示。及楊鑿庵嘗以都御史督理馬政。不知何年停止。前此有以都臺巡督者否。又楊公所督。陝西一路。遼東。山西。甘肅。亦嘗有專差否。其餘有關馬事。可以指教者。不惜詳示。

別集卷八　小簡

與周澱山四首

通家不得一晤。殊恨。昨自京口渡江。即從六合行十二日。已抵郭外。寓報國寺。得董御史薦剡。想此時。公亦有聞也。前年在部見高老。甚加惋惜。及會芳洲。抵掌而談。此事向寂然無及者。董公乃有破格之請。可知海內猶有人。不覺有貢公之喜也。

方得抵報。適有人東還。附上亦私心之喜也。此中事殊異常。攝縣者。日欲中傷。一日。忽發狂自斃太守前。殆若有神。吳與人喧傳其事。有光於世誠孤立。惟恃蚩蚩之民。猶欲俎豆于賢人之間耳。然益厭苦。唯恐去之不速也。人行速。秉燭書此。殊恨不悉。

奴行。書略具。又使面陳。冀鑒私衷。平生不肯婞阿。今似落井而向人號者。然殊不然。直當明目張膽耳。近得閣老書云。祖宗有法度。朝廷有威福。天下有公論。國之所恃以立也。而今法度不在祖宗。威福不在朝廷。公論不在天下。人持其說。蒼黃翻覆。以與天下爭勝。而敢爲不顧紀綱決裂。風俗頹靡。人心紛亂。而莫可收拾。不知何究竟。偉哉斯言。錄以使吾兄讀之一快也。北地極寒。珠米桂薪。殆不能度日。冬杪入覲。即疏乞歸耳。廳記并雜文。托傳體元錄呈。至否。方有書與陸希皋。俞仲蔚。頗覺暢也。廳記已入石。再寄二通。并神應記。乞視之。比至京。實欲求還田里。適時事一新。元老雅故相知。有此遷轉。以是不敢言去。此本無繫戀意。鄉里少年。何乃以梁國之鳥相嚇也。承念及之。餘令兒子面悉。

答周澱山

適承教誨懇懇。愈增悲感。老父在堂。未敢以死。然所謂生民之至艱。荼毒之極哀者。雖強自抑制。淚如河海水。不能止也。亡者與尊嫂恭人同自南戴。服屬非遠。不幸以絕異之姿。嫁薄命耶。天下至寶。措置非所。珠摧璧毀。汶汶以沒。真千古之痛也。禮齊衰對而不言。獨荷眷念無已之情。聊此奉謝。并錄報謝小簡數幅。欲吾兄知吾至情如此。類非世人語。世人見之。未有不大怪以為狂惑也。

與王仲山

欽承高風。末由瞻覿。向者山居之記。實乃致想之深。雖辭旨蕪穢。而神馳於烟波崖石之間。如謦欬於貴人之側者然。非敢以擬古人。公不加鄙斥。賜之褒賞。不自意遂見取於名賢。獲華袞之榮也。為之大喜過望。而內顧傫然無當。卒又驚以疑也。更辱名畫及禮幣之惠。以先公墓石見委。敢不黽勉承役。自效於知己。使旋。草率奉布不一。

示廟中諸生

諸君在廟中者。志意脩潔。藝業亦精進。深以為喜。但歲月如流。人情易弛。願更加鞭策。以成遠大。日逐課程。須遵依條約。寧遲毋速。寧拙毋巧。庶幾有真實得力處。又此廟神靈。一方所崇奉。精神英爽。必萃於此。須朝夕提省。此心嘗與之對越。聰明睿智。自當日增月長而不自知矣。

與吳三泉

沈毋文草略。殊不足觀。僕所以不辭者。非謂其能于此。蓋肄業習之也。顧汨汨俗學。胸中無此意味。而強為之。斯汗顏耳。幸賜裁削。或甚悖謬。勿出可也。

院試文字。一時酬應有司之計。既已不甚記憶。性又懶書。度所以受知門下。有不在此。毋苦相逼也。

綠蕉可分。乞命守園者。爲銀鹿助強。以家僮他出故也。建蘭遺種。公固以棄之。并以賜僕何如。僕舊時讀書東皋。後家居爲作志。以爲恨不得負其地以歸。今舍前所植。並公家物。則可謂負其地以歸矣。幸恕不廉。

昨侍坐燈下。偶懷遠人。不覺爲情所使。中夜思之。赧然汗出。此亦侍于君子之愆也。已知罪矣。晨欲往東皋。然心火騰沸。鼻中頗有氣息。遂懶束髮也。

子賓若毋免役事。權在糧里官府。未便見察。若欲作書。事類無因。恐有按劍者。鄉間人見秀才甚大。便欲使之說事。可笑。

辱公誤知。豈敢自處以薄。但由本性。不欲作世俗寒溫禮數密。知公起居。足自慰矣。童子不能悉吾意。以故語及。

有光久辱過愛。每以古人相期。自媿齷齪。負慚知已。中夜思之。痛心赧面。昨以亡友之故。傷其泯滅。輒強所不能。且欲執事一言。以爲進止。亦以執事惓惓之意。令人忘其耋耄。而來書過加推獎如此。光何敢當。光何敢當。李習之輩。意氣何如。而韓文公抗顏爲師。光何敢望萬一于習之。而執事以韓自處。則無不可者。光平日議論。豈能出執事涕唾之餘哉。豈大賢君子。引進後學。法固當爾耶。抑以光之庸駑。重以激之耶。嗟乎。光何敢當哉。抑執事不以其不可教。因而成就之。則光也不敢不勉。異日或不負爲門下士。執事之賜多矣。

彌年沉痼。無一日強健。而學荒落。坐視歲月之去。惴惴焉恐有所失墜。無聊之甚。大不類少年意趣。以故不能時修禮節于左右。可謂之簡。不可謂之負也。僕雖極愚。然亦有耳目。黑白醜惡。不至甚顛倒。私自念執事。僕所當終身服事者。他人之望門下。曾不得側足而立。雖執事假之詞色。終以不類自引去。僕乃得置門籍。令比肩爲人。如是而猶有背戾。非禽獸好惡與人異者。不至此也。執事常時有所教訓。未嘗不佩服。以爲至言。顧僕外之所示者。常不及內十之一。若不能有所承受。此乃質性已成。不可矯強也。且執事業已知其可教而教之。又復疑其人之從之與否。則執事之過也。僕若好諛而惡聞善言。則見絕于門下亦久矣。水之爲物流動而善入。然丈五之溝。朝盈而夕除。頑石伏于道左。愈久而不易其處。執事將何所取乎。早間得書意執事垂念之切。覺僕疎遠。教誨之至。惟恐其不從。故爲此言激之也。無可答者。遂謝來使。然終不可不自明。輒復喋喋。病中遣辭昏晦。終不足以盡意。乞亮之。得寓圃雜記。甚喜。計八十餘葉。可留二三日。錄完奉納。

初約會時。草率相敘。事又創於表兄。僕不宜妄自主張。表兄又不即言。實不知其意何如也。僕表兄雖俱在門下。新故亦微有不同。豈以表兄有親附之意。而僕乃有自外之心。且諸君意不在會也。特欲因緣以接餘論。即執事不肯幸臨。諸君從此解體矣。僕特以輪次當速。乃實諸君之事。非僕一人之私也。僕雖得譴。而諸君何罪焉。明日與諸君拱候。拱候之不至。則相與候于門下。必得請乃已。僕無知者。稚子畜之而已。勿以大人意見。與之較短論長也。

前夜得侍左右。語及僕家事。多方顧慮。言人所難言。僕何人斯。乃辱執事知愛如此。而來書又復推獎太過。以爲與僕談論。比之飲醇。此非僕有所感動。蓋別久復聚。人情當爾。僕以庸才。不能自恣放如古豪傑。幸而耳目未甚昏塞。自少讀前人書。往往若有慨于中者。私心以爲是。猶飢之必當食。寒之必當衣。非曰虛名美譽。足以艷慕人而已也。顧末俗意見自爲一種。間出一語。稍或高聲。共訾笑之以爲狂。掩耳走去。至不欲聞。用是默默無所言。以爲雖言亦無益。頃歲補學官弟子員。衣冠之士二百餘人。時嘗會聚堂下。笑語喧譁。而僕踽踽無所與。讀壁上碑刻。仰面數屋椽耳。雖稍與往來。謂之相厚者。至今亦不知僕爲何如人。乃辱執事知愛。期以古人。以是不覺盡言于執事。在他人謂之嘿。在執事謂之辯。執事所謂可人意者。乃所以爲拂人意者也。執事恐南北仕宦。未免乖違。亦不必爲此無窮之慮。常憶去年此日。酌酒池上。于時梅花將發。天氣融融如春仲季。日初沒西南。雲色郁然。與溪水照映。兼有王生餘樂。明旦辱以詩召。有花枝那負隔年期之句。今豈可得耶。乃知離合自有數。即今目前而已然矣。呂成公初婚。一月不出。乃有左氏博議。人言有無叵測。然使僕效。亦無不可。但偶未能耳。來索前書。未敢如命。留之以志吾過。

有光頓首三泉先生侍者。夫人之所長者。必曰勿使某人知。又曰毋爲某所短。如執事者。從容出一言以相譏。于僕已無所容。今書傳之不快又衆辱之。藥之苦也更有毒耶。雖然。僕乃有以知執事愛僕之深也。顧僕亦非剛愎文過者。前書所云。中頗寃抑。聊自明耳。僕于自責。實不敢少恕。居常悒悒。媿見鏡中影。與人言亦無味。自念十一二時。巳慨然有志古人。比于今猶碌碌不自克。凡人不爲君子。則爲小人。古豪傑之士。日夜點檢。然病根卒不能去。顧余何人者。見人呼爲小人則怒。自揣得爲君子否也。孟子曰。人能充無穿窬之心。又曰。充無受爾汝之實。若此者。所謂義也。然充無穿窬之心。必施于有穿窬之心之地。充無受爾汝之實。必施于受爾汝之時。乃今得其幾矣。執事謂僕得某人之半。執事雖以謂僕即其人可也。雖以謂僕盜蹠尤可也。朝歌勝母。古人所惡。但曾參居之。將益深色養。墨翟入而聞樂更悲耳。故曰。益用凶事。固有之也。昔人謂種樹者。爪膚搖本而去復顧。適有以害之。僕謂樹無知。不能自長。使其能自長。即謂知。方承主人佳意。當一日拱把也。豈可謂害之。今而後。僕知所勉矣。別後多事。延緩至今。乃始得作書以謝。知長者不當復念人過也。

贈言一首。繕寫如右。僕讀易。深有感于否泰姤復之際。蓋天下之壞。其始必自一人始。而其治也。亦自一人始。此僕于執事之行。深爲之惓惓也。自惟鄙拙。不習爲古文。聊發其所見。不能櫽括爲精妙語。徒蔓衍其詞。又不知忌諱。俗語所謂依本直説者。幾欲自毀。而又不能巳也。僕年巳長大。一無所成。慚負古人。居常嘿嘿不自得。執事行且立朝。功業當遂赫然。僕若不至狂病。異日得遂所圖。于是從容閒暇。與田夫野老歌咏先生長者之德。紀述太平之盛事。以振耀千百萬年。視彼班生爲竇氏執筆。愧之千載矣。區區今日非所論也。

與顧懋儉

蚤所諭。極知孝子之情。顧力不逮。古文又與今人背馳。可歎耳。目下尙有三四篇。皆爲貧子乞貸之作。如先大夫。廼須掃室焚薌。不易爲也。貴州統志。付來一觀。

與沈敬甫四首

午睡起。閱諸論。信如所論。中有實物者也。大抵得于四明爲多。或言四明惧君定謬耳。此等之作。混于數千卷爲言之中。有鼻孔者必能別之。不知何以沉滯至此也。

爲文須有出落。從有出落至無出落方妙。敬甫病自在無出落。便似陶者苦窳。非器之美。所以古書不可不看。旋字枕字。即入杜集中便稱佳。上乘法全在此也。字所以難下者。爲出時非從中自然。所以推敲不定耳。餘已悉。

大水沒路。不通人行。遂至音問隔絕。此鄉繇連年亢旱。今歲卻種花荳。淫雨渰爛。奈無圩岸。横水泛溢。莫能措手。昨兩日雨止。覺水退一二寸。一年所望。花荳已無有矣。方令人番畊買秧插蒔。倍費工本。又太後時。然不無萬一之望。人來言西鄉極恇擾。非是此方高強。此間人耐荒。西鄉人不耐荒耳。文字三首。送敬甫子敬懋儉共觀。嘗記泉老說王濟之官至一品。富擬王侯。文字中乃自言家徒壁立。可笑。吾無隔日儲。然文字中着一貧字不得。殆不可曉也。

與高經歷

翰林待制劉德淵墓表。學士王惲撰。在城西西邱里程家灣。隱士林起宗墓碣。在城西南永安村東一里。蘇天爵撰。都尉墓在縣西南十五里。有古塔。刻褐氏族姓。已上三碑。乞訪問。每搨二本見惠。

與王沙河

過縣重擾。多謝。治內有石碑。煩命工搨數本。楊誠齋云。除卻借書沽酒外。並無一事擾公私。切勿見誚也。

與徐南和

向求慧炬寺斷碑。又城北東韓村東嶽廟中。有開皇石橋碑記。幷乞命搨一二本。官舍無事。頗慕歐陽公集古錄。奈力不能也。以此相累。幸不罪。

與邢州屬官

匪材備員邢中。無能有益于民。屬歲之不易。不自度其力之不能。爲民乞哀。蒙上官之採納。視他年解俵。差爲省易。然又皆賢宰之夙夜殫瘁。使鄙人安享受成。以無過謫也。茲幸稍遷。念一歲中相敍。自知鄙拙不周世務。而每辱教誨。便此違別。不能無情。日夕惟冀望內召。草草布此爲謝。

與傅體元二首

得書。承相念。每讀李習之文。見其欲薦天下之士。急於若己之疾痛。使習之得志。真古之所謂大臣宰相之器也。而或有識之者。監矣。省足下書意。慘然又自傷也。自歷任以來。覺此官最清高。前在京師。見居要路者。乃日騎馬上。伺候大官之門。高人達士。以此較彼。殆若勝之。此晨門封人之徒。所以見慕于孔氏也。特中間又有不容久處者耳。兒子落魄。然身世之事。吾亦不能自慮。安能慮此。所謂若夫成功則天也。有詩寄來。曾見之否。宋廣平墓在沙河。有顏魯公碑。前令方思道于沙土中出之。此碑歐趙亦未見也。碑文頗有與史異同者。乞寫舊唐書宋璟列傳。便附還人。欲相稽考也。文字頗以爲戒。絕少作。有一二篇寄兒子。欲觀。從彼取之。不悉。

懋儉人來。問之知有內艱。殊爲驚怛。僕思歸之心甚切。中秘有書數萬卷。欲讀一過。爲此牽延。未能決也。

與王子敬十首

午前托敬甫以文字相示。見否。可齋記欲得伯欽書。煩轉求也。北窗梅花。如對君矣。

二石說奉去。歲事交併。栗家事欲竢新春。平生無一事不嘗。獨不曾對吏。今亦不可不一試也。

見郡丞。自謂老吏。語滾滾不休。緩征之說。殊不可入。蓋自郡中來。受撫公旨也。爲壙志作權厝志。視葬志頗詳核。然不能奇耳。孫文亦不高。漫往乞評之。

來書備敍事理。恐不能復加文飾也。熊君乃有皇甫度遼之風。平生悔見貴人。獨此行爲無悔耳。事亦已即決甚。明達向人。昏瞶之甚。泥圃不足盡之也。

道上沮洳。不通信耗。昨人還。得書。并子和書。荷相念。內人且就館而久病。疑慮不能出。事未竟。少須不妨。始初猝暴難當耳。此易與也。郅都寧成。自不易為之。盛六來。道其行事多可笑。令人不復恨之。莊渠書求孺亨校定。不出府公意。事體合如此。兒子傳示。欲隨年編次附入周禮春秋大學諸書。甚善。若了。可封寄宅中。見乞道之。陸子潛荒政十二解。即借示。府中敬甫有名否。事未能遙度。文書已下。恐無更變。且得的確。乃可行也。計此門一啓。士大夫如牆而進。尚容鄙人置足耶。昨陳子達書來勸入城。答之云。此間有二奇。不見戴烏帽乘軒人。盜賊數過門。不肯入也。此間未嘗不荒。小民習慣。更安帖耳。

連日臥病。青山綠水。已無緣分。惟有讀書。又不肯假借。使人浩嘆。沈君詩竢少間作也。吳與使人還。得書。并惠橋記及圖書印。深荷存念。過家會子欽。又承書惠僕。每相念及。恨不得日日致書左右耳。在試院中。托程秀水。竟不果也。錄文見世情危險。每不欲上人。亦大吏為之。其五策問。并前四道。承乏不辭耳。最後丈量均徭。卻竄入鄙語。如所諭。可謂淄澠之水。易牙能辨之矣。朱守想非俗流。至京當候之。老況不堪。明春非討差即請老。子長孟堅。今世何可得也。與麓已進奉常。太巖改璽丞。初到未相見。阜南衙門熱喧。亦少會。然每見殊有猜疑。兒隅行邊久不還。方念之。大抵今日京師風俗。非同鄉同署者會聚少。人情泛泛。真如浮萍之相值。不獨世道之薄。而亦以有志者之不多見也。

與徐道潛

向云萬樹梅花。徒見其枝條。山中猶寒。即今多未破綻。日令慎奴探之。居人云。年嘗到二月中。花始齊。魯叟乘此時來。且有月。益奇耳。今歲節氣晚。若要桃花。須清明後也。社約。初意合得亦好。但諸人志趣終不同。當以閉門為上。魯叟亦豈可受此羈紲耶。僕在此亦甚苦。作文每把筆。輒投去。欲從山僧借楞嚴經以自遣耳。日夕望面晤。不復多及。

與陸五臺

向者。輒敢通書于門下。乃辱不鄙還答。往往多推獎。兼以教誨之語。然如此年時。欲南山射猛虎。其爲不自量。可笑也。沈茂才來顧。特因致謝。水利纂一部。附奉左右。此爲東南利害甚大。使者祇以空文應詔耳。幸賜省覽。

與姚畫溪徐龍灣

謹遣小兒拜謁。不與爲禮。則長者之教誨深矣。

與禡太守

性理稿僅閱一過。草草殊不詳。略加朱點爲別。舊有點識。無容改評矣。序文平正通達。殊不類近時軋茁之體。眞有德之言也。中間堂聯。再書二聯奉上。乞賜改教。擇用其一。

與沈上舍

前者見過治所。已束裝。殊恨不能爲主人也。夙慕蘇長公之高風。買田陽羨。聊欲效顰。吾兄杯酒戲言。忽遠遣人來。其重然諾如此。僕遂不欲北行。大丈夫不負國家。何媿只去就可以自決耳。

與管虎泉

每辱不棄親末。眷念之勤。臨行又不及爲蔬飯以謝別。悱悱。諸令舅亦必見怪也。兒婦暴亡。適官舟已在城下。諸役皆集。老來又不堪。哭聲遂不可止。林回棄千金之璧。負赤子而逃。家事如此。且無顯擢。可以行道而爲此役。眞大愚也。

與顧懋儉二首

奴至。道欲東來。意如飛動。感嘆久之。與世益無緣。乃辱二三君子不鄙夷。眞猶菖蒲葅也。目下相見。諸不及。

五燈會元。寺爲致之。近來偏嗜內典。古人年至多如此。莫怪也。

與沈敬甫十八首

五弟來。得書。極荷見念之意。得失自有定命。若以見知有一毫希覬。便非吾心。所以遲遲而去。俗人不能知也。此回過大風。絕江淮而度。江中景物更奇。略具諸詩中。前日托舍弟。亦不及專錄寄去。今止錄去江中一首。日下當還諸所。欲言不盡。

親故懶作書。向爲公言。鐵劍利。倡優拙。固耶。每攬子厚囚山賦。亦自無聊也。人還附此。

去年在京師。一日。與華亭林與成對坐。虛齋啜茗。吾問與成。近寄家書否。與成答云。亦自無可寄。吾來三月。親故書問殆絕。祇爲無可寄也。敬甫近況何似。太玄曾了得否。兒子輩恐遂爲俗流。教他看老父字說。有信來。未嘗道及書中事。何也。

風俗薄惡。書生才作官。便有一種爲官氣勢。若一履任。望見便如堆積金銀。俗人說無餓死進士。此言尤壞人也。

文字殊有精義。然使讀者。不能不以文害辭。以辭害志也。爲子欽新得寧馨。取小字壽孫。用秦璽意。卻新也。此後湯餅之會。更可使與否。一笑

子欽爲我行所謂中流失船。一壺千金。意甚喜。即爲書陽曲序。明日可來觀之。

向者無儲。不能久留。北舍數過不鮮也。前言戲之耳。

敬甫近來甚有悟處。一件悟。無不悟也。嫗頗黠慧。往往能隔壁識別人耳。

見來書可怪。心甚傷之。士之不得志。當有此意念耳。然須放胸襟寬大。死生亦大矣。此是莊子不覺失語。聖人無此語也。

文字亦佳。但不知與其人平日往來否。如但學中識面便送之。得無類投人夜光乎。質直而好義。察言而觀色。慮以下人。聖人言。句句可思也。

吾祖誕辰在今月廿二日。衰門不能如外間彌文。又諸父在。僕不敢主。允齋有美意。相知者數人。鷄黍爲懽可耳。須不可有雜賓也。幸致意。

喉中嘗有痰。殊不快耳。不如意事。不如意人。須勿置之胸中可也。

顧伯剛欲梓三泉遺文。敬甫有所藏。悉付來。或更爲之求訪。此亦門人之責也。吳甥來數言之。相見輒忘耳。

性命之說。聖人蓋難言之。欲作一論。紛紛竟未有暇。眼前事無當意者。大率六十四卦中。一困字耳。家姊丈行有期。已托子敬往借宅。可與養吾知也。

兩次承問。皆失答。所往類多庸奴。適受其戲侮。史稱淮陰家貧無行。乞貸無所。得不幸類此。傳云。向爲身死而不受。爲宮室之美。妻妾之奉。所識窮乏得我而爲之。殊自傷也。

純甫手書。此于其家得之。非欲外人知也。其胸中耿耿如此。三復爲之流涕。今並付去。幸爲善藏之。

向借繩索有書。竟不見報。沒田殊苦。然文節公大石。已置之庭中。飢亦可餐也。

城市中耳目日非。來此雖極荒絕。能令人生道氣也。遊山記殊有興致。略看一過。僭抹數行。不知何如。因淚多傷目。不耐久看文字。極困悶也。舊與純甫遊此山。山北破龍澗。下抵白龍寺。尤奇勝。有泉一道。從破石間下流。可一里。相傳有白龍破此山而去。其形勢真如劈破。幽泉亂石相觸。淙淙有聲。旁多珊瑚瑶草。石罅間時有積雪。賢昆玉不曾到此也。讀記。因懷純甫。爲之悵然耳。

與某三首

僕以未造朝。不得至東郊。一望車塵。大丈夫豈效兒女子情。只人世知己難得耳。遠別不能不悵然也。有便當奉聞。

承寄書。比出京方得之。遂不及報。然壯足下之志。必能進于古無疑也。顧非可徒言。在積累而至之耳。昨到家。甚念欲一見。然久出。應接紛紛。知足下以疾不至。雖至亦不能從容論究。奈何。宋史何人乃敢爾。附遼金。亦儒者之嘗談。即耶律氏猶可。金源奄有中國。一百十有七年。此可比之劉石。爲辱載記耶。老大沾一命。恐有簿書之擾。而此志殊不衰。若天假之年。必能有成也。

還舍時。不覺忙過未得。略從容款坐。此行真媿故人。可謂往來不憚煩者也。佛有兩遇謗。孫陀利旃遮女者。此自不知佛。于佛何損。修到時調達推山何懼也。邪中極有高僧。士人略不知之。僧家亦無知者。所謂乘志。尤闕陋無徵。僕頗訪得之。欲表著其人。此等皆有得者。劉太保見宦官身。不誣。宦途所見皆可厭。思與吾丈一談何可得。

與王昭明

甲寅之歲。播越山中。得日領教誨。方爾還定。而公遽有遠役。隔闊遂逾一紀。老大以來。惟有孺亨。與相親依。不意遂至溘然。身後事。極可痛心。聞公往來吉水永豐間。頗以自得。而一二年間。雙江念菴。相繼凋謝。顧公亦何所嚮。寧無顧念桑梓之懷乎。恭簡公集。向王知郡委校定。僕不敢自專。並與孺亨商確。而李純甫不盡依用也。公邇來當益復深造。不知有可以見寧教否。僕晚得一第。而祖父皆不在世。千鍾不洎吾心悲。徒增傷痛耳。今當爲令太湖之濱。探山釣水。聊爲吏隱。無足言者。同年胡原荆之任。附此不備。

與張通府

城外積聚。實爲餉賊之資。前日曾面啓乞下令。尅日搬載入城。今經三日。未有應令者。但聞賊在新塘徐監生家運米。滿載而來。恐有攻城之計。是我受坐困之勢。而賊反得因糧之便也。更乞嚴督各鄉積米之家。如仍前梗令。即以軍法從事。或聽百姓隨力搬取。或即放火燒盡。及餘麥栖畝。亦乞督促。即時割刈送城。海上用兵三年。我師所以不得志。實在于此。而議者不察也。不然。以饑疲之賊。深入吾地。雖百萬之衆。其何能爲哉。軍旅之際。非威嚴不行。乞賜採納。賊自新塘載米西行。必由新開河從真義出。此往蘇州之道也。如有攻城之計。必南來過北出東門。宜密于北。或北城灣俟賊船經過。用佛郎機鉛銃。打破其船。但賊過北門。必從夜來。當謹備也。

與淩廉使

承賜水利疏。其爲東南之利大矣。捧讀太息。昨有奏記。非敢爲激發之行。蓋官守當爾。若坐地方言者之罪。毋乃假借豪右。而虐煢獨過甚耶。今更有所陳者。劉清惠公身沒未幾。門戶衰零。孫女被戮辱以死。今幸得昭雪矣。其孫復坐大辟。劉之夫人。至縣庭跪拜。令人泫然。閱其獄辭。殆不至死。似文致之也。以清惠公之賢。庶幾所謂十世宥之者。況先皇欽恤之命。新朝曠蕩之恩耶。惟執事垂意。

別集卷九　公移讖詞附

蠲貸呈子

呈爲乞蠲貸以全民命事。自倭奴犯順。滄海沸騰。全浙之寇。蘇松爲劇。蘇州之寇。崑山最深。本年四月初五日。倭寇萬餘。東南自上海嘉定。東北自太倉常熟。分道寇鈔。西南入華亭吳江之境。西北入長洲之境。本縣七鄉十四保。在合圍之中。所至蕩然。靡有孑遺。賊船結綜新洋江。綿亘數里。晝夜攻圍。城中百計支吾。凜然孤城。僅僅自保於垂破之餘。而富家巨室。財力亦殫盡矣。賊自四月入境。六月出海。百姓逃死。稍稍復還。則屋廬皆已焚燬。貲橐皆已罄竭。父母妻子。半被屠剖。村落之間。哭聲相聞。時六月將半。農工後時。流離死亡。工本不給。其間能冒白刃藜羹藿食。耕耘于寇賊之衝者。不能什之一二。而亢暘爲虐。自六月不雨。至于九月。禾苗槁死略盡。古者五穀不升。謂之大侵。天災流行。國家代有。然未有兵荒賦調。併于一時。如此之亟也。竊念東南之民。父子祖孫。爲國家力田。以佐百餘萬之經費。今百八十有餘年矣。常時災沴。亦知君父所急。不敢以希曠蕩之恩。惟是今日。遭百年所未有之變。亦冀有百年所未有之恩。迄今冬月垂盡。德音未宣。而有司開倉征斂如故。鞭笞之威。更甚往時。百姓囂然。莫必其命。傳相驚疑。以爲朝廷遂有棄置東南于度外之意。夫上之所以求于下者。度其下之足以求也。下之所以竭蹶以赴上之命者。亦自度其足以供其求也。故上安下順而兩不相傷。古語曰。焚林而畋。明年無獸。竭澤而漁。明年無魚。若今日之事。得無類畋于無禽之地。而漁于無魚之澤乎。當凶荒札瘥之餘。百姓嗷嗷。謂當以王命施惠。家賜戶益之。猶不能濟。而反從而朘削之。民命窮矣。無可往矣。雖抗倭王之頸。空海中之國。天下事乃可慮耳。自古國家。多因外寇。征賦不息。加以水旱。百姓流殍。有司不以實聞。上下相蒙。以致莫大之禍。常生於不足慮之中。自倭賊凌犯。無賴之民。所在爲之鄉導。助其聲勢。其所以能以寡爲衆者。此也。即今草竊。處處有之。一里之間。數家之聚。枹鼓數起。近者嘉定縣令。巡行阡陌。頑民嘯聚。豎激變之旗。至白晝殺縣學生員。令乃狼狽而還。置之不敢問。人心易與爲亂如此。豈可不豫爲之所哉。承平日久。民不知兵。自罹此寇。百役俱興。庀兵簡徒。增陴浚隍。無一不出于民。而海防之豫借。丁田之日增。比之常時。且輸數倍之賦矣。若不曲意拊循。大破常格。將今年田租。盡爲蠲免。東南之禍。殆不知所終也。天下事。愚民既不敢言。惟有司之力。足以言之。然蘇子有云。吏不喜言災者。十人而九。不可不察也。某等叨國家作養之恩。切鄉里同室之難。敢冒出位之誅。爲東南億萬生靈。少乞須臾之命。伏望仰體朝廷好生之仁。蚤賜施行。實宗社無疆之休也。爲此具呈。須至呈者。

處荒呈子

呈爲議處災荒以蘇民困事。本縣自去年四月至六月。海賊屯聚境內。四散燒劫。耕耘失時。加以亢旱。竟歲不雨。五穀不升。所在蕭條。寇盜蜂起。節蒙巡撫都御史。屢爲聞奏。萬姓感悅。以爲憲臺憂國愛民之誠。至于如此。雖轉死溝壑。亦所不恨。今經歷歲月。未見朝廷有曠蕩之恩。譬之父母于其子。醫藥禱祀。無所不至。病勢日劇。其子亦知父母之無可爲力。然猶宛轉號呼于其側。以求須臾之命。此某等之所以懇瀆而不已者也。伏見邸報。有折銀之議。查得嘉靖八年。折兌一百七十萬八十石。嘉靖十年。折兌二百一十萬石。嘉靖十二年。折兌一百萬石。嘉靖十四年。折兌一百五十萬石。以前皆是平常災荒。于兌運四百萬石之中。折兌之多。有至二百餘萬石者。今來折兌。欲得比照嘉靖十年。更加寬多。庶于准折之中。得蠲貸之實矣。又崑山一縣。被寇獨深。蓋賊由上海。華亭。嘉定。太倉。常熟。諸道而入者。皆至崑山而止。盡崑山之西境。始入長洲之邊。盡崑山之南境。始入吳江之邊。當時蒙糧儲道告示。稱撫按俱批到。以崑山。太倉。嘉定。爲災荒第一。今邸報卻以崑山與長吳等縣一同。欲乞比例上海。太倉等處。與長吳略分等第。庶于通融之中。得處補之宜矣。又據本縣丁田一節。原係十年。每圖分爲十甲輪撥均徭。嘉靖十六年。本府王知府政變舊法。定爲每年出銀。每丁銀一分。每田一畝。銀七釐七毫。官爲收貯。自行顧役。以免十年之輪編。今則輪編自若。而丁田歲歲增加。計今年本縣丁銀。加至四分矣。田銀每畝。加至五分矣。通計一縣。增加三四萬兩。假使蒙恩得免三四萬兩之糧銀。而實增加三四萬兩之丁田。是巡撫大臣。累奏不能得之于上。而有司安坐而奪之于下也。議者往往以時事爲解。竊見海上用兵。于今三年。軍興百需。若開河築城造船。及甓城敵臺兵仗火器勇夫。加邊防海。諸所取給。不於田賦。則於大戶。與夫詞訟贓罰等項。並不取于丁田也。則此三四萬兩之銀。蓋有神輸鬼運而莫知所在者矣。伏乞查炤祖宗均徭舊制。行下各府州縣。毋得仍用嘉靖十六年書冊。重復科差。變亂成法。以資溪壑無窮之欲。庶於臨時救荒之際。寓永遠便民之策矣。某等又思折銀之議。此亦涓埃之惠。若於今日時宜。非盡爲蠲貸。百姓決不能安其田里。糧銀縂亦無所措辦。況海賊尙在猖獗之際。敺民爲盜。將來之禍。有不可勝言者。爲此具呈。伏乞早賜施行。

陶節婦呈子

呈爲旌表節孝以厲風俗事。有本縣六保民陶子舸妻方氏。年十八。嫁與子舸爲妻。纔及期歲。夫即病死。本婦數欲引決。念姑陸氏在堂。抑情忍志。竭力奉養。姑本寡婦。並厲節操。晝則共室而居。夜則同衾而寢。頃刻不相違離。恩愛逾於母子。自夫死經今九年。鄉里莫不高其獨行。於本年七月內。姑患痢疾。六十餘日。肢體潰爛。床第腥穢。婦抱持寢處。澣濯垢衣。人皆爲之掩鼻。婦獨自以爲不覺。其姑不食。婦亦不肯食。姑時爲之強食。未死五日前。日日悲哭。水漿不復入口。於九月九日。姑亡。出衣衾殮具。皆素備。已殮。即屑金和水服之。不死。復徘徊井上。欲自投井。口隘不能下。因入憑柩而哭。比夜分。呼婢冬女。隨行至舍西池邊。戒婢勿令家人知覺。婢年十二歲。果畏笞不敢言。遂躍入池水。水清淺。浮沉者久之乃死。婢尙不敢言而哭甚悲。家人覺其異。跡問之。得其尸。兩手猶握茭根甚牢固。及殮。已二日。顏色如生。一時遠近來觀者。無不殞涕。先年夫弟營子舸葬。婦欲爲同穴。夫弟逡巡未應。婦即捐己貲。使人爲同穴。不踰時而成。至殮姑時。獨無棺中褥。婦取綾被。中裁爲二。縫以爲兩褥。其死蓋先定。非倉卒自引決者。某等思得婦人之從夫。要以致死爲極至。雖或出於一時之感慨。無不有係於萬世之綱常。故國家皆以爲有關於化理之原。而於法令。固在旌表之例。今寡婦方氏。年甫及笄。室無抱子。事夫之日。僅至期年。養姑之勤。垂及九載。節操凜若冰雪。孝道通於神明。迨老母既終其天年。即自從夫子於地下。死生先後之際。罔不得宜。纖微委曲之間。略無可議。比於其他死節。尤邁等倫。誠絕異之姿。卓越之行也。為此具呈。乞轉為聞奏施行。

回湖州府問長興縣土俗

長興縣地介湖山。盜賊公行。民間雞犬不寧。自廣德宜興。往來客商。常被劫掠。告訐之風。浙省號為第一。上司雖屢有明禁。及其訴告。未有不為准理者。蓋以敢為欺誑。其詞足以聳動之也。至於株連追逮。或至數百人。經涉司府。曠歷年歲。民間恇擾。不能安生。田制雖有定額。其俗以洪武祖名為戶。徵收之際。互相推調。又有田連阡陌而戶止數畝者。又有深山大戶。終歲不聽拘攝者。緣吏治苟且。養成此俗。已非一日。雖有龔黃卓魯之政。亦非期月之所能見效也。

送恤刑會審獄囚文冊揭帖

長興縣為獄囚事。該本縣具上囚帳。除軍徒外。凌遲處死三名口。斬罪五十一名。絞罪二十五名。凡凌遲斬絞共七十有九名。古者天下治平。斷獄居前代十二。唐開元之盛。通天下死罪。僅二十四人。今以區區二百里之縣。死罪之多。至於如此。職每當臨省。見獄犴充盈。拲梏蓬垢。投地鳴號。未嘗不為之惻然痛心也。使此輩果當其罪。猶若在所哀矜。而多有無辜枉濫者。豈可不為之申理。不自揣量。每與院道爭之。去歲察院會審。頗蒙採納。所全活者數人。顧惟迂愚。不知觀候顏色。逢迎意旨。遵守成案。所得罪者有矣。終不敢自昧其心也。大抵此縣湖山阻深。掠鹵之習。浸以成俗。士風剛猛。睚眦之恨。輒致殺人。又有所謂白捕者。專誣指平人為盜者也。有所謂訟師者。專教唆詞訟者也。以故所獲之盜。未必盡真。而或被株連之害。所償之罪。未必盡當。而或罹羅織之冤。蓋一時有司之審聽。或有未明。而日久民間之公論。未嘗不在也。今幸明臺臨郡。莫不翹首以望再生。伏乞特垂明恕。以清此縣之獄。如盧扁之治病。無所不加意。至於疾痛哀號。宛轉牀褥。尤宜所急救者。書曰。宥過無大。刑故無小。罪疑惟輕。功疑惟重。與其殺不辜。寧失不經。夫過之大者可以宥。罪之疑者在所輕。堯舜之聖。寧自處於不經。誠恐慢而至於殺不辜也。易曰。雷雨作解。君子以赦過宥罪。當解之時。聖人於其有過有罪而赦之宥之。非謂特赦宥其無過無罪者也。今先皇帝恤刑之敕。蓋好生之德矣。聖天子大赦之詔。蓋雷雨作之時矣。伏望明臺以典謨易傳之文。奉宣聖人之德意。施曠蕩之澤。於窮絕之鄉。使覆盆之下。咸仰日月之明。解網之恩。遠被湖山之外。則和氣之充。豐年之應。百姓自以不冤。而有司亦與其休矣。古人有言。今之獄吏。上下相驅。以刻爲明。深者獲功名。平者多後患。鬻棺者。欲其歲之疫。利在人死也。今治獄之吏猶此矣。又云。祖宗之仁德。猶元氣之在人。不使有識縉紳之士議之。而使刀筆之吏。弄其文墨。以傷元氣。非國之福也。今所上囚帳。上寫前供。故多深文刀筆之爲。所有下吏所知。略條具於後。用助欽恤之萬一。伏惟裁省。

長興縣編審告示

長興縣示。當職謬寄百里之命。止知奉朝廷法令。以撫養小民。不敢阿意上官。以求保薦。是非毀譽。置之度外。不恤也。爲照糧長。自洪武以來。具有成法。伏讀諸司職掌。該辦稅糧糧長。督併里長。里長督併甲首。甲首催人戶。又伏讀大誥。糧長之役。本便於有司。便於細民。所以便於有司。依期辦足。勤勞在乎糧長。有司不過議差部糧官一員。赴某處交納。甚是不勞心力。又云。往爲有司徵收稅糧不便。所以復設糧長。教田多的大戶。管着糧少的小戶。想這等大戶。肯顧自家田產。必推仁心。利濟小民。特令赴京面聽朕言。關給勘合。祖宗立法。爲民之意。如此之精詳也。然在國初。亦多有不設糧長之處。惟江南田賦最重。所以特設糧長。至今二百年矣。名臣碩輔。來至拊循者。豈不能深思遠慮。爲民興利除害。補偏救弊。而卒莫能易也。今浙中所謂里遞者。當職未能偏識朝廷典故。實不知所以奉行。往以愚直。致忤分守道。蓋當職實見本縣里甲彫敝。一里之中。十甲少有全者。其有僅備名數。亦非丁多有田之家。而丁多有田之家。常歲已充糧長。無遺脫者矣。不當復求糧長於里甲之中。夫丁多有田之家。其在一甲。往往占十甲之田。其在一戶。往往占十戶之丁。又有不止於此也。所謂豪民侵陵。分田劫假。莫甚於今時。乃又議將所謂豪民者優假之。而使單丁隻戶。貧無立錐者。執縶箠楚而代之役。是誠非迂愚之所曉也。當職所以謂欲先丈量田土。重定里甲。使十甲俱全如祖宗之制。然亦當遵奉諸司職掌。糧長督併里長。里長督併甲首。甲首催督人戶。不應頓去糧長之名也。若此。則所謂朝京勘合可廢矣。如朝京勘合不可廢。得不近於欺罔乎。前歲已迫十月。致忤分守道。至遣他官來代其事。當職恐重害小民。因連晝夜編定。雖承里遞之文。實用第三年之糧長。所以用第三年之糧長者。以前官將一縣大戶。堪當糧長者。編定三年輪當。此勞逸更休之法也。今審里遞即前二年者。已經役過。而後一年者。獨得以規避。彼亦有不能心服者矣。今縣中姦頑不逞之徒。造爲謗言。誑惑大吏。註誤府縣。拘縶窮民以代之役。往往有逃移他境者矣。其有不能去者。或田止十畝。或二十畝。一家父子祖孫。相傳之業。盡粥之矣。又有少妻幼女。離賣償官者矣。其又有自縊於街市者矣。及豪民與姦吏爲市。許之免以取其賄。而陰爲認保侵收。而欠逋之數。仍注其人名下。使之終身逃逋。不得歸者矣。又有欺其孤弱。管收糧銀。公爲逋賴。方見追比。不能賠償者矣。當職北還過江。沿途來愬。未嘗不爲之痛惻也。到任以來。稽查後來所更。既有逃戶。不曾應役者。被拘勉強發兌。而解戶亦力不能支。況署官雖已更變。亦自悔其非。原不曾定有冊榜。見今上司。催督起解各項錢糧甚急。緣後定里遞出豪民姦吏之手。漫無可憑。相應仍照初編榜冊。其後定里遞逃者。徑除其名。使後無掛累。若漕糧已經發兌者。則免其收解。其白糧等項已解者。追原編大戶。照數出銀。以還貧戶。仍告地方。招還逃亡之氓。使復其業。當職爲民父母。豈不欲優恤大戶。而專偏重小民。特以俱爲王民。爾等大戶享有田宅僮僕富厚之奉。小民終歲勤苦。糟糠裋褐。猶常不給。且彼耕田商賈大戶。又取其租息。若刻剝小民。大戶亦何所賴。況大戶歲當糧長。不過捐毫毛之利。以助縣官。若小民一應役。如今之里遞者。生計盡矣。如之何不爲之憐恤也。當職爲此惓惓。告諭爾等大戶。各思爲子孫之計。毋得仍前僥倖。剝害小民。幽有鬼神。明有國法。宜各深思。所有解戶。仍前開具於後。

九縣告示

照得本職備員營馬。自未到任。已稔知北方民間養馬之苦。今秋解俵。方遭水患。所在浸沒。收成已無可望。而官限迫促。市買十分艱難。比聞百姓因買馬。哭聲遍于村落之間。爲民父母。不能賑貸之。而尙忍分外毫髮有傷于民乎。見今解到馬匹。一從堂上驗過。領批解寺。本職但閱簿驗數而已。其到者。卽便發落。不留時刻。百姓人人曉知。猶恐人情難測。而利孔百端。或有衙門人役。乘其解俵之時。造意需索。或有各縣馬頭。敢于幫貼之外。指官科斂。兼之愚民習慣。以爲官府使用。亦自甘心。而無籍之徒。反因此以攘利。不能不過爲之防也。爲此仰縣將發去告示。張掛通衢。如有前項騙詐。卽時赴府首告。或就該縣覺察。從重申究。毋得有所寬縱。該縣亦宜體本職痛念小民之情。有此示衆知悉。

乞休申文

職近者被命改除。卽日當歸田里。不復有仕進之念矣。然有不能無言者。蓋古之君子去其國。而其言存。可以爲遺訓。而後謂之能不忘其所事。去其國而其政存。可以爲遺愛。而後謂之能不忘其所使。今職於此蔑如也。無所存矣。猶有愚衷。爲執事白之。職少以虛名在海內。晚叨一命。實不敢苟且以負國家委任。聖賢訓戒。天下士大夫之屬望。堅志一意。惟拊循小民。而山僻夷鬼之區。與龍蛇虎豹雜處。且怡怡然日嫗而孩之。而遇事發憤。欲有所建立。不能骫骳不顧利害。多所觸忤。今玆之調。實由讒邪之中傷。中朝士大夫。蓋猶不忍遂棄之。而置之于此也。夫惡木垂陰。志士不息。盜泉飛溢。廉夫不飲。士之所愛者名也。志士仁人。無求生以害仁。有殺身以成仁。志士仁人。所以寧舍生而不顧者。懼毀其仁之名也。故名者。與天壤俱敝者也。詩人之篇。荀卿之書。屈原賈生之作。其逃讒自沉而不顧。乃猶惜此區區之名。故曰。不能以身之察察。受物之汶汶也。職書生文學。非能爲吏者。顧嘗誦所聞于孔子者。曰。如保赤子。心誠求之。足矣。今世爲令。大率以尊嚴高貴自處。而與小民邈絕。職一切弛解。召婦人幼童。與之吳語。務得其情。凡有訟獄。吏抱牘以至。方閱其詞。就問卽決。雖鬼神不預知。吏無由得知而容其姦也。凡小民至前。雖甚倥偬。卽先呼發遣。恐鄉里往來伺候之難。亦不數數具獄。但譬諭令輸服。皆叩頭以去。民間里長。最爲繁苦。以爲十年之災。職三歲在縣。不曾役一里長。小民晏然。不知有官府。往時均徭。悉吏胥與其間。職閉閭閻冊。隨田輕重品搭。老吏束手。鄉老亦歎曰。今年倒一斗矣。鄉民謂田連頃者謂之斗。猶蘇州之謂圩。鄉老歲以均徭爲姦利。今無所獲。故云倒一斗。若田之爲水所敗而荒也。縣俗刁悍。樂以人命相誣訐。富家一被訐。即官微示意指。嘗輒輸數百金。職見以人命訐者。應時與結。富人無一錢之費。但檢驗屍傷。皆親至其地。或間呼村落間愚民小僮問之。得其真情。雖自暴露赤日中。暫憩古寺。啜杯水而行。未嘗有所擾也。縣有大賊二三十年。不能擒治。職擇卒中驍健者。召至堂後與飲食。餌以重賞。以故往往能効力。旋致擒獲。如張家浜。鍾家浜。下渚。磨盤山賊。昔年皆與縣交關。縣中人多爲囊橐。以故尤恣。往時太湖至湖州。商賈多被剽掠。今舟可以晝夜行。鄉間夜不吠犬矣。磨盤。下渚。皆親至其巢穴。而鍾家賊乃至格鬬。時日暮風寒。山深水闊。職所從不過數人。竟擒獲之。鍾家浜一村。鍾姓四五十家。皆非良民。是時西北風。若從上風縱火。可盡殲以爲功。職寧力攻。取其騎危墮下者。不過數人。餘向南奔者。悉不復追。諸如前賊黨。大率錄其魁而已。職終不敢自言。上官亦但見具獄云。強盜某某而已。然以其邑多盜之故。又有誣盜。縣有空王寺在深山中。捕卒嘗于此拷掠。使誣人爲盜。其誣強盜至七人。皆平反之。以坐捕之罪。太湖邊十三家。爲烏程縣坐爲盜。又爲宜興縣誣六十餘人爲盜。被連逮。皆逃湖山中。一村盡空。麥熟黃落。山鬼晝號。職親自旁緣湖上。遍入山中。明其所以不然。移文兩縣。稍稍招集之。地方以寧。夫爲令如嬰兒乳哺。飢寒燥濕。唯乳母知之。又如良醫按病調劑。分毫不爽。乃可已病。職獨自知其心之苦也。夫沾沾者自喜。察察者爲明。簿書文移治辦。亦嘗有念此乎。獄中死囚。桁楊相接也。職審知枉濫者。辨出之三十餘人。遵律令。給衣糧。天寒大雪。妻自縫絮衣給之。囚有母死求保釋。葬母還。即聽之。如期而歸。囚皆感泣。聞職病。皆向天祝禱。顧雖未忍施鞭扑於民。而縣中大惡。必立取之。獄成。其瘐死者亦十餘人。特其俗依阻山湖。負力好鬬。有數大族。終年不見官府。職頗錄其長。居鄉亭勸誘。亦有來者。然直可以容養化勸之。懼激之而亂也。宋濟邸之變。起于太湖漁人。而國初耿侯。以此縣人捍抵。張氏力戰者十年。近歲有反賊江天祥。古人所以謂力求猛將。不如得一縣令。謂能折其芽萌。消之于未形也。今之治民。務擾之以爲能。夫豈識老氏烹鮮之喻乎。且以近日清軍言之。止宜因該衛勾丁。據以清查。今則盡舉洪武以來軍冊。一概勾審。但一軍或戶有百家。又及鄰保里甲。一軍之勾。乃至擾百餘家也。如是。故縣不敢承行。以近日開讀言之。糧長侵欺固當問。然侵欺亦無由覈其實。雖彼有自首者。乃可以坐。今一糧長下開小戶。逋欠百數。即欲人人到官。則小戶逋斗米。當嘉靖未赦之前。並各安居。及隆慶大賚之後。反被拘逮。奚止斗米之費。則不如不赦之爲愈也。如是。縣又不敢奉行。僧道雖古謂爲民之蠹。然今耕田服役。與民等也。自有會司統攝。又每清查。則不免使入各寺院騷擾。彼淨居空刹。僅守故額。旣國家不廢之。則亦宜使之安生耳。如是。故縣不肯奉行。以此之類。並多乖忤。或謂令驕。又謂令廢惰也。挈瓶之智。守不假器。今爲朝廷牧此一二彫瘵之民。安能惟事逢迎。阿旨以取媚悅。不能安而又擾之也。夫糧長乃洪武以來定制。在大誥諸司職掌。
聖諭如此之諄切也。天下亦有不設糧長之處。惟獨江南財賦最重。故以糧長督里長。里長督甲首。甲首督人戶。百年以來。未有變更。今者新行里遞。意或便于浙東。若嘉湖與蘇州。土俗財賦相同。職生長蘇州。亦知糧長之重難而不可廢也。夫以里遞收糧。似散錢不能成緡。又以小戶督大戶。乃如以羊將狼也。即如長興之里甲彫敝。其逃絕僅存者十二三。皆貧難下戶。有無田爲傭者。有田止五畝者。其多至二十畝者。即爲上等之里長。而大戶乃不爲里長。而爲人戶。其花分田至千畝。今姑以里遞法行之。則爲里遞者。亦不當舍大戶而他求矣。職頗調停其間。用大戶之子戶爲里遞。然其實。今日之里遞。即舊日之糧長也。小民頗以不擾。而大戶復萌規避之心。乘職入覲。移禍於小民。流言飛文。註誤府縣。追求小戶之里遞。以致逃亡鬻產棄妻子者。不可勝計。有自經者。而上不聞也。比職還自京口。至苕霅之間。沿途哭訴者相望也。職悉召復其舊。而所傷已多矣。今世欲汙衊士大夫者。度其他不能爲害。惟以賄則無全者矣。歸安李知縣。其人清彊忤俗。大率吳興之人。不獨姦民好訐也。即李知縣士人遂鑿空欲點汙之。其賂至數千。賴察院力爲辨白之。孔子曰。君子喻于義。小人喻于利。夫以喻義之心。易爲喻利。豈聖賢之不如盜跖乎。顧不爲耳。職平日居家。未嘗問生產。吳中士大夫所共知。今縣之可以爲利穴者。不過人命。強盜。糧長。徭役。如前所云。毫毛可燭。職于此不爲利。他亦無可爲利者矣。職家世宋元以來。號稱鉅族。室中所奉。相承亦不菲薄。而職自用極儉陋。衙內日取百錢。令卒出市。日不過斤肉蔬菜。去家三四百里。二子守廬舍讀書。閒歲來省。絕不與外交接。居二三日便去。去自買小舟。肉不過二三斤。米不過一斗。衙前人共知之也。日常紙牘。多聽告免。而上京申詳。水手銀及柴馬銀。至今尚被侵匿未追。人言官非酷。無以濟其貪。吏民幸鞭笞。不加苛免。亦其情也。或有言縱吏非也。特寬之耳。曹平陽丙丞相之不按吏。豈得概非之耶。裁以一端斤斤然。則朱勃之過馬新息遠矣。職於士大夫。待之曲有禮意。以一二事相忤。遂恨之深。未能一日忘也。然李歸安抑之太過。未免有意。職平日與物無忤。不幸事偶值耳。而怨毒之深如此。殆有不可解者。即欲誣汚如李歸安。而如前所陳。一一可指摘。且如里遞。苟少有爲利。何不與大戶市恩。而力護持小戶。不顧其怨懟。而專取小戶偏護之耶。署印與丞之以贓敗也。由其發狂自宣露。因服跪首於太守之前。昨有歲貢自京還者。言京師皆已知之。今被訪逮。即其發狂。乃職尚在北河時也。今府中藉藉。歸咎於職。若然。則察院不當訪人耶。又因緣其所訪之自。而欲扳以爲讐耶。今二怨與里遞大戶。及近所治惡吏。結搆爲一。被訪官不自服罪。而欲甘心於職。里遞大戶不肯服役。惡吏被申不歸獄。而反肆行于外。羣不逞藉藉。欲謀咋嚙。則一身無餘矣。職所以反復具陳者。非苟欲求知。蓋謂今之世。無志于古者矣。有志于古者如職。亦孔氏不得已而思狂狷之所許也。一欲行古道。即被中傷。而狺狺猶不止。夫豈任事者。欲重戒今之人。不當行古之道與。營平侯言。老臣不嫌自伐。爲明主言之。職亦欲使知今世亦有願爲古之循吏者。而莫能容也。若以爲懼其見害。而急於自明。職亦無有於此。蓋今日清明之世。雖江湖一命之吏。而有賢監司在上。必不使豺狼縱其噬嚙也。夫天下之情。好善而惡惡。朝廷之法。賞善而罰惡。如使惡者坐法。而無故欲扳引善者。世亦無如此之事。今又以令治一小吏。小吏反行其告訴。左右趨走之人。無不反被追逮。縣人爲之奪氣。而小吏者。方日會聚少年。鮮衣絢履。出入府倅之衙。公與羣不逞日治謗書。噬嚙長吏。國家法紀蕩然矣。伏惟執事察之。

又乞休文

職爲吏無狀。已疏乞解官。然以二年來。夙夜不敢自懈。惟在奉宣德意。撫卹小民。而豪右不便者。爲流言飛文中傷之。今已置之。不當復有顧慮。連日彼縣人多來訴告。彼中事體。枝動本搖。亦不容不爲動念。然不敢爲煩聒。獨以有關國家大體。地方風俗者。不敢不言。署印官與縣丞。被察院蒙訪逮。職前入覲在途。彼事已敗。特以察院訪單委悉。疑以謂縣中有言。恨之切骨。淅中新行里遞。職拘集小民。俱係貧難下戶。又謂以里遞收糧。如散錢不能成緡。使小民督大戶。如以羊將狼。實有難行。因取大戶花分詭名者。充里遞應役。而變更職所定。以造小民之怨者。實署官爲之。其事敗亦以此。大戶李田等之被拘役者。因投入署官衙內。與之爲一。又小吏沈良能。不軌亂法。數拒捕。依廣德大猾。職因具申各上司。良能故署官所用爲腹心者。因自詣府。絇履袨服。出入府門。復與之爲一。以此結約諸惡少告詐。縣中人同時響應。皆承署官之風旨。考掠無不承者。微文巧詆。中傷之計。實行于其間矣。所以爲國家大體。地方風俗者。官自被訪而妄行扳害。則君子小人。邪正清濁之源。不可辨也。豪民被役。黠吏見逮。連黨交橫。誣辭抵讕。而皆得勝氣。則官民上下之分。不可正也。姦民告訐之風。不可止也。又有朱學方正之徒。各以巨姦累犯。縣已具獄。上之院道。因而瘐死。其家至告無干人。以人命連累窮年。並行撿驗。追尋抵死者。職以謂若此之類。縱行其詞。止閱文卷。即死有餘辜。奈何令株連累害。使文移追逮之煩。而縣有閧即告。則令權之輕。不可復振也。蕭望之一世大儒。爲韓延壽考案東郡官錢。吏不能勝。皆自誣服。向微當時明白之。則望之之禍。不在恭顯之世矣。狂生冒昧。伏乞矜宥。

太僕寺揭帖

蒙駁春季馬疋。當行該縣抵換補訖。今該秋季解俵如數。差官領解外。爲照本年大水異常。民間十分災傷。所買馬疋已不勝艱苦。據邢臺等縣知縣耿鳴世等。俱各用心點揀。已多中用。本府調知府。復當堂看驗。又經補換。及今據沙河縣知縣王進朝稟稱。該縣解馬尺寸。多不及式。而毛骨堅竦。氣力精強。比之龐然虛大者。殆爲過之。仍恐此等之類。或因降式不合。或于衆羣中。比校差劣。致有一二駁回。必破數家之產。懇乞俯念地方。前項馬疋。果非下乘。足以分俵武衛騎操之士、並免回駁。庶以寬卹畿內凋瘵之民。由此具稟。

王哲審單

查得姚古鮑希專與王哲扛幫硬證。除已結證外。見在縣未結文卷內。二十餘宗。狀狀有名。今姚古改名姚仁。鮑希改名鮑義。言兩人誓同一心。常爲哲之證佐。改名仁義。明不相負也。再炤王哲父子。刁惡素聞。人所側目。雖有嘉粟。弩張則澤雉不止。雖有芳餌。鈎見則淵魚遠逝。吏胥之貪。固難保也。然取之王哲之手。則有所不敢。寵賂之章。固當按也。然出於王哲之口。則有所難憑。今于審問間。具得王哲刁詐。及姚仁鮑義。結黨揑辭實跡。衆證明白。取擬罪犯。

陳大德審單

審得大德委將張氏摟住。要得姦淫。當驗大德舌尖。果係咬落。不能自諱。爲炤律有強姦之條。官司少有遵用者。以所當罪重。而事難徵實也。既不用本條。輒以和姦處之。則強暴者得志矣。貞節之婦受汚蠛矣。律設此條。爲無用矣。昔召公聽訟。衰亂之俗微。而貞信之教興。故有行露之詩。蓋謂強暴之男。不能侵淩貞女也。今據大德多行無禮。比其事發。又抗違憲詞。冀至年久。不得明白。然張氏深山獨處之中。此心可表。大德經年難證之獄。其舌尙存。相應依律問擬。

賀潮審單

審得邵忠先因賀潮之去。而鬻其原田。今見賀潮之歸。而返其舊物。流冗荒閑。正鳩鵲互居之日。逃亡復業。實鴻雁安集之時。告詞雖涉于半誣。據律當從于末減。前遺田地。聽潮自管取供。

別集卷十　古今詩

遊靈谷寺

晨出東郭門。初日照我顏。春風吹習習。好鳥聲緜蠻。巖阿見黃屋。登坡尋神山。半日猶山麓。十里長松間。蜿蜒芳草路。寂寞古禪關。畫廊落丹艧。朱戶蝕銅鐶。殿起無梁迥。塔留玩珠攀。蒼鼠戲樹捷。野鹿看人閒。山深靜者愛。日晏未知還。

讀史二首

謝公四十餘。高臥東山間。妻子來相問。掩口笑不言。長安公與卿。富貴多少年。徇時豈不能。吾志不其然。所以任公子。長垂百丈緡。

劉毅無甔石。一擲百萬錢。淮陰置母塚。行營萬家田。英豪不在此。意氣聊復然。安能效拘儒。規規翦翦焉。東海有大鵬。扶搖負青天。可憐蜩與鳩。相笑榆枋間。

京邸有懷

帝國雲天上。鄉關渺何許。城頭日色黃。隔壁聞吳語。忽忽有所思。默默久延佇。人情別離好。共處誰憐汝。

甫里送妹

甫里縣西角。吳淞水流澌。吾往不能歸。入門復咨齎。小女來相將。牽衣問何之。人生會有適。憐汝送姑時。

金山寺

長江湧塊石。萬古江中浮。倚空結危構。凌波成奇遊。僧呼黿鼉出。客指蛟龍湫。雲開鍾山岑。日映扶桑州。海峯三數點。南北一航舟。百年戰爭息。江水此安流。

金陵還家作

自從出戶日。預言相見期。西風揚子渡。猶嫌歸棹遲。于今對寒月。芭蕉露瀰瀰。一兒縣城西。一女松江湄。心情兩縈繫。有如蛛網絲。

和俞質甫夏雨效聯句體三十韻

浮雲力𩃎𩇕。光景遂已戢。浹旬深霾澍。千里破封蟄。茫茫河伯歎。蕭蕭山鬼泣。豐曜邃高居。朱明閟赫翕。希微瘖將開。淅瀝吹又急。遇夜轉連綿。釃流更浛瀠。萬壑嚐轟鳴。百川灌注入。池容添紋縠。林色浸淤浥。離畢月暫耿。宿井星恆濕。瀲灩湖光翻。蜃咽海潮澁。霓旌尚高翔。雲衣猶日緝。水覆詎可收。天漏誰能葺。馬牛三江混。鴻濛九峯立。嗟我來自東。獨行阻虛邑。夢離思明兩。筮坎成洊習。誰假卜商蓋。但戴杜甫笠。繽紛餘花落。寂寞愁烏集。窮巷長閉門。高河近通汲。天地政氤氳。雷風遞呼吸。悽悽聽晨鳥。濛濛睇宵熠。作乂徵時暘。思文憂民粒。黿鼉費灰洒。魚蝦饒掇拾。廣室坐增悽。匡牀聽生悒。何由度日閱。安能使家給。泥塗跆重闉。梅潤侵什襲。寒袍故戀綈。瀾簡慵啓笈。顧嘆風雲滿。寧使蛟龍蟄。短晷徒齒齒。折巾空岌岌。俯仰觀宇宙。坱圠迷原隰。阻饑知不免。寅亮豈所及。舊刻作高河近通楫楫字非韻錢宗伯不選當以此故今改押汲字似較穩

濠梁驛

崎嶇江北道。復此渡淮水。策馬向廣原。蒼茫見帝里。葱葱綠樹陵。鬱鬱紫雲起。日炤城上樓。寒鴉飛高埤。原野何蕭條。曠望彌百里。當時侯與王。此地常纍纍。今惟負販人。亭午倚虛市。空然八尺軀。短褐飢欲死。當時興王佐。未遇亦如此。

淮陰侯廟

吾如淮陰祠。清槐陰朱戶。當時長樂宮。千載有餘怒。五年戰龍虎。結束在肉俎。努力赴功名。功成叵自苦。

舟阻沽頭閘陸行二十餘里到沛縣

上沽下沽頭。有如百里隔。曲河見舟檣。相去只咫尺。舍舟遵平途。馬蹄生羽翮。麥穗垂和風。披拂盈廣陌。吾聞江北人。終年饑無食。吾來江北地。每喜見秀麥。行行野樹合。已到古沛驛。漢帝遺原廟。屋瓦殘青碧。龍化已千秋。雞犬如昨昔。欲尋歌風處。閭里亂遺跡。今人泗水上。猶樹歌風石。

南旺

嗟我南行舟。日夜向南浮。今日看汶水。自此南北流。帝京忽已遠。落日生暮愁。當年宋尚書。廟貌崇千秋。丈夫苟逢時。何必有大猷。歎我學禹貢。胸中羅九州。杖策空去來。令人笑白頭。嘗疑伯顏策。毋乃非令謀。洪範天錫禹。大道衍箕疇。五行有汨陳。三事乃不修。鯀隄日以興。百川失其由。不見徐房間。黃河載高邱。

沛縣

泗水抱城壖。東去日瀰瀰。豐沛至今存。漢事已千春。嗟我亦何爲。獨歎往來頻。封侯不可期。白日坐沉淪。每見沛父老。旅行泗水濱。雞犬如昨日。此亦非昔民。空傳泗水亭。井邑疑未眞。城外綠楊柳。高帘懸風塵。猶有賣酒家。王媼幾世親。高廟神靈在。英雄卻笑人。

徐州同朱進士登子房山

久舟忽不樂。呼侶登崇邱。子房信高士。祠處亦清幽。俯視徐州城。黃河映帶流。青山如環抱。一髮懸孤州。河流日侵齧。淼淼洞庭秋。烏犬爭死人。岡隴多髑髏。使者沉白馬。守臣記黃樓。歎我亦何爲。空爾生百憂。生民隨大運。孰能知其由。覩此名邦舊。懷古思悠悠。豈自徐偃王。獨有青山留。劉項亦何在。子房空運籌。但從赤松子。不用待封侯。

自徐州至呂梁述水勢大略

黃河漫徐方。原野層波生。萬人化爲魚。凜然餘孤城。僅見沮洳間。檐楹半頹傾。日月照蛟室。風波棲蜑氓。侵薄連羣山。浩蕩烟霞明。山迴時復圜。盂盎涵光晶。忽然覩開豁。天末翠黛橫。此來頓覺異。日在江湖行。呂梁遂安流。泯泯無水聲。狠牙沒深沉。一夜走長鯨。三洪坐失險。蛟龍不能爭。乃知房村間。尚未得瀉傾。如人有疾病。腹堅中膨脝。空役數萬人。績用何年成。

鯉魚山

鯉魚山頭日。日落山紫赤。遙見兩君子。登岸問苦疾。此地饒粟麥。乃以水蕩潏。水留久不去。三年已不食。今年雖下種。濕土乾芽茁。因指柳樹間。此是吾家室。前月水漫時。羣賊肆狂猘。少弟獨騎危。射死五六賊。長兄善長鎗。力戰幸得釋。因示刀箭痕。十指尚凝血。問之此何由。多是屯車卒。居民亦何敢。爲此強驅率。始者軍掠民。以後軍民一。民聚軍勢孤。民復還劫卒。鯉魚山前後。遂爲賊巢窟。徐沂兩兵司。近日窮勦滅。軍賊選驍健。叱呼隨主帥。民賊就擒捕。時或有奔逸。其中稍黠者。通賄仍交密。以此一月間。頗亦見寧謐。二人旣別去。予用深歎息。披髮一童子。其言亦能悉。民賊猶可矜。本爲饑荒迫。軍賊受犒賞。乃以賊殺賊。吾行淮徐間。每聞邳州卒。荆楚多剽輕。養亂非宏策。

自劉家河將出海口風雨還天妃宮二首

到海忽雷雨。高雲起崔巍。紛披船幕濕。錯落酒杯飛。波浪半天黑。神龍助風威。探遐方未極。初意遂已非。無緣覲海若。稽首乞天妃。願爲一日晴。令我攬光輝。

八月尚徂暑。白露未爲霜。雲物結蒸鬱。雨勢恣淋浪。江水競飛溢。螭龍爭迴翔。金樞浴大明。此夜不可望。極目觀冥漲。天際何微茫。直恨非西風。吹我到扶桑。

自海虞還阻風夜泊明日途中有作

百里見青山。言旋諒非徐。風波仍水宿。龍蛇驚夜居。明發尤慘澹。川途尚修紆。水駛淩方約。雲寒日未舒。彌亙多芳草。寂歷少畋漁。寒光冒明湖。朔風轉高墟。舊事成往跡。餘生惟讀書。古人不可見。歲莫安所如。

淮上作

長淮餞落日。圓光正如赭。傾紅注流波。殊景不可寫。淮水自西流。黃河從北下。併合向東行。終年無停瀉。哀此千里客。春至復已夏。獨立空惆悵。所與晤言寡。

寶應縣阻風

夜泊淮陰城。蚤向淮南路。理棹逢西風。猖狂恣號怒。清河千里中。東風日相悞。祈此一日風。終竟不可遇。蒼天豈有心。莫可詰其故。但看北去舟。凌風如飛度。翻爲去人快。頓忘吾所務。淼淼湖波深。今日何可渡。

壬戌南還作

自出皇都門。淥水明可掬。高風搏羊角。飛沙旋霧縠。乘快得順流。遡行又轉轆。長河亙千里。迴溪每九曲。時序值暮春。光景信明淑。市邑臨水折。岸柳新雨沐。欲問北州故。但以南期促。同行近百艘。晨夕相追逐。掛席鴈翅接。轉棹魚尾續。長聞夜集喧。又見風排簇。所遇皆南金。胡爲棄荊玉。非有彈冠慶。相呼入山麓。

又

半月困漳衞。今旦望鄒嶧。景風時迎舟。積水不盈尺。行路日淹留。歸思愈急迫。昔往冒飛雪。今來見秀麥。蘊抱無經綸。徒旅空絡繹。西苑方呈兔。東郡亦雨鯽。番禺有假號。建州乃充斥。奈何唐堯朝。不用賈生策。玄文故幽處。戹蠖益潤澤。天命苟無常。人生實多僻。去去勿復言。牧豕在大澤。

登濟城望城武

城武漢時縣。乃在兗西南。曾考昔爲令。期年化方覃。性本愛瀟散。候望苦不堪。飛雪漬烏帽。棄擲欲投簪。竟以末疾返。不及一考淹。時當孝皇日。仁洽正漸涵。我來登濟城。落日已半含。西望適相仍。竚立獨悲喑。明經幾累世。淪廢良可慚。

淮陰舟中晚坐寫懷二十四韻

清浦輕風渡。赤日微雲遮。昨問圯橋履。今即下邳街。淮酒市醽醁。楚音雜琵琶。二麥吐新穗。百草敷繁葩。紛披盈廣陌。離褷被平沙。寂寂坐向晚。悠悠思轉加。先皇昔在宥。世道尙亨嘉。朝廷制作盛。公卿議禮譁。庶僚或登庸。諸生多起家。蹇拙遭時廢。荏苒謝年華。不得寄一命。空慚讀五車。追乎鴻羽漸。幾將龍馭遐。暫有青雲望。奈何白髮髿。黽勉小縣吏。奔走大府衙。循己常黯黯。看人方呀呀。何地棲鸞鳳。並處混龍蛇。世途行益長。吾生固有涯。萬事已如此。一官豈足賒。行矣歸去來。莫使微名汚。平泉記草木。寢邱任菑畬。補亡綴貍首。考古注君牙。期以餘日月。

方將擥雲霞。自是性所適。敻非爲世誇。苟無媿尼父。或可俟侯芭。

隆慶己巳赴京寓城西報國寺贈宇上人

慈宮崇象教。搆此絕華炫。深巖閟香火。危峻瞰郊甸。鬱鬱蚪松枝。低壓遶廣殿。當年帝舅親。削髮住茲院。說經老龍聽。出手五獅現。曾聞長老言。天雨曼陀遍。吾識宇上人。頭陀今突弁。脩容冥法相。妙悟在論讚。導我畫廊行。指示西方變。晨起供清茗。時共禪悅飯。我老欲歸去。世事今已倦。當結塵外緣。山中儻相見。

邢州敘述三首

壯歲成濩落。末路藉先容。所恨賤姓名。蚤聞在諸公。既奉大廷對。觀政於司空。得友天下士。旦夕相過從。道窮孔孟奧。文推還固工。說詩慕匡鼎。草玄擬揚雄。通達如賈誼。俊少踰終童。守高稱汲直。曲學陋孫弘。自以支離疏。攘臂于其中。一朝除書下。淪落故鄗東。黽勉爲祿養。折腰媿微躬。

鄗東餘二載。恪遵聖人經。雅志存教化。除嬈去煩刑。門闌弛走卒。千人皆造庭。分遣每日旰。庭中無一人。況寃出殊死。無蓋盡羣生。時有縱囚歸。皆言賦役平。引納壯健兒。誓之以丹青。萑苻多宿盜。擒斬爲一清。餘糧棲隴畝。絕無犬吠驚。維以哀煢獨。不能畏高明。睚眦生怨素。懵甚鏌鎁兵。風雨日飄搖。拮据徒辛勤。涕泣西河守。古道竟無成。

爲令既不卒。稍遷佐邢州。雖稱三輔近。不異湘水投。過家葺先廬。決意返田疇。所以泣岐路。進止不自由。亦復戀微祿。俶裝戒行舟。行行到齊魯。園花開石榴。捨舟遵廣陸。梨棗列道周。始見栽苜蓿。入郡問驊騮。維當撫彫瘵。天馬不可求。閭閻省徵召。上下無怨尤。汝南多名士。太守稱賢侯。戴星理民政。宣風達皇猷。郡務日稀簡。吾得藉餘休。閉門少將迎。古書得校讎。自能容吏隱。退食每優游。但負平生志。莫分聖世憂。竚待河冰泮。稅駕歸林邱。

瓊州張子的與余同年俱爲縣令江南子的自建德改當塗今入覲又改欒縣一歲中三易縣居京師旅寓相近以詩爲別

嶺表生異人。始與最開先。余公亦崛起。屹屹天聖間。聖代邱文莊。富學邁昔賢。憶余童丱時。嘗聽家君言。吾郡有桑生。恃才頗輕儇。公見卽識之。進奬席每前。夫人出佩玉。珍饌羅綺筵。當時吐哺風。與古能比肩。公文根理要。不肯事纖妍。奈何浮薄子。輒爾論議喧。子的來公鄉。年往志愈堅。共余曲江宴。面帶鯨海顏。問公石屋在。世業存遺編。君今爲縣吏。宦轍如郵傳。廟堂亦無意。何以不少憐。使君自天來。萬里往復旋。君才豈不辦。古道多屯邅。嘆息時所尙。爲賡循吏篇。

詠史

昔在齊威王。選人以治氓。惟彼阿大夫。籍籍日有聲。唯此卽墨宰。小人共讒傾。是非並顛倒。四境交侵兵。安得召左右。阿黨盡爲烹。昔在楚莊王。三年不聽政。膝上置美女。飲酒不曾醒。有鳥止於阜。不蜚亦不鳴。安得任伍舉。一朝霸名成。昔在帝武丁。三年不出令。恭默以思道。殷國未能寧。安得夢聖人。求之傅岩形。

奉託俞宜黃訪求危太朴集幷屬蔣蕭二同年及長城吳博士

昔年宋學士。嘗稱太朴文。獨力撑頹宇。清響薄高雲。余少略見之。諷誦每忻忻。淡然玄酒味。曾不涉世芬。如欲復大雅。斯人真可羣。苟非知音賞。宋公安肯云。嗟乎輕薄子。狂吠方狺狺。惜哉簡袠亡。家篋少所蘊。徒爲嘗一臠。盈鼎未有分。四賢宦遊地。博達多前聞。爲我一咨訪。庶以慰拳勤。

奉酬馮太守行視西山關隘次宋莊見棄田有作

雲代搏胡兵。千里羽書亟。戒鄰畏明牧。循山轉危蹟。通谷數行週。在所皆行至。獫狁雖匪茹。中國亦有備。所悲雲漢詩。餘黎靡孑遺。今歲洪水割。懷襄頗不異。巨浪落高崖。排蹙萬石墜。周原昔膴膴。一朝化磧地。野老向天哭。前古所未記。迢迢孤嶺絕。習習陰風吹。月明清霜白。虛館不成寐。何計卹疲氓。賦詩以言志。往往展卷讀。紙上見殘淚。昔聞春陵行。今人豈軒輊。余亦忝祿食。空爾徒歎媿。

送袁太守之興都

青陽降江水。萬靈朝漢東。先皇昔南狩。樂飲慶善宮。父老拜賜復。歌兒如沛中。忽忽二十載。百姓號胡弓。奈何長陵令。猶告杍柚空。袁侯忠孝姿。爲吏稱明公。當宁選良牧。璽書特褒崇。行爲解苛嬈。愷悌揚仁風。千年護陵寢。遠與豐鎬同。

贈孫太倉

君侯粤中產。羽林忠孝門。曾爲三輔吏。遺愛至今存。昨歲來守州。芳名益騰騫。自從海水飛。鑾舟翳朝暾。吳會日創殘。江海多軍屯。大兵仍凶年。痌瘝不可論。君侯勤撫字。百里載仁恩。自古設官職。事事有本原。所以置守令。無非惠元元。茲任良匪輕。天子之選掄。何以不奉天。斬伐蹶其根。粲粲元道州。名與南岳尊。追呼倘不忍。千載聞此言。哀哉誅求盡。慟哭滿江村。作詩代民謠。庶以達周爰。

讀佛書

天竺降靈聖。利益其在此。雪山真苦行。九惱尚纏己。非徒食馬麥。空鉢良可恥。紛紛旃荼女。謗論或未已。不知手指中。猶出五獅子。

書王氏墓碣寄子敬澱山湖上

少小慕節義。溝壑誠所安。隳括遊燕都。侯王不可干。甘從渭濱叟。垂老尚投竿。于世無一能。性頗好詞翰。王子欽姊節。與言涕汍瀾。兩髦尚如見。廿年骨已寒。乞余書貞石。庶幾垂不刋。吾書復自讀。亦能清肺肝。一掃齊梁習。諒可追孟韓。

素庵詩

唯易有太素。太素質之始。白賁垂皇象。彤車資帝理。大饗尚玄尊。大路素幬爾。伊尹言素王。後代滋文軌。素冠時所庶。素衣時所喜。素韠心蘊結。素絲國風美。五入爲五色。以是悲墨子。素功日以飾。素封日以侈。素位日以逾。素質日以毀。素困日以詐。素道日以靡。素餐日以濫。素節日以委。素書日以僭。素問人日死。流俗相糾錯。紛紛競齊絜。莊子膠朱目。周鼎攦垂指。救僊莫如忠。世變詎能止。東海揚素波。中林潛素士。吾其甘素飯。自可棄素屨。素抱何足言。素心但如此。因愛素庵人。作詩揚素旨。

清夢軒詩次孺允韻

王生思妙道。獨居自相羊。乃以清夢語。揭之在幽房。處世實大夢。于夢差爲長。擾擾無時清。真精且淪亡。孰能寡嗜欲。引之大覺鄉。魯侯一何愚。欲往憂無梁。太清日淵澄。中有生者忙。吾聞接輿言。斯豈大無當。古之得道者。夏能造冰涼。西方有聖人。清淨聞身香。飛龍遊上天。至冬乃伏藏。誰知疑黃泉。可以登大皇。

清夢軒詩再次孺允韻

汗漫恣容與。寥廓任徜徉。小搆非廣廈。幽棲獲便房。圖書委魚蠹。庭砌雜蘭芳。境寂羣動息。神怡獨寐長。栩栩意象適。蘧蘧物化忘。於此觀世俗。迫隘非吾鄉。玉璽謬通漢。金甌會圮梁。竊帶固云擾。銜髮亦以忙。睍睍容自蒐。喋喋冠何當。恍如乘鸞鷫。泠然御清涼。鈞天聆廣樂。玄都聞妙香。繆昔聘駿往。爾後書史藏。終慚在三季。未可擬九皇。據此首乃十三韻則前首疑缺二句

山茶

山茶孕奇質。綠葉凝深濃。往往開紅花。偏在白雪中。雖具富貴姿。而非妖冶容。歲寒無後凋。亦自當春風。吾將定花品。以此擬三公。梅君特素潔。廼與夷叔同。

東房夾竹桃花

奇卉來異境。粲粲敷紅英。芳姿受命獨。奚假桃竹名。昔來此花前。時聞步屧聲。今日花自好。茲人已遠行。無與共幽賞。長年鎖空庭。昨來一啓戶。嘆息淚縱橫。

火魚

水畜非昔種。火魚自新肇。僅以數寸奇。忽見五色皦。勺水停淵澄。方池恣迴繞。春雨生綠萍。秋風蔓紅蓼。真於盆

盎中。獨覺江湖淼。每看銀鱟起。時覩寶尾掉。濡沫蹄涔寬。呑舟坳堂小。少年共咄叱。窮日相戲嬲。飼蟲疲僰童。汲泉困王媼。海上家盡然。吳中時倣傚。誰思聞鶴唳。直比豢龍擾。此物多變幻。爲狀異昏曉。鮮妍駭羽化。憔悴悵色鱐。物理呈怪象。天宇信奔鳥。何者爲妖祥。何者爲吉兆。天子今萬年。皇圖日綿紹。滄海竟清晏。小夷悉剞劂。周山進白鹿。霜毛何皎皎。會當長此魚。貢之躍靈沼。

鍾山行二首

鍾山雲氣何蒼蒼。長江萬里來湯湯。龍蟠虎踞宅帝王。鑿山斷嶺自秦皇。孫吳司馬六代至南唐。神皐帝輦爭輝煌。餘分紫色那可當。偏安假息眞徬徨。宋金之季韃靼強。腥風六合雲日黃。百年理極胡運亡。天命眞人靖八荒。手持尺劍旋天綱。一洗乾坤混萬方。考卜定鼎開百皇。鍾山雲氣何蒼蒼。

鍾山雲氣何蒼蒼。中有殿閣琉璃閃爍黃金黃。蒼松老柏馳道旁。朱紅交午岐路當。貔貅百萬晝伏藏。日色瞻照官衙墻。北風蕭蕭吹日光。白頭老人涕泣爲指點。東是長陵西未央。

鄆州行寄友人

去年河溢徐房閒。至今塡閼之土高屋顚。齊魯千里何蕭然。流冗紛紛滿道邊。牽挽小車載家具。穴地野燒留處處。丈夫好女乞丐不羞恥。五歲小兒皆能閑跪起。賣男賣女休論錢。同牀之愛忍棄捐。相攜送至古河邊。回身號哭向靑天。原田一望如落鴉。環坐蹣跚掘草芽。草芽掘盡樹頭髡。歸家食人如食豚。今年不雨已四月。二麥無種官儲竭。近聞沂泗多嘯聚。鄆州太守坐調兵食愁無措。烏鴉羣飛啄人腦。生者猶恨死不早。自古天下之亂。多在山東。況今中扼二京。控引江淮。委輸灌注于其中。王會所圖。禹貢所供。三吳百粵。四海之會同。若人咽喉。不可以一息而不通。使君宣力佐天子憂民痌。深謀遠慮。宜一知其所終。無令竹帛專美前人功。

談侍郎歌

侍郎妙筆世莫如。侍郎恩賜常滿車。玄天壇上泥金字。大道殿中潄玉書。朝入直廬衣獅子。暮歸邸第著飛魚。近承詔旨許馳驛。樓船畫舫還故閭。唉吾文章空磊落。垂老無成跨蹇驢。

黃樓行

五日彭城去住舟。狂風吹雪不肯收。推來冰凌大如屋。舟人夜半呼不休。老夫擁衾只匡坐。雪中日日看黃樓。東坡先生不在世。令人輕我東家邱。

二石歌

太湖波翻江海連。二石飛來墮我前。大者恢詭作蠻舞。高者脩脩特清楚。憶昔秦公闢西圃。巖巒爭來獻庭戶。悠然日與西山伍。大賢名蹟成往古。我見拜之禮亦可。近者尙書稱豪武。致石如此頗可數。初如大旗絕漠起。睨視巋然又若九皇聖人鶉居鳥行衣垂羽獨立崆峒之野觀天宇。雲將鴻蒙不得語。自我有此日婆娑。無酒且能發高歌。屬當遠行奈若何。遲回尙得一月多。來觀莫厭數百過。嗟我安能龍食淸。垂老疲役違吾情。

趙州石橋歌

余同年友蔡鳴陽守趙州。爲余言石橋之奇。以圖經見示。余數往來京師。恨不過此。因蔡侯之言而爲作歌。

六王爭鬬趙更驕。壯哉武靈尤雄梟。嘗遊大陵感奇夢。天錫神女有孟姚。改服騎射致其兵。拓境千里功何高。北地方從代大通。嵬嵬靈壽起岧嶤。一日沙邱變叵測。空憶前夢花如嬌。後來趙遷入函谷。李牧誅死廉頗逃。此來趙地更百變。悠悠千載歲月遙。至今誰言鄗事醜。獨有河薄洛水流迢迢。問之趙人懵不知。共誇洨河大石橋。此橋之建眞奇獨。神師斲成班爾屈。蛟龍若伸勢敵虹。扶拔欲動光摇日。天下萬里九衢通。地平如掌長河失。仙人張公倒騎驢。蹄涔印石宛然出。趙州太守政絕殊。得以餘閒綴圖書。嗚呼太守之名遠與此橋俱。

表兄瀫山大參以自在居士墨竹俾予題詩

奉常余之外高祖。儒雅風流絕近古。少年侍直承明廬。重瞳屢回加慰拊。玉堂無事只寫竹。影落縑緗生風雨。翠葉蒼筠滿人間。淩海越嶂爭購取。吾家寶藏三大軸。其一今在尙書府。二幅翻飛入島夷。神物化去不可覩。吾兄安得此尺素千緡不吝讎海賈。盛夏張之紫薇省。涼氣欻忽週堂廡。劃然北壁開戶牖。雨勢欲滴風披舞。此時靜坐亦何有。滿眼不復見塵土。湘妃帝子對之泣。藐姑神人誰與伍。吾兄好畫識畫意。余方潦倒困蓬戶。墨竹昔稱李夫人。湖州孟端皆堪譜。高人自有千載名。世上兒子何足數。作詩題竹非爲竹。俯仰自覺吾心苦。東坡先生豈浪語。知我之兄惟老可。

文湖州東坡之從表兄也。與東坡最爲知己。坡有子期之比。坡詩云。老可能爲竹寫真。

十八學士歌

十八學士誰比方。爭如瑚璉登明堂。立本丹青褚亮贊。至今遺事猶焜煌。有隋之季天壞坼。英雄草昧皆侯王。真人揮霍靜區宇。遂偃干戈與文章。天策弘開盛儒雅。羣髦會萃皆才良。丈夫逢時能自見。智謀藝術皆雄長。惜哉嘉猷亦未遠。風流猶自沿齊梁。吾讀成周卷阿詩。吉士藹藹如鳳皇。能以六典致太平。遠追二帝軼夏商。唐初得士宜比迹。胡爲致治非成康。中間豈無河汾徒。晦遏師門竟不揚。吁嗟房杜已如此。何恨薛生先蚤亡。

題異獸圖

昔年曾讀山海經。所稱怪獸多異名。仲尼刪書述禹貢。九州無過萬里程。搏木青羌何以至。伯益所疏疑非真。西旅底貢召公懼。作書訓戒尤諄諄。周史獨著王會篇。睢盱百怪來殊庭。載筆或是誇卓犖。傳久孰辨僞與誠。雖然宇宙亦何盡。環海之外皆生人。陰陽變幻靡不有。異物非異亦非神。曾聞漢朝進扶拔。唐時方貢來東旌。壹角馬尾出絕壁。綠毛忽向人間行。近代所聞非孟浪。往往史牒皆有徵。今之畫者何所似。毋迺誕漫不足評。攷古圖記豈必合。任情意造皆成形。畫狐似可作九尾。赤首圜題隨丹青。嗚呼孰謂解衣盤礴稱良史。不識騶牙與麟趾。

甫里天隨寺

偶過白蓮院。爲尋綠鴨池。僧開蟲罥戶。人到鳥驚枝。斜日半庭雨。清風數卷詩。空門住遺像。千載爾爲思。

恨詩二首

清輝比秋月。遊魂散朝霞。首邱言猶在。易簀意何嗟。平生丈夫志。寄死宮人斜。曾參爲原母。杜氏豈無家。

又

悞落青烏計。真成黃鳥哀。隋珠彈燕雀。寶劍失風雷。文武今胥盡。乾坤此日頹。吾方從汝去。安事制麻衰。

寓漕湖錢氏錢本吳越王裔聚族于此地名錢港

錢港湖鄉杳。名家古木栽。微茫諸水匯。飄泊一船來。問遺交情厚。流連笑口開。因看吳越譜。世事使人哀。

馳驛

密殿朱衣客。圓牌金字符。恩光留日月。歌吹渺江湖。百館牙盤饌。千夫錦纜呼。何如乘一葉。來往似飛鳧。

甲寅十月紀事

滄海洪波蹙。蠻夷竟歲屯。羽書交郡國。烽火接吳門。雲結殘兵氣。潮添戰血痕。因歌祁父什。流淚不堪論。

其二

經過兵燹後。焦土遍江村。滿道豺狼跡。誰家雞犬存。寒風吹白日。鬼火亂黃昏。何自征科吏。猶然復到門。

乙卯冬留別安亭諸友

黽勉復行役。殷勤感故知。悠悠寒水上。獵獵朔風吹。彈雀人多笑。屠龍世久嗤。往來誠數數。公等得無疑。

姜御史年九十六

柱後千寮竦。林間百歲將。同官皆不在。異世已如忘。猶辨蠅書細。能令鳩杖光。洪崖今可見。未必有丹方。

郭都統戍劉家河因讌次壁間韻

將軍此日建雙旄。祆祲今年漸欲銷。東海自然仍地險。南夷非復似天驕。龍旗春動旋風汎。虎壘秋清枕夜潮。即見功成報明主。海王繫頸盡來朝。

西苑觀刈麥

御苑清風正麥秋。金輿晚出事宸遊。兩岐凝露垂黃茂。萬斛連雲際綠疇。先爲祈年多瑞雪。節來甘雨應元脩。豐
穰美報非無事。粒粒曾關聖主憂。

送上卿顧東白先生致政還鄉次張奉常韻

詔使謹傳枉聘車。漢庭忠厚似相如。爭稱在事能數馬。莫挽辭官返釣魚。疏傅田疇多舊業。陸生裝橐有新書。故
人獨媿羯中尉。白首爲郎尙珮琚。

繚絲燈次李西涯楊邃菴二先生韻二首

皇明威德務懷柔。萬里滇南比內州。卬竹多年通市易。寶燈今日盛傳流。僰人技巧新曾見。織女功庸久未酬。卻
憶當年李學士。玉堂詩酒坐淹留。

燈火長安照夜紅。豐年樂事萬方同。四夷離韎歸鞮鞻。南海珠璣屬婦功。綺縠清英呈妙像。空方纖麗見精工。泰
陵內直諸元老。都在春風湛露中。

賞荷次韻

碧池清泚漾天香。滿眼芙蓉似水鄉。映日新粧爭綽約。迎風小舞稱清狂。須酬佳客千杯綠。無奈明時兩鬢蒼。向
晚乘涼各歸去。一天明月浸滄浪。

疊前韻

紅衣撩亂水泉香。醉眼驚看非此鄉。滿目烟霞生物色。無情魚鳥任猖狂。翠盤琛麗流明月。寶蓋攢羅逈昊蒼。更
見二枝然水底。天教神女浴滄浪。

鄭家口夜泊次俞宜黄韻因懷昔年計偕諸公

飛沙竟日少光輝。浪急風高月色微。爲憶含桃催物候。尙淹行李未春歸。吳歌獨自彈長鋏。楚製堪憐著短衣。來
往常經鄭家口。當時同伴共來稀。

小屯

小屯不知名。土屋十數家。少婦時出汲。黃沙沒弓鞋。

清明濟上

瀛州三月雪中行。千里寒風到濟寧。道上女郎斜插柳。始知今日是清明。

題周冕贈任别駕卷

成山斜轉黑洋過。南北神京一望中。天錫任侯爲保障。長城隱隱接遼東。
江南列郡盡乘城。藏穴何人肯出兵。惟有使君躬擐甲。劉家港口看潮生。
東倉白晝靜城闉。烟火連天豺虎嗔。忽駕迴潮趨海道。傳呼盡避渡官人。
血戰鯨波日奏膚。東南處處望來蘇。畫工不解憂勤意。卻作南溟全勝圖。

行衞河中

風雨霏微送客舟。天涯魂夢日悠悠。可憐雙淚空零落。卻付漳河向北流。

初發白河

白河流水日湯湯。直到天津接海洋。我欲乘舟從此去。明朝便擬到家鄉。
胡風刮地起黃沙。三月長安不見花。卻憶故鄉風景好。櫻桃初熟正還家。

過興濟

河水迢迢去路賒。春風不住捉飛花。行人共說前朝事。指點當時戚畹家。

李廉甫憲副書齋小酌

青燈夜雨十年前。今日書齋各黯然。不是故人無舊話。淒涼只說楚江邊。

自天津來至此已過一月去闕日遠愴然有作

漳水悠悠向北流。征人日夜駕南舟。行來忽盡三千里。又下揚州望越州。

隆慶二年朝京師南還與宣平俞宜黃武進陸太學同舟贈絕句一首

褰幃初識龔黃面。傾蓋尋參李郭舟。去路不知春欲暮。桃花飛盡過揚州。

又贈陸太學

羨君家在下蒲居。百里青山入具區。自種湖田供伏臘。萬竿修竹滿牀書。

贈俞公子

蓬門端坐獨危然。偉器如君最少年。他日可能忘父友。莫因下拜嗛文淵。

送同年查都諫山西行省

忽　朱衣拜早衙。諫垣初出鎮郇瑕。思君昨日鳴珂地。鳷鵲雲邊起暮鴉。

送友人讀書玄墓山己亥庚子余嘗讀書于此

鄧尉山前古佛宮。湖波萬頃貯羣峯。欲尋老子當年處。五杏參天寶殿東。

檀溪跳澗

滹沱會啓中興功。脩武先逃隆準公。三百餘年炎燼熄。猶延廟祏寄蠶叢。

宋康王乘龍渡河

大漠風悲青蓋遙。七陵烟雨暮蕭條。康王若得真龍馭。肯向錢塘問海潮。

文淵閣四景圖

盡日承明獨靜居。怡情閒把畫圖披。坐看四序璿璣轉。並是風調雨順時。

題二魚圖

江東四月貢鮮鯆。正是含桃薦廟時。聖主遙知來建業。孝陵南望起還思。

蓬萊海水千丈起。何年得道乘飛鯉。不如扁舟向五湖。欲學養魚尋范蠡。

偶成四絕

一自當年謝合歡。不堪常見月團圓。于今生事如秋水。惟有芙蓉花好餐。芙蓉花

未信昌黎能送窮。但看登極是稷稷。六韜金版知何用。不及鄉鄰賣菜翁。鄉鄰○按極屋棟也稷稷紛紛也語出莊子

西窗睡覺日方曛。坐見青山起暮雲。贏得少年狂易在。向人猶自說劉殷。乞貸

推山調達自相加。滿眼婆提與夜叉。為愛如來深法坐。飛來箭鏃是蓮花。忤逆

高郵湖為斷纜所擊幾至失明

湖水悠悠送客征。無端飄瓦致虛驚。天留雙眼非無意。應為邱明史未成。

光福山

十載重來古寺中。布衣猶似昔年逢。山僧卻記吾名姓。不擊闍黎飯後鐘。

海上紀事十四首

自是吳分有歲災。連年杼軸已堪哀。獨饒此地無戎馬。又見揚帆海上來。

二百年來只養兵。不教一騎出圍城。民兵殺盡州官走。又下民間點壯丁。

海上腥膻不可聞。東郊殺氣日氤氳。使君自有金湯固。忍使吾民餌賊軍。

避難家家盡買舟。欲留團聚保鄉州。淮陰市井輕韓信。舉手揶揄笑未休。

大盜睢盱滿國中。伊川久已化為戎。生民膏血供豺虎。莫怪夷兵燒海紅。

文武衣冠盛府中。輕身殺賊有任公。誰人不是黃金注。獨控青驄滬瀆東。

任公血戰一生餘。蓮碧花橋村塢虛。義士劉平能代死。吳門今不數專諸。

上海倉皇僨棄軍。白龍魚服走紛紛。崑山城上爭相問。舉首呈身稱使君。
半遭鋒鏑半逃生。一處烽烟處處驚。聽得民間猶笑語。催科且喜一時停。
新城斗絕枕東危。甲士千人足指麾。壁外波濤空日月。城頭忽豎海王旗。
海島蠻夷亦愛琛。使君何苦遁逃深。逢倭自有全身策。消得牀頭一萬金。
海潮新染血流殷。白日啾啾萬鬼嗟。官司御恐君王怒。勘報瘡痍四十家。
海水茫茫到日東。倭來恍惚去無蹤。寶山新見天兵下。百萬貔貅屬總戎。
江南今日召倭奴。從此吳民未徂　酥。君王自是真堯舜。莫說山東盜已無。

頌任公四首

黃梅風雨自年年。今日沙頭浪拍天。最是使君多大略。笑看東海欲投鞭。
小醜猖狂捍禦勞。跳梁時復似猿猱。賀蘭擁衆尤堪恨。李廣無軍也自逃。
落日孤城戰尙酣。遙瞻楚幕有棲鴉。將軍真肯分甘苦。士卒何人敢戀家。
輕裝白袷日提兵。萬死寧能顧一生。童子皆知任別駕。巋然海上作金城。

隆慶元年上幸太學賜六館諸生寶鈔陸啓明與賜見分數楮

萬乘臨雍拜素王。親頒寶楮徧膠黌。自憐不與橋門外。隔歲來分鄰女光。

寄胡秀才

祇爲文章運數屯。憐君今日暫沉淪。夷吾定自逢知己。唐舉終非錯相人。

冰崖草堂賦

倚玉山之孤峙兮。前婁水之迂縈。占塏爽於邑中兮。雄面勢於山陽。有默齋之主人兮。搆冰崖之草堂。既命名之特異兮。詋斯義其誰當。惟茲山之秀麗兮。日悠然其可望。覽雲物之生態兮。忽朝暮之無常。奚所夏暑冬寒兮。歷四時而凝霜。知主人之遠志兮。托幽遐以自將。少負奇以抗節兮。抱慫天於蠻荒。泣蒼梧之不返兮。踰五嶺以徬徨。卒煢煢以自遂兮。廓天路之翱翔。執法度以匡主兮。志不毀乎直方。追鈇鉞之嚴誅兮。卽遠竄乎夜郎。旋蒙恩以內徙兮。賴天王之聖明。秉外臺之憲節兮。赫金紫之輝煌。一朝去此而不顧兮。飄然來卽乎故鄉。嗟夫食肉之多鄙兮。人皆以衣錦爲榮。絲紛競以火馳兮。日炎炎其無央。似夸父之逐日兮。孰知暍而慕夫清涼。吾覽斯堂之名兮。洒然如御夫北風之飀。追范蠡於五湖兮。見伯夷於首陽。佩明月之寶璐兮。然猶思乎褐裳。厭鼎臑之盈望兮。志不去乎糟糠。開北牖以仰視兮。丹崖翠壁凜然冰壑之英。恍乎雪山之陽兮。冽冽乎冬氣之長。朝受命而夕飲冰兮。吾嘗聞此語於蒙莊。嘉君子之德音兮。誌志節之彌強。爰作賦以頌禱兮。祈壽考之無疆。

嘉靖乙卯九月朔。爲憲副默齋六十之誕辰。予旣爲文以贈。而南雲與先生爲布衣交。復求予作此賦。亦以見先生篤於故舊。能令南雲睠睠如此云。

震川先生小傳 見列朝詩集

錢謙益撰

震川先生歸有光。字熙甫。崑山人。九歲能屬文。弱冠盡通六經三史。八大家之書。浸漬演迤。蔚為大儒。嘉靖庚子。舉南京第二人。為茶陵張文隱公所知。其後八上春官。不第。讀書談道。居嘉定之安亭江上。四方來學者。常數十百人。海內稱震川先生。不以名氏。乙丑舉進士。除長興知縣。用古教化法治其民。每聽訟。引兒童婦女案前。刺刺吳語。事解立縱去。不具獄。有所擊斷。寢息直行其意。大吏多惡之。有蜚語聞。量移通判順德。隆慶庚午。入賀。新鄭內江雅知熙甫。引為南京太僕寺丞。留掌制勑。修世廟實錄。熙甫宿學大儒。久困郡邑。得為文學官給事館閣。欲以其閒。覩中祕未見書。益肆力於著作。而遽以病卒。年六十有六。熙甫為文。原本六經。而好太史公書。能得其風神脈理。其於八大家。自謂可肩隨歐曾。臨川則不難抗行。其於詩。似無意求工。滔滔自運。要非流俗可及也。當是時。王弇州踵二李之後。主盟文壇。聲華烜赫。奔走四海。熙甫一老舉子。獨抱遺經於荒江虛市之間。樹牙頰相搘柱。不少下。嘗為人文序。詆排俗學。以為苟得一二妄庸人。為之巨子。弇州聞之曰。妄誠有之。庸則未敢聞命。熙甫曰。惟妄故庸。未有妄而不庸者也。弇州晚歲。贊熙甫畫像曰。千載有公。繼韓歐陽。余豈異趨。久而始傷。識者謂先生之文。至是始論定。而弇州之遲暮自悔。為不可及也。熙甫沒。其子子寧。輯其遺文。妄加改竄。賈人翁氏。夢熙甫趣之曰。亟成之。少稽緩。塗乙盡矣。刻既成。賈人為文祭熙甫。具言所夢。今載集後。季子子慕。字季思。以鄉舉。追贈待詔。冢孫昌世。字文休。與余共定熙甫全集者也。嘉靖末。山陰諸狀元大綬。官翰學。置酒招鄉人徐渭文長。入。夜良久。乃至。學士問曰。何遲也。文長曰。頃避雨士人家。見壁間懸歸有光文。今之歐陽子也。迴翔雒誦。不能舍去。是以遲耳。學士命隸卷其軸以來。張燈快讀。相對嘆賞。至於達旦。四明余翰編分試禮闈。學士為具言熙甫之文。意度波瀾。所以然者。熙甫果得雋。熙甫重平生知己。每敘張文隱事。輒為流涕。豈未有以文長此事。聞於熙甫者乎。為補書之於此。

明太僕寺丞歸公墓誌銘

萬曆乙亥。熙甫先生葬於崑山東南門之內。其子子駿。求予志其墓而未暇爲也。後或數歲一見。或一歲數見。必以爲請。繼以涕泣不懈益勤。嗟乎。子駿豈慮千百世之後。無復知熙甫者乎。夫千百世之後。必有知熙甫者。然必以熙甫之書。而不以予之志否也。既深悲其意。乃爲序而銘之。歸氏之先。出於高陽重黎之後。封於韓墟。是爲胡子。國絕於夏商之際。武王克商。復爲子國。其後散居吳越者爲歸氏。自漢以後無聞焉。唐天寶中。有崇敬者。多識典禮。議辟雝之制。及天子謁先聖當東面。如武王受丹書師尚父者也。封餘姚郡公。謚曰宣。宣公之子登。封長洲縣男。登子融。封晉陵郡公。謚曰憲。其後五世。皆以進士爲大官。至十四世曰罕仁。宋咸淳間。爲湖州判官。子道隆。居太倉之項脊涇。其孫德甫。爲河南廉訪使。廉訪之孫度。當洪武初。避難於夜郎邛筰之間。幾死。數有神人護之。歸而復居崑山之外隍。又二世。爲承事郎璿。璿生城武令鳳。鳳生紳。紳生正。皆縣學生。正贈文林郎。長興知縣。配周氏。贈孺人。先生之考妣也。先生在孕時。家數見徵瑞。有虹起於庭。其光屬天。故名先生有光。熙甫其字也。熙甫眉目秀朗。明悟絕人。九歲能成文章。無童子之好。弱冠盡通六經三史大家之文。及濂洛關閩之說。邑有吳純甫先生。見熙甫所爲文。大驚。以爲當世士無及此者。繇是名動四方。以選貢入南太學。歲庚子。茶陵張文毅公。考士得其文。謂爲賈董再生。將置第一。而疑太學多他省人。更置第二。然自喜得一國士。其後八上春官。不第。蓋天下方相率爲浮游汎濫之詞。靡靡同風。而熙甫深探古人之微言奧旨。發爲義理之文。洸洋自恣。小儒不能識也。於是讀書談道於嘉定之安亭江上。四方來學者。常數十百人。熙甫不時出。或從其子質問所疑。歲乙丑。四明余文敏公。當分試禮闈。予爲言熙甫之文。意度波瀾。所以然者。後余公得其文示同事。無不歎服。既見熙甫姓名。相賀得人。主試者新鄭高公。喜而言曰。此茶陵張公所取以冠南國者。今得之。有以謝天下士矣。廷試入三甲。選爲湖州長興縣令。長興在湖山間。多盜而好訟。熙甫平生之論。謂爲天子牧養小民。宜求所疾痛。不當過自嚴重。赫赫若神。令閭閻之意。不得自通。故聽訟時。引兒童婦女與吳語。務得其情。事有可解者。立解之。不數數具獄。出死囚數十人。旁縣盜發而無故株連者。爲洗滌復百人。有重囚母死當葬。熙甫縱之歸。治葬事畢。還就獄。有勸之逸去者。囚不忍相負也。然宿賊四五十家。窟宅聯絡。依山墺中。數名捕之不能得。熙甫率吏士掩之。賊蠭起格鬬。矢石滿前。熙甫目不爲瞬。竟服其辜。大戶魚肉小民者。按問無所縱舍。嘗夢兩人頭飛來齧臂。若有所訴。明日。有提兩人頭。自言奴通其妾。輒斬以聞。熙甫令罷去。潛蹤跡之。實欲納奴妾耳。遂論如法。先生自以負海內之望。明習古今成敗。即令召公畢公爲方岳。必且參與謀議。不令北面受事而已。故嘗直行其意。縣有勾軍之令。每鬮一人。自國初赤籍所注。一戶或數百人。及鄰保里甲。人人詣縣對簿。熙甫不忍騷動百家。嘗寢其事。大吏弗善也。又長興多田之家。往往花分細戶。而貧戶顧充里甲。熙甫心知不可。乃取大戶所分子戶爲里甲。因以充糧長。小民安居自如。而豪宗多怨之。有蜚語聞。將中以考功法。公卿大臣。多知熙甫者。得通判順德。具疏乞致仕輦下。諸公不爲上。熙甫至順德。爲土室蓬戶。讀書其中。不類居官者。庚午。入賀。太僕寺留熙甫纂修寺志。以熙甫判順德。所學者。馬政也。會新鄭高公。內江趙公。皆平生愛慕先生。時相次入政府。遂引先生爲南京太僕寺寺丞。而維揚李公。復留先生掌制勅。修世廟實錄。蓋先生晚而登第。謂當在天子左右備顧問。而栖栖郡縣。重致人言。意壹鬱不自得。已而列於文學侍從之間。旦夕且致大用。又閣中藏書。多世所未見。方欲遍觀以盡作者之變。亡何不起矣。天下士聞者。莫不悲之。先生於書無所不通。然其大指。必取衷六經。而好太史公書。所爲抒寫懷抱之文。溫潤典麗。如清廟之瑟。一唱三嘆。無意於感人。而歡愉慘惻之思。溢于言語之外。嗟嘆之。淫佚之。自不能已已。至於高文大冊。鋪張帝王之略。表章聖賢之道。若河圖大訓。陳於玉几。和弓垂矢。並列珪璋黼黻之間。鄭衞之音。蠻夷之舞。自無所容。嗚呼。可謂大雅不羣者矣。然先生不獨以文章名世。而其操行高潔。多人所難及者。余益爲之歎慕云。先生生于正德元年。卒于隆慶五年。享年六十有六。元配魏氏。繼配王氏。皆從先生之兆。再繼費氏。別葬。有子六人。詳具于狀。銘曰。

叅漢以來。作者百家。譬諸草木。大小異華。或春以榮。或秋以萉。時則爲之。匪前是誇。先生之文。六經爲質。非似其貌。神理斯述。微言永歎。皆諧呂律。匪邁匪盬。叅餚有斂。造次之間。周旋必儒。大雅未亡。請觀其書。明特進榮祿大夫右柱國少傅兼太子太傅戶部尚書建極殿大學士王錫爵撰。

書先太僕全集後

先太僕府君文集。凡三刻矣。始府君之門人王子敬。爲令閩之建寧。刻於閩中。文既不多。流傳亦少。先伯祖某刻於崑山。其人不知文而自用。擅自去取。止刻三百五十餘篇。又妄加刪改。府君見夢於梓人。梓人以爲言。乃止。故今書序二體中。往往有與藏本異者。其後宗人道傳。又刻於虞山。篇數與崑山本相埒。文則崑山本所無者。百有餘篇。然頗多錯誤。諸刻既未備。又非善本。先君子常恫於懷。取所藏原本考較是正。又慮有缺遺。命莊假館虞山。訪求善本。錄其所無者。合得八百餘首。篋而藏之。語莊兄弟曰。汝曾祖文章。可繼唐宋八家。顧不盡流傳於世。吾欲以諸刻本與未刻者。合而鋟之。今窮老無力。他日汝輩事也。莊謹志之不敢忘。今先君捐館。兩昆殉難。二十餘年。室家破散。孤窮困踣。開篋披先世著述。輒嗚咽不能讀。念至則涕汗交流。不可以爲人。嘗謀之虞山族叔比部君裔興。比部慨然任其事。因以府君全集。更加排纘。選定四十卷。自尺牘古今詩之外。計五百九十六篇。莊於是考較加詳。比部已梓三十餘篇。會病卒。嗟乎。韓退之文起八代之衰。一時宗仰之者半。非笑之者半。後二百餘年。得歐陽永叔而始大顯。府君之文。一時雖壓於異趨。而盛名者至于今。未及百年。而世無不推崇之。比於歐曾。方之昔賢。不爲不幸矣。然韓公之文世未嘗無之。但五代之亂不尙文。宋初又尙楊劉之習。故不知貴重耳。未有世皆知尊仰。而文反不流傳如府君者也。亡友南昌王于一。嘗語莊曰。吾在江西。欲觀君家太僕文。遍求不可得。前年黃州顧赤方。亦言。楚中士大夫多知震川先生之名。而無繇見其文集。江楚去吳中僅二千餘里。已不能流傳到彼。則遠者可知矣。夫文章者。天地之菁英。古今之寶藏也。一代之士。得與于此者。不過數人。士既畢一生之聰明思慮才氣。以收其菁英。獲其寶藏。亦必欲宣昭發揚。以見於世。不甘沒沒也。天下之士。既愛慕其人之文章。亦思掇其菁英以自飾。襲其寶藏以自潤。秘而不與。亦復何取。天既篤生其人。阨其遇。老其才。使之專力一心於文章。以持天下之文運。以造天下之文才。亦必不願其以菁英寶藏。私於一己也。今文章如太僕府君。而後之人不使之流傳。不能承父之志。揚祖之美。以副當世之士。宗仰愛慕之心。而答上天生人才之意。豈惟得罪於先公。抑亦得罪於當世之士。得罪於天矣。顧莊自知負罪。而壁立磬懸。無可如何。惟有朝夕向家祠叩頭長跪。冀冥漠之哀宥。又自念老而無子。孑獨一身。而近日風波。幾不免禍。脫不幸溘先朝露。則此書更誰託哉。此其尤痛心疾首。而不能一刻寬者也。既力不能付梓。且多留副本於世。及人有借抄者與之。仍刻期見還。此亦不得已之思也。若合鋟以流傳。不知當在何時。則莊之可告無罪于先世。於天。於當世之士。亦不知在何時。嗚呼。可哀也已。丁未四月既望曾孫莊謹書。

當道明府及遠近士大夫。助刻先太僕文集。敬賦五章奉謝。用文章千古事爲韻。

曾孫莊

一

在昔盛明世。天未喪斯文。篤生吾太僕。著作迥軼羣。一時七才子。標榜皆淵雲。其魁卒推服。卓哉紹前聞。

二

太僕絕代文。誠繼韓歐陽。越今百餘載。彌覺光燄長。所恨前人謬。刪改不成章。猶賴元本存。小子櫝而藏。

三

先子於是書。蒐輯已有年。更賴錢宗伯。彙選加重編。卷帙計四十。葉數踰一千。較勘空勞心。無力使流傳。

四

邑宰董仁侯。無錫吳明府。捐俸鋟遺文。表章我曾祖。諸公因繼之。翕然相鼓舞。盛事慰九原。高義足千古。

五

文章關氣運。豈復一家事。茲集得流傳。後學受其賜。先澤幸不湮。小子差自慰。顧藉他人力。尋思終內愧。

歸太僕贊 有序

王世貞撰

故太僕寺丞直文儀制勅歸震川先生。諱有光。字熙甫。崑山人也。生而美風儀。性湍沉。於書無所不讀。而尤邃經術。長於制科之業。自其爲諸生。則已有名。及門之屨恒滿。而先生方以久次廩貢。尋舉應天鄉試第二人。故相張文毅公治。時主試。得先生文而奇之。大以國士相許。然至公車輒報罷。行年六十而始登第。又不得館選。出令湖之長興。踰三載。僅遷判順德府。高新鄭其座主也。以大相秉銓。憐先生屈。拔爲太僕丞。尋以太僕入司制勅。氣稍發舒。而浙之臺使復苛摘之。先生方屬疾。鬱鬱不樂。遂卒。先生於古文詞。雖出之自史漢。而大較折衷於昌黎廬陵。當其所得意。沛如也。不事雕飾。而自有風味。超然當名家矣。其晚達而終不得意。尤爲識者所惜云。

贊曰。風行水上。渙爲文章。當其風止。與水相忘。剪綴帖括。藻粉鋪張。江左以還。極於陳梁。千載有公。繼韓歐陽。余豈異趨。久而始傷。

敬跋新刻震川先生全集後

太僕公文集。昔年崑山常熟兩刻。多所未備。先君子偕元恭兄校訂。合已刻未刻。選定四十卷。發凡起例。釐成全書。先君子力任剞劂。其字句互異者。必與元恭商確審定。期無改舊觀。甲辰閏夏。先君子謝世。工未十二三。梁傾棟摧。余小子力薄。無能表章家學。以成前人之志。嘗痛悼于厥心。元恭每歲再三過。輒咨嗟相向。愀然於成書之無日。而先君子之卽世早也。會肅入都。謁宗伯敬翁王年伯。詢知此書。所以未盡刻之故。宗伯憮然。謀所以梓之者。適董黃洲令崑山。黃洲宗伯公門下士也。卽以屬之。而無錫吳伯成明府。偕四方諸君子。亦翕然同志。樂觀厥成。元恭遂鳩工始事。奔走拮据。寤寐不遑者。積有歷年。方次第可冀有成。而元恭病革矣。因復淹滯半載。賴徐健菴。葉學亭。兩先生倡率。與公之元孫安蜀。踵而行之。然後太僕公之文。始得炳然與唐宋大家。並顯於世。嗚呼。豈非厚幸矣哉。因念文章顯晦。莫不有數。以太僕公之才之學。而久困公車。晚乃一遇。復屈折於簿書。有遭讒羅謗之恐。其遇可謂艱矣。及從順德入掌制敕。意氣稍得發舒。而遽以病卒。何獨靳其材也耶。抑有意愁困其心。阨塞其身。俾得卓然有立以傳於後也。從來具韜世之量者。雖無所建豎。而其言語文章。必且垂當時而名後世。亦其理有固然者。太僕公去今近二百年。學者仰其文。如五緯麗天。昭然屬目。無論知與不知。皆奉之以爲要歸。可謂久而愈昌。遠而彌光矣。韓文公曰。使子厚得所願。爲將相於一時。以彼易此。孰得孰失。必有能辨之者。吾於太僕亦云。至其學問源流之所自。性命道德之微旨。敬翁年伯。微顯闡幽。搜揚要妙。汲汲乎惟恐其傳之不廣。雖歐陽子之慕昌黎。曷有加焉。同志諸君子。方共振興絕學。以公其傳於天下。於國家右文復古之治。實有裨益。寧獨私家之幸已也。余小子目未窺古人堂奧。廑廑奉先君子之緒言。罔克負荷。真媿不能讀父書者。而况太僕公之文乎。其何敢以一詞贊。惟是慨成書之不易。與安蜀挑燈絮語。整理前緒。不覺泫然者久之。安蜀曰。是書之成。不可以不識。遂謹識之如此。康熙乙卯陽月中浣日虞山曾姪孫允肅拜手附識。

先太僕公集。其板藏吾家者。正別集凡四十卷。校勘比舊刻爲精詳。海內奉行是書。幾於家置一編。年來字畫漫漶。板或缺脫。亦有破損不可摹印者。族孫等恐年代浸遠。日就腐壞。乃復鳩工修治。補其缺失。剔其漫滅。詳加整理。頓還舊觀。至所有應宜避諱字。悉遵令甲。爲改正云。乾隆癸卯孟春六世族姪孫景巖景伊謹識。

太僕集正別集共四十卷。乃太僕曾孫元恭先生所編輯。元孫安蜀先生所校刊也。板素藏吾家。乾隆癸卯。曾大父寄聞公重爲修治。咸豐庚申。毀於兵燹。曾孫彭福敢紹先志。詳加校正。重爲刊刻。是書初刻於康熙乙卯。卷尾各係校訂姓氏。今仍其舊云。光緒乙亥仲夏。琴川歸彭福識。

較訂助刻姓氏

王崇簡　簡　上　虞二球　董正位　吳興祚
趙　昕　嚴　沆　曹　溶　劉體仁　薛信辰
張其翰　秦　鉽　嚴曾榘　郝毓崧　高　晃
秦松齡　錢肅潤　秦松岱　華長發　吳偉業
金俊明　宋實穎　蔣　伊　何　平　翁　澍
陸廷祉　王楫汝　李　臨　陸士炳　金　望
錢士植　黃　瑨　張震維　席啓寓　張　艾
嚴宗垂　葉國華　李可汧　葉方恆　盛符升
徐與喬　葉方藹　徐乾學　葛雲芝　徐秉義
邱鍾仁　馬鳴鑾　徐元文　何陸愷　朱用純
葉方蔚　葉奕苞　王緝基　李逢章　王緝植
謝家柯　李逢威　黃　泓　陸時通　李逢穀
張　塈　盛翊治　沈廷瑷　楊无咎　徐淑　周罷　侯榮
金植　金侃　姪孫起先　定　世綸　曾姪孫聖脈　澆
虹　允哲　允謀　允肅　允臨
元姪孫梁　天錫　芳德　復　佺

是集之刻。始於辛亥歲。宛平王宗伯。素切表章。而龍門董夫子。首捐俸助梓。鄰境邑侯如吳伯成。趙雪嵘兩明府。共襄其事。於是當代文衡。及遠近士大夫。分任剞劂。自辛亥春王。迄癸丑仲秋。全集已刻十之七。不幸先叔恆軒府君。中道捐館。玠室同懸罄。無以卒業。賴董夫子復倡助鳩工。而俾克告成。則葉學亭。徐健菴。兩先生之力居多。蓋全集之竣。其難如此。今府君之文。行將風行海內。要皆諸君子之功。其姓氏不可以不書也。故備列之。至虞山從祖裔與公。於庚子歲。即梓太僕府君之文。功雖未竟。然全集之成。實由從祖倡之。他若吳門練川松陵諸同宗。凡助刻者。亦皆附識於後云。

康熙乙卯春王正月望後六日玠拜識